THE **HEART** OF KANE REID

WAS ICH NIE *gesucht* HABE

ANNA RUSH

Für alle,
die mutig genug sind,
nicht mehr zu können.

Eine Triggerwarnung findest du auf der letzten Seite.
Bitte denk daran, dass du dadurch gespoilert wirst.

1

DAS MIT DEM KALTEN WASSER WAR NICHT GELOGEN.

Elin

»Nein.«

Da sie es nicht sehen kann, verdrehe ich die Augen, während ich erwidere: »Nein ist keine adäquate Antwort auf meine Frage.«

»Das war auch keine Antwort, das war eine Anweisung.«

»Ich akzeptiere keine Anweisungen von dir. Deine Agentur hat mir diese Stelle vermittelt, ich habe den Vertrag unterschrieben, und deshalb werde ich jetzt da reingehen.«

Ich beuge mich so weit nach vorn, wie das Lenkrad es zulässt, und blinzle gegen die tiefstehende Frühjahrssonne. Hier bin ich. Auf dem Parkplatz meiner neuen Arbeitsstelle. Noch fünf Minuten bis zur vereinbarten Zeit, und ich habe vor, genau eine Minute vorher das Gebäude zu betreten. Und je häufiger Hanna mir am Telefon erzählt, dass ich nicht die Richtige für diese Art Boss wäre, desto fester bin ich entschlossen, das zu rocken.

Hannas Stimme klingt sanft, nahezu beschwichtigend aus der Freisprechanlage meines Autos. »Noch einmal: Es tut mir leid. Das war ein Fehler meiner Mitarbeiter, weil sie nicht weiterwussten. Wie gesagt: Deine zwei Vorgängerinnen haben aufgegeben, und meine Leute wussten nicht, wen sie alternativ schicken könnten. Ich habe das alles erst nach meinem Urlaub mitbekommen, sonst hätten wir dich nie in Betracht gezogen.«

»Und warum habt ihr überhaupt noch jemanden vermittelt, wenn er angeblich so furchtbar ist? Es ist doch deine Vermittlungsagentur für persönliche Assistenten. Du kannst Kunden ablehnen.«

»Ja, das ist richtig. Allerdings ist es mein Business. Sollte sich herumsprechen, wie das abgelaufen ist und dass meine Agentur die Vermittlerin war … Du verstehst schon. Das ist nicht gut für meinen Ruf. Elin, fahr nach Hause. Wir finden jemand anderen für ihn und jemand anderen für dich. Das hat nichts mit Schwanzeinziehen zu tun, sondern mit Vernunft.«

Die letzten Sätze ignoriere ich und erwidere etwas hämisch: »Schwanz einziehen? Eigentlich sind vollkommen andere Dinge mit *Schwänzen* geschehen.«

Sie seufzt.

Wenn meine Vorgängerinnen die Beine breitgemacht haben und danach mit Tränen in den Augen aufgaben … ihr Pech. Mir passiert so etwas nicht.

Aber Hanna sollte auch nicht darüber urteilen. Fast jeder weiß, dass sie mit ihrem ehemaligen Boss in einer Beziehung ist. Die Geschichte wird sie wahrscheinlich nie los, denn sie wird von Kurs zu Kurs weitergetratscht.

Meine Vorstellungskraft reicht nicht aus, um mir vorzustellen, wie mich mein neuer Chef zum Heulen bringen soll. Was ich privat mitgemacht habe, das ja, das bringt mich zum Weinen, aber doch nicht die Arbeit.

Entschlossen schalte ich den Wagen komplett aus, damit das Telefonat zurück auf die Smartphonelautsprecher gelegt wird und ich aussteigen kann. Vom Besucherparkplatz ist es nicht weit bis zum Eingang, deshalb setze ich mit meiner Aktentasche unter dem Arm langsam einen Fuß vor den anderen, um das Gespräch bis zur Eingangstür höflich zu einem Abschluss gebracht zu haben.

»Hanna, ich gehe jetzt rein. Soll ich mich melden, wie es gelaufen ist?«

»Ich bitte dich, umzudrehen. Ich kläre das mit ihm.«

»Nein, ich bin unterwegs und nehme deine Einschätzung von mir nicht an. Ich bin weder sensibel noch unflexibel.«

»Leider doch. Du arbeitest am besten in fixen Strukturen und aus diesen heraus agierst du flexibel. Darin bist du wunderbar, das habe ich dir bereits gesagt. Und du bist sensibel, zumindest was deinen Gerechtigkeitssinn angeht. Du wirst bei Kane nicht glücklich werden. Lass mich dir jemand anderen suchen. Jemanden, bei dem du dein volles Potenzial entfalten kannst.«

»Nein.«

»Ich verstehe, dass du dich jetzt beweisen willst. Tu es nicht bei ihm.«

Dieses Gespräch nervt, denn es dreht sich im Kreis. Sie kennt meine Meinung, und bevor wir es noch einmal durchkauen, verabschiede ich mich, lege auf und schalte das Telefon stumm.

So.

Mein Blick schweift nach oben über das alte Gemäuer. Bald ist das ein gewohnter Anblick, Alltag und nichts mehr, was ich komisch finde.

Das Smartphone rutscht mir fast aus den Fingern, als ich es in der Aktentasche verstaue, und ich atme durch. Es ist normal, aufgeregt zu sein. Das liegt nicht an Hannas warnenden Worten, daran ist schuld, dass ich jetzt Kane Reid kennenlerne. Meinen neuen Boss.

Es ist normal.

Alles wird gut.

Das wird von mir gerockt werden.

Ich brauche das. Ich brauche etwas Ausgefallenes, etwas, was mich vergessen lässt, was war. Je schwieriger er ist, desto besser. Ablenkung.

Es ist so weit. Eine Minute noch.

Die massive Holztür, die mich vom Kennenlernen meines

Arbeitsplatzes trennt, ist sicher zweimal so hoch wie ich und mit Metallbeschlägen versehen. Zielstrebig hebe ich die Hand, um den auf Schulterhöhe befindlichen Türgriff zu umfassen, damit ich sie aufdrücken kann.

Mir entweicht lautstark Luft aus der Lunge, als ich ins Gebäude stolpere, da die so schwer wirkende Tür federleicht aufschwingt. Der Schwung trägt mich ein paar hektische Schritte hinein, die auf dem glatten Fußboden auch noch knallen wie Gewehrschüsse.

Hastig sehe ich mich um und spüre, wie meine Wangen vor Scham brennen. Geiler Start. Nicht. Vermutlich wirke ich wie ein Lamm, das sich in eine Schlachtbank verirrt hat, und nicht wie eine souveräne PA.

Verlegen schiebe ich die Brille hoch, zupfe den Blazer zurecht und bin froh, dass ich nicht einen Pumps verloren habe. Das ist mir nämlich das letzte Mal passiert, als ich gestolpert bin.

Niemand ist zu sehen, nur ein an einen Wasserfall erinnerndes Geräusch ist Zeuge meiner Peinlichkeit. Vorsichtig trete ich zwischen zwei Säulen des Eingangsbereichs hindurch in das große Kirchenschiff. Einschiffige oder Saalkirche mit Tonnengewölbe nennt man das. Das weiß ich von seinem Wikipediaeintrag. Seit ein paar Jahren lebt und arbeitet er hier.

Die Kirche ist noch eindeutig erkennbar, die Säulen, die Fenster … der Rest ist allerdings voller Leinwände in verschiedenen Abmessungen. Teils größer als ich, manche leer, einige bemalt. Sie sind an den Wänden befestigt, hängen an Stahlseilen von der hohen Decke oder sind auf irgendwelchen Metallkonstruktionen montiert.

Von hier aus kann man erkennen, dass über dem großzügigen Altarbereich eine Zwischendecke eingezogen wurde, zu der eine Wendeltreppe hinaufführt. Vielleicht ist das sein komplett privater Bereich?

Die Kirche wirkt wie … Ja, ich behaupte, das sieht aus, als wäre jemand nie erwachsen geworden und hätte sich ein großes Malzimmer gegönnt, wie jedes Kind es sich wünscht.

Von Kunst verstehe ich nichts. Muss ich auch nicht. Ich werde diesem speziellen Kind einfach zuarbeiten. Will es Papier, bestelle ich das. Braucht es Farben, die ebenfalls.

Oder irgendwelche schräge Brunnen.

Was sich angehört hat wie ein Wasserfall, ist nämlich einer. Mitten in der Kirche, zwischen ein paar menschenhohen Pflanzen, die perfekt symmetrisch angeordnet sind, fällt Wasser aus einem überdimensionierten Regenwaldduschkopf auf den Boden und verläuft sich in einem Abfluss. Direkt darunter steht eine männliche Statue, eine nackte männliche Statue beziehungsweise dessen Rückansicht mit ausgebreiteten Armen und gesenktem Haupt. Falls Kane auch Bildhauer sein sollte, kann er vorzügliche Männerärsche gestalten, das muss man ihm lassen.

»Hallo?«, rufe ich. Mein Boss wurde doch informiert, dass ich um die Uhrzeit die Stelle antrete. Wo steckt er?

Die Kirche ist groß, und ich weiß ja nicht, ob er in einem genialen Geistesblitz noch mehr Männerärsche aus Marmor schlägt. Deshalb ziehe ich mein Smartphone aus der Tasche, um ihn anzurufen. Der Rücken der Statue ist auch nicht schlecht. Die Wirbelsäule ist ein gerader, von Muskelsträngen flankierter Strich, die in einen elegant geschwungenen Nacken übergeht, soweit man das bei gesenktem Kopf sieht.

Ich senke selbst das Haupt und schiebe die Brille hoch, um diesen Anruf zu erledigen.

»Nein!«, entwischt mir, und ich sehe entsetzt zu, wie das Telefon in die Höhe fliegt, weil ich es vor Überraschung nach oben geschleudert habe. Leider kann ich mich nicht darum bemühen, es aufzufangen, da ich das Gleichgewicht von dem Satz rückwärts wiederfinden muss. Zu meinem großen Glück fängt die Statue es auf.

Die Statue, die mich dermaßen erschreckt hat, wie es noch nie jemandem gelungen ist.

Die Statue, die nicht nur aussieht, als hätte jemand meinen neuen Boss abgemeißelt, sondern die mich auch mit einem angenehm rauen Timbre überrascht, als sie feststellt: »Elin Deschain.«

»Ja, bin ich«, erwidere ich atemlos, als wäre ich ziemlich weit und ziemlich schnell gerannt, statt den Telefonhochwurf zu gewinnen.

»Darf ich es benutzen? Ein Anruf.«

»Was?«

Er hebt die Hand mit meinem Smartphone ein Stück in die Höhe, und ich bemühe mich, nicht festzustellen, ob mein neuer Chef gut bestückt ist, wozu ich ihm konzentriert ins Gesicht sehe. Statuen sind sicher alle glatt rasiert gemeißelt. Ich kann mir nämlich nicht vorstellen, dass jemand einen Dreitagebart einfangen könnte, wie er ihn trägt.

»Ja, natürlich«, sage ich rasch, bevor es zu spät ist, um zu antworten.

»Danke.«

Instinktiv weiche ich rückwärts aus, als er einen Schritt auf mich zukommt, und er schnalzt mit der Zunge. Er ist schnell, schneller als ich, und hält es mir zum Entsperren vor das Gesicht. Ach so.

Er braucht nicht lange, und sein Blick ruht auf mir, als er es zum Ohr führt. Woha. Seine Augen sind dunkel. Nicht nur seine Augenfarbe sowie die Schatten darunter, die auf Übermüdung schließen lassen, nein, der Ausdruck darin ist wild und düster, als wäre er ein verärgertes Wildtier.

»Hallo, Hanna. Bekomme ich jetzt eine mit Riesentitten, um mich davon abzulenken, wie unfähig der Rest war?«

Riesentitten? Empört fasse ich mir an die Brust.

»Ja, das Blondchen ist hier. Sie begafft mich gerade und reibt sich die Brüste.«

Blondchen? Begaffen? Also der ist ja drauf. Dann gucke ich halt. Provozierend hebe ich die Augenbrauen und sehe auf seinen Schritt. Erregend findet er meine *Riesentitten* schon mal nicht. Mit dem Ding kann er garantiert keinen Blumentopf beim Größten-Schwanz-Wettbewerb gewinnen.

»Ja, außerdem gehen ihre Augen gerade eine Symbiose mit meinem Schwanz ein.«

Symbiose. Witzbold.

»Kennt sie sich mit Männern aus? Sie weiß, dass kaltes Wasser einen gewissen Effekt hat?«

Haha, wie lustig, es ist ihm peinlich, dass sein Pimmel, ähm Pimmelchen an eine Rosine erinnert, statt an pralle ... Trauben? Nein, Trauben sind definitiv kein guter Vergleich für das männliche Geschlechtsteil.

»Und du bist dir sicher, sie taugt mehr als die anderen?«

Leider höre ich nur, dass Hanna spricht, aber nicht was, und warte geduldig. Würde ich jetzt warmes Wasser in seinen Schritt kippen ... Geht das schnell oder langsam, falls wirklich die Kälte schuld an der Schrumpelrosine ist?

Nach einem Brummen lässt er die Hand sinken, und ich sehe hoch zu seinem Gesicht, nicht ohne mich kurz mit dem Blick auf Bauch und Brust zu verfangen. Er sieht stark aus, aber nicht hart trainiert. Mehr essen würde ihm vielleicht guttun ... oder das ist Absicht, damit man die Muskeln besser erkennt.

»Also, Elin Deschain, Hanna hat sich lobend über dich geäußert. Bestes Pferd im Stall. Organisationstalent. Und noch Weiteres, aber da habe ich vor Langeweile schon nicht mehr zugehört. Du sollst dir nicht alles von mir gefallen lassen. Lustig, dass sie das mir sagt, oder? Hat sie dich vor mir gewarnt?«

»Hanna würde nie über Kunden lästern.«

»Ist das lästern? Es ist doch sicherlich bekannt, dass die anderen beiden schneller wieder weg waren, als dass ihre Unterschrift unter dem Vertrag getrocknet war. Weißt du auch warum?«

Sagen oder nicht sagen? Soll ich zugeben, dass jeder weiß, dass er Sex mit meinen Vorgängerinnen hatte? Ah, zurückspulen. Hat Hanna mich bestes Pferd genannt? Vorhin hat sie noch verlangt, dass ich nach Hause gehe.

»Schlagfertig bist du nicht«, stellt er belustigt fest. »Sei froh, dass das kein Teil des Jobs ist. Nummer eins hat am zweiten Morgen gekündigt, weil es ihr peinlich war, dass sie einen wichtigen Termin vergessen hat.«

»So etwas passiert mir nicht.«

»Das sagte sie auch, dann lag sie allerdings ausgeknockt irgendwo hier herum und wollte mir die Schuld geben, weil sie sich von mir ficken ließ und deshalb verschlafen hat. Ähnlich Nummer zwei. Ihretwegen habe ich meinen Rednereinsatz auf einer Veranstaltung verpasst, da sie zu lange gebraucht hat, um mir einen zu blasen. Kann man dabei nicht auf die Uhr sehen oder was?«

»Das ist widerlich.«

»Blasen?«

»Nein, so mit seinen Assistentinnen umzugehen.«

»Auch keine souveräne Aussage beim Erstgespräch mit seinem Boss. Ich wünsche mir einen gut organisierten, unauffälligen Speichellecker. Wird das funktionieren? Wirst du Fehler machen, wenn ich dich ficke?«

»Der Fehler wäre, mich darauf einzulassen, sexuelle Handlungen mit dem Chef vorzunehmen.«

»Frigide«, sagt er langsam.

»Nicht triebgesteuert«, erkläre ich ebenso lang gezogen.

»Langweilig.«

»Fokussiert.«

»Spießig.« Das kam leise und rau, ja, fast wie ein schmutziges Kosewort aus seinem Mund.

Das kann ich auch und hauche lasziv: »Lösungsorientiert.«

O mein Gott, mein Chef bekommt grade einen Ständer. Einen halben zumindest. Hilfe. Sieht er, dass ich es bemerkt habe? Den kann man nicht übersehen. Das mit dem kalten Wasser war nicht gelogen. Kann er bitte wieder zurück unter den Dusch-Wasserfall?

Er legt den Kopf schräg und fährt sich mit einer Hand durch sein nasses und dadurch fast schwarz wirkendes Haar, wobei er näher tritt. Wehe, er kommt mir mit seinem Penis zu nahe. Als Kind habe ich mit einem Sandkastenfreund Ästebrechen gespielt. Mit dünnen beginnen und immer dickere, bis es einer nicht mehr schafft und der andere Sieger ist. Mal sehen, wie gut ich noch brechen kann.

»Nimm schon. Und willkommen in der Casa Reid.«

»Casa Reid?«

»Reid ist mein Nachname. Darf ich mich vorstellen: Kane Reid. Nur falls du es nicht mitbekommen hast.«

Zügig nehme ich ihm mein Telefon ab und schüttle seine Hand. »Elin Deschain. Danke, Kane, ich freue mich auf unsere Zusammenarbeit.«

Du. Wir duzen uns. Alles klar. Aber ich habe auch noch nie einen Mann nicht geduzt, von dem ich den Schwanz in Augenschein genommen habe.

Ich spüre keine Ringe, obwohl ich eben welche gesehen habe. Da das Schütteln ganz schön lange dauert, sehe ich auf seine Hand. Er hat schwarz lackierte Fingernägel und trägt nur an einer Hand Ringe. Schnell blicke ich wieder in sein Gesicht, bevor er denkt, ich schaue zu weit nach unten.

»Obwohl ich dich Blondchen mit Riesentitten genannt habe?«

»Ist verziehen.«

»Nicht nachtragend. Finde ich gut. Warum bist du PA? Submissiver Hang? Weshalb die Weiterbildung bei Hanna? Angeblich vermittelt sie die Besten, was noch zu beweisen wäre nach den Loserinnen vor dir.«

»Ich weiß nicht, was genau passiert ist, aber die Ausbildung auf Hannas Akademie ist ausgezeichnet. Meine Vorgängerinnen haben sicherlich erkannt, dass eine Zusammenarbeit für dich nicht zielführend wäre. Das ist die Hauptsache für uns: Alles für den Boss.«

»Du bist ein netter Mensch. Statt zu behaupten, du bist besser, erklärst du mir das so … Andere würden jetzt vermutlich sagen, das ist etwas Gutes, aber so leid es mir tut: Nette Menschen kommen nicht weit im Leben.«

»Ich bin nicht nett, nur höflich und ich rede nicht schlecht über andere.«

»Sicher? Warum arbeitest du jetzt für mich? Was ist mit deinem Boss oder deiner Chefin davor?«

»Ich war vorher Sekretärin bei meinem Partner. Wir haben uns getrennt und ich wollte meine Ausbildung auf ein neues Level heben. Deshalb die Weiterbildung auf Hannas Akademie.«

»Du hast deinen Chef gebumst. Interessant. Erwartest du das von mir auch? Du weißt, ich bin nicht abgeneigt, obwohl du nicht ganz mein Typ bist.«

Nicht sein Typ? Arschloch. Er genauso wenig meiner. Die Männer, die ich bevorzuge, sind gut gekleidet, statt nackt Kennenlerngespräche zu führen. Ich beschließe, das zu ignorieren und stattdessen aufzuklären, dass ich eben nicht gewohnheitsgemäß mit Vorgesetzten ins Bett steige: »Er war mein Partner, und weil er Hilfe gebraucht hat, arbeitete ich bei ihm.«

»Ohne eigenen Lohn?«

»Ähm, ja. Wir waren sowieso ein Haushalt.«

»Als Sekretärin? Nicht in einer Funktion als Geschäftspartnerin?«

Darin hängt Spott, als würde er daran festmachen, dass ich mich ausnutzen lasse. Auch das ignoriere ich. Auf Provokationen einzugehen hilft uns nicht weiter und dafür bin ich sowieso nicht hier.

In meinem freundlichsten Tonfall frage ich: »Woher kennst du Hanna?«

»Marcello, mein Manager …«

»Ich weiß, wer Marcello ist«, unterbreche ich ihn. Schließlich hat er sich um meine Einstellung gekümmert, während Kane anscheinend noch nicht einmal meine Referenzen angesehen hat.

»MARCELLO, mein Manager«, wiederholt er frostig, »hat mich fast an den Haaren auf eine Vernissage gezerrt, weil ich vergaß, dass sie stattfindet. Er kennt Hanna, und die beiden haben sich gegen mich verbündet und behaupten, ich brauche das.«

»Sie haben vollkommen recht. Ist das Adamskostüm deine Lieblingskleidung oder ziehst du dir etwas an, bevor wir ein paar Details besprechen?«

»Was willst du denn wissen?«

Ob du immer nackt herumläufst, habe ich gefragt. »Hast du einen Terminplaner?«

»Klar. Dort vorn auf dem Schreibtisch. Ich bin gleich wieder da. Warte auf mich und mach es dir gemütlich.«

Der Arsch, der keiner Statue, sondern meinem neuen Boss gehört, geht davon und die Wendeltreppe nach oben. Wie konnte ich nur denken, er ist eine Statue? Ja, der Mann ist blass, so als wäre er selten draußen, er hat jedoch Haare auf dem Kopf und ist nicht so weiß, als wäre er aus Marmor. Mannoman. Das war sicher die Aufregung.

Hoffentlich zieht er sich etwas an. Nicht, dass ich verklemmt wäre, aber … ja, gut, dafür bin ich zu verklemmt. Von FKK-Boss hat mir keiner was gesagt.

Puh. Das Kennenlernen war … anstrengend.

Hat er meine Vorgängerinnen mit seinem Knackarsch verführt? Oder war es die Nacktheit? Wie hat er das angestellt? Professionell ist das nicht, sich darauf einzulassen. Er muss doch schwerere Geschütze aufgefahren haben.

So. Weiter. Bis er angezogen ist, werde ich mich nützlich machen und begebe mich auf die Suche nach seinem Schreibtisch. Dabei komme ich an ein paar Werken von ihm vorbei. Selbstverständlich habe ich mich über ihn informiert und weiß, dass er es irgendwie geschafft hat, als einer der bedeutendsten Künstler dieses Jahrzehnts betitelt zu werden. Dementsprechend teuer sind seine Bilder.

Vor einem bleibe ich stehen. Schwarz. Dickes, fettes Schwarz. Cremig und straff gespannt, fast flüssig. Das soll Kunst sein? Kopfschüttelnd gehe ich weiter und werfe noch einen Blick über die Schulter.

Dachte ich, das Schwarz ist fett, cremig, straff und flüssig? Ja, das ist mir sofort eingefallen. Es ist doch nur schwarz. Faszinierend.

Egal, wo ist dieser Schreibtisch?

Ich bleibe vor etwas stehen, das könnte man als Schreibtisch betiteln, wäre es nicht vollgestellt mit … allem. Farbtöpfen, Steinen, ein paar elektronischen Geräten, dazwischen Post und Mappen, einem leeren Teller, Pinseln, Kabeln, einer Lichterkette, einer Schatzkiste und einer Kerze in Form einer Ente.

Er sagte, da wäre sein Terminplaner. Falls er unter diesem Berg von Zeug ist, braucht er sich nicht zu wundern, wenn er nirgendwo pünktlich auftaucht. Da ich ernsthafte Sorge habe, dass alles verrutscht und eine Lawine auslöst, stelle ich meine Aktentasche daneben und suche den Tisch mit den Augen ab.

Vielleicht habe ich ihn. Ich ziehe ein Buch heraus und triumphiere mit einem lauten: »Ha!« Das wiederhole ich. Nicht nur, dass nichts ins Rutschen geraten ist, nein, da steht auch noch die aktuelle Jahreszahl drauf. Das ist sein Kalender. Allerdings … Es ist nichts richtig eingetragen. Er ist vollgestopft mit kleinen Zetteln. Teilweise abgerissene von ausgedruckten E-Mails, Handgeschriebenes, bekritzelte Visitenkarten …

Dazu einige kryptische Botschaften, die er hineingeschmiert hat.

Puh. Aber dafür bin ich ja hier. Ich bringe den Laden auf Vordermann und ab sofort geht ihm nie wieder ein Termin flöten.

Da ich keine Sitzgelegenheit in der unmittelbaren Nähe sehe, lasse ich mich auf dem Boden nieder, der von getrockneten Farbflecken bedeckt ist.

Stück für Stück platziere ich alle Zettel nebeneinander, um eine Art Übersicht zu schaffen. Falls er keinen digitalen Kalender führt, lege ich auf meinem iPad einen an. Sollte er es doch, kann ich alles exportieren und in seinen übertragen.

Als ich das nächste Mal auf die Uhr sehe, ist über eine Stunde vergangen, und ich habe alles, was ich zuordnen konnte, eingetragen. Alles andere habe ich abfotografiert und in einen digitalen Ordner gesteckt, um das später mit ihm zu klären. Auch doppelte Termine und Fragen, die aufgetaucht sind, habe ich dort mit hineingeschoben. Das Erledigte befindet sich in einem Extraordner, damit ich das jederzeit nachvollziehen kann.

Wie lange braucht er denn, um sich anzuziehen?

Er wird doch nicht eitel sein? Über eine Stunde? Selbst in meiner schlimmsten Teenagerzeit, in der ich das gesamte Gesicht in den Farbtopf gehängt und das Haar in stundenlanger Kleinarbeit gebändigt habe, verbrachte ich nicht so viel Zeit im Badezimmer.

Ich schiele auf den Schreibtisch. Soll ich? Ich mach's.

Drei Stunden später ist er aufgeräumt. Außerdem habe ich die Toilette in der ehemaligen Sakristei gefunden, genauso wie eine riesige Abstellkammer, in der ich Putzsachen fand. Deshalb ist der Tisch auch gereinigt sowie jede Schublade ausgewischt und fein säuberlich neu sortiert. Alles, was ich nicht zuordnen konnte, habe ich daneben aufgereiht, damit er mir sagen kann, was ich mit den Sachen tun soll.

Unter dem ganzen Kram fand ich sogar einen Laptop. Der Akku war zwar leer, aber das Ladegerät habe ich ebenfalls entdeckt und er wäre somit einsatzbereit. Fehlt nur ein Stuhl.

Und ein Boss.

Wo ist er?

Soll ich die Treppe hoch?

Es fällt mir schwer, mich zu entscheiden, ob ich in seinen privaten Bereich eindringe, um zu sehen, ob ihm etwas passiert ist, oder brav warte, bis er fertig ist, mit was auch immer er tut. Dort oben ist doch sein privater Bereich, oder? Falls das ein Test ist, habe ich ihn hoffentlich damit bestanden, dass ich seinen Schreibtisch auf Vordermann gebracht habe.

Ich werde warten. Deshalb schlendere ich zur Küche, die sich an der Stelle befindet, wo früher der Altar war. Keine Ahnung, wie man diese große Nische ganz vorn nennt, aber obwohl ich nicht gläubig bin, kommt es mir frevelhaft vor, da eine Küche einzubauen.

Wenigstens ist sie ordentlich. Wie geleckt sogar. Und da ich mittlerweile brennenden Durst habe, gehe ich durch die

Schränke, bis ich ein Glas finde, und fülle es mir mit Wasser, um mich damit an die integrierte Theke zu setzen.

Nach einem Blick aufs Display meines Smartphones lege ich es zur Seite. Von denen ich mir am meisten eine Nachricht erhoffe, werde ich keine erhalten.

Vielleicht nie wieder.

Und trotzdem hoffe ich immer noch.

Der Gedanke bringt mich fast zum Heulen, das habe ich allerdings schon viel zu oft getan. Ich bin jetzt persönliche Assistentin eines berühmten Künstlers. Das habe ich geschafft, ich ganz allein. Früher das Vorstadtmädchen, die eine Ausbildung gemacht hat, die sich hochtrabend Bürokommunikation nennt, aber nichts anderes war, als ihrem uralten Chef Kaffee zu bringen, seine Post zu öffnen, die für ihn zu beantworten und alles abzuheften, was er abheftenswert fand. Heute das.

Dank mir. Dank meiner Bewerbung bei Hanna, um von einer Sekretärin – unbezahlter Sekretärin, wie Kane festgestellt hat – durch die Weiterbildung in ihrer PA-Akademie zu einer der angehenden Top PAs werden zu können.

Ich habe es geschafft.

Monatelang tat ich nichts, außer zu lernen, denn der Ehrgeiz und der Unwille, über Vergangenes nachzudenken, verbanden sich zu einem Sklaventreiber, der mir keine Pause ließ.

Auf das Ergebnis bin ich stolz. Viele waren besser qualifiziert, haben mehr Erfahrungen und höhere Abschlüsse und ich war die Beste.

Ich habe es geschafft.

Und trotzdem wünsche ich mir alles wie vorher zurück.

2

WO IST DEIN VERFLUCHTER AUSSCHALTER?

Kane

»Mhpf«, stöhne ich ins Kissen, in das ich mein Gesicht drücke.

Wie lange habe ich geschlafen?

Die Nacht nicht, dann war morgen, ich aber noch nicht fertig, und ich nahm eine kalte Dusche, um in Schwung zu kommen. Was war danach?

Der Schlafmangel zerrt hinter der Stirn in meinem Verstand herum, bis es mir einfällt. Elin Deschain. Was für ein Name. Sie sollte heute auftauchen. Nein, sie ist heute Morgen aufgetaucht. Und ich dachte, ich bekomme einen Herzinfarkt, als sie auf einmal hinter mir stand.

Elin. Eine Blonde, deren Brüste aus dem Blazer gequollen sind, als wüsste sie nicht, dass sie welche hat. Ich stehe doch gar nicht auf Blondinen. Die sehen mir zu fröhlich aus, zu leuchtend. Waren die Blonden in Filmen jetzt die Guten oder Bösen? Ich kann mich nicht erinnern.

Vorsichtig drehe ich den Kopf, um zu erahnen, wie spät es ist. Nachmittag? Dieser Kackfrühling geht mir auf die Eier. Im Winter ist es so viel dunkel, da bemerkt man kaum, ob man nachts arbeitet oder am Tag. Aber sobald die Wintersonnenwende rum ist, geht es dahingehend bergab, und die Dunkelheit erinnert einen daran, dass es schon wieder Nacht ist.

Ich rolle mich auf die Seite. Nackt bin ich noch. Vorhin bin ich mit dem Gesicht voran auf das Bett gefallen und dann war es dunkel, Wintersonnenwende hin oder her.

Beherzt umfasse ich meinen Schwanz, wenn er denn schon hart ist. Habe ich vorhin fast eine Latte bekommen, weil die Blonde mich angeflüstert hat?

Hanna hat mir eine Schwanzflüsterin geschickt. Ihre Vorgängerinnen mussten sich mehr Mühe geben.

Warum wollen eigentlich alle Frauen so dringend meinen Schwanz lutschen? So toll ist er nicht. Ich lasse ihn schnalzen. Nope, ganz normal. Sprudelt auch nur Sperma raus und kein flüssiges Gold.

Vielleicht hoffen sie auf ein Interview, in dem sie sagen können: *Kanes Schwanz schmeckt nach Walnüssen, und er stöhnt in C-Moll, wenn er kommt. Außerdem trinkt er seinen Kaffee am liebsten gar nicht und läuft viel zu oft nackt herum.*

Mein Magen knurrt, woraufhin ich das leere Gefühl erst richtig bemerke. Sir, jawohl Sir, danke für den Hinweis, Sir. Ich klopfe darauf und erhebe mich.

Ob Elin Blondtittchen noch da ist? Hoffentlich habe ich sie so abgeschreckt, dass sie gleich wieder verschwunden ist. Das finde ich jetzt heraus. Ich steige in eine Jogginghose, weil ich eine Ausgeburt an Höflichkeit bin, und verwuschle mir während des Zähneputzens die Haare, damit ich wie der verpeilte Künstler aussehe, der ich sein will.

Gähnend gehe ich die Stufen nach unten, stocke kurz und schlendere nach einem nicht unterdrückbaren lauten Einatmen weiter. Elin ist noch da. Und nicht allein.

Mein Gehörgang quietscht, als … – ich bleibe besser bei Baby, weil ich ein bisschen unsicher bin, wie sie heißt – mich anflötet: »Hallo, mein Schatz.«

»Hey, Baby, du bist ja schon wieder zurück.« Ich klatsche ihr auf den Hintern und verlange: »Mach mir einen Kaffee.«

»Ja, mein Süßer.«

Ah, gutes Stichwort. »Ohne Zucker.«

»Natürlich, das weiß ich doch.«

Fantastisch, dass sie weiß, wie ich meinen Kaffee nicht-trinke, aber ich mir unsicher wegen ihres Namens bin. Kate? Kitty? Katherine? Kanten-Gaby, weil sie sich beim Saufen gelegentlich die Kante gibt?

Elins Augen verfolgen mich wie ein Paparazzo eine fremdvögelnde Promitussi, und ich beuge den Kopf zu ihr nach unten, bis ich mit meiner Nase ihre fast berühre. »Ist was? Auch einen Kaffee? Baby macht dir sicher gern einen.«

Es ist ihr offensichtlich unangenehm, dass ich ihr so nahekomme, und sie dreht sich ein Stück auf dem Barhocker, um mir zu entkommen. Lustig.

»*Baby* und ich hatten schon einen.«

»Heißt sie echt Baby?«, flüstere ich.

Elins verwirrter Blick amüsiert mich so sehr, dass ich lache. Die Frau hat so große Augen, wie sie Titten hat. Allerdings sind die Augen blau, die Brüste vermutlich nicht.

Baby sieht mich erstaunt an.

Was? »Was?«

»Du hast bisher nie gelacht. Nicht mal über die lustige Geschichte mit meiner Oma.«

Sie hat eine Oma? Blöder Gedanke, jeder hat eine Oma. »Baby, wie lange kennen wir uns? Ich lache nicht so oft.«

»Ja, wir sind noch nicht so lange zusammen, stimmt.«

»Mhm«, brumme ich und lasse mich neben Elin nieder, um auf meinen Kaffee zu warten. »War Beth hier?«

Baby nickt eifrig und kommt mit dem Kaffee in der Hand um die Ecke, statt ihn über den Tresen zu schieben.

Sie leckt mir über die Wange und flüstert: »Was entfacht mehr deinen Hunger? Beth oder ich?«

»Beth.«

»Du verstehst nicht, was ich meine. Ich meinte …«

»Sex, schon klar. Ich habe trotzdem Hunger. Auf Essen.«

Warum ist sie heute zurück? Sollte ich mich nicht freuen?

Zwischen meinen Ohren baut sich ein unangenehmer Druck auf. Das ist keine Freude, das ist Stress.

Babys Atem streift meinen Hals, und ich verziehe das Gesicht bereits, bevor sie fragt: »Wie könnte ich dich jetzt inspirieren?«

»Können wir schweigen? Ich bin gerade aufgestanden. Mach mir mein Essen warm und dann werde ich mich wohl oder übel mit meiner Assistentin auseinandersetzen müssen.«

»Ja, danke.« Der Dank bringt mich dazu, zu der Aussprecherin zu sehen, während ich Baby von mir schiebe. Das versteht Elin offensichtlich als Aufforderung, sofort weiterzusprechen. »Deinen Terminkalender habe ich gefunden und ihn so weit wie möglich digitalisiert. Der Laptop ist geladen, das bedeutet, wir können das später gleich synchronisieren. Wo finde ich einen Bürostuhl? Ich vermute, da keiner vor dem Schreibtisch steht, dass du ihn nicht oft nutzt, dann kann ich ihn ja nehmen und dich von dort aus verwalten. Außerdem habe ich bereits Fragen aufgeschrieben, und wir müssen über meine Arbeitszeit reden, also wann du gern hättest, dass ich morgens da bin, und wie lange ich bleiben soll, ah und wie wir das mit den Wochenenden machen. Ich brauche nicht viel Freizeit, aber ich verlange einen finanziellen Ausgleich, wenn ich mehr als vereinbart arbeite.«

»Stopp! Wo ist dein verfluchter Ausschalter? Lass mich essen.«

»Soll ich dir dazu die Füße massieren?«, fragt Baby und stellt mir eine Wasserflasche sowie ein Glas neben den Kaffee.

Ja, mit dem Mund bitte, dann ist wenigstens eine von zwei ruhig. Da fällt mir ein, was meine neue Assistentin heute noch für mich erledigen kann, weshalb ich mich zu ihr rüberbeuge und flüstere: »Nach dem Essen werde ich sie ein letztes Mal beglücken, danach sagst du ihr, dass ich sie nicht mehr brauche, und bringst sie raus.«

»Wie bitte?«, fragt sie erbost.

»Was ist?« Baby sieht mich mit dem Objekt meiner größten Begierde in der Hand an: dem guten Essen von Beth.

»Nichts«, beschwichtige ich.

»Doch!«, widerspricht Elin. »Hast du gerade gesagt, ich soll mit Kezia später Schluss machen?«

Kezia! Ja, jetzt! Wusste ich.

»Fuck, du bist gefeuert. Du taugst nichts als PA.«

»Weil sie dich missverstanden hat?« Das kam von Kezia, die sich fassungslos anhört.

Zwei Augenpaare durchbohren mich fragend, dabei bin ich doch der Hahn im Korb, und es sollte maximal legal sein, mich lüstern anzusehen.

»Baby, mein größter Schatz, würdest du das Essen abstellen?«

»Hat sie dich richtig verstanden?«

»Stell erst das Essen ab.« Ihre Hände zittern aufgeregt, und ich muss irgendwie das Schlimmste verhindern, das ich mir für heute vorstellen kann.

»Kane«, flüstert sie. »Sag, dass es nicht wahr ist.«

»Ist es nicht.«

»Ha, mein Boss ist ein schamloser Lügner.«

Kezia glaubt meiner Assistentin offensichtlich mehr als mir, denn ich entdecke Zornesfalten auf ihrer Stirn. Das liegt bestimmt daran, dass Hellblonde unschuldig aussehen.

Tu es nicht, tu es nicht, tu es nicht.

Meine Lider fallen ergeben zu, als Kezia das Essen loslässt, um das Geräusch abzuwarten, das bescheinigt, dass ich noch ein bisschen hungern muss.

Angefressen sage ich: »So, jetzt mach ich selbst *Schluss*. Verpiss dich.«

»Du bist ein viel größeres Arschloch, als ich es dachte.«

Beleidigt rauscht sie davon, was man zum Glück nicht hört, da ich ihr befohlen habe, barfuß herumzulaufen, weil mich das Geräusch ihrer nervigen Klapperschuhe auf dem Boden gestört hat.

Elin stützt ihre Schläfe an der Faust ab und sieht mich durch die riesigen Brillengläser an. Versteckt sie sich dahinter? Ich hoffe, ihr ist bewusst, dass man sich hinter Glas nicht verstecken kann. Aber es ist irgendwie süß, diese große Brille an der kleinen Frau.

»Ich sollte für dich Schluss machen?«

»Ja. Du bist meine PA. Du machst jetzt alles für mich, dachte ich.« Alles, bis auf die Toilette gehen. Das wird mir wohl nie jemand abnehmen können, obwohl es nichts Nervigeres als Harndrang gibt, wenn man gerade im Flow ist.

»Ich bin doch nicht deine Schlussmacherin!« Entweder funkeln ihre Augen empört oder das Licht reflektiert auf ihrer Brille und lässt es so aussehen.

»Das war kein richtiges Schlussmachen, da wir kein echtes Paar waren. Sie war ein paar Tage meine Muse, das ist alles. Den Rest hat sie sich eingebildet.«

»Muse?«

»Jepp. Sexuelle Energie. Findest du überall in meinen Bildern. Dazu brauche ich Inspiration. Logisch, oder?«

»Nein, allerdings bist du hier die Kunstebene, ich die Sachebene. Und die Sachebene würde gern den Tagesablauf mit dir besprechen.«

Ich mache große Augen und schiebe die Unterlippe vor. »Hunger?«

Sie seufzt. »Ja, Boss, ich besorge dir etwas zu essen. Aber vorher sprechen wir über Allergien, Lieblingsessen, Essensgewohnheiten, No-Gos und so weiter.«

»Nein, besorg mir irgendetwas.«

»Jetzt hör mir zu, Kane. Ich bleibe länger als Kezia in deinem Leben und werde dich niemals inspirieren. Allerdings sorge ich dafür, dass dein Verstand frei ist, dass du keine Inspiration übersiehst und nicht gestört wirst, wenn du sie umsetzt.«

»Klingt super. Dann such mir eine neue Muse. Das sollte kein Problem sein, oft tauchen irgendwelche Frauen einfach vor der Tür auf. Prüf aber, ob sie volljährig sind. Ich will nichts von Kindern. Und auch nichts von welchen, die kindlich aussehen, die kannst du gleich wegschicken.«

»Wie bitte?«

»Ja, das ist mein Ernst. Bevor du ihnen erlaubst, sich hier drin auszuziehen, sieh dir ihren Führerschein an oder so etwas.«

»Weshalb forderst du das? Hattest du das Problem bereits?«

»Nein, eben deshalb nicht. Aber ich wurde schon von Sechzehnjährigen angebaggert, die meine Bilder als Teil ihrer Rebellion sehen.«

»Hier stehen ab und zu Fans von dir drin? Warum schließt du dann nicht ab?«

»Habe ich. Immer.«

»Nein, ich kam vorhin einfach so rein.«

»Ja, weil ich, als Marcello mir sagte, wann du auftauchen wirst, Tor und Eingangstür befohlen habe, dass sie offen zu sein haben. Wenn ich male, vergesse ich alles, und höre ich dazu Musik, würde ich nicht mitbekommen, solltest du mit einer Abrissbirne an die Tür klopfen.«

»Der Tür befohlen?« Sie setzt sich aufrecht hin und schiebt ihre Brille ein winziges Stück auf der Nase höher. Die Geste ist irgendwie knuffig. Dahinter kann man sicher jede Übersprunghandlung verstecken.

»Ja, ich komme mir vor wie ein Magier. Abrakadabra, Tür, öffne dich. Tor schließen. Alles verriegeln.«

»Bitte erklär mir das. Es sieht hier tatsächlich ein bisschen aus wie in einem modernen Hogwarts-Kunstunterricht-Saal, das stimmt.«

»Was ist Hogwarts?«

»Harry Potter?«

»Ein Tonkünstler?«

»Vergiss das. Also?«

»Die Versicherung wollte das. Meine Bilder sind wertvoll und deshalb bestanden sie auf ein Sicherheitssystem. Die Firma, die mir das eingebaut hat, hat mir das Neuste vom Neusten angedreht, und aus diesem Grund kann ich mit meiner Tür sprechen.«

»Wie mit Siri?«

»Wer ist Siri?«

»Egal.«

Vergiss es … egal … Hogwarts … Siri. Ist das Fachjargon von persönlichen Assistenten?

»Gut, dann ist es egal, auf jeden Fall ist es praktisch. Alle, die zu mir dürfen, werden am Handy erkannt. Und das Allerpraktischste ist, dass ich ohne auch nicht rauskann. So vergesse ich es nicht.«

»Und falls es brennt?«

»Mein Handy?«

»Hier drinnen!«

»Erstens kann ich ihr auch befehlen, sich zu öffnen, obwohl ich mein Telefon nicht bei mir habe, und zweitens entriegeln sich alle Türen im Brandfall automatisch. Keine Sorge, wir zwei fackeln hier nicht gemeinsam ab, außer vielleicht im Feuer der Leidenschaft.«

»Kane … hast du meine Kolleginnen mit solchen Sprüchen dazu bekommen, dass sie …«

Ich warte, aber der Satz geht nicht weiter, weshalb ich frage: »Ihre Arbeit schlecht erledigen?«

»Nein, du weißt schon …«

»Meine Muse sein wollen?«

»Bedeutet deine Muse sein Geschlechtsverkehr? Dann ja.«

»Meine Muse sein bedeutet weit mehr als Geschlechtsverkehr. Aber vermutlich war es die Mischung aus meinem Erfolg und dem.« Ich deute einmal im Kreis über mein Gesicht und danach nach unten über meinen Körper.

Man könnte denken, berühmt zu sein, macht einen schöner. Zumindest geben mir Frauen das Gefühl, so wie sie mich manchmal bewundern. Bevor ich mir einen Namen gemacht hatte, hätten mich ein Großteil der Frauen, die mich jetzt fast anbetteln, einmal mein Bett wärmen zu dürfen, nicht beachtet, wenn nicht sogar ausgelacht, falls ich sie angesprochen hätte.

Nun ein bisschen attraktiver bin ich sicher seit damals, aber nicht dermaßen extrem. Mit Erfolg kommt eine anziehende Wirkung, und was wäre ich für ein fieser Lumpenhund, würde ich mich den Frauen verweigern.

Sie mustert mich, als müsste sie meine Aussage abchecken, und nickt langsam. »Ich möchte wirklich nur hier arbeiten.«

»Tust du aber nicht«, stelle ich fest und verschränke die Arme.

Sie macht wieder diese Brille-hochschieb-Sache. Vielleicht, damit ich ihren fragenden Blick bemerke.

Gnädig kläre ich sie auf, um die erwünschte Nahrungsbeschaffung nicht noch weiter zu verzögern. »Ich habe Hunger. Meine Assistentin kümmert sich aber trotz Anweisung nicht darum. Das gehört doch zur PA-Tätigkeit, oder?«

»Ja, ich kümmere mich auch um dein leibliches Wohl, falls du dahingehend Unterstützung benötigst.«

»Das klingt wundervoll. Zuerst das Essen, dann die neue Muse, damit wäre mein leibliches Wohl fürs Erste zufrieden.«

»Und uns besprechen.«

»Ja-ha.«

Sie ist resolut und wirkt professioneller als ihre Vorgängerinnen. So als wäre sie es gewohnt, mit jemandem wie mir umzugehen. Die anderen beiden hatten eine sichtbare devote Ader. Vielleicht braucht man das für diesen Job, jedoch die von ihnen ging etwas weiter als das Berufliche, indem sie auch einfach Sex mit mir hatten, als ich sie aufforderte.

Früher hätte ich geschworen, so etwas passiert höchstens einem berühmten Schauspieler oder einem Rockstar, aber doch nicht einem Kunstmaler wie mir.

Bis ich erkannte, dass ich genau das sein muss: Schauspieler, Rockstar UND Maler. Und nun seht mich an: Ich könnte den Boden, auf dem ich gehe, als Kunst verkaufen.

Und bringe Frauen dazu, sich auszuziehen. Manchmal bloß mit Gesten.

Mal sehen, was ich bei ihr brauche. An Gesten zweifle ich, eine Anweisung könnte sie empören … Ja, ganz sicher sogar, so wie sie mich gerade ansieht. Auf eine Ich-bin-nicht-wie-die-Anderen-Art. Das wird sie mir beweisen wollen.

Damit hat sie es entschieden: Ich werde die Frau in ihr den Rest des Tages ignorieren. Was sie vermutlich zuerst freuen und ihr das Gefühl geben wird, dass sie professionell aufgetreten ist, wird sie spätestens heute Nacht in ihrem Bett, ganz kurz vor dem Einschlafen, als fieser Gedanke überfallen. Sie wird sich fragen, warum ich es nicht ernsthaft bei ihr versucht habe, und sie wird sich ärgern, dass sie keine Gelegenheit bekam, sich mir zu widersetzen. Aber vor allem wird sie an ihrer Attraktivität zweifeln.

So oder so wird sie nachgeben und dann bin ich sie los. Ich will keine PA, die ständig um mich ist. Ich komme hervorragend zurecht. Marcello erledigt alles, was ein Manager so erledigen kann, und zugegebenermaßen manchmal mehr. Das genügt. Gelegentlich beschwert er sich, aber kümmert sich trotzdem darum, und beschwert sich danach wieder. Deshalb habe ich als guter Klient zugestimmt, mich auf eine persönliche Assistentin einzulassen, allerdings kann ich nichts dafür, dass die Ladys ihrem Job nicht anständig, sondern höchst unanständig nachgehen.

Es soll bleiben, wie es ist. Marcello erledigt alles für mich, denn er wird ja gut bezahlt, und das Extrazeug stellt er mir auch jedes Mal in Rechnung, weshalb ich kein schlechtes Gewissen habe, ihm alles aufzuhalsen.

Aus der Ferne.

Nicht direkt hier.

Das will ich nicht und brauche ich nicht.

Mal sehen, wann sie aufgibt.

Elin.

Den Namen habe ich mir gemerkt.

Und bald kann ich ihn wieder vergessen.

3

HAT ER DAS GEHÖRT?

Elin

»Und?«, fragt Sophia sofort, als sie abgenommen hat, weshalb ich lache.

»Überlebt«, sage ich laut Richtung Autoradio, weil ich vermute, dass dort das Mikrofon eingebaut ist, und fahre vom Supermarktparkplatz. Viel habe ich nicht gebraucht, eigentlich nur mein Stressessen. Bananen. Schnell zu essen, von der Natur einwandfrei verpackt, ein bisschen süß, und sie spenden Energie.

»Ja, das dachte ich mir. Und wie ist er so? Ist er so hot wie auf den Fotos?«

»Ist er darauf hot?«

»Du bist erst fast dreißig, nicht tot. Du wirst doch bemerken, wenn du einen Hottie vor dir hast, und ich will jetzt wissen, ob das Photoshop ist.«

Erneut lache ich. »Ich habe seinen nackten Hintern gesehen und hielt ihn für eine Statue, so straff war der. Ja, er ist attraktiv, aber du weißt ja, dass ich auf große Männer stehe. Er ist mir allerdings zu finster. Sein Haar ist dunkel und seine Augen genauso. Nicht nur die Farbe, die wirken ganz düster, wenn du verstehst, was ich meine. Ich kann es nicht erklären.

Ich bleibe beim Typ Sonnyboy. Er steht übrigens auch nicht auf mich, hat er gesagt.«

»Das hat er gesagt? Und dir trotzdem seinen Arsch gezeigt?«

»Ja, er ist echt ein bisschen schräg. Er hat eine Dusche mitten im Raum.«

»Eine Duschkabine? Hä?«

»Nein, nur Duschkopf und Abfluss. Ich sag's dir … alles seltsam.«

»Und weshalb steht er nicht auf dich? Du hast gesagt, dass er deine Vorgängerinnen aufs Kreuz gelegt hat.«

»Ich weiß nicht, warum sie das mitgemacht haben, er war nicht besonders … charmant.«

»O nein. Du denkst, er hat sie richtig umgarnt und es bei dir nicht einmal versucht. Und deshalb fühlst du dich wieder hässlich.«

»Ach, Quatsch. Und jetzt erzähl mir, wie es heute bei dir auf der Arbeit war.«

»Bist du besoffen? Nein, bist du nicht, sonst würdest du nicht Auto fahren. Würdest du doch nicht, oder? Wen interessiert, was heute bei mir auf der Arbeit passiert ist, wenn du deinen neuen Job angetreten hast? Hallo? Was hast du gemacht und wie geht es weiter und … erzähl halt alles.«

Ich hole tief Luft und berichte ihr, was ich an meinem ersten Tag alles getan und erlebt habe.

»Ich kann mir das genau vorstellen.« Sophia lacht. »Wie er dir die Rumpelkammer zeigt und dabei mit den Stäbchen Nudeln in den Mund schaufelt, damit du nicht siehst, dass er über deinen entsetzten Blick schmunzeln muss.«

»Ja, also bitte. Wer stopft denn einfach alle Unterlagen in Mappen, die in Kartons und stellt sie dann zur Seite? Kane sagte, sein Manager hat vollen Zugriff auf seine E-Mails, damit er alles irgendwie organisiert bekommt. Wichtige Sachen druckt er ihm sogar aus und schickt sie ihm zu! Unglaublich.«

»Künstler. Die müssen doch solche Macken haben.« Das ist

mir nur ein Schnauben wert. »Eine Macke zu der Musensache«, ergänzt sie lachend.

»Ja, echt schrecklich. Er hat für seine Musen ein Bett aufgestellt. Mitten im Raum, in dem er malt! Ja, so viele Zimmer hat die Kirche nicht, aber trotzdem. Es steht total präsent dort, und ich habe das Gefühl, er platziert Frauen darauf wie in einem Puppenhaus.«

»Meinst du nicht, dass er in diesem Bett mehr mit ihnen anstellt, als sie nur zu platzieren?«

»Aaah! Hör bloß auf. Der Mann wird mich noch Nerven kosten.«

»Falls er dir kündigt: Meinst du, er lässt das auch jemand anderen erledigen?«

Ich lache. »Wie ich mit Kezia *Schluss machen* musste? Bestimmt. Als ich ihr beim Einpacken ihrer Sachen half und etwas Tröstendes loswurde, sagte sie so ungefähr, dass sie bekommen hat, was sie wollte, und sie es sowieso nicht mehr lange mit ihm ausgehalten hätte.«

»Schutzbehauptung.«

»Vielleicht … aber besonders traurig sah sie nicht aus. Was ich echt gut verstehe.«

»Ach Elin, mit ihm bist du wenigstens beschäftigt. Das wolltest du doch, oder?«

»Ja, du hast recht. Hast du … hast du sie gesehen?«

»Ja. Es geht ihnen gut.«

»Das ist das Wichtigste.«

»Ja, ist es … Hast du was von Georg gehört?«

»Natürlich nicht. Will ich auch nicht.«

Niemand will von dem Mann etwas hören, der einem gesteht, dass er einen vier Jahre lang ausgenutzt hat. Seine Schlussmachworte waren, dass er meine Brüste widerlich findet, weil sie wabbeln, und mein Hintern wie ein Pferdearsch wäre, hätte er nicht so viele Dellen.

Sophia beharrt darauf, das hätte er nur behauptet, um mich so sehr zu verletzen, dass ich mich nicht mehr melde und er mich für immer los ist.

Mein Kopf weiß, dass sie recht hat, aber trotzdem ist da etwas, was diesen fiesen Dingen, die er zu mir gesagt hat, Platz in mir gibt, weil er wirklich nie viel körperliches Interesse an mir gezeigt hat. Anfangs hat er mich umgarnt, als wäre ich ein Hauptgewinn, und im Nachhinein ist es logisch, dass er es lediglich getan hat, da er mich brauchte.

Alles ging so schnell. Bei ihm einziehen, in seiner kleinen Holzverarbeitungsfirma als Sekretärin aushelfen, sein Haus sauber halten und mich um seine Kinder kümmern. Und das alles umsonst beziehungsweise gegen Kost, Logis und Haushaltsgeld, als wäre ich seine Frau.

So habe ich mich auch gefühlt: wie seine Frau. Eine von den Frauen, die Ehefrau sind und deren Männer viel arbeiten und wenig Zeit für sie haben. Bis auf die kleine Tatsache, dass ich es nie zur Ehefrau geschafft habe.

Naiv wie ich war, habe ich mich mit vertröstenden Sätzen und leidenschaftslosem Beisammensein abspeisen lassen.

Genügsam. Ein Wort, das ich verwendet hätte, hätte mich damals jemand gefragt, wie ich mich beschreibe. Genügsam. Liebevoll vielleicht noch. Organisiert auf jeden Fall.

Ich bin keine dieser romantischen Frauen, die alles verklärt sehen und sich ständig verlieben. Allerdings bin ich auch keine heißblütige Femme fatale, der Männerherzen nachgeworfen werden. Geht es um mich selbst, bin ich pragmatisch und sachlich, und das macht mich zu einem gewissen Teil stolz, da ich mich deshalb für sehr umgänglich halte.

»Du, Elin … Manchmal denke ich darüber nach, ob es nicht besser wäre, wenn wir unsere Freundschaft beenden.«

Bei dem Gedanken schießen mir sofort heiße Tränen in die Augen und ich fahre langsamer. Das passiert nicht, ich weiß es, aber ich dachte auch schon daran und vermute, aus dem gleichen Grund. »Warum?«

»Weil ich nebenan wohne. Weil ich dein Spion bin. Weil meine Berichte dir wehtun. Versteh mich nicht falsch, ich erstatte dir gern Bericht, allerdings habe ich das Gefühl, solange du Kontakt zu mir hast, wirst du nie damit abschließen können. Du musst loslassen.«

»Ich habe losgelassen. Sieh mich an! Ich habe mich verschuldet, um mir eine Weiterbildung leisten zu können, die mich wirklich besser gemacht hat. Den Arsch habe ich mir aufgerissen, um dort so gut abzuschließen, dass ich für die besten Stellen infrage komme. Und jetzt bin ich, ich, Elin Deschain, die persönliche Assistentin von Kane Reid! Ich! Die Vorstadtsekretärin.«

»Und du wünschst dir dein Leben vorher zurück.«

Das war keine Frage, das war eine Feststellung und ich kneife hart die Lippen zusammen. Ja, ich würde diesen tollen Job sofort hinschmeißen, mich wieder an den alten Sperrholzschreibtisch setzen und dreimal am Tag irgendwo einen Stromschlag kassieren, da der Polyesterteppich im Büro immer dafür gesorgt hat, dass ich elektrostatisch geladen war.

Weil ich mein Herz beim Auszug zurückgelassen habe. Ich vergaß es im Kinderzimmer und dort liegt es und tut weh.

»Elin? Es tut mir leid. Ich höre nur jedes Mal deine Stimme zittern, sobald du nach ihnen fragst, und dann ist mir nach heulen.«

»Nein, Sophia, ich brauche dich. Nicht als Spion, als Freundin. Du bist meine einzige und auch wenn jetzt eine so weite Strecke zwischen uns liegt … ich will diese Freundschaft. Du bist etwas Gutes in meinem Leben. Bitte bleib. Ich möchte sie nicht nur, weil du mir von ihnen erzählen kannst und … ja, vielleicht solltest du es nicht mehr tun. Du hast recht. Es tut weh. Siehst du sie, richte ihnen ein letztes Mal etwas aus. Sag ihnen … Hm.« Während ich überlege, verfängt sich einer der schrägen Sonnenstrahlen in meinen Wagen. »Sag ihnen, dass ich sie lieb habe wie einen Lolli, der nach Sonne schmeckt, und an sie denke, auch wenn ich nicht bei ihnen sein kann. Und nun sehe ich endgültig nach vorn. Ich habe doch den tollen Job bekommen, Sophia. Es wird jetzt besser, oder?«

»Wird es. Nach vorn sehen klingt gut«, flüstert sie, und ich höre, dass sie mit mir gemeinsam traurig ist. »Erzähl mir noch einmal die Geschichte mit Kezia. Das ist so lustig.«

Gott sei Dank, ein Themenwechsel. Ja, das war lustig und ein bisschen peinlich hinterher. Wie kam ich auf die Idee, meinen Boss zu verpetzen? Nur, weil ich unfair fand, was er verlangt hat? Da mich die Feigheit, nicht selbst Schluss zu machen, sondern jemanden vorzuschicken, geärgert hat?

Er sagte sogar, dass ich gefeuert bin. Davon war später nicht mehr die Rede, aber eigentlich hatte er recht damit. Loyal war das nicht und Loyalität ist einer der Slogans von Hannas Vermittlungsagentur und somit auch meiner. Ab sofort stelle ich mein Gerechtigkeitsempfinden hinten an, denn die Treue gegenüber meinem Boss steht nun über allem. Außer Dingen, die mich in den Knast bringen. Oder bei denen ich nackt sein muss.

»Kezias Gesichtsausdruck war quasi auch Kunst, als sie Beths Essen fallen ließ.«

»Hattest du mir schon gesagt, wer Beth ist?«

»Wenn ich Kezia richtig verstanden habe, ist das seine Haushälterin. Sie putzt, wäscht, kocht ihm Essen und stellt es ihm zum Aufwärmen in den Kühlschrank.«

»Wie sieht sie aus?«

»Rate.«

»Oh, schwierig. Eine Beth … hm. Das hört sich nach einer sehr schlanken hochgewachsenen Blondine an, aber mit einer Kurzhaarfrisur, nicht wie du. Ihr Lippenstift war rosé und sie sah in ihrem Reinigungsuniförmchen übertrieben heiß aus.«

Ich lache, und bevor ich darauf eingehen kann, redet sie weiter. »Halt, stopp, nein. Beth ist eine spindeldürre Rothaarige, was man aber nicht mehr sieht, da sie bereits komplett ergraut ist. Ihr Gesicht hat was Sauertöpfisches, und sie schwingt immer einen Kochlöffel, wenn sie sich aufregt. Welche Theorie stimmt? Ich setze auf die zweite, weil sie sonst sicher schon Kanes Muse gewesen wäre und damit wieder entsorgt.«

»Das klingt alles gut kombiniert, aber ich kann dir leider

nicht sagen, ob du richtig- oder falschliegst. Kezia ist aufgetaucht und hat das Essen von Beth in Empfang genommen, bevor ich sie besichtigen konnte. Sie bringt ihm selbst an ihren freien Tagen Essen vorbei.«

»Dann nehme ich das zurück. Sie wird eine kleine Frau mit runden rötlichen Wangen und grauen süßen Löckchen sein. Kane ist der Sohn, den sie nie hatte und …«

Ich lache. »Ach Sophia, ich bin so froh, dass ich dich habe.«

»Geht mir auch so«, erwidert sie und macht ein Kussgeräusch ins Telefon. »Was steht morgen bei dir an?«

»Kane sagte, vormittags sind keine wichtigen Termine, deshalb fahre ich zum nächsten Bürogroßmarkt. Ich brauche Ordner, Papier, einen Scanner, um seine Ablage zu digitalisieren … überhaupt Büromaterial. Und einen vernünftigen Bürostuhl sowie Regale für die Rumpelkammer.«

»Und ein langes Lineal, mit dem du ihm auf die Finger schlagen kannst, sollte er dir doch zu nahekommen. Außer du willst es. Dann kann er dir damit den Hintern versohlen oder so.«

Ich parke auf dem zugewiesenen Parkplatz, der zu meinem neuen Zuhause gehört, und steige aus. Auf das Mehrfamilienhaus zuzugehen fühlt sich genauso wenig nach Heimkommen an wie bei dem Einzimmer-Appartement. Das war meine letzte Wohnung, ganz in der Nähe der Akademie, weil ich die halbjährige Intensivweiterbildung in Vollzeit gewählt hatte, statt wie viele als berufsbegleitende Weiterbildung. Wenigstens hatte ich Glück und fand sofort etwas, um meinen neuen Arbeitsplatz antreten zu können, ohne vorübergehend in ein Hotel ziehen zu müssen.

»Sophia, bitte schwöre mir bei deinem Leben, dass du vorbeikommst und mich höchstpersönlich mit diesem Lineal verprügelst, wenn ich auch nur einmal andeute, dass ich mir etwas mit ihm vorstellen könnte.«

»Könntest du?« Das höre ich nur undeutlich, da ich das Telefon zwischen Ohr und Schulter geklemmt habe und es sich bedenklich dem Abgrund nähert. Ich drücke die Schulter höher und wühle weiter in meiner Tasche. Wo ist der blöde Schlüssel? Ich will den Schlüssel, bevor ich das Smartphone zurechtrücke.

In dem Moment, in dem ich ihn mit den Fingerspitzen berühre, gleitet das Telefon unaufhaltsam nach unten. Geistesgegenwärtig halte ich die Aktentasche auf, und es fällt hinein, um dort auf meinem iPad zu balancieren. Ha!

Da Sophia auf eine Antwort wartet, drücke ich mit der Nase auf Freisprechen und sage: »Ich muss schnell aufschließen, warte kurz.«

»Das ist höchst seltsam.«

»Ja, danke, finde ich auch«, kontere ich freundlich Richtung des Nachbarn, der gerade sein Fahrrad abstellt. Einmal sah ich ihn bereits von hinten, wie er das Haus verließ und davonradelte. Sportlicher Typ. Ich mag seine etwas zerzausten braunen Locken, zumindest sind sie mir sofort aufgefallen.

Verwirrt sieht er zu mir. »Ich meinte, dass ich schon wieder einen Platten habe. Aber jetzt will ich es wissen: Was haben Sie getan, dass ich es für seltsam halten könnte?«

»Wenn er halbwegs gut aussieht: Bums ihn!«, schreit es aus der Tasche. »Hat er das gehört?« Sophia lacht.

»Hat er!«, ruft der Nachbar und ich schiebe langsam meine Brille wieder ganz nach oben.

»Ihre roten Wangen sehen bezaubernd aus.«

»Hat er bezaubernd gesagt? Der ist außerhalb deiner Altersklasse. Vergiss ihn!«

»Entschuldige mal«, erwidere ich und nehme das Telefon in die Hand. »Willst du vielleicht mit ihm reden?«

»Sag mir erst, wie er aussieht. So heiß wie dein neuer Boss?«

»Ich rufe dich gleich zurück, du bist mir zu peinlich.«

»Die Hotness von Kane Reid ist der Maßstab!«, brüllt sie zum Abschied.

Entschlossen lege ich auf, und obwohl ich die selbstbewussteste Person des Universums sein möchte, spüre ich, dass meine Wangen tatsächlich warm sind und ich schon wieder den Drang habe, die Brille am Steg hochzuschieben.

Mann. Sophia ist schlimm.

»Und?«

»Was und?«, frage ich zurück. Nein, es ist genug, ich übernehme jetzt dieses Gespräch. »Ich glaube, wir kennen uns bloß vom Sehen. Ich bin Elin Deschain und ich wohne seit einer Woche im fünften Stock.«

»Phil Jennings, es freut mich, Elin. Und wie beurteilen Sie … beurteilst du mich nun?«

»Wie meinst du das?«

»Sehe ich halbwegs gut aus? So heiß wie dein neuer Boss? Kane … Wie war das? Reid?«

»Genau. Kane Reid. Falls du mich in Verlegenheit bringen möchtest: Das wird dir nicht mehr gelingen, mein Verlegenheitskontingent wurde von meiner Freundin bereits aufgebraucht.«

»Hast du ein Bild von ihm in der Tasche? Jetzt bin ich neugierig.«

»Wer hat denn bitte ein Bild seines Bosses in der Tasche? Aber du findest ihn schnell, wenn du googelst.«

»Muss man ihn kennen?«

»Er ist ein berühmter Künstler.«

»Ich interessiere mich nicht für Kunst.«

»Aber dafür, wie heiße Bosse aussehen?«, scherze ich und hake nach, um das Thema zu wechseln: »Was ist mit deinem Fahrrad?«

Er zuckt mit den Schultern. »Ich habe meinen Arbeitsplatz gewechselt, und weil die Strecke so kurz ist, dachte ich, ein bisschen körperliche Ertüchtigung schadet nicht. Einmal die Woche habe ich sicher einen Platten. Mit dem Auto nie. Ich brauche mit Stahl beschlagene Reifen wie früher die Kutschen.«

»Ärgerlich.«

»So kann man es sagen. Darf ich mich bei dir auf einen

Kaffee oder Tee einladen? Ich wollte auf dem Rückweg einkaufen, aber ich musste ja das Rad schieben.«

Schmunzelnd nicke ich. »Sicher doch.«

Phil schmunzelt ebenfalls, was kleine Grübchen entstehen lässt. Zusammen mit seinen Locken und den fröhlich funkelnden Augen könnte man fast das Wörtchen Bezaubernd für ihn nutzen. Er ist sympathisch. Ein bisschen aufdringlich, aber das macht die Lockerheit wieder wett, die er ausstrahlt.

»Dann komm.« Endlich öffne ich die Tür, und wir nehmen die Treppe, als hätten wir uns abgesprochen. Wenn es geht, vermeide ich Aufzüge. Nicht, weil ich Angst hätte, sondern da ich mich durch das Treppengehen supersportlich und gesund fühle.

»Das ist meine Wohnung.« Er deutet auf die Nummer 36, als wir vorbeigehen, und ich nicke, wonach er feststellt: »Du bist so still.«

»Phil, man spricht beim Treppensteigen nicht mit einer Lady, um ihr die Peinlichkeit zu ersparen, zuzugeben, dass sie atmen muss.«

»Du atmest? O mein Gott, hätte ich gewusst, dass du eine von den perversen Atmern bist, hätte ich mich nicht selbst zu einem Kaffee eingeladen. Machst du das täglich? Dieses Atmen? Oder nur zwei- bis dreimal die Woche?«

»Scherzkeks«, murmle ich, bemüht, nicht zu lachen, weil ich mich bestimmt wie ein hustendes Kamel anhören würde. Ich weiß zwar nicht, wie ein hustendes Kamel klingt, aber sicher wie ich, wenn ich zügig Treppen emporsteige und gleichzeitig lache.

Er folgt mir in meine Wohnung und schließt die Tür hinter uns, neben der noch die zusammengeklappten leeren Umzugskartons stehen. Sollte ich sie aufbewahren? Nur falls Hanna recht hat? Nein. Auf keinen Fall. Ich werde sie später wegbringen, weil ich nicht zweifeln will.

»Erzähl mir etwas über dich, Phil«, verlange ich, während ich ihn Richtung Küche lotse.

»Was möchtest du denn wissen, Frau Nachbarin?«

»Hast du etwa meinen Namen vergessen?«, frage ich neckisch, schalte die Kaffeemaschine an und lege die Aktentasche auf dem Esstisch ab, um die Bananen hervorzuziehen, bevor sie zerdrücken. »Setz dich, bitte.«

»Niemals, Elin. Du hast Bananen in der Tasche?«

»Immer. Das ist mein Lieblingssnack.«

Ob er sein Niemals darauf bezieht, dass er meinen Namen nicht vergisst oder sich nicht setzen möchte, behält er für sich und fragt: »Wo finde ich Teller und Besteck?«

Ich deute auf Schrank und Schublade und frage: »Weshalb?«

»Für unseren Snack zum Kaffee.«

»Ich bin gespannt.« Lachend wende ich mich der Maschine zu und lege zwei Pads hinein.

»Eine Padmaschine. Keine Kapsel, aber auch keine klassische und kein Vollautomat.«

»Möchtest du daran meine Persönlichkeit festmachen?«

»Ein bisschen vielleicht. Du hast es oft eilig und bist kein Genussmensch. Du magst es praktisch und gibst nicht gern Geld für Dinge aus, die es auch günstiger gibt.«

»Jetzt habe ich Angst, was du zu den restlichen Elektrogeräten sagst.«

Er lacht, und ich lächle, weil es mir gefällt, ihn zum Lachen zu bringen.

Die Maschine brummt und füllt den dampfenden Kaffee in die zwei Tassen. Ich warte noch den letzten Tropfen ab, dann ziehe ich sie hervor und drehe mich um.

Phil hat Platz genommen, und beinahe verschütte ich eine Tasse, da ich lache. »Du hast eine Banane kleingeschnitten?«

»Ja. Schau doch: Fast wie Kekse, zumindest von der Form her.«

Eins kann ich schon einmal sagen: Mein neuer Nachbar gefällt mir. Bis vorhin kannte ich hier noch niemanden, und nun habe ich jemanden in der Küche sitzen, der mit mir Kaffee trinkt, mich zum Lachen bringt und vermutlich gleich ein Gespräch mit mir führen wird, das mich ablenkt. Darüber bin ich froh. Ich brauche ein neues Umfeld, neue Menschen, ein neues Leben. Auch außerhalb der Arbeit.

Er nippt lächelnd an der Kaffeetasse, die ich ihm reiche, und sieht mich dabei an, weshalb ich schnell ebenfalls Platz nehme und meine Tasse mit beiden Händen umfasse.

»Wohnst du schon lange hier im Haus, Phil?«

»Ein halbes Jahr. So lange, wie ich Single bin.«

So, so. Danke für die Info, Phil. »Kinder?«

»Nein, wir sind quasi beide vor der Hochzeit abgesprungen. Wir dachten, es wäre langsam Zeit für all das, aber dann … wurde uns bewusst, dass wir vielleicht doch unterschiedliche Vorstellungen vom Leben haben. Allerdings ist es besser, dass wir das noch vor der Hochzeit bemerkt haben. Oder was meinst du?«

»Mhm«, brumme ich. »Ja, praktisch, dass ihr es vorher bemerkt habt.«

Gut, dass er keine Kinder hat. Einmal als Kindersitter von einem Mann benutzt werden, das genügt mir. Diese Erfahrung werde ich nicht wiederholen.

Huch, was denke ich denn da?

Er sitzt zum Kennenlernen bei mir in der Küche, und ich denke darüber nach, dass ich mich weigern werde, seine nichtvorhandenen Kinder großzuziehen? Ich weigere mich bei weitaus mehr. Mich überhaupt wieder emotional auf einen Mann einzulassen. Ich traue keinem mehr. Oder besser: Ich traue mir nicht mehr. Mein Ex war genau der Mann, von dem ich dachte, dass ich ihn mir wünsche. Deshalb konnte ich sogar auf das Schmetterlingsbauchgewirbel und Wunderkerzenromantikgefühle verzichten, von denen so gern erzählt wird. Unsere Beziehung war für mich eine gute Entscheidung, mit der ich mich wohlgefühlt habe, bis er mich von sich gestoßen hat, als wäre ich ein altes hässliches Möbelstück, das keiner mehr braucht.

Falls ich wieder einen Mann in mein Leben lasse, wird er perfekt sein müssen, sonst bleibe ich lieber allein. Umgekehrt erwarte ich das genauso. Ich will einen Mann, für den ich perfekt bin und nicht bloß ein Kompromiss. Fühle ich das nicht und ist das nicht absolut sicher, verzichte ich. Die Blauäugigkeit habe ich abgelegt und übersehe nie wieder Warnsignale.

Auf der PA-Akademie haben wir das Thema Work-Life-Balance behandelt, und mir ist voll und ganz bewusst, dass diese Art von PA, die ich anstrebe zu sein, wenig Platz für anderes lässt. Vielleicht war es auch genau das, was mich gereizt hat. Ich will jetzt Karriere machen.

Sollte ich Hanna eigentlich noch einmal höflichkeitshalber anrufen? Nein. Es war schon krass genug, dass mich die Gründerin und Leiterin der Akademie persönlich angerufen hat. Ihren Unterricht habe ich geliebt, genau wie die Einzelgespräche, bei denen man sich selbst einschätzen musste. Was ich in diesem intensiven halben Jahr über mich gelernt habe, ist mehr als in meinem ganzen Leben vorher.

Eine Sache habe ich für mich besonders verinnerlicht: Ich gebe nicht auf. Auch nicht, wenn sie mir sagt, mein neuer Boss ist nichts für mich, gerade dann nicht. Ich rocke das. Das steht für mich fest.

»Wo bist du mit deinen Gedanken?«

»Oh, entschuldige. Ich dachte an die Arbeit. Das war mein erster Tag.«

Zeit, mich meinem neuen Nachbarn zu widmen.

Für heute habe ich Feierabend und für morgen eine lange To-do-Liste.

Mein Leben ist gut.

Und das kann mir keiner ausreden.

4

HAHA, ICH SCHAFFE DAS SOGAR, OHNE DIE BEINE BREITZUMACHEN.

Elin

Am nächsten Tag balanciere ich fast gegen die Mittagszeit einen großen Karton Richtung Kirche. Kane hat mich gestern eingewiesen, wie das mit dem Sicherheitssystem funktioniert, damit ich mich freigeben und Kezia löschen konnte. Das wird dann wohl in Zukunft auch meine Aufgabe sein. Ich bin sozusagen Kanes Türsteher. Da die Tür das Smartphone in der Tasche erkennt, kann ich sie mit der Schulter aufdrücken, die sich bei Annäherung automatisch entriegelt.

Es hat etwas gedauert, bis ich beim Bürogroßmarkt alles bestellt hatte. Das Notwendigste nahm ich gleich mit und der Rest wird geliefert.

Die Kühle der Kirche fängt mich ein. Die Frühlingssonne hat die Luft draußen im Laufe des Vormittags ordentlich aufgeheizt, weshalb es mich hier drin kurz in der dünnen Bluse fröstelt, bevor ich mich nach ein paar Schritten daran gewöhnt habe.

Schnaubend trage ich, ohne etwas zu sehen, den großen Karton vor mir her, in dem sich mein Büromaterialgrundstock befindet. Zuerst werde ich alle, mit denen Kane beruflich zu tun hat, kontaktieren und mich vorstellen, danach beginne ich Mission Ordnung in das Papierchaos.

Mit seinem Manager hatte ich nur flüchtig Kontakt, denn das Einstellungsgespräch war äußerst kurz. Quasi stellte er fest, dass ich von Hannas Agentur vermittelt wurde, fragte, ob ich die Beine zusammenhalten kann, flexibel und stressresistent bin, schlug ein herzklopfenverursachendes Gehalt vor und dann bekam ich schon den Vertrag per E-Mail.

Sobald ich alles organisiert habe, könnte der Job tatsächlich angenehm werden. So wie Kane gestern erzählt hat, ist er eigentlich den ganzen Tag vergeistigt in seiner Künstlerwelt unterwegs und malt oder plant Projekte. Meine Aufgabe wird es sein, ihn nicht zu stören, sollte er im Flow sein, alles von ihm fernzuhalten, ihn an seine Termine zu erinnern und dafür alles vorzubereiten.

Klingt chillig.

Stimmen lassen mich um den Karton herumschielen und ich stutze. Vorsichtig stelle ich ihn ab und schiebe meine Brille nach oben, um das seltsame Bild aufzunehmen, das sich mir bietet.

Da ist Kane. Kane in einem Anzug, der etwas ungewöhnlich wirkt, ein bisschen wie aus einer vergangenen Epoche, da sein Hemd einen hohen Kragen besitzt und das dunkelgraue edle Sakko einen Stehkragen statt eines Revers hat. Fast wie eine moderne Gala-Uniform. Stylish. Sein Haar ist frisch geschnitten und sein Gesicht rasiert, als wäre er heute Morgen bei Friseur und Barbier gewesen. Dort sitzt nicht der etwas verstrubbelte und verpeilt wirkende Künstler, der anscheinend bevorzugt oben ohne herumläuft – oder ganz nackt. Nein, dort sitzt jemand, der aussieht wie ein reicher Schnösel, der von altem Geld lebt.

Seine Haltung ist ein lässiges Thronen auf einem der braunen Chesterfieldsessel. Seine Beine hat er auf einer Fußbank abgelegt und diese Fußbank ist eine Frau auf allen vieren. Nachdem ich zwei Schritte näher gegangen bin, erkenne ich, dass sie nicht nackt ist, sondern mit einer Art schwarz glänzendem Tape ihre Brustwarzen abgedeckt wurden.

Neben dem Sessel kniet eine weitere Frau, deren Brüste ebenfalls mit dem schwarzen Band verdeckt sind. Ein Streifen davon führt auch von zwischen ihren Schenkeln bis hoch zum Bauchnabel.

Kane lacht und sein Gegenüber, den ich erst jetzt richtig wahrnehme, lacht mit ihm. Neben dem Mann auf dem zweiten Sessel kniet eine weitere Frau. Beide Frauen halten in einer unterwürfigen Geste gefüllte Gläser in den Händen. Zwischen den Sesseln der beiden Männer entdecke ich noch eine Frau auf allen vieren, auf deren nacktem Rücken ein Aschenbecher und eine Schale Nüsse stehen, dahinter eine auf Knien, die einen mehrarmigen Kerzenhalter mit angezündeten Kerzen in die Höhe hält.

Also!

Was ist nur mit diesem Mann los?

Er kann doch nicht Frauen dermaßen erniedrigen!

Als ich hinter Kanes Gesprächspartner einen weiteren Mann mit Kamera entdecke, reicht es mir. Er kann das nicht auch noch filmen! So ein frauenverachtendes Arschloch!

Erbost stürme ich los, drücke die Kamera zur Seite und baue mich vor Kane mit in die Taille gestützten Armen auf. »Was bist du bloß für ein Mensch?!«

Vollkommen egal, ob Boss oder nicht, das geht in meiner Welt nicht. Einfach nein. Das nehme ich nicht hin und da schaue ich nicht zu.

Er sieht zu mir hoch, greift sich das Glas aus den Händen der Frau und nimmt einen Schluck, ohne von mir wegzusehen. Was auch immer er überlegt, alle scheinen darauf zu warten, wie er reagiert, denn sonst regt sich niemand.

»Elin«, sagt er betont ruhig, aber ich höre das finstere Brodeln unter der Oberfläche, was mir egal ist.

»Kane«, erwidere ich spöttisch und nehme ihm das Glas

weg, als er es der Frau wieder in die Hände drücken will, um es auf den Boden zu stellen.

In einer eleganten Bewegung nimmt er nacheinander die Füße vom Rücken der Frau, die er als Fußbank benutzt. Falls er denkt, die Wut in seinem Blick beeindruckt mich, liegt er falsch. Lieber riskiere ich die Kündigung und lebe auf der Straße, als mir vorwerfen zu müssen, dass ich bei so etwas zugesehen habe.

Er erhebt sich, und ich steige auf die Zehenspitzen, um wenigstens ein bisschen auszugleichen, dass er größer ist als ich. Ich lasse mich doch nicht von Körpergröße beeindrucken. Pah.

»Was ist dein Problem?«

»Was mein Problem ist, Kane? Meins? Was ist dein Problem?! Die armen Frauen! Das ist doch ganz großer Mist! Du bist ein frauenverachtender Widerling. Das war mir gestern nach der Nummer mit Kezia schon klar, aber bei so was sehe ich nicht tatenlos zu! Niemals und für niemand und für keinen Job der Welt!«

»Was ist denn *so was*?«

»Frauen als … als … als … Möbelstücke zu missbrauchen! Ja, das ist Missbrauch und wirklich ekelhaft!«

»Bist du dir ganz sicher, dass du von Hanna geschickt wurdest und du nicht meine richtige Assistentin niedergeschlagen hast, um ihren Platz einzunehmen?«

Er sieht zu seinem Gesprächspartner und ich folge seinem Blick. Er schmunzelt, genauso wie der Mann mit der Kamera. Als ich zurück zu Kane sehe, bemerke ich, dass sich seine Miene noch weiter verfinstert hat.

Mit einem harten Griff umfasst er meine Schultern und drängt mich rückwärts. Ich stolpere, doch er hält mich mit einem schmerzhaften Klammergriff aufrecht und schiebt mich weiter vor sich her.

»Hey, was wird das? Mich rauswerfen? Ja, tu das. Für jemanden, der so widerlich ist, möchte ich sowieso nicht arbeiten.«

»Elin«, zischt er mit einem tiefen Groll in der Stimme. »Ja, du bist gefeuert. Was bildest du dir eigentlich ein, das Interview zu sabotieren?«

»Interview? Davon stand nichts im Kalender.«

»Denkst du, ich halte auf die Art ein Kaffeekränzchen mit Freunden? Ich war heute Morgen auch überrascht, als der Friseur vor meiner Tür stand und mir diesen Anzug mitgebracht hat. Dann ist es mir wieder eingefallen. Das Interview wurde schon vor Wochen vereinbart und die *Deko* habe ich mir ausgedacht und über meinen Manager organisieren lassen.«

»Marcello spielt bei diesem frauenverachtenden Scheiß mit?«, frage ich entsetzt.

»Frauenverachtend? Ich gelte als abgefahrener Künstler. Das ist abgefahren. Die Leute erwarten so etwas von mir.«

»Ja, frauenverachtend! Das will niemand sehen.«

Knurrend dreht er mich an den Schultern in Richtung der Szenerie und streckt den Arm aus. »Was ist mit den Männern? Ist es auch männerverachtend? Oder kann ich das nicht sein, weil ich selbst einer bin? Ist es dann menschenverachtend? Oder vielleicht einfach nur Show? Was meinst du, Elin?«

Ich folge seinem ausgestreckten Arm mit dem Blick und nun sehe ich sie. Zwei Männer rahmen die Szene ein. Sie sind ebenfalls nackt, bis auf mit dem schwarz glänzenden Tape abgeklebten Geschlechtsteile und sie halten eingeschaltete Lampenschirme in die Höhe, als wären sie Stehlampen.

»Es ist trotzdem widerlich, Menschen so zu behandeln.«

»Das ist ein Kink oder Fetisch – ich weiß den Unterschied nicht so genau. Auf jeden Fall freuen sie sich sogar, dass sie mit mir gefilmt werden. Das sind Freiwillige, gut bezahlte Freiwillige. Und wenn du etwas nach rechts siehst … Da steht noch jemand. Das ist ihr Aufpasser, der eingreifen wird, sollte was nicht okay sein. Die Szene, zu der sie gehören, freut sich über Aufmerksamkeit, und niemand, aber auch wirklich niemand denkt, das ist widerlich, außer du. Du denkst nicht einmal eine Sekunde darüber nach, ob du im Irrtum sein könntest, sondern legst sofort einen peinlichen Auftritt hin und blamierst mich. Verschwinde.«

»Was?« O Gott. Natürlich ist das Show. Wie kam ich auf die Idee, er könnte die Frauen zwingen? Weil ich niemals freiwillig so etwas tun würde und in meinem Kopf ganz klar ist, dass man dazu genötigt werden muss? Wo ist eigentlich dieser vielgerühmte Verstand, wenn man ihn braucht? Der soll erst denken, dann handeln.

War es das, was Hanna meinte? Zu impulsiv und zu hoher Gerechtigkeitssinn? Auf einmal kommt mir die Kirche noch kühler vor, und die durch die Scheiben hereinfallenden Sonnenstrahlen erwecken den Eindruck, mich zu verhöhnen, indem sie weiterscheinen, obwohl ich gerade vor Scham erstarre.

»Elin? Hör auf, mich anzustarren, als wäre das nicht logisch. Du bist die schlechteste PA, die man sich vorstellen kann, und jetzt verschwinde. Falls du es nicht verstanden hast: Das war eine Kündigung.«

Gekündigt?

Schon?

Haha, ich schaffe das sogar, ohne die Beine breitzumachen.

Mein erster Gedanke bei dem Anblick war ja auch, den Job hinzuwerfen, doch nun … puh.

Kurz ist mir nach kapitulieren, aber … Nein. So schnell gebe ich nicht auf.

Für ihn braucht man gegebenenfalls einen mentalen Schutzschild, ich bin jedoch bereit zu kämpfen. Um diese Stelle. Um mein Selbstbewusstsein. Um meine Zukunft als erstklassige persönliche Assistentin.

Scham und Peinlichkeiten – da stehe ich drüber. Jeder macht Fehler. Mein letzter war so schmerzhaft, da kann das hier nicht mithalten.

Kane wird irgendwann zurücksehen, darüber lachen und danach wird er mich loben.

So wird es sein.
Einen anderen Gedanken lasse ich nicht zu.
Seine Kündigung kann mich mal.

5

LIEBER AUF MEINEN SCHOSS?

Kane

Ihr Kinn ist stolz nach oben gereckt und ihre Augen funkeln wild, woran sich mein Blick fesselt. Wieso sieht sie nicht peinlich beschämt auf den Boden? Warum bettelt sie nicht um Verzeihung oder stottert, dass es ein Missverständnis war und eine sinnlose Erklärung?

Ihre durch Entschlossenheit gestraffte Miene erinnert mich an eine Freiheitskämpferin, an Mut und starken Willen, und ich kann schon die Farbpalette sehen, die genau das widerspiegelt.

Sie ergreift ruhig und besonnen das Wort: »Findest du das wirklich gut? Ich meine: Welche Botschaft transportiert das?«

Meint sie die Frage ernst? Die Botschaft ist: *Kane Reid ist wie seine Bilder: versaut, extravagant und einmalig.*

Nein, ich erkläre ihr jetzt nicht, wie ich auf diese Idee kam und wie viele Botschaften gleichzeitig darin stecken. Das Abgefahrene, das ich verkörpern möchte, die in vielen Bereichen immer noch vorherrschende oder stärker werdende Objektifizierung und zum Schluss, die Gelegenheit, für die Community rund um das erotische Rollenspiel als Lebendmöbel, aus der dunklen Ecke zu können.

Viele Fliegen mit einer Klappe.

Und Elin crasht das Interview.

Da ich sie gerade gefeuert habe, kann ich sie auch provozieren. Nein, ich muss es sogar, das schulde ich mir dafür, dass ich mich gerechtfertigt habe. Ich!

Vielleicht sehe ich noch ein bisschen inspirierende Entschlossenheit, dann war sie wenigstens nützlich.

»Keine Botschaft. Du hast den Kern der Sache erfasst: Ich bin ein frauenverachtendes Arschloch. Welche ficke ich zuerst? Den Tisch? Die Fußbank? Oder den Kerzenständer? Eine der Lampen? Mir ist es vollkommen egal, ob Mann oder Frau, Hauptsache eng. Filmen dürfen wir das leider nicht. Nein, falsch, wir dürfen das schon, aber es zu zeigen wird dann schwierig. Interview und Porno ist eine Mischung, die will wirklich keiner sehen.«

Sie mustert mein Gesicht und drückt auf den Steg der Brille, wobei sie sich nachdenklich über die Unterlippe leckt.

Hey, wo ist meine Entschlossenheit hin?

Jetzt sieht sie aus, als würde sie sich schämen, aber das ist nicht so schön wie vorher. Genervt drehe ich mich um. Sie sabotiert alles, und dann bekomme ich noch nicht einmal den Gesichtsausdruck, den ich mir wünsche.

Sie eilt an mir vorbei und geht auf Emmett zu, der das Interview mit mir führt. Er gilt als größter YouTuber der Kunstszene, wobei er mittlerweile nicht nur auf YouTube unterwegs ist, sondern auf allen bekannten Social-Media-Plattformen. Angeblich hat er ein Angebot von einem Streamingdienstanbieter für eine eigene Show bekommen, aber das glaube ich erst, wenn ich es sehe.

Er erhebt sich und nimmt die dargebotene Hand. »Ich bin Elin, Kanes persönliche Assistentin, und ich wusste nichts von dem Termin. Da ich den Job gestern angetreten habe, ist das vielleicht kein Wunder. Bitte entschuldigen Sie, dass ich das Interview unterbrochen habe. Mir war bisher diese Art von Kunst fremd und nun ist mir das unendlich peinlich.«

»Hey, Elin, ich bin Emmett. Ich verzeihe dir, falls ich dich auch interviewen darf.«

»Worüber?«

»Zu deinem Boss natürlich.«

»Oh, aber ich kenne ihn doch erst seit gestern.«

»Vielleicht macht es das sogar interessanter.«

»Ich war noch nie im Fernsehen …« Sie streicht sich eine der hellblonden Strähnen zurück, und ihre Wangen überzieht ein Hauch Röte, als würde sie von innen Rouge auflegen. Entzückend könnte man das nennen.

Mich ärgert, dass ich irgendetwas an dieser Frau *entzückend* finde, die mich so sehr nervt und die ich loswerden will.

Emmett legt seine zweite Hand auf ihre, da sie immer noch im Händedruck verharren. »Nein, im Fernsehen wird das nicht gezeigt, keine Sorge.«

Er grinst schräg, weil das Interview im Fernsehen sicher schneller vergessen wäre. Zu einer festen Zeit auf einem Sender ausgestrahlt, vielleicht eine Wiederholung und dann ist es vorbei. Da er es allerdings auf all seinen Kanälen veröffentlicht, kann es jederzeit von jedem angesehen werden.

»Ja, okay, ich würde es tun, aber er hat mich gerade gefeuert. Darf ich das in dem Fall überhaupt?«

Das klingt verboten naiv, und ehe ich darüber nachdenke, stehe ich neben ihr, als müsste ich sie beschützen, woraufhin er ihre Hand loslässt. »Sie kann dir ein Interview geben, allerdings bekommt sie es vorher zur Ansicht. Falls ihr etwas unangenehm ist, wird es rausgeschnitten. Ohne diese Zusicherung wird sie nichts unterschreiben. Außerdem wird ihr kleiner Tobsuchtsanfall nicht verwendet.«

Sie sieht mich ungläubig an und sagt: »Danke?«

»Das war nicht für dich, sondern für mich. Ich will es auch vorher sehen, denn wer weiß, was du über mich erzählst«, flüstere ich ihr zu und begebe mich zurück zu meinem Sessel, um mich niederzulassen.

Ich nehme der Frau, die neben mir kniet, das Glas ab, das sie vom Boden genommen hat, und obwohl sie mich beim Hinsetzen angesehen hat, wendet sie dazu den Blick aus ihren schönen Mandelaugen ab.

Eine neue Muse habe ich noch nicht. Ob sie eine sein wollte? Will ich eine Muse, die darauf steht, als Möbelstück behandelt zu werden? Die Demut darin könnte mir gefallen, aber inspiriert mich das?

Unweigerlich sehe ich zurück zu Elin, deren Kampfgeist mir eine Farbpalette in den Kopf gesetzt hat. Was daraus für ein Motiv entstehen könnte, weiß ich noch nicht, es muss jedoch das ausstrahlen, was ihr Blick innehatte, und es wird in den Farben sein, die mir dabei in den Sinn kamen.

Andrew steht nun neben ihr und erklärt ihr anscheinend etwas, denn er deutet auf seine menschlichen Möbel. Mein Manager hat mit ihm alles vereinbart, da Andrew Ansprechpartner in einem dementsprechenden Club ist. Ich weiß nicht, wie seine Bezeichnung wäre. Ist er der Aufpasser? Der Dom, ihr Herr, der Eigentümer? Vielleicht erfahre ich es später, wenn er etwas dazu erzählen darf. Ich würde darauf tippen, dass er sich Dom nennt, denn er strahlt eine beeindruckende Dominanz aus, vor allem gegenüber seinen Leuten.

Elin schnappt nach Luft und schüttelt den Kopf. »Ich bin doch viel zu schwer!«

Andrew lacht rau und sagt danach herrisch streng: »Setzen. Ich sage dir, wann du aufstehen musst.«

Hilfe suchend sieht Elin zu mir, und ich halte ihren Blick, während ich einen Schluck nehme. Was aussieht wie Whiskey, ist verdünnter Apfelsaft. Man sagt Künstlern oft nach, dass sie ein versoffenes und drogeninspiriertes Pack sind, und in diesem Glauben lasse ich die Menschen gern. Eine hässliche Suff- und Drogenphase habe ich bereits hinter mir und eins weiß ich mit Sicherheit: Es inspiriert mich nicht, sondern hemmt meine Energie. Das kann ich nicht gebrauchen.

Ihre süße Hilflosigkeit erregt mich. Sie hat den Mut, mir eine Szene zu machen, und noch mehr Mut, die Situation wieder zu übernehmen, indem sie sich entschuldigt. Und hinter diese Souveränität zu sehen, ist irgendwie geil.

»Nimm Platz«, fordert er, und man hört, dass er es gewohnt

ist, Anweisungen zu erteilen. Er spricht nicht laut oder bemüht eindringlich, sondern es schwingt schlicht mit, dass er weiß, was er verlangt, und sofortige Umsetzung erwartet.

Faszinierender Mensch.

»Ich werde mich nicht auf eine Person setzen!«, stellt sie klar, wozu sie die Schultern energisch strafft. Jetzt muss ich mir in den Schritt greifen, um meine wachsende Erektion zurechtzulegen.

Wie sie sich der unbestreitbaren Dominanz von Andrew entgegensetzt, ist heiß, das ist nicht zu verleugnen.

»Setz dich zu mir«, befehle ich und bin mir sicher, dass ich nicht weniger herrisch klinge als Andrew.

Jetzt ist es aber gut!

Die Ermahnung gilt meinem Schwanz, der behauptet, dass Elin auf mich hört und sofort neben mir steht, ist es wert, sich komplett zu verhärten.

Sie bleibt bei mir stehen und fragt Emmett: »Wie soll ich mich am besten hinstellen?«

Am liebsten würde ich sie auf meinen Schoß ziehen und mich an ihr reiben, aber sie ist keine meiner Musen, deshalb hake ich den Zeigefinger hinten in den Bund ihrer Stoffhose und dirigiere sie auf die Armlehne. »Hier schlage ich vor.«

»Hey!«, beschwert sie sich.

»Was? Lieber auf meinen Schoß? Du sagtest, du willst nicht auf Menschen sitzen.«

Sie seufzt laut. »Du bist wirklich ein ungewöhnlicher Boss. Daran muss ich mich erst gewöhnen. Zwar hieß es, die meisten sind etwas egozentrisch, aber ich bin mir sicher, so einen Fall wie dich gibt es nicht oft.«

Was sie bisher von mir erlebt hat, war jetzt nicht besonders egozentrisch. Für wen hat sie vorher gearbeitet? Standardbürojobs?

»Hast du das mitgefilmt?«, fragt Emmett Richtung seines Kollegen mit der Kamera.

»Ja, natürlich.«

»Perfekt. Kane, erzähl uns von deiner aktuellen Muse. Ist sie hier?«

»Meine Muse hat mich gestern verlassen.«

Elin schnaubt.

»Ist Elin deine neue Muse?«

Ich schmunzle, als sie auf der Armablage so weit wie möglich von mir wegrutscht, als wollte sie sich von der Aussage distanzieren.

»Nein, Elin ist meine persönliche Assistentin. Falls sie mich zwischen ihre Schenkel lässt, damit ich dort Inspiration finde, lehne ich das Angebot nicht ab. Sie ist ja ganz ansehnlich.«

»Es ist nicht wichtig, wie er mich findet«, erwidert sie und sieht Richtung Kamera. »Kane ist nicht mein Typ Mann und nicht mein Typ Mensch. Weder sexuell noch privat. Natürlich würde ich mich auch nie auf einen für mich attraktiven Boss einlassen. Ich möchte ihn objektiv betrachten und mich auf die für ihn beste Weise um ihn kümmern.«

Ihre Hand krampft sich zusammen und sie setzt sich noch ein bisschen aufrechter hin. Bevor jemand darauf reagieren kann, spricht sie schnell weiter, so als wäre es eine Rechtfertigung: »Das Aussehen meines Chefs zu beurteilen ist eine Stufe der Unprofessionalität, die ich nicht besteigen würde, wäre ich nicht durch seine Aussage dazu genötigt. Ich bin keine seiner Musen, auf keine Art, und das möchte ich an dieser Stelle betonen. Unser Verhältnis ist und bleibt professionell.«

Gern würde ich ihr die Frage zuflüstern, ob dieses harte Statement daher kam, dass ich sie als *ganz ansehnlich* betitelt habe. Was nett klingt, ist ja auch wirklich ein fieser Haken. Fast so gut wie Aussagen wie: *für dein Alter.*

»Elin, du arbeitest erst seit …?«

»Seit gestern arbeite ich für Kane und wir sind noch in der Kennenlern- und Einarbeitungsphase.«

»Benötigt man eine besondere Ausbildung, um persönliche Assistentin eines Künstlers zu sein? Oder überhaupt eine persönliche Assistentin?«

Sie läuft hörbar warm und klingt nicht länger künstlich, als sie Hannas Akademie als ihre letzte Weiterbildung nennt, und so Werbung für ihre Mentorin macht. Der Rest ist eher eine mit Beispielen untermauerte Aufzählung von Eigenschaften, die man für den Job mitbringen sollte.

Ihre Art zu erzählen, gefällt mir. Sie fasst sich kurz und gibt die Informationen trotzdem als Geschichte preis. Kein Wort erscheint mir überflüssig und die Melodie ihrer für eine Frau recht dunklen Stimme verleiht ihrer Rede fast etwas Musikalisches.

Emmett scheint es ähnlich zu ergehen, denn durch kleine Nachfragen hält er sie am Sprechen, als wäre er der Dirigent.

In mir wächst das Bedürfnis, zu ertasten, ob man ihre Melodie fühlt, und ich bewege vorsichtig die Hand, bis sie sich hinter ihrem Rücken befindet, und lege den Daumen genau an das Steißbein. Doch ich spüre nur den Stoff ihrer Bluse sowie die Wärme ihres Körpers, egal wie sehr ich mich darauf konzentriere.

»Ist es schwierig, Menschen zu unterstützen, die eine gewisse Macht haben?«

»Hat Kane als Künstler denn Macht?«, fragt sie zurück, lässt eine kurze Pause und beantwortet die Frage selbst: »Natürlich hat er die. Er gilt als einer der bekanntesten Künstler unserer Zeit und begeistert sogar Jugendliche. Ich möchte nicht wissen, in wie vielen Jugendzimmern Mütter erbost Poster mit seinen Bildern abgenommen haben. Dadurch hat er Macht. Zeigt er sich mit einer bestimmten Marke in der Öffentlichkeit, wird diese garantiert eine Umsatzsteigerung erleben. Gibt er ein politisches Statement ab, wird dieses von vielen angenommen werden. Und wie faszinierend ist denn das? Er ist ein Künstler, und Menschen würden ihm trotzdem vertrauen, wenn es sich um Politik dreht. Das ist auch Macht. Große sogar.«

»Wie geht er deiner Meinung nach damit um?«

»Zurückhaltend. Das war zumindest mein Eindruck, als ich über ihn recherchiert habe, bevor ich den Job antrat. Wie ihn diese Macht verändert hat, ihn ganz persönlich, das kann ich nicht beurteilen. Dazu müsste ich ihn länger und besser kennen. Was man allerdings nicht vergessen darf: Macht hat direkte Auswirkungen auf unser Gehirn, sogar eine ähnliche wie aufputschende Drogen. Dopamin wird ausgeschüttet, wodurch man mehr Fokus auf Ziele legen kann, das abstrakte Denkvermögen sich verbessert und man leichter analysieren kann. Nebenbei steigen die Leistungsfähigkeit, die Risikobereitschaft und der Sexualtrieb. Aber dafür vermindern sich Einfühlungsgabe und Moralempfinden. Man denkt schneller in Stereotypen und erhöht sich selbst gegenüber anderen. Man hält sich für unfehlbar und verliert manchmal sogar den Kontakt zur Realität. Das muss einem im Umgang mit mächtigen Menschen bewusst sein.«

Für mich ist es unmöglich, von ihr wegzusehen. Ich betrachte die hellblonden Haare, die ihr bis zur Schulter fallen und hinters Ohr gestrichen sind, verfolge die Bewegung ihres Kiefers beim Sprechen, wie elegant sie den Hals gereckt hat und wie selbstbewusst sie neben mir auf der Armlehne sitzt.

Ihre Präsenz nimmt viel Raum ein und schwirrt wie ein lebendiges Wesen um sie herum. Ich will an ihr riechen, ob sie so duftet, wie sie wirkt. Es muss berauschend sein. Sie ist nicht devot und sie ist keine PA, sie ist eine Königin, und vielleicht weiß sie es nicht.

All meine Ablehnung ist verschwunden und eins steht für mich fest: Ich will sie behalten. Nein, ich *werde* sie behalten, und zwar ohne mein Gesicht zu verlieren, indem ich die Kündigung zurücknehme. Das versteht sie sicher auch nonverbal. Diese Königin wird meine Assistentin sein und sich mit der Fähigkeit zu herrschen um alles kümmern, was ich selbst immer vernachlässige. Ab sofort wird sie mit dem Enthusiasmus für mich eintreten, mit der sie ihre Erbostheit ausgedrückt hat, dass ich angeblich Frauen erniedrige.

Ihre zwei Vorgängerinnen waren, wie ich es befürchtet hatte, reiner Ballast, der geführt werden will. Sie hier, sie braucht mich nicht, und genau das könnte ich vielleicht tatsächlich gebrauchen.

6

WAS, DENKST DU, TUE ICH?

Elin

Mein Herz schlägt in einem überhöhten Tempo, obwohl ich nicht mehr vor der Kamera stehe, sondern von abseits zusehe, wie Andrew als Abschluss noch etwas zum Thema Lebendmöbelfetisch erzählt.

Es liegt nicht an Andrew, auch wenn er sicher einige Herzen zum schnellen Schlagen bringen kann, und das nur mit einem strengen Blick. All die Aufregung, die ich während des Interviews hätte empfinden sollen, scheint mich jetzt nachträglich zu überfallen.

Im Nachhinein sehe ich es als viel zu intimes Bild, dass ich auf Kanes Armlehne saß. Eins, das ich nicht vermitteln möchte. Distanzierte Vertrautheit wäre das richtige Stichwort. Dieser Sitzplatz suggeriert allerdings, wir sind eher Kumpels oder stehen uns halt nahe. Außerdem bin ich, je mehr ich darüber nachdenke, der Meinung, dass ich ziemlich viel Blödsinn geredet habe. Erzählte ich wirklich vor einer Kamera, dass ich ihn nicht attraktiv finde, als wäre das wichtig? Und hielt einen Vortrag über Macht, als wäre ich Dozent? Sollte ich verlangen, dass man es rausschneidet? Aber das erweckt den Eindruck, ich wäre unsicher.

Ich betrachte Kane, der wie ein arroganter dunkler König

auf diesem Sessel trohnt und Andrew lauscht. Seine Miene wirkt, als wäre er in Gedanken woanders. Habe ich mir nur eingebildet, dass er meinen Rücken berührt hat? Es hat mich kurz aus dem Konzept gebracht, vor allem, da ich nicht nachsehen konnte, mir allerdings sicher war, etwas zu spüren. Ein Punkt, der immer größer wurde, je länger es anhielt.

Als ich mich auf der Akademie bewarb, dachte ich auch nicht daran, jemals in so eine Situation zu geraten. Natürlich war mir klar, dass verschiedenste Berufsgruppen persönliche Assistenten benötigen. An meinem ersten richtigen Arbeitstag gleich bei einem Interview dabei zu sein, in dem Menschen als Möbel genutzt werden, das hätte ich mir allerdings nicht einmal in einem Fiebertraum ausdenken können.

Langsam beruhigt sich mein Herz, und ich schiebe die Brille die wenigen Millimeter, die sie nach unten gerutscht ist, wieder hoch. Ich meistere das. Wenn das mein erster Tag war, kann danach nichts Erschütterndes mehr passieren. Die große Blamage habe ich hinter mir und schlimmer blamieren ist fast nicht möglich.

Was nun? Warten, ob Kane noch etwas zur Kündigung sagt, an die Arbeit machen oder das Ende des Interviews abwarten, um meine Hilfe anzubieten?

Warum nicht warten und dabei Dinge erledigen?

Ich öffne auf meinem Smartphone die E-Mail-App und da ist die erwartete Antwort auf die Nachricht, die ich gestern noch formuliert habe, nachdem mein neuer Lieblingsnachbar Phil nach Hause ging.

Sie ist von Kanes Manager Marcello, der mir einen Cloud-Zugang zu Kanes Unterlagen eingerichtet und mir mehrere Anhänge geschickt hat. Darunter auch die Liste mit Aufgaben, von denen er denkt, dass ich sie übernehmen könnte, und – Gott sei Dank – eine Kalender-Datei mit Kanes Terminen, die ich in meinen gestern erstellten kopieren und ihn so vervollständigen kann.

Schmunzelnd betrachte ich die zu den Terminen angelegten To-dos. Für den aktuellen Termin war wirklich ein

Friseur für heute Morgen hierherbestellt worden, der Haare und Bart für das Interview richten sollte. Außerdem war seine Aufgabe, Kane zu wecken, ihm einen Kaffee und ein kleines Frühstück sowie sein Outfit mitzubringen, damit er einsatzbereit ist, sobald das Interviewteam und die *Möbel* eintreffen.

Um diese Dinge kümmere ich mich ab sofort.

Ein seltsames Kribbeln lässt mich hochsehen, und ich bemerke, dass Kane in meine Richtung sieht, weshalb sich unsere Blicke treffen. Etwas Dunkles, Raubtierhaftes liegt darin, wie er mich betrachtet. Möglicherweise etwas Abschätzendes, so als würde er überlegen … Ja, aber was? Es bringt mich auf jeden Fall instinktiv zum Wegsehen. So zu reagieren, ärgert mich, und ich schaue langsam zurück, so als würde ich ihn bloß zufällig mit einem Blick streifen.

Er sieht immer noch zu mir und das Kribbeln, das mich hochsehen ließ, breitet sich als lästige Nervosität in mir aus. Entschlossen, mich nicht von Blicken in Unruhe versetzen zu lassen, nehme ich die Hand hoch, um wieder auf mein Smartphone zu sehen, damit ich die Nachricht fertiglesen kann.

Sobald das Interview beendet ist, werde ich alles akribisch durchgehen und danach mit Marcello telefonieren, um letzte Feinheiten abzusprechen.

Kanes Manager ist ein stoischer Kerl, den nichts aus der Ruhe bringt. So viel weiß ich schon aus dem Gespräch, das wir zu meiner Einstellung geführt haben. Er ist niemand, der maßlos redet, eher jemand, der viel tut. Statt mir etwas über Kane zu erzählen, bekam ich eine kurze schriftliche *Anleitung* zu ihm, in der hauptsächlich stand, dass man keinen in seine Nähe lassen soll, wurde nicht ebenfalls eine Verschwiegenheitserklärung unterzeichnet, wie ich sie mit meinem Arbeitsvertrag unterschreiben musste.

Das Interview scheint beendet zu sein, denn alle erheben sich und verabschieden sich voneinander. Der Mann mit der Kamera beginnt zusammenzupacken, während Andrew seine *Möbel* zum Anziehen schickt.

Kane läuft einfach an mir vorbei, so als wäre ich nicht da.

Das irritiert mich fast mehr als die Blicke. Müssten wir das mit der Kündigung nicht besprechen? Oder bedeutet das, sie zählt nicht? Sollten wir in dem Fall nicht darüber reden, was noch anliegt? In dem von Marcello geschickten Terminkalender steht für heute zum Glück nichts Weiteres drin, dann wäre doch Zeit, Feinheiten abzusprechen.

Er hat mir gestern die Kirche gezeigt und mir ein paar Dinge zu seinem nicht wirklich vorhandenen festen Tagesablauf erklärt, ich habe mir jedoch noch offene Fragen notiert, die mir erst danach eingefallen sind.

Das ist doch alles neu für mich. Zwar bin ich hier, um ihn an der Hand zu nehmen, aber zuerst muss er das mit mir tun, damit ich verstehe, wobei er Hilfe braucht.

Nein, ich liege falsch. Es ist meine Aufgabe, das herauszufinden. So sagte es auch eine Dozentin auf der Akademie. *Erwartet nicht, dass euch jemand etwas erklärt. Beobachten, nachfragen, Eigeninitiative.*

Genau.

So war es ebenfalls im Büro meines Ex. Den Job hatte schon ein paar Wochen niemand mehr erledigt, als ich den Schreibtisch übernahm. Da er keine Ahnung hatte, was zu tun ist, musste ich das selbst herausfinden. Ich kannte weder die Branche noch die vorherige Organisation, und es dauerte, bis ich alles im Griff hatte. Genau genommen meinen ganzen Urlaub, denn eigentlich wollte ich ihm bloß aushelfen, aber als er mich bat, die Stelle im Steuerbüro zu kündigen und bei ihm zu arbeiten … Wie konnte ich Nein sagen, wenn er mich doch gebraucht hat?

Auf jeden Fall werde ich mich hier ebenfalls hineinfinden. Kane ist auch nur ein Mensch und ich bin nun seine rechte Hand. Rechte Hand … Sophia mag den Begriff nicht. Sie sagt, rechte Hände schütteln Hände, wichsen Schwänze und wischen Ärsche.

Sie hat recht. Aber ich sehe die Wichtigkeit der Hand an sich. Die meisten Menschen haben zwei davon und nutzen sie quasi ununterbrochen. Hände füttern uns, Hände öffnen

Türen, Hände lassen uns begreifen … und Hände schaffen Kunst. Genau dabei werde ich ab sofort helfen. Ich nehme Kane mit meinen so viel wie möglich ab, damit seine sich darauf konzentrieren können, zu erschaffen. Für manche mag es anmaßend klingen, aber so sehe ich mich als Teil seines Tuns.

Das war im Betrieb meines Ex nicht anders. Ich sah mich als wichtiges Zahnrad, damit das Getriebe problemlos läuft. Und das wird es hier. Sobald ich mich eingewöhnt habe, wird hier alles flutschen.

Genau.

Puh.

Ich fühle mich so spießig gegen all das hier, aber in einem Monat ist alles normal. Ganz sicher.

Emmett und derjenige, der die Kamera bedient hat, gehen mit zwei großen Metallkisten an mir vorbei. »Auf Wiedersehen, Elin. Wir schicken einen Link mit dem fertigen Video. Aber Kanes Manager weiß das ja schon. Viel Erfolg bei deinem neuen Job.«

»Ja, danke schön.«

Die Anspannung fordert ihren Tribut und ich suche die Toilette auf. Als ich zurückkomme, scheint niemand mehr da zu sein, und ich halte nach Kane Ausschau.

Er steht vor einer Leinwand und malt einen breiten Strich unter drei andere. Der obere ist in einem so dunklen Blau, dass es fast schwarz wirkt, wäre da nicht dieser Schimmer. Darunter ein knalliges Orange, nein, nicht knallig, sonnig. Ein Beigeton und rostiges Gold ergänzen das. Die Goldfarbe hat er noch auf dem Pinsel, den er sich gedankenverloren über den Arm und damit den Anzug reibt. Ob das die Reinigung wieder rausbekommt?

Nun verschränkt er die Arme und legt den Kopf schräg. »Was meinst du?«

»Ist das Bild fertig?«, frage ich vorsichtig. Das sind doch nur vier breite Striche.

Er lacht und sieht zu mir rüber. »Nein, das soll eine Farbpalette für ein späteres Bild sein. Ich wollte sie bloß festhalten.«

»Okay.«

»Sag mir, was du in den Farben siehst.«

»Blau, Orange, Beige und Gold?«

Sein Blick wird so stechend, dass ich das Bedürfnis habe, wegzusehen, und es kostet mich ehrlich Kraft, ihm standzuhalten. Es ist ein Blick, der einen auszieht, nicht körperlich, seelisch. Einer, der einen zu Dingen zwingen kann, die man eigentlich nicht will, wenn man nur ein bisschen nachgiebig ist. Einer, den ich auch beherrschen möchte.

»Du sollst mir sagen, was du siehst.«

»Striche und Farben. Was verlangst du von mir? Ich bin kein Künstler und werde deine Bilder nie bewerten können, weil ich keine Ahnung davon habe. Meine Stärke liegt in der Sachlichkeit.«

»Falls du empfindungsfähig bist, wirst du auch etwas erkennen können, was über Farben und Striche hinausgeht.«

»Willst du mir damit sagen, dass du empfindungsfähiger bist als ich, weil du in Farben und Formen mehr siehst, als da ist?«

»Du bist ein kalter Fisch, Elin. Oder ein Feigling.«

»Ich bin der kalte Fisch, obwohl ich das bevorzugt als professionelle Distanz zum Berufsbild des Arbeitgebers sehe.«

Er nickt und mustert mich, als wollte er wissen, ob ich lüge. Das tue ich. Ich bin nicht der Fisch, ich bin der Feigling, aber ich befürchte, wenn ich sage, dass ich mir in den Farben Krieg, Sieg und etwas Hoheitliches einbilde, lacht er mich aus, weil es falsch ist.

»Ich habe Bock zu ficken. Besorg mir eine neue Muse.«

Ruhig, Elin, ruhig. »Wie soll ich dir denn eine Muse besorgen? Muss die dich nicht inspirieren? Wie könnte ich sie dann aussuchen?«

»Vielleicht hast du es noch nicht verstanden: Eigentlich dienen Musen meiner Unterhaltung, nicht unbedingt der

Inspiration. Sexuelle Energie. Das erwähnte ich schon gestern. Muss ich mich bei dir häufiger wiederholen, Elin?«

»Kane, es tut mir leid, aber ich weiß nicht, wo ich eine Muse für dich herbekomme, selbst wenn ich wollte. Du musst mir das erst erklären.«

Er sieht mich genervt an. Sollte ich zur Ablenkung fragen, was mit der Kündigung ist? Oder erinnere ich ihn besser nicht? Er hat mir gerade eine Anweisung gegeben, die ich allerdings nicht erfülle.

Ich beschließe herauszufinden, ob er sich noch erinnert, ohne direkt nachzufragen. »Ich würde mich jetzt intensiver mit den Terminen in den nächsten Tagen beschäftigen und mir einen Überblick über das Papierzeug verschaffen, das ich von Marcello bekommen habe.«

»Das ist eine gute Idee und …«

»Ja?«

Auf einmal steht er direkt vor mir und sieht auf mich runter. »Elin, ich habe noch nie eine Frau mit Brille geküsst.«

Seine Handfläche schmiegt sich warm an meine Wange. Ungewollt öffne ich die Lippen einen Spalt und mein Herz beschleunigt sich wieder wie bei der Aufregung nach dem Interview. Er wird doch nicht?

Ganz langsam nähert er sich meinem Gesicht und haucht rau: »Noch gar nie.«

Seine Ringe sind kühl und seine Fingerspitzen hinterlassen ein kribbeliges Gefühl, als er mir sanft über den Hals bis ans Kinn streicht, um es so dazu zu bekommen, sich leicht anzuheben.

Mir fällt etwas ein.

Mehreres.

Erstens lasse ich mich nicht von meinem Boss küssen.

Zweitens knalle ich ihm ins Gesicht. »Das ist eine Lüge! Ich habe Fotos von Musen von dir gesehen, die hatten auch eine Brille. Oder küsst du deine Musen nie?«

Schmunzelnd nimmt er seine Hand von mir und wendet

sich dem Bild zu. »Schade. Dieses Ich-habe-noch-nie funktioniert sonst meistens.«

»Du bist ein Widerling.«

»Ich weiß. Und dein Boss, deshalb lass es einfach unkommentiert.«

Damit wäre das geklärt. Er nennt sich weiter meinen Boss und somit bin ich offensichtlich doch nicht gefeuert. Die Erleichterung ist größer als die Empörung, weshalb ich laut ausatme. Es wäre mir auch zu unangenehm gewesen, hätte Hanna mitbekommen, dass sie recht hatte und ich gleich am zweiten Tag gescheitert bin.

Er wird sein Sakko los und lässt es achtlos fallen. Schnell hebe ich es auf, denn das muss echt nicht sein. Beim Aufrichten bemerke ich, dass er das Hemd aufknöpft. Das nehme ich ihm ab, ehe er es auf den Boden wirft.

Als er an seine Hose greift, räuspere ich mich und er sieht mit hochgezogener Augenbraue zu mir. »Was?«

»Was tust du?«

»Was, denkst du, tue ich?«

»Dich ausziehen?«

»Weshalb, denkst du, tue ich das?«

»Weil du dich noch nie vor deiner PA ausgezogen hast?«

Man merkt, dass sein eigenes Lachen ihn überrascht, denn er beendet es so, als hätte er es mit einem Messer gecuttet, und rollt mit den Augen. »Habe ich schon. Gestern. Als du auf einmal hinter mir standest. Mein Schwanz scheint dich herzlich wenig beeindruckt zu haben, wenn du dich bereits jetzt nicht mehr daran erinnerst.«

»Um dich zu korrigieren: Du warst nackt. Ausgezogen hast du dich vor mir noch nie.«

»Ich hasse Besserwisser.«

Die Hose fällt, und ich sehe weg, da er keine Wäsche trägt. Oder habe ich nicht weggesehen, da ich sonst ja nicht wissen könnte, dass er keine anhat?

»Hasst du sie, weil du selbst einer bist?«

Die Antwort bleibt er mir schuldig, weshalb ich in seine

Richtung schiele. Er steht vor einem Bild in einer weißen, farbverschmierten Leinenhose, deren Gürtelband er gerade locker verknotet.

Das Bild hat er mir gestern schon gezeigt. Es ist absolut geschmacklos. Ein Mann mit Dreitagebart im aufgerissenen Businesshemd, dessen trainierte Brust jeweils links und rechts von einer blutigen Narbe geziert wird. Ein Bein hat er auf den Schultern einer nackten Frau abgestellt, die andächtig zu ihm hochsieht. Diese abfällige Geste mit dem Fuß steht im Gegensatz zu der Hand, die ihr zärtlich über den Kopf streichelt. Doch das Ekelhafteste ist, was er in der anderen Hand hält. Einen vollgesogenen Tampon, von dem Blut tropft und dessen Rückholbändchen um den Zeigefinger gewickelt ist, sodass er über einem Mülleimer schwebt.

Falls das Bild eine Botschaft hat, will ich sie nicht wissen. Es ist nicht irgendwie erotisch wie viele seiner Bilder. Es hat einen gewissen Sog und eine Intensität, die fast nur von dem Ausdruck in den Augen des Mannes auszugehen scheint, aber es ist einfach … schrecklich.

Ich wünschte wirklich, er könnte nicht so gut zeichnen, denn der Tampon sieht so echt aus, als könnte man ihn riechen. Bäh.

»Düsterer«, murmelt er und arrangiert sein Smartphone auf einem Halter.

Mich braucht er offensichtlich nicht mehr, weshalb ich mich zurückziehe, um mit der Mission *Ordnung in Kanes Chaos* zu beginnen.

7

DAS PASST MIR AUSGEZEICHNET.

Kane

Ich hasse dieses Bild und liebe es gleichzeitig. Ich will es zu Asche verbrennen und doch jedem zeigen. Entschlossen, es heute fertig zu bekommen, stecke ich mir Kopfhörer in die Ohren und drehe laut auf. Im Moment brauche ich die Musik für mich, ganz nah und abschirmend.

In dem Augenblick, in dem ich Farbe mit dem Pinsel aufnehme, vergesse ich, dass ich mich im Livestream selbst filme, und gehe in meinem Schaffen auf. Ich verschwinde einfach darin, als wäre ich nicht mehr ich, sondern bloß noch ein ausführender Roboter.

Düsterer. Es muss düsterer sein. Wie die Wolken in seinem Kopf, die er mir beschrieben hat und die mich an meine eigenen erinnern. Wir sind so verschieden und doch ist das unsere Schnittmenge und deshalb gebe ich ein Stück von mir in diesem Bild preis. Der Schatten sind wir. Der Rest ist er. Seine Energie, die er ausstrahlt.

Mein eigener Schatten hüllt mich kurz ein und ich stoppe. Verschlechtere ich das Bild, wenn ich ihm mehr Finsternis gebe? Wird es jemand mögen? Ehrlich mögen? Wird er es mögen?

Die Selbstzweifel lassen meine Hand zittern und ich wehre

mich nicht dagegen. Sie kommen und gehen und gehören zu mir. Ein Teil des Schattens, der sich schon wieder langsam zurückzieht.

Ich bin ein Rockstar, ein Kunstrockstar und ich performe hier eine Meisterleistung. Eine solche Meisterleistung, dass irgendjemand in Tränen ausbricht, das Bild überall geteilt wird und Menschen mir dafür Nachrichten schreiben. Einige davon voller Hass und Vorwürfe, aber so ist halt meine Kunst. Man liebt sie oder hasst sie. Und manche kaufen sie ganz nüchtern als Wertanlage.

Das würden sie auch tun, wenn nicht jeder Pinselstrich sitzt. Perfektionismus verbirgt sich ebenfalls im Schatten und ich zeige ihm den mentalen Mittelfinger.

Nichts vertreibt besser umherwirbelnde Dunkelheit, als seinen Schwanz in irgendwelche warmen Löcher zu stecken, und deshalb brauche ich eine neue Muse.

Jemand tippt mir auf die Schulter und erschrocken zuckt meine Hand. Zum Glück nicht am Bild. Genervt schalte ich die Musik aus und nehme die Kopfhörer aus den Ohren, damit sie versteht, dass ich sie höre.

»Kane? Da vorn lag ein Telefon, das geklingelt hat. Ich bin rangegangen und angeblich ist es wichtig wegen deines Livestreams.«

Sie bekommt den bösesten Blick, den ich zustande bekomme. Was denkt sie denn, warum das Handy so weit weg liegt? Damit es mich nicht stört! Nicht, damit sie mich mit dem Teil belästigt.

Ihr Gesichtsausdruck wechselt ins Empörte und sie hält weiter das Mikrofon zu. »Falls es dir nicht passt, dass ich dir dein Telefon bringe, dann sprich mit mir! Wie soll ich dir denn zuarbeiten, wenn du mich nicht einweihst, wie du üblicherweise arbeitest?«

Sie weicht vor mir zurück, als ich sie an den Schultern rückwärts schiebe. »Elin. Ich sagte dir gestern, dass ich meine Ruhe will, sobald ich an einem Bild bin.«

»Wir sprachen aber nicht über wichtige Anrufe und was

wichtige Anrufe überhaupt für dich sind. Ob ich alle Anrufe notieren soll, dir das Telefon reichen oder ob das darauf ankommt, wer dran ist …«

Meine Hand schnellt vor, um sie aufzuhalten, doch sie weicht noch schneller aus und es passiert: Sie knallt mit dem Rücken gegen eine leere Leinwand.

»Elin!«

»O mein Gott!«, ruft sie und dreht sich um. »Ist es kaputt? Das wollte ich nicht! Warum treibst du mich wie ein Schaf vor mir her?«

»Damit du aus dem Bild bist!«

»Welchem Bild?«, fragt sie und wirft die Arme hoch.

»Dem Livestream, von dem du gerade erzählt hast. Hast du nicht über mich recherchiert? Ich male oft live! Jeder kann mir zusehen, wenn er möchte. Wer ist denn jetzt am Telefon, du unmögliche … Nervenficker-PA.«

»Es ist Garret Bonbruther.«

»Frag ihn, was er will.«

Schnell führt sie sich das Smartphone ans Ohr und ich höre ihn murmeln.

Sie antwortet: »Ja, ich habe ihn gestört und soll fragen, wie er helfen kann.«

Nach ein paar Sekunden erzählt sie, immer wieder mit Pausen, um ihm zuzuhören: »Er hat zufällig in den Livestream reingeschaltet und sofort gewusst, dass es sein Bild ist.« – »Er hatte keine Ahnung, dass du schon so weit bist. Er hat es komplett verpasst.« – »Er liebt es.« – »Oh, jetzt weint er. Irgendwas mit, dass du das Verhältnis zu seiner Weiblichkeit perfekt eingefangen hättest. Und dass er dich küssen könnte, weil du ihm einen Adamsapfel gegeben hast.« – »Den Tampon findet er großartig, da er so unglaublich symbolisch ist, wie er ihn entsorgt.« – »Er fand es fast zu hell und dass du es düsterer gemacht hast, ist für ihn so perfekt, wegen seines Kampfs mit den Depressionen.« – »Jetzt schluchzt er nur noch.« – »Hallo? Geht es Ihnen gut?« – »Ja, ich richte es ihm aus. Alles. Oh, ich bespreche das mit ihm und melde mich dann.« – »Sehr gern, Garret. Bis bald.«

Das Gespräch scheint beendet zu sein, weshalb ich mich umdrehe, um weiterarbeiten zu können.

»Warte mal bitte, Kane. Ich verstehe nur Bahnhof.«

Schnaubend gehe ich an das Smartphone auf dem Stativ, damit ich den Livestream beenden kann, wenn ich sowieso pausiere und wir über das Bild reden, weil das nicht jeden etwas angeht – oder nur so weit, wie Garret es erzählen will.

»Also. Garret Bonbruther ist Cybersecurity Manager bei einer staatlichen Sicherheitsbehörde. Er schrieb mich an, und nach einem Gespräch beauftragte er mich, ein Bild für ihn zu malen. Das ist es und anscheinend liebt er es ja.«

Was sich gut anfühlt.

Das Geld, der Ruhm, das Schaffen an sich, das sind die Dinge, die ich immer prominent nenne, wenn ich gefragt werde, warum ich Künstler bin. Aber das fühlt sich am besten daran an. Liebe und Glückstränen, weil ich etwas erschaffe, das jemandem aus dem Herzen spricht, als wäre ich sein Übersetzer.

Geld und Ruhm treiben mich wie eine Peitsche vorwärts, Leute zu schockieren oder mit meinen Bildern aufzuregen, berauscht mich dagegen, aber ganz insgeheim ist echte, tiefe Freude das Allerbeste daran, und ich möchte das Gefühl gierig in mich aufsaugen.

Stattdessen muss ich jetzt Rede und Antwort stehen, denn Elin sieht zweifelnd zwischen dem Bild und mir hin und her.

Der Drang, es ihr zu erklären, übernimmt und ich erzähle: »Garret ist ein Mann, wurde aber im Körper einer Frau geboren. Er war seit seiner Kindheit in einem Kampf mit sich selbst. Siehst du die Dunkelheit im Hintergrund? Er litt phasenweise an Depressionsschüben. Er sagt, er weiß bis heute nicht, wie er es schaffen konnte, Karriere zu machen. Irgendwann konnte er nicht mehr und stand zu sich. Ein mutiger Schritt, bei dem er Angst hatte, seinen Job zu verlieren. Die Frau, die zu ihm hochsieht, ist seine Weiblichkeit. Er hat sie gehasst, aber er hat mir auch gesagt, dass er sie inzwischen akzeptiert hat, da sie ein Teil von ihm ist, egal wie sehr er es verleugnen will. Er heißt Garret, hat sich die Brüste abnehmen lassen, liebt seinen Bartwuchs und mittlerweile sein Leben. Das wollte er in einem Bild.«

Sie öffnet ein paarmal den Mund, runzelt die Stirn und kneift die Augen zusammen. Man könnte es auch Gesichtskirmes nennen, so schnell geht das.

Da mir die Geduld fehlt, zu warten, bis sie ihre Gedanken sortiert hat, frage ich spöttisch: »Darf ich jetzt weitermachen?«

»Ja, natürlich. Aber wie hast du das alles herausgefunden?«

»Keine Ahnung, was du meinst.«

»Was du mir erzählt hast. Woher wusstest du, wie du seine Geschichte darstellen kannst?«

»Ein sehr langes Gespräch mit ihm und seine Vibes. Allein die Dringlichkeit, mit der er unbedingt mich wollte, hat mir schon viel gesagt. Die einen gönnen sich ein Auto, die anderen einen *Kane Reid*.«

»Das ist echt interessant. Erst dachte ich, Hauptsache, du kannst provozieren und malst deshalb so etwas Scheußliches. Das soll es, oder? Darüber werden sich viele aufregen, und ich bin mir nicht sicher, ob du es aus dem Grund gemalt hast oder weil du Garret wirklich sein Bild geben wolltest.« Sie ist nah dran. Vielleicht kommt sie darauf, dass es auch beides sein kann. »Jetzt lasse ich dich wieder in Ruhe. Bekomme ich heute noch die Gelegenheit, mit dir alles durchzusprechen? Als deine Assistentin verlange ich mindestens einmal am Tag deine Aufmerksamkeit, um Anliegendes zu besprechen und Fragen zu klären.«

»Sobald Beth mit dem Essen auftaucht.«

»Das passt mir ausgezeichnet. Danke, Kane.«

Das kam nicht so unterwürfig, wie es klingen könnte, und ich sehe instinktiv zu der Leinwand, die ich genutzt habe, um die Farben zu testen, die mir zu ihr in den Sinn kamen. Da war es nämlich wieder. Das Hoheitliche. Zwar habe ich das

Gefühl, sie will es mir recht machen und ist gleichzeitig manchmal ein bisschen am Verzweifeln mit mir, aber trotzdem sehe ich diese würdevolle Art ständig, seit ich sie entdeckt habe.

Nicht wie ihre Vorgängerinnen. Eine wollte mich herumkommandieren und mir vorschreiben, wie ich ihr zuarbeiten soll, als sie bemerkte, dass ich kein Schreibtischstuhlpupserchef bin. Man hat ihr angemerkt, dass sie Erfahrung hat, aber eben nicht mit jemandem wie mir, sondern mit Vorgesetzten, die glasklare Anweisungen geben und sofortige Ausführung verlangen. Ich habe allerdings herzlich wenig Lust, mir Gedanken um Aufträge zu machen.

Die andere hat mir den ganzen Tag Vorschläge unterbreitet, wie wir meinen Arbeitstag organisieren könnten. Auf mein Nein folgte immer: »Ja, Kane, natürlich nicht, Kane. Ich überlege mir was, Kane.« Das war fast noch nerviger. Ich will doch bloß meine Ruhe.

Können die nicht selbstständig arbeiten? Ich meine, wofür bezahle ich so viel Geld? Als ich mich bei Hanna beschwert habe, dass all ihre Empfehlungen nur Ficken im Schädel haben und von mir Arbeitsanweisungen wollen, da hat sie gelacht. Ehrlich gelacht. Verstehe ich nicht. Ich verstehe natürlich schon, dass sie mir nicht widerstehen konnten, ich würde mich ja selbst ficken, wenn ich das könnte, um auch einmal im Leben das ehrwürdige Vergnügen mit mir gehabt zu haben. Allerdings begreife ich nicht, wieso sie sagte, sie können keine Gedanken lesen, denn genau dafür ist eine persönliche Assistentin doch da.

»Ich weiß nicht, ob dich meine Meinung interessiert, aber ich finde das Bild schrecklich. Dass du Garret jedoch so glücklich damit gemacht hast … das halte ich für eine echte Gabe. Sein Schluchzen klang so überwältigt, dass ich selbst einen Kloß im Hals hatte. Wenn das Kunst ist, habe ich definitiv etwas verpasst.«

»Hm«, brumme ich.

»Dann lasse ich dich wieder in Ruhe. Telefonate gebe ich in

Zukunft nicht weiter. Du kannst die Rückrufe bearbeiten, nachdem wir uns besprochen haben.«

»Nein! Keine Rückrufe! Du übernimmst das für mich. Falls Fragen sind, kläre ich das mit dir und du gibst alles weiter.«

»In Ordnung. Kein Problem. Vielleicht kann ich am Anfang auch mehr mit Marcello besprechen, dann lenke ich dich nicht ab.«

»Zack, und schon hast du mein Herz erobert, da ich mich so unglaublich verstanden fühle«, erwidere ich trocken und drehe mich um.

Sie lacht. Und keine Ahnung warum, aber mir gefällt, dass sie lacht. Wahrscheinlich, weil es bedeutet, sie nervt mich nicht länger.

8

DEN HABE ICH MIR VERDIENT.

Elin

Mein Lachen endet und ich sehe ihm grinsend hinterher. Er ist auf seine Art eine unmögliche Person in einer völlig anderen Sphäre, wie ich sie kenne, aber daran gewöhne ich mich langsam.

Möglicherweise sollte ich mich nicht mehr ärgern, dass er mir keine genauen Anweisungen gibt, denn so kann ich mich vollkommen austoben und alles ganz nach meinem eigenen Gefühl und Verständnis angehen. Es ist nicht besonders schwierig, zu verstehen, dass er nicht mit organisatorischen Fragen belästigt werden will, deshalb wird er damit leben müssen, was ich mir als Routine einrichte. Im besten Fall bemerkt er mich nicht, sondern wundert sich nur ab und zu, dass alles reibungslos läuft, immer sämtliche Aufgaben erledigt sind und jederzeit da ist, was er benötigt.

Er geht an das Smartphone auf dem Stativ, drückt darauf herum und sieht sich das Bild von Garret an. Der Mann hat total gerührt geschluchzt. Wegen eines Bildes. Das ist für mich so seltsam. Ich kann mir nicht vorstellen, dass jemand ein Bild von mir malt, bei dem ich sofort das Bedürfnis habe, den Künstler anzurufen, um dann zu weinen.

Das mit dem Livestream fand ich schon befremdlich, als

ich ihn zum ersten Mal googelte. Er malt viele seiner Bilder live, und sind sie fertig, kann man sich die Zeitrafferaufnahme davon ansehen. Weshalb er das allerdings oben ohne in dieser unverschämt tiefsitzenden Hose erledigt, verstehe ich nicht. Die Hälfte der Zuschauer begafft wahrscheinlich ihn und nicht seine Bilder.

Es wird Zeit. Ich sollte mich an die Arbeit machen. Vermutlich dauert es ein paar Wochen, bis ich alles auf Stand gebracht und eine gewisse Routine entwickelt habe.

Zuerst rufe ich Kanes Manager an, erreiche ihn aber nicht direkt und werde von seiner Sekretärin in der Warteschleife geparkt. Die Zeit nutze ich und streife noch einmal durch die ehemalige Kirche.

Auf eine Art kommt es mir vollkommen falsch vor, dass er hier lebt und arbeitet, aber auf eine andere passt es zu ihm. Hauptsache wild und ungewöhnlich.

Im Bereich für seine Musen ist die Bettwäsche noch von Kezia zerwühlt. Es wirkt wie ein Showzimmer für Publikum. Ein Bett, zu dem man ein paar Stufen hinaufsteigen muss, davor ein Schminktisch und eine fahrbare Kleiderstange. Hohe Pflanzen dekorativ drumherum, aber nichts, was echten Sichtschutz bietet.

Ich – in meiner grenzenlosen Naivität – schlug Kane gestern vor, einem Trockenbauer den Auftrag zu geben, dass er daraus ein richtiges Zimmer baut. Er sah mich an, als hätte ich vorgeschlagen, seine Bilder zu verbrennen, und sagte: »Es sind Musen. Sie haben mich den ganzen Tag zu inspirieren und wenn sie nur auf dem Bett liegen und hübsch aussehen.«

Die Musik der Warteschleife verstummt. »Guten Tag, Elin. Ich habe mich schon gefragt, wann Sie anrufen. Haben Sie Fragen zur Liste oder Fragen zu Kane?«

»Beides.« Zügig gehe ich in den Küchenbereich, damit Kane nicht mithören kann. Ich weiß ja nicht, ob seine Kopfhörer angeschaltet sind. »Ich vermute, er ist kein einfacher Mandant.«

»Um ehrlich zu sein, muss ich für ihn so viel organisieren,

dass ich mir manchmal schon selbst wie ein persönlicher Assistent vorkomme. Sein Unvermögen, sich an Termine zu halten, ist oft anstrengend. Bitte sagen Sie mir nicht, dass Sie aufgeben wollen, weil er Ihnen zu schwierig ist. Er braucht dringend jemanden, und zwar vor Ort.«

»So schlimm fand ich ihn bis jetzt noch nicht. Dass es mit meinen Vorgängerinnen nicht geklappt hat, lag sicher nur an der Blamage, sich auf den Boss eingelassen zu haben. Wenn ich ehrlich bin, bin ich schon mit ihm aneinandergeraten, aber wir konnten uns schnell wieder einigen.«

»Aneinandergeraten? Sexuell?«

»O Gott, nein. Ich hatte etwas Schwierigkeiten, mich in diese Künstlerwelt zu finden, und er war sauer, weil ich aufbrausend wurde, als ich etwas falsch verstanden hatte.«

Warum zur Hölle erzähle ich das?

»Und das ist aus der Welt geschafft?«

»Ja, natürlich.«

»Wie hat er zuletzt mit Ihnen interagiert?«

»Öhm, er hat mir sein aktuelles Bild erklärt.«

»Er hat Ihnen ein Bild erklärt? Kane erklärt nicht. Er sagt, jeder kann in seinen Bildern sehen, was er sehen will, oder wegsehen. Sie scheinen wirklich ein Händchen zu haben. Warum hat Hanna Sie nicht gleich geschickt? Sie weiß, wie dringend es ist.«

»Dringend? Inwiefern? Ich habe sein Chaos gesehen, aber sonst schien es auch ohne PA zu laufen, oder?«

»Elin. Kane brennt mir aus. Er lässt es sich nicht anmerken, doch jedes Mal, wenn ich ihn treffe, werden die Anzeichen deutlicher. Er braucht Hilfe. Er fährt seit Jahren auf Volllast und ich kann ihn nicht bremsen. Unterstützen Sie ihn, so gut Sie können.«

Langsam drehe ich mich um, damit ich in Kanes Richtung sehen kann. Er brennt aus? Davon hat bei der Vermittlung niemand etwas gesagt. Was soll ich denn da tun? Puh. Schwere Last.

Möglicherweise eine perfekte Last. Wenn ich mich mit

seinen Problemen vollpacke, bemerke ich das Gewicht von meinen eigenen vielleicht nicht mehr so sehr.

Ich telefoniere noch eine Weile mit Marcello und schreibe mir ein paar Seiten auf meinem Notizblock voll, doch dann habe ich das Gefühl, die zu erledigenden Routineaufgaben etwas für mich selbst definiert zu haben.

Gegen Nachmittag knurrt mein Bauch. Eine richtige Mittagspause habe ich nicht gemacht, und zum Frühstück hatte ich nur eine Banane, weil ich aufgeregt war. Das Interview hat mir dann weiter den Magen zugeschnürt, doch jetzt kommt der Hunger mit aller Kraft, weshalb ich mir noch eine Banane gönnen werde. Allerdings wird das nicht lange reichen.

Der Tag erscheint mir unendlich lang, weil er so vollgefüllt mit Neuem ist, und gleichzeitig absolut kurz, da die Zeit einfach an mir vorbeizieht.

Soll ich mir etwas bestellen? Und für Kane auch? Aber was ist mit der ominösen Beth, die angeblich für seine Mahlzeiten sorgt? Welche Einschätzung von Sophia über Beth wohl stimmt? Bestimmt ist sie wirklich eine Mutterfigur. Wer bringt jemandem wie Kane sonst Essen?

Ich möchte ihn nicht fragen, weil er immer noch vor seinem Bild steht, und deshalb nehme ich mir die Banane aus der Aktentasche und beobachte ihn.

Sollte ich ihn an eine Pause erinnern? Wie oft machen Künstler denn Pause?

So viele Fragen.

Heute bekommt er noch Ruhe vor mir, aber wenn wir später unser zugesagtes Gespräch haben, kläre ich das mit ihm ab. Marcello sagte, er brennt aus, und deshalb werden in Zukunft Pausen eingelegt.

Die Seitentür zur ehemaligen Sakristei öffnet sich, und eine junge Frau betritt singend die Kirche, um zügig in die Küche zu gehen. Ist das eine neue Muse? Da bin ich gespannt. Wie das genau mit den Musen abläuft, habe ich noch nicht ganz verstanden. Sie verbringen einige Zeit mit ihm und Sex spielt auch eine Rolle. Ich finde das seltsam.

Und wann hat er sich die besorgt? Das ging echt schnell.

Kauend gehe ich Richtung Küchenbereich, um sie zu fragen. Sie sieht mich, und ich hebe grüßend die Hand, während ich das letzte Stück Banane in meinen Mund stecke.

»Hey«, sagt sie und drückt mit dem Knie gegen den Schrank, hinter dem sich der Müll verbirgt, damit die Schublade sich öffnet und ich die Schale hineinwerfen kann. »Hast du vor der Banane an Kanes Banane geknabbert?«

Sie kichert und dreht sich weg, um den Kühlschrank zu öffnen, so als hätte sie nicht mit mir geredet, sondern sich selbst einen Witz erzählt.

Nachdem ich geschluckt habe, antworte ich: »Nicht, dass ich wüsste. Ich bin Elin. Und du bist?«

»Elin also.« Sie dreht sich wieder um. »Ich bin Beth. Solange du hier bist, sehen wir uns täglich. Bitte guck, dass du deine Yoni bedeckt hältst, wenn ich hier bin.«

»Meine Yoni?« Ich schaue nach unten. Nein, mein Rock sitzt noch.

»Pussy, Scham, Fotze, Scheide … welches Wort du auch immer dafür benutzen möchtest. Aber ich will das nicht sehen, okay?«

»Warte mal! Du bist Beth? DIE Beth?«

»Falls du die Beth meinst, die Kanes Dreck wegputzt, dann hast du richtig vermutet. Hat er dir etwa von mir erzählt? Meistens muss ich das selbst erledigen.«

Was?

»Was siehst du mich so komisch an?«, fragt sie.

»Du bist jung und hübsch …«

»Ja, danke. Du gehst auch, aber bei einem Dreier bin ich trotzdem nicht dabei.«

»Dreier? Moment mal! Hältst du mich für eine von Kanes Musen?«

»Bist du das nicht?«

»Nein, ich bin seine PA. Persönliche Assistentin. Ich habe gestern angefangen.«

»Ah, davon hat er mir nichts erzählt. Natürlich hat er mir das nicht erzählt. Ist Kezia dann noch hier?«

»Nein, ich musste für ihn mit ihr Schluss machen.«

Sie schnaubt abfällig. »Sie hat ihn eh nur ausgenutzt. Boah, konnte ich die nicht leiden. Ich hätte ihr gern spitze Dinge in ihre Bambiaugen gerammt, so unerträglich war sie.«

Sie hat ihn ausgenutzt? Ich schließe für einen Moment die Lider, um alles sacken zu lassen. Beth ist keine Mutterfigur, sondern jemand, der nicht älter als Anfang zwanzig sein kann und Mordfantasien hegt. Okay. Alles klar.

»Es freut mich, dich kennenzulernen, Beth.«

»Ich warte mit einer Einschätzung diesbezüglich noch ab, bis ich dich besser kenne.«

Sie grinst mich verwegen an und streicht sich ihr langes braunes Haar zurück, um es am Hinterkopf zusammenzufassen und zu verknoten.

Kane kommt mit tief in den Hosentaschen geschobenen Händen auf uns zugeschlendert. Die Kordel der Hose hat sich gelöst, und irgendwie habe ich Angst, dass es gleich einen Unfall gibt. Einen Hose-rutscht-Unfall. Will Beth seinen Schwanz ebenfalls nicht sehen oder gilt das ausschließlich für Pussys? Aber ich kann meinem neuen Boss nicht die Hose zuknoten! Oder doch, bevor er sich entblößt? Vor zwei Tagen hätte ich auch nicht gedacht, dass das eine Frage ist, die ich mir je stellen muss. Dieser Job ist nervenaufreibender, als mit einer Horde zuckerüberdrehten Kleinkindern in einem Vergnügungspark unterwegs zu sein.

Er ignoriert mich und geht auf Beth zu, wobei er die Kordel zu einem Knoten schlingt. Gefahr gebannt.

Neue Fragen bilden sich hinter meiner Stirn, als er den Kopf senkt und ihr einen Kuss auf die Schläfe drückt. »Hallo, Murmeltierchen.«

Sie grinst ihn an. »Es gibt eine Spinatlasagne für dich. Und einen Paprika-Tomaten-Salat.«

»Machst du es mir gleich warm? Das Bild ist fertig und ich verhungere.«

»Hattest du noch nichts? War es gestern zu wenig, um als Frühstück zu reichen?«

»Eine sehr böse Frau hat es fallen lassen.«

»Sie etwa?« Sie deutet auf mich.

Sofort hebe ich abwehrend die Hände. »Nein, das war Kezia.«

»Und du hast ihm nichts Neues besorgt? Macht man das nicht als persönliche Assistentin?«

»Doch, natürlich.«

»Und Frühstück?«

Meine Hände bleiben erhoben, weil mich hier ein Vorwurf nach dem anderen trifft. Ihr muss viel an ihm liegen. »Ich wusste nicht, dass er was braucht. Er hat nichts gesagt. Außerdem hat der Friseur etwas mitgebracht.«

»Du bekommst gleich dein Essen, Kane«, versichert sie und schaufelt aus einer Auflaufschale eine große Portion auf einen Teller, um ihn danach in die Mikrowelle zu stellen.

»Ja, bitte. Und dann werde ich schlafen.«

»Hast du die Nacht durchgearbeitet?«

»Ich glaube, ja.«

Beth schnaubt und sieht ihn mahnend an, woraufhin er ihr zuzwinkert. Die beiden haben die Dynamik von Geschwistern, einem Paar oder engen Freunden. Nichts davon wurde mir gesagt. Fragen oder abwarten?

Am liebsten weiß ich immer alles sofort, allerdings will ich mich auch nicht blamieren. Nicht schon wieder. Und dazu sollte ich vermutlich langsam die Hände runternehmen, da Beth keine Vorwürfe mehr in meine Richtung schleudert.

»Kannst du später noch?« Er wackelt mit den Fingern und sie nickt.

»Deine Ringe polieren?«, frage ich scherzhaft.

»Nein, seine Nägel lackieren. Er ist zu ungeduldig, es selbst zu machen, aber ins Nagelstudio will er auch nicht. Also *darf* ich ran.«

»Was wäre ich nur ohne mein Murmeltierchen«, sagt er grinsend, setzt sich falsch herum auf einen der Barstühle und stützt die Arme auf.

In ihrer Gegenwart ist er locker, fast gelöst und das sticht irgendwie.

Ich kenne ihn keine zwei Tage! Wieso sollte es mich stören, dass er jemanden hat, bei dem er sich wohlfühlt?

»Hast du auch Hunger?«, fragt mich Beth, als sie den Teller aus der Mikrowelle nimmt. »Oder knabberst du lieber an Bananen? Eine von Kanes Musen erzählte mal, sie macht eine Phallus-Diät und isst nur Dinge in Phallusform. Bananen, Gurken, Rettich … Du verstehst schon.«

»Kann ich mich nicht erinnern«, sagt er und verfolgt mit den Augen, wie sie eine Gabel aus einer Schublade nimmt, sie auf den Teller legt und ihm alles zuschiebt.

»Nein, ich mache keine Phallus-Diät«, erkläre ich überflüssigerweise. »Aber ich bin satt, danke.«

Bin ich zwar nicht, allerdings fühle ich mich befangen. Die Situation ist merkwürdig. Mit Kane zu essen, während seine fast-noch-jugendliche Putzfrau alias Köchin alias Nagellackiererin alias Freundin zusieht … Das erscheint mir komisch.

»Du solltest probieren«, flüstert Kane. »Sie muss in ihrem vorherigen Leben Spitzenköchin gewesen sein.«

»Nein, danke.«

»Gut, mehr für mich.«

Er isst, und nun fühle ich mich noch befangener, weil Beth herumstehende Gläser und Tassen in die Spülmaschine einräumt.

Summend geht sie davon, und ich beschließe, mich wieder an die Arbeit zu machen. Da die Lieferung des Bürobedarfs dauert und es deshalb vorerst weiter keinen Schreibtischstuhl gibt, lasse ich mich mit meinem Laptop in der Sofaecke nieder, in der vorhin die Lebendmöbel mit dabei standen.

Ab und zu wirbelt Beth an mir vorbei, trägt mehr Gläser und leere Flaschen zurück Richtung Küche, wischt den Boden, und als sie mit einem Arm voller Bettwäsche an mir vorbeigeht, wird mir klar, dass sie auch den Musenbereich aufräumt.

Nur rund um die Bilder macht sie nichts. Keine Pinsel waschen, nicht den Boden putzen, obwohl er mit Farbe verschmutzt ist, nichts. Bestimmt hat er Angst, dass sie etwas durcheinanderbringt.

Irgendwann lässt sie sich auf den Sessel mir gegenüber fallen und stöhnt: »Uff.«

»Anstrengend?«, frage ich.

»Ja. Riesig diese Kirche. Und heute ist Waschtag. Ich hasse es, die Wäsche zu machen. Auch privat.«

»Ja, man mag nicht alles an seinem Job.«

Sie sieht mich an und grinst. »Aber er lohnt sich. Das bisschen Putzen finanziert mir mein Studium.«

»Kunst?«, vermute ich. »Warst du mal eine seiner Musen? Oder warum betitelt er dich mit Kosenamen?«

Das abfällige Geräusch, das sie von sich gibt, überrascht mich. »Kunst. Pah. Nein, ich studiere Maschinenbau. Und nein, ich war nie eine seiner Musen. Guck.« Sie erhebt sich und öffnet ihre Jeans. Mit hochgezogenen Augenbrauen betrachte ich, wie sie sie ein Stück tiefer zieht. Sie wird doch nicht MIR IHRE Pussy zeigen?

Als ich erkenne, warum sie das tut, lache ich. Ich habe keine Wahl, obwohl es gar nicht so witzig ist. Aber für mich ist es gerade der Witz des Tages.

Sie reibt grinsend mit dem Finger über den Stoff ihres Slips, ehe sie die Hose wieder schließt. Auf ihm steht: *Kanefreie Zone.*

»Die habe ich mir drucken lassen, um meine Mutter zu ärgern.«

»Deine Mutter?«

Seufzend setzt sie sich hin. »Ja. Meine Mutter war seine Reinigungskraft. Sie musste sich einer Knie-Operation unterziehen und hat sich Sorgen um ihn gemacht, weil die Ersatzkraft vor ihm geflüchtet ist, da er nackt herumlief. Sie war sehr religiös, glaube ich. Da schlug ich meiner Mama vor, dass ich ihr helfe, wenn sie unbedingt nach ihm sehen und für ihn sauber machen will. Sie sagte, ich darf nicht mit ihm reden, ihn nicht ansehen und soll mich unvorteilhaft anziehen.«

»Oh. Ist er wirklich so schlimm?«

»Sie bekam halt das von den Musen mit. Keine Ahnung, was sie ihm von mir erzählt hat, aber er hat seine damals aktuelle Muse für mich ein Kuscheltier und Malbücher mit Stiften besorgen lassen.«

Sie lacht und ich lache mit, ehe ich frage: »Wie alt warst du denn?«

»Siebzehn. Wir haben beide ziemlich blöd geguckt. Er hat auch erst dann begriffen, warum sie mich überhaupt mitgebracht hat. Trotzdem hat er mir dieses hässliche Murmeltierplüschtier in den Arm gedrückt. Manchmal glaube ich, er nennt mich so, weil er meinen richtigen Namen vergessen hat.«

»Nein, er kennt deinen Namen«, versichere ich, da ich mir nicht sicher bin, ob das ernst oder ein Scherz ist. »Und dann hast du Wäsche bedrucken lassen? Falls er mal hinfassen will?«

»Die habe ich mir bedrucken lassen, als ich den Job von meiner Mama übernahm, weil sie mir so viele Vorträge gehalten hat. Ich fand mich maßlos witzig. Sie nicht.«

»Und jetzt bist du seine Reinigungskraft, ja? Und seine Köchin?«

Sie zuckt mit den Schultern. »Ich brauchte eh einen Job, um mir das Studium zu finanzieren, und Kane … nun, er bezahlt mich großzügig, da ich zuverlässig und fast unsichtbar bin. Und ich habe meine Ruhe bei dem Job. Beim Reinigen lasse ich mir die Uni-Notizen vom Handy vorlesen. So habe ich gleich noch etwas gelernt.«

»Wo ist er eigentlich?«

»Schlafen. Sagte er doch. Heute ist er auf jeden Fall echt gut drauf. In letzter Zeit war er immer recht hektisch. So hibbelig, wenn du weißt, was ich meine. Vielleicht fühlt er sich gut, weil er sein Bild fertig hat.«

»Magst du ihn?«

»Mögen? Hm.« Sie sieht an die Decke und zurück zu mir. »Natürlich mag ich ihn. Meistens beachtet er mich nicht oder bekommt nicht mit, dass ich da bin, da er schläft, aber falls doch, ist er lieb zu mir. Von meiner Mama weiß ich, dass Reinigungskräfte oft wie Abschaum behandelt werden. Er tut das nicht. Er tut so als … hm, ja, als wäre ich ein Mitglied seines Haushalts, wenn du verstehst.«

Meine Neugier siegt, und ich stelle die Frage, die für mich immer noch nicht beantwortet ist: »Hält er sich an die Höschen-Botschaften?«

»Hey, er ist mein Boss, mit dem fange ich sicher nichts an. Aber er hat auch nie Anstalten gemacht. Vermutlich bleibe ich in seinem Kopf für alle Ewigkeit siebzehn, denn er benimmt sich eher wie ein Onkel als wie ein Lover. Außerdem finde ich diese Musen-Sache eklig.«

»Mochtest du Kezia aus dem Grund nicht?«

»Ach, die. Die war so unglaublich überheblich. Dachte, sie ist etwas Besseres als ich. Sie ist irgendeine Reise-Influencerin und hat sich dadurch, dass sie seine Muse ist, erhofft, noch mehr Follower abzustauben. Es war widerlich, wie sie sich deshalb bei ihm eingeschleimt hat.«

»Oh. Ach so. Ich dachte schon, sie liebt ihn oder so.«

»So ein Quatsch. Ja, die ein oder andere Muse hat einen Crush auf ihn, aber die meisten wollen von seinem Fame abstauben.«

»Okay …« Diese Welt ist mir so fremd. Über *Fame* habe ich noch nie nachgedacht. Dass jemand berühmt ist, das ist in meinem Sprachgebrauch. Berühmter Künstler, berühmter Schauspieler, berühmter Rockstar … Aber dieses *Fame*, was das Gleiche bedeutet, nur anders vom Feeling, das ist mir fremd. Irgendwie komme ich mir nicht bloß weltfremd und spießig vor, sondern dazu noch alt, obwohl ich jünger als Kane bin.

Sie wirft einen Blick auf ihre Uhr. »So. Die Wäsche sollte fertig sein. War nett, dich kennenzulernen. Ich empfehle dir solche Slips. Das habe ich deinen zwei Vorgängerinnen auch gesagt, aber die haben nicht auf mich gehört.«

Schmunzelnd sehe ich ihr hinterher.

Was für ein Tag.

Nun schläft er. Mein Boss schläft einfach.

Da das für mich keine Erlaubnis ist, faul zu sein, widme ich mich wieder meinem Laptop. Es ist genug zu tun. Marcello hat mir weitergeleitet, dass drei von Kanes Werken verpackt und verschickt werden müssen. Blöderweise hat er mir nicht gleich mitgeteilt, wie man das bei Bildern in dem Format und zu dem Preis bewerkstelligt. Außerdem stehen dort nur die Namen. Und … ich habe keine Ahnung, wie all die Werke meines Bosses heißen.

Wie löst eine hochkarätige PA dieses Problem? Genau, sie googelt. Und tatsächlich finde ich ein paar Seiten, auf denen Bilder von ihm vorgestellt werden, denn auf seiner Homepage ist bloß ein kurzes Porträt von ihm, so als wäre er sich zu fein, seine Arbeiten selbst aufzulisten.

Auf jeden Fall habe ich so einen neuen Punkt für die To-do-Liste. Eine Übersicht mit all seinen Werken, samt Namen, Foto, ob in seinem Besitz oder verkauft, wo bereits ausgestellt und was mir sonst noch einfallen wird.

Zum Glück finde ich Fotos zu den genannten Titeln und mache mich auf die Suche. Wo die fertigen und getrockneten Bilder aufbewahrt werden, weiß ich von ihm.

Sobald ich alle drei gefunden und die Abmessungen habe, notiere ich mir das als erledigt. Eine der Leinwände ist größer als ich, und ich habe Sorge, dass ich sie beschädige, wenn ich sie bewege, weshalb ich sie stehen lasse.

Hm …

Weil ich mich selbst lustig finde, fotografiere ich mich mit einem der Bilder und füge in einer Bildbearbeitungs-App eine Briefmarke ein. Das Foto sende ich an Sophia.

Ich: Ich muss ein Bild verschicken. Meinst du, das geht so?

Sophia: Ja, danke, ich bin gerade bei der Arbeit und musste laut lachen.

Ich: Gern geschehen. Wenigstens hast du dich nicht mit Kaffee verbrüht wie ich das letzte Mal, als du mir deine Laufmasche in Penisform geschickt hast.

Sophia: Jede Laufmasche hat Penisform. Nicht die idealste, aber man soll ja nicht so wählerisch sein.

Ich: Sorry, ich muss jetzt weitermachen. Oder besser: Ich will. Ich wollte dich nur schnell belustigen.

Sophia: Ich finde es toll, wie du dich reinhängst. Ich bin sehr stolz auf dich und stolz darauf, dass ich deine Freundin bin. Ab nächste Woche werde ich den Garten umgestalten. Mehr Food statt Optik.

Ich: So spontan?

Sophia: Die Idee kam mir und ich finde sie gut. Falls du heute Abend Zeit hast, schick mir mal, was du gern aus meinem Garten essen möchtest, wenn du zu Besuch kommst.

Ich: Mach ich. Wir telefonieren am besten. Ich will wissen, was du dir genau vorstellst.

Sophia: Auch schön. Dann bis später.

Puh. Nachdem mein Ex mich rauswarf, bin ich ein paar Tage zu ihr geflüchtet. Seitdem habe ich sie nicht mehr besucht. Nicht wegen seiner Drohung, mich bloß fernzuhalten, sondern da es zu schmerzhaft wäre, von ihrem Garten in meinen ehemaligen zu sehen. Vermutlich würde ich über nichts anderes reden, weil es mich bei dem Anblick überkommt, und ich will nicht, dass das unser einziges Gesprächsthema ist. Und würde er mitbekommen, dass ich da bin, wäre das wieder ein Gebrülle. Egal wie leise und vernunftbetont ich mit ihnen gesprochen habe, am Ende haben er und seine Frau nur noch gebrüllt.

Entschlossen gehe ich zurück an meinen Laptop. Nicht denken, arbeiten. Dafür bin ich hier. Wenige Minuten später weiß ich, wie solche Bilder verschickt werden, denn Google hat es mir verraten, und alte Rechnungen bestätigen es: per Spedition. Natürlich per Spedition. Das Beste daran ist, sie verpacken die Werke auch. Ha. Und ich hatte Sorge, ich muss die irgendwie einwickeln und passende Kartons oder Kisten auftreiben. Nur wie hoch soll die Versicherung sein? Hier ist es einfach, da kann ich den Kaufpreis nehmen, der bezahlt wurde. Aber wie wäre das, wenn es nur ausgestellt oder zu einer Versteigerung transportiert wird?

Noch ein Punkt für die Liste von Kanes Bildern: der letzte bekannte Preis, falls es schon einen gab. Und ein weiteres Mal hilft mir Google aus der Patsche, indem es mir Formeln vorschlägt, wie man Bilderwerte ermittelt, was immerhin ein Anhaltspunkt ist. Aber damit beschäftige ich mich später.

Wie haben die persönlichen Assistenten das früher gemacht? Vor Google? Ich verneige mich vor dem Ideenreichtum, den sie besessen haben müssen.

Seufzend stelle ich den Laptop weg, strecke die Beine aus und dehne die Arme nach oben. Nicht mehr lang, dann ist Feierabend.

Den habe ich mir verdient.

9

VERFOLGST DU MICH ETWA?

Elin

Zum Feierabend fühle ich mich erschöpft und doch frisch. Ein Zustand, den ich liebe, denn er bedeutet, ich habe heute mein Bestes gegeben und alles hat funktioniert.

Was vormittags passiert ist, scheint mir Ewigkeiten her zu sein, und ich denke, Kane akzeptiert mich. Woher der Gedanke kommt, kann ich nicht genau erklären, aber er hat sich in mir festgeschraubt.

Kaum habe ich die Schuhe hinter meiner Wohnungstür abgestreift, klopft es. Tot stellen oder öffnen?

Knurrend entscheide ich mich für öffnen und sehe in Phils lächelndes Gesicht.

»Verfolgst du mich etwa?«, frage ich.

»Huch, wieso?«

»Weil ich gerade zur Tür reinkam.«

»Nein, dein neuer Lieblingsnachbar ist kein Gestörter. Das war Zufall. Ich wollte nur sehen, ob du da bist, und fragen, ob du Abendessen gebrauchen kannst.«

»Du willst mich zum Abendessen einladen?«

Er klopft sich mit den Fingerspitzen mehrmals auf die Brust. »Das klang so, nicht? Grundsätzlich ja, allerdings meinte ich, ob ich dir was abgeben darf. Ich habe vorgekocht, aber ein Kollege hat meine Abteilung zu einem späten Mittagessen eingeladen und ich bin noch satt. Ich werfe ungern etwas weg, vor allem, wenn ich es selbst gemacht habe, weil das echt gut ist. Und da du gestern Kaffee und Bananen mit mir geteilt hast, dachte ich sofort an dich.«

Ich lache. Das ist irgendwie süß.

»Hast du es dabei?«

»Nein, ich wollte erst fragen, weil … ja, weil wenn man es schon in der Hand hält, fällt es dem anderen schwerer, Nein zu sagen, und ich will es dir nicht aufzwängen.«

Hunger hätte ich und die letzte Bemerkung ist wirklich aufmerksam. Da muss ich nicht lange überlegen. »Ja, ich nehme sehr gern etwas. Das ist lieb von dir. Ich komme mit.«

Da wir streng genommen im Haus bleiben, schlüpfe ich in meine Pantoffeln. Sie sind rosa, mit Plüsch und Kunstfell in der gleichen Farbe sowie mit Glitzersteinchen besetzt, aber wenigstens bequem.

Nach einem Kontrollblick, ob ich wirklich den Schlüssel in der Hand halte, ziehe ich die Tür hinter mir zu und wir gehen gemeinsam Richtung seiner Wohnung.

»Du siehst sehr hübsch aus«, sagt er, schiebt beide Hände in die Hosentaschen und zieht die Schultern hoch.

»Meinst du mein Businessoutfit? Oder die Schuhe?«

»Machen wir uns nichts vor, die Schuhe sind abartig übel und sehen nach billigem Puff aus.«

Er sieht zu mir rüber, und als ich lache, lacht er mit. »Keine Sorge, ich nehme dir das nicht übel. Allerdings muss ich dich korrigieren: Die habe ich gekauft, weil ein wundervoller kleiner Junge mir gesagt hat, das sind echte Prinzessinnenschuhe, die mir wunderbar stehen. Und diesem Jungen glaube ich mehr als dir.«

»Vielleicht wollte er dich ärgern?«

»Nein, auf keinen Fall, denn er hat sich die gleichen gewünscht.«

»Und bekommen?«

»Ja«, antworte ich und spüre mein eigenes Lächeln beim

Gedanken daran, wie stolz Milo darauf war, dass wir die gleichen Hausschuhe besitzen.

»Komm rein«, sagt er, als er seine Wohnungstür öffnet, und ich folge ihm. Seine Wohnung ist geschnitten wie meine, weshalb ich sofort weiß, dass wir in die Küche gehen. Wohin auch sonst?

Da der Vermieter anscheinend alle Wohnungen mit den gleichen Küchen ausgestattet hat, überkommt mich ein seltsames Gefühl von falscher Vertrautheit. Dort steht eine andere Kaffeemaschine, daneben ein Messerblock. An einem Haken, den es bei mir nicht gibt, hängt ein Geschirrtuch mit einem roten Muster statt wie bei mir in Blau. Außerdem hat Phil sich für einen massiven Holztisch mit vier passenden Stühlen entschieden, ich dagegen für einen filigranen Tisch mit schlanken Metallbeinen.

Gefällt mir, wie er es eingerichtet hat. Vielleicht hätte ich es auch so gemacht, wenn ich nicht nach Möbeln Ausschau gehalten hätte, die sofort lieferbar sind.

Er geht an den Kühlschrank, und als er dessen Tür schließt und sich mit einem Topf zu mir umdreht, wiegt er ihn nachdenklich in der Hand. »Oder soll ich es schnell hier warm machen? Dann musst du den Topf nicht spülen und mir wiederbringen. Obwohl … so hättest du einen Grund, mich wieder zu besuchen.«

»Vielleicht finden wir ja auch so einen Grund. Aber es ist seltsam, wenn ich mir von dir Essen aufwärmen lasse und du mir beim Essen zusiehst.«

»Na, eine Kleinigkeit wollte ich von meinem Essen schon für mich. Sooo satt hat mich das Mittagessen dann doch nicht gemacht.«

»Weshalb hast du eigentlich vorgekocht? Und halt, noch wichtiger: Was hast du denn vorgekocht? Ich hoffe, es ist etwas, was ich mag.«

»Chili con Carne. Damit sollten alle Fragen beantwortet sein.«

»Wie meinst du das?«

»Na, du weißt jetzt, was ich gekocht habe, und du weißt, warum ich vorgekocht habe – nämlich weil ein Chili am Tag nach dem Kochen besser schmeckt. Außerdem schmeckt das jedem, womit auch die Frage beantwortet wäre, ob du es magst.«

»Ja, das ist wahr. Ich würde sehr gern Chili con Carne mit dir essen.«

Sein Lächeln ist sonnig, und es ist irgendwie süß, wie er sich leicht verlegen durch seine Locken streicht, als wäre es überraschend, dass ich die Einladung annehme, mit ihm zu essen. »Dann setz dich bitte. Möchtest du etwas trinken?«

»Wasser, wenn du hast.«

»Wer hat kein Wasser, du bescheidener Mensch? Ich frage jetzt nicht alles ab, was ich dahabe, sondern vertraue darauf, dass du mir deine wahren Wünsche mitteilst.«

Seine robusten Holzstühle sind so bequem, wie sie aussehen, und ich lege die Unterarme entspannt auf der Tischplatte ab.

Er nimmt sein Smartphone aus der Tasche, tippt kurz und legt es neben mir auf den Tisch. »So, dann mach ich es uns warm und du erzählst mir, wie es heute bei der Arbeit war.«

»Erzähl du mir doch, wie es bei dir war.«

»Hm.« Er tippt sich mehrmals mit dem Zeigefinger ans Kinn, ehe er einen hölzernen Kochlöffel aus einer Schublade entnimmt. »Das Problem ist, ich bin im mittleren Management. Der überflüssigste Job aller Zeiten.«

»Das ist aber auch nichts, was man über sich sagen sollte. Was macht ihr?«

»Das Unternehmen, für das ich arbeite, produziert, pass auf, Schuheinlagen für Sportler und Wanderer, Badewannenaccessoires und Weihnachtsbaumschmuck. Und ich bin nur dort, um sinnlos Dinge zu verwalten. Von oben kommen Aufträge, ich gebe sie weiter und prüfe, ob sie wie gewünscht erfüllt werden, dann melde ich, dass sie erfüllt sind. Jetzt bist du massiv beeindruckt, oder?«

»Schuheinlagen, Badewannenaccessoires und Weihnachtsbaumschmuck?« Ich kann nicht anders, ich lache.

Phil, der mittlerweile in dem Topf rührt, der auf dem Herd steht, wendet sich mir halb zu. »Ja, ich weiß. Aber sie bezahlen mich anständig und lassen mir freie Hand. Damit bin ich vermutlich besser dran als viele andere. Du kannst es zugeben: Es ist halt wirklich null spannend. So, jetzt erzähl du. Wie ist dein Boss? Mister Hotness. Oder wie hat deine Freundin am Telefon gesagt?«

»Das darf man nicht so ernst nehmen. Sie ist eine von den Frauen, wegen denen Männer in Filmen und Serien oft sinnlos oben ohne herumlaufen müssen. Sie guckt einfach gern. Und dabei wird sie sexistisch.«

»Du nicht?«

»Ob ich sexistisch bin oder gern gucke?«

»Vielleicht hängt beides zusammen?« Er steckt sich den Löffel in den Mund, nur die Spitze, dann kostet er mit geschlossenen Augen, und ich meine sogar, seine Zungenspitze zu sehen, die lasziv am Löffel leckt.

Entweder ist er ein absoluter Genießer oder er will etwas untermauern, weshalb ich trocken erkläre: »In einem Restaurant probiert der Koch, indem er vom Kochlöffel ein bisschen auf einen Extralöffel tropfen lässt.«

»Oh, Angst vor Speichel. Wie schade. Aber keine Sorge, es ist fertig. Ab jetzt brauchen wir eine Schöpfkelle.«

Sein Zwinkern bringt mich dazu, die Brille hochzuschieben, weil ich es nun unangenehm finde, dass ich ihm mit meiner Aussage unterstellt habe, dass er keine Küchenhygiene einhält.

Aus Verlegenheit gehe ich im Thema zurück. »Ja, mein neuer Boss … Eigentlich ist er ein echtes Arschloch. Kannst du dir vorstellen, dass er gesagt hat, er hat noch nie eine Frau mit Brille geküsst? Und dann einen Kuss von mir wollte? Was ist denn das für ein Aufreißertrick?«

»Ein wirksamer?«, fragt Phil, als er zwei Teller neben dem Topf abstellt.

»War das eine Frage? Bei mir funktioniert so etwas nicht.«

»Gut zu wissen.«

Mit schelmischem Blick stellt er eine Riesenportion Chili con Carne vor mir ab. Was sich eben schon als angenehmer Duft in meine Nase gemogelt hat, bringt nun, da ich es sehe, meinen Magen zum Knurren.

Phil lässt sich mir gegenüber nieder und reicht mir einen Löffel. »Lass es dir schmecken.«

Unsere Fingerspitzen berühren sich, als ich ihm den Löffel abnehme, und wir zucken beide zurück, bevor wir uns anlächeln.

»Waren das etwa Funken?«, fragt er scherzhaft.

An der Stelle sollte ich es vielleicht aussprechen. »Du, Phil, ich mag dich. Oder korrekter: Du bist mir sehr sympathisch, für Mögen kennen wir uns noch nicht gut genug. Aber Funken möchte ich im Moment nicht. Ich muss mich auf meinen neuen Job konzentrieren.«

»Deine Aussage führt mich zu einer Erkenntnis: Du hattest nie richtige Funken in deinem Leben.«

»Wieso denkst du das?«

»Weil, Elin … gegen Funken kann man sich nicht wehren.«

Ein wehmütiger Schatten überzieht sein Gesicht, und ich bin mir sicher, dass er nichts mit mir zu tun hat, sondern vermutlich mit seiner Ex.

Ich lächle ihm zu und streife mit dem Löffel am Rand des Chilis entlang, um die kühlste Stelle zu erwischen, da es dampft und ich mir nicht die Zunge verbrennen will.

»Und, Elin, nur damit du es weißt: Ich bin gerade selbst mit einem Projekt beschäftigt, aber ich würde mich freuen, wenn wir gute Nachbarn sind. Richtig gute Nachbarn.«

»Du bist mein absoluter Lieblingsnachbar, sollte dieses Chili nur halb so gut schmecken, wie es riecht, und jetzt werde ich das austesten, damit wir Bescheid wissen. Woher hast du das Rezept?«

»Tu das. Das Rezept kann ich dir geben. Erzähl mir ein

bisschen was über deinen Job. Der klingt so viel spannender als meiner. Was hat dein Boss sonst noch angestellt?«

Mir fällt ein, dass ich eine Verschwiegenheitserklärung unterzeichnet habe, aber ein wenig *Bürotratsch* kann ich sicher loswerden. Ich darf bloß nichts über Kane verraten, was ihn blöd dastehen lässt. Das ist kein Problem, denn Phil hat recht: Mein Job ist spannend. Zumindest für mich. Und so wie Phil mich ansieht – so erwartungsvoll –, möchte er es wirklich hören.

Er wirkt schon fast übermäßig interessiert. Aber warum auch nicht? Das ist einwandfreier Small Talk für funkenlose Nachbarn.

Ich werde über meinen Job reden, er möglicherweise doch über seinen, dann kann er mir berichten, was sein Fahrrad macht, und ich, dass ich den tropfenden Wasserhahn repariert habe.

Und vielleicht werden so aus Nachbarn Freunde.

10

SO, ICH GLAUBE, SIE HABEN ES VERSTANDEN.

Elin

Seit zwei Wochen arbeite ich jetzt für Kane, und langsam habe ich eine Alltagsroutine entwickelt, da bisher nichts Außergewöhnliches mehr war. Um all seine Sachen zu ordnen, werde ich noch eine Weile brauchen, aber was aktuell ist, ist fertig. Durch das Gefühl, die Übersicht zu haben, fühle ich mich gut und handlungssicher.

Das muss ich auch, denn Kane hilft mir weiterhin überhaupt nicht. Ich darf alles selbst herausfinden oder mit seinem Manager oder Beth reden, die ihn noch am besten zu kennen scheinen.

»Ja, genau hier«, sage ich und deute auf das Eck neben dem Eingang der Kirche.

Der Trockenbauer kratzt sich am stoppeligen Kinn und sieht zu seiner Partnerin, die auf ihrem Pad etwas überprüft, nachrechnet oder notiert. Sie bemerkt seinen Blick, hebt den Kopf, um ihn anzusehen, zu nicken und danach mir ihre Aufmerksamkeit zu schenken. »Schalldicht ist möglich, allerdings sehr teuer. Günstiger wären abschirmende Wände. Die Akustik des Gebäudes ist eine Herausforderung, aber vermutlich können wir an dieser Stelle tatsächlich am meisten rausholen.«

Kane hat mir erlaubt, dass ich mir ein eigenes Büro abteilen lasse. Bei der Kostenfrage hat er mit den Schultern gezuckt und gesagt: »Keine Ahnung, was das kostet. Ich verlasse mich darauf, dass du nicht übertreibst, weil ich finde, du stellst dich an. So schlimm bin ich auch nicht.«

Da muss ich ihm allerdings widersprechen. Ich komme damit klar, dass er manchmal spontan seine Hose loswird, da er unter die Dusche springt. Kein Problem, da kann ich wegsehen, aber die Muse, die er nach Kezia aufgegabelt hat, hat mir erst bewusst gemacht, dass die Frauen den ganzen Tag hier sind. Manche nehmen sich Urlaub, teilweise unbezahlt, um ein paar Tage oder Wochen Zeit mit ihm zu verbringen.

Das wäre nicht so schlimm, wenn Kane sich nicht überall *inspirieren* lassen würde, wo er gerade steht und geht. Und mit Inspirieren meine ich Sex haben. Das ist abartig. Vor ein paar Tagen kam ich morgens in die Kirche, und die beiden haben es auf dem Schreibtisch getrieben, an dem ich arbeiten wollte.

Seitdem arbeite ich häufig in der Abstellkammer. Um dauerhaft darin zu werken, bin ich mir allerdings zu schade, und aus diesem Grund verlange ich ein eigenes Büro.

Genervt atme ich aus, als das passiert, wovon ich hoffte, für heute erlöst zu sein. Außerdem stöhne ich, als sich die beiden belustigt ansehen, wonach er brüllt: »Deshalb schalldicht?«

Ich nicke, weil Bejahen gegen die laute Musik fast sinnlos ist.

Dieses Lied kenne ich. Ich kenne es seit heute. *Sweet Dreams* von *Marilyn Manson.* Als ich heute Morgen ankam, lief es bereits über die überall in der Kirche verteilten Lautsprecher, was einem das Gefühl gibt, bei einem Konzert näher als die erste Reihe zu stehen. Zuerst hat es mir sogar richtig gut gefallen, aber mittlerweile ist es pure Folter, weil er es vormittags beim Malen in Dauerschleife laufen ließ. Irgendwann wurde er müde, ging ins Bett und ich konnte es ausschalten. Offensichtlich ist er wieder wach.

Anscheinend bringt ihn Musik in die richtige Stimmung,

und auf ein Genre ist er nicht festgelegt, denn vor ein paar Tagen lief etwas Elektronisches und davor eine Ballade. Ich bete, dass er niemals eins meiner Lieblingslieder auswählt, da ich vermute, danach kann ich es nie wieder hören.

Warum er mal Kopfhörer nutzt und mal die Lautsprecher, habe ich auch noch nicht verstanden, aber ich wünschte, Kopfhörer wären ihm immer genug. Ich für meinen Teil führe gerade einen Belastungstest für alle möglichen Noise-Cancelling-Kopfhörer durch, die ich mir bestellt habe. Ein Büro, in dem ich die nicht brauche, wäre natürlich ein Traum.

Mit Gesten teile ich mit, dass ich die Musik ausschalten werde, da ich nicht brüllen möchte, und marschiere zu Kanes aktuellem Arbeitsplatz. Er ist nicht da, aber seine Smartphones liegen auf dem Tisch. Eins ist nur dafür, dass er sich beim Malen filmt, ein anderes ausschließlich für Musik und noch eins für alles Weitere. Verstehen muss man das nicht, da eins alles davon könnte. Was ich jedoch in der kurzen Zeit hier gelernt habe, ist, dass ich nicht zu viel von seinen Gewohnheiten hinterfrage. Da die Telefone auch meine Aufgabe sind, zumindest der Teil, dass ich sie lade, weiß ich, welches Display ich antippen muss, um die Musik verstummen zu lassen.

Die Stille ist so angenehm, dass ich seufze, bevor ich zurück zu den Handwerkern gehe.

»So, ich glaube, Sie haben es verstanden.«

Beide schmunzeln und sie antwortet: »Ja, haben wir. Die Sache ist die … Wir können ein Angebot mit Wänden als Sichtschutz machen, was auch relativ günstig wäre. Wahlweise wäre ein Raum ähnlich wie ein Tonstudio möglich. Dafür bräuchten wir aber einen Architekten, allein schon wegen des Belichtungs- und Belüftungskonzepts.«

Ade, Traum vom schalldichten Büro. So viel von Kanes Geld möchte ich nicht ausgeben. Vielleicht doch die ehemalige Sakristei ausbauen, die als Abstellkammer dient? So wäre ich auch näher an der Toilette und müsste gar nichts mehr sehen, was ich nicht sehen will.

Hätte Kane bloß nicht das frühere Pfarrhaus zu einer modernen Garage umbauen lassen. Das wäre perfekt gewesen. Direkt nebenan, aber weit genug weg.

Ich komme mir unwichtiger vor als ein Auto. Niemand hat mich willkommen geheißen, es ist kein richtiger Platz für mich, Kanes Musen sehen mich ganz klar als Störenfried, und Kane tut so, als würde er mich nicht brauchen.

»Bitte erstellen Sie mir ein Angebot für den Sichtschutz«, bestimme ich entschlossen.

Wenn hier kein Platz für mich ist, werde ich mir einen erobern. So ist das nämlich. Und nächstes Jahr um diese Zeit werde ich Kane sagen, dass ich bereits ein Jahr für ihn arbeite, und er wird antworten: *Ehrlich? Mir kommt es vor, als wärst du schon immer da gewesen und doch erst seit gestern. Du machst das wirklich gut. Man bemerkt dich kaum und trotzdem ist alles erledigt.*

Das wird er natürlich nicht sagen, aber ich werde es dennoch feiern. Denn mein Schuldenberg wird dann durch mein Gehalt bereits gesunken sein, mein Leben gefestigt und normalisiert, und ich werde mich gebraucht und wichtig fühlen.

Mit einem Lächeln reiche ich nacheinander beiden die Hand und bringe sie vor die Tür. Meine eigenen Wände hier drinnen sind der erste Schritt meiner Eroberung.

11

ICH DACHTE, DU DENKST FÜR MICH?

Kane

»Kane?«

»Was?«, frage ich zurück und lege so viel Ablehnung in meine Stimme, wie ich es kann.

Ich hätte Kenzia oder Kezia oder wie die Letzte hieß behalten können, denn diese Muse ist genau wie sie. Es ist, als hätte ich sie gegen das gleiche Modell ausgetauscht. Wo sind die Musen hin, mit denen man interessante Gespräche führt?

So viel wie ich allein hinter Leinwänden bin, ist das meine Art, das Gefühl zu bekommen, doch unter Menschen zu sein. Meine Musen erzählen mir von ihrem Leben und ihren Erlebnissen, teilen mir ihre Erkenntnisse über das Dasein mit oder Erfahrungen, die sie gemacht haben.

Sie bemühen sich, mich nicht zu langweilen, sondern halbwegs geistreiche oder interessante Gespräche zu bieten. Alltag hat in solchen Unterhaltungen keinen Platz, und sobald ich das Gefühl habe, eine wird mir zu fad oder nervt mich, ist das Arrangement zu Ende. Sex bekomme ich auch von der nächsten.

Aber in letzter Zeit finde ich keine, die irgendetwas zu sagen hat, was mich interessiert. Alles ist hohles Gewäsch, so kommt es mir vor. Woran liegt das? Habe ich Pech mit meiner

Wahl? Interessieren sich keine Frauen mehr dafür, meine Muse zu sein, die sich auf einer geistigen Wellenlänge mit mir befinden?

Irgendwie finde ich bloß noch welche, mit denen kann man echt nur ficken. Manche Musen vergesse ich nie, weil sie sich in mein Gedächtnis gebrannt haben, aber kommt lediglich heiße Luft aus dem Hals, prägt sich mir der Name nicht ein.

»Ka-ane?«

»Was ist denn?«

»Guck doch mal.«

»Jetzt nicht, Baby. Ich arrangiere eine Szene, die ich malen will.«

Sorgsam lasse ich etwas Honig über einen Lolli laufen, den ich auf einem Holzbrett festgeklebt habe. Dahinter ist ein ausgeplottetes Foto, und ich hoffe, ich habe nun den richtigen Winkel für eine Aufnahme. Das Bild habe ich schon im Kopf, jetzt brauche ich bloß noch eine Vorlage, an der ich mich orientieren kann. Auch ohne die ist es natürlich möglich, aber es ist so viel einfacher, zu malen, was man sieht, als etwas, was man sich rein vorstellt.

Der Lutscher wird später eine Weltkugel am Stiel sein, den sich eine Frau zwischen den Schenkeln hervorzieht, weshalb er nass ist und tropft. Für den Intimbereich habe ich so einen Ausschnitt gewählt, dass man erst auf den zweiten Blick erkennt, dass sich eine Frau gerade selbst befriedigt. Die Schamlippen werden die Form von großen Blütenblättern bekommen und weit geöffnet sein, die Klitoris geschwollen und rot. Wenn man erkannt hat, was es ist, weiß man, die Frau macht es sich ziemlich gut mit dem Lolli. Dafür werden mir einige aufs Dach steigen, bestimmt auch wieder ein paar Feministinnen, die glauben, man darf so etwas nicht zeigen. Dabei ist das Bild durch und durch feministisch. *Fuck the World.* So soll der Titel sein.

»Kane, jetzt guck doch mal.«

Da ich denke, ich habe das Foto, das ich brauche, drehe ich mich um. Sie sitzt auf meinem Sattelhocker, auf dem ich gern zeichne, da man sehr lange darauf sitzen kann, bevor es unbequem wird. Mit einer Hand stützt sie sich hinten ab, um mir ihre Brüste entgegenzurecken.

Hat sie? Ja, sie hat. Sie hat den restlichen Honig darüberlaufen lassen.

Da ich mit ihr wenig Gesprächsstoff habe, ist ihre honigglänzenden strammen Titten zu betrachten eine nette Alternative. Vielleicht sollte ich das mit dem Gerede nicht so eng sehen.

»Du wirst von mir aber nicht erwarten, dass ich das alles weglecke?« Bei so viel Honig bekomme ich eher Diabetes als einen Ständer.

»Das passt doch toll zu dem, was du da gerade zusammengebastelt hast.«

Ich ahne, was sie will. »Soll ich ein Foto von dir machen? Du, voller Honig, in meinem Atelier, damit du später sagen kannst, du warst bei der Entstehung von *Fuck the World* dabei?«

Ihre Augen glänzen noch intensiver als der Honig. »Heißt es so? Ja, das will ich. Ich halte einen Arm vor die Nippel, dann kann ich es überall posten. Mach ganz viele, so kann ich das Beste aussuchen. Das lade ich später gleich hoch und verlinke dich.«

Das letzte Mal, als eine Frau wollte, dass ich sie *schnell* mit dem Handy fotografiere, habe ich so getan und dabei zig Links zu Seiten von Fotografen geöffnet. Als ich es ihr zurückgab, erklärte ich ihr, dass ich nicht ihr Fotograf bin und sie sich selbst darum kümmern soll.

Jetzt hätte ich eine andere Möglichkeit. Ich werfe einen Blick auf Elin, die etwas entfernt an meinem bisher eher als Ablagefläche genutzten Schreibtisch sitzt. Da die Lehne des neuen Schreibtischstuhls so hoch und breit ist, sieht man sie kaum.

Soll ich sie rufen, damit sie das erledigt? Das könnte witzig sein. Und genau für solche Aufgaben ist eine Assistentin doch da, oder?

Hm … In zwei Stunden habe ich einen Online-Liveact angekündigt, den ich noch vorzubereiten habe. Davor wäre allerdings genügend Zeit für Sachen, mit denen Elin nichts zu tun haben möchte.

Ich weiß, was ich bis dahin tun werde, und um das zu bekommen, werde ich wohl diese Fotos selbst schießen müssen. »Baby, ich fotografiere dich. Aber du wirst die Bilder erst später ansehen, bearbeiten und hochladen, denn zuerst werde ich meinen Schwanz durch den Honig schieben.«

»Wenn wir noch ein Selfie zusammen machen, lecke ich den Honig als Abschluss von dir, sobald du genug davon hast.«

Für einen Tittenfick mit anschließendem Blowjob würde ich sogar zwei Selfies machen, aber das sage ich besser nicht zu laut. »Einverstanden. Und dann bist du eine brave Muse und lässt mich arbeiten.«

»Ich wollte heute sowieso gehen. Morgen fliege ich doch mit meinen Freunden in den Urlaub. Hast du das vergessen? Hast du etwa nichts zum Abschied für mich vorbereitet?«

Was will sie? Was zum Abschied vorbereitet? Hu. Jetzt wo sie es sagt … sie erwähnte, dass sie nur drei Tage bleibt. Na ja, erwähnen ist nicht ganz richtig. Sie hat so gejubelt, als ich sie eingeladen habe, meine Muse zu sein, da gingen alle anderen Infos halbwegs unter.

»Natürlich habe ich etwas zum Abschied für dich vorbereitet«, lüge ich.

Memo an mich: Irgendwie bei der jetzt gleich stattfindenden sexuellen Aktivität im Hinterkopf behalten, Elin später den Auftrag zu geben, dass sie ihr ein Abschiedsgeschenk besorgt, damit Baby ohne Gezicke mein heiliges Zuhause verlässt.

Das geht schief, das spüre ich jetzt schon in meinen Eiern. Zumindest nach einem guten Höhepunkt kann man froh sein, wenn man noch seinen eigenen Namen und das richtige Jahrhundert weiß. Wie soll ich mir das dann merken? Das kann echt keiner von mir erwarten.

Während ich aus der Kiste links von mir ein Kondom nehme und das Haltbarkeitsdatum checke, kniet sie sich hin. »Das brauchen wir nicht. Du wolltest eh meine Brüste und meinen Mund benutzen, bis du kommst. Ich stehe darauf, wenn Männer mir auf die Brüste oder ins Gesicht spritzen.«

Behaupten kurzzeitige Sexualpartner, man braucht kein Kondom, braucht man auf jeden Fall welche. Ich finde, genau so sollte es auf Schulen gelehrt werden, dann gäbe es kaum Geschlechtskrankheiten und weniger ungeplante Kinder.

»Baby, das ist wundervoll für dich, aber ich komme am liebsten in Kondome.«

Sie rutscht auf den Knien hin und her und zieht eine Schnute. »Sogar beim Handjob. Das habe ich noch nie erlebt. Für einen Künstler bist du ganz schön verklemmt.«

»Verklemmt? Sorry, das ist kein Pornofilm, in dem jemand literweise Sperma über dich schüttet.«

»Du bist echt nicht so, wie ich dich mir vorgestellt habe.«

»Was gibt es denn genau zu beanstanden?«

Auf die Frage scheint sie gewartet zu haben, denn sie hebt eine Hand und zählt an den Fingern ab. »Also, du hast wenig Zeit für mich. Ich dachte, das wird eine abgespacte sexuelle Erlebnisreise, bei der wir es den ganzen Tag treiben, dazwischen abhängen und uns besaufen oder die Nase zuziehen und dazu rumpinseln. Stattdessen sagst du ständig, du willst arbeiten. Außerdem sind Kondome seltsam, außer wenn man ihn richtig reinsteckt. Ich fühle mich nicht respektiert, denn ich darf gar nichts, noch nicht einmal zu dir ins Bett.«

Liegt es an mir? Ganz ehrlich, liegt es an mir? Was dachte sie, wie meine Bilder entstehen? Während ich mich vollgekokst und besoffen reiten lasse?

Was ist mit diesen Musen los? Ich darf echt nicht jede nehmen, die mich anschreibt. Elin muss ab sofort irgendein Auswahlverfahren entwickeln. Mir fehlt momentan das Händchen dafür.

»Du sagst gar nichts, Kane. Zu viel Ehrlichkeit? Versteh mich nicht falsch, ich finde dich voll cool und den Sex geil, aber ich möchte einfach mehr. Ich bin eine Frau und brauche Aufmerksamkeit.«

»Ah!« Der Schrei lässt Baby zusammenzucken und ich drehe mich um. Elin steht mit großen Kopfhörern auf den Ohren da und brüllt: »Ich will das nicht!«

Mit einem belustigten Kopfschütteln hebe ich betont langsam die Hand und deute auf ein Ohr von mir.

Sie versteht sofort und nimmt den Kopfhörer hektisch ab, wonach sie in normaler Lautstärke wiederholt: »Ich will das nicht. Muss das sein?«

»Elin Cockblocker Deschain, hier ist noch nichts passiert.«

Sie deutet zwischen der barbusigen und mit Honig verschmierten Baby und dem Kondom in meiner Hand hin und her. »Ja, weil ich gerade noch rechtzeitig aufgestanden bin. Eine Minute später hätte ich mich mitten in einem Liveporno befunden und dafür bezahlst du zu wenig.«

»Nein, dafür müsste ich bezahlt werden.«

»Nicht lustig, Kane! Das fällt doch sicher unter Arbeitsschutz!«

Baby erhebt sich und hält sich einen Arm vor die Brüste. »Das kannst du auch auf die Liste setzen. Dass deine Sekretärin den ganzen Tag da ist. Ich bin nicht verklemmt, aber das ist schon komisch.«

»Sie stört doch nicht«, erkläre ich ihr und zwinkere ihr zu. »Sie ist einfach da und erledigt ihre Aufgaben. Wie ein Staubsaugerroboter quasi. Oder wie eine Katze. Leute vögeln ständig vor ihren Haustieren.«

»Kane Reid, ich verlange, dass du mich nie wieder mit einem Staubsaugerroboter oder einem Haustier vergleichst!«

»Und außerdem ist sie zickig«, flüstert Baby, und ich konzentriere mich darauf, nicht zu lachen. Seit Elin hier ist, lache ich viel öfter. Wegen Situationen, über die sie sich aufregt. Oder wenn sie heimlich über mich flucht und erschrickt, falls sie bemerkt, ich bekomme es mit. Wahlweise auch über ihre eiskalten Erwiderungen, die sie mir gelegentlich serviert.

Doch, sie ist wie ein Haustier. Ein nützliches Haustier, das mein Zuhause belebt. Ein nützliches Haustier, das mein Zuhause belebt, ziemlich grimmig gucken kann und dessen Brüste zornig beben.

»Ihr habt keine Ahnung, wie viel Geld ich verdienen könnte, wenn ich euch zwei angepissten Ladys nackt in ein Plantschbecken stecke und euch noch mehr Honig gebe.«

»Kane, ich fordere, dass mir der Rest deiner Zeit bis zu meiner Abreise gehört und du die Sekretärin so lange wegschickst.«

»Und ich fordere, dass …«

Ich würge Elin ab und sage zu Baby: »Sorry, ich schicke Elin nicht weg. Nicht mal für fünf Minuten. Und ich habe später einen Termin. Entweder wir tun es jetzt noch einmal oder nie wieder.«

Mir ist klar, wie sie sich entscheiden wird. Kein Mensch, der etwas auf sich hält, würde nach der Ansage mit mir schlafen oder mich meinen Schwanz zwischen die Titten schieben lassen.

»Ich dusche, dann packe ich«, erwidert sie und wirft ihr Haar zurück, von dem Strähnen im Honig hängen geblieben sind.

»So, jetzt zu dir«, sage ich zu Elin, kaum ist Baby ein paar Schritte entfernt. »Zuerst verschränkst du nicht mehr die Arme.«

»Du kannst nicht vor meinen Augen Sex haben und dich dann daran stören, dass ich die Arme verschränke.«

»Erstens: Geht doch.«

Ihr Mund öffnet sich empört, als sie feststellt, dass sich ihre Arme, die sie sicher für Verräter hält, selbstständig gemacht haben, damit sie mit einer Hand ihre Brille zurechtrücken kann. Vermutlich stöhnt sie genervt über mich, sobald sie denkt, ich höre sie nicht mehr. Manchmal ist das so inbrünstig, dass ich zu dem Schluss gekommen bin, für mich zu arbeiten muss mindestens so befriedigend sein, wie mit mir zu schlafen.

Ich rede weiter: »Zweitens: Ich habe überlegt, ob wir die Küche nicht ins Kirchenschiff verlegen. Vielleicht als offener Bereich neben dem Musenbett oder so etwas. Dann könnten wir dort, wo sie jetzt ist, komplett mit einer Wand verschließen. Das könnte dein Reich sein. So musst du nichts mehr sehen, was du nicht sehen willst. Und möglicherweise bekommen wir es schalldicht, so hörst du auch keine Musik.«

»Du ... du würdest so einen großen Umbau veranlassen? Geht das mit den ganzen Anschlüssen, die man für die Küche braucht?«

»Elin, das weiß ich nicht. Woher soll ich das denn wissen? Denk darüber nach. Ich gehe schlafen. Sorg dafür, dass Baby mich nicht stört, und falls wir irgendetwas dahaben, gib ihr ein Abschiedsgeschenk von mir.«

Sie zupft sich den Kragen ihrer hellgrünen Hemdbluse zurecht. Meistens trägt sie eine Bluse in diesem Schnitt, häufig in Weiß, die sie lässig in eine schmal geschnittene Anzughose oder einen Businessrock steckt. Die formlose Eleganz dieser Kombination hat etwas Zeitloses, obwohl sie sicher modern ist. Morgens donnert sie in ihren Pumps energiegeladen hier herein, was in meinem Kopf immer klingt wie: *Ich bin hier, sieh mich an, ich habe alles im Griff, bin kompetent, seriös und weiblich.* Oft läuft sie später barfuß herum, so als würde sie vergessen, dass sie nicht zu Hause ist, was dem Outfit für mich etwas Erotisches verleiht.

Erotik ... Eben dachte ich an Tittenfick mit Honig und jetzt rührt sich gar nichts bei dem Gedanken. Vielleicht ist es besser so. Honig ist eine klebrige Sache und keine Ahnung, wie Latex darauf reagiert.

Auf einmal bin ich so müde, als hätte mir jemand Schlaftabletten verabreicht. Das war anstrengend. Irgendwie richtig anstrengend. Ich weiß nicht was genau, nur dass ich auf der Stelle schlafen möchte. Ich will nichts mehr sehen, nichts mehr hören, mich einfach mit nichts und niemandem beschäftigen müssen.

»In Ordnung. Du gehst schlafen. Denkst du an den Termin?«, fragt sie.

»Ich dachte, du denkst für mich?«

»Geh schlafen, Kane. Ich kümmere mich um alles.«

Das will ich ihr auch geraten haben.

12

WIE MEINT ER DAS SCHON WIEDER?

Elin

Sie ist weg. Dieses Mal hatte ich selbst Schwierigkeiten, mir den Namen zu merken, und im Kopf nannte ich sie Kezia, weil die beiden für mich ähnliche Vibes haben.

Ich habe ihr auf Kanes Kosten ein Taxi bestellt und ihr einen Schlüsselanhänger und eine Tasse von ihm geschenkt, die ich in der Abstellkammer bei Merch-Probeexemplaren fand. Auf beides habe ich mit einem silbernen Permanentmarker ein Herz gemalt, abgezeichnet von dem einzigen Bild, auf dem er jemals ein Herz abgebildet hat. Auch wenn es nur ein Oberteil war und die Brüste im Fokus standen.

Ob sie wirklich denkt, er hat es für sie gezeichnet? Sie hat sich vollkommen übertrieben darüber gefreut und war zu fröhlich dafür, dass sie nicht unbedingt in trauter Einigkeit auseinandergegangen sind.

Sie hat mir sogar erzählt, wie aufregend es für sie war, bei Kane sein zu dürfen. Vorhin hat sie sich allerdings eher unzufrieden angehört. Ich verstehe diese Frau nicht oder diese Art Frau, wenn es eine Art ist.

Auf jeden Fall ist sie fort, und ich bin froh, denn ich habe noch etwas zu tun, das ich fertigbekommen möchte, bis ich Kane wecke. Marcello verwaltet Kanes Fanpostadresse und ließ mir die Briefe der letzten Zeit gebündelt zukommen, damit ich mich darum kümmere. Man könnte ja denken, heutzutage kommt alle Post digital, aber viele Menschen schreiben Kane Briefe. Das meiste davon ist Fanpost, doch immer wieder ist auch das Gegenteil dabei.

Als ich zum ersten Mal einen Hassbrief las, war ich schockiert. Man muss seine Werke nicht mögen, aber weshalb sollte man sich die Mühe machen, seine Abneigung auf Papier zu bringen? Es sind nur Bilder, nichts, was jemandem schadet.

Ich überfliege einen mit Hand geschriebenen Brief, in dem ihm ein selbst ernannter Schützer der Sittlichkeit prophezeit, dass seine Laster ihn ins Verderben stürzen werden. Details, wie das aussehen könnte, stehen nicht dabei, deshalb darf der Briefbogen in den Schredder. Er erwacht zum Leben und mit einem krachenden Summen frisst er die bösen Worte.

Die nächsten zwei sind voller Dankbarkeit, weil Kane sie inspiriert hätte, selbst mutigere Werke zu kreieren. *Mutigere* Werke, genau. Unter einem Schnauben meinerseits darf der Schredder den Brief ebenfalls zerfetzen. Schade, dass Kane sie nicht sehen will. Bei den gemeinen Schreiben verstehe ich es, aber es sind auch einige darunter, die sind von begeisterten Verehrern seiner Kunst.

In einem Briefumschlag ist Glitzerstaub, und ich runzle die Stirn, weil mein Schreibtisch nun aussieht, als hätte ein Einhorn darauf gekotzt. Den verfüttere ich aus Rache ungelesen dem Schredder. Es folgt eine Beschwerde, dass Kane einen Beitrag am Niedergang der Kultur leistet. Pah. Als wären obszöne Bilder nicht schon immer Teil unserer Kultur gewesen. Weg damit.

Der Letzte für heute klingt ein bisschen so, als wäre der Verfasser neidisch auf Kane, denn er motzt über zwei bedruckte Seiten, was Kane für ein Bastard wäre. Ich überfliege den Text nur flüchtig, ob eine handfeste Drohung drinsteht, die man ernst nehmen sollte, aber es steht lediglich oberflächlicher Mist dort, wie dass er Kane am Boden sehen will und ihn hasst, weil Kane ihm die Frau weggenommen hätte. Und dass er es unverschämt findet, dass Kane auf keinen seiner Briefe reagiert. Wie sollte man auf so was reagieren? Ich zögere, ihn in den Schlitz einzuführen, damit er verschwindet, denn am Ende steht: *Phil, mit hassvollen Grüßen.*

Das ist auf eine schräge Art lustig. Kann ich das fotografieren und meinem Nachbarn Phil zeigen? Ob er darüber lacht?

Nein, das kann ich nicht machen. Ich kann nicht einfach jemandem Hasspost für Kane vorführen, und so lustig ist das auch nicht, dass sie sich einen Namen teilen. Um ehrlich zu mir selbst zu sein, schäme ich mich noch ein bisschen dafür, dass ich, gleich als ich Phil kennenlernte, Kane als Arschloch bezeichnete. So sollte man wirklich nicht über seinen Chef vor Fremden reden und damals waren wir das.

Mit dem Verstummen des Schredders sehe ich auf die Uhr. Perfekt getimt. Es wird Zeit, Kane zu wecken.

Von der ersten Treppenstufe aus rufe ich: »Kane?«

Kann er mich von hier unten überhaupt hören? Vermutlich nicht. Dann anders.

Wenige Minuten später bin ich mit einer frisch gefüllten Kaffeetasse und einer Banane bewaffnet und gehe die Treppe nach oben. Auf der Empore war ich noch nie. Für mich ist das sein privater Bereich. Aber jetzt muss ich ihn wecken, denn seinen Online-Termin soll er nicht verpassen.

Auf der Hälfte der Stufen ärgere ich mich, dass ich leise auftrete, schließlich werde ich ihn eh gleich wach machen.

»Kane, wach auf«, rufe ich von der Treppe aus.

Keine Reaktion.

Von hier aus habe ich direkte Sicht auf das große Bett und ein Bein von ihm, das freiliegt. Der Rest ist unter der Bettdecke verborgen. Auf mein zweites Rufen reagiert er auch nicht und ich kneife die Augen zusammen. Ja, die Decke bewegt sich, er atmet folglich noch.

Hier oben ist es gemütlicher als unten. Die Empore ist zwar nach vorn offen, aber durch die normale Deckenhöhe und die freiliegenden Balken ist es hier heimeliger und nicht ganz so kirchlich. Links befindet sich über die komplette Seite ein offenes Kleiderschranksystem und rechts eine Milchglastür, die nach Badezimmer aussieht. Genau in der Mitte davon steht sein Bett. Und ich mittlerweile davor.

Wie weckt man seinen Boss?

Nach einem Blick auf den Kaffee in der einen und der Banane in der anderen Hand lege ich die Banane auf dem Nachttisch ab und gehe in die Hocke. Meine Mama hat mich als Teenager in den Ferien immer geweckt, indem sie mir eine heiße Schokolade brachte und mir den Geruch ins Gesicht geblasen hat. Vielleicht klappt das bei Kane ja mit Kaffee.

Er hat sich das Kissen über den Kopf gezogen und nur die Nasenspitze und ein geschlossenes Auge ist erkennbar. Das passt doch. Ich hebe die Tasse an und puste sanft.

»Kane, wach auf, dein Termin.«

Das Lid öffnet sich flatternd, und er sieht so verwirrt aus, dass ich froh bin, die Tasse in der Hand zu halten, weil ich ihm sonst vermutlich über das Gesicht gestreichelt hätte, um ihm zu versichern, dass alles gut ist.

»Wa…« Er klingt wie ein brummender Bär mit Halsentzündung und räuspert sich, bevor er weiterspricht, weshalb ich fast kichere. »Was willst du?«

»Dein Termin.«

»Termin?« Er setzt sich auf und streicht sich durchs Haar, wobei er sich umsieht. »Es ist nicht morgens. Ja, jetzt weiß ich es wieder. Bin unterwegs.«

Ich halte ihm die Tasse hin, er nimmt sie und umgreift sie mit beiden Händen, um daran zu riechen. Nickend schwingt er die Beine über den Rand, und als er aufsteht, rutscht die Bettdecke von ihm und ich habe fast seinen Penis im Auge.

»Ah! Kane!« Ich purzle auf den Hintern, da ich noch in der Hocke war, und gestikuliere dabei, als müsste ich Fliegen verscheuchen.

Mit der Tasse zwischen den Fingern sieht er mit einem zugekniffenen Lid und zerknautschter Miene zu mir runter.

»Elin, schlägst du nach meinem Schwanz? Alles klar bei dir? Was machst du eigentlich da unten?«

»Hilfe«, jammere ich und lege mir einen Unterarm über die Augen.

»Nur falls du denkst, ich will dich belästigen: Das ist eine Morgenlatte. Mittagslatte. Halt eine absichtslose Latte. Kein Grund, sie zu schlagen.«

»Nimm sie aus meinem Gesicht!«

»Alter«, murmelt er. »Ist das anstrengend.«

»Ich?!«, wiederhole ich erbost und nehme den Arm weg, damit ich meinen bösen Blick an ihm trainieren kann.

Er ist ein Stück zurückgetreten und stellt die Tasse auf den Boden, um sich seine Hose zu greifen.

»Ja, du. Ich habe friedlich geschlafen und du verbreitest Hektik. Wenn du mein Schlafzimmer betrittst und eine Hose vor dem Bett liegt, könntest du doch intelligent genug sein, um zu kombinieren, dass ich nackt bin. Und gesehen hast du das sowieso schon. An deinem ersten Tag, und da hat es dir auch nichts ausgemacht, hinzugucken, als wäre das der nächste Blockbusterfilm in 3-D. Damals wollte ich dich fragen, ob ich dir Popcorn bringen darf oder du Nachos bevorzugst.«

»Gibt es 3-D noch?«, erkundige ich mich und sehe auf die volle Kaffeetasse, während er die Hose hochzieht. »Warum schläfst du überhaupt nackt, wenn du geweckt werden willst?«

»Auf der Hose ist frische Farbe. Die ziehe ich doch nicht ins Bett an.«

Er verschwindet durch die Glastür, die seinen Badezimmerbereich abtrennt, und ich schnappe mir die Tasse, da er sie sowieso nicht austrinken wird, um sie selbst zu leeren.

Kanes magisches Dreieck ist Malen, Kaffee stehen lassen und Orgasmen. Vielleicht höre ich den Neid sogar in meinen eigenen Gedanken und ich meine nicht den aufs Malen.

Nicht, dass ich total scharf darauf wäre, es ständig mit wechselnden Männern zu tun, aber ich wüsste noch nicht einmal, wo ich vernünftige Kandidaten dafür herbekomme.

Ehrlich, wie macht man das? Ich weiß doch nicht sofort, ob ich mit einem Mann schlafen möchte, wenn ich ihn sehe, oder anhand eines Onlineprofils. Und was ist, falls er mir gefällt, ich mich mutig traue, es ihm zu sagen, und dann gefalle ich ihm nicht? Ich würde sterben, so unangenehm wäre mir das.

Puh. Nach einem Blick auf die Tür, hinter der er sich hoffentlich anzieht, trinke ich den letzten Schluck Kaffee.

Es klang logisch, was er sagte, aber ich bin mir sicher, es ist trotzdem nicht okay, mich mit dem Anblick seiner Geschlechtsteile zu belästigen. Das schreit doch geradezu nach einer Gefahrenzulage. Ich hätte ein Auge oder einen Zahn verlieren können.

Kichernd über den blöden Gedanken tausche ich die Kaffeetasse gegen die mitgebrachte Banane und schäle sie.

»Ich hätte schwören können, die war für mich.«

»Huch, da bist du ja schon wieder.«

»Ja, und ich bin so selbstbeherrscht, nichts dazu zu sagen, dass du direkt nach meinem nackten – erigierten – Anblick eine Banane in deinem Mund willst. Das hat wahrscheinlich nichts miteinander zu tun. Genauso wenig wie die Tatsache, dass ich in deiner Anwesenheit hart war.«

Er bricht ein Stück der Banane ab und geht nach unten. Ich betrachte seinen Rücken, der immer weiter verschwindet, bis er mir keinen Blick mehr auf seine sich bewegende Muskulatur gönnt.

Kauend folge ich ihm. Ob es Frauen gibt, die mich beneiden würden? Ein hotter Boss, der meist oben ohne ist? Der dafür ständig etwas auf den Lippen hat, weshalb man eigentlich einen Fortgeschrittenenkurs besuchen müsste, irgendeinen wie: *Wie rolle ich nicht mit den Augen und verkneife mir ein genervtes Stöhnen?*

Ich beschließe, dass die guten Seiten überwiegen. Schließlich habe ich fast freie Hand, ich muss ihn meist bloß einmal an irgendetwas erinnern und es wird nicht langweilig mit ihm. Außerdem bin ich so viel mit ihm beschäftigt und damit, alles über die Kunstbranche zu lernen, dass ich keine Zeit zum Nachdenken habe.

Eigentlich ist es perfekt.

Bevor er loslegt, bringe ich ihm noch eine Banane und Wasser, um zu verhindern, dass er wieder essen und trinken vergisst, sobald er im Flow ist. Zuerst halte ich ihm die Banane hin, die er, ohne mich anzusehen, nimmt und sie isst, während er ein Bild betrachtet. Für mich sieht es fertig aus. Es ist das Gesicht einer Frau, die absolut unschuldig wirkt. Ihr Kopf ist zur Seite gedreht und leicht gesenkt, die Lider zu, die Lippen einen Hauch geöffnet. Es hat fast etwas Demütiges, aber auf jeden Fall nichts Ordinäres. Mir gefällt es. Mir gefällt es sogar sehr.

Da es anscheinend noch nicht fertig ist, hoffe ich, dass er ihr jetzt nicht einen Penis vor die Lippen malt oder Ähnliches. Für mich wäre das Bild damit kaputt.

»Elin, drück mir die Daumen, dass ich alles richtig gemacht habe.«

»Was meinst du? Das Bild ist schön.«

»Ich weiß, aber darum geht es nicht. Willst du zusehen? Dann kannst du mir auch beim Aufbau helfen.«

»Ja, natürlich. Ich bin ja hier, um dich zu unterstützen.«

»Die Folie habe ich schon.«

Ein Blick nach unten verrät mir, was er meint. Das Gestell, auf dem das Bild befestigt ist, steht auf einer großen schwarzen Plane. Ich habe keine Ahnung, was genau er vorhat, und folge einfach seinen Anweisungen. Währenddessen vermute ich etwas, gebe allerdings keinen kritischen Kommentar von mir. Es ist sein Werk, seine Kunst und ich verstehe nichts davon.

Als er zum Schluss die Kamera ausrichtet, ist es wenige Minuten vor der Zeit, an der er das Online-Event angekündigt hat, und die Zuschaueranzahl prescht schlagartig nach oben, als er den Livestream freigibt.

Das ist echt irre. So viele Menschen, die Kane zusehen

wollen, wie er etwas vollendet, und das, obwohl sie noch nicht einmal wissen, was genau.

»Bin gleich wieder da«, sagt er, und ich nicke, wobei ich weiter auf dem Bildschirm beobachte, wie mehr Leute sich dazuschalten und bereits diskutieren, was wohl passieren könnte.

Ich ahne es, bleibe aber skeptisch. Das wird er nicht wirklich tun, oder?

Als er zurück ist, hat er eine andere der weißen Leinenhosen an, von denen er immer eine zum Malen trägt. Vermutlich die, die zu dem Bild gehört. Er hat mir erzählt, dass er zu jedem Werk eine eigene Hose hat, die er im Anschluss auch verkauft. Das muss man sich mal vorstellen. Die kaufen ihm seine Hosen ab, weil er sie beim Malen anhat.

Er prüft ein letztes Mal die Befestigung des Bildes, und nachdem er sich umgedreht hat, vollführt er eine einladende Geste mit den Fingern, wobei die Ringe an der einen Hand aufblitzen. Mit ruhiger, melodischer Stimme erklärt er alles zu dem Bild: Entstehungsdauer, Inspiration, Techniken, und das alles so, dass es nicht langweilig klingt, sondern humorvoll genug, dass die Leute lachende Emojis senden.

Außerdem schicken viele Herzchenaugen. Die sind sicher von denen, die die ganze Zeit auf seinen Oberkörper starren und bei einem Liveauftritt Höschen werfen würden. Wie sich seine Bauchmuskeln regen, wenn er das Gewicht verlagert, und wie er seine Arme kraftvoll zum Sprechen bewegt, ist aber auch wirklich eine nette Show.

Nach einer angedeuteten Verbeugung tritt er zu mir, sodass er aus dem Bild ist. Neben dem Smartphone, über das der Livestream gefilmt wird, steht noch eine richtige Kamera, und er bedient sie, wonach er mir mit funkelnden Augen zunickt.

Er zählt: »Drei … zwei … eins.«

Ein Schwall weiße Farbe übergießt das Bild von oben, und obwohl ich es geahnt habe, rufe ich laut: »O Kane! Ach nein! Wie schade!«

Seine Augen blitzen, und er lächelt, wonach er flüstert: »Jetzt sehen wir, ob ich es hinbekommen habe.«

Ehe ich nachfragen kann, was er meint, betätigt er eine Fernbedienung und Spots, die wir an einer Deckenhalterung befestigt haben, beleuchten das Bild einseitig von oben in einem schrägen Winkel.

Verdammte Scheiße!

Das ist genial! Aber wie geht das?

Dort, wo eben noch ein wunderschönes Gesicht war, befindet sich nun durch Licht und Schatten die Silhouette einer Frau, die sich eine Brust hält und die andere Hand zwischen den Beinen hat, während sie leicht gekrümmt dasteht.

Er tritt zurück vor die Kamera und zwinkert. »Danke fürs Zusehen.«

Über das Display betrachte ich, wie er näher kommt. Seinen Kopf sieht man zuerst nicht mehr, sodass man bloß noch Oberschenkel und Oberkörper erkennt. Seine feste Brust gerät ebenfalls aus dem Blickfeld, wodurch die zarten Ansätze der Bauchmuskeln auf seinem flachen Bauch im Fokus stehen. Zuletzt sieht man detailliert den V-Muskel, der in der tiefsitzenden Hose verschwindet, samt der Spur feiner Härchen. Man könnte denken, er verharrt einen Augenblick, ehe er die Aufnahme beendet, so als wollte er allen eine letzte Gelegenheit geben, dorthinzustarren. So wie ich.

Vielleicht sollte er sich bei Only Fans, oder wie das heißt, anmelden. Da könnte er nackt malen.

Als ich vom Bildschirm wegsehe, hoch zu seinem Gesicht, ist es unverkennbar, dass alles genau so gelaufen ist, wie er es sich gewünscht hat, denn er strahlt. Er strahlt so viel Glück und Zufriedenheit aus, dass es mir ein Lächeln aufzwingt.

Sein Gesichtsausdruck verschwindet auch nicht, als er die andere Kamera ausschaltet, danach die Spots, und hält sogar weiter an, als ich Aufmerksamkeit bekomme. »Und? Was sagst du dazu?«

»Es freut mich, dass es dich zufriedenstellt.«

»Was? Kein: *Kane, du bist so genial?*«

»So wie ich es auf dem Bildschirm von vielen gelesen habe und so wie du es von dir selbst denkst? Ich wiederhole nicht gern, was schon im Raum steht. Außerdem verstehe ich nichts von Kunst und finde es deshalb viel bemerkenswerter, dass du zufrieden mit dir bist.«

»Ja, bin ich. Bin ich wirklich.«

»Wie funktioniert das? Das so zu malen, dass es solche Schatten wirft, und davor ein ganz anderes Bild war?«

»Man muss zwei Bilder gleichzeitig im Kopf haben. Das ist die einfache Erklärung.«

»Mir hat das Bild vorher sehr gut gefallen, und ich finde es schade, dass es das nicht mehr gibt.«

»Je länger ich es gemalt habe, desto häufiger kam mir der Gedanke auch. Deshalb die zweite Kamera. Das ist übrigens dein Auftrag. Die Kamera hat mir Marcello schon besorgt, als ich bemerkte, dass ich das erste Bild nicht ganz aufgeben will. Du wirst die Aufnahme nehmen und jemanden suchen, der sich mit Videoschnitt auskennt. Ich habe in Zeitlupe gefilmt und möchte, dass es so zusammengeschnitten wird, dass man sieht, wie sich die Farbe langsam über das Bild verteilt, es verdeckt und dann das Licht flutet und das andere Bild sichtbar wird. Das hätte ich gern als Dauerschleifenvideo auf … sagen wir einem Viertel der Originalbildgröße auf einem Bildschirm. Marcello hat schon arrangiert, dass beides durch ein paar Ausstellungen tingeln darf, sobald es getrocknet ist. So kann jeder beides betrachten.«

Er wollte ursprünglich das alte Bild zugunsten des neuen zerstören. Eine Aktion, ein Event, einmal ausgeführt und unumkehrbar. Aber er hat sich in sein Bild verliebt und konnte es nicht komplett gehen lassen. Diese Schwäche, nein, nicht Schwäche, diese Liebe zu dem, was er erschafft, lässt ihn viel menschlicher wirken, nicht ganz so hartgesotten, wie er tut. Ein Hauch weniger Rebell, der alles abfackelt, wenn es sein muss, sondern jemand mit ein bisschen Kind in sich, das behalten will, was es gut gemacht hat.

Er sieht misstrauisch zu mir. »Irgendetwas amüsiert dich.«

»Nein, nein, nichts, auf keinen Fall. Das ist ganz großartig, Kane.«

»Ich fühle mich verarscht.«

»Nein, nein, nicht, auf keinen Fall. Möchtest du einen Kaffee?«

»Wenn die PA über einen lacht, sollte man eigentlich Schnaps trinken«, murmelt er und sagt laut: »Ja, Kaffee.«

»Nimmst du mir das übel?«, hake ich nach, weil seine Stirn in Falten liegt.

»Meine Künstlerseele möchte dich mit dem Gesicht ins Bild drücken, bis du vor Freude anfängst zu weinen, dass du dabei sein durftest, statt belustigt zu sein. Und …«

Ich unterbreche ihn lachend: »Ich glaube nicht, dass man so Leute dazu bringt, dass …«

»In welchem Fach wurde auf der Akademie noch mal unterrichtet, dass man den Boss unterbricht? Lass mich ausreden. Meine Künstlerseele möchte dich mit dem Gesicht ins Bild drücken, bis du vor Freude anfängst zu weinen, dass du anwesend sein durftest, statt belustigt zu sein. Und dabei habe ich deinen entsetzten Ausruf im Ohr.« Er verstellt die Stimme. »O Kane! Ach nein! Wie schade!« Nach einem Zwinkern deutet er Richtung Küche. »Du wolltest mir einen Kaffee bringen. So lange werde ich mich darin suhlen, dass ich mit meinen Bildern selbst meiner PA, die behauptet, der kalte Fisch zu sein, ein paar emotionale Töne entlocke. Vielleicht hole ich mir darauf später sogar noch einen runter, da du das ja nicht erledigen willst und als professioneller Cockblocker meine Muse vertrieben hast.«

»So war das alles nicht!«

»Für mich schon. Alles eine Frage der Perspektive. Durst. Niemand kümmert sich hier um mich.«

»Du bist unmöglich.«

»Das wissen wir doch längst.«

Er sinkt mit dem Blick aufs Bild in den Schneidersitz, und

ich gehe kopfschüttelnd davon, um ihm einen Kaffee zu bringen, den er stehen lassen wird.

Deshalb bekommt er zu dem Kaffee auch eine weitere Flasche Wasser. Als ich beides abstelle, nickt er nur und ich sehe in sein Gesicht. Wenn mich nicht alles täuscht, wirkt es, als würde er mit den Tränen kämpfen. Aber nicht aus Freude, sondern weil er traurig ist.

»Ist alles in Ordnung?«, frage ich vorsichtig.

Er nimmt mir die Tasse ab, riecht hinein und setzt sie an. Kaum hat der Kaffee seine Lippen benetzt, stellt er sie wieder ab. Dafür greift er die Wasserflasche, trinkt sie zur Hälfte aus und nimmt erneut die Tasse zwischen die Hände. Die Ringe, die dabei gegen das Porzellan schlagen, erzeugen ein klingendes Geräusch, und ich sehe auf seine Finger, die die Kaffeetasse wie einen heiligen Gral umschlungen halten, während er weiter auf das Bild starrt, ohne davon zu trinken.

»Kane? Bist du doch traurig, dass deine Muse gegangen ist?«

»Traurig? Weil eine Muse gegangen ist? Nein. Aber du bist von Berufs wegen sicher ehrlich zu mir. Liegt es an mir?«

»Ja, vermutlich schon. Ich glaube, sie hat sich einfach nicht mit deiner Art wohlgefühlt.« Das ist eine unglaublich nette Umschreibung.

»Ich habe mich auch nicht mit ihrer Art wohlgefühlt. Setz dich doch.«

»Ähm, klar.«

Da ich heute zur Hemdbluse eine Stoffhose statt einem Rock trage, kann ich mich ebenfalls im Schneidersitz niederlassen.

Kaum berührt mein Hintern den Boden, reicht er mir die Tasse, weshalb ich irritiert frage: »Soll ich sie halten?« Er wird doch wohl nicht verlangen, dass ich neben ihm sitze, um seinen Kaffee zu halten.

»Nein, trink ihn. Ich tu es sowieso nicht.«

»Warum eigentlich?«

»Kaffee riecht fantastisch, schmeckt aber grauenhaft. Ich will nur den Duft, nicht den Geschmack.«

»Aha.« Ich nippe an der Tasse, dort, wo eben seine Lippen waren. Auch komisch, den abgelegten Kaffee seines Chefs zu trinken. Ob er ihn mir angeboten hat, weil ich mir vorhin beim Wecken seinen Kaffee genommen habe? Zumindest konnte das Schnüffeln ihm nichts anhaben, denn er ist noch heiß und frisch. Boss und Kaffee. Hihi.

»Du schmunzelst. Verrate mir, was dir durch den Kopf geht.«

»Ein schlechter Witz über Kaffee«, behaupte ich.

»Welcher?«

Zum Glück fällt mir sofort etwas ein. »Mein Nachbar sagte, er trinkt so viel, dass alle kolumbianischen Kaffeebauern ein Bild von ihm in der Geldbörse haben.«

»Der ist wirklich schlecht. Ja, gut, vielleicht ein ganz netter Vergleich für einen Kaffeejunkie.«

»Was beschäftigt dich, Kane? Das Bild? Bist du traurig, weil deine Muse weg ist? Oder das, was anliegt?«

»Was redest du da? Nein, ich bin immer noch nicht traurig, dass sie weg ist. Manchmal könnte ich Frauen nach einem Tag wieder rauswerfen, da sie mir auf den Pinsel gehen.«

»Hattest du nie eine richtige Partnerschaft?«

»Hm, doch, ich finde schon. Ich sehe die Zeit mit manchen Musen als vorübergehende Partnerschaft. Aber das ist vermutlich nicht das, was du meintest.«

»Gab es nie die Option, dass es etwas Ernstes wird?«

»Ich nehme das mit den Musen ernst.«

Ich reiche ihm den Kaffee zurück und erneut umschließt er die Tasse mit beiden Händen und riecht daran, ehe er ihn mir zurückreicht. Es ist eine seltsame Art, sich ein Getränk zu teilen, aber es ist eine.

»Wenn ich ehrlich bin, kann ich das nicht glauben. Du warst fies zu Kezia und gerade bin ich schon wieder eine für dich losgeworden.«

»Ja, ich weiß. Ich hatte in letzter Zeit Pech, das ist alles.«

»Oder sie mit dir«, nuschle ich.

»Ich bin sicher nicht der Netteste, aber sie wissen alle, worauf sie sich einlassen. Warum sollte ich mich verstellen? Sie erwarten das doch. So wie sie vorhin. Sie war enttäuscht, weil sie sich etwas anderes unter ihrer Zeit hier vorgestellt hat. Meine Musen möchten, dass ich ein Arschloch bin, mit ihnen Sex habe und sie sich später auf die Flagge schreiben dürfen, sie hätten mich inspiriert. Und ich weiß auch, dass manche nur hier sind, um selbst an Bekanntheit zu gewinnen. Keine Sorge, ich mache mir da nichts vor. Ich nehme mir einfach mit, was geht. Mal ist das mehr, mal weniger.«

»Sex. Du nutzt sie für Sex aus.«

»Es ist kein Ausnutzen, wenn beide etwas davon haben. Ich bin nicht geizig mit Orgasmen.«

Darauf fällt mir keine gute Antwort ein, weshalb ich die Tasse in der Hand drehe und hineinsehe, wobei mir noch eine andere Frage einfällt: »Warst du nie in eine richtig verliebt? So, dass du sie nicht mehr gehen lassen wolltest?«

»Hast du heute Nacht auf einem Kitschfilm geschlafen?« Er nimmt mir kopfschüttelnd die Tasse aus den Fingern, als hätte ich etwas total Dummes gefragt.

»Du hast doch gesagt, dass ich mich zu dir setzen soll!« Dann muss er auch damit rechnen, dass ich was sage. Pah.

»Ja, aber wenn ich fordere, dass du dich zu mir setzt, bedeutet das nicht, dass du deine romantischen Fantasien auf mich anwenden musst. Pass auf, ich erzähle dir etwas über meine große Liebe. Neben ihr ist einfach kein Platz für jemanden. So toll ich es finde, regelmäßig eine Muse hier zu haben, ist immer klar, dass sie wieder geht. Es waren beeindruckende Frauen dabei, das muss ich zugeben, aber auf Alltag hatte ich nie mit einer Lust. Diese Künstler-Musen-Verhältnisse sind perfekt für mich, da sie die Grenzen von vornherein festlegen. So belästigt mich meist niemand mit falschen Erwartungen. Ich erfülle keine Erwartungen. Das habe ich noch nie.«

Ich bekomme die Tasse wieder und trinke den letzten kalten Schluck. Was soll ich dazu sagen? Ich bin das genaue

Gegenteil. Für mich ist Alltag das, was ich will, weil ich das für die Hürde jeder Beziehung halte. Das Kennenlernen finde ich dagegen mühsam. Das gegenseitige Abchecken, das Hoffen, dass der andere das ist, was man sich wünscht, das Herausfinden, ob man in der täglichen Routine miteinander zurechtkommt … all das ist so anstrengend. Wie viele Menschen sehen vor lauter Verliebtsein nicht, was wirklich in ihrem Gegenüber steckt? Und im Alltagstrott bekommen sie dann die Quittung. Deshalb war es mir recht, dass mein Ex sofort Alltag war.

Kane stellt die Beine breitbeinig auf, legt die Unterarme auf die Knie und seufzt. »Warum rechtfertige ich mich eigentlich? Es ist ja nicht so, dass ich jemandem eine Erklärung schulde. Oder bist du einfach nur neugierig? Falls du interessiert bist, kann ich dir zeigen, was Nicht-Alltag bedeutet. Gib mir ein paar Minuten.«

Misstrauisch schiele ich zu ihm rüber. Wie meint er das schon wieder?

13

DAS IST EIN TRICK?

Elin

Er legt mir eine Hand auf den Oberschenkel und beugt sich zu mir rüber. Seine Nasenspitze berührt sanft meinen Wangenknochen und ich rolle mit den Augen. Das meint er. Wie albern. Denkt er, mit Ankündigung und der Behauptung, er braucht nur ein paar Minuten, funktioniert das?

»Es geht schneller, wenn du dich mental darauf einlässt. Allerdings … falls du dich innerlich ein bisschen wehrst, finde ich es ganz reizvoll, deinen stillen Kampf zu beobachten. Du denkst an deine Kolleginnen, nicht? Du bist nicht wie sie, das weiß ich doch. Du machst es besser und arbeitest erstklassig weiter, egal was zwischen uns läuft. Stell dir einfach vor, ich bin ein Stück Schokolade. Und wärst du dir böse, wenn du einmal Schokolade naschst? Nein, oder? Was soll passieren? Frag dein Unterbewusstsein, ob es sich nicht danach sehnt, nachzugeben und diese Erfahrung mitzunehmen. Es ist nichts dabei. Sieh es als Erlebnis. Ich werde es nie wieder erwähnen, außer du willst es.«

Was mich zuhören lässt, sind nicht die Sätze, die er loswird, obwohl mir ein paar davon auf einmal logisch vorkommen, nein, es ist die dunkle Vibration, die er in seine Stimme legt. Er macht eine kleine Pause, bei der man hört, dass er gleich weiterspricht, und wandert mit den Lippen an mein Ohr. Sein Atem erwärmt es oder es ist seine Nähe oder die komische Hitze, die sich langsam in mir ausbreitet.

Atemnot verengt mir den Brustkorb, da ich mich um eine flache Atmung bemühe, weil er gut duftet. Ich weiß nicht nach was, vielleicht ist es auch eine geballte Ladung purer Kane, aber es ist zu viel. Warum riecht er nicht nach Farbe und Lösungsmitteln? Mit aller Gewalt unterdrücke ich mir ein schweres Schlucken.

Als er weiterredet, ist seine Stimme mehr ein tiefes, seidiges Brummen, das meinen Innenohrknochen zum Schwingen bringt und sich von da auf meinen ganzen Körper überträgt. »Du wirst keine Fehler begehen, das weiß ich. So bist du nicht, Elin. Du bist perfekt und kannst alles organisieren, selbst das. Was macht Lust mit dir? Schenkt sie dir Freiheit? Lässt du dich in ihr gehen? Oder bist du sogar da distanziert? Ist es für dich überhaupt möglich, dich komplett fallen zu lassen? Hast du sexuelle Erfahrung, Elin? Richtige, aufregende sexuelle Erfahrung? Welche, die dich in einen Rausch versetzt hat, in eine andere Welt? Was sollte ich zuerst von dir berühren? Fühl in dich, was am stärksten danach verlangt. Deine Brust? Ihre Spitzen? Deine Scham? Oder … hm, ist es bei dir etwas Subtiles? Wo kribbelt es leicht, während ich mit dir rede? Die Innenseite deiner Unterarme? Dein Nacken? Deine Lippen vielleicht? Hier möglicherweise?«

Er zieht seinen Mund über meinen Kiefer, ganz sanft und federleicht. Ich verstehe es. Ein bisschen verstehe ich es. Es wäre einfach, jetzt stillzuhalten und das Kitzeln auszuhalten, bis aus dem Kitzeln ein Kribbeln wird, ihn machen zu lassen und sich später keine Schuld zu geben. Es wäre sicher aufregend mit ihm. Gegebenenfalls eine Art Experiment, ob Männer, die Erfahrungen mit wechselnden Frauen haben, einen Vorteil bieten. Entdecken, ob er mich voll und ganz befriedigen kann, bis ich mich erschöpft nicht mehr erinnere, was sonst noch auf dem Tagesplan stand. Danach wissen, ob es einen Mann gibt, der es mir so gut macht, wie es bisher nur ich selbst hinbekommen habe.

Er fordert mich mit seinem Gerede heraus, das ist mir klar. Ich könnte den Spieß umdrehen und ihn herausfordern, indem ich zugebe, dass kein Mann an meine eigenen Fingerfertigkeiten herankam. Eigentlich könnte ich sogar komplett übertreiben und behaupten, dass ich nie vorher einen Höhepunkt durch einen Mann erlebt habe. So wie er sagte, er hat noch nie eine Frau mit Brille geküsst. Das würde ihn an seiner Ehre packen, da bin ich mir sicher.

Das ist tatsächlich verlockend.

Ich hasse mich für den Gedanken.

Ein wenig auch dafür, dass ich immer noch stillhalte und mir überlege, wie ich ihn herausfordern könnte.

Zu wissen, ich rede mir ein, dass ich dann gewonnen hätte, obwohl ich weiß, er wäre der Sieger.

Am meisten, weil aus dem Kitzeln tatsächlich ein Kribbeln wird, das sich in meinem Bauch einnistet. Das ist Lust. Lust, mich nicht nur selbst zu berühren, sondern mich berühren zu lassen und den Kopf auszuschalten.

Er würde sich Mühe geben. Ganz sicher. Er muss sich ja beweisen, dass er supertoll ist.

Seine Fingerspitzen betasten meinen Nacken und zünden kleine Funken, die ergänzt werden, als er meinen Hals küsst und vorsichtig seine Zähne hineintreibt. Sein Zeigefinger verhakt sich in meinem Oberteil und schiebt es ein Stück über die Schulter.

Nein!

Niemals werde ich mich vor ihm ausziehen.

Nie.

Nein.

Das ist der Moment.

Jetzt.

Jetzt aber unbedingt.

Ruckartig entziehe ich mich ihm, so schnell, dass er zuckt.

Erleichterung prickelt fast noch mehr als die Berührung seiner Lippen. Absprung geschafft.

Und so blöd der Gedanke ist, war es wohltuend, dass er es probiert hat. Von drei persönlichen Assistentinnen ausgerechnet die zu sein, die er zu unsexy findet, um es wenigstens bei ihr zu versuchen, das ist schmerzhaft. Ich weiß, dass diese Einstellung unreif ist und von wenig Selbstbewusstsein zeugt, aber ich kann mich nicht dagegen wehren, dass ich so empfunden habe.

Jetzt fühle ich mich tatsächlich gut. Richtig gut sogar. Gut, weil er damit gesagt hat, dass ich nicht unattraktiver als die anderen bin, und noch besser, da ich mich ihm entzogen habe.

Er sieht mich schmunzelnd an. »Die beherrschte Elin ist zu verkopft, um sich auf Abenteuer einzulassen.«

»Oh, das war dein Ernst, Kane? Ich dachte, das war eine Vorführung, damit ich dich besser kennenlerne. Hast du das nicht gerade gefragt? Warum du dich rechtfertigst? Das ist dein Unterbewusstsein, das sich nach meiner Unterstützung verzehrt und mein Verständnis will. Das ist vollkommen in Ordnung. Ich möchte alles über dich wissen, um meine Zuarbeit zu verbessern.«

Sein Mund klappt ein Stück auf, dann lacht er los und legt eine Hand auf meinen Oberschenkel. Nicht in einer zärtlichen oder herausfordernden Berührung, nein, er krallt sie hinein, als wollte er sein Lachen betätigen.

Ich lache mit, weil es ansteckend ist, die Anspannung verfliegt und ich das Gefühl habe, wir haben eine bessere, festere Basis für unsere Zusammenarbeit geschaffen.

Als er kopfschüttelnd und grinsend verstummt, sage ich: »So. Ich brauche aber noch ein paar Infos. Wer ist denn deine große Liebe? Irgendeine unerreichbare Frau? Oder … oder hast du jemanden verloren?«

Das würde sein Verhalten erklären, ja, vermutlich wäre es weniger oberflächlich, wie er sich benimmt, wenn er so handelt, weil es jemanden gibt, den er schrecklich vermisst.

Schlagartig ist er ernst und sieht mich zweifelnd an. »Echt

jetzt? Malen ist meine große Liebe. Natürlich. Was sonst? Bilde dir nicht ein, dass ich eine traurige Vergangenheit hätte, nur weil du einen anderen Lebensstil pflegst.«

»Oh. Ach so. Okay.«

»Was ist deine?«

»Meine?«, wiederhole ich.

»Ja. Ich will wissen, was deine große Liebe ist. Bei dir wird es ein Mensch sein, so verwundert, wie du darüber klingst, was ich gesagt habe. Gab es schon eine oder wartest du noch? War es dein Ex?«

»Nein.«

»Los, erzähl mir mehr. Ich will wissen, was eine Elin Deschain sich unter ihrer eigenen großen Liebe vorstellt. Nein, erzähl mir von deinem Ex. Ich muss herausfinden, was für eine Art Mann dich ins Bett bekommt.«

»Warum möchtest du das wissen? Mein Job ist es, mich um dich zu kümmern. Alles, was ich über dich weiß, kann mir dabei helfen. Aber was soll dir das bringen?«

»Inspiration.«

»Ich dachte, dafür musst du deinen Schwanz irgendwo reinstecken.«

»Du hast Schwanz gesagt! Wundervoll. Ich war mir sicher, du benutzt medizinische Fachausdrücke.«

»Ach Kane …«

»Erzähl schon. Bitte. Ich brauche einen Grund, um noch ein paar Minuten sitzen zu bleiben. Nur deshalb.«

»Na gut. Aber du lachst nicht, weil ich anders als du bin?«

»Hast du über mich gelacht?«

»Innerlich ein bisschen«, gebe ich zu und reiche ihm die leere Tasse.

Er sieht hinein, lacht und schüttelt den Kopf. »Du bist ein ganz schlechter Mensch. Da ich zu den guten gehöre, lache ich natürlich auf keinen Fall über dich.«

Irgendwie wirkt er lockerer als sonst. Der Abschluss des Bildes scheint ihm etwas zu geben, das ihn kurz richtig entspannen lässt.

Möglicherweise ist es das, was mich zum Reden bringt. »Georg hat mich auf den ersten Blick beeindruckt. Ich kann gar nicht genau sagen, was es war. Er war souverän, Inhaber eines eigenen Betriebs und … Ach, ich weiß auch nicht. Er kam mir weise vor, vielleicht weil er zwölf Jahre älter ist. Ich konnte kaum fassen, dass er sich für mich interessiert. Wir hatten ein paar Dates und nach und nach hat er mich in sein Leben assimiliert. Er war lieb und aufmerksam, wirklich zum Wohlfühlen. Es war einfach, ihn zu lieben, ohne je in ihn verliebt gewesen zu sein, falls du das verstehst. Ich glaubte, wir passen perfekt zusammen, weil er bodenständig, verlässlich und umgänglich war. So wie ich mich selbst fand. Es war, als hätte ich eine Art festes Fundament gefunden und auf einmal war mein Leben voll. Vorher war ich Single mit Job und dann war ich … so viel mehr. Er hat zwei Kinder und …«

Nein, ich kann nicht über die beiden reden. Nicht mit Kane.

Schnell erzähle ich weiter, als hätte ich den Satz nicht abgeschnitten, wobei ich die Beine aufstelle und sie mit den Armen umschlinge: »Erinnerst du dich noch, was du am ersten Tag zu mir gesagt hast? Du hast voll ins Schwarze getroffen. Er hat mich ausgenutzt. Er ist ein … fieser Fiesling. Alles war kalkuliert, weil er einen Ersatz für seine Frau gebraucht hat. Sie hatte ihn verlassen und er wollte jemanden für seine Kinder, für sein Haus und für den Job, den sie bis dahin in seinem Betrieb erledigt hat. Als sie ihn zurückwollte, gestand er mir, dass er darauf gewartet hat und ich die Zeit überbrücken sollte. So … so minderwertig, so ungeliebt, so … so … so erbärmlich habe ich mich noch nie gefühlt.«

»Ich bin sicher, du warst perfekt in dem *Ersatzjob.*«

»Soll mich das trösten?«, frage ich ungläubig.

Er lächelt vor sich hin und schüttelt den Kopf, wodurch ihm ein paar der dunklen Strähnen ins Gesicht fallen. »Nein. Aber dir ist es wichtig, einen guten Job zu erledigen. Darauf bist du stolz. Seine Frau mag seine Liebe sein, doch wer schafft es schon, so eine gerissene Lücke zu füllen? Du weißt, dass er verdammtes Glück mit dir hatte, oder? Wenn du ihre Rolle wirklich so komplett übernommen hast, dann ist er ein ganz gewaltiger Glückspilz. Überleg mal, was ich für dich bezahle, und er hat es umsonst bekommen.«

»Danke«, murmle ich, ohne zu wissen, ob das eine richtige Reaktion darauf ist. »Er war nicht besonders dankbar.«

»Ich kann dir sagen, woran das liegt. Das ist, weil er ein Schwächling ist. Erst braucht er jemanden, der die Lücke stopft, die er nicht selbst füllen kann, und dann war er ratlos, was er mit einer grandiosen Lückenfüllerin anstellen soll, die er dreckig belogen hat. Für schwache Menschen ist es einfacher, jemanden so lange zu verletzen, bis er sich zurückzieht und aufgibt. Nur starke Persönlichkeiten schaffen es, dem Gegenüber zu gestehen, dass sie sich scheiße verhalten haben, und Danke zu sagen, dass sie ihnen den Arsch gerettet hat.«

»Grandios?«, wiederhole ich und muss vor mir selbst zugeben, dass es guttut, wie er über mich spricht. Wer hätte gedacht, dass Kane Reid ein einfühlsamer Gesprächspartner ist?

»Eine Vermutung meinerseits.«

»Danke.« Dieses Mal sage ich es etwas lauter, und weil ich nicht als traurige Sitzengelassene vor ihm dastehen möchte, erkläre ich: »Mittlerweile denke ich manchmal, es war gut so. Während ich mit ihm zusammen war, hatte ich keine Zeit, mich zu fragen, was ich für mich will. Nach seiner Abfuhr war es mir dann wichtig, mir zu beweisen, dass ich mehr kann. Deshalb habe ich die Weiterbildung auf der Akademie absolviert, um an bessere Jobs zu kommen. Es hat mir echt viel Spaß gemacht, dort zu lernen. Trotzdem vermisse ich mein altes Zuhause. Das war es nämlich für mich und ist es in meinem Kopf oft immer noch. Ich will nicht mehr die Elin von damals sein, aber es fehlt mir.«

»Eigentlich halte ich ja nicht viel von Leuten, die sich ausnutzen lassen.«

»Was? Eben hast du behauptet, dass du … Also du … Bedeutet das, du hältst nicht viel von mir?«

»So habe ich es irgendwie gesagt, nicht?«

»Ja, das hast du! Ich erledige meinen Job hervorragend! Ich bin richtig stolz auf mich, denn so eine Stelle wie bei dir hatte ich noch nie. Trotzdem funktioniert alles einwandfrei. Ja, gut, fast alles. Ich habe so viel übers Malen und deine Arbeit gelernt, dir so viel abgenommen und für dich organisiert, damit du es leichter hast. Ich …«

»Hast du«, unterbricht er mich schmunzelnd. »Ich wollte dich dazu bringen, dass du dich selbst lobst. Aber deine Einfälle sind manchmal wirklich ganz nett. Ich habe sogar ein Bild meiner *Werkzeugbank* gepostet, falls du es nicht gesehen hast. Die Idee, all den Pinseln und Werkzeugen einen festen Platz an einer rollbaren Wand zu geben, damit ich schneller finde, was ich brauche, und immer zur Hand habe, ist genial. So genial, dass einige es schon nachgebaut haben. Auch wie du das mit dem Nachbestellen von Farben und … halt Verbrauchsmaterial gelöst hast, ist richtig gut. Ich zweifle nicht an deiner beruflichen Kompetenz. Nur an deiner privaten.«

»Pah, ich zweifle an deiner privaten Kompetenz! Affären Musen zu nennen ist so … so … inkompetent!«

Er lacht, und mir wird klar, dass ich lächerlich klinge. »Elin, das war noch nicht einmal meine Idee. Meine Mutter prophezeite mir bereits als Zehnjähriger, dass ich niemals eine Frau haben werde, wenn ich male. Frauen stehen nicht auf malende Männer, die wünschen sich *echte* Kerle. Vielleicht hat sie sogar recht, aber mit dem Erfolg kamen auch Frauen. Erfolg gefällt ihnen nämlich offensichtlich schon. Und da war dieses Model. Amal Kerrynth, falls dir die was sagt. Wir hatten etwas miteinander am Laufen, und im Spaß nannte ich sie Muse, damit sie mich in Ruhe malen lässt. Sie postete das. Auf einmal hatte ich fast doppelt so viele Follower und einen Haufen Nachrichten von Frauen, die auch meine Muse sein wollten. Wenn ich ihnen sage, dass ich Musen suche, die mich spirituell und sexuell inspirieren, was glaubst du, in was sie sich Mühe geben? Genau.«

»Das ist ein Trick?«

»Ein bisschen. Ich mag Sex, warum sollte ich das also nicht für mich nutzen?«

Er lacht schon wieder, und ich lege ihm eine Hand auf den Oberarm, als könnte ich das Lachen berühren.

Daraufhin sieht er mich an und seine Mundwinkel zucken. »Und? Möchtest du mich noch mal beschimpfen?«

»Ach, ein bisschen, weil das so echt schlimm klingt. Aber ich gebe zu, du hast mich für dich eingenommen, als du gesagt hast, ich bin grandios.«

»Danke.«

»Wofür?«

Er zuckt mit den Schultern und deutet auf das Bild. »Ich war tatsächlich etwas traurig. Kane Reid, einer der Freaks der Kunstszene, ist traurig, wenn ein Bild vollendet ist, an dem er sehr gern gearbeitet hat. Sag es keinem weiter.«

»Und jetzt ist es okay?«

»Mhm.«

»Warum eigentlich oben ohne? Ich verstehe nicht, weshalb du dich oben ohne zeigst.«

»Echt nicht, Elin? Tja, es ist so: Wenn sie dorthin spannen, glotzt mir keiner in die Fresse. Es hat nicht jeder so ein hübsches Gesicht wie du.«

Findet er? Er findet mich hübsch? Aber sein Gesicht ist doch auch hübsch. Für einen Mann ist … Nein, das klingt blöd, so einschränkend. Er ist gut aussehend, fertig.

Er streicht auf der Seite, an der er sitzt, mein Haar zurück. »Sieh dich an. Hast du schon einmal darüber nachgedacht, Kontaktlinsen zu tragen, damit man einen ungehinderten Blick auf deine Augen hat? Das ist ein einprägsames Blau und es harmoniert perfekt mit deinem hellblonden Haar.«

»Was?«

»Was geht in deinem süßen Elin-Köpfchen vor? Überlegst du noch, ob du mein Kompliment abwehrst oder mir versichern willst, dass ich doch recht ansehnlich bin und es nicht nötig habe, ohne Oberteil vor der Kamera herumzuhampeln?«

»Du ziehst mich gerade auf, oder?« Und ich falle voll drauf herein. Für einen Moment dachte ich wirklich, er findet mich hübsch.

»Vielleicht.« Er dreht sich lachend weg.

»Du bist schrecklich.«

Er dreht sich zurück. »Du nicht. Ich wusste nicht, was ich mit dir reden soll, und langweilige Ex-Storys interessieren mich auch nicht die Farbe unter meinen Nägeln, aber ich habe das Gefühl, es war ein gutes Gespräch. Das hatte ich schon lange nicht mehr.«

»Gehört das noch zu der Aufziehnummer dazu?«

»Nein. Ob du es glaubst oder nicht, manchmal meine ich auch etwas ernst.«

»Vielleicht sollten wir dafür ein geheimes Zeichen vereinbaren«, schlage ich mit einem Augenzwinkern vor.

»Die Idee ist gar nicht so schlecht.«

»Ich weiß, sonst hätte ich es nicht vorgeschlagen.«

Sein Schmunzeln findet nur um die Augen statt, aber es ist da. Wir verfallen beide in Schweigen und betrachten das Bild, von dem gelegentlich noch Farbe tropft. Vielleicht macht es das gemeinsame Schweigen zu dem besten Gespräch, das ich seit Langem hatte. Es ist friedlich und ohne den Zwang, etwas Geistreiches zu sagen, witzig zu sein oder überhaupt etwas loszuwerden.

Es war nie meine Absicht, vor meinem Boss über meinen Ex zu jammern, aber seine Reaktion hat mir zugegebenermaßen gefallen. Da war kein Mitleid oder unehrlich klingender Trost. Was er sagte, klang ehrlich, und ich bilde mir ein, dass es auch so gemeint war.

Bei einem Seitenblick bemerke ich, dass seine Miene weich und liebevoll ist und sein Blick fest auf dem Bild ruht. Er liebt seine Arbeit spürbar. Das rührt mich, weil es mich schon immer gerührt hat, wenn man Menschen anmerken kann, dass ihnen etwas wirklich wichtig ist.

Das Sanfte auf seinen Gesichtszügen macht ihn noch attraktiver, da es in einem schönen Kontrast zu seiner dunklen

Ausstrahlung steht.

Ob er als fröhlicher Blondschopf auch so viel Erfolg vor der Kamera hätte? Oder ist es das Mysteriöse, das er ausstrahlt, das ihn für die Zuschauer erst richtig interessant macht?

»Hast du noch dein erstes Bild?«, frage ich vorsichtig. Ich bin mir sicher, dass es so ist, und falls nein, wird er es bestimmt schade finden.

Er trommelt mit den Fingern auf seinen Knien und wendet mir den Kopf zu. »Hast du noch dein erst… Ja, was ist denn typisch PA?«

»Ich besitze noch meinen ersten Brieföffner. Der ist cool. Ein bisschen albern vielleicht, aber damals fand ich die Dolchform übermäßig stylish. Den habe ich bei meinem ersten Chef mitgenommen.«

»So, so. Du klaust. Gut zu wissen.«

»Das war ein Versehen!« Dieses Gespräch ist definitiv zu vertraulich. Habe ich fast zugegeben, dass ein Brieföffner zum Abschied in meine Tasche gefallen ist, weil er sich wegen meiner Kündigung weigerte, meine Überstunden auszubezahlen?

»Tja, Elin.« Er streckt ein Bein aus und stützt sich mit den Armen hinten ab. »Ab sofort werde ich dich durchsuchen müssen, bevor du Feierabend machst.«

»Dann will ich aber auch morgens durchsucht werden, ob ich eine Waffe dabeihabe.«

Es geht nicht anders, ich grinse und erkenne, dass er es ebenfalls nicht unterdrücken kann.

Wir reden weiter über alles und nichts, und als er das nächste Mal an mein Handgelenk fasst, um auf die Uhr zu sehen, ist bereits zwei Stunden nach meinem vereinbarten Feierabend.

Und eigentlich habe ich noch keine Lust zu gehen.

14

VIELLEICHT IST DAS DER RAT DES TAGES.

Elin

Ich gehe an Kane vorbei, der vor einem Bildschirm Sport treibt. Es wäre möglich, dass ich hinsehe. Aber nur kurz, schließlich kann ich das jeden Tag beobachten, wenn ich will. Seine Art zu trainieren sieht immer recht hektisch aus. Es zeugt von Kraft und Beweglichkeit, alles ist jedoch sehr schnell. Wie soll man denn da richtig das Zugucken genießen?

Aus unserer ersten längeren Unterhaltung wurde zwischenzeitlich eine Gewohnheit, und deshalb weiß ich von ihm, dass das eine spezielle Art des Trainings ist. Angeblich ist es schnell und effektiv, um seine Form zu halten, damit er weiter seine Zuschauer zur Kunst Brustmuskeln anbieten kann. Dass es effektiv ist, könnte stimmen, denn er schwitzt so, dass sein ganzer Körper glänzt. Wie praktisch, dass er Ablaufrinnen auf dem Bauch hat.

Auf dem Bildschirm neben ihm läuft eins der Fitnessvideos, dank der er laut seiner Aussage seine Form gewonnen hat und die ihn an der Stange halten, weil er nicht selbst denken muss. Er folgt jeder Anweisung, die der virtuelle Trainer von sich gibt, und ich wünschte, auf mich würde er auch so gut hören.

Vielleicht tut er das. Ein kleines bisschen.

Deshalb ist das Projekt *Eigene vier Wände in der Kirche* abgesagt. Mittlerweile habe ich herausgefunden, dass Kane die Musik über Lautsprecher hört, sobald ihm die Ohren vom Kopfhörertragen schmerzen. Aus diesem Grund habe ich ihm eine ganze Auswahl an Over-Ears und In-Ears gekauft, damit er wechseln kann. Malt er nachts, ist es ja egal, ob es laut ist, aber in meiner Arbeitszeit nutzt er nun immer Kopfhörer, sollte er Musik hören wollen. Für dieses Entgegenkommen bin ich ihm echt dankbar.

Auf dem Weg zu meinem Schreibtisch schiebe ich den großen Servierwagen zur Seite, der mir im Weg steht. Das war auch eine Idee von mir. Auf den kann er alles werfen, was er gerade nicht braucht. Der Deal ist, dass ich die Finger weglasse und ihn nicht mit Fragen nerve, was davon wohin gehört und was damit zu tun ist. Heimlich gucke ich aber trotzdem, was darauf landet. Nur falls es etwas Wichtiges ist.

Dadurch gehört sein Schreibtisch nun mir und ist so ordentlich und organisiert, wie das meiner Meinung nach sein sollte. Außerdem habe ich mir rundherum um die Platte einen Sichtschutz angebracht, damit ich nicht bei jedem Aufsehen oder Mit-den-Augen-Umherschweifen etwas sehen könnte, das mich ablenkt. Und um komplett mit meiner Umgebung zu verschmelzen, habe ich hohe Pflanzen besorgt, aus denen ich mir eine kleine Höhle gebaut habe. Sie stehen in einem großzügigen Radius um den Schreibtisch, und das ist mein Bereich, den sogar Kane mittlerweile anerkennt.

Mit einem zufriedenen Seufzen stelle ich den Kaffee ab und klappe den Laptop auf. Heute tue ich was, worauf ich schon ein paar Tage Lust habe: Ich schreibe Hanna eine Dankes-E-Mail.

Voller Genugtuung tippe ich Buchstabe um Buchstabe, Wort um Wort, Satz für Satz, wie glücklich ich bin, dass ihre Agentur mir die Stelle vermittelt hat. Dass Kane und ich uns zusammengerauft haben und unser Boss-Assistentin-Verhältnis einwandfrei funktioniert. Dass ich mich hier ausleben kann und freie Hand habe. Dass ich noch nie bei einem Job so zufrieden war.

An der Stelle lehne ich mich zurück. Das ist wahr. Einfach wahr. Diese Anstellung erfüllt mich. Es gibt Routinen, denen ich folgen kann, und trotzdem ist es nie langweilig, denn immer wieder erwarten mich Herausforderungen. Das ist ein gewöhnlicher Assistentenjob und doch viel aufregender. Ja, ich fühle mich sogar wohl hier. Mehr, als ich es je dachte.

Das hier ist mein Trost. Es ist ein ganz gewaltiger Trost, dass es hier so gut läuft. Ein Anker, Rettung, meine Therapie. Ein Ersatzkanal für meine Energie, die mein altes Leben bekommen hat und die sonst ungenutzt verpufft oder sich in mir anstaut, bis ich platze.

Als ich die Mail durchlese, bemerke ich, dass sie ein wenig hämisch klingt. So, als wollte ich ihr mit jeder Zeile unter die Nase reiben, dass sie unrecht hatte. Hatte sie auch. Oder kann man das noch nicht sagen? Es sind erst Wochen, die ich für Kane arbeite. Ist es zu früh für diese Danksagung? Was, wenn etwas passiert?

Aber was soll passieren?

Es ist alles möglich.

Egal.

Entschlossen sende ich sie ab.

So.

Das ist der Stand heute und jeder darf es wissen.

Mein Magen knurrt, weshalb ich mich für eine kleine Pause erhebe, um mir eine Banane zu holen. Zwar habe ich eine in der Tasche, aber die ist für Notfälle, und in der Küche lagere ich mittlerweile immer ein paar. Damit kann ich auch Kane füttern, wenn er spontan Hunger bekommt und Beth noch nicht da war.

Die Genannte reinigt gerade die Küche und ich hebe grüßend die Hand. »Hallo, Beth.«

»Hi, Elin. Sucht er wieder seine Hose?«

Um ihrem ausgestreckten Finger hinterherzusehen, drehe ich mich um, was mir einen Ausblick auf Kanes Hintern verschafft.

Wie konnte ich ihn mit einer Statue verwechseln? Manchmal frage ich mich, ob vor Aufregung meine Brille beschlagen war.

»Vermutlich. Er hat Sport getrieben. Bestimmt war er duschen, will jetzt malen und die Hose liegt beim Bild.«

»Du musst mir unseren Boss nicht erklären. Ich kenne ihn länger als du und damit auch seine merkwürdigen Gewohnheiten.«

»Du bist so herrlich spitzzüngig«, erwidere ich lachend und schwinge mich auf einen Barhocker, um mir eine Banane zu schnappen und zu schälen.

Sie zwinkert mir zu, ich zwinkere zurück. Wir verstehen uns. Ihre Art ist manchmal ein bisschen anstrengend, weil sie schnippisch ist und sich über alles und jeden beschwert, aber im Grunde ist sie nett.

»Hat er sich wieder eine neue Muse angelacht? Ich kann es kaum erwarten, sie kennenzulernen.« Sie tut so, als würde sie sich den Finger in den Hals stecken, um zu kotzen, weshalb ich lache.

»Hat er eigentlich normalerweise ständig welche?«

»Nö. Ich glaube, er sucht sich immer eine, wenn er sich einsam fühlt. Nur um sein Teil irgendwo reinzustecken, müsste er sie ja nicht hierbehalten.«

»Das ist deine Theorie?«

»Ich habe ständig neue. Frag nicht nach der, als er vier Musen gleichzeitig hatte.« Sie schmunzelt und wäscht sich die Hände, um sich ebenfalls eine Banane zu nehmen. »Eine andere wäre, dass er nicht auf Technik-Sex steht, denn einmal lief er mit einem tropfenden Pinsel durch die Gegend und murmelte eine Beschwerde, dass niemand da wäre, um ihm den Schwanz zu lutschen. Hab ihm den Staubsauger angeboten. War auch nicht recht.«

Vor Lachen fliegt mir ein Stück Banane aus dem Mund, das ich frisch abgebissen habe.

Sie deutet darauf: »Das kannst du noch essen. Ich habe eben erst hier gewischt.«

»Danke. Was hat er dazu gesagt?«

»Ich glaube, er hatte nicht mit mir gesprochen und war dementsprechend überrascht, dass ich geantwortet habe. Er behauptete, ich wäre pervers. Und dann zog er los, um ein Bild einer Eiswerbetafel zu malen, auf der alles Abgebildete entweder Penis, Vulva, Brüste oder Arsch war.«

Gut, dass ich gewartet habe, mir das Stück zurück in den Mund zu stecken, denn ich lache schon wieder.

»Vielleicht hat er ja bald jemanden zum *Schwanzlutschen*. Er wollte, dass ich mit zwei, drei Kandidatinnen, die ihn interessieren, die Kommunikation auf seinem Handy fortsetze, nachdem er sie *klargemacht* hat.«

Darauf hatte ich keine Lust. Ich will genauso wenig, dass Musen hier herumrennen, wie Beth. Egal welch spannende Persönlichkeiten auftauchen könnten, mich nervt allein der Gedanke, dass eine Frau anwesend ist, die für mich hier nicht reingehört.

Beth kaut zu Ende und zieht die Schale ein Stück weiter runter, ehe sie vorsichtig fragt: »Macht man so etwas nicht als PA?«

»Nein! Stell dir mal vor, ich finde ein Schwanzbild. Horror.«

»Die wird dann wahrscheinlich nicht seine Muse. Bisher waren alle mit Schlitz.«

»Mit Schlitz«, wiederhole ich schnaubend, woraufhin sie grinst und zwinkert. »Du weißt genau, dass ich eins von ihm meine, oder?«

»Ah, da musst du nicht sein Handy durchsuchen, geh einfach an der Dusche vorbei, wenn er drunter ist. Oder hättest du eben gerufen, hätte er sich auch umgedreht und du hättest eine Besichtigung vornehmen können.«

»Du liebst es, mich auf den Arm zu nehmen, oder?«

»Sorry, ich kann es mir nicht abgewöhnen. Das ist in mir von den Musen drin. Die könnte ich den ganzen Tag blöd anmachen und ihnen jedes Wort im Mund umdrehen. Aber falls du doch mal gucken willst, gibt es genügend Möglichkeiten. Oder hast du schon?«

»Mhm«, brumme ich, woraufhin sie breit und schmutzig grinst. Sofort fühle ich mich ertappt, weil ich nach der unfreiwilligen Nacktbegegnung an meinem ersten Tag, vielleicht, aber auch nur ganz vielleicht, gelegentlich an dieser Dusche vorbeikomme, wenn er zufällig drunter steht. Natürlich nur, um mich zu wundern, wie ich ihn für eine Statue halten konnte. Darüber komme ich echt nicht hinweg.

»Du guckst komisch«, behauptet sie. »Falls du mit ihm schläfst, bist du bei mir untendurch, und ich werde mich nicht mehr zurückhalten, was Worte im Mund umdrehen betrifft, ne? Kauf dir auch solche Slips wie ich. Am besten welche mit Mausefalle drinnen.«

Vielleicht ist das der Rat des Tages.

15

ES GIBT NICHTS NACHZUGEBEN!

Kane

Ich starre. Sonst tue ich nichts, nicht einmal blinzeln, zumindest fühlen sich meine Augen trocken an. Wie lange stehe ich hier? Ist die Sonne nicht ein ganzes Stück gewandert? Eine Stunde vielleicht? Stehe ich schon eine Stunde vor einer leeren Leinwand und betrachte jede Pore von ihr, während der Druck in meinem Kopf wächst und keinen Weg nach draußen findet?

Kann das wahr sein?

Früher wollte ich lernen, meine eigenen Leinwände zu bauen, weil es mir als perfekte Abwechslung erschien. Zum Glück habe ich jemanden gefunden, der sie nach meinen Wünschen herstellt, denn bei dem Gedanken daran, das selbst tun zu müssen, wird mir übel. Das kostet zu viel Zeit, die sowieso schon zu schnell vergeht und irgendwie nie für alles ausreicht, was ich tun möchte.

Es ist feines Gewebe, so wie ich es bestellt habe. Einen Fehler finde ich. Ein kleiner Knoten. Könnte er das Bild verderben? Welches Bild? Ich habe noch kein Bild, keine Idee, keine Eingebung. Da ist nichts außer eine leere Leinwand und ein leerer Kopf.

Nichts.

Leer.

Blockiert.

Der Druck schmerzt am Kiefergelenk, denn es ist wie versteinert, aber ich kann es nicht lockern.

Außerstande wegzusehen, betrachte ich meine Unfähigkeit zu erkennen, was aus dieser Leinwand werden könnte.

»Kane? Erklärst du mir, was du tust?«

Die Stimme der neuen Muse lässt meine Fingerspitzen unangenehm kribbeln und ich balle die Fäuste. Sie ist doch eigentlich perfekt. Sie studiert selbst Kunst, was uns Gesprächsstoff liefern sollte, ist selbstbewusst, ohne zickig zu sein, und scharf wie Beths Thai-Curry, das sie mir letztens mitgebracht hat.

Trotzdem habe ich sie bis jetzt überhaupt nicht beachtet. Kein Willkommensfick, kein Gespräch, nichts. Das ist sehr unfein von mir.

»Hm? Kane? Was passiert gerade in deinem Kopf? Ich will am Entstehungsprozess teilhaben.«

In meinem Kopf? Da passiert gar nichts. Es existiert kein Entstehungsprozess.

»Lass mich in Frieden. Ich kümmere mich später um dich«, presse ich knurrend zwischen den Lippen hervor, weil ich Angst habe, ich breche mir den Kiefer, wenn ich deutlich spreche, da er so verspannt ist.

»Ich bin hier, um etwas zu lernen. Aber du beachtest mich gar nicht.«

»Kannst du nicht warten, bis ich zu dir komme?«

»Ich will doch bloß wissen, was du planst.«

Sie soll einfach damit zufrieden sein, dass sie meine Muse sein darf. Seit wann sind die so anspruchsvoll? Wo sind die, die sagen: *Fick mich, Kane, wann immer du Zeit hast.* Das hier ist unter Garantie kein Praktikumsplatz.

Ihre Anwesenheit tut körperlich weh, und ihre Forderungen und Fragen verstärken den Druck. Ich habe keine Antworten. Blank. Blank wie die Leinwand bin ich. Zum Zerbersten voll mit nichts.

»Du bist eine schlechte Muse. Ich glaube, unsere Wege sollten sich heute wieder trennen«, kommt mir emotionslos über die Lippen.

»Ich bin doch erst einen Tag hier!«

Irgendetwas in meinem Kopf ist nicht richtig und entzündet etwas, was ich nicht aufhalten kann. Langsam wende ich ihr das Gesicht zu und dann brülle ich: »Du bist die beschissenste Muse, die ich je hatte! Du taugst nichts! Du blockierst mich! Du wirst niemals Kunst schaffen können, weil in deiner Gegenwart Kunst keinen Platz hat!«

Nichts stimmt, aber sie muss verschwinden. Jetzt. Sobald sie weg ist, kann ich hoffentlich wieder denken. Bekomme möglicherweise eine Eingebung. Funktioniere.

Mir fehlt Luft und sie verbraucht zu viel. Auch wenn ich mich wie ein schwanzloser Bastard verhalte, geht es gerade nicht anders. Der Knoten in meinem Kopf lässt mir keine Wahl.

Ihr Mund steht erstaunt offen, und ich habe Lust, ihn zu stopfen. Nicht mit meinem Schwanz, wie ich es vor ein paar Tagen vielleicht noch gedacht hätte und mich halb lustig, halb kindisch gefunden hätte. Nein, mit schmutzigen Tüchern und dann raus mit ihr. Ich möchte sie nicht ansehen, sie nicht anfassen, nicht mit ihr reden, ich will nicht einmal wissen, dass sie existiert.

»Ehrlich?«, flüstert sie.

»Ja. Pack. Jetzt. Warte draußen auf dein Taxi.«

Sie geht rückwärts und mit jedem Schritt zurück ist es besser. Mehr Raum.

Kaum ist sie aus meinem Blickfeld, konzentriere ich mich auf das, was vor mir ist. Die Leinwand ist und bleibt weiß. Aus einer Eingebung heraus gehe ich an die Kiste mit weißer Farbe und entnehme drei kleine Eimer mit verschiedenen Weißtönen. Die stelle ich vor die Leinwand und hole Mischbehälter und feinen Quarzsand, um ihn unter die Farbe zu rühren. Das Gemisch trage ich mit Händen, Spatel und

Malmesser auf. Ich mische die Töne nach Gefühl und bekomme eine Gänsehaut, weil ich nicht denken muss.

Instinkte oder Erfahrung übernehmen mein Tun, als würde mein Körper das Ruder an sich reißen und den Verstand in die Mittagspause schicken. Obwohl mir bewusst ist, dass es immer noch ich bin, der mich steuert, habe ich das Gefühl, emotional in ein Loch fallen zu dürfen, in dem alles ruhig ist.

Gleichgültig, was es wird, es ist anders und doch gleich. Eine weiße Leinwand. Aber von mir geweißt. Meine Leere zum Betrachten.

Ich arbeite schneller, schließe zwischendurch die Augen und blende alles aus, bis ich denke, ich bin fertig.

Um es in seiner Gesamtheit aufnehmen zu können, muss ich zwei Schritte rückwärts treten. Es ist kein Motiv, kein Muster, nur ein Überlaufen von Leere und Druck und ich finde es wunderschön. Es ist echt.

Meine Finger sind komplett verklebt, und ich lege sie trotzdem vorsichtig an das Nicht-Bild, als könnte ich so mein eigenes Inneres spüren.

Eine geöffnete Wasserflasche schiebt sich in mein Sichtfeld.

»Kaffee«, verlange ich.

»Den lässt du eh stehen. Trink was, du malst schon eine Weile, und ich weiß nicht, wann du das letzte Mal getrunken hast.«

Ich trinke und betrachte. Das Bild ist kein *Kane Reid*, aber es ist ich. Ob das jemand kauft? Es ist keine wohlüberlegte, raffinierte Kunst, die durch Planen und Feinarbeit entstanden ist. Es ist nur ein Gefühlsausbruch.

Nachdem ich die ganze Flasche geleert und sie zur Seite gestellt habe, frage ich: »Wie lange stehst du da schon? Hast du mir zugesehen? Ist sonst nichts zu tun?«

»Ich kam zufällig vorbei, als du bei der Hälfte warst oder so.«

»Und das Bild gefällt dir oder warum hast du ausgerechnet bei dem zugesehen?«

»Keine Kamera, keine Musik und du hast ganz anders als normalerweise gewirkt, da bin ich stehen geblieben.«

»So? Wie denn?«

Zum ersten Mal sehe ich zu Elin, die neben mir steht und … mich nicht stört. Vielleicht konnte ich aber auch tatsächlich ein Stück vom Druck auf die Leinwand abwälzen, der mich heute noch mehr belästigt hat als sonst in letzter Zeit.

Sie schiebt die Brille hoch und beißt sich auf die Unterlippe, weshalb ich weiß, da kommt etwas, was ich möglicherweise nicht hören will.

Bevor ich sie davon abhalten kann, mir zu erklären, was sie meint, flüstert sie: »Du hast ausgesehen, als würdest du verzweifelt versuchen, nicht den Verstand zu verlieren, und ich wollte bei dir sein, falls du mich brauchst. Ich lasse dich damit nicht allein, niemals, okay?«

Sie sagt das, als wäre das etwas Normales, und sieht mir auch noch in die Augen. Instinktiv gehe ich einen Schritt rückwärts von ihr weg und Druck fiept mir in den Ohren.

Als würde ich sie mit mir ziehen, folgt sie mir. »Das ist doch meine Aufgabe. Ich bin deine PA, und eine Dozentin sagte, eine Assistentin ist wie ein Bodyguard. Wir halten alles fern, was nicht guttut. Du tust dir gerade nicht gut, oder? Marcello hat gesagt, ich soll es nicht erwähnen, weil du es sowieso abtust, dich aufregst oder darüber lustig machst. Aber, Kane … du bist nicht unzerstörbar.«

Was sie jetzt tut, ist die größte Unverschämtheit, die ich mir von einer Assistentin vorstellen kann. Sie umarmt mich, als wäre ich ein Freund. Nicht als wäre sie scharf auf mich, auch nicht wie eine Mutter, sondern wie eine Ebenbürtige, die sich einbildet, mich zu verstehen, und ihr Mitgefühl ausdrückt.

Entschlossen lege ich ihr die Hände auf die Schultern und spüre durch die Schichten Farbe und den Stoff ihres Oberteils Wärme. Es knackt in meinen Ohren und ein Teil des Drucks löst sich auf. Das ist ein so angenehmes Gefühl, dass ich mit beiden Daumen ihr Schlüsselbein streichle, statt sie wegzuschieben, wie ich es vorhatte. Wie von allein fallen meine Arme über ihre Schultern und ich ziehe sie noch näher zu mir.

Sie ist weich und ich fühle sie atmen. Sie atmet gegen mich und ich bilde mir sogar ihren Herzschlag ein. Kann man den spüren? Habe ich jemals darauf geachtet? Was ist mit meinem?

Mein Kopf wird freier und eine andere Art Druck sammelt sich hinter meinen Augen. Druck, nachzugeben.

Es gibt nichts nachzugeben!

Was sie tut, ist durch und durch anmaßend, aber jetzt halte ich schon zu lange still, um ihr das zu sagen, deshalb muss ich sie anders loswerden.

»Ich habe meine Muse weggeschickt. Kannst du mir ersatzweise einen blasen? Geht das? Nur ein Mal.«

Ihr Blick ist mörderisch, als sie rückwärts tritt, dann sieht sie mich an, legt den Kopf schräg und nickt verständnisvoll. Ob sie es durchschaut hat oder nicht, sie hat mich losgelassen.

Das ist besser so. Ihr Körper glüht auf meinem nach, aber ich habe das Gefühl, dass nach einer kalten Dusche wieder alles normal sein könnte.

»Ich gehe duschen, dann erzählst du mir, was du heute getrieben hast«, befehle ich.

»Ja, natürlich. Dazu gibt es von Beths Essen für dich. Du hast noch nichts gegessen.«

Mit zu schnell schlagendem Herzen sehe ich ihr hinterher. Duschen, Essen und mit Elin reden. Das klingt gut.

Seit diesem Gespräch vor ein paar Wochen mache ich das regelmäßig. Ich befehle sie zum Essen zu mir und frage, was sie für mich erledigt hat. Eigentlich interessiert mich das nicht, denn Hauptsache, es läuft. Aber es ist ein guter Einstieg, und ich mag, wie sie davon erzählt. So voller Enthusiasmus, als wäre es für sie wirklich pure Freude, für mich zu arbeiten.

Danach füttere ich sie mit Stichworten, damit sie weiterredet. Bei ihr habe ich nie das Gefühl, sie will mir beweisen, wie tiefsinnig oder clever sie ist, sondern als rede sie einfach, was ihr aus dem Mund quillt, wodurch sich jedes Gespräch mit ihr vollkommen natürlich anfühlt. Manchmal dauern sie fünf Minuten, gelegentlich fünfzig. Einmal waren es fünf Stunden. Sie bleibt dafür sogar länger, als ihre vereinbarte Arbeitszeit ist, und falls sie das als Überstunden abrechnet, ist das auch okay.

Diese Unterhaltungen helfen besser als die kalte Dusche, die zuerst da war, um mir einen kleinen Schock als Ideenpusher zu verpassen. In letzter Zeit war es, um den Druck kurz zu verdrängen. Aber ich spüre es. Ich spüre, dass auch das nicht mehr lange hilft. Der Druck kommt immer schneller und heftiger zurück.

Irgendwann wird der Druck verschwinden. Ich weiß das. Ich darf ihn bloß nicht beachten.

16

WONACH SIEHT DAS AUS?

Elin

Bitte sei nicht nackt. Bitte sei nicht nackt. »Bitte sei nicht nackt.«

»Wie bitte?«

Oh. Ich drehe mich auf dem Hotelflur um und blinzle den weißhaarigen Mann an, der mich fragend ansieht. Habe ich das laut gesagt?

»Ein Selbstgespräch. Mutmachen quasi, bevor ich meinen Chef unterstütze, denn heute ist ein aufregender Tag.«

Zumindest für mich. Zum ersten Mal begleite ich Kane auf eine Vernissage. Eine richtig große sogar. Das Thema ist *Gesichter*, nur bedeutende Künstler durch alle Sparten stellen aus und zur Eröffnungsfeier werden sehr viele davon da sein.

Es wird eine Performance von Kane geben. Er hat sich überlegt, was er vorführen will, Marcello hat den Deal besiegelt und ich alles vorbereitet. Da darf nichts schiefgehen, und trotzdem habe ich das Gefühl, etwas vergessen zu haben. Wie immer, wenn etwas Wichtiges stattfindet und das, obwohl ich alles zigmal überprüft habe und zur Sicherheit auch noch Rücksprache mit Marcello hielt. Lieber frage ich nach, als dass es schiefgeht.

»Ein tolles Mutmach-Mantra.« Falten kräuseln sich durch das Gesicht des Herrn, ehe er lachend weitergeht.

Mutmach-Mantra? Ah. *Bitte sei nicht nackt.* Mein kurzes Kichern über die Interpretation vertreibt kaum die direkt unter der Haut liegende Nervosität.

Ich klopfe ein weiteres Mal. Lauter.

Wieder nichts.

Er wird doch nicht noch schlafen?

»Okay, bitte schlaf nicht nackt, ich komme jetzt rein.«

Darauf antwortet er natürlich ebenfalls nicht, aber wenigstens auch niemand Fremdes, und ich traue es mich: Ich ziehe die Zweitkarte zu Kanes Zimmer durch, um einzutreten. Was soll passieren? Schließlich hatte ich seinen Penis schon fast im Auge und schlimmer kann es kaum werden.

Es ist meine Aufgabe, dass er pünktlich fertig ist, wenn ihn die Limousine abholt. Vielleicht sollte ich froh sein, dass er keine abgefahrenen Wünsche hatte, wie er transportiert werden will. Mit einem Pferd beispielsweise oder einem Hubschrauber. Bei ihm habe ich das Gefühl, dass man mit allem rechnen muss.

Kein Kane, stelle ich fest, als ich meine Tasche abstelle. Die Suite ist zwar groß, aber komplett übersehbar. Und er ist nicht hier. Das Bett ist außerdem nicht zerwühlt.

Nein.

Bitte sei nicht ausgebüxt, weil dir irgendetwas eingefallen ist.

Marcello hat mir erzählt, dass er sich mal spontan mit einem Taxi zu einem über eine Stunde entfernten Graffito fahren ließ, von dem jemand geschwärmt hat, und deshalb zu spät kam.

Ich stelle meine Tasche ab, und mein Herzschlag scheint von den Wänden widerzuhallen, so sehr beschleunigt er sich. Ganz langsam gehe ich durch das Zimmer, als könnte er plötzlich vor mir auftauchen. Ich habe ihn doch erst vor zwei Stunden hier abgeliefert, und er wollte schlafen, bis es losgeht.

O Kane. Du schlimmster aller Chefs.

Bitte tauch auf, auch wenn es nackt ist oder mit einer Frau auf dir oder einem Kerl, ich guck mir alles an, bist du nur hier.

Kein Kane auf dem großzügigen Balkon, weshalb ich durch das Zimmer sehe. Vielleicht in der Lobby oder dem Restaurant? Vorhin wollte er nichts essen, aber möglicherweise hat er doch Hunger bekommen.

Ich höre etwas, und nun atme ich so laut aus, dass ich selbst erschrecke, wie erleichtert das klingt. Das Geräusch kam aus dem Badezimmer.

O Gott, das Badezimmer. Da hätte ich zuerst gucken können.

Zeit, sich zu straffen. Er ist hier, alles wird gut. Ich meistere meinen Job prima.

»Kane?« Ich klopfe gleichzeitig mit meiner Frage an die Tür.

»Komm rein, wenn du was willst.«

»Ich will nichts, nur wissen, ob alles okay ist.«

»Das ist doch was wollen, oder?«

»Antworte einfach!«

»Ich rede nicht durch eine Tür mit dir, Elin!«

»Ah!«, fluche ich laut und reiße die Tür auf.

Er steht vor dem großen Spiegel und … Was tut er da?

»Schminkst du dich, Kane?«

Betont langsam dreht er mir den Kopf zu und hält einen Kajalstift in die Höhe. »Wonach sieht das aus?«

Mein Boss schminkt sich. Ist das merkwürdig?

Nein, heutzutage dürfen Männer das. Ich bin bloß eine Spießerin, die immer als Spießerin gelebt hat und das nicht kennt.

Aber wie seltsam wäre es, wenn er es besser kann als ich?

»Brauchst du Hilfe?«

Darauf reagiert er nicht, sondern beugt sich vor, vollführt einen Strich unter dem Auge und wischt mit dem Finger entlang.

»Gut?«, fragt er und tritt direkt vor mich.

Er sieht aus wie immer … oder meistens. Allerdings wird

mir jetzt klar, warum sein Blick manchmal so düster wirkt. Das sind nicht nur die dunklen Augen und die dichten Wimpern, nein, das unterstreicht er mit Kajal.

»Ich wusste nicht, dass du dich schminkst. Aber ja, sitzt.«

»Gehört zur Marke.«

Da er an mir vorbei nach draußen geht, folge ich ihm und wiederhole: »Marke?«

»Ich. Ich bin die Marke.« Mit einem lauten Seufzen lässt er sich rückwärts aufs Bett fallen.

»Erklär mir das, Kane. Was bedeutet, dass du die Marke bist?«

»Ich bin müde. Leg dich zu mir, wir dösen noch ein bisschen.«

»Wolltest du nicht vorhin schlafen?«

»Habe ich. Auf dem Balkon in der Sonne. Irgendwie bin ich nie in der Sonne. Komisch, oder?«

»Ja, das ist mir aufgefallen. Deshalb gebe ich dir Vitamin-D-Tabletten.«

»Ach, dafür sind die. Ich dachte, das wäre ein bisschen Speed in Tablettenform, damit ich zügiger arbeite. Leg dich jetzt hin, ich will dösen. Es nervt, wenn ich weiß, du stehst vor dem Bett.«

Ein Blick auf die Uhr verrät mir, dass wir noch fünfzehn Minuten haben. Es lohnt sich also nicht, in mein eigenes Zimmer zu gehen, deshalb setze ich mich vorsichtig an den Rand der Matratze, um zumindest halbwegs seiner Forderung nachzukommen.

Es ist mir unangenehm, auf seinem Bett zu sitzen, weshalb ich mich mit einer Hand ins Laken kralle. Dass er Sex mit meinen Vorgängerinnen hatte, ist noch in meinem Kopf. Er hat zwar keine ernsthaften Anstalten mehr gemacht, mich rumzubekommen, aber ich will ihm auch keinen Anlass bieten.

»Elin!« Mir verrutscht die Brille, als er meinen Unterarm packt und mich rigoros aufs Bett zieht. »Ich kann nicht dösen, wenn du dort wie ein verprügelter Wachhund sitzt.«

»Verprügelter Wachhund?!«

Auf einmal stützt er sich halb über mir auf und schiebt kopfschüttelnd meine Brille wieder zurück nach oben. »Ich habe mich an dich gewöhnt und ich mag, wie du arbeitest. Du bist immer da und weißt über alles Bescheid, selbst wo meine Handys liegen und wie ihr Ladezustand ist. Ich werde dir großzügig deine Jungfernschaft lassen, wenn du bloß aufhörst, die Schultern hochzuziehen, weil du denkst, ich könnte einen Angriff starten.«

»Jungfernschaft? Hallo?«

»Du bist Kane-Reid-Jungfrau.« Er zwinkert und grinst.

»Und du Elin-Deschain-Jungfrau.« Ich zwinkere und grinse nicht, denn ich liege halb unter ihm und habe ein bisschen Atemnot. Es ist heiß, wie er über mir aufragt. Die Position erinnert an Küssen und Sex, und ich weiß nicht, warum ich ausgerechnet das denken muss.

Erwachsen. Ich bin erwachsen, eine erwachsene Frau und kein Teenager. Dazu kommt, dass er sowieso nicht mein Schwarm ist. Er ist mein Boss, und er hat gerade gesagt, ich soll Kane-Reid-Jungfrau bleiben.

Außerdem hat er noch etwas anderes von sich gegeben.

Bevor er mir irgendwie ansieht, dass ich es heiß finde, wie Scarlett O'Hara in Rhett Butlers Armen unter ihm zu schmachten, sage ich: »Habe ich das richtig verstanden? War das eine Chef-Liebeserklärung von dir für mich?«

»Das war garantiert sogar die beste, die je jemand bekommen hat.«

Er senkt den Kopf und ich halte die Luft an. Er wird doch nicht? Allerdings, anders kann es nicht sein, er kommt immer näher. Was mache ich jetzt? Was würde Scarlett O'Hara tun, da ich eben bereits an sie dachte?

Ich quieke und reiße die Arme nach oben, um die Hände gegen seine Brust zu stemmen. Aber er ist schon zu nah, weshalb sie an seiner Seite landen. Seine Körperwärme fängt mich ein und seine Lippen finden meine Haut. Direkt unterhalb der Brille, fast am Wangenknochen und dort drücken sie sich in mich wie eine warme Gabel in Butter.

»Wimmerst du?«, fragt er belustigt.

»Mhm«, brumme ich und bemühe mich, lässig durch die Nase zu atmen.

Ein Fehler, denn sein Duft steigt mir direkt ins Höschen. Wo ist Sophia mit dem Lineal, von dem wir an meinem ersten Tag sprachen? Ich möchte mir selbst den Hintern versohlen, dass ich auf diesen frauenverschleißenden Mistkerl so reagiere.

Das ist neu. Oder zumindest die Intensität.

»Elin? Da wäre etwas ... darum musst du dich dringend kümmern.«

»Halte deinen Schwanz von mir fern!«

Er stemmt sich hoch, sieht mich amüsiert an und lässt sich auf den Rücken fallen. »Was, dachtest du, tue ich? Das war ein Wangenkuss als Ergänzung zur *Chef-Liebeskklärung*. Ich habe Hunger. Fütter mich. Du bist meine PA.«

»Vorhin habe ich dich gefragt, ob du etwas möchtest.«

»Vorhin hatte ich keinen Hunger, weil ich aufgeregt war.«

»Weswegen?« Ich rolle mich auf die Seite und stütze den Kopf auf einem Arm ab.

Nach einem lauten Ausatmen schüttelt er den Kopf und sieht mich an. »Vor meinem Liveact selbstverständlich.«

»Du bist aufregt?«

»Ein bisschen. Es wäre mir peinlich, bei einem Liveact Mist zu produzieren.«

»Würde das überhaupt jemand bemerken?«

»Falls die Show gut läuft, vermutlich nicht. Die Show ist eigentlich das Wichtigste, denn daran erinnern sich die Leute später.«

Jetzt hätte ich Lust, ihn auf die Wange zu küssen, weil er mir das erzählt. Obwohl ich nur vorbereite, bin ich schon so aufgeregt, dass ich mir Sorgen um meine Blasenkontrolle mache, da ich mich vor Nervosität einnässen könnte. Es muss alles perfekt sein, das verlange ich von mir. An seiner Stelle könnte ich bereits Wochen nicht mehr schlafen, aber bei ihm dachte ich, er ist viel zu sehr von sich überzeugt, um jemals nervös zu sein.

»Als gute Assistentin habe ich dir ein Sandwich zubereiten lassen. Es steckt in meiner Tasche. Falls du dann noch Hunger hast, hätte ich zwei Bananen.«

»Mein Elin-Äffchen. Hat immer Bananen dabei.« Er schmunzelt und legt sich einen Arm über die Stirn.

»Hast du denn wirklich Hunger? Oder wolltest du mich nur testen, ob ich an alles denke?«

»Hunger.«

»Nicht mehr aufgeregt?«

»Nicht mehr ganz so, seit du hier bist.«

Spontan beuge ich mich rüber und küsse ihn wirklich auf die Wange. Sofort ziehe ich mich wieder zurück und schlage eine Hand vor den Mund. Das ist nicht okay, bloß weil er es getan hat. Aber das war so süß, dass ich irgendwie gerührt bin, obwohl es vielleicht nur ein Spruch war.

Um abzulenken, frage ich recht harsch: »Erklärst du mir, wie du das vorhin gemeint hast? Das mit der Marke? Und wie das mit dem Schminken zusammenhängt?«

Er rollt sich mir entgegen.

»Was meinst du, wie viele Menschen es gibt, die malen?«

»Ähm, viele?«

»Genau. Und selbst wenn du die Liste auf die reduzierst, die es auf meinem Niveau können, und weiter einschränkst auf alle, die Ähnliches wie ich schaffen … Es wären immer noch sehr viele.«

»Ehrlich? Für mich ist deine Kunst einmalig.«

»Ist sie auch. Jedes Stück von jedem ist einmalig. Aber die Art, der Stil. Natürlich sage ich, mein Stil ist unverwechselbar und ja, Kenner erkennen meine Pinselführung und meine verwendeten Techniken. Es gibt jedoch vieles, was ähnlich ist. Verstehst du?«

»Ja, allerdings weiß ich nicht, worauf du hinauswillst.«

»Ich bin einer von vielen, die richtig gut sind. Doch ICH habe Erfolg und werde für den Liveact heute gut bezahlt. Es gibt so einige, die würden sich ein Bein ausreißen, wenn sie dort etwas zeigen dürften. Aber ich darf es. Du verstehst? Ich darf es sogar nicht nur, ich wurde darum gebeten UND werde dafür bezahlt. Trotzdem bin ich einer von vielen. Meine ganze Kindheit und Jugend wurde mir erzählt, ich soll das Malen aufgeben und mich auf etwas *Richtiges* konzentrieren, weil man mit Kunst kein Geld verdient. Blöderweise war ich überall mittelmäßig, außer da. Damals wusste ich nicht unbedingt, ob ich tatsächlich gut bin, aber ich war dabei glücklich, immer besser zu werden. Ich glaube bis heute, dass ich ein wahnsinniges Glück damit hatte, so früh schon herauszufinden, was mich wirklich erfüllt. Oder was meinst du?«

»Ja, das ist ein toller Gedanke.«

»Aber irgendwann musste ich einsehen, dass alle recht hatten. Mein Vater hatte damit recht, dass ich niemals meinen Lebensunterhalt mit Kunst bestreiten kann, und meine Mutter, dass keine Frau einen mittellosen Künstler will. Da saß ich als junger Erwachsener in einem Zimmer voller Bilder, die keiner wollte, und überlegte, was ich dann werden kann. Ich kam auf die Idee, in einer Marketingagentur Fuß zu fassen. Ich hatte Ahnung von Bildanordnung, Farben, Führung des Betrachters … all das ist nützlich, da Marketing oft visuell ist. Sie gaben mir tatsächlich einen Job, weil ich bei meinem Vorstellungsgespräch einen sehr langen Vortrag über das Verbessern ihres Farbkonzepts hielt.«

Mein Smartphone gibt einen Signalton von sich, und ich sehe vorwurfsvoll Richtung der Tasche, in der es steckt. Ich würde gern den Rest hören, weshalb ich ihn wieder ansehe. »Wir sollten los. Erzählst du mir auf der Fahrt, wie es weiterging?«

»Ich muss mich noch umziehen und die Haare richten.«

Ich springe auf. »Dann los! Die Limousine kommt in fünf Minuten und mein Taxi auch.«

17

ERTAPPT, ODER?

Elin

Zügig gehe ich an meine Tasche und beende den Alarm.

»Taxi?«

Irritiert drehe ich mich um, weil er sich so empört angehört hat, als hätte ich seine Pinsel rasiert.

»Ja, wieso?«

»Was ist das für eine seltsame Nummer? Du fährst mit mir. Jetzt habe ich eine persönliche Assistentin und deshalb bist du IMMER an meiner Seite. Verstanden?« Er verschränkt die Arme hinter dem Kopf und seufzt. »Aber eigentlich habe ich keine Lust. Können wir nicht hierbleiben und deine Bananen essen? Von mir aus den Zimmerservice bemühen?«

Er ist schrecklich. Nun seufze ich und nehme das Hemd vom Bügel, das ich vorhin an die Garderobe gehängt habe. Er muss sich noch umziehen, denn als Outfit ist zu seiner schwarzen destroyed Jeans ein weißes Hemd vorgesehen. Seine Ringe liegen auf dem Sideboard in der Nähe der Tür, weshalb ich mir auch die schnappe.

»Beweg dich, Kane! Die Leute wollen dich sehen. Weil du keiner von vielen bist.«

Sorgsam lege ich das Hemd auf dem Sessel ab und trete neben das Bett. Falls mich nicht alles täuscht, sieht er amüsiert aus. Höchstwahrscheinlich über mich. Na, wenn ich meinen Boss dazu bekomme, sich zu amüsieren, ist das auch nicht das schlechteste Arbeitsergebnis.

Dann werde ich mal mitspielen. Entschlossen steige ich aufs Bett, sodass ich neben seinem Kopf knie, und ziehe einen Arm dahinter hervor.

»Hey«, beschwert er sich, doch ich ignoriere ihn und schiebe ihm seine Ringe über die Finger.

Beth hat ihm gestern die Nägel frisch lackiert und das matte Schwarz ist ebenmäßig. Vielleicht brauche ich ein bisschen länger, weil ich seine Hände dabei genau betrachte. Sie sind etwas rau, aber es sind lange, elegante Finger an großen Händen, exakt solche Männerhände, wie sie mir gefallen. Nicht grobschlächtig, jedoch auch nicht zu fein.

Er hält still, und was eben etwas war, was ich aus dem Impuls getan habe, dass er fertig wird und wir loskönnen, ist nun seltsam. Seine Hände sind warm, als würde noch die Sonne auf die Haut scheinen, und ich muss daran denken, dass Hände gemeinsam mit den Lippen zu den empfindsamsten Körperteilen gehören. Würde ich mehr seiner Hautbeschaffenheit spüren können, wenn ich mit den Lippen darüberreibe statt mit der Hand?

Um diesen Gedanken und dem dazugehörigen Knoten im Magen zu entkommen, werde ich beim letzten Ring schneller und berühre ihn dabei so wenig wie möglich.

Kaum ist er übergezogen, entzieht er mir die Hand und betrachtet sie. »Du weißt, welcher Ring an welchen Finger gehört?«

»Kane, ich weiß, in welche Richtung du dir den Arsch abwischst.«

Der Blick, den er mir zuwirft, entreißt mir jede Selbstbeherrschung und ich kichere über meinen eigenen doofen Spruch. Durch das Kichern werde ich die Unruhe los, die sich in mir breitgemacht hatte, nur weil ich seine Hand berührt habe, und ich kann wieder durchatmen.

»Das hast du nicht gesagt.«

Ich beuge mich über ihn und grinse. »Doch. Sinnbildlich gesprochen. Ich weiß viel über dich.«

»Stalker«, flüstert er und schiebt einen Ring zurecht, wonach er mich ernst ansieht.

»Von Berufs wegen«, wispere ich zurück.

»Du bist mein Lieblingsstalker«, raunt er wie ein düsteres Geheimnis.

»Du bist mein Lieblingschef.«

»Wir müssen los, hast du gesagt.«

»Wir müssen los, habe ich gesagt.«

Die innere Unruhe ist zurück. Spannung überzieht meinen Körper und lässt mich verharren. Wie er mich ansieht, die geflüsterten Worte, die sich irgendwie zwischen uns verhaken, die Stimmung, die die Luft schwerer macht …

Dass er auf meinen Mund sieht, bekomme ich mit, woraufhin ich mich bemühe, nicht auf seinen zu gucken.

Was ist nur los?

Langsam hebt er die Hand und verursacht damit einen Trommelwirbel in meinem Brustkorb. Ich vergesse zu atmen, er legt sie an meine Wange und … tätschelt sie. »Worauf warten wir dann? Man könnte denken, du willst mich gleich küssen. Allerdings würde es mir äußerst seltsam vorkommen, wenn du es tust, denn du hast mir gerade Ringe angesteckt. Ja, ich hätte sogar richtig Schiss, dass ich mich dadurch zu etwas verpflichte.«

»Endlich«, erwidere ich und steige schnell rückwärts vom Bett, wobei ich die Brille zurechtschiebe. »Ich dachte schon, ich muss dich an den Haaren hinter mir herziehen. Und vorher in die Nase beißen. Das hast du nämlich falsch interpretiert.«

Er lacht. Das Geräusch klingt so, als wäre er selbst davon überrascht, und mich überkommt das Gefühl, dass er hier – zwar beruflich unterwegs, aber weg von seinem Pensum zu Hause – entspannter ist.

Nach einem Räuspern setzt er sich auf und greift sich in den Nacken, woraufhin das Shirt davonsegelt. Den Anblick bin ich mittlerweile gewohnt, aber hier im Zimmer ist es irgendwie trotzdem anders, weshalb ich zurückweiche und das Hemd in die Hand nehme, um es ihm zu reichen.

Als er die Knöpfe schließt, richte ich ihm seine Schuhe, da ich nicht weiß, was ich sonst tun soll, und ich mir wie ein Spanner vorkomme, würde ich ihm beim Hemdanziehen zusehen.

»Ziehst du mir die auch an?«, fragt er und tippt mit den Zehenspitzen an einen Schuh.

»Plus zehn Prozent Gehalt, dann ja. Schuhebinden kostet allerdings extra.«

»Du solltest so etwas wirklich nicht sagen, das führt mich nämlich in Versuchung, herauszufinden, was du noch für Geld tust.«

»Beeil dich jetzt, Kane. Wir werden unten erwartet.«

Er tritt vor den großen Spiegel und sieht sich selbst zu, wie er die Ärmel des Hemdes nach oben krempelt. »Frisur geht?«

Ich zupfe ihm ein paar Strähnen am Hinterkopf zurecht. »Geht. Wo ist das Armband? Noch im Koffer?«

»Keine Ahnung, du hast ausgepackt. Übrigens hat mir Marcello immer einen Friseur aufs Zimmer geschickt.«

Die Schatulle steckt im Koffer, wo ich sie verstaut hatte. Das Armband ist nagelneu aus Leder, Metallbeschlägen, Holzperlen und einem großen Logo des Designers. »Ja, aber dein Schnitt passt noch und frisieren kannst du dich offensichtlich selbst. Oder wolltest du einen?«

Nach einem letzten Zupfen am Hemd dreht er sich zu mir um und zuckt mit den Schultern. »Ich glaube wirklich, dass meine Frisur komplett egal ist, denn gleichgültig welche ich trage, wird man denken, es ist Absicht.«

»Das ist wahr«, gebe ich zu und greife nach seinem Handgelenk. »Marcello hat das sicher nur getan, damit er sicherstellen konnte, dass du unterwegs bist, ohne selbst vor Ort sein zu müssen.«

»Halt, der andere Arm. Wie bei den Ringen nur an der

Hand, mit der ich nicht male. Du weißt doch nicht alles über mich.«

Weshalb lege ich es ihm überhaupt an? In die Schuhe wird er aber schön selbst schlüpfen. Puh. Schon wieder fasse ich ihn an. Das ist nicht, weil ich ihn anziehend finde, nein, das ist bloß, da er meine Boss-Anziehpuppe ist. So ist das nämlich. Anders kann es gar nicht sein. Ich stehe nicht auf Männer wie Kane. Kein Stück.

»Ich weiß jetzt bereits sehr viel über dich und in einem halben Jahr wirst du jeden zu mir schicken, sollte er dich etwas über dich fragen«, behaupte ich und zwinkere.

»Ich werde dich abfragen. Wie viel bekomme ich eigentlich dafür, dass ich das Armband trage?«

»Wie meinst du das?«

»Ah. Marcello spricht nicht über die Deals mit dir? Oder war das noch vor deiner Zeit? Ich werde dafür bezahlt, das heute zu tragen. Wie für das Hemd.«

»Okay.« Nein, davon wusste ich nichts. Aber Marcello ist auch sein Manager, der sich um alles Geschäftliche kümmert. Ich organisiere nur. Allerdings ergibt es jetzt Sinn, weshalb Marcello mir gesagt hat, ich soll mich darum kümmern, dass er beides trägt.

»Fertig«, verkünde ich und betrachte ihn von oben bis unten, ob ich etwas finde, was man verbessern könnte.

Das Hemd schmiegt sich um seine Taille, und vermutlich ist es so geschneidert, dass man an der Brust ein paar Knöpfe offen lassen muss, damit es so perfekt sitzt.

Mein Blick schweift höher, bis ich an seinen Augen hängen bleibe. Wer immer ihm das mit dem Schminken beigebracht hat, hat es ihm gut erklärt. Jetzt, da ich es weiß, sehe ich es, und irgendwie ist es heiß. Er ist eine scharfe Symbiose aus modernem Punk, Künstler und Geschäftsmann.

Nicht mein Typ. Nur zur Erinnerung für mich selbst. Charakterlich nicht und optisch ebenfalls nicht. Aber man kann ja auch Bilder schön finden, die man sich niemals in die Wohnung hängen würde.

»Worüber denkst du nach?«, fragt er. »Du wirkst, als würdest du dich mit dir selbst im Kopf streiten. Musst du etwas loswerden?«

»Nein, aber wir müssen los. Du siehst super aus oder zumindest so gut, dass ich mich nicht für meinen Boss schämen werde.«

»Da habe ich heute ja massiv Glück.«

Er geht Richtung Tür und ich folge ihm zügig. Wir sind zwei Minuten zu spät, und ich hasse es, mich zu verspäten. Der Fahrer hat zwar meine Nummer, aber trotzdem nagt die Sorge an mir, dass etwas schiefgehen könnte, sollten wir nicht pünktlich unten sein.

»Hast du alles?« Bei meiner Frage hetze ich noch einmal ein paar Schritte ins Zimmer, da ich fast meine Tasche vergessen hätte.

»Nein, Elin, ich habe nicht *alles*. Ich habe nichts. Du hast alles für mich.«

»Was brauchst du denn?«

»Als meine PA musst du das doch wissen.«

»Eben hast du festgestellt, ich weiß nicht alles über dich. Aber jetzt komm, wir müssen los.«

Er sieht mir mit hochgezogener Augenbraue zu, wie ich die Tür schließe, und murmelt: »Hoffentlich hat sie wenigstens an die Zimmerkarte gedacht, sonst muss ich bei ihr übernachten, und in Filmen und Büchern geht so etwas nie gut aus.«

»Denkst du, nur weil man auf einem Zimmer schläft, hat man zwangsläufig Sex?«

»Hast du mir nicht zugehört?«

Mit der Tasche unter dem Arm hole ich auf, da er vorgegangen ist, und frage: »Doch. Wieso?«

»Sexhaben ist nicht *nie gut ausgehen*. Ich spreche von Thrillern und Horrorfilmen.«

»Mit mir in einem Zimmer zu übernachten ist gruselig? Kane! Was reden wir da? Ich würde am Empfang einfach eine Ersatzkarte für dich besorgen, aber natürlich habe ich sie eingesteckt. Außerdem habe ich Bargeld und Kreditkarte, Taschentücher, Desinfektionsmittel, Pflaster, Kopfschmerztabletten, einen Kamm, ein Mininähset, Kondome, Kaugummis, Klebeband, Nagellack und noch viel mehr. Für die Zukunft werde ich es mit einem Kajalstift ergänzen.«

»Du hast Kondome dabei? Ich mag, wie du denkst.«

»Nicht für mich. Für dich. Bei dir weiß man nie, was man zu erwarten hat, und ich möchte dich nicht erleben, wenn ich dich von einer Frau zerre, falls du ohne an sie ranwillst.«

»Würdest du das tun?«

»Nein, das ist deine Sache, aber ich dachte, der Gedanke amüsiert dich.«

»Tut er, danke.«

»Außerdem …« Endlich verlassen wir das Hotel und eine Limousine wartet davor. Das ist dann unsere. Statt meinen Satz zu Ende zu bringen, gehe ich vor und spreche den Fahrer an, der neben der Tür steht, um mir das bestätigen zu lassen.

Kane vollführt eine Handbewegung, als der Chauffeur die Tür öffnet, und ich steige wie gewünscht zuerst ein.

Meine Aufregung steigert sich ein weiteres Mal. Das ist meine erste Vernissage, dann so eine große und nun fahre ich sogar in einer Limousine mit.

Obwohl ich dort weder Aussteller noch Gast, sondern nur Kanes Assistentin bin, habe ich lange überlegt, was ich anziehe. Der Overall im Businessstyle erschien mir perfekt, aber jetzt bin ich mir unsicher. Vielleicht ist das schon zu schick, wenn ich doch eigentlich meiner Arbeit nachgehe?

Kaum bin ich angeschnallt und habe wohlwollend festgestellt, dass Kane das auch getan hat, öffne ich meine Tasche und reiche ihm das Sandwich.

Während er isst, binde ich den Stoffgürtel auf seitlicher Taillenhöhe neu, da er nicht mehr richtig sitzt. Dieses Detail mochte ich ganz besonders. Der Stoff des Overalls ist schwer, hochwertig und mit raffinierten Falten, die einfach jede Schwachstelle verdecken. Durch den Gürtel jedoch zaubert er eine tolle Figur. Der Knoten gelingt mir nicht und ich beginne ihn neu. Meine Finger schaffen es auch beim zweiten Anlauf nicht, die Schleife so zu binden, wie ich es will. Dabei habe ich sie sogar geübt, damit sie so aussieht wie auf dem Katalogbild.

Ich atme mit den Enden in der Hand durch. Es ist nicht wichtig, wie ich dort aussehe. Niemand wird mich beachten. Es ist vollkommen egal, ob die Schleife perfekt ist.

»Huch!« Ich zucke zusammen, als Kane sie mir aus den Händen nimmt.

»Es ist schrecklich, dir zuzusehen. Es erinnert mich an ein Kind, das gerade Schuhebinden lernt und frustriert aufgibt.«

»Ich gebe nicht auf, nie.«

Kane hält inne und sieht von dem Gürtel zu meinem Gesicht. Sofort fühle ich mich ertappt, weil ich es möglicherweise etwas zu inbrünstig gesagt habe.

»Du musst nicht rot werden. Es ist gut, wenn man niemals aufgibt. Ich erledige das trotzdem schnell.«

»Danke.« Nachdem ich den Arm möglichst aus dem Weg genommen habe, sehe ich fasziniert zu, wie er einen Schlupf macht und so lange an den Enden zieht, bis ich einen sanften Zug spüre.

So verharrt er und fragt: »Mehr?«

Ich verstehe die Frage nicht, da er ja noch nicht fertig ist. Erst als er fester zuzieht und der Gürtel mich einengt, begreife ich, was er meint.

»Lockerer«, bitte ich und bin fast enttäuscht, als der Druck nachlässt. Es hatte etwas Angenehmes, etwas Anregendes, und ich befürchte, er bemerkt meinen aufgewirbelten Herzschlag, als er langsam einen Knoten schlingt. Sehr behäbig, so als würde er das genießen oder eine besonders kunstvolle Aufgabe erledigen.

Habe ich meinen Eisprung oder was ist los? Ich komme mir schon vor, als wäre ich läufig und er der nächste Straßenköter. Er berührt mich noch nicht einmal, nur den Stoff des Gürtels. Und dort sieht er auch hin. Das KANN nichts Erregendes an sich haben. Nein.

Er zupft ihn zurecht, wobei er mich mit den Fingerknöcheln streift, und es ist, als könnte ich sie direkt auf meiner Haut spüren. Sein Blick huscht zu mir nach oben und ist seltsam lodernd, als wäre ihm das bewusst. Ich tue so, als wäre nichts, und lege fragend den Kopf schräg.

Doch von ihm kommt nichts. Kein Lächeln, kein Zwinkern, kein Wort, nichts, was die Situation für mich wieder entschärfen würde.

Endlich lehnt er sich zurück, und als er das Sandwich weiterisst, lockere ich die Finger, die ich in Fäusten verkrampft hatte. Nach einem Blick auf den Gürtel blinzle ich mehrmals, ehe ich den Knoten vorsichtig mit den Fingerspitzen berühre.

Was ist denn das?

Das ist … hübsch? Eine dreifache Schleife oder drei Schleifen übereinander, die immer kleiner werden, so als wäre es eine Schleifen-Blüte.

»Woher kannst du das?«, frage ich und weiß jetzt schon, dass ich heute kein einziges Mal auf die Toilette gehen möchte, weil ich das nie wieder so hinbekomme und es behalten will.

»Ich habe mal für ein Projekt eine Frau komplett mit verschiedenen Schleifen *angezogen*. Den Knoten habe ich mir gemerkt.«

»Danke. Das sieht toll aus.« Beim Staunen fällt mir ein, dass er mir noch die Fortsetzung seiner Markengeschichte schuldet. »Du wolltest die Geschichte weitererzählen.«

Er schiebt sich den Rest des Sandwichs in den Mund und kaut zu Ende. »Mhm. Ja … ich war bei der Stelle mit der Marketingagentur, richtig? Dort habe ich einiges mitbekommen und gelernt. Das Konzept einer Markenbildung hat mich erst zum Nachdenken gebracht und dann dazu, mir so viel wie möglich darüber anzueignen. Daraufhin überlegte ich mir eine Herangehensweise für mich. Das dauerte eine Weile. Um genau zu sein, über ein halbes Jahr, danach wusste ich, wie ich es angehe. Ein Teil der Vorbereitung war, mich halbwegs in Form zu bringen. Ja und glaub mir, als ich zum ersten Mal mit schwarz umrandeten Augen, lackierten Nägeln und oben ohne auf den Aufnahmeknopf der Kamera drückte, kam ich mir vor wie ein Kleinkind beim Schultheaterstück. Ich hielt den Mittelfinger Richtung Linse und begann ein Bild. Vielleicht kennst du es? *Softeisfantasie*?«

»Bestimmt, aber …«

»Egal«, unterbricht er mich. »Man sieht die Hand einer Frau, die sich gerade fingert. Sie tropft und die Tropfen vereinigen sich zu einem Softeis, an dem jemand leckt. Beim ersten Dreh habe ich es grob skizziert und es danach hochgeladen. Es gab viele Kommentare, wie eklig die Idee wäre. Ein paar waren auch nett und lobten meinen sauberen Stil. Ich zog das mehrere Male durch, bis es komplett fertig war, und schnitt dann alles in eine Zeitrafferaufnahme zusammen. Wieder fanden es viele eklig, pervers oder geschmacklos. Sie kommentierten und teilten es, um jedem zu zeigen, was für ein komischer Typ da abartige Bilder malt. Das war der Start und ich habe das Bild für einen fast schon absurd hohen Preis verkauft. Der war nicht einmal ernst gemeint, weil ich dachte, derjenige will mich auf den Arm nehmen. Aber er wollte es wirklich kaufen, zahlte, und da wusste ich, es funktioniert. Ab dem Zeitpunkt habe ich immer unverschämte Preise für meine Werke verlangt. Nach dem Verkauf begann ich damit, die Malvideos überall hochzuladen, wo es möglich war, und versuchte mich auch im Livegehen.«

»Das ist echt … verrückt.«

»Ja, das ist richtig. Das Ziel war es, davon leben zu können, aber es entwickelte sich so schnell und so krass, dass ich nicht mehr wusste, wo oben und unten war. Erst malte ich Bilder, die keiner wollte, und auf einmal wollten alle welche von mir. Ich galt als Geheimtipp, es wurde darüber diskutiert, wie gut sich meine Bilder als Wertanlage eignen würden, ich wurde eingeladen, bekam Anfragen von überall … Und dann hörte ich einen Tipp, an den ich vorher nie dachte, aber mir sofort klar war, ich brauche das: einen Manager. Ein Künstler mit

Manager. Auf einmal war ich eine Art Rockstar, genau so hat es sich angefühlt. Und weißt du was, Elin?«

»Was?«

»Das habe ich geschafft. Mit Nagellack, Kajalstift und oben ohne, da Sex sells. Siehst du dir gelegentlich Kommentare unter den Livestreams von mir an?«

»Nein.«

»Solltest du mal tun. Sehr viele gucken nur rein, weil sie mich scharf finden, und die Bemerkungen über mich könnten teilweise den Eindruck erwecken, ich bin ein Lebensmittel.«

»Was?« Ich lache.

»Ablecken, reinbeißen, und so weiter. Aber das ist vollkommen egal. Sie liken, teilen und kommentieren und deshalb werden meine Beiträge von den Plattformen als wichtig eingestuft und noch mehr Leuten angezeigt. Es kennen mich so wahnsinnig viele Menschen, von denen natürlich die meisten nie ein Bild von mir erwerben wollen oder es sich nicht leisten können. Einige kaufen Kunstdrucke von den wenigen Bildern, die ich freigebe, und fühlen sich rebellisch, wenn sie sich eine auslaufende Muschi oder einen Teller voller Schwänze an die Wand hängen oder wahlweise eine Tasse oder ein Shirt davon besitzen. Mit der Lizenzierung für Merchandising verdiene ich nämlich auch gut.«

»Bist du enttäuscht, weil du das alles tun musstest, damit jemand deine Bilder will? Würdest du lieber andere Motive wählen?«

Er stutzt sichtbar und reibt sich mit den Fingerknöcheln unterm Kinn entlang. »Das ist eine gute Frage. Keine schwierige, aber eine gute. Ich wollte mein ganzes Leben immer nur malen. Früher war mein Wunsch, dass die Leute meine Bilder mögen und mich natürlich auch. Damals habe ich mich deshalb angepasst, weil ich dachte, das muss man dafür tun. Doch das ist falsch. Erst als ich mich davon gelöst und darüber erhoben habe, dass manche mich regelrecht verachten für meine Art, meine Kunst, egal wofür, da ging es bergauf. Ich fühle mich mit dem, was ich tue, wohl. Nein, ich bin der glücklichste Mensch auf diesem Planeten, weil ich einen Weg gefunden habe, davon leben zu können, was ich liebe. Es ist mir gleichgültig, auf welche Art ich meinen Bildern Aufmerksamkeit verschaffe. Die Hauptsache ist, dass sie sie bekommen. Und wie sie sie bekommen. Selbst Kunstkritiker, die meine Bilder wegen ihrer Motive teilweise zerreißen, müssen zugeben, dass ich nicht nur Talent habe, sondern auch noch auf Meisterstufe male. Aber wer würde das nicht, wenn er so viel geübt hat wie ich? Mir wird massig Geld für meine Bilder nachgeworfen, das ist schon nicht mehr feierlich und nein, ich bin nicht enttäuscht. Ich bin der geilste Schwanz in der Kunstszene und das feiere ich jeden Tag.«

»Bist du das wirklich? Der glücklichste Mensch auf dem Planeten?«

Sein Blick, der sich immer härter in mein Gesicht gebohrt hat, als wäre es wichtig, dass ich ihm glaube, schwenkt zum Fenster und er atmet laut aus.

Ertappt, oder?

Das ist er nicht. Er fühlt sich nicht glücklich. Was er gesagt hat, war keine Lüge, aber er wird zwischen seinen eigenen Werken zerquetscht. Das passt so gut zu dem, was Marcello behauptet hat. Kane brennt wirklich aus. Weil er so sehr liebt, was er tut, dass er darin ersticken könnte. Er möchte all seine Bilder auf einmal malen und sich dafür feiern, was er erreicht hat. Er wird überschwemmt von dem Mehr, das die Menschen von ihm fordern, und das er ihnen geben will, da er nie erwartet hat, dass so viel von ihm gewollt wird.

»Bin ich, Elin«, sagt er zum Fenster, und ich brauche einen Moment, um zu begreifen, dass das die Antwort auf die Frage war, ob er wirklich der glücklichste Mensch auf dem Planeten ist.

Ich glaube ihm nicht.

Vielleicht war er es mal. Möglicherweise war er überwältigt, wie gut sein Plan aufging, und ritt deshalb jahrelang auf einer Welle des Glücks. Gegebenenfalls hat sich das Gefühl abgenutzt und er rennt ihm hinterher.

Wenn ich eins weiß, dann ist es, dass nichts für immer ist. Kein Gefühl, keine Situation, keine Sicherheit. Glück kann man nicht hinterherrennen und es nicht erzwingen.

Aber ich bin auch Realist und er ist Künstler. Vielleicht empfinden wir das vollkommen verschieden.

18

ZEIT ZU BEGINNEN.

Kane

Ich überprüfe die Stange, ob sie wirklich so gut gepolstert ist, wie ich es wollte, während mir Elins Frage schwer im Magen hängt. Ich BIN der glücklichste Mensch auf dem Planeten.

Es muss so sein, oder?

Schließlich lebe ich einen Traum. Mehr als einen Traum.

Allerdings war ich in letzter Zeit manchmal so müde und schlecht gelaunt, so ungeduldig und gehetzt. Dieser schwarze Schatten, das Nichts, der Druck … es ist nicht greifbar, hat keinen Namen, aber ich will es sowieso nicht und es passt auch nicht zu mir.

Heute jedoch, vor allem jetzt im Moment, geht es mir richtig gut.

Seit Wochen hätte ich die Veranstaltung am liebsten abgesagt, weil zu Hause so viel anliegt, was ich fertigbekommen möchte. Außerdem war ich nervös. Ich bin es zwar gewohnt, dass mir Leute zusehen, aber das blende ich aus. Hier kann ich nichts ausblenden. Sind sie gelangweilt, werde ich es direkt an ihren Gesichtern erkennen.

Ich weiß, dass ich gut bin, ich weiß, dass ich eine perfekte

Show liefere, und ich weiß, dass ich genau die Aufmerksamkeit bekommen werde, die ich will. Trotzdem hatte ich keinen Hunger und setzte mich auf den Balkon in die Sonne. Dort saß ich mit geschlossenen Augen und hatte auf einmal ein Gefühl von Freiheit. Die Sonne und ich in einem schönen langen Date. Erst als ich begann, mich vorzubereiten, kam die Aufregung zurück und dann stand Elin bei mir im Zimmer.

Keine fünf Minuten später war ich in einer ähnlichen Stimmung wie bei meinem Date mit der Sonne.

Die Polsterung ist wie erwartet, so wie ich es beauftragt habe, und ich sehe zu Elin, die sich darum gekümmert hat, dass hier alles für meine Show bereit ist. Sie unterhält sich gerade mit Akime.

Akime ist eine Profitänzerin und in ihren Kreisen sehr bekannt. Außerdem wird sie später an der gepolsterten Stange hängen und wunderschön aussehen. Sie wirkt riesig, obwohl sie bloß mittelgroß ist, da ihr Körper nur aus zarten Muskeln zu bestehen scheint, und ihr pechschwarzes Haar ist ein echter Traum. Deshalb musste sie unterschreiben, dass ihr bewusst ist, dass es danach beschädigt sein könnte.

Da ich darauf bestanden habe, die finale Prüfung selbst vorzunehmen, ob alles passt, da es im Endeffekt meine Show und mein Kunstwerk und damit meine Verantwortung ist, trete ich zu Elin und nicke ihr zu. Loben muss ich sie nicht. Schließlich habe ich vorhin schon eine *Chef-Liebesklärung* abgegeben, wie sie es betitelt hat.

Elin versteht das Nicken und verschwindet, um den Veranstalter zu informieren, dass es pünktlich losgehen kann.

Zum Glück hat sie es *Chef-Liebeserklärung* genannt und so verstanden, denn ich war tatsächlich kurz davor, herauszufinden, ob ihr Blick wirklich geschrien hat: *Küss mich endlich!* Seit Ewigkeiten habe ich mich bei so einem Signal nicht mehr zurückgehalten. Nicht, wenn mir jemand schon so nahe war, so verlockend unter mir lag, dann über mir und … meinen Puls dermaßen beschleunigt hat, dass ich ihn in den Fingerspitzen gespürt habe.

Zweimal.

Zweimal musste ich widerstehen. Zweimal dachte ich, ein Teil von mir spaltet sich gleich ab und übernimmt das selbstständig, weil die Anziehung so groß war, dass es pure Willenskraft gebraucht hat, dazu zu stehen, was ich zu ihr gesagt habe. Kein Angriff. Sie Kane-Reid-Jungfrau bleiben lassen.

Ich Idiot.

Akime fährt sich mit den Fingern durch die Haare, als müsste sie sie überprüfen, weshalb ich sie ihr aus den Händen nehme. »Sie sind perfekt. Du bist perfekt. Ich bin glücklich, dass du mein Star bist.«

Sie sieht mir ins Gesicht und aus einem zaghaften Lächeln wird ein Strahlen. Sie ist eine zurückhaltende und bescheidene Person, und das trotz ihrer Erfolge. Und heute gehört sie mir als der wichtigste Teil meiner Show.

»Bist du aufgeregt?«, frage ich und streichle ihr seidiges Haar.

»Ja. Und du?«

»Kein bisschen. Das wird perfekt.«

Elin zu verraten, dass ich aufgeregt bin, ist die eine Sache. Bei Akime ist das etwas anderes. Davon abgesehen, dass ich Akime bloß von einem Gespräch kenne, muss ich ihr ja vermitteln, dass sie bei mir gut aufgehoben ist. Das ist sie, keine Frage, aber ich will auch, dass sie keine Zweifel daran hat.

»Ich kann es immer noch kaum glauben, dass du ausgerechnet mich gefragt hast«, sagt sie und wippt auf den Füßen etwas vor und zurück, wobei sie die Lider senkt.

Das mag ich ja. Wenn erfolgreiche Menschen sich in meiner Gegenwart klein und schüchtern fühlen, weil sie mich für unerreichbar halten.

»Und ich kann kaum glauben, dass du zugesagt hast. So eine Frau wie du. Du bist reine Inspiration für mich und ich …«

»Zehn Minuten.«

Elins Unterbrechung ärgert mich einen Moment, dann wird mir klar, dass ich heute gar keine Lust darauf habe, mich um eine Frau zu bemühen. Ob Akime wirklich auf mich steht oder lediglich eingeschüchtert ist, konnte ich noch nicht herausfinden. Sie wäre bestimmt eine wundervolle Muse, eine, die versucht, es mir in allem recht zu machen, aber ich befürchte, sie ist auch eine von den Frauen, bei denen man richtig viel Überzeugungskraft benötigt. Mit etwas Pech erkennt sie nicht, wenn jemand mit ihr flirtet, und begreift nicht, dass sie unter anderem meinen Schwanz inspirieren soll.

Ich drehe mich zu Elin um und sage: »Du bist die beste Assistentin von allen.«

Sie sieht mich irritiert an, aber sie kann ja auch unmöglich ahnen, dass sie mich dazu gebracht hat, heute keine Muse zu finden, sondern mich von einer finden zu lassen. Irgendeine hat doch immer davon gehört, wie ich drauf bin, und wird sich um mich bemühen. Kein Widerstehen, keine Zurückhaltung. Eigentlich ist das zu Elins Schutz.

Haha, genau. Beste Ausrede aller Zeiten, warum ich eine Muse brauche. Damit ich meiner PA nicht auf die Pelle rücke.

Noch zehn Minuten.

Zehn Minuten, bis sich der Vorhang hebt, mehrere Kameras aus verschiedenen Winkeln die Show in die anderen Räume der Vernissage übertragen und sich Menschen um uns gruppieren werden.

Damit sie nicht zu nahe kommen, hat Elin eine Absperrung aus dunkelgrauen Absperrpfosten und weinroten Kordeln aufstellen lassen.

Die letzten Minuten vergehen wie im Fluge. Ich helfe Akime dabei, sich auf der stabilen dicken Leinwand niederzulassen, auf der sie bequem im Liegen Platz findet, und breite ihr Haar aus.

Die Musik setzt ein. Sanfte Klaviertöne und später noch eine Geige. Auf welchem klassischen Stück es beruht, habe ich vergessen, aber die modernere etwas schnellere und sehr eindringliche Interpretation hat mir ausgesprochen gut gefallen. Deshalb habe ich Elin beauftragt, vom Künstler die Erlaubnis einzuholen oder zu kaufen, dass wir es heute verwenden dürfen, und es in eine Endlosversion zu verwandeln. Es soll im Hintergrund unauffällig in Dauerschleife laufen, ohne dass man Anfang und Ende des Stücks hört.

Es klingt nach Sehnsucht, Frühling und Eleganz und schon mit den ersten Tönen versetzt es mich in die richtige Stimmung. Alles, was an mir aufgeregt war, wird nun endgültig ruhig, und Vorfreude schlägt in mir einen Salto. Ich liebe das. Ich liebe, was ich hier tun darf.

Akime hebt die Beine an und ich schiebe ihr vorsichtig die Stange unter die Kniekehlen.

»Bereit?«, flüstere ich, als wir angekündigt werden, und habe das Gefühl, meine Körpertemperatur nimmt zu. Ich bin es. Ich platze sogar, wenn ich jetzt nicht anfangen kann.

»Ja«, sagt sie und nickt zusätzlich.

Das Nicken erwidere ich und greife mir die Fernbedienung für die Winde, die die Stahlseile hoch und runter lässt und an der die Stange befestigt ist, die hoffentlich genug gepolstert ist, um Akime keine Schmerzen zuzufügen.

Beim Hochziehen breitet sie die Arme aus, und ich bin bereit, im Notfall sofort zuzupacken, falls sie abrutscht. Doch nichts passiert, und als sie komplett hängt, sieht sie aus wie eine formvollendete Athletin in ihrem Body, der fast nur aus Netz besteht und gerade das Allernotwendigste mit Stoff bedeckt.

Wie vereinbart umschlinge ich Oberschenkel und Schienbeine gemeinsam locker mit einem schwarzen Tape, das nicht an Haut, sondern bloß an sich selbst haftet. Sie sagt, so ist es leichter, sich zu halten. Danach verbinde ich ihr die Augen.

Die ersten klatschen und ich schnaube. Wir haben doch noch gar nicht losgelegt.

Ich platziere eine Hand auf ihrem Schenkel und versichere:

»Du machst das großartig. Wenn du dich unwohl fühlst, sagst du es mir sofort. Ansonsten beweg dich nicht. Überhaupt gar nicht. Ich will keinen Muskel zucken sehen. Einfach nur die Spannung halten.«

»Ja, Kane«, flüstert sie.

»Gut. Arme über Kreuz, es geht los.«

Wie angewiesen verschränkt sie die Arme, und ich greife nach der vorbereiteten Farbe, um die Spitzen ihrer Haare hineinzutunken.

So habe ich noch nie gemalt und werde es vermutlich auch nie wieder. Ich weiß nicht, wie sich ihr Haar als Pinsel verhält, wie es Farbe aufnimmt und abgibt, ich kann alles nur erahnen. Es gab keine Generalprobe, kein Austesten, keinen ersten Versuch.

Zweifel habe ich keine. Meine Selbstsicherheit ist groß, ich spüre in meinem Blut, dass ich nach wenigen Strichen begreife, wie es sich verhalten wird, wie ich welchen Effekt erziele und wie das grandios wird. Das Motiv habe ich im Kopf. Ein Vogel mit ausgebreiteten Schwingen. Aber statt mir den Pinsel danach auszusuchen, wie ich das Bild gestalten möchte, werde ich die Gestaltung dem Pinsel, ihrem wunderschönen Haar, anpassen.

Ein letztes Mal schenke ich dem Publikum einen Blick, das sich um die Absperrung sammelt. Zuletzt sehe ich zu Elin, die sich neben dem Veranstalter befindet, der die Ankündigung gemacht hat. Der dunkelblaue Overall steht ihr ausgezeichnet, ein toller Kontrast zu ihrer blassen Haut und ihren hellblonden Haaren. Es ist, als hätte ich die Farbe für sie ausgesucht, und wie sie ihn ausfüllt, wie sie spricht und ein paar Worte mit eleganten Gesten unterstreicht, ist sie wieder vollkommen majestätisch.

Majestätisch …

Das ist der Augenblick, um zu beginnen.

Ab hier vergeht die Zeit wie in einem Rausch. Ich gehe um die große Leinwand herum, bewege Akimes hängenden

Körper, bediene die Winde, male schlicht mit meinem menschlichen Pinsel.

Mehr ist sie nun nicht länger. Lediglich ein Pinsel, ein Werkzeug.

Es entwickelt sich. Eben noch nichts, jetzt ein wenig und später ist da etwas, was es vor dieser Show nicht gab. Der Gedanke spornt mich an, und ich bin tief in mir, sehe schon, was auf der Leinwand passiert, bevor ich ihren Körper dementsprechend führe.

Es ist anstrengend und schwierig, das ein oder andere sitzt nicht perfekt, aber das weiß nur ich. Wie in einer Blase unter Wasser bekomme ich nichts mit, bis es an die Feinarbeit geht und ich auf einer Seite des Bildes auf die Knie sinke. Ich greife mir die Borsten meines menschlichen Pinsels, halte sie mit einer Hand fest und käme den Rest mit dem bereitliegenden groben Kamm, um sie danach mit einem Haargummi so zusammenzufassen, wie ich sie gern hätte.

Bevor ich ein paar Details hinzufüge, sehe ich hoch. Um mich herum ist alles voller Leute, die hinter der Absperrung zusehen. Wie lange bin ich schon dabei? Waren das die ganze Zeit so viele?

Wo ist Elin? Ich werde sie später fragen.

Da ist sie. Zwischen Menschen eingekeilt, und als sie bemerkt, dass ich sie ansehe, lächelt sie und schiebt die Brille hoch.

Vorsichtig bedecke ich bloß die Haarspitzen mit Farbe und beginne mit der Feinarbeit. Ein paar der Federn arbeite ich aus und gebe den Augen des Vogels Lebendigkeit. Es ist anstrengend, mit zusammengefassten Haaren zu malen, und recht schnell krampft meine Hand.

Als ich sie kurz knete, dehne und strecke, begegne ich wieder Elins Blick. Während die Menschen um sie herum sich zweifellos bewegt haben, steht sie wie ein Fels an der gleichen Stelle.

Spontan weiß ich, was dem Bild noch fehlt, sehe sie ein letztes Mal an und versinke erneut.

Es dauert, bis ich zurück ins Hier und Jetzt komme, aber die Hand krampft nun endgültig, und meine Knie knacken, als ich mich erhebe mit den Haaren von Akime in den Fingern, damit sie nicht über das frische Werk streifen.

Das Bild ist viel besser, als ich es erhofft habe, und das weiß ich schon, bevor ich es komplett übersehen habe.

»Akime, ich bin fertig. Du warst großartig. Geht es noch? In zwei Minuten bist du frei.«

»Es geht.«

Eine andere Antwort habe ich nicht erwartet, aber sie wird gewaltige Kopfschmerzen haben nach der langen Zeit, die sie mit dem Kopf nach unten verbracht hat.

Ich gebe Elin ein Zeichen, und sie zeigt mir einen erhobenen Daumen, woraufhin sie verschwindet. Keine Minute später verkündet der Veranstalter durch ein Mikrofon sein Blabla zum Ende, vor allem, dass bereits Gebote abgegeben werden können. Sobald es trocken ist, werde ich es persönlich versiegeln, und nachdem die mehrmonatige Ausstellung beendet ist, darf der neue Eigentümer es mit nach Hause nehmen.

Ein Helfer öffnet die Absperrung, und Elin schlüpft hindurch, weshalb ich ihr die Winde in die Hand drücke. Vorsichtig löse ich die Augenbinde sowie das Tape und lege einen Arm unter Akimes Schulterblatt und den anderen an ihre Oberschenkel, als Elin sie langsam runterlässt.

Das Bild ist fertig, das braucht mich jetzt nicht mehr, aber Akime selbst in den Ruheraum zu bringen, das lasse ich mir nicht nehmen. Dort stelle ich sie vorsichtig auf die Füße, halte sie allerdings fest, da sie schwankt.

»Puh«, sagt sie und sieht mich verlegen an. »Mir ist schwindelig.«

»Kein Grund für Scham. Kopfschmerztablette? Möchtest du dich etwas hinlegen?«

»Sitzen wäre gut und meine Haare …«

»Bin schon da«, erklingt Elin hinter uns.

Natürlich ist sie das.

Akime beginnt zu zittern und ich ziehe die fast nackte Frau in meine Arme. Sie kann stundenlang tanzen, aber vermutlich war es eine andere Herausforderung für ihren Körper, mit voller Körperspannung zu hängen.

Zwei weitere Personen betreten den Raum. Eine ist ihre Freundin und Begleitung für heute, das habe ich vorhin mitbekommen.

»Akime«, kreischt sie. »Was für eine Show! Geht es dir gut? Sollen wir deine Haare waschen und dann rausgehen? Ich habe dir einen Sekt mitgebracht, das war zu geil.«

Die zweite Frau nickt wie ein Wackeldackel auf der Hutablage, wenn jemand über eine Schotterpiste rast.

Akime dreht den Kopf weg und atmet laut aus. Das verstehe ich und sehe zu Elin. Sie versteht es ebenfalls und tritt auf die Frauen zu. »Kane und Akime halten noch ihre Abschlussbesprechung, dann kannst du dich um sie kümmern und ihr könnt Spaß haben. Sie meldet sich bei dir, sobald sie fertig ist. Okay?«

»Oh, ja, klar.« Sie scheint mich jetzt erst richtig zu bemerken, denn nun sieht sie mir ins Gesicht. »Kane, das war genial, du musst unbedingt …«

Beim Rest höre ich nicht mehr zu, sondern streichle Akimes Hinterkopf. Wenn ich eins hasse, ist es, denken Fremde, so mit mir reden zu können. Ich muss nämlich überhaupt nichts.

Mir liegen einige Dinge auf der Zunge, die ich gern darauf erwidern würde, wovon keine nett oder auch nur höflich ist, aber Elin übernimmt das für mich: »Wir verstehen, dass du ihre Begleitperson bist und ihr jetzt helfen möchtest. Im Moment kannst du am besten helfen, wenn du draußen wartest, bis sie fertig ist. Dann könnt ihr gemeinsam die Ausstellung genießen.«

»Ja, aber …«

»Das klang bloß wie eine Bitte, war allerdings eine unmissverständliche Aufforderung.«

Grinsend sehe ich zu, wie Elin die beiden aus dem Raum

schiebt, während sich Akime an mich schmiegt wie ein kleines verletztes Vögelchen. Ein Vögelchen, wie ich es malen wollte. Zum Glück weiß keiner, dass etwas Zartes, passend zu Akime, mein Plan war. Denn daraus wurde etwas völlig anderes. Viel mächtiger und stärker und ich bin gespannt, was die Besucher der Ausstellung dazu sagen werden.

19

NICHT, WENN MEIN RUF DARUNTER LEIDET!

Elin

Es ist friedlich. Zumindest äußerlich. Innerlich bin ich vollkommen durcheinander und bemerke, wie mein Rücken spannt, weil ich stocksteif dasitze.

Akimes Begleitung bin ich losgeworden, da ich den Eindruck hatte, sie ist zu überdreht und Akime braucht Ruhe. Als Profitänzerin kann man sicher einiges aushalten, andererseits wirkt diese Frau so zart und zerbrechlich, dass man das Gefühl hat, man will sie vor allen Widrigkeiten des Lebens schützen. Deshalb habe ich angewiesen, dass uns mindestens eine halbe Stunde niemand stört, damit sie sich erholen kann.

Nachdem ich ihr am Waschbecken die Farbe aus den Haaren gewaschen habe, wirkt nun eine Haarkur ein, um die ich Folie gewickelt habe.

Kane ist auch geblieben. Er und Akime ruhen eng umschlungen auf der Couch, sie ganz dicht an ihm, er an ihr und er reibt ihr sanft die Schläfe, da sie immer noch Kopfschmerzen hat. Ich sitze mit auf dem Sofa, habe ihre Waden auf dem Schoß und massiere sie, da sie sagte, sie schmerzen.

Am liebsten würde ich gehen, denn in mir ist nichts mehr gerade, sondern alles verwirrt. Diese wunderschöne halb nackte Frau liegt in Kanes Armen, bekommt von ihm

Aufmerksamkeit und Liebkosungen und vielleicht wird sie seine nächste Muse.

Das hat mich nicht zu stören, das ist mir bewusst.

Aber es tut es. Es stört mich ganz gewaltig. Es brodelt sogar in meinem Magen deshalb.

Das irritiert mich zum einen.

Außerdem irritiert mich das Bild, das er gemalt hat, und ich will es unbedingt noch einmal ansehen, da ich mich einfach täuschen muss.

Überflüssig, ausgegrenzt und störend komme ich mir vor, weil die zwei sich so einträchtig umschlungen halten. Immer wieder schwappt das Bedürfnis hoch, mich zurückzuziehen, um einzelne Gedanken und Eindrücke zu überprüfen. Bei manchen überkommt mich das Gefühl, ich habe sie in die falsche Gedankenschublade sortiert und sie sind vielleicht schuld daran, dass mich stört, dass Akime so viel Aufmerksamkeit von ihm bekommt.

Die wiederkehrende Spannung zwischen uns, die immer wieder hochgeschwappt ist, erst auf seinem Zimmer, dann im Auto, als er mir die Schleife gebunden hat, die muss ich einfach fehlinterpretiert haben. Wie er mich während des Malens ansah, auch das werde ich mir eingebildet haben. Überhaupt alles heute.

Stehe ich etwa doch auf meinen Boss? So richtig? Oder warum sollte ich sonst Bedeutung in etwas legen, das unmöglich da sein kann?

Mein Blick schweift von ihren Waden zu ihm und im selben Moment dreht er mir den Kopf zu. Instinktiv schaue ich weg und sofort bewusst wieder hin. Ich kann meinem Boss ins Gesicht sehen! Jetzt geht es aber zu weit. Die Verschüchterte spiele ich sicher nicht.

Der Bastard grinst, und ich zeige ihm rein aus dem Bauch heraus den Mittelfinger, woraufhin sich sein Mund erbost öffnet, seine Miene allerdings amüsiert bleibt.

Ah, ich bin wirklich verwirrt. Ich kann ihm doch nicht den Mittelfinger zeigen. Immerhin scheint ihn das nicht zu stören, denn er zwinkert mir zu und deutet mit dem Kopf auf Akime, wackelt mit den Augenbrauen und tut so, als würde er gähnen.

Ich nicke, da sie wirkt, als würde sie sehr tief schlafen. An ihrer Stelle wäre mir das nicht passiert. Ich würde jede Sekunde in seinen Armen hellwach genießen.

Elin!

Okay, ja, ich gebe es zu: Ich stehe auf meinen Boss.

Vielleicht ist das nicht so schlimm, wie man denkt, denn als rationale und bodenständige Frau kann ich locker darüberstehen. Das ist kein Problem. Und seinen Musen fülle ich heimlich ordentlich Abführmittel in den Morgenkaffee, dann sehe ich sie nicht so viel.

Blöd ist nur, dass ich mich auf einmal schrecklich mit ihm verbunden fühle, weil wir uns mit Gesten unterhalten und Akime außen vor ist. Wir zwei als Team, das sich um sie kümmert.

Die Tür öffnet sich und Akimes Freundin betritt den Raum. Als sie sieht, wie sie in seinen Armen liegt, schlägt sie die Hände vor den Mund und schwärmt: »Awww.«

Ich sehe zur Seite und rolle mit den Augen, wobei ich aus dem Augenwinkel erkenne, dass Kane das Gleiche tut, weshalb ich lache.

Er richtet sich vorsichtig auf, was Akime nicht aus ihrem Schlaf reißt, beugt den Kopf zu mir rüber, und ich komme ihm entgegen, damit er mir ins Ohr flüstern kann: »Falls ich sie, um ihren Kreislauf wieder in Schwung zu bringen, mit ordentlich Schmackes gegen die nächste Wand genommen hätte, was hätte sie dann getan? Applaudiert?«

Da er eine Antwort zu erwarten scheint, drehe ich den Kopf und tuschle zurück: »Das ist mir echt egal, wenn ich in dem Szenario nicht ihre Waden massieren muss.«

Nun lacht er ebenfalls und rüttelt sanft an ihrer Schulter. Ihre Freundin ist rigoroser, sie geht vor ihr in die Hocke und sagt laut zu ihrem Hinterkopf: »Wach auf, meine Süße, wir werden jetzt Spaß haben. Alle feiern dein Bild.«

Es wird auch Zeit. Als ich um die halbe Stunde bat, hat der Veranstalter verkündet, dass Kane und Akime danach für Fragen zur Verfügung stehen.

Zum Glück übernimmt ihre Freundin Akime, um ihr die Kur aus ihren Haaren zu waschen, und ich kann mich Kane widmen. Sein weißes Hemd hat ein paar Farbflecken und unter seinen kurzen Fingernägeln befinden sich trotz des gründlichen Händeschrubbens noch Reste. Der Nagellack hat ebenfalls unter der Reinigungsaktion gelitten, trotzdem erkennt die Restfarbe unter den Nägeln seinetwegen vermutlich niemand.

Ich kann es auch nur sehen, da ich mir seine Hand geschnappt habe, um etwas Farbe von einem Ring zu kratzen. Das ist schon das zweite Mal, dass ich heute seine Hand nehme, um irgendetwas damit zu tun.

Werde ich mir selbst die Hände auf den Rücken fesseln müssen, um ihn nicht ständig anzufassen? Warum tue ich das? Und fällt es ihm auf? Hoffentlich nicht.

Als ich sie loslassen möchte, packt er meine. »Hast du vorhin mitbekommen, wie das Bild ankam?«

»Oh, die Leute haben die Show geliebt. Sie fanden sie intensiv und unter-die-Haut-gehend. Faszinierend habe ich gehört. Originell, wie ein Tanz, hypnotisch … Ja, solche Sachen wurden gesagt. Nur der Veranstalter ist nicht ganz zufrieden, wenn ich ehrlich bin.«

Kane grinst. »Das dachte ich mir schon. Die Vereinbarung war, dass ich nichts Ordinäres male, und er hat sich vorgestellt, dass das Bild zum Rest der Ausstellung passt.«

»Genau. Er hat sich ein Gesicht gewünscht. So heißt die Ausstellung ja. *Gesichter.*«

»Hey, ich bin ein Rebell. Was hat er denn erwartet? Er soll einfach erzählen, dass es sinnbildlich ist, dann nicken alle wissend. Der ein oder andere wird auch eine Begründung finden, weshalb es perfekt in die Ausstellung passt.«

»Machst du das öfter?«

»Was? Die Leute Erklärungen finden lassen? Klar. Im

Zweifelsfall muss man sie entsetzt fragen, ob sie es echt nicht erkennen. So als wären sie strunzdoof. Sie werden sofort eine Interpretation herbeizaubern, wie man es gemeint haben könnte, um zu rechtfertigen, dass sie es doch verstanden haben.«

Ich beuge mich zu ihm rüber und sage ernst: »Du bist ein raffinierter Drecksack, Kane Reid. Eine echte Marke, clever und durchtrieben.«

Er beugt sich ebenfalls in meine Richtung. »Das weiß ich. Und jetzt gehen wir raus, damit sie mir huldigen können. Ich bin gespannt, was sie mir zu meinem Bild erklären. Was hast du gedacht? Du hast die ganze Zeit zugesehen.«

Oh. Was ich gedacht habe? Dass ich etwas erkannt habe, was bestimmt Zufall ist und absolut unbewusst war. Er kann es niemals mit Absicht getan haben, das glaube ich einfach nicht.

Allerdings werde ich ihn nicht danach fragen und mich blamieren, weshalb ich erwidere: »Nichts. Du weißt doch, dass ich nichts von Kunst verstehe. Du hast einen Vogel gemalt. Muss ich etwas interpretieren, würde ich behaupten, das ist, weil du einen Vogel hast.«

»Du meinst, ich habe meinen Wahnsinn in Form eines Vogels eingefangen?«

»Du möchtest doch nur hören, dass ich sage, du bist der Wahnsinn.«

»Hat ja auch fast geklappt.«

»Ich weiß. Komm, wir gehen.«

Erst als er aufsteht und mich mit in die Höhe zieht, bemerke ich, dass er die ganze Zeit meine Hand festgehalten hat. Sobald ich stehe, lässt er sie los, und jetzt bedauere ich, dass ich mich nicht mehr darauf konzentriert habe. Das war nämlich das letzte Mal.

Das ist fest vorgenommen.

Akime ist ebenfalls fertig. Ihre Freundin hat ihr das Haar in einen langen Zopf geflochten, der über ihre Schulter hängt und einen schönen Kontrast zu ihrem weißen Kleid bildet, das locker an ihr nach unten fällt.

Der Auftritt gehört den beiden, weshalb ich ein paar Schritte hinter ihnen bleibe.

Sie werden schnell in Gespräche verwickelt und ich lausche, so gut es geht, Kanes Unterhaltungen. Er erhält Beglückwünschungen zu der Show, Fragen dazu, Versicherungen, dass jemand Fan ist, und vieles mehr. Mit einer Ausstrahlung voller Arroganz steht er dort in seinem Hemd, das Farbspritzer hat, lächelt überlegen, antwortet jedem nur das Nötigste, ohne dabei allzu unfreundlich zu wirken, und lässt sich mit den Leuten fotografieren.

Tatsächlich erklärt ihm auch jemand sein Bild samt der Absicht dahinter. Er sieht zu mir und zwinkert. Wusste er die ganze Zeit, dass ich hier stehe und ihm zusehe? Schnell zwinkere ich zurück, dass er weiß, ich habe es verstanden.

Der Nächste offenbart ihm ebenfalls schwärmerisch, was er erkennt, und ich blicke zu dem Bild, wozu ich die Arme verschränke. Beide sagten, dass in den ausgebreiteten Flügeln einwandfrei die Eleganz von Akime zu erkennen wäre. Die Krone wäre ein Symbol, dass sie als Königin des Tanzes gilt. Die Brille wiederum soll das Zeichen für ihre Intelligenz sein, da sie neben ihrem Erfolg als Tänzerin auch einen mit Bestnoten erreichten Abschluss in Literaturwissenschaften besitzt. Das Band mit der Schleife, das der Vogel in den Krallen trägt, würde dafür stehen, dass sie sich befreit hat. Wovon bekomme ich nicht mit, da ich auf die Schleife sehe, die Kane mir gebunden hat, und sie sanft mit den Fingerspitzen berühre.

Das ist doch die gleiche, oder?

Das Bild ist grob, zwar intensiv und ausdrucksstark, aber vieles ist mehr eine Andeutung. Trotzdem meine ich, dass es die schöne dreifache Schleife ist.

Wie vorhin schon nehme ich noch einmal die Brille ab, um sie vor mich zu halten. Der Vogel trägt dasselbe Brillenmodell wie ich. Darin täusche ich mich nicht. Die Form ist zumindest identisch. Aber wenn der Vogel Akime ist, warum hat er dann meine Brille auf?

»Ja, ich habe es auch bemerkt.«

Ich zucke zusammen, weil ich nicht damit gerechnet habe, dass mich jemand anspricht. Der große Mann mit schwarzen Haaren und auffällig grauen Augen mustert mein Gesicht, doch bevor ich reagieren kann, ist er schon weitergegangen, weshalb ich zurück zu Kane schaue.

Der Nächste erklärt ihm die Parallelen von Akime und dem Vogel und unser Blick trifft sich. Dieses Mal sehe ich nicht weg, auch wenn es mein erster Impuls ist. Sein Gegenüber redet, Kane sieht mir weiter ins Gesicht, und auf einmal kommt es mir vor, als würde ich nicht ein Stück von ihm weg stehen, sondern direkt neben ihm. So nah, dass ich seine Körperwärme spüren könnte und seine Duftnote meine Nase erreicht. So, dass er nur den Kopf drehen muss, um mir Dinge ins Ohr zu flüstern. Anekdoten über die Leute, die er kennt, ein bisschen lästern über jemanden, ein lustiger Kommentar über eine Interpretation des Bildes.

Ich schüttle mich, da ich mir einbilde, tatsächlich den Hauch seines Atems am Ohr zu spüren, und sich mein Puls aufgeregt beschleunigt.

Eine Pause.

Jetzt.

Meine Beine tragen mich in die Waschräume, und obwohl ich schon eine ganze Weile muss, zögere ich beim Lösen der Schleife. Entschlossen ziehe ich sie auf. Entweder bekomme ich sie wieder hin oder es ist egal.

Meine Blase dankt mir, dass ich endlich hier bin. Akime sah in ihrem Netzbody wie eine Athletin aus, aber die wahre Athletin bin hier ich. Der Overall ist aus einem Stück, ich raffe ihn irgendwie zusammen, damit er nichts in der Kabine berührt und – ganz wichtig – ich mich nicht einpinkle. Gleichzeitig schwebe ich mit dem Po über dem Toilettensitz, weil ich mich nicht gern auf öffentliche Toiletten setze, und sehe bestimmt einfach komplett lächerlich aus. Das ist auch der

Grund, warum sich Gemeinschaftstoiletten ohne Sichtschutz bei uns nie durchgesetzt haben.

Nach dem Händewaschen versuche ich, die Schleife von Kane hinzubekommen, gebe allerdings schnell entnervt auf und bilde den Knoten, den ich ursprünglich vorgesehen hatte.

Eine andere Frau tritt an den Waschtisch und fragt: »Haben Sie die Show von Kane Reid gesehen? Ich weiß bei solchen Veranstaltungen nie, ob ich gelangweilt oder belustigt sein soll, weil sich Künstler oft so schrecklich ernst nehmen. Aber das hatte echt Ausstrahlung und hat mich an Tanztheater erinnert.«

»Ja, ich habe sie gesehen. Nein, eigentlich habe ich sie sogar organisiert. Ich bin Kanes persönliche Assistentin.« Die Worte quellen mir voller Stolz aus dem Mund. Gott, ja, ich bin wirklich stolz. Ich bin stolz darauf, dass alles funktioniert hat und so war, wie Kane und Akime es sich vorgestellt haben. Ich, Elin Deschain, die Frau hinter der Kulisse, die dem Künstler alles abnimmt, damit er etwas erschaffen kann, von dem die Leute auf der Toilette reden.

»Oh, dann Ihnen ebenfalls Glückwunsch zur gelungenen Performance. Mit Künstlern hat man es nicht immer leicht.«

Sie zwinkert und sucht eine Kabine auf. Ein Blick in den Spiegel verrät mir, dass noch alles sitzt. Frisur, Make-up, Selbstbewusstsein.

Ein guter Tag.

Mit frisch gewaschenen Fingern und einem zufriedenen Lächeln auf den Lippen verlasse ich den Waschraum. Direkt neben der Tür steht Kane an die Wand gelehnt.

»Suchst du mich? Ich wollte nur kurz austreten und dachte, du bist sowieso noch in Beschlag genommen.«

»Ja, ich suche dich.«

Er rührt sich nicht und ich gehe einen weiteren Schritt auf ihn zu. »Was brauchst du? Hunger, Durst, Kopfschmerzen, verletzt? Meine Tasche ist im Ruheraum, du kannst dir jederzeit alles rausnehmen, was du benötigst.«

»Dich brauche ich.« Er hakt den Zeigefinger in den Stoffgürtel ein und zieht mich daran näher.

Jetzt geht das schon wieder los! Ich sollte mir Tabletten für einen regelmäßigen Herzschlag besorgen. Heute bringt er es ständig aus dem Takt, hat vermutlich keine Ahnung davon und wundert sich dann, weshalb ich vorzeitig altere.

Jemand schlendert an uns vorbei, und ich nicke höflich in die Richtung, ehe ich Kane wieder ansehe.

»Wo sind deine Fans?«, hake ich nach und frage mich, wie man beim Sprechen richtig atmet. Das ist zu nah.

»Hab mich abgeseilt. Sie bewundern weiter Akime für ihre krass gute Leistung, ein bisschen rumzuhängen.«

»Na ja, es war sicher wirklich anstrengend und außer…«

Er unterbricht mich: »Vielleicht klang es ironischer, als ich es wollte. Sie war ein guter Pinsel.«

»Na, das klang jetzt auch nicht so nett.«

»Aber wahr, oder?«

»Wird sie eine Zeit lang bei uns, ähm also bei dir, wohnen?«

Ah! Bei uns? Nur weil ich ständig bei ihm bin, kann ich doch nicht *uns* sagen! Ich bin dort zum Arbeiten.

Er grinst schräg und verstärkt den Druck. Automatisch halte ich dagegen, sonst lehne ich gleich an ihm. »Nein, das Vögelchen ist nicht meine neue Muse.«

»Soll sie doch der Vogel auf dem Bild sein, wie es alle denken?«

Jeder noch zwei Sätze, dann sage ich aber was dazu, dass er mich festhält. Zwei Sätze finde ich das weiter gut, danach bin ich wieder eine strenge PA.

»Das war die Grundidee, ja. Manchmal verändert sich das Bild, während es entsteht. Gegen Inspiration kann man sich nicht wehren.«

»Was hat dich inspiriert?«

Sein Gesicht kommt näher, bis er an meine Schläfe haucht: »Na, du.«

Mehr Leute gehen an uns vorbei, aber denen kann ich keine Beachtung schenken, denn mein Verstand rutscht ins

Herz, das Herz ins Höschen und deshalb ist mein Kopf leer und ich sage: »Hä, echt? Wieso?«

»Möchtest du darauf wirklich eine Antwort oder denkst du dir lieber eine schöne Geschichte aus?«

»Das klingt, als wäre es in Wahrheit keine schöne Geschichte. Ich will es nicht wissen und wundere mich einfach weiter.« Sind die zwei Sätze pro Person bereits vorbei? Hat jemand mitgezählt? Ich glaube, es ist Zeit, deshalb frage ich: »Was wolltest du eigentlich und warum hältst du mich fest?«

»Eigentlich wollte ich ein paar Minuten meine Ruhe und dachte, falls jemand auftaucht und mit mir reden will, tue ich so, als wäre ich dabei, dich hier auf dem Flur zu erlegen.«

»Also!« Empört stemme ich mich gegen seine Brust. Mein Herz hüpft zurück in den Brustkorb und mein Verstand meldet auch wieder Einsatzbereitschaft. Arschlochchef.

Er lässt mich nicht los und fragt lachend: »Was denn? Du bist doch meine PA, du hilfst mir bei allem.«

»Nicht, wenn mein Ruf darunter leidet!«

»Dein Ruf? Andere würden sich gern in den Lebenslauf schreiben, dass sie von mir erlegt wurden.«

»Ich bin kein Tier, Kane. Lass mich jetzt los.«

»Einen Moment noch.«

Mit einem beherzten Griff halte ich ihn davon ab, den Stoffgürtel zu öffnen. »Nein, Kane, ich fummle nicht mit dir hier auf dem Flur.«

»Oh, wo willst du dann hin?«, fragt er und kann das Schmunzeln nicht verbergen, das um seine Mundwinkel hängt.

»Nirgendwo! Erledige dein Künstlerzeug, ich bin da, falls du etwas Nichtsexuelles brauchst.«

Er lässt den Gürtel los und umschließt mit seinen Händen meinen Kiefer. O Gott, er meint das ernst. Heute legt er es darauf an. Warum auch immer, aber jetzt wird er es versuchen, und ich muss ihm widerstehen, weiß allerdings nicht, ob ich es kann.

Mir ist nach Heulen, weil mir bewusst ist, dass ich das

nicht will und nicht zulassen darf, doch etwas in mir fühlt sich ganz gewaltig zu ihm hingezogen und steht mit einer Peitsche vor der Vernunft.

Ich bin auch nur ein Mensch. Einer mit einem feuchten Slip, da ihr Boss ihren Kopf in den Händen hält und ihr ins Gesicht sieht. Ich spüre überdeutlich, wo jeder einzelne Finger liegt, und seine Daumen bewegen sich etwas über meine Wangen, die bestimmt ganz rot sind.

Zwanghaft halte ich die Augen offen, denn ich weiß genau, dass, wenn ich sie schließe, da gar nichts mehr ist, was mich aufhält. So schwach war ich noch nie. Reine, nackte, menschliche Schwäche. Eine Schwäche für Kane Reid, der nicht mein Typ sein dürfte.

»Du stehst auf mich, Elin. Das sehe ich dir an. Aber du bist viel zu selbstbeherrscht, um irgendwelchen Trieben nachzugeben. Eine kühl kalkulierende Frau, die ihren Job für wichtiger hält als etwas Erfrischung in ihrem Sexleben. Nicht jede Frau steht auf mich, das weiß ich, doch dass jemand, der auf mich steht, sich unübersehbar mit Händen und Füßen dagegen wehrt ... das habe ich, glaube ich, noch nie erlebt. Und ich gebe zu, das macht etwas mit mir. Du ziehst mich an und forderst einen Teil von mir heraus. Aber ich kann das auch wie du. Die Arbeit vor die Triebe stellen. Ich möchte, dass du deinem Job weiter nachgehst. Du hast mich voll und ganz überzeugt und ich will ich dich als PA, niemand anderen. Deshalb wirst du jetzt aufhören, jedes Mal zu denken, ich werde dir zu nah treten, sobald ich dir nahekomme. Du darfst ein bisschen für mich schwärmen, aber stell dir einfach immer vor, deine Titten sind ab sofort unsichtbar für mich und wir sind zwei geschlechtslose Wesen.«

»Du reduzierst mich auf meine Brüste?«

»Falls der Gedanke hilft – ja.«

»Du ...«

»Bevor du etwas Unschönes sagst, ergänze ich das für dich: *Du wirklich cooler Boss, mit dem ich ein geniales Team bilde, ich will dich unterstützen mit allem, was ich habe, und würde mich nackt auf deinen Bauch binden lassen, falls es notwendig ist, ohne mir dabei etwas zu denken.«*

»Genau das wollte ich sagen«, behaupte ich.

»Dann ist es ja gut.«

Alles, was er von sich gibt, klingt arrogant. Ich darf für ihn schwärmen? Pah. Allerdings bin ich unglaublich erleichtert. Bestimmt wäre ich in seine Arme geschmolzen wie Frauen, über die andere lachend den Kopf schütteln, und am Ende wäre da nur noch Scham gewesen. Scham darüber, dass er sicher denkt, dass er bereits viele Frauen hatte, die schöner, gelenkiger, aufregender – und was weiß ich – waren. Scham, da ich nicht so bin. Scham, weil ich es nicht hinbekommen habe, die professionelle Distanz zu wahren, über die ich so viel gelernt habe.

Er sieht mir in die Augen, während er erneut an den Gürtel greift, und ich lasse ihn. Nahekommen, aber nicht zu nahetreten. Das hat er gesagt. Ich halte still und verschränke die Hände hinter dem Rücken, weil sie vor Anspannung etwas zittern.

Als er bemerkt, dass ich stillhalte, schaut er nach unten, knotet denselben Knoten wie vorhin und zupft ihn bis zur Perfektion zurecht.

»Danke«, murmle ich.

»Sind wir safe miteinander?«

»Natürlich.«

»Begleitest du mich durch die Ausstellung? Ich will mir die anderen Objekte noch ansehen. Und falls mich jemand in ein Gespräch verwickelt und ich, hm, sagen wir, wenn ich mich am rechten Ohrläppchen zupfe, dann beendest du die Unterhaltung mit einer Ausrede. Ich war schon ein paarmal zu unhöflich und verpasse öfter, wann es zu viel wird.«

»Alles für meinen Boss.«

Ich könnte ihn vor Dankbarkeit umarmen, weil er etwas getan hat, was eigentlich meine Aufgabe ist: Er hat das zwischen uns organisiert, in einen Ordner geheftet, ihn beschriftet und an seinen Platz gestellt.

Das Gefühl, nicht besser als meine Vorgängerinnen zu sein, nagt an mir. Was haben sie empfunden, als sie in der Situation waren, zu entscheiden, ob sie sich auf ihn einlassen oder nicht?

Das, was gerade in mir vorging? Oder sind sie sofort angesprungen? Hat ihr Herz auch dermaßen die Kontrolle verloren, als er so vor ihnen stand, wie er jetzt vor mir steht? Seine Finger liegen weiter an dem Knoten und er sieht mich an. In meinem ganzen Leben hat es noch nie ein Mann geschafft, dass ich mich durch einen Blick in Erregung versetzt fühle.

Nur … es ist nicht bloß das. Ich habe das Gefühl einer Verbindung zu ihm, etwas, was außerhalb des Sexuellen und reiner Anziehungskraft liegt. Das ist Unsinn, das weiß ich. Aber hat er etwas an sich, dass das alle Frauen spüren? Konnten meine Vorgängerinnen deshalb nicht widerstehen? Weil sie auf den ersten Blick geglaubt haben, da ist mehr dahinter?

Vorsichtig nehme ich seine Hände von der Schleife und bemühe mich, sie mir nicht kurz an die Wangen zu legen, die sich viel zu warm anfühlen, sondern drücke sie ihm an die Brust und trete einen großen Schritt zurück.

Kane ist ein besonderer Mensch, ich werde ihn unterstützen und auf ihn aufpassen. Und auf mich. Auf mich muss ich auch aufpassen.

Deshalb denke ich daran, dass er heute schon mehrmals gesagt hat, dass ich eine ausgezeichnete Assistentin wäre. So ausgezeichnet, dass er mich unbedingt behalten will.

Das bringt mich zum Lächeln, denn darauf kann ich stolz sein.

»Dann mal los. Falls du dich nicht mehr mit mir unterhalten möchtest, zupf einfach an meinem Ohrläppchen.«

Er lacht und stößt sich von der Wand ab.

Während wir den Flur entlanggehen, fühlt sich zwischen uns alles aufgeräumt und leicht an.

Der Tag ist richtig, richtig gut.

20

SO WÄRE ES DOCH, ODER?

Kane

Ihre Zerrissenheit macht meinen Kopf irre und meinen Schwanz hart. Was ist heute mit ihr los? Oder ist mir das nur zum ersten Mal aufgefallen? Nein, das ist neu. Diese Furcht, ich mache mich an sie ran, als hätte sie Angst davor, dass sie mir nicht widerstehen kann.

Würde ich das gern ausnutzen?

O ja.

Wenn ich nur daran denke, diesen Stoffgürtel wieder zu öffnen, ihr den Overall über die Schultern zu schieben und sie sofort in Unterwäsche vor mir zu haben … Ich möchte ihr den Gürtel um die Handgelenke schlingen, dort die Schleife knoten und so ihre Hände direkt unter ihrem Busen festhalten, damit ich so hart in sie stoßen kann, wie ich gerade das Bedürfnis habe, sie in den Ruheraum zu drängen.

Das kann ich deutlicher vor mir sehen als das Bild, vor dem wir stehen.

Aber mir ist klar, dass ich sie dann verliere. Das verzeiht sie sich nie. Am nächsten Tag wäre sie weg und ihre Kündigung läge auf dem Schreibtisch. Vielleicht würde sie auch aus Pflichtbewusstsein noch bleiben, bis ich Ersatz gefunden habe. Allerdings würde sie mir in der Zeit nicht mehr in die Augen sehen und sehr leise mit mir sprechen, sodass man die Scham deutlich hört. Da bin ich mir sicher. Wenn ich das zu Ende denke, könnte sie das Vertrauen in sich selbst verlieren, und so egal mir die meisten Menschen sind, will ich nicht ihr Leben zerstören.

So wäre es doch, oder?

Ja, so wäre es. Ich habe die Macht, ihr Leben zu zerstören, weil sie nie wieder an sich selbst glaubt, wenn sie nachgibt und mich an ihren Körper lässt. Sagte sie nicht, sie hat Schulden wegen ihrer Ausbildung? Verschuldet, arbeitslos und mit zerstörtem Selbstbewusstsein. Das könnte das Ergebnis sein. Bestimmt würde sie sich aufrappeln, aber sie wäre für immer enttäuscht von sich. Nicht von mir, denn darum geht es nicht. Es ist ihr Vorsatz, ihr Bild von sich, ihre Regeln. Sie wird nie jemandem die Schuld geben, nicht einmal mir. Sie wird nie sagen: *Mein Boss war so scheiße.* Sie wird sich selbst scheiße finden.

Das will ich nicht.

Vielleicht wollte ich noch nie etwas so sehr nicht.

Die grundsätzliche Abneigung gegen eine persönliche Assistentin ist vollkommen ins Gegenteil umgeschlagen, und ich bin mir nicht sicher, ob es tatsächlich etwas damit zu tun hat, was eine Assistentin für Aufgaben übernimmt, oder mit ihr.

Ich habe nicht vor, das herauszufinden.

Elin bleibt bei mir.

»Was guckst du mich so komisch an?«, fragt sie und schielt zu mir rüber.

Habe ich das? Anscheinend, denn sonst wüsste ich nicht, dass sie zu mir schielt.

Mir ist nicht klar, ob sie weiß, dass sie mir so viel Macht gegeben hat, aber ich will auf keinen Fall, dass sie denkt, sie hat welche über mich, und wenn es nur die ist, dass ich mir Gedanken über sie mache.

Aus diesem Grund wende ich mich ihr zu und befeuchte meinen Daumen mit der Zungenspitze. »Keine Ahnung, wie du das angestellt hast, aber du hast Farbe an der Wange.« Vorsichtig streiche ich über ihre saubere Haut und sie sieht zu mir hoch. Mit großen Augen und leicht geöffneten Lippen. Sobald ich die Hand wegnehme, wird sie die Brille zurechtrücken, deshalb komme ich ihr zuvor. Auch langsam, weil ich die Finger heute nicht von ihr fernhalten kann. Sie beobachtet mich und das Licht der Deckenlampe reflektiert funkelnd auf dem Glas der Brille.

Sie glaubt mir. Sie glaubt mir, was ich eben gesagt habe. Jetzt wirkt sie nicht mehr zerrissen zwischen Verlangen und Furcht, dass ich das für mich nutze. Sie wirkt vollkommen vertrauensvoll, als wäre sie nun sicher.

Etwas Tierisches kämpft in meinem Brustkorb und gräbt sich durch die Eingeweide. Jetzt wäre es ganz einfach. Einen Kuss *geben* und in fünf Minuten könnte ich sie *nehmen*. Davon bin ich überzeugt. Sie würde sagen: *Nein, Kane, das dürfen wir nicht.* Und dabei würde sie mir helfen, ihre Kleidung loszuwerden. Sie würde mich einen Scheißkerl nennen und mir gleichzeitig die Hüfte entgegenschieben, wenn ich in sie eindringe.

Ob sie danach weint?

Ganz erschüttert, wie es dazu kommen konnte?

»Magst du Akime?«, fragt sie.

»Was?«

»Ich frage nur, weil du sie so süß im Arm gehalten hast.«

»Akime ist mir egal. Dich mag ich.«

»Du magst mich?«

»Gott, Elin, du bist so niedlich, wenn du ein bisschen rot wirst. Wie kann man so majestätisch wie du sein und dann wegen so etwas rote Wangen bekommen?«

»Meine Wangen sind nicht rot!«

»Sicher?«

»Ja! Ich spüre das. Und jetzt … Ach, verflucht, jetzt sind sie es, weil ich mich über dich aufrege.«

»So im Grunde … Falls ich deine Frage, die verdammt seltsam gestellt war, richtig interpretiere: Ja, ich hätte was mit ihr angefangen, wäre sie nicht so eine mentale Zartpflanze. Das kann ich nicht gebrauchen. Sie war mein Pinsel – ich kümmere mich um ihre Pflege. Ist das nicht logisch? Deshalb habe ich sie im Arm gehalten. Komm, schnell weiter, sonst landen wir gleich in einem Gespräch.«

Der Vorteil, kein echter Rockstar zu sein, ist, dass man als Kunstmaler berühmt sein kann und trotzdem kaum auf der Straße erkannt wird. Selbst auf einer Vernissage erkennen die Leute oft meine Bilder, mich aber nicht, außer sie sind Groupies oder wirklich an Kunst interessiert und nicht nur zum Wichtigmachen, Gesehenwerden und kostenlosen Snacken hier.

Auf dieser Ausstellung ist es fast noch besser, denn es wird nicht nur Gemaltes ausgestellt, sondern auch Fotografien und Plastiken. Im Fotografiebereich kennt mich kaum jemand und bloß ein paar erkennen mich von der Performance von vorhin, was mir die meisten Gespräche erspart.

Vor der Fotografie eines Mannes bleibe ich stehen. Sein Gesicht ist in mindestens dreifacher Vergrößerung ausgeplottet und man erkennt jede Pore auf seiner sehr dunklen Haut. Schweiß läuft ihm über Stirn und Schläfe und ein Tropfen davon löst sich von seinem sauber rasierten Kinn. Seine Miene ist zu einem wilden Gesichtsausdruck verkrampft, als würde er gerade alles geben. Das Bild muss bei einem Lauf aufgenommen worden sein, vielleicht in der letzten Sekunde, bevor er beim Kampf um den Sieg das Ziel überquert.

Das fotografiere ich ab. Mir gefällt das mit dem Schweiß und der Miene. Gegebenenfalls male ich etwas Ähnliches. Eine Frau, vollkommen verschwitzt, in dem Moment, in dem sie begreift, dass sie in einen Höhepunkt eintaucht. Den Rest weiß ich noch nicht, aber die Grundidee gefällt mir.

»Immer dieser Ideenklau …«

Ich drehe mich um und stehe vor einem breit grinsenden Kerl mit verschränkten Armen, der mir bekannt vorkommt.

»Bist du Aufpasser oder der Künstler?«

»Die gelangweilte Begleitung. Wie sie neben dir.«

»Ich bin nicht gelangweilt«, mischt sich Elin ein und er grinst noch breiter.

»Das war nur eine Vermutung. Falls er dich langweilt, führe ich dich gern herum. Ich kann dir auch den ein oder anderen Künstler vorstellen.«

Elin erwidert: »Ich habe meinen eigenen Künstler mitgebracht.«

»Oh, dann handelt es sich tatsächlich um Ideenklau?«

Ich schnaube genervt. Wer ist dieser penetrante Pseudospaßvogel und woher kenne ich ihn?

»Luke, das ist Kane Reid«, ertönt es hinter mir und ich drehe mich um.

Ihn erkenne ich sofort. Cole Archer.

Cole Archer ist ein Wichser. Er hat mir mal eine Muse ausgespannt. Na ja, Fast-Muse. Aber sie war quasi von mir angespuckt.

Er streckt mir die Hand entgegen. »Gute Performance. Wirklich nette Idee.«

»Er war das mit der Show? Ich fand sie langweilig.«

Mit einem Grinsen klapse ich Cole gegen den Oberarm, statt seine Hand zu nehmen. »Wer ist er? Dein Liebhaber? Luke, das hübsche Betthäschen von Cole Archer?«

»Luke ist mein Bruder. Aber wenn ich mir manchmal ansehe, was auf dem Markt ist, kommt mir Inzest immer weniger wie eine abwegige Alternative vor.«

»Luke Archer?« Jetzt habe ich es. Er ist mein virtueller Fitnesstrainer. Von ihm habe ich die Trainingsvideos, nach denen ich Sport treibe. Ich empfinde das ja als die Idee des Jahrhunderts, da ich keine Lust habe, mich an Termine für Trainingsstunden zu halten, und trotzdem eine Anleitung möchte. Nun weiß ich, wie er im Hemd statt in Sportkleidung aussieht.

»Luke Archer«, bestätigt er. »Cole, auf Inzest hat er keine gute Antwort.«

»Zu bestimmten Aussagen zu schweigen, ist auch Kunst,

und deshalb sind wir hier«, erwidere ich. »Cole Archer besucht keine Vernissage, wenn er nicht ausstellt. Was ist von dir?«

»Du stehst davor.«

»Und es gefällt ihm, denn er hat es abfotografiert«, erklärt Luke.

»Tatsächlich?«

Cole sieht mich an und grinst überlegen. Eingebildeter Fotografensack. Ich habe es doch nur fotografiert, weil ich meine eigene Idee nicht vergessen will.

»Ich finde es nett eingefangen. Ein echter Glückstreffer. Fotografieren ist so einfach, aber die richtig guten Bilder sind meist Zufallstreffer, denke ich.«

Jetzt habe ich ihn, das erkenne ich. Direkte Blutgrätsche in seine Kompetenz und den Wert seiner Arbeit. Schmunzelnd verschränke ich die Arme und sehe zu Elin, ob sie es auch so lustig findet wie ich. Sie schaut mich vorwurfsvoll an. Spielverderberin.

Cole atmet durch, klopft sich mit einem Zeigefinger auf den anderen und sieht mich lächelnd an. Aha. Er hat in Gedanken aufmunitioniert. »Jeder schafft gelegentlich einen Glückstreffer, da hast du recht. Aber Glückstreffer zu provozieren, das ist Können. Schließlich hält die Welt nicht still und ist nicht perfekt positioniert. Manchmal beneide ich euch Maler, da ihr euch die Realität zurechtbiegen könnt, wie ihr es wollt. Wie viele von euch nehmen Fotos von uns und zeichnen sie nach? Wir sind oft die Grundlage eurer Arbeit.«

»Bei uns sitzt jeder Strich und wir können mit einer falschen Entscheidung oder einer wackelnden Hand alles verderben. Ihr knipst darauf los, bis ihr etwas habt, das ihr dann stundenlang in Photoshop zurechtbasteln könnt, wie ihr es haben wollt. Passiert ein Fehler, geht ihr zurück und beseitigt ihn, ohne dass es jemand mitbekommt.«

»Hey, wie heißt du? Bist du von dem Schwanzvergleich auch so gelangweilt? Möchtest du etwas trinken? Du siehst durstig aus und deine Begleitung, der Herr Superkünstler, hat das anscheinend noch nicht bemerkt.«

Das Geflüster von Luke sorgt dafür, dass ich mich herumdrehe und zusehen darf, wie er sich an Elins Ohr gebeugt hat und, um zu flüstern, ihr Haar zur Seite schiebt.

Mich durchrauscht der Drang, ihn von ihr wegzuziehen und sie in meinen Radius zu lotsen, als wäre sie dort sicher. Vor was auch immer.

Es ist ihre Entscheidung, von ihm wegzutreten, aber als sie ihm den Kopf zudreht, balle ich die Fäuste. »Ja, ich nehme gern etwas zu trinken. Und falls du noch eine Hand frei hast, bring für meinen Boss gleich ein Getränk mit.«

Er ignoriert ihren Spott. »Er ist dein Boss? Bist du Single? Ein Single, der nach Feierabend heute nichts vorhat? Ich könnte dir die Stadt zeigen. Ganz unverbindlich.«

»Luke, findest du nichts Besseres?«

Coles Frage bringt Elins Mund dazu, aufzuklappen. Sofort kneift sie die Lippen fest zusammen und wendet den Kopf ab, wobei ihr Gesicht von einem traurigen Schatten überzogen wird.

Das nimmt mir die Beherrschung. Ich trete neben Elin und lege den Arm um ihre Schultern, um sie so ein Stück von Luke wegzuziehen. Die Brüder sind bei mir unten durch.

»Etwas Besseres als ihre Begleitung wird man heute Abend nicht finden. Nicht auf der Ausstellung und nicht in dieser Stadt. Aber sie ist nun einmal meine Begleitung und ich teile nicht. Viel Spaß noch.«

Die Brüder sehen sich an und verschwinden nach einem gemeinsamen Schulterzucken.

Elin macht sich von mir los und stellt sich vor ein anderes Foto. Seufzend trete ich neben sie und stelle fest: »Die Bemerkung hat dich getroffen, oder? Falls es dich beruhigt: Es ist eine Masche. Erst der Flirt, dann Abwertung und wieder Aufbauen. Vor lauter Geschmeicheltfühlen sagen Frauen eher Ja zu Sex.«

»Ich bin mir nicht sicher, ob ich mich freuen soll, dass du

so etwas Nettes über mich erlogen hast, oder ob ich mich für dich schämen sollte, weil du solche Maschen kennst, oder mich fragen, ob du mir gerade einen grandiosen One-Night-Stand verdorben hast.«

»Soll ich ihn für dich zurückrufen?«

»Nein.«

»Dann darfst du dich frei zwischen den beiden anderen Optionen entscheiden.«

»Großzügig, dieser Chef, sehr großzügig«, murmelt sie und geht weiter.

Das war nicht erlogen. Ich habe heute niemanden getroffen, der mir als Gesellschaft lieber wäre als sie. Meiner Meinung nach muss ich den Rest des Abends nichts mehr daran ändern.

Eine neue Muse finde ich auch noch morgen.

21

TU DAS NICHT.

Elin

»Happy Birthday, Elin«, flüstere ich gegen das Geräusch von Kanes Kaffeemaschine. Einer für ihn, einer für mich.

Ich streiche mir den Rock glatt, ehe ich den zweiten unter der Maschine hervorziehe und mich auf den Weg zu meinem Schreibtisch mache. Mittlerweile ist er das für mich: meiner.

Als ich eine der Tassen auf der Platte abstelle, vibriert mein Smartphone mit einer Nachricht. Sophia. Das werden ihre Geburtstagsgrüße sein. Um sie mir gleich anzusehen, behalte ich es in der Hand, aber vorher bringe ich Kane seinen Kaffee. Wo er ist, ist leicht zu orten, ich muss nur dem Geräusch eines Akkuschraubers folgen.

»Was tust du?«, frage ich.

»Etwas ausprobieren, bevor ich mit dem nächsten Bild loslege.«

Er stellt die Maschine neben einer Handvoll Lederstreifen ab. Lange, kurze, breite, schmale, größere Stücke, kleine Fetzen … Ich hake nicht weiter nach. Wie ich bemerken konnte, hat er bei seinen Bildern eine Vorstellung bis ins kleinste Detail. Auch von seinen groben Ideen erzählt er gern, ist er allerdings am Herumprobieren und Überlegen, bekommt man nur missbilligende Blicke, wenn man danach fragt.

Ich folge ihm, da er ein paar Schritte zurücktritt, und reiche ihm die Tasse. Wie immer führt er sie sich an die Nase, legt die Lippen um den Rand, ohne zu trinken, und hält sie dann fest.

Da er eine unbefleckte weiße Hose trägt, bedeutet das, er wird, wie er es gesagt hat, heute noch ein neues Bild beginnen. Seine Stirn runzelt sich, als wäre er unzufrieden, und er tippt sich an die nackte Brust. Seine Fingerspitzen reiben nachdenklich darüber, woraufhin ich wegsehe. Komische Gedankensprünge, ich würde ihn dort berühren, nerven mich.

Die Vernissage ist schon wieder über eine Woche her und seitdem verfolgen mich solche Bilder und plötzliche Erinnerungen an Empfindungen. Wie es war, als er sich über mich gebeugt hat, wie er mich an dem Gürtel näher zog, wie er die Schleife band. Allein daran zu denken, jagt mir jedes Mal Adrenalin durch die Adern. Dazu bilde ich mir ein, dass er mich manchmal mit den Augen verfolgt. Egal, wie sehr ich darüber nachdenke, ich kann mich nicht erinnern, ob das vorher schon so war.

Mein Telefon vibriert noch einmal, und mir fällt ein, dass ich Sophias Nachricht lesen wollte. Das Erste ist eine Sprachnachricht und ich halte mir das Gerät ans Ohr.

»Happy Birthday, du großartiges Wesen. Ich wünsche dir von allem das Beste und verlange, dass du ein Stück Kuchen für mich mitisst. Ich ruf dich später an und kontrolliere das. Allerdings würde ich vielleicht an deiner Stelle nicht rangehen, denn es könnte sein, dass ich für dich singe. Hab einen tollen Tag.«

Ich lächle und starte das Video, das sie gerade hinterhergeschickt hat. Es zeigt sie in ihrem Garten und sie formt einen Kussmund Richtung Bildschirm. »Du kommst um mein Gesinge noch drumherum, aber jemand anders will für dich singen.«

Mein Herz bleibt stehen, als sie das Telefon dreht und da

Milo und Lucea sind. In ihrem Garten. Und sie hüpfen. Und sie singen. Und ich heule.

Ich kann nicht anders, die Tränen laufen erst stumm aus mir, dann höre ich, dass ich wimmere, und zuletzt ist da dieser riesige Schluchzer.

»Elin?«

Meine Antwort auf diese Ein-Wort-Frage ist noch ein Schluchzen, und ich drehe mich von Kane weg, damit ich zurück an den Schreibtisch kann.

»Hey, warte. Was ist denn los?«

Schluchzend und mich selbst verfluchend, dass ich keine Selbstbeherrschung besitze, schüttle ich heftig den Kopf und ducke mich weg, als ich seine Hand auf der Schulter spüre.

Mir ist nach wegrennen und fluchen, um mich schlagen und treten, und das alles nur, weil ich so voller Sehnsucht bin, live vor mir zu haben, was ich gerade auf dem Bildschirm sah.

Kane schneidet mir den Weg ab und legt beide Hände schwer und bestimmend auf meine Schultern. »Du wirst mir jetzt sofort sagen, was dich während der Arbeitszeit so zum Weinen bringt!«

»Das geht dich nichts an.«

»Wenn es mich nichts angeht, dann heul in deiner Freizeit. Bedroht dich jemand? Bist du in Schwierigkeiten? Brauchst du Hilfe?«

Diese vollkommene Fehleinschätzung irritiert mich so sehr, dass ich aus dem Konzept gerate und ihn anstarre.

»Sag es mir, Elin.«

»Du würdest es nicht verstehen.«

»Probier es doch mal. Möglicherweise erklärst du ja schlecht, und falls ich es nicht verstehe, können wir deine Erklärfähigkeit auf das nächste Level heben, indem wir das üben.«

»Willst du gerade lustig sein?«

»Ein bisschen vielleicht. Ich glaube, ich habe noch nie jemanden so verzweifelt schluchzen gehört. Ist es wegen der

Schulden für die Ausbildung? Hast du die bei jemandem aufgenommen, bei dem man besser keine Schulden macht?«

»Bei der Bank! Bei einer Bank habe ich den Kredit aufgenommen. Ganz seriös. Nein, es ist … Hier, guck. Das Video.«

Ich strecke ihm mein Smartphone entgegen, er nimmt es und hält es mit beiden Händen, als er den Film ansieht. So als würde er befürchten, er lässt es fallen, wenn es zu krass ist.

Allein es zu hören, wirbelt mir durch den Magen und zieht mein Herz schmerzhaft fest zusammen.

Danach reicht er es mir zurück und schaut mich fragend an. »Ich verstehe es nicht. Deine Erklärfähigkeiten sollten tatsächlich ausgebaut werden.«

»Das sind die Kinder meines Ex. Die Mutter hat die Familie verlassen, und als er und ich zusammenkamen, habe ich sie vier Jahre lang mit großgezogen.« Er sieht skeptisch aus und ich verfalle in den Verteidigungsmodus. »Sie waren für mich irgendwann meine Kinder, ich war ihre Mutter und dann kam die echte Mutter zurück, und ich durfte ab da keinen Kontakt mehr zu ihnen haben. Aber ich habe sie schrecklich liebgewonnen und deshalb tut es weh. Richtig weh. Es ist, als hätte man ein Stück meines Lebens aus mir rausgeschnitten.« Ich heule schon wieder.

»Es sind nicht deine leiblichen Kinder?«

»Nein, das sagte ich gerade. Um die beiden zu lieben, muss ich sie nicht geboren haben. Liebe ist doch nicht ans Blut gekoppelt.«

»Wie heißen sie?«

»Lucea und Milo.«

»Hm. Du hast Geburtstag? Heute? Hast du dir in meinem Namen ein Geschenk gekauft?«

»Was? Nein.«

»Macht man das nicht? Ist der Film von ihnen denn ein gutes Geschenk?«

Was? Die Frage ist berechtigt. Ich sehe auf den Bildschirm und das Zeichen, das Video noch einmal abspielen zu lassen. Gut oder nicht gut? Ich freue mich so sehr, dass selbst das wehtut, und dieser freudige Schmerz hängt ganz fest daran, dass es so unglaublich sticht, nicht bei ihnen sein zu können.

Er hat gefragt, deshalb antworte ich ehrlich: »Ich wünschte, ich hätte den Gruß persönlich bekommen. Live und lebensgroß.«

»Okay. Komm mal mit.«

Er geht voraus, und ich hoffe, es ist, weil er eine Aufgabe für mich hat. Es wäre eine nette Geste, mir etwas zu schenken, vielleicht auch nur als Trost. Allerdings tröstet mich ein Geschenk nicht, weshalb ich mich dann komplett unverstanden fühlen würde, egal wie nett es gemeint ist. Und irgendetwas in mir will, dass er mich versteht.

Oben angekommen deutet er auf sein Bett. »Mach es dir gemütlich.«

»Wie bitte?«

Er lacht. »Jetzt tu doch nicht so, als würde ich dir etwas antun. Leg dich hin und warte ab. Ich hoffe, es gefällt dir.«

Nahekommen, ohne zu nahezutreten. So hat er es gesagt. Und seit er das ausgesprochen hat, habe ich mich auf ihn verlassen. So schwach wie ich mich bei ihm schon gefühlt habe, tut es gut, dass er darauf achtet. Vertrauen. Ich vertraue ihm, er mir und deshalb sind wir mittlerweile ein ausgezeichnetes Team.

Gut, auf sein Bett.

Nachdem ich die Schuhe abgestreift habe, rutsche ich in die Mitte, mit dem Po fast am Kopfteil, und umschlinge meine angezogenen Beine.

»Ach Elin.« Er packt meine Fußgelenke und zieht mich ruckartig in eine liegende Position.

Mir bleibt ein Protestkreischen im Hals stecken, da er sich auf einmal über mich beugt. Wie damals schon. Unvergessen. So wenig und unvergessen. Ich hasse mich für diese Empfindung.

Er lässt sich neben mir mit dem Rücken auf die Matratze sinken und deutet nach oben. Als ich dorthin sehe, erkenne ich es und lache trocken auf.

Ich habe schon gehört, dass sich Leute Spiegel übers Bett hängen, doch er hat dort einen riesigen Fernseher, dessen Logo gerade auf dem Bildschirm aufleuchtet, da er ihn angeschaltet hat.

»Wir fernsehen?«, frage ich und bin immer noch verwirrt.

»Gib her«, befiehlt er und nimmt mir mein Smartphone ab.

Wenig später erscheint das Video, und mein Herz krampft sich so hart zusammen, dass ich keine Luft bekomme. Da sind sie. Ganz groß.

Ich kann nicht schlucken, während wir uns den kurzen Film ansehen. Jedes Detail erkenne ich. Der fast verheilte Kratzer auf Milos Wange. Der Zweig in Luceas Haar, weil sie sich vermutlich durch die Hecke gedrückt haben. Die Zahnlücke bei Milo ist neu. Lucea trägt nun einen seitlichen Zopf. Auch anders.

Sie sehen glücklich aus und voller Leben. Das verpasst mir einen kleinen Stich, ganz unbeabsichtigt. Ich möchte nicht, dass sie traurig sind, und trotzdem sehne ich mich danach, vermisst zu werden, so wie ich sie vermisse.

Ihr Gesang ist schräg und bringt mich zum Lächeln, während meine Sicht verwaschen ist. Warum muss ich nur so heulen? In meinem Leben habe ich noch nie so viel geheult wie wegen der beiden.

Sie winken schnell und hektisch in die Kamera und Milo ruft: »Ich hab dich lieb wie Geburtstagsgeschenke!«

»Können wir es noch einmal sehen?«, flüstere ich beschämt, weil ich nicht genug habe.

Er antwortet nicht, aber es fängt von vorn an. Milo ermahnt auf Große-Bruder-Art Lucea, dass sie aufhören soll zu hüpfen, und ich lächle. Sie brüllen ihren Geburtstagsgruß und ich lächle tiefer. Sie haben mich nicht vergessen, sich sogar zu Sophia geschlichen. Der kluge Milo, es war sicher seine Idee.

Mehr Tränen verfangen sich in meinen Haaren, während ich nach oben sehe und ihnen zuhöre, wie sie für mich singen.

Erschrocken durch eine unerwartete Berührung hole ich

Luft und bemerke, dass Kane mich ansieht und mit einem Finger mein Haar an der Schläfe ordnet, dort, wo die Tränen entlanglaufen. Wehren ist zwecklos, ich gebe dem Impuls nach und drehe mich in seine Richtung. Er nimmt mir die Brille ab, ich versenke das Gesicht an seinem Hals und heule bei ihm weiter, während Milo und Lucea schräg und falsch Happy Birthday grölen.

Seine Hand auf meinem Rücken fühlt sich wohltuend vertraut an und schickt etwas in mich, das mich beruhigt. Vielleicht ist es auch sein Duft, den ich trotz verstopfter Nase wahrnehme, denn er riecht, wie sich sonnengewärmtes Holz unter den Fingerspitzen anfühlt. Zart und doch stark, warm, elegant und authentisch.

Ein weiteres Mal höre ich ihre Begrüßungsworte, da er es noch einmal laufen lässt. Das ist Folter. Aber ich wollte es so. Ich will es so. Ich brauche das. Möglicherweise kann ich endlich loslassen, wenn ich dem Drang zu heulen einfach nachgebe, alles komplett hinauslasse und nicht versuche, die Fassung zu bewahren, wie ich es sonst tue.

Meine Traurigkeit läuft über meine und dann seine Haut, um irgendwo zu versickern, bis ich mich ausgehöhlt fühle und zu schwach bin, um noch weiter zu heulen.

Ein Taschentuch streicht über meine Wange, und ich setze mich auf, um mir verlegen die Nase zu putzen, wobei mir bewusst wird, dass ich unglaublich unprofessionell bin. Auf der Akademie haben wir gelernt, dass wir funktionieren sollen, ganz unabhängig von unserer Gemütslage, jedoch unseren Vorgesetzten auch spüren lassen, dass wir Menschen sind, die Gefühle haben. Wir sind keine Roboter, wir geben nur unser Bestes.

Das war aber fernab von *spüren lassen*, das war ein peinlicher Zusammenbruch. Wie kam ich auf die Idee, ausgerechnet bei ihm ungebremst alles rauszulassen?

Verlegen schiele ich zu ihm. Was ich auf seiner Miene deute, ist ein Befehl. Weil ich mich ohne Brille täuschen könnte, blinzle ich und mustere seine dunklen Augen. Ich will mich nicht täuschen und tue es einfach. Ich lege mich zurück, das Gesicht erneut an seinem Hals, und sofort umschließt mich sein Arm wieder.

Meine Tränen haben feuchte Stellen hinterlassen, was mir unangenehm ist. Ja, er hat es gesehen und gehört, aber ihn mit meinen Tränen zu markieren … das ist komisch. Um den Arm zu heben und sie mit meinem Ärmel wegzuwischen, fühle ich mich zu schwer, sie wegzulecken ist eine interessante Idee, jedoch keine umsetzbare, und deshalb reibe ich mit dem Gesicht darüber, um sie vielleicht so von ihm zu bekommen.

In meine leere Brust tröpfelt Wärme, als ich eine Berührung in meinem Haar spüre. Als ich bemerke, es ist ein sanfter Kuss, breitet sich die Wärme schneller aus und wird immer raumeinnehmender, weil er seine Lippen nicht wegnimmt, sondern er sich ebenfalls auf die Seite rollt und mich noch näher zieht.

Die Hand von meinem Rücken wandert an den Kopf und sein Daumen streichelt die Außenseite meiner Ohrmuschel. Das prickelt und von dem Prickeln wird mir immer heißer.

Elin, beherrsch dich, der Mann streichelt tröstend dein Ohr. Ein Ohr! Weil du traurig bist. Weil er dich trösten will. Nicht, weil er denkt, Ohrstreicheln ziept in deinen Geschlechtsteilen.

Was eben noch vollkommen natürlich war, fühlt sich nun seltsam an, und ich weiß nicht mehr, wie ich liegen soll. Wohin mit den Händen? War mein Körper schon die ganze Zeit so dicht an ihm? Wie atmet man unauffällig? Klinge ich immer wie ein Blasebalg? Atme ich normalerweise durch den Mund oder die Nase? Wie war das vor einer Minute? Hört er mich atmen, weil das Video zu Ende ist? Warum ist es so still?

Vorsichtig ziehe ich den Kopf ein Stück zurück, um ihn ansehen zu können. Vielleicht kann ich dann deuten, was jetzt eine vernünftige Reaktion wäre. Wie gestaltet man elegant den Übergang von emotionalem Zusammenbruch zum gewöhnlichen Tagesgeschäft?

Er lächelt und streift mit dem Daumen unter meinem Auge

entlang. »Deine Schminke ist verlaufen. Ich wusste nicht, dass du dich schminkst. Du siehst immer so natürlich aus.«

»Dann mache ich ja alles richtig, oder?«, krächze ich, als würde ich zum ersten Mal in meinem Leben Stimmbänder benutzen.

»Ja, das tust du.«

Ich kann nicht ausweichen, nur schneller atmen und die Augen aufreißen, als er die Lippen auf meine Stirn senkt. Er reibt sie darüber, und ich spüre jede Stelle, die er berührt, als würde er sie in mich brennen.

Meine Lider fallen zu, und als wäre das eine Einladung, küsst er sie nacheinander, ganz federleicht, als wäre es nicht wahr. Dort endet es nicht, und als wäre es seine und meine Sucht gleichzeitig, markiert er mein Gesicht mit sengend zarten Küssen. Er vergräbt seine Zähne sanft an meinem Kiefer und keucht, küsst sich hoch über meine Wange, die sicher einen so tiefen Rotton angenommen haben, dass man dafür noch einen Namen erfinden muss.

Mittlerweile ist mein kompletter Brustkorb blockiert, und ich atme in hektischen kleinen Zügen, bis ich die Luft endgültig anhalte, als er mit den Lippen meinen Mundwinkel berührt.

Er verharrt und ein kurzes Beben läuft durch seinen Körper.

Krampfhaft halte ich die Augen geschlossen, obwohl ich gern in seine sehen würde, aber ich sorge mich, dass ich dort etwas Falsches erkenne. Belustigung vielleicht, Mitleid oder Berechnung.

Je länger sie liegen und er sich nicht rührt, desto unruhiger werde ich. Das verdreht mir den Verstand. Warum tut er nichts? Das steckt meinen Körper an, und ich zwinge mich, stillzuhalten.

Jetzt muss ich es doch wissen und öffne die Lider. Was ich in seinen Augen sehe, schockiert mich fast mehr als Mitleid oder Belustigung, denn es ist Qual. Pure Qual, gepaart mit lustvoller Glut.

Wenn er sich nicht rührt, tue ich es. Ich schiebe meinen Mund komplett auf seinen und spüre intensiv, wie weich seine Lippen sind. Seine Lider flattern, er lässt sie sinken und bewegt sich mit mir. In kleinen hypnotischen Bewegungen reiben wir die empfindliche Haut gegeneinander und aus diesem tiefgehenden Kontakt fühle ich jeden anderen Berührungspunkt unserer Körper mehr. Seine Brust an meiner, unsere Beine, er unter meiner Hand, seine Hand an mir. Es ist, als würden wir uns mit purer Energie aufladen, damit wir stärker empfinden können, was mit uns geschieht.

Seine Zunge berührt den Spalt, nur ganz flüchtig, und mir bleibt keine Wahl, ich schiebe meine ebenfalls vor, bis sich die Spitzen berühren. Wie schön und unschuldig kann ein Kuss bitte sein? Wie zart und langsam können Zungen sich umschlingen und Lippen sich betasten?

Kane erschafft Kunst und dieser Kuss ist für mich sein bestes Werk.

Mein Puls pocht so kraftvoll, dass ich es bis in die Fingerspitzen spüre, und ich gleite damit zart über seinen nackten Rücken, um das Pulsieren weiterzugeben. Seine Muskulatur spannt sich dort an, wo ich ihn betaste, und diese Reaktion auf meine Berührung intensiviert die Kraft, die ich in den Kuss lege.

Ich weiß nicht, wie viel Zeit vergeht, denn ich schwebe in einer herrlichen Zwischenwelt aus Wohlfühlen und steigender Erregung. Solange ich die Lust ignorieren kann, tue ich es, da mir der andere Teil momentan deutlich mehr wert ist. Wann wurde ich zuletzt so geküsst? Vielleicht noch nie? Zuerst waren Küsse voller kindlicher Unschuld, und als wäre mit meinem ersten Mal eine Mauer eingestürzt, hat mich jeder Mann danach bloß geküsst, um ein Startsignal für Sex zu geben.

Das hier ist kein Startsignal, das ist … Ich kann es nicht in Worte fassen. Besonders. Einmalig. Wundervoll.

Es geht nicht um ein Ziel, die volle Aufmerksamkeit liegt

im Jetzt, auf jeder Bewegung, jedem Gefühl, jedem Prickeln, und ich weiß nicht, ob ich je genug davon bekomme.

Das Gleichgewicht schwankt, je nasser mein Slip wird, und so unauffällig wie möglich versuche ich mich an ihm zu reiben. Ganz wenig und heimlich, ein winziges Ventil bei dem Kessel voll Lust, der immer stärker unter Druck steht. Unmerklich wird der Kuss animalischer und tiefer und wir verlangen ständig mehr vom anderen.

Seine Hand schnellt an mein Becken und er murmelt atemlos: »Denkst du, ich bemerke nicht, wenn du dich an mir reibst?«

Er legt mein Bein über seine Hüfte, wodurch der Rock nach oben rutscht, und schiebt sich zwischen meine Schenkel. Mit sanftem Druck reibt er seine Erektion direkt über diesen einen Punkt, und ich beiße erschrocken in seine Lippe, weil das so unglaublich gut ist.

»Besser?«, fragt er und leckt mir über die Unterlippe, als wollte er sagen, der kleine Biss war nicht schlimm.

Was sagt man da? Ich entscheide mich für ein Nicken.

»Gut, dann küss mich weiter.«

Ich seufze in den Kuss, weil der Druck, das Reiben, er, alles ist so wohltuend wie Eis auf einem juckenden Insektenstich.

Kann er durch die Hose spüren, wie nass ich bin? Wäre das schlimm? Ich fühle auch, wie hart er ist, meine mir sogar einzubilden, sein Pulsieren wahrzunehmen, das mich fast in den Wahnsinn treibt.

Selten habe ich mich so sehr von meinen Trieben kontrolliert gefühlt, sehne mich nach mehr und weiß nicht, wie ich es ausdrücken soll.

Oder ob es richtig ist.

Oder ob ich dabei mit Küssen aufhören muss.

Oder ob das gut endet.

Oder … O Gott. Was passiert, wenn ich so komme?

Ich spüre es schon, dieses nahende Rauschen, und das nur, weil er seinen verdeckten Schwanz über meinen Slip reibt. Trotzdem beherrscht mich das Gefühl, von so wenig nicht kommen zu dürfen, sondern mehr haben zu müssen, damit es richtig ist.

Er atmet so hektisch, dass er den Kuss unterbricht und sich meinem Hals widmet. Ach du lieber Himmel. Ich liebe das.

Vollkommen ohne Hektik, um ihn ja nicht zu unterbrechen, zwänge ich eine Hand zwischen uns, woraufhin er etwas Platz schafft, und ziehe an den Bändeln, die seine Hose oben halten. Weiter in vorgetäuschter Seelenruhe zerre ich den Stoff tiefer, bis meine Hand seinen heißen Schaft umgreifen kann. Vermutlich stöhne ich so laut wie er, weil ich ihn endlich berühren kann. Ich muss später vor Dankbarkeit ein Gebet an irgendeinen Sexgott richten, da er keine Unterwäsche trägt. Seine pralle Eichel hart über meinen Slip zu reiben ist alles, was ich mir vom Leben noch wünsche, und genau das tue ich. Mehr Druck. Mehr, mehr, mehr.

»Tu das nicht«, fordert er und stößt gleichzeitig in meine Hand, als hätte er die Kontrolle über seinen Körper verloren und er handelt gegen seine eigene Anweisung.

»Ich kann nicht anders«, jammere ich, und nun werde ich doch hektisch, reibe mich fest an ihm, und als mich mein Höhepunkt erfasst, rucke ich in seine Richtung und lasse ihn los.

Ekstase. Pure Ekstase, noch viel besser als vorgestellt, und mein Körper ruckt ein weiteres Mal, als er mich weitet und in mich eintaucht.

Er zieht den Kopf zurück und überstreckt sich laut stöhnend nach hinten, wodurch er tiefer in mich rutscht.

Wie ist das jetzt passiert? Habe ich den Slip zur Seite gerieben? Getreu dem Motto mehr, mehr, mehr? Das ist mir egal, es war immer noch nicht genug, deshalb drücke ich ihn auf den Rücken, sodass ich auf ihm sitzen kann, und nehme das letzte Stück von ihm in mich auf. Ich brauche einen weiteren davon.

Ihn reibungslos aufzunehmen, zu spüren, wie er den Rest von mir aufdehnt, damit er komplett in mir ist, lässt mich auf der Zielgeraden bleiben.

Er sieht mich mit offenem Mund und nassen Lippen an,

der Blick vollkommen andachtsvoll, und das ist mein endgültiges Go, ich bewege mich und kreise mein Becken wie vorher nie. Wie er mich ansieht, als wäre ich eine Gottheit, die sich erbarmt hat, ihm Vergnügen zu schenken, das ist für mich das beste Geschenk seit Jahren.

Bald halte ich es nicht mehr aus, beuge mich vor und stütze die Hände auf seiner Brust ab, um ihn gleichzeitig hart zu reiten und immer wieder meine Klit über ihn zu reiben.

Ich sehe es in seinen Augen, ich sehe, wie seine Lust überkocht und ihn befreit. So etwas Faszinierendes wie Kane Reid, der meinetwegen kommt, habe ich vielleicht noch nie gesehen und es schickt mich direkt hinterher.

Ein letztes erschöpftes Ausatmen und es ist vorbei.

Er sieht mich an.

Ich sehe ihn an.

Und jetzt?

Scheiße.

Ich habe mit meinem Boss geschlafen.

Er legt den Kopf in den Nacken, sieht an die Decke und leckt sich über die Unterlippe. »Ich habe es ihr doch gesagt. Ich habe ihr gesagt, sie soll das nicht tun. Natürlich bereut sie es jetzt.«

»Hallo? Ich bin hier, tu nicht so, als könnte ich dich nicht hören.«

»Ich weiß, dass du noch hier bist, ich spüre dich um meinen verdammten Schwanz, Elin!«

Der Blick, den ich nun bekomme, ist mörderisch.

»Guck mich nicht so an«, fordere ich und schlage ihn auf die Brust, was eher ein kindisches Patschen ist. Wow, konnte ich nicht einfach hoheitlich von ihm absteigen, meine Kleidung richten und so tun, als wäre nichts?

»Wie soll ich dann gucken? Wie gucken Männer denn, wenn sie direkt nach dem Höhepunkt in eine Flunsch sehen dürfen?«

»Flunsch? Also bitte!«

»Ja, die Flunsch hat ausgedrückt: *Verfluchte Scheiße, ich habe mit meinem Boss geschlafen.*«

Bis auf das *Verflucht* hat er recht. Warum macht mein Gesicht so einen Mist und verpfeift mich?

»Hm, Elin? Was? Ich habe gesagt, dass du es nicht tun sollst. Ein bisschen aneinander reiben hättest du dir sicher verziehen, doch das verzeihst du dir selbst nicht, oder? Vielleicht auch mir nicht, aber du hast meinen Schwanz ausgepackt. Du hast ihn dir reingeschoben. Das ist nicht meine Schuld.«

Warum ist er jetzt so sauer? Wegen meines Gesichtsausdrucks? Weil ich ihn nicht angeschmachtet habe, wie er es gewohnt ist?

»Keine Sorge, du musst die *Flunsch* nie wiedersehen. Das war nämlich garantiert nicht nur das erste, sondern auch das einzige Mal. Ich nehme meine Mittagspause«, bestimme ich harsch. Ich muss hier weg und nachdenken. Irgendwie komme ich überhaupt nicht damit klar, dass er so lieb und zärtlich war und hinterher ein Arschloch ist.

22

ICH HASSE DIESES AUTO WIRKLICH SEHR.

Kane

Mir kommt eine Erkenntnis, während ich ihre fassungslose Miene betrachte, die stört mich so sehr, dass ich ihr ins Gesicht schmettere: »Ich habe gerade in dich gespritzt.« Sie zuckt bei meiner lieblosen Wortwahl zusammen, aber das ist mir momentan komplett egal. »Vor deiner Mittagspause wirst du zu einer Apotheke fahren und dir die Pille danach besorgen.«

Sie bewegt sich nicht, weshalb ich präziser werde: »Runter von mir. Anziehen. Sofort.«

Da sie sich weiter nicht rührt, setze ich mich auf und umfasse sie, damit ich mit ihr zum Rand des Bettes rutschen kann. Dort stelle ich sie auf den Füßen ab und richte meine Hose. Hektisch zieht sie den Rock nach unten und schüttelt ununterbrochen den Kopf.

»Vergiss deine Brille nicht. Ein tödlicher Unfall wäre zwar auch eine effektive Schwangerschaftsvermeidung, aber doch etwas drastisch.«

Dass meine Worte zu hart waren, bemerke ich schon, bevor mir die Ohrfeige auf die Wange knallt, und fange ihr Handgelenk in der Luft ein, um es gegen den Schmerz zu drücken.

Wenigstens weint sie nicht mehr wegen der Kinder. Jetzt ist sie wütend, und ich hoffe, das ist besser.

Was denke ich da?

Nur weil sie mit ihren Küssen nutzlose Hormone angekurbelt hat, die mein Bewusstsein in irgendein Frühlingsgefühle-Wunderland verschoben, nehme ich ihr das trotzdem übel. Oder erst recht.

Sie ist berechnend. Genau diese Erkenntnis hatte ich und finde, sie kann froh sein, dass ich nicht richtig ausfallend werde.

Lernt man das so auf dieser Akademie? Wie man sich vom Boss schwängern lässt?

Sie ruckt an ihrer Hand, woraufhin ich sie noch fester gegen meine Wange presse. »Weißt du was? Ich traue dir nicht. Nicht in dieser Hinsicht. Wir gehen zu einem Arzt. Nicht, dass du bloß ein Smartie einwirfst.«

Empört schnappt sie nach Luft. »Du!«

»Was *ich*? Ich ziehe mich an und du … machst dich frisch oder so, dann fahren wir los.«

»Warum bist du denn jetzt so?«

»Warum ich so bin? Ernsthaft, Elin? Weil ich mich von dir nicht abziehen lasse! Das war deine Absicht, oder? Fruchtbarer Tag, ungeschützt Sex mit mir, und nun hoffst du, dass du schwanger bist. Du willst Kinder wie in dem Film, nur deine eigenen, damit sie dir niemand wegnehmen kann. Eins mit einem berühmten Vater, womit es gut versorgt wäre? Möchtest du nie wieder arbeiten müssen, weil du denkst, ich halte dich als Mutter meines Kindes aus? Hm? War das dein Plan? Vergiss es. Nicht mit mir.«

»Nei-ein, nein, nein. Du spinnst doch! Das war … weil …«

»O bitte, Elin, behaupte nicht, das war der Taumel der Leidenschaft. Du bist eine so kühl kalkulierende Frau, das nehme ich dir nicht ab.«

Habe ich. Ich habe ihr alles abgenommen. Ihre Trauer. Ihre Hilflosigkeit. Die süße Unschuld ihrer Küsse, die Gier und Lust, das Nicht-mehr-Aushalten. Aber die Logik ist unwiderlegbar. Und ich bin der Depp, der darauf reingefallen ist. Der, der dachte, er stirbt, wenn er nicht seine Lippen irgendwo an ihre Haut legen kann. Der, der Angst hatte, ihm bleibt das Herz stehen, als sie den Kuss erwidert hat. Der, der einfach schutzlos in ihr gekommen ist, weil ihm das Hirn mit jeder einzelnen Synapse übergekocht ist.

»Kane! So war das nicht!« Ihre Wangen werden röter, als sie es vor Lust waren, aber woher soll ich denn wissen, ob das daher kommt, dass sie erbost über meinen Verdacht ist, oder daher, weil ich sie ertappt habe.

Sie wirft die Hände in die Höhe und stürmt in mein Badezimmer. Hey, da wollte ich hin. Es ist mein Bad, und deshalb gehe ich ihr hinterher, nachdem ich in eine Jeans gewechselt und mir ein Shirt übergezogen habe.

»Was?«, brüllt sie. »Ich will doch nur fünf Minuten meine Ruhe!«

»Und ich will pinkeln.«

Ich hätte mein Zuhause verwettet, dass sie zu so einem Blick nicht fähig ist wie den, den sie mir gerade über den Spiegel zuwirft, wobei sie ihre Hände um das Waschbecken krampft.

In gespielter Ruhe, obwohl ich weiter stinksauer bin, trete ich an die Toilette und packe meinen Schwanz aus. »Ui, noch ein bisschen feucht von dir.«

»Du bist so unglaublich … schrecklich.«

»Und du streitest dich gerade mit mir, als wären wir ein Paar und nicht, als wäre ich dein Boss.«

»Du pinkelst vor mir. Hallo?«

»Warte … ja, ich kann es hören. Und fühlen. Du hast recht.«

Vermutlich beschlägt gleich ihre Brille, so kochend sieht sie aus, als sie ihre Arme verschränkt und mir Platz am Waschbecken macht, damit ich mir die Hände waschen kann.

Mit einem Schnauben geht sie ebenfalls zur Toilette, zieht ihren Rock in die Höhe und lässt ihren Slip zu den Fußgelenken rutschen, als sie sich hinsetzt.

Dieses Mal spüre ich es nicht, aber ich höre es. Das hätte ich ihr nicht zugetraut. Ironisch klatsche ich. »Wow. Falls du denkst, es beeindruckt mich, dass du pinkelst: Das tut es nicht.«

Ich kann nicht wegsehen, wie ihr Höschen sich um ihre Fesseln schmiegt. Obwohl es reine Provokation ist, das vor mir zu tun, kann ich selbst mit Gewalt den Blick nicht abwenden, um sie mit der Nichtbeachtung zu strafen, die sie verdient hat. Die Situation ist einerseits ordinär und andererseits hat sie intimere Vibes als bloßer Sex. Die Haltung ihrer Füße, nur auf den Ballen, kommt mir hoheitlich elegant vor, und ich habe den Drang, das festzuhalten, und wenn es lediglich gedanklich ist.

Die Menge Papier, die sie abrollt, kann ich nicht unkommentiert lassen: »Brauchst du immer so viel? Müsstest du die Menge Toilettenpapier, die ich dir zur Verfügung stelle, schon als Teil deines Gehalts versteuern?«

»Ach Kane, falls du denkst, das ist lustig: Fehlanzeige.« Sie wischt sich trocken, wirft das Papier hinein und erhebt sich, um zu spülen. Unschlüssig sieht sie nach unten, hebt einen Fuß, um aus dem Slip zu steigen, und schleudert ihn mit dem anderen davon. »Gut, dass wir das nicht wiederholen werden, sonst müsste ich Wechselunterwäsche hier lagern.«

»Werden wir nicht?« Natürlich werden wir nicht. Warum habe ich das als Frage ausgesprochen?

»Dachtest du wirklich, ich will noch einmal, nachdem du mich des Samenraubs bezichtigst? Falls du es zurückwolltest: Zu spät, denn das meiste ist gerade als Klumpen ins WC geplumpst. Wahrscheinlich fand meine Vagina es zu eklig und hat es gleich abgestoßen. Den Rest findest du in meinem Slip. Bedien dich einfach.«

»Du musst dich nicht rausreden. Um den Arztbesuch kommst du nicht herum.«

»Ich habe es verstanden.« Sie tritt ans Waschbecken und wäscht sich die Hände. Es scheint, als wäre mit meinem Sperma auch ihre Wut in die Toilette *geplumpst*. Alles an ihr wirkt nun kühl, und irgendwie fand ich es besser, als wir uns gerade noch kindisch stritten. Oder davor, als wir uns geliebt haben.

Geliebt? … Gefickt!

Sie bedient sich an der Seife und wäscht sich das Gesicht. Ein Blick auf mein Handtuch und sie tritt an die Toilette, um sich mit Toilettenpapier abzutrocknen, bevor sie sich wieder die Brille aufsetzt. Aha. Mich küssen geht, mein Handtuch nutzen nicht.

»Wir können«, behauptet sie und stellt sich vor mich. So viel anders als sonst sieht sie ungeschminkt gar nicht aus. Ihr Gesicht ist immer noch klar, ihre Wimpern lang und ihr Mund … Keine Mundgedanken.

»Dein Haar …«, sage ich und sie fasst erschrocken nach oben. Hat sie das nicht im Spiegel bemerkt?

»Stimmt. Danke.« Sie tritt erneut ans Waschbecken und wirft mir einen Schulterblick zu. »Oder hast du das nur gesagt, weil du dich sonst schämst, mit mir gesehen zu werden?«

»Mach dich fertig, ich will los, bevor mein Supersperma sich in dir einnistet.«

Sie schnaubt und ordnet es flüchtig mit etwas Wasser.

»Jetzt aber.«

»Gehst du unten ohne? Zum Frauenarzt?«

»Alles ist besser, als einen Slip zu tragen, in dem Körperflüssigkeiten von dir sind.«

Ihre Körperhaltung, ihre Miene, ihre Tonlage, alles ist eine reine Kampfansage und trotzdem biete ich ihr an: »Möchtest du vielleicht Wäsche von mir?«

»Du besitzt welche? Du trägst doch keine.«

»Manchmal schon. Falls ich jogge beispielsweise. Niemand will dabei baumelnde Eier.«

Sie lacht. Ganz impulsiv bricht es aus ihr heraus, das spüre ich. Dieses Lachen hätte ich sonst nicht bekommen.

»Komm, wir gehen, dann können wir das abschließen«, bestimme ich und nehme ihre Hand.

Sie folgt mir die Treppe nach unten, und ich führe sie am

Schreibtisch vorbei, damit sie sich ihre Aktentasche greifen kann. Meine Autoschlüssel hängen neben der Eingangstür, und so stehen wir wenige Minuten später vor dem ehemaligen Nebengebäude, in dem die Garage ist.

Da auch mein Wagen gut versichert ist, öffnet sich die Tür auf meine Annäherung ebenfalls selbstständig, weil ich das gleiche Sicherheitssystem wie in der Kirche einbauen ließ.

»Können wir nicht mein Auto nehmen?«, fragt sie und ich lasse ihre Hand los. Warum habe ich die gehalten? Das war nicht nötig und trotzdem hinterlässt das Loslassen ein Gefühl des Bedauerns in mir.

»Was hast du gegen meinen 300 SL?«

»Nichts, außer dass er mindestens 30 Jahre alt ist und dementsprechend wenig Komfort bietet.«

»Das ist falsch, er ist Baujahr '55.«

»Ich sagte MINDESTENS, deshalb war meine Aussage korrekt. Außerdem sieht der Mercedes aus, als wollte jemand einen alten James-Bond-Streifen nachspielen. Das geht ja alles noch, aber die Flügeltüren sind hochgradig albern.«

»Du bist hochgradig albern, dich über so ein Schmuckstück zu beschweren. Sei froh, dass du mitfahren darfst. Die wenigsten Menschen kommen in den Genuss, in so einem wundervoll erhaltenen Oldtimer sitzen zu dürfen.«

»Du bist albern, so ein Getue zu veranstalten, weil ich angeblich beabsichtigt hätte, mich von dir schwängern zu lassen.«

»Und schon wieder klingen wir wie ein Paar und nicht, als wäre ich dein Boss, der dir für deine Dienste den Arsch vergoldet.«

Sie faucht: »Wir hatten Sex und deshalb dürfen wir uns anhören wie ein streitendes Paar!«

»Nein, denn ich hatte vorher nie einen Grund, um danach zu streiten. Du etwa? Haben dich noch mehr Männer ertappt, als du ihnen Sperma abgezapft hast?«

»Ich kündige.«

»Nicht, bevor du diese Tablette genommen hast.«

»Ich hasse dich.«

»Darfst du, wenn du nur diese Tablette nimmst.«

»Tu ich doch! Ich will kein Kind von dir, egal wie sehr du dir das einredest. Es wird keins geben! Du kannst aufhören, so zu klingen, als wäre es das Schlimmste auf der Welt, ein Kind zu bekommen. Hast du Angst, Vater zu sein, oder was?«

»Ja, Elin, verdammt, ich kann kein Vater sein. Guck mich mal richtig an. Bin ich gesellschaftsfähig? Ich lebe in einer Kirche, bin berühmt für freakiges, obszönes Zeug, erzähle Frauen, sie sind meine Muse, damit sie es wenigstens eine Zeit lang mit mir aushalten, und kenne keinen festen Tagesablauf. Gott.« Ich fahre mir mit einer Hand durch die Haare und stöhne. »Wie soll ich ein Kind großziehen, das nicht wegen seines Vaters gehänselt wird? Wie soll ich ihm Werte vermitteln? Wie soll ich es beschützen? Kinder sollten einen normalen Vater haben und keinen, der zu wenig schläft und zu viel arbeitet. Keinen, der alles um sich herum vergisst, wenn er erst einmal mittendrin ist. Keinen, der eine Assistentin braucht, um sein Leben zu organisieren, und eine Haushaltshilfe, weil er sonst im Dreck lebt und nichts isst. Außerdem läufst du doch sicher davon, sobald du hast, was du möchtest. Ich will dich nicht schwängern. Auf keinen Fall.«

Sie verschränkt die Arme und hebt eine Braue. »Du hast Angst, ich könnte dann weglaufen?«

Zeit, wieder runterzukommen. Vielleicht ist es besser, wenn sie es nicht versteht. Es geht nicht um mich oder sie. Wie fühlt sich ein Kind mit einem Vater wie mir? Eine Frau kann jederzeit gehen, ein Kind jedoch nicht. Meine Eltern haben mich geliebt und trotzdem kam ich mir vor wie ein Freak. Ich sollte normaler sein, nicht besessen von Farben, Pinseln, Bildern, Techniken und all dem Zeug, das einen nie füttern wird. Innere Einsamkeit fühlt sich wie Durst an, und manchmal trank ich schrecklich viel Wasser, bevor ich mit dem Älterwerden endlich begriff, dass Wassertrinken natürlich nichts dagegen ausrichten kann. Wie einsam wäre ein Kind bei mir? Wie viel würde es trinken müssen?

Elin boxt mir leicht gegen den Arm, als wollte sie eine Antwort beschleunigen. Sie bekommt eine Wahrheit: »Jede Frau mit ein bisschen gesundem Menschenverstand würde weglaufen und mir dann von weit entfernt Rechnungen schicken. Sag mir nicht, dass du es anders siehst.«

»Glaubst du wirklich, ich habe es mit Absicht gemacht? Oder hast du Angst, dass du mich zu gern hast und mich deshalb nicht mehr gehen lassen willst?«

Nicht mehr gehen lassen *will*? Nicht mehr gehen lassen *werde*.

Aber mit gernhaben hat das nichts zu tun. Vielleicht ein bisschen. Allerdings werde ich jetzt nicht weich werden und mir das ausreden lassen, weshalb ich beharre: »Ich sagte gerade, dass du wegläufst, sobald du hast, was du möchtest. Deinen Plan. Ich bestehe darauf, dass du die Tablette nimmst. Wir fahren zur Apotheke. Wer weiß, wann du einen Arzttermin bekommst und ob es dann nicht schon zu spät ist. Und jetzt rede nicht sinnlosen Quatsch, sondern steige ein, damit wir es hinter uns bringen.«

Mit gesenktem Kopf nickt sie, und ich verfluche mich, weil ich doch weich werde. »Wünschst du dir so sehr ein Baby? Warum suchst du dir nicht einen Spender? Bei einer Samenbank oder so? Du musst dann zwar allein für das Kind sorgen, aber ich kann dir anbieten, dass ich einen Babysitter einstelle, so kannst du trotzdem für mich arbeiten.«

Ihr Kopf schnellt nach oben, und jetzt sieht sie wieder fuchsteufelswild aus, was überhaupt keinen Sinn ergibt. Mein Angebot war unglaublich nett.

»Kane! Nein, ich wünsche mir nicht *so sehr* ein Baby. Ich habe meine beiden Kinder geliebt und ja, ich habe es geliebt, ihre Mutter zu sein. Aber das bedeutet nicht, dass ich jetzt sofort ein eigenes als Ersatz brauche! Ich will nicht irgendein Kind, ich vermisse DIE Kinder. Und von dir möchte ich schon zweimal keins. Dreimal. Hundertmal! Und außerdem: Sollte ich mir ein eigenes Kind wünschen, dann keins, das bei einer schlechten Dreiminutennummer gezeugt wird!«

Oh, wie süß, jetzt will sie mich beleidigen. Blöd für sie, dass es nahezu unmöglich ist, mich mit irgendetwas zu treffen, und schon gar nicht mit Sex.

Deshalb sage ich in einem charmanten Tonfall: »Ich bin begeistert, wie einig wir uns sind. Steig ein.«

»Du hast vergessen, mir Unterwäsche zu geben.«

»Nein, die hättest du dir nach meinem großherzigen Angebot selbst nehmen können.«

»Stimmt, ich bin ja die PA.«

»Korrekt. Die PA, die jetzt sofort einsteigt.«

»Aaah«, ruft sie und öffnet die Flügeltür. »So kindisch, dieses Auto. Man muss hineinklettern, als wäre man auf einem Spielplatz. Was ist denn das für ein Einstieg? Als würde man in eine Badewanne mit überbreitem Rand steigen. Dieser Ingenieur wurde sicher gefeuert!«

Ich weiß echt nicht, was sie hat. Der Wagen ist stilvoll und dazu eine Wertanlage, da ich ihn weiter gut pflegen lasse. Sehe ich aus wie jemand, der ein gewöhnliches Auto fährt?

Ihr heimtückisches Grinsen verrät mir, dass ich mir gleich noch einen Spruch anhören darf. »Ist es in Ordnung, wenn ich mein Smartphone mit dem Bordcomputer verbinde, um die passende Musik für diese groteske Situation auszuwählen?«

»Provozier mich nicht.«

»Oh, ich sehe, Kassettendeck. Ja, geil so ein Oldtimer.«

Mit einem genervten Kopfschütteln fahre ich los und verlasse mein Grundstück.

Sie sieht sich um und beschwert sich: »Keine Kopfstützen? Ist das überhaupt legal?«

»Es ist ein Oldtimer. Da gelten andere Regeln als für neu zugelassene Autos.«

»Ah, du meinst die neu zugelassenen Autos, die so vollgestopft mit Sicherheitszeug sind, dass man darin fast unsterblich ist, ja? Na ja, sollten wir unterwegs tödlich verunglücken, hättest du das Schwangerschaftsproblem auch aus dem Kopf.«

»Sei nicht zynisch. Wo ist die nächste Apotheke? Außerdem war der Spruch von mir.«

»Frag doch das Navi. Haha, das geht ja nicht.«

»Ich brauche kein Navi, weil ich eine PA habe.«

»Oh, logisch. Ich werde auch piepen, wenn das Auto irgendetwas zu nahe kommt, und die Seitenspiegel einklappen. Soll ich mitlenken, damit es sich für dich wie eine Servolenkung anfühlt? Dort hätten wir rechts müssen.«

»Hätten?«

»Jepp, richtig verstanden. Ein Navi hängt doch mal, oder?«

Darauf bedacht, keinen Unfall zu provozieren, nicht wegen fehlender Sicherheitsstandards, sondern weil ich das Auto wirklich toll finde – ja, gut, bis auf die nicht vorhandene Bequemlichkeit einer modernen Ausstattung –, blinke ich und verlangsame, bis ich rechts ranfahren kann.

»Wir wechseln jetzt sofort wieder in den professionellen Modus. Du nimmst diese Pille und wir machen normal weiter. Schluss mit dem Theater.«

Sie sieht aus dem Fenster. »Warte noch, bis dein Sperma komplett getrocknet ist oder ich die nächste Dusche hatte oder bis … keine Ahnung. Ich bin durcheinander, und es ist zwar meine Arbeitszeit, aber wir hatten gerade etwas Privates miteinander und deshalb benehme ich mich privat.«

»So bist du privat? Kein Wunder bist du Single.«

»Ja, danke, Kane, das war natürlich der Gipfel an Deeskalation. Entschuldige mein Verhalten und fahr bitte weiter. Die Nächste kannst du rechts, so kommen wir auch zur Apotheke.«

»Woher weißt du das? Du warst doch noch nie krank, seit du bei mir arbeitest.«

»Weil ich dort einen Grundstock an Medikamenten besorgt habe, falls du mal krank wirst. Vielleicht sollte ich den um die Pille danach aufstocken, denn was weiß ich, wie oft du Frauen zur Apotheke kutschierst.«

»Das dürftest du machen, das weißt du, oder?«

Nun sieht sie zu mir und lächelt schräg. »Auch wieder wahr.«

»Normalerweise knutsche ich nicht lange herum, sondern

es geht gleich zur Sache. So vergisst man das Kondom nicht. Zumindest ich nicht. Und ich nehme immer meine eigenen. Ich möchte nämlich wirklich nicht, dass mir jemand ein Kind anhängt.«

»Das habe ich verstanden. Du bist ganz schön misstrauisch.«

»Es gibt mehrere Internetseiten, auf denen sich Frauen gegenseitig Ratschläge erteilen, wie man sich vom Gegenpart gegen dessen Willen schwängern lässt. Marcello hat meinen Namen dort gefunden, deshalb denke ich, mein Misstrauen ist gerechtfertigt.«

»Das ist nicht wahr. Solche Seiten gibt es nicht.«

Ich zucke mit den Schultern und sie greift sich ihr Smartphone. Wenige Minuten später ruft sie: »Gibt es doch! Das ist ja irre. Was ist mit denen nicht richtig? Wir hätten hier übrigens rechts müssen.«

»Habe ich ein Déjà-vu oder willst du mich verarschen?«

»Sorry, ich war vertieft, außerdem sagte ich gerade, dass wir die nächste rechts können. Hier ist eine Liste mit berühmten Persönlichkeiten, die für One-Night-Stands zu haben sind. Und mehrere Anleitungen, wie man Geld aus dem Kind schlägt. Wow. Und ich Depp leiste mir die teure Ausbildung, um eine hochkarätige PA werden zu können.«

»Dann verstehst du meinen Verdacht nun, oder?«

»Nein.« Sie verschränkt die Arme. »Ich war der Meinung, wir haben ein Vertrauensverhältnis.«

»Du bist eine verschuldete Assistentin mit Kinderwunsch … Sorry, da endet das Vertrauen.«

»Bremsen.«

Sofort bremse ich und fahre erneut rechts ran.

Ihr Blick ist ein bisschen höhnisch, als sie sagt: »Immerhin vertraust du mir genug, um zu bremsen, wenn ich es sage.«

»War das ein Test?«

»Nein, das war, weil hier eine Apotheke ist.«

»Das ist doch schön«, erwidere ich spöttisch.

Wir sollten das hinter uns bringen und dann zum

normalen Tagesablauf übergehen. Deshalb steige ich aus und umrunde den Mercedes. Sie ist sitzen geblieben und ich öffne ihr die Tür.

Passanten bleiben stehen, und ich weiß nicht, ob ich stolz auf meinen Wagen sein sollte oder die Flügeltüren nun nicht doch auch ein bisschen lächerlich finde.

»Hilf mir hier raus«, zischt sie. »Ich hasse dieses Auto.«

»Was ist denn?«

»Beim Einsteigen dachte ich nicht darüber nach, aber jetzt …«

»Was?« Ich beuge mich ein Stück vor, damit sie meinen genervten Blick nicht übersehen kann.

»Kane! Ich trage einen Rock ohne Unterwäsche und muss aus dieser fahrbaren Badewanne mit Flügeltüren wieder rausklettern.«

»Oh, ach so. Ja. Lass die Schenkel zusammen?«

»Nicht konstruktiv! Hilf mir.«

»Ja, schon gut, leg die Tasche zur Seite.«

Ich greife nach ihren Beinen, während sie ihre Aktentasche auf dem Fahrersitz ablegt, und sie kreischt.

»Was ist denn jetzt?«

Sie atmet laut aus. »Sag doch was, bevor du mich anfasst.«

»Eben konnte ich dich nicht genug anfassen.«

»Bitte sei still und hilf mir einfach, damit ich mich nicht blamiere. Uns sehen mittlerweile mindestens sechs Menschen zu und keinem davon möchte ich meinen Intimbereich zeigen.«

Sie hebt ihre Beine über den Einstieg, die so in der Luft baumeln, und schaut hilflos zu mir hoch. Es geht nicht anders, ich lache. Sie sieht zuckersüß aus mit dem Welpenblick durch die große Brille.

»Komm«, sage ich lachend.

Fast vorsichtig nimmt sie meine Hände und flüstert: »Ich habe Angst, dass, wenn du mich über die Kante ziehst, sich der Rock hochschiebt und alle meinen Po sehen. Ich hasse dieses Auto wirklich sehr.«

»Du darfst nur noch in Hosen mitfahren. Dann geht es, oder?«

»Ja«, haucht sie. »Aber jetzt habe ich nun einmal einen Rock an.«

»Das ist das Allerkomplizierteste, was mir jemals im Zusammenhang mit meinem Auto passiert ist.«

Leider habe ich keine Idee, wie sie elegant aussteigen könnte. Der Einstieg ist eng und hoch. Legt sie die Beine nach draußen wie jetzt, kann sie den Boden nicht berühren, um sich abzustützen. Der Mercedes ist tatsächlich nichts für kleine Frauen im Rock und unten ohne.

»Wir machen es so: Du stützt dich mit einer Hand auf dem Sitz ab und drückst dich hoch. An der anderen ziehe ich dich nach draußen und mit etwas Glück haben wir uns bloß übel blamiert, weil du es nicht hinausschaffst, aber niemand kennt deine kleine Zuckerpussy.«

»Zuckerpussy … Das hast du nicht gesagt, oder?«

»Doch.« Ich beuge mich weiter in den Wagen und sie weicht vor mir zurück. »Zuckerpussy.«

Ihre Lippen öffnen sich einen Spalt, dann lacht sie, weshalb ich grinse und eine Hand an ihren Rücken schiebe. Mit ein bisschen Schwung und ordentlich Koordination ziehe ich sie mit mir. Sie keucht überrascht, doch da habe ich sie schon an mich gezogen und wir stehen. Erschrocken umfasst sie mich, als könnte sie nicht glauben, es aus dem Auto geschafft zu haben.

Falls ich richtigliege, sitzt ihr Rock noch an Ort und Stelle, was ich überprüfe, indem ich die Hand, die sie nicht umgriffen hält, auf ihren Hintern lege.

Jemand klatscht und andere stimmen ein.

»O Kane, das darf nicht wahr sein.«

Ich sehe in beide Richtungen und nicke. »Vielen Dank, wir haben überlebt.«

»Geile Kiste, Mann.«

»Danke. Findet sie nicht.«

Mehrere Lacher.

»Schön, dass Sie Ihrer Frau geholfen haben. Höflich und zuvorkommend sein, ist in der Ehe nicht selbstverständlich.«

»Hey! Wie hast du es dann 45 Jahre mit mir ausgehalten?«

»Schatz, ich finde es wundervoll, dass du darin direkt eine Kritik erkennst.«

Niedliches Paar.

»Niedliches Paar.«

Ich blinzle. Hat sie gerade meine Gedanken ausgesprochen?

Die Leute sehen uns erwartungsvoll an, als würden sie noch mehr Show erwarten oder dass wir normal weitermachen. Stattdessen stehen wir hier und umarmen uns, als wäre einer von uns ein Kriegsheimkehrer.

Und ich bringe es ebenso wenig fertig, sie loszulassen, wie vorhin nicht die Lippen an sie zu legen.

23

WAS MACHE ICH JETZT?

Elin

Mein Herz schlägt laut und schnell, und ich hoffe, falls Kane es bemerkt, dass er denkt, das liegt an unserem Publikum. Leider ist es allerdings seine Nähe. Ich weiß nicht, wie genau er mich jetzt aus diesem schrecklichen Auto gezogen hat. Vermutlich hatte es etwas mit Zauberei und Wundern zu tun, aber mich noch einmal an ihn schmiegen zu können, seinen Duft unauffällig einzuatmen und seine Arme um mich geschlungen zu fühlen, das ist wie eine kühlende Salbe auf einer Schwellung nach allem, was gerade passiert ist.

Mich stört nicht einmal, dass seine Hand unverschämterweise auf meinem Hintern liegt und dass uns hier alle für ein Paar halten. Die Brille schiebt sich halb aus meinem Gesicht, so fest presse ich mit geschlossenen Augen Wange und Schläfe an ihn.

Ich stehe nicht gern im Mittelpunkt. Oh, was ist, falls ihn jemand erkennt und ein Foto macht? Sollte es möglich sein, verberge ich mich noch mehr an ihm, denn ich will nicht irgendwo als seine nächste *Muse* abgebildet sein.

Kane bedient mit einigen Leuten gleichzeitig Gespräche, während er mich weiter im Arm hält, als bräuchte ich Trost. Normal ist das nicht, sich erst so zu streiten und dann innig wie ein Paar zu wirken. Aber es fühlt sich jetzt genau richtig an und ich nehme es einfach so hin. Er beantwortet Fragen zum Auto, albert mit dem älteren Pärchen und erklärt, ich wäre etwas ungeschickt. Was bitte?

Mich weiter halten lassen oder das kommentieren? Nein, ich streite nicht vor anderen mit ihm. Sollen sie über mich denken, was sie wollen.

Ob wir wirklich wie ein Paar aussehen? Ich in meinem Businessrock und Bluse und er … Wie ein Punk? Ja, mit seinen zu vielen Ringen, den schwarzen Nägeln, der abgewetzten Jeans und dem schwarzen Shirt sieht er definitiv nach einem modernen Punk aus.

»Irgendwoher kenne ich Sie.«

»Ja, das wäre möglich. Sie entschuldigen uns. Wir müssen schnell in die Apotheke.«

Das ist mein Stichwort, und ich löse mich von ihm, wodurch seine Hände von mir rutschen. Ich sehe zu ihm hoch, und er schiebt mir mit einem Schmunzeln die Brille nach oben, indem er auf den Steg drückt.

Er nickt mir zu und verriegelt den Wagen, wonach wir die Apotheke betreten. Wir müssen anstehen, und ich betrachte Fruchtsäfte, die ausgestellt sind. Haben sie einen medizinischen Nutzen? Wer entscheidet eigentlich, was in Apotheken verkauft werden darf? Wieso denke ich über Saft nach? Ich schiele zu Kane. Wenigstens denke ich dann nicht über ihn und was passiert ist nach.

»Was guckst du so zu mir? Assoziationskette? Fruchtsaft – Saft – Sperma?«

»Du bist widerlich.«

»Bin ich nicht und das wissen wir«, sagt er lässig und greift eine Flasche, um sie zu öffnen.

»Kane«, zische ich.

»Was? Hier, trink. So wie du die Flasche angestarrt hast, hast du Durst.«

»Das macht man nicht.«

»Ich bezahle sie. Trink.«

»Nein, erst, wenn sie bezahlt ist.«

»Okay.« Er nimmt einen großen Schluck und hält sie mir entgegen, als würde er denken, macht er es vor, mache ich es nach. Nach meinem Kopfschütteln schraubt er sie endlich zu, ohne dass uns jemand ermahnt hat.

Wir dürfen weiter vorrücken und werden gefragt: »Was darf es sein?«

Ich erkläre der Apothekerin: »Wir benötigen eine Pille danach. Ich wüsste aber gern, welche Nebenwirkungen ich zu erwarten habe.«

»Nebenwirkungen?«, wiederholt er fragend.

Das bringt mich zum Schnauben. Was dachte er denn?

»Ja, Nebenwirkungen.« Mit einem Lächeln wende ich mich der Apothekerin wieder zu. »Während der Menstruation kämpfe ich mit starken Schmerzen im unteren Rückenbereich und gelegentlichen Krämpfen. Ist das ähnlich?«

»Während der Menstruation?«

»Kane! Ja! Ich menstruiere.«

»Du hast dabei Schmerzen? Du hast nie was gesagt.«

»Was soll ich denn sagen? *Hey, ich kann heute weder gut stehen noch gut sitzen, liegen ist aber auch nicht so optimal?* Ich gehe damit um wie Millionen anderer Frauen, bei denen es erträglich ist: Ich halte es einfach aus.«

Die Apothekerin mischt sich ein: »Viele Frauen schließen ihre Partner aus, weil sie denken, sie müssen das allein durchstehen. Lassen Sie sich gesagt sein, dass viele Männer ihre Frauen gern unterstützen.«

»Ah!«, rufe ich und sehe sie wieder an. »Er ist nicht mein Partner, sondern mein Boss und wir hatten bedauerlicherweise Sex, und jetzt will er, dass ich diese Pille nehme. So ist das nämlich. Ihn interessiert nicht, ob ich menstruiere oder nicht, solange ich meinen Job erledige.«

Sofort schlage ich mir gleich beide Hände vor den Mund, bevor ich die Arme schützend verschränke. Das geht niemanden etwas an. Ich will doch einfach nur wieder hier raus und dass alles wie vorher ist.

Sie beugt sich ein Stück in unsere Richtung, als wollte sie mir ein Geheimnis verraten, weshalb ich ihr Namensschild lese. Eine Stephanie. Ob sie sich Steph oder Steffi rufen lässt? Steffie? Steffi? Wie ist es richtig? Warum denke ich über Nonsens nach?

Ich konzentriere mich wieder auf das, was sie erzählt. »Sie müssen die Pille nicht nehmen, wenn Sie das nicht möchten. Es ist Ihre Entscheidung, nicht seine.«

Kane erwidert erbost: »Das ist sehr wohl auch meine Entscheidung.«

»Ihr Körper, ihre Wahl. Ich lasse nicht zu, dass Männer in meiner Apotheke Frauen unter Druck setzen, die Pille danach zu nehmen. Sie hätten sich VOR dem Geschlechtsverkehr überlegen können, wie und ob Sie verhüten.«

»Sie hat mich quasi genötigt. Ich wollte das nicht.«

Ihr Gesichtsausdruck, der professionell distanziert war, wird kurz verächtlich. Sehr verächtlich und das in meine Richtung. Es wird einfach immer peinlicher, als gäbe es kein Ende dafür.

»Ist das wahr? Dann … ja, dann rate ich Ihnen, Anzeige zu erstatten. Nötigung zum Koitus ist auch von Frauen kein Kavaliersdelikt. Falls Sie Hilfe benötigen, vorn am Ausgang stehen Informationsbroschüren. Darunter befindet sich eine für eine Männerhilfe, die kann Ihnen bestimmt weiterhelfen. Ich bitte Sie, das nicht totzuschweigen, das machen Männer nämlich noch viel öfter als Frauen, da sie sich schämen.«

Meine Augen müssen größer sein als meine Brillengläser und ich sehe Hilfe suchend zu Kane. Er wird mich doch nicht anzeigen? War das eine Vergewaltigung? Hat er es so empfunden?

Dass ich die Luft angehalten habe, bemerke ich erst, als er einen Arm um meine Schultern legt, mich sanft an sich zieht und antwortet: »Nein, so war es nicht. Das kam falsch rüber. Wir haben uns gegenseitig hochgeschaukelt. Sie wollte es auch nicht und trotzdem ist es passiert. Jetzt wollen wir Schadenbegrenzung betreiben.«

»Glaubst du mir etwa doch, dass ich kein Spermadieb bin?«, flüstere ich und beherrsche mich, nicht den Kopf an ihm zu reiben, als wäre ich eine liebesbedürftige Katze.

»Ich bin mir nicht sicher, aber das ist eine Sache zwischen uns und geht niemanden etwas an.«

Die Apothekerin sieht uns misstrauisch an, als könnte sie sich nicht entscheiden, ob ich das Opfer bin, er oder wir sie gemeinsam auf den Arm nehmen.

»Können Sie mir die Nebenwirkungen nennen?«, bitte ich. »Falls es mir danach schlecht geht, wüsste ich das gern vorher, damit ich meinen Boss bitten kann, morgen ohne mich zurechtzukommen.«

Sie atmet durch, als wären wir die Herausforderung des Tages. »Es kann zu Schmierblutungen kommen, Ihre Brüste können spannen und manche berichten von Übelkeit bis zum Erbrechen. Kopfschmerzen sowie Bauchschmerzen sind ebenfalls Nebenwirkungen. Außerdem leidet die Verkehrstüchtigkeit, da Sie sich schwindelig oder benommen fühlen können. Wissen Sie, ob Sie diesen Monat schon Ihren Eisprung hatten?«

»Ist das wichtig?«

»Ja, was vielen leider nicht bekannt ist, ist, dass die Pille danach lediglich den Eisprung verzögert. War er bereits, wirkt sie logischerweise nicht.«

Nach einem Seitenblick auf Kane flüstere ich: »Ich hatte vor drei Tagen noch meine Periode, damit sollte sie auf jeden Fall wirken, oder?«

Sie nickt, fragt mich ab, ob ich Medikamente nehme und unter Vorerkrankungen leide, klärt mich auf, wie sie wirkt, und empfiehlt mir nach dem Prozedere eine Marke.

Kane steht die ganze Zeit stocksteif neben mir, hat weiter den Arm um mich gelegt, als wäre es ihm nicht bewusst, und scheint sich gedanklich woanders zu befinden.

Erst als ich ihm den Ellenbogen in die Seite drücke, blinzelt er mich an und fragt: »Was ist?«

»Bezahlst du, bitte?«

»Oh, klar.« Er greift an seine Hosentasche. »Nein, doch nicht. Ich habe meine Geldbörse vergessen. Kannst du? Du bekommst es wieder.«

»Kann ich. Bringst du mir meine Tasche aus dem Auto? Ich befürchte, wenn ich mich hineinlehne, um sie mir zu nehmen, passieren noch mehr peinliche Dinge.«

»Natürlich.«

Er verschwindet, und ich lächle die Apothekerin beschämt an, weil wir alles verzögern. Es dauert ein paar Minuten, bis er zurück ist, allerdings ohne meine Tasche.

»Was ist los? Hast du sie auf dem Weg verloren?«

»Nein, das Auto ist weg.«

»Was?«

»Ja, ein Passant sagte mir, es wurde abgeschleppt. Der Wagen scheint gerade losgefahren zu sein. Wenigstens wurde er nicht gestohlen.«

»Ja, aber …«

»Nichts aber. Warum lässt du mich im Halteverbot parken? Das ist deine Schuld. Was bist du eigentlich für eine PA?«

»Eine sehr gute«, erwidere ich. »Kein Problem, ich kümmere mich darum. Hast du dein Telefon?«

»Ja.«

»Gut.« Ich wende mich der Verkäuferin zu. »Ist es möglich, per Smartphone zu bezahlen?«

»Das wird nicht gehen«, redet Kane dazwischen. »Ich habe nichts eingerichtet. Ich zahle sonst mit Karte.«

»Dann müssen wir die Pille leider hierlassen und später noch einmal wiederkommen.«

»Haben Sie vielleicht den Betrag für den Saft, den Sie angetrunken haben?«

»Kane?«, frage ich, da ich nicht wüsste, wo ich in meiner Kleidung Geld bunkern sollte. Weder Rock noch Oberteil haben Taschen, und um mir Geld in den BH zu stopfen wie damals in der Dorfkneipe, dafür bin ich definitiv zu alt.

»Ich habe nichts.«

»Warum musstest du auch unbedingt diesen Saft öffnen?

Das tut man einfach nicht, bevor man bezahlt hat! Wieso hörst du nicht ein Mal auf mich?«

»Habe ich und nun wurde mein Auto abgeschleppt. Du hast wirklich nichts?«

»Nein. Kein Problem«, wiederhole ich wie ein Mantra und habe keine Ahnung, was ich tun soll. Wäre heute nicht heute, würde mir sicher etwas einfallen, aber ich bin durch.

Resilienz wurde auf der Akademie immer wieder wie der Schlüssel zum Glück gepredigt. Im Moment fühle ich mich allerdings wie der am wenigsten belastbare Mensch der Welt. Mein Kopf ist leer, nur Wolken schweben darin umher, die jeden Einfall verbergen, den ich haben könnte. Ich ziehe die Unterlippe in den Mund und sehe Richtung Boden, um zu vertuschen, dass mir Tränen über die Wangen fließen.

Mir ist es zu viel. Jetzt ist mir einfach alles zu viel. Das Video der Kinder, das Knutschen mit Kane, der Sex, seine Vorwürfe, die Streiterei, das Auto weg samt meiner Tasche und wir können nicht bezahlen.

Versagt. Ich habe grandios versagt, und nun muss ich mir eingestehen, dass ich für den Job nicht tauge. Hanna hatte recht. Mit Kane komme ich nicht zurecht. Ich bin nicht besser als meine Vorgängerinnen. Sex und Kündigung.

Was mache ich jetzt?

»Kann ich ein Pfand hierlassen, alles mitnehmen und später bezahlen?«, höre ich Kane und sehe nicht hoch, weil ich warten muss, bis meine Augen sich beruhigt haben.

»Ja, das wäre möglich.«

Durch Schielen erkenne ich, dass er etwas über die Theke schiebt. »Das ist ein 950er Platin Siegelring. Er ist massiv, und falls ich mich richtig erinnere, hat er sechs Riesen gekostet. Selbst wenn man ihn zum Einschmelzen bringt, ist das deutlich mehr, als die Pille und der Saft kosten. Deshalb nehme ich noch das und das und das mit. Und, Moment.« Er sieht sich um, geht ein paar Schritte und schichtet Sachen auf dem Tresen auf. »Das bedeutet aber nicht, dass ich vorhabe, nicht wiederzukommen. Ich will meinen Ring zurück.«

»In Ordnung. Ihr Name, bitte, damit ich das notieren kann.«

»Kane Reid.«

»Den Namen habe ich schon einmal gehört …«

»Ich bin hauptberuflich Pornodarsteller. Vielleicht daher.«

Nun sehe ich doch hoch und höre erstaunt zu, wie ich lache. Die Apothekerin schnappt nach Luft und Kane zwinkert mir zu.

Wir erhalten eine Tüte, und Kane sammelt mich ein, indem er den Arm um mich legt, nachdem wir uns verabschiedet haben.

»Es geht schon«, murmle ich peinlich beschämt, weil er mit Sicherheit trotz meines halbherzigen Vertuschungsversuchs mitbekommen hat, dass ich gerade einen kleinen Zusammenbruch hatte.

»Was geht? Ich halte dich nur, damit du nicht flüchten kannst, bevor du die Tablette genommen hast.«

»Danke«, hauche ich, weil ich verstehe, dass das ein ablenkender Spruch sein soll. Um weiter davon abzulenken, bitte ich: »Gib mir dein Telefon, ich rufe uns ein Taxi.«

Das ist schnell erledigt, und als ich mich umdrehe, sitzt er auf dem Vorsprung des Apothekenschaufensters und räumt ein paar Sachen aus der Tüte. »Setz dich und trink etwas.«

»Das macht man doch nicht, Kane.«

»Was? Trinken? Man sollte sogar.«

»Gib halt her.«

Ich entreiße ihm die Saftflasche und trinke gierig ein paar Schlucke im Stehen. Durstig bin ich ja.

»Gummibärchen, Dinkelkekse oder Gemüsechips?«

»Das hast du alles auf die Schnelle gefunden?«

»Ja, und einen Lippenpflegestift, etwas, wodurch die Augen abschwellen sollen, Bonbons, was gegen raue Füße …«

»Habe ich oder du raue Füße?«, unterbreche ich.

»Das müssen wir erst herausfinden. Aber um ehrlich zu sein, habe ich mich da vergriffen.«

Er lacht und steckt sich einen Dinkelkeks in den Mund,

wonach er mir einen anbietet. Vorsichtig nehme ich ihn. Sein plötzlicher Stimmungswechsel macht mich misstrauisch. Ist das die Erleichterung, dass wir endlich die Tablette haben?

»Du, dein Auto, ich kümmere mich später gleich darum und finde heraus, wo es hingebracht wurde, und veranlasse, dass wir es unbeschädigt zurückbekommen.«

Er lehnt sich mit dem Rücken an die Scheibe und stellt einen Fuß hoch. »Es eilt nicht. Wir fahren zuerst nach Hause und ruhen uns aus. Ich bin mir sicher, dass er ruckzuck wieder in der Garage steht, weil du eine gute Assistentin bist, für die so etwas ein Kinderspiel ist.«

Ein Lob? Jetzt? Nachdem ich in der Apotheke geweint habe? Nicht zum ersten Mal, fällt mir ein. Heute ist der Tag der Peinlichkeiten.

»Meine Tasche inklusive Smartphone ist da drin. Wie willst du mich erreichen? Oder ich jemanden? Und mein Schlüssel is…«

»Dann bleibst du bei mir, bis du deine Tasche zurückhast. Logischerweise.«

»Ja, absolut logisch«, nuschle ich und reibe mir die Stirn.

Mit der Saftflasche in der Hand verharre ich und sehe ihm zu, wie er abwechselnd Gummibärchen, Kekse sowie Chips isst und mir jedes Teil davon zuerst entgegenhält, um es sich nach meinem Kopfschütteln selbst in den Mund zu stecken.

Endlich kommt das Taxi.

Ich brauche dringend eine Pause.

24

JETZT MUSST DU STARK SEIN.

Kane

Ein Taxi fährt heran und hält vor der Apotheke. Das ist wohl unseres und ich werfe alles zurück in die Tüte.

»Hast du Geld zu Hause?«, flüstert sie und ich strecke ihr einen Keks entgegen. Erneut schüttelt sie den Kopf. Sie wirkt immer noch vollkommen aufgelöst.

Obwohl ich mich in letzter Zeit so oft grundlos gestresst gefühlt habe und die Situation ein Grund sein könnte, um wirklich gestresst zu sein, fühle ich mich ruhig und besonnen. So als wäre ich der gelassene Gegenpol zu ihr. Die andere Seite der Waage.

Sie wollte nichts essen, obwohl viele Menschen angeblich bei Stress nicht damit aufhören können, deshalb versuche ich es anders, halte ihr die Tür auf und versichere ihr sanft: »Habe ich. Wir können das Taxi bezahlen, falls das der Grund deiner Frage war.«

Nickend steigt sie ein, rutscht durch, und als ich folge, teilt sie der Fahrerin bereits die Adresse mit. Ich lehne den Kopf an der Scheibe an und schiele zu ihr rüber. Dieser Tag ist irgendwie eskaliert. Wie kam es dazu, dass wir von einer Heulorgie geld- und autolos bei einer Apotheke landen, um nachträglich Verhütungsmittel zu kaufen?

Seufzend streiche ich mir durchs Haar und sehe nach draußen. Wann bin ich das letzte Mal in einer Frau gekommen? Kondom, rausziehen und mir selbst auf die Schulter klopfen, wie besonnen ich bin, so läuft das. Sex ist Ekstase und Menschsein in seiner reinsten Form, aber das geht schon automatisch. Vielleicht war ich heute mehr Mensch als sonst, weil ich alles vergessen habe, vollkommen überwältigt von ihrer Lust.

Sie.

Elin.

Keine Muse, einfach Elin.

Ob es ihr nach der Tablette schlecht geht? Es tut mir ehrlich leid, dass sie das machen muss. Und das an ihrem Geburtstag. Außerdem tut mir mein Verdacht leid. Jetzt, so hinterher, mit etwas ruhigerem Gemüt, kommt mir die Anschuldigung lächerlich vor, die mir eben noch logisch erschien.

Als das Taxi hält, drücke ich Elin mein Smartphone in die Hand, damit sie die Kirche betreten kann. »Meine Geldbörse liegt in der Küche, glaube ich. Falls nicht, neben der Tür im Fach.«

»Ich soll sie holen?«

»Du bist doch meine Assistentin?«

Ohne weitere Worte loszuwerden, verschwindet sie und ich beuge mich vor. »Sie bezahlt gleich und ich gehe mit ihr rein. Sie warten, bis ich wiederkomme, ich muss noch weiter.«

»Kein Problem.«

Scheinbar hatte ich recht mit der Vermutung, wo meine Geldbörse sich aufhält, denn Elin ist schon wieder da, und als wir gemeinsam reingehen, frage ich: »Ich bin dein Boss, richtig?«

»Ich kann mich nicht erinnern, dass wir die Rollen getauscht hätten, also ja. Oder war das die Einleitung zu meiner Kündigung?«

»Nein. Brauchst du einen Notizblock oder kannst du dir ein paar Anweisungen merken?«

»Dein Ernst, Kane? Sag schon.«

»Du wirst diese Tablette nehmen und dann legst du dich hin.«

»Hinlegen?«

»Ins Bett. Schlafen. Auch so eine Sache, die man darin machen kann.«

»Was? Nein. Vergiss es. Ich schlafe doch nicht im Musenbett. Es ist Arbeitszeit und falls mich wirklich Nebenwirkungen erwischen … Ach, das geht schon. Ich bin kein Weichei. Ich kümmere mich zuerst um das Auto, dann habe ich meine Tasche zurück und …«

»Elin! Leg dich hin. Das war eine Anweisung.«

Sie öffnet mir die Tür und geht Richtung ihres Schreibtischs. Genervt schnalze ich mit der Zunge, packe ihren Oberarm und ziehe sie mit mir bis zur Treppe. »Hoch. Sofort.«

»In dein Bett?«

»Jetzt kreisch nicht so entsetzt, du bist vorhin auch schon drinnen gelegen. Ich will, dass du dich ausruhst, denn du siehst aus, als wärst du vollkommen am Ende.«

»Aber …«

»Bitte, Elin, halt den Mund und sei eine brave PA. Lass mich mindestens zwei Stunden in Ruhe. Und vergiss die Tablette nicht.«

Sie flucht etwas Unverständliches, nimmt mir die Tüte ab und geht nach oben.

Ich rufe ihr hinterher: »Mindestens zwei Stunden.«

»Hab es verstanden!«

Da bin ich mir nicht so sicher und warte noch, bis sie ganz oben ist, bevor ich mich umdrehe.

Dann spiele ich mal Assistent für mich.

Die kompletten zwei Stunden brauche ich nicht, bis ich meinen Wagen wieder in der Garage parke. Die Apotheke ist bezahlt und somit alles Wichtige erledigt. Elins Tasche lasse ich im Auto, sonst will sie bestimmt Feierabend machen.

Allerdings finde ich, sie sollte noch bei mir bleiben. Nur zur Sicherheit, was auch immer das bedeuten soll.

Wie ein Einbrecher schleiche ich mich in mein Zuhause und lausche hinter der Tür, ob ich irgendwo Elingeräusche höre. Nein. Aber da die Kirche groß und Elin nicht gerade der lauteste Mensch ist, heißt das nicht, dass sie wirklich schläft.

Nach einem Umweg über die Küche gehe ich nach oben und lache leise. Sie hat sich die Bettdecke über den Kopf gezogen und ein Fuß schaut hervor. Ob sie kitzlig ist? Ich finde, als ihr Boss sollte ich das wissen, aber jetzt ist der falsche Moment, das herauszufinden.

Auf Kopfhöhe gehe ich in die Hocke und ziehe vorsichtig an der Decke.

Eine verwuschelte Elin reißt die Lider auf und japst: »Kane.«

»Happy Birthday«, flüstere ich.

Das Licht der Kerze spiegelt sich in ihren Augen wider, sie öffnet die Lippen und hickst verdutzt. »Hast du mir einen Kuchen gekauft?«

»Nein, den habe ich gefunden.«

»Echt?«, fragt sie, und während sie sich aufsetzt, legt sie den Unterarm vor den Mund, um zu gähnen.

Sie ist unglaublich niedlich, und ich habe keine Ahnung, warum ich das denke, denn sie ist strubbelig, verschlafen und verknautscht.

In einer zweifelnden Geste reibt sie sich die Augen, als wäre sie ein Kind, und starrt auf den Kuchen, dann auf mich und wiederholt: »Echt? Nein, oder?«

»Es stimmt beides«, erkläre ich schmunzelnd.

»Was meinst du?«

»Ich habe ihn bei der Konditorei Margas Schleckerein gefunden und gekauft.«

»Mit Kerze?«

»Du hast doch Geburtstag, oder? Würdest du sie ausblasen und dir etwas wünschen? Etwas nur für dich?«

»Ja, natürlich.« Sie streicht sich die Haare hinter die Ohren, greift sich die Brille vom Nachttisch und sieht konzentriert auf die Torte, als wäre das die Aufgabe des Tages.

Sie so vom Schlafen verpeilt zu sehen, rührt mich irgendwie und ich brumme: »Jetzt mach schon, bevor der Kuchen ankokelt.«

Mit geschlossenen Augen pustet sie die Kerze aus, weshalb ich ungeniert ihr Gesicht betrachten kann. Was sie sich wohl wünscht? Ich würde es gern wissen. Die Kinder zurück? Ihren Ex? Einen anderen Job? Dass der Tag heute nicht gewesen wäre?

Oh-oh. Ich glaube, ich weiß, warum sie die Augen geschlossen hatte. Denn als sie sie wieder öffnet, glänzen sie feucht.

»Ist alles okay? Hast du Schmerzen?«, frage ich vorsichtig.

»Ja.« Sie unterstreicht das Ja mit einem heftigen Nicken. »Ähm, nein. Keine Schmerzen, alles okay. Mir hat nur schon seit … seit … seit ich ein Kind war, keiner mehr einen Kuchen zum Geburtstag gebracht. Aber, Kane … hast du jemanden eingeladen?«

»Eingeladen?«

»Kane, das ist eine Tonne Material. Du hast mir mindestens dein Körpergewicht in Torte mitgebracht.«

Ich ziehe die Gabeln aus der hinteren Hosentasche, die ich in der Küche eingesteckt habe. »Ich wiege demnach eine Tonne? Na gut, du wirst es wissen. Du kennst angeblich auch meine Toilettengewohnheiten. Rutsch mal.«

Sie folgt der Anweisung und rutscht ein Stück, um sich dort am Kopfteil anzulehnen. Die Schlussfolgerung kommentiert sie nicht, aber sie schmunzelt, wobei sich ihre Nase kräuselt.

Die Torte ist maximal für fünfzehn Leute. Zu viel für uns, es war jedoch die hübscheste, da hatte ich keine Wahl.

»Jetzt musst du stark sein. Körperlich stark«, sage ich und reiche ihr die Schachtel, um mich neben sie zu setzen.

»In Extremsituationen wächst man ja angeblich über sich hinaus.«

»Meinst du mich?«, hake ich nach.

»Sieh dich ruhig als Extremsituation, damit liegst du nicht so falsch. Aber ich meine den Kuchen. Ich werde ihn mit meinem Leben beschützen.«

»Ich wusste, auf dich ist Verlass. Merkst du schon was?«

»Was meinst du?«, fragt sie zurück und sieht vom Kuchen zu mir.

Mit einer der Gabeln deute ich auf die Tablettenverpackung und die Wasserflasche auf dem Nachttisch, woraufhin sie stöhnt. »Ach so, klar. Auch wenn du es nicht glaubst: Ich will kein Kind von dir. Aber nein, ich merke noch nichts. Nur müde bin ich.«

»Du solltest heute nicht mehr fahren. Bleib über Nacht, falls etwas ist. Ich nehme das Bett unten, keine Angst.«

»Wovor?«

»Dass ich dir zeige, wie Sex mit mir ist, wenn man mich nicht überwältigt.«

»Du!«

Ich stoße ihr den Ellenbogen in die Seite und lache, woraufhin sie mich grimmig ansieht. Das hält sie nicht aus, erst zucken ihre Mundwinkel, dann lacht sie mit.

»Jetzt erzähl mal, wie du sonst Geburtstag gefeiert hast. Warum gab es keinen Kuchen für dich?«

»Vorher will ich wissen, wie das bei dir ist. Soll ich dir zu deinem Geburtstag eine Torte besorgen? Magst du das?«

»Du sollst für meinen Geburtstag gar nichts besorgen. Ich sehe wenig Sinn darin, ein weiteres Jahr meiner Existenz zu feiern. Es gibt viel bessere Gründe.«

»Welche denn?«, fragt sie.

»Keine Ahnung.« Ich umfasse ihre Hand mit der Gabel und führe sie, um ein kleines Stück vom Kuchen abzustechen. Vermutlich traut sie sich sonst nicht von einem kompletten Kuchen etwas abzuteilen, weil man Kuchen nur in Stücken essen darf.

Es funktioniert unfallfrei, denn sie lässt locker, ganz vertrauensvoll, als wäre es normal zwischen uns, dass ich so etwas tue. Ich streichle kurz ihre Hand, bevor ich sie loslasse. Füttern will ich sie nicht, das wäre wirklich seltsam.

»Vielleicht sobald ein Bild fertig ist?«, fragt sie und verharrt mit der gefüllten Gabel vor dem Mund, als könnte sie meine Antwort nicht gut genug hören, wenn sie dabei kaut.

Langsam rutsche ich in eine bequemere, tiefere Sitzposition, wobei ich mir selbst Kuchen absteche.

»Ja, vielleicht. Wir essen jetzt diese Torte und überlegen uns dazu, was alles feiernswerter als ein Geburtstag ist.«

»Nicht in einer Apotheke verhaftet zu werden, weil man angeblich jemanden missbraucht hat, beispielsweise? Oder wenn man doch nicht seinen Job verliert, obwohl man gegen die Don't-fuck-the-Boss-Regel verstoßen hat?«

Ihre Augen funkeln albern und auf eine gewisse Weise entspannt. Was auch immer heute bei uns schiefgegangen ist, ich glaube, wir haben es wieder hinbekommen. Wir haben es sogar so hinbekommen, dass wir wissen, es wird keine Kündigung geben, von keiner Seite, egal, was wir von uns gegeben haben.

Trotzdem sage ich, damit es nicht zwischen uns stecken bleiben kann: »Mein Verdacht tut mir leid.«

»Und mir, dass ich gesagt habe, ich hasse dich. So etwas sagt man nicht. Es ist mir echt peinlich, dass ich nicht lässig geblieben bin. Allerdings habe ich jetzt die Chance zu beweisen, dass ich keine Termine vermurkse, obwohl ich keine Kane-Reid-Jungfrau mehr bin.«

Ich schiele zu ihr rüber. An ihre Vorgängerinnen hatte ich nicht mehr gedacht, seit Elin ihren ersten Tag hier hatte. Sie hingegen werde ich vermutlich nie wieder vergessen. Schon allein deswegen, weil sie über ihren Spruch verlegen kichert.

»Keine Kane-Reid-Jungfrau mehr«, wiederhole ich.

»Und du keine Elin-Deschain-Jungfrau.«

So herum wäre es eigentlich fast korrekter.

25

UND DANN BIN ICH WIEDER ASSISTENTIN.

Elin

Zuerst wollte ich trotz Kanes Anweisung kein Schläfchen in seinem Bett halten, aber ich war wirklich erschöpft von allem, dass ich mir dachte, fünf Minuten schaden nicht. Außerdem hatte er recht, ich lag schon vorher drinnen, und dazu war er so herrisch.

Jetzt vermisse ich ihn. Es war schön, mit ihm Kuchen zu essen, so friedlich und auf komische Art heilend, weil es mich mit dem ganzen Tag versöhnt hat. Er blieb sicher eine Stunde, und ich habe so viel gegessen, bis mir der Bauch wehtat, während wir uns unterhalten haben. Ich wollte nicht, dass es endet, und hatte das Gefühl, wenn ich fertiggegessen habe, ist das Gespräch vorbei.

Vor einer halben Stunde ist er gegangen, um zu malen, und hat mir den Auftrag gegeben, mich weiter auszuruhen, damit ich morgen wieder fit bin. Aber ich kann nicht mehr schlafen, noch nicht einmal dösen. Schlecht fühle ich mich von der Tablette auch nicht. Fernsehen will ich nicht. Ich liege einfach auf dem Rücken und reibe mit den Fußsohlen über das Laken.

Der Stoff ist weich unter den Sohlen, irgendwie intensiv, und ich ziehe erbost die Hand zurück, als ich bemerke, dass sie sich unter den Rock geschummelt hat. Ohne Unterwäsche war ich noch nie unterwegs, und wenn man nicht gerade aufgeregt ist, fühlt sich das ein bisschen verrucht an. Würde er jetzt hochkommen, könnte er vielleicht alles sehen.

Wäre das eine Einladung für ihn? Ich reibe schneller mit den Füßen, sodass sich die Haut erwärmt.

Wie er mich geküsst hat ... Wie kam es eigentlich dazu? Ich habe geweint und auf einmal hat er mein Gesicht geküsst. Hat er mich ausgenutzt? Dass ich emotional nicht auf der Höhe war? Er sagte, er tritt mir nicht zu nahe, egal wie nahe er mir kommt, und ich habe ihm vertraut.

Hätte ich sonst widerstehen können? Dieser innere Zwang, ihn zu berühren, ihn zu spüren, ihm unter die Haut zu kriechen, der wurde mir doch schon fast zum Verhängnis, egal wie sehr ich mich dagegen wehren wollte. Es ist wie ein erregender Sog, der mich in eine Tiefe ziehen will, in die ich nicht gehöre. Ich bin nicht so ... so impulsiv. Warum muss ausgerechnet mein Chef so einen Reiz auf mich haben, dass ich mich nicht so benehme, wie ich gern wäre und mich selbst sehen möchte?

Und weshalb wickelt sich ein erregtes Kribbeln um meinen Magen, wenn ich nur daran denke, er könnte hochkommen, mir zwischen die Schenkel blicken und sich sofort auf mich stürzen?

Entspannen kann ich mich nicht mehr, da diese Fantasie sich in meinem Kopf ausdehnt, bis ich tatsächlich glaube, seine Schritte zu vernehmen. Mein Herz schlägt immer schneller, und ich spreize die Beine weiter, lasse Luft an die Stelle, die ich ihm wie ein Versehen zeigen möchte.

Aber er kommt nicht, und je länger ich darauf warte, so von ihm ertappt zu werden, desto unruhiger werde ich, reibe meine Füße hektischer über das Laken und springe irgendwann unkontrolliert auf.

Es zieht mich zu ihm nach unten und schon bin ich auf dem Weg. Stufe für Stufe und ich bemerke, wie meine Handflächen feucht werden, weshalb ich die Hand vom Handlauf nehme.

Er steht vor einer riesigen Leinwand, wie gewohnt wieder in einer weißen Leinenhose, aber er trägt noch das schwarze Shirt mit dem tiefen Ausschnitt von eben, was mir verrät, die Kamera läuft nicht.

Dass ich dir zeige, wie Sex mit mir ist, wenn man mich nicht überwältigt.

Das hat er vorhin gesagt.

Und das will ich. Er soll es mir zeigen, sich um mich kümmern und meine Gelüste befriedigen, die er entfacht hat, indem er mich geküsst hat.

Sein Blick schweift zu mir, zurück zum Bild, und diese nur flüchtige Beachtung gibt mir das Gefühl, ich wäre unwichtig. Unwichtig sein hat mich noch nie gestört, aber nun weckt es einen Groll in mir.

Einen Groll, den ich wegatmen möchte, weil er absolut ungerechtfertigt ist. Ich bekam doch sogar Torte von ihm! Er war richtig lieb zu mir. Allerdings wünsche ich mir keinen lieben Kane, ich wünsche mir einen, der sich jetzt nimmt, was er will. Und ich verlange, dass ich das bin.

»Was guckst du so grimmig?«, murmelt er, ohne mich anzusehen, und ich verschränke die Arme.

»Ich darf gucken, wie ich möchte.«

»Irgendwelche Beschwerden oder was willst du?«

Nein, verdammt! Ich wünsche mir doch bloß deine Aufmerksamkeit, aber die steht mir nicht zu, und jetzt bin ich hier und komme mir vor wie die unbeholfenste Person der Welt. Wie soll ich sagen, dass er mich in Gedanken wahnsinnig macht, weil jedes bisschen Materie von mir in Sehnsucht und Erregung gehüllt ist, an der er schuld ist und die nur ihm gilt?

»Was, Elin? Was wirfst du mir vor? Da ist doch was, oder?«

Da ich irgendetwas sagen muss, spreche ich diese flüchtige Empfindung von eben gedankenlos aus: »Du hast meine emotionale Lage ausgenutzt. Ich habe dir vertraut, dass zwischen uns nichts passieren kann.« Und jetzt bin ich süchtig, mein Schoß pocht nach dir und ich benehme mich vollkommen unlogisch.

Er lacht abfällig. »Habe ich nicht und du weißt das.«

Ja, weiß ich! Aber …

Jemand muss mich retten. Vielleicht mein Ex, indem er mir noch einmal sagt, dass ich nett und zuverlässig bin, jedoch niemand, der einen Mann wirklich den Verstand kostet.

Sogar dieser Gedanke hilft nicht gegen das quälende Begehren, das mich langsam echt fertigmacht. Kamen mir die Worte meines Ex in den Sinn, weil Kane mich um meinen bringt? So etwas habe ich noch nie empfunden, nicht so dringend und fast schmerzhaft. Das war ich also nie für Georg, habe mir so etwas auch nicht gewünscht, aber jetzt wünsche ich es mir von Kane. Er soll genauso brennen wie ich.

»Moment.« Die zwei Schritte, die er auf mich zu macht, lassen mich schwerer atmen, weil mich seine Aura einfängt. »Du sagst das, damit ich nicht mehr glaube, dass du MICH ausnutzen wolltest. Das ist es, oder?«

»Vielleicht?«

»Hm … Sonst noch ein Anliegen?«, haucht er und senkt den Kopf. Sein Kinn streift meine Schläfe, rau durch Bartstoppeln und die Geste ist theoretisch wirklich nicht erotisch. Aber sie ist so anregend, wie ich es mir nur vorstellen kann, irgendwie intim.

Beherrscht lasse ich die Arme hängen, weil ich ihn auch gern intim berühren würde, mir allerdings nichts einfällt, was dem entspricht, was ich vermitteln will. Gibt es überhaupt etwas, was er als intim empfinden würde? Oder wäre bei ihm ein grober Griff in den Schritt das Zeichen seiner Wahl?

»Weißt du es nicht oder muss ich raten, Elin?«

Sein Atem an meinem Ohr … Ich wünschte, ich hätte so eine Wirkung auf ihn, wie er sie auf mich hat. Seine Fastberührung putscht mich auf, so als wäre der Sex von vorhin noch als kleine Flamme in mir gewesen, die gefüttert wurde durch Streiten, Verzweiflung, seine Zärtlichkeiten und jetzt einfach nur davon, dass er mir so nahe ist.

Energisch trete ich zurück, raus aus dem Bereich, in dem ich hilflos wie eine Fliege im Spinnennetz als sein Opfer klebe, und sehe ihm in die Augen, um so mutig zu sein, wie ich es vielleicht noch nie war. »Dich. Dich will ich.«

Das ist die Wahrheit. Die pure, beschämende Wahrheit.

Kane-Reid-Jungfrau kann ich mich eh nicht mehr nennen, und ob einmal oder zweimal, das ist doch nicht wichtig.

Er streift sich mit zwei Fingern unter dem linken Schlüsselbein entlang. Ich kann nichts tun, ich hebe die Hand und befühle mich an derselben Stelle, als hätte ich die Berührung dort gespürt, während ich hypnotisch auf seine Finger mit den schwarz lackierten Nägeln starre.

Seine Arme verschränken sich und ich sehe hoch zu seinem Gesicht. »Zieh dich aus.«

»Und …«

»Sei still. Einfach fallen lassen.«

Ich bin mir nicht sicher, ob er mich oder meine Kleidung meint, aber vielleicht kommt das auch auf dasselbe hinaus.

Etwas zögerlich fasse ich an die Knöpfe der Bluse und verharre in der Bewegung, als er weiter rückwärts geht, um mir Raum zu lassen oder mich besser betrachten zu können.

Wir haben uns geküsst, er war in mir, aber er hat mich nicht nackt gesehen. Das will ich nicht. Er ist besessen von Kunst, von Formen und Perfektion und ich bin nur ich.

»Du schämst dich?«, fragt er. Seine Augenbrauen wandern ungläubig in die Höhe, dann legt sich ein milder Zug um seinen Mund, als hätte er Mitleid.

Schämen oder eine Unsicherheit zugeben?

Das Zweite kommt nicht infrage. Auf keinen Fall. Es kann mir auch egal sein, wie er meinen Körper findet. Ich will das von vorhin. Nur länger. Ich bin angefixt, so als hätte ich vergessen, wie gut etwas schmeckt, und er ist mein Buffet.

»Das nennt man Verzögerungstaktik«, erkläre ich und öffne nach und nach die Knöpfe. Dabei entfleucht meinen Gedanken gegebenenfalls ein Gebet, weil der Rock so vorteilhaft sitzt, dass er jede Schwachstelle rund um Bauch und Hüfte verdeckt.

»Du bist eine Verführerin?«, fragt er und das Letzte, was ich erkenne, bevor ich zur Seite sehe, um die kleinen Knöpfe am Handgelenk zu öffnen, ist, wie er schwer schluckt.

»Wundert dich das?«

»Sehr. Aber …« Er kommt wieder näher und hilft mir aus der Hemdbluse, während ich zu ihm hochsehe. »Aber es ist auch nicht wichtig.«

»Weshalb?«

»Weil ich nicht verführt werden muss.« Seine Hand schiebt sich von hinten in meine Haare und stützt meinen Kopf, wobei ich weiter hoch zu seinem Gesicht sehe.

»Weil du es mit jeder treibst?«

»Nein, weil ich es so oder so mit dir tue. Ich bin froh, dass du hier bist, denn ich dachte die ganze Zeit an dich in meinem Bett und wurde fast wahnsinnig, da ich mir verboten habe, zu dir hochzukommen. Der BH.«

Mein Kopf wird weiter von ihm gehalten, und er sieht mir in die Augen, als wäre dort die Ausziehshow, wobei ich nach hinten greife und den BH enthake. Er dachte an mich. Das prickelt als Funken durch mich hindurch und explodiert in kleinen Glücksgefühlen, da er sich vielleicht hier unten so nach mir gesehnt hat wie ich mich oben nach ihm.

Wir atmen gemeinsam aus, als der BH über meine Arme rutscht und ich an den Reißverschluss des Rocks greife. Auch er fällt und ich bin nackt. Nackt und feucht, weil es mit seinem Halt einfach war, mich auszuziehen.

»Jetzt du«, flüstere ich und dränge mich gegen ihn, damit er nicht gleich bemerkt, dass meine Brüste clever genug sind, Physik verstanden zu haben, und sich der Schwerkraft hingeben, und mein Bauch nicht ganz so straff gespannt ist wie seine Leinwände.

Sein sanftes Kopfschütteln irritiert mich. »Elin, du schamhaftes Ding. Ich weiß, was ich mit dir mache. Hände nach oben.«

Der Aufforderung folge ich gern und lege die Hände um seinen Nacken. Er greift sie sich, hält sie nach oben und drängt mich rückwärts, bis ich quieke, da mein Rücken gegen etwas Kaltes, Nasses stößt. Eine Leinwand. Frisch bemalt und so groß wie ich.

Er beugt sich nach rechts, richtet sich wieder auf, stupst mit der Nase an meine und befiehlt: »Eine Hand an meine Taille.«

»Was wird das?«, frage ich und lasse den anderen Arm von ihm nach oben und zur Seite biegen. »Was zur Hölle, Kane!«

Sein Grinsen ist so schmutzig, dass ich es selbst aus den Augenwinkeln wahrnehme, obwohl ich auf den Akkuschrauber starre, mit der er eine Schraube ins Holz des Rahmens treibt. Die zweite folgt sofort und dann hat er mein Handgelenk mit einem breiten Lederstreifen festgezurrt.

»Nein!«, bestimme ich.

»Doch«, widerspricht er und greift meine freie Hand, mit der ich an dem Leder zerren will, und befestigt sie auf der anderen Seite.

»Ich möchte das nicht«, stelle ich energisch klar.

Er stellt den Akkuschrauber weg, küsst meinen Unterarm, den Oberarm, die Schulter und beißt zärtlich in meine Ohrmuschel, ehe er den Mundwinkel küsst und dort behauptet: »Wir wissen beide, dass dieser Protest halbherzig ist, sonst hättest du dich heftiger gewehrt.«

»Das ist sehr wohl ein Protest! Und zwar kein halbherziger!«

Ich ziehe ein Knie nach oben und ramme es ihm gegen den Oberschenkel, woraufhin er lacht. »Sollte das ein Protest sein? Elin, Elin, Elin.« Seine Lippen finden meinen Hals und er flüstert: »Dazu müsstest du mir in die Eier treten. Die sind in der Mitte.«

»Ich werde mich nicht herablassen, meinem Boss in die Eier zu treten.«

»Das ist schön. Dann kann ich dich jetzt endlich ansehen.«

»Deshalb hast du mich hier festgezurrt?« Ich zerre an den

Lederstreifen, aber sie sind so fest, wie die Leinwand an der Wand befestigt ist.

»Ja«, erwidert er und tritt rückwärts. »Interessant, dass ich ausgerechnet heute eine Idee hatte, die genau passend für unsere Situation ist.«

»Das ist keine Situation, Kane!«

Sein Gesichtsausdruck ist belustigt, seine Arme verschränkt, und ich hasse, dass ich bemerke, wie meine Wangen rot anlaufen, weil er mich von oben nach unten betrachtet. Wenigstens kneife ich die Beine zusammen, obwohl dazwischen keine Schwachstelle von mir ist.

Ist das ein Ständer?

Ja, es ist einer und er streicht mit der Hand darüber.

»Schade, dass ich dich nicht so lassen kann.«

Mit zwei großen Schritten steht er wieder direkt vor mir und schiebt einen Arm zwischen Rücken und Leinwand hindurch, um mich an seinen Körper zu ziehen.

Die Brille zieht er mir noch vorsichtig vom Gesicht, aber seine Lippen sind nicht behutsam, die sind gierig und überfallen meinen Mund. Übertreibt er oder ist das irgendwie aufregend? Instinktiv erwidere ich den Kuss, bin allerdings zu sehr in dem Zwiespalt gefangen, wie ich reagieren soll, um richtig darauf einzugehen. Ich darf das doch nicht gut finden, schließlich habe ich gesagt, er soll mich losmachen.

Der Kuss währt nur kurz, er rutscht tiefer, und ich versuche auszuweichen, als er mir über den Hals leckt, bis in das Tal zwischen meinen Brüsten.

»Noch zwei Minuten, wenn du dann nicht sagst, dass du das hier genauso willst, mache ich dich los, male weiter und du erledigst irgendwelches Elin-Zeug.«

Huch.

Mit dem letzten Wort leckt er eine Brustwarze, saugt sie tief in seinen Mund und verkrampft eine Hand an meiner Hüfte. Das zieht bis zwischen die Schenkel und lässt mich zittern. Fester. Sagen? Nur denken und hoffen, er ahnt es?

Er wechselt, und ich recke ihm die andere schon entgegen,

weshalb er lacht, ehe er sich ihr widmet, obszön daran lutscht und sie mit seinen Lippen quetscht.

Ja, ja, ja, ich habe mich entschieden, es ist aufregend. Trotzdem habe ich ein Gefühl von Eile. Ich will nicht nackt mit ausgebreiteten Armen vor ihm sein.

Ich bin okay, ich bin okay, ich bin okay.

Warum glaube ich mir das nicht? Vielleicht weil ich seine Musen gesehen habe? Die meisten sahen vollkommen normal aus, aber ein paar davon waren abartig hübsch.

Keine Dellen am Arsch. Kein Busen, der tropfenförmig statt rund ist. Kein weicher Bauch, keine Dehnungsstreifen, obwohl ich nie ein Kind geboren habe.

Seine Finger, die sich zwischen meine zusammengepressten Schenkel schieben, lassen mich das für einen Moment vergessen, bis er zurücktritt und auf seine Hand sieht.

»Ist das ein Ja?«, fragt er und hält sie mir entgegen. Seine Fingerspitzen glänzen feucht. Dafür schäme ich mich nicht, gerade nicht vor ihm, aber sein über meinen Körper schweifender Blick und der Impuls, die Arme vor mir zu verschränken, dem ich jedoch nicht nachgeben kann, sind unangenehm.

»Komm wieder her, dann ist es ein Ja«, erwidere ich und bemerke selbst, dass meine Stimme vor Unsicherheit bebt.

»Hm, nein.« Er dreht sich weg, greift einen großen Mischbehälter Farbe und hält ihn mir entgegen. »Royalblau.«

Bevor ich fragen kann, was er mir damit sagen will, kneift er ein Auge zu, holt aus und mich trifft ein Schwall dicke Farbe am Oberkörper.

Meine Lider schließen sich instinktiv, und ich japse, denn die Farbe ist kalt und vollkommen fremd, wie sie über meinen Körper fließt.

Vorsichtig öffne ich die Augen, mit vielen Verwünschungen im Hals, die ich runterschlucke, als ich seinen Gesichtsausdruck bemerke. Er ist fasziniert, wozu seine Lippen geöffnet sind und er so schwer atmet, als wäre die Luft so zähflüssig wie die Farbe, die an mir hinabläuft. Sein Blick haftet auf mir, ich kann mich nicht entziehen und ertrinke beinahe in der Intensität, die ich noch nie so an ihm gesehen habe. Fast wahnhaft, schlimmer als in einem Rausch, wenn er malt.

»Kane?«

»Sag nichts. Beweg dich nicht.« Ohne von mir wegzusehen, geht er rückwärts, bis er sein Smartphone greifen kann und es in die Höhe hält.

»Wage es nicht, mich so zu fotografieren!«

Er lässt es ein Stück sinken. »Ehrlich nicht? Du musst das sehen. Das ist unglaublich.«

»Was unglaublich? Hässlich? Abartig? Verschroben? Provozierend?«

»Nein. Warte. Ich will, dass du das siehst. Mir fällt kein gutes Wort dafür ein.«

Es ist … seltsam? Er macht Bilder von mir, während es sich anfühlt, als würde mich jemand mit kalten Händen streicheln. Eben war ich erregt, jetzt bin ich irgendwie erstarrt, weil ich nicht weiß, wie ich mit der Situation umgehen soll.

»Nur kurz noch«, murmelt er, sieht vom Bildschirm hoch, ein letztes Mal nickend darauf, woraufhin er sich neben mich stellt.

Sein Blick ist so erwartungsvoll, dass ich nicht wegsehen kann, bis er mit dem Gerät vor meinem Gesicht wackelt.

»Kane, das ist komisch. Mach mich los.«

»Sieh es dir an«, flüstert er und ich wage es endlich.

Ich. An eine Leinwand gefesselt. Mein Haar hebt sich hell vom dunklen Hintergrund ab, mein Gesicht ist voller Unsicherheit und mein Körper … Die Farbe hat mich so getroffen, dass sie eine Brust bedeckt, bei der anderen ist die Brustwarze frei, und auf jedem Bild scheint ein dunkelblaues Kleid länger zu werden. Dadurch, dass ich die Hüfte abknicke, um besser die Beine zusammenzukneifen, ist mein Körper leicht gebogen. Das wirkt gewollt, obwohl es das nicht war. Man könnte denken, ich tanze das Kleid gerade an mir abwärts wie bei einem eleganten Strip.

»Wow, oder?« Wow? Hat er wow dazu gesagt? Ist das

wow? »Das ist das Heißeste, was ich seit Langem gesehen habe. Du bist das Heißeste, was ich seit Langem gesehen habe. Das werde ich malen.«

»Was?«

»Ja. Damit werde ich niemanden pikieren, außer vielleicht weil es so faszinierend sein wird.«

»Nein! Du wirst mich nicht malen! Vergiss es.«

Auf einmal ist er vor mir und steckt das Telefon in die hintere Hosentasche. »Die meisten würden ja vor Freude im Kreis hüpfen, wenn ich ankündige, sie zu malen, aber ich verstehe, dass das für dich gerade nicht möglich ist.« Er lacht und streichelt über die Lederstreifen.

»Ich bin keine deiner Musen! Ich will nicht gemalt werden.«

Er streift mit beiden Händen von Taille zu Hüfte und schiebt die Farbe davon. »Hm, lass mich überlegen. Werde ich. Aber ich bin bereit für Kompromisse. Ich male es ohne Kopf, erst ab den Schlüsselbeinen. Und ich nenne es … die ungekrönte Königin.«

Die Wärme seiner Handflächen gibt mir irgendetwas, und als er höher streicht und die Farbe von meinen Brüsten streift, stört es mich nicht, dass er dabei hinsieht.

»Die gefangene Königin wäre passender, oder?«, frage ich spöttisch und deute mit dem Kinn auf mein rechtes Handgelenk.

Er lächelt bloß und schiebt mehr Farbe von mir, bis er fertig zu sein scheint und sich die Hände an einem frischen Handtuch abwischt, womit er danach über meinen Schamhügel streicht.

»Und, Elin?« Er reibt seine Wange über meine, umfasst mich mit einem Arm und zieht mich an seinen Körper. »Losmachen? Ficken? Oder nein, ich frage nicht ob, sondern in welcher Reihenfolge.«

»Losmachen.«

»Losmachen zuerst, alles klar.«

Seine Finger umgreifen mein Handgelenk. Ein Ruck, und

meine Hand ist frei.

»Was?«

»Du bist zu schwach oder du wolltest so bleiben. Ich frag einfach nicht danach.«

Den Zauber wiederholt er an meiner anderen Hand, dann bin ich frei und packe seine Haare, um seinen Kopf daran zurückzuziehen.

»Du bist ein elender Bastard«, fluche ich und betrachte seinen entblößten Hals, wobei ich mich wie ein Vampir fühle, denn ich würde gern an ihm lecken und danach reinbeißen.

»Und du stehst darauf. Ich verrate es auch keinem. Sexueller Safe Space. Feel free.«

»Grins nicht so frech«, verlange ich, als ich seinen Kopf in meine Richtung biege, damit ich nicht aus Versehen mit den Lippen gegen seinen Hals falle.

»Solange deine Nippel in meiner Gegenwart hart sind, grinse ich.«

»Mir ist kühl!«

»Mhm, klar.«

Für sein Grinsen sollte man ihm unsexuell den Hintern versohlen, aber leider stehe ich wohl tatsächlich auf die schlimmen Kerle, denn ich will, dass er so überheblich grinst, während er mich bis zur Ekstase treibt.

»Statt zu grinsen, könntest du deinen Schwanz auspacken. Sexueller Safe Space? Dann zeig mal, ob du wirklich was draufhast oder du ein Blender bist.«

»Gute Masche, Elin. Aber ich gebe mir sowieso Mühe mit dir, du musst mich nicht herausfordern.«

Unsere Lippen sind nur noch Millimeter voneinander entfernt, anscheinend wollen wir allerdings beide, dass der andere den letzten entscheidenden Schritt tut. Wir bewegen unsere Gesichter voreinander her, kommen näher, ein Stück zurück, links, rechts, ich atme seinen Duft, er meinen, gedämpft durch Farbe.

Eher aus Versehen streife ich seinen Mundwinkel, das

scheint ihm zu genügen, denn sofort zieht er meine Unterlippe zwischen die Zähne und hält mich so fest.

Als daraus ein richtiger Kuss wird, legt er ein Bein von mir um seine Hüfte, greift in seine Hose und streift mit seiner Kuppe über meine Klit, weshalb ich mich keuchend aus dem Kuss löse.

»Elin?«, flüstert er. »Du hast doch die Tablette genommen …«

Kurz verhagelt es mir die Stimmung, als hätte er mir eine Ohrfeige verpasst, bis ich verstehe, dass er nicht nachfragt, ob ich gemogelt habe, sondern ob wir es ungeschützt tun.

»Steck ihn endlich rein, das Vorspiel ging schon viel zu lange.«

Sein raues Lachen wird von einem Stöhnen abgelöst, als er in mich eintaucht. Seine Schultern beben, und ich bebe mit, als er sich tiefer in mich schiebt und verharrt.

»Beweg dich, bitte. Das soll keine Kuschelnummer sein, und ich will nicht zappeln gelassen werden, damit ich die Farbe bald loswerden kann. Kein Kommentar dazu. Safe Space.«

»Safe Space«, wiederholt er und ein schmutziges Funkeln mogelt sich in seine Augen.

»Genau«, hauche ich und streichle seine Wange.

Endlich bewegt er sich, fasst dazu um mich und nimmt mich hoch, sodass ich beide Beine um ihn schlingen kann. Um mich zu dem Halt der Leinwand hinter mir zu stabilisieren, lege ich die Arme um seinen Hals, und sein Blick in meine Augen ist so tief, wie er sich immer wieder in mich schiebt.

Zwei Höhepunkte hatte ich heute schon, und für diesen dritten benötige ich ein bisschen mehr als nur Penetration, weshalb ich eine Hand zwischen uns mogle.

Wie ich es sagte, halte ich mich nicht zurück und reibe mich so schnell und hart, wie ich es brauche, während er jede gute Stelle in mir mit Lust befeuert.

Küssen oder weiter in die Augen sehen? Warum geht nicht beides? Druck baut sich in mir auf, angenehmer, ausfüllender, aufregender Druck. Als er mich zerfetzt, schnelle ich vor, dränge ihm einen hektischen Kuss auf die Lippen und verfange mich in seinem Blick, während es in mir tobt.

Sein Mund öffnet sich einen Spalt, er leckt sich fieberhaft über die Unterlippe und murmelt: »Und ich darf ihr Gesicht nicht malen. Ich brauche diesen Ausdruck. Irgendwo. Elin. Geil. Safe Space.«

Mein Höhepunkt verebbt, und ich muss mich beherrschen, nicht zu kichern, weil er zusammenhangloses Zeug redet. Stattdessen schlinge ich wieder beide Arme um seinen Hals und küsse ihn. Er keucht in den Kuss, und ich bemerke das Zittern seiner Muskeln, als er tief in mir kommt.

Er umfasst mich fester, und ich spüre, wie ihm kurz die Beine nachgeben, als er mit mir Richtung Dusche geht. Falls seine Hose jetzt rutscht, werden wir einen schrecklichen Unfall haben.

Wir haben Glück, und sie bleibt oben, bis wir unter dem Duschkopf stehen und er mich runterlässt, um seine Hose zu schließen und sein Telefon zur Seite zu legen.

»Ka-a-a-ne!«, brülle ich, als kaltes Wasser auf uns niedergeht, und habe das Gefühl, mir zerreißt es den Brustkorb vor Schreck.

Sein Lachen … dafür möchte ich ihn verprügeln.

»Du wolltest die Farbe abwaschen und die Dusche kann bloß kalt.«

»Du abartiges Monster duschst immer kalt?«

»Nur hier. Das kalte Wasser schockt einen und die Leere, die man kurz im Kopf hat, da machen sich oft Ideen breit. Oder es beendet Grübeln. Eine kalte Dusche hat viele Vorteile.«

Gelähmt von dem Schreck regt sich nichts an mir bis auf meine klappernden Zähne. »Hoffentlich auch zum Sauberwerden.«

»Daran arbeite ich gerade«, sagt er. »Aber keine Sorge, die Farbe ist wasserlöslich.«

Er sieht auf die schmale Ablage, die sich zwischen den

Pflanzen verbirgt, und greift nach dem Schwamm. Bevor er ihn anfasst, zieht er den Arm zurück und wäscht die Farbe von mir, indem er seine Hände nutzt.

Gute Entscheidung. Sehr gute Entscheidung. Seine Hände sind wärmer als das Wasser, fast heiß dagegen, und ich wünschte, er könnte mich überall gleichzeitig damit berühren.

»Rubble schneller, dann ist es rascher vorbei und vielleicht wird mir davon warm.«

Er geht vor mir in die Knie, grinst hoch und umfasst einen Oberschenkel von mir, um dort die Farbe loszuwerden. Langsam wird die Kälte des Wassers unerträglich, und ich weiß nicht mehr, ob es wirklich kalt oder schon heiß ist.

Aber eins wird mir bewusst: Es stört mich nicht. Weder dass seine Nase direkt vor meinem Intimbereich ist noch dass er Makel an mir sieht und berührt. Er hat kein einziges Mal gestockt, nicht komisch geguckt, nichts.

Das ist das Heißeste, was ich seit Langem gesehen habe. Du bist das Heißeste, was ich seit Langem gesehen habe.

Kanes Worte klangen so ehrlich, so impulsiv, so ehrfürchtig, und das zu hören hat irgendetwas mit mir gemacht. Mir etwas gegeben, was ich hätte schon besitzen sollen.

Mein Ex sagte, er nimmt meine optischen Mängel in Kauf, weil meine Persönlichkeit toll wäre. Was zuerst wie ein Kompliment klang, bekam im Laufe der Zeit einen immer bittereren Beigeschmack, vor allem, da er mir jedes Mal das Gefühl gab, er erweist mir einen Gefallen, wenn er mich überhaupt berührt.

Sophia hat mir so oft gesagt, dass er so wäre, weil er sich selbst damit erhöhen will, da er bemerkt hätte, ich wäre ihm in jeder Hinsicht überlegen. Dass er mich klein halten möchte, um mich leichter auszunutzen. Eine Art der Manipulation. Hinterher betrachtet hat sie vermutlich einfach recht.

Trotz des Verdachts oder des Wissens verfolgten mich seine Aussagen wie eine entzündete Wunde.

Kane ist mein Pflaster, mein Heilmittel, das, was ich gebraucht habe.

Die Makel sind noch da. Bauch, Brüste, Oberschenkel, das ist alles nicht auf einmal fester geworden. Aber jetzt fühle ich mich trotzdem schön und begehrenswert. Was Jahre an fehlender Wertschätzung mit mir gemacht haben, löscht Kane an einem Tag, vielleicht sogar mit zwei Sätzen.

Von ihm bedeutet es mir unglaublich viel, dass er mich anziehend findet und mir auch nicht widerstehen kann, denn ich spüre Stärke und Erhabenheit wie noch nie, wenn ich nackt war.

Sexueller Safe Space.

Das hat er gesagt.

Heute nehme ich mir mit, was ich bekommen kann, und morgen sind wir wieder Boss und PA. Das werde ich verlangen.

Aber vorher verlange ich noch etwas anderes. Ich habe Lust auf eine andere Art von Konsens. Ich möchte, dass er mich anbetet, nicht einfach bloß Sex mit mir hat. Nur ein Mal. Ich will das ein Mal, ein Mal angebetet werden.

Und dann bin ich wieder Assistentin.

26

JA, KANE, DAS IST EIN SUPER PLAN, KANE.

Kane

Mittlerweile empfinde ich das kalte Wasser als unangenehm und wundere mich, wie sie dasteht. Ihre hochgezogenen Schultern sind gesunken, und ihre Haltung ist so selbstsicher, als wäre sie unbesiegbar. Das macht mich schon wieder heiß, und selbst die Kälte bringt meinen Schwanz nicht dazu, gänzlich zu schrumpfen.

Da ich nicht weiß, welche Auswirkungen die Tablette auf ihr Immunsystem hat, beeile ich mich, denn sie ist eiskalt, und ich möchte nicht, dass sie komplett auskühlt.

Zu einem Klaps gegen einen Oberschenkel sage ich: »Fertig.«

Sie schaltet das Wasser aus, tritt einen halben Schritt zurück und hebt ein Bein. Da ich weiter in der Hocke bin, fange ich es ein, streichle über ihre von Gänsehaut überzogene Wade und tue etwas, ganz instinktiv, das habe ich noch nie getan.

Ich küsse ihren Fußrücken, als wäre er ein Juwel.

Als ich dazu zu ihr hochsehe, erkenne ich ein Feuer in ihren Augen, das die Luft sofort in Lava verwandelt, sodass ich nur schwer atmen kann.

Etwas hat sich verschoben, das spüre ich deutlich. Aber was, kann ich nicht einordnen.

»Noch mal«, fordert sie.

Dieses Mal nehme ich ihren Fuß in beide Hände und küsse vom großen Zeh beginnend bis zum Gelenk. An der Stelle entzieht sie ihn mir, legt ihn an meine Schulter und baut Druck auf. Ich gebe nach, setze mich und lehne mich immer weiter zurück, bis ich mich auf den Ellenbogen aufstütze. Sie zieht den Fuß weg und beugt sich ein Stück in meine Richtung, wodurch sie über mir aufragt.

»Safe Space«, flüstert sie, als wäre es ein Befehl. Vielleicht ist es das, denn ich frage mich einfach nicht mehr, was wir tun, sondern lasse es geschehen. Sexuelle Energie knistert in der Luft, als hätten wir uns eben nicht schon entladen, und pulsiert durch mich hindurch, wobei sich mein Schwanz komplett verhärtet.

In der nassen Hose ist das unangenehm, doch bevor ich ihn zurechtlegen kann, setzt sie sich auf meinen Bauch. So nackt, wie sie ist, und ich sehe zu ihr hoch. Sie hat die Initiative ergriffen, und ich unterdrücke den Zwang, selbst etwas zu wollen.

»Du wirst mich noch einmal befriedigen, und dazu wirst du tun, was ich sage. Du gehörst einfach mir und so musst du dich auch benehmen.«

»Klingt fair, schließlich habe ich gerade mit dir getan, was ich wollte.«

»Ja, allerdings, falls du dich erinnerst: Ich habe gesagt, dass ich dich will, und du hast dann getan, worauf du Lust mit mir hattest. Jetzt möchte ich das umgekehrt.«

»Kein Problem.« Ihr Blick ist skeptisch, so als hätte ich es nicht verstanden, weshalb ich über ihre Forderung nachdenke. Umgehend wird es mir klar und ich lege eine Hand auf ihren Oberschenkel. »Ich will dich. Zweimal reicht einfach nicht. Ich brauche dich ein drittes Mal. Heute. Gleich. Sofort. Mach mit mir, was du möchtest, Hauptsache, ich kann dich noch einmal spüren. Vorher bekomme ich vermutlich keinen Strich auf die Leinwand.«

Das klang vielleicht etwas überzogen, aber bei jedem Wort wird mir klar, dass es wahr ist. Das Verlangen nach ihr ist im Moment stärker als das, Farbe auf die Leinwand zu bringen – und das, obwohl ich mich gerade mit Inspiration überschüttet fühle und das Gefühl habe, zu platzen, wenn ich es nicht rauslasse.

Ich schlucke, woraufhin sie mit dem Daumen sanft an meinem Adamsapfel vorbeistreicht, bis zu meinem Kiefer, ihn umgreift und sich vorbeugt. Dazu rutscht sie nach hinten und schwebt nun mit dem Becken über meinem Schritt.

»Du darfst mich küssen, aber es muss wirklich gut sein«, flüstert sie.

»Danke.«

Fuck. Habe ich, Kane Reid, seines Zeichens Künstler, Rockstar und Verführer der Musen, mich gerade bedankt, dass ich eine Frau küssen darf?

Das macht mir zu schaffen. Nicht, dass ich es getan habe, sondern dass ich es ernst meine, denn das Danke kam tief aus meiner Seele.

Ich balle die Fäuste und kämpfe mit mir, sie nicht von mir zu werfen und das hier zu übernehmen, um ihr und mir zu beweisen, dass ich es nicht nötig habe, mich für so etwas zu bedanken. Das ist hochgradig lächerlich. Total daneben. Kein Stück ich.

Als ihre Lippen meinen Mund berühren, fallen mir die Lider ergeben zu und die aufgebaute Körperanspannung lässt schlagartig nach. Das ist einfach zu perfekt. Ich muss mir noch nicht einmal Mühe geben, ich weiß sofort, dass es ein guter Kuss ist. Harmonisch und vollkommen übereinstimmend wie zwei zueinandergehörende Farbnuancen.

Das ist purer Genuss, und doch stocken wir beide, als sie ihre Mitte auf meinen Schwanz sinken lässt und sich dagegenpresst. Warum habe ich die Hose vor der Dusche nicht ausgezogen? Jetzt klebt sie nass und kalt an mir, trennt uns und hindert mich daran, mich in sie zu schieben.

Sie stöhnt, als sie sich an mir reibt, ich erwidere den Druck, doch da schwingt sie ruckartig ein Bein über mich und kniet neben mir.

Ich will ihr folgen, aber sie legt mir eine Hand auf die Brust und beugt sich über meinen Schritt. Das nehme ich natürlich auch und verschränke die Arme hinter dem Kopf.

Ihr Hauchen über dem nassen Stoff, fast direkt mit den Lippen an der Beule, macht mich ungeduldig. Es vertreibt die Kälte und bietet den Ansatz einer Ahnung, wie warm es in ihrer Mundhöhle sein wird.

Das Funkeln in ihren Augen hält mich davon ab, sie aufzufordern, endlich loszulegen. Sie hat Geburtstag. So kann ich das vor mir rechtfertigen, dass ich alles hinnehmen werde.

Der Gedanke hat keine entspannende Wirkung, weil ich jetzt wirklich sehr, sehr geil bin, aber eine beruhigende. Ich darf das. Ich darf es ihr überlassen. Mich ihr überlassen.

Ihre Hand übernimmt und liegt immer schwerer auf meinem Schwanz, während sie mir über den Bauch leckt. Sie fährt jede Erhebung und jede Kerbe mit der Zungenspitze oder Lippen nach, und ich bemühe mich, die Hände bei mir zu lassen.

Auch, als sie mich durch die Hose knetet.

Auch, als sie über meine Brustwarze leckt.

Auch, als sie den Knoten der Hose löst.

Erst als sie mich plötzlich loslässt und sich aufsetzt, kann ich nicht mehr. Ich richte mich ins Sitzen auf und packe sie mir. Eine Hand wickle ich um ihren Hinterkopf, mit der anderen greife ich ihre Taille.

Sie wird stocksteif und sieht mir ernst ins Gesicht. »Benimm dich. Finger weg. Ich bin dran, und ich habe dir nicht erlaubt, mich anzufassen.« Umgehend lasse ich sie los und sie richtet sich komplett auf. »Jetzt, Kane, jetzt wirst du mich lecken. Auf Knien. Und wehe, dein Schwanz wird weich. Ich will sehen, wie geil ich dich mache.«

Okay. Gar keine Initiative von mir. Sie wünscht sich nichts, außer dass ich tue, was sie verlangt. Ich muss nicht denken, weder auf sie noch auf mich achten, nur handeln. Das Bewusstsein schafft eine angenehme Schwere in mir, und ich tue es einfach, ich richte mich auf die Knie auf.

Während ich zu ihr hochsehe, greife ich ein Bein von ihr und lege es mir über die Schulter. Sie schiebt eine Hand in mein Haar und zieht mich unbarmherzig näher an ihren Schritt.

Sie riecht unglaublich weiblich, warm und erregt.

Meine Lippen berühren sie, und bevor ich richtig anfangen kann, stöhnt sie bereits. »Mach langsam. Ich mag es beim Lecken langsam und intensiv.«

Ihre Anweisung lässt mich die Augen schließen. Sie wird mir sagen, was sie mag, ich muss es nicht erkennen. Ich lecke sie gemächlich und mit Druck, so wie sie es gesagt hat. Ihr Geschmack flutet meine Zunge, und ich weiß nicht, wie sie denken kann, mein Schwanz könnte weich werden.

Es ist fast, als könnte ich in ihm ein Echo meiner Bemühung an ihr spüren, aber Echo ist zu wenig, weshalb ich hingreife.

»Nein«, haucht sie und sogar bei dem kurzen Wort bringt Erregung ihre Stimme zum Schwingen. Ihre Hände greifen tadelnd fester in mein Haar. »Nur lecken. Du machst das gut. Genau so weiter. Und halte mich.«

Das ist Folter.

Eine pervers geile, kaum aushaltbare Folter.

Ich will meine Finger in sie drücken, mir den Schwanz wichsen, ihn an ihr reiben, sie küssen, sie ihren Saft von meinen Fingern lecken lassen, sie von hinten nehmen und von vorn, ich möchte auf sie spritzen, ihr dabei in die Augen sehen und diesen Blick betrachten.

Aber ich lecke. Ich lecke genau so, wie sie es verlangt hat, und es ist federleicht, komplett zu tun, was sie will. Und nur, was sie will. Es ist nicht, weil sie Geburtstag hat, es ist, weil es mir gefällt.

Ich lecke mir den Kopf frei, bis er vollständig blank ist.

So tief in mir war ich noch nie.

Ab und zu stabilisiert sie sich, indem sie fester in mein Haar greift, was ich automatisch bestätige, indem ich die Arme anspanne, damit sie weiß, ich halte sie. Wir sind beide sicher. Sie in meinen Armen und ich in meinem Kopf.

Sie zuckt, stöhnt und windet sich, und jedes dieser kleinen Signale, die immer häufiger kommen, befriedigt einen Teil von mir zutiefst, da sie mir verraten, ich mache alles richtig.

»Genug«, keucht sie, woraufhin ich ihr helfe, ihr Bein von mir zu nehmen und festen Stand zu finden.

Da sie nichts sagt, bleibe ich auf Knien und sehe zu ihr hoch. Mehr tue ich nicht, außer knien und warten, was diese anbetungswürdige Frau als Nächstes von mir verlangt. Vollkommen entrückt sieht sie mich an, wonach sie die Hände an meine Schläfen legt und sich bückt, um mich zu küssen.

Ihr Kuss ist zart und sie flüstert: »So lange hat mich noch nie ein Mann geleckt. Das war toll. Danke.«

War es lang? Mein Zeitgefühl ist verloren gegangen in dem Moment, in dem ich es vollkommen akzeptiert habe, dass sie mir sagen wird, wie es weitergeht. Allerdings glaube ich, dass mein Zungenbändchen wund ist. Das hatte ich noch nie.

»Ich danke dir, dass ich durfte«, erwidere ich, weil es mir passend vorkommt. Zumindest heute, in diesem Moment.

»Willst du mich?«

»Ich dachte, ich darf nichts entscheiden?«

Sie beißt mir tadelnd in die Unterlippe. »Ich fragte nicht danach, was wir tun werden, sondern ob du es willst.«

»Elin, ich sterbe, wenn ich dich nicht haben darf.«

Ihre Augen blitzen zufrieden. »Und malen?«

»Jetzt?«

»Ja.«

Das ist doch eine Fangfrage, weshalb ich lächelnd antworte: »Nein, ich möchte nicht malen. Ich will meinen Schwanz in dich drücken, bis du die Augen verdrehst und deine Anweisungen sinnloses Gebettel sind.«

»Aber ich würde gern. Hm …« Sie sieht durch den Raum, dann verrät schon ihr Grinsen, dass ihr etwas eingefallen ist, bevor sie sagt: »Du ziehst deine Hose aus. Du wirst dabei weiter in die Richtung sehen. Bist du fertig, bleibst du stehen, leicht gespreizte Beine, Arme hinter dem Kopf.«

Sie will malen? Ich hinterfrage nicht, ich gehorche. Die nasse Hose loszuwerden, ist nicht so einfach und vermutlich wirke ich etwas lächerlich.

So wie ich mich auch fühle, als ich mich wie angewiesen hinstelle.

Es knallt laut und ich zucke zusammen.

»Nichts passiert!«

Trotz ihrer Versicherung kostet es mich Überwindung, mich nicht umzudrehen, aber es macht mir auch noch einmal bewusst, dass ich das will. Es ist im Moment nicht mein Problem, was um uns herum geschieht, ich muss nur auf sie hören und das, was sie möchte.

»Bin wieder da«, haucht sie gegen meinen Rücken und umfasst mich gleichzeitig von hinten. Sie greift direkt nach meiner Erektion und massiert sie. Die andere Hand schiebt sie zwischen meinen Beinen durch und umgreift die Hoden, die sich in ihrer Handfläche sofort zusammenziehen.

Dafür, dass ich heute bereits zweimal Sex hatte, bin ich ganz schön geladen.

Dieses Spiel erregt mich mehr als gedacht. Vielleicht ist es der Safe Space, was erst nur dahingesagt war und jetzt wie ein mächtiges Werkzeug wirkt. Alles, was passiert, bleibt zwischen uns und wird nicht bewertet.

Hingabe kenne ich, für meinen Job und auch für Frauen, aber das ist wie eine Grenzübertretung. Oder besser: eine Horizonterweiterung.

»Kane, du wirst jetzt die Augen schließen. Und ich möchte, dass du sie zulässt, egal, was passiert. Ich will dein absolutes Vertrauen.«

»Brauche ich ein Safeword?«

»Scherzkeks«, murmelt sie und beißt mich in den Rücken.

»Nein, ich wünsche mir, dass du mir vertraust, so wie du es eben von mir verlangt hast, als du mich an das Bild gefesselt hast.«

Habe ich das verlangt? Es war da, das Wissen, dass sie empört ist, weil ich sie fessle, aber ich habe die Hitze der Lust in ihrer Ausstrahlung wahrgenommen. Schon als sie die Treppe herunterkam und meine Aufmerksamkeit wollte, konnte ich ihre Erregung spüren, bevor sie ausgesprochen hatte, dass sie mich will. Was bei jeder anderen Frau fast Belustigung auslöst, weil ich es so oft gehört habe, war bei ihr etwas, was mir zutiefst geschmeichelt hat. Statt nach ihrem halbherzigen Aufbrausen abzubrechen und mich von ihr abzuwenden, wollte ich ihr Bedenkzeit geben.

»Du weißt, dass ich dich losgemacht hätte? Das mit den zwei Minuten war mein Ernst.«

»Das war nicht meine Frage, aber ja, nach dem ersten Schreck wusste ich es. In dem Moment hatte ich allerdings andere Sorgen.«

»Nacktheit?«, hake ich nach und atme bemüht ruhig durch die Nase, weil mich die gedankenverlorene Art, wie sie meinen Schwanz durch ihre Hand gleiten lässt, ein bisschen wahnsinnig macht. Grob gesagt.

Sie lacht leise. »So ungefähr. Und jetzt zurück zum Thema. Du wirst deine Augen zulassen. Sollte ich mitbekommen, dass du sie öffnest, ist der Spuk vorbei.«

»Der Spuk ist eh bald vorbei, wenn du so weitermachst.«

Schlagartig löst sie ihre Hände von mir. »Wage es nicht!«

Schmunzelnd schließe ich die Augen, und sie hakt sich bei mir unter, um mich zu führen.

»Gott, du hast so einen schönen Schwanz. Hast du ihn dir mal angesehen? Wie er absteht, die Adern, wie prall er aussieht … echt schön.«

Ich kann nicht anders, ich brülle vor Lachen. Das kam so unerwartet, so schamlos, so süß … So laut habe ich sicher Jahre nicht gelacht.

Sie löst ihren Arm von mir und würgt mein Lachen mit

einem Handgriff ab. Es bleibt mir einfach im Hals stecken, weil sie mich umgreift und mit dem Daumen die Kuppe reibt.

»Du hast den Test bestanden und nicht die Augen geöffnet.«

Keuchend fehlt mir die Luft zum Atmen, und als sie ihre Hand wegnimmt, stöhne ich laut und schiebe die Hüfte vor. Das ist ihr Mund, ganz sicher. Das würde ich zu gern sehen, aber ich halte mich an die Anweisung.

Es ist erstaunlich leicht, sich daran zu halten. Nicht, weil ich es nicht sehen will, sondern da ich mich nicht entscheiden muss, was ich betrachte oder nicht. Ich genieße einfach bloß, wie warm und feucht es um mich ist, und stöhne noch einmal, als ihre Zunge um meine Eichel schleicht und am Bändchen spielt.

Ein drittes Stöhnen entkommt mir, allerdings vor Enttäuschung, denn die Wärme verschwindet, und erneut spüre ich ihre Hand. Dieses Mal zieht sie mich hinterher.

An meinem Schwanz. Als wäre es eine Leine. So etwas passiert nicht ernsthaft. Noch nicht einmal in den tiefsten Abgründen. Zumindest nicht in meinen. Aber bei ihr ist es okay, deshalb folge ich ihr.

»So, Kane. Nicht erschrecken.«

Ich erschrecke doch, weil es kalt ist, dann grinse ich. Das ist Farbe. Ist das ihre *Rache* für eben? Sie verreibt sie über Schultern und Arme, und ich spüre eine kitzelnde Spur, die mir über die Brust läuft. Dort verteilt sie gründlich mehr Farbe. Sehr, sehr gründlich. Auf meinem Bauch verstreicht sie welche mit den Fingerspitzen, weshalb ich anspanne, damit sie sich noch weiter an mir aufgeilen kann. Etwas anderes habe ich eben nicht an ihr getan.

Sie trägt mehr und mehr Farbe auf mir auf, was nicht unangenehm ist, aber auch nicht der Gipfel der Geilheit. Ich verfolge gedanklich, wo ihre Hände sich entlangbewegen, während Erregung in mir wie sanfte angenehme Wellen pulsieren, weshalb ich schon fast in eine Art Trance verfalle.

Sie bestreicht mich gefühlt überall, nur nicht meinen

Schwanz, und dieser zuckt, weil ich weiß, das bedeutet, ich werde ihn noch in ihr versenken.

»Jetzt musst du«, flüstert sie und führt meine Hand zu einem Topf Farbe, den sie auf einen Arbeitstisch abgestellt hat.

Ich tunke die Fingerspitzen hinein, und selbst dieses Gefühl lasse ich in mich dringen, weil es momentan bloß noch ums Fühlen geht.

Sie führt meine Hand zu ihrem Körper, und ich streiche über ihr Brustbein, wobei ich mir vorstelle, wie es wohl aussieht. Welche Farbe hat sie gewählt? Wie wirkt sie auf ihrer Haut? Was für eine Art von Muster erschaffe ich gerade?

Den nächsten Schub Farbe kann ich mir ohne Führung holen und dieses Mal nehme ich etwas mehr. Bald werde ich schneller. Ich bestreiche ihre Brüste und knete sie dazu, während sich ihr Brustkorb erregt weitet. Als ich mit beiden Händen zupacke und ihre Nippel zwischen meine farbverschmierten Finger einklemme, stöhnt sie leise, aber vollkommen inbrünstig, weshalb ich mindestens so laut mitstöhne wie in dem Moment, als ich überraschend ihren Mund um mich gespürt habe.

Es ist meine Aufgabe, sie zu bestreichen, und ich denke nicht darüber nach, will aber schnell fertig sein, damit sie mir die nächste Anweisung gibt. Eine, die mich näher dorthin bringt, zu dem, was sie gesagt hat: sie zu haben. Es ist wie ein Rausch, in dem ich abwarte, dass ich endlich darf, und gleichzeitig absolut meditativ. Meine Handflächen und Fingerkuppen sind so sensibel wie noch nie, und ich frage mich, ob ich jemals vorher etwas gefühlt habe.

Ich gehe um sie herum, ich arbeite im Stehen und auf den Knien, ich sehe nichts, bete sie nur mit den Händen an und hülle sie in Farbe.

»Vorsichtig zwei Schritte rückwärts«, befiehlt sie.

Was ich beim zweiten Schritt unter den Füßen spüre, irritiert mich. »Ist das …?«

»Nicht fragen. Machen. Setz dich.«

Ich besinne mich auf meine Rolle und lasse mich darauf sinken. Es ist auch egal. Sie will ein Bild, sie soll es haben.

»Stütz die Arme hinten auf. Ich reite dich jetzt, bis ich komme, und du wirst auf keinen Fall vor mir fertig sein. In dem Moment, in dem mein Höhepunkt vorbei ist, hast du die Wahl: Ich bestimme weiter über dich, bis du auch einen hattest, oder du darfst übernehmen.«

Das Bedürfnis, ihr bei der Aussage ins Gesicht zu sehen, wird fast übermächtig, aber ich beherrsche mich. Zu gern hätte ich erkannt, ob sie das sagt, weil sie unsicher ist, ob ich so kommen kann oder weil sie WILL, dass ich dann wieder übernehme.

Als sie sich auf meinen pochenden Schwanz sinken lässt, ist es, als hätte ich heute keinen Sex gehabt, nein, nicht heute, Monate oder Jahre. Sie klemmt mich zwischen ihren Muskeln ein, in Wärme und Nässe, woraufhin mein Verstand einen Salto vollführt.

Sie reitet mich. Sie reitet mich wie einen Gegenstand, benutzt mich dreckig für ihre Lust, und ich muss nichts tun, außer zu atmen und es auszuhalten.

Es ist unglaublich. Es zerrt an meinen Nerven, meiner Selbstbeherrschung und meiner Seele, die ich ihr in die Hände legen will, damit sie mit ihr spielen kann, wie sie es für richtig hält.

Ich weiß nicht, was sie tut. Sieht sie mich an? Sind ihre Augen geschlossen? Hat sie ihre Brüste in den Händen und reizt ihre Warzen? Reibt sie sich zu ihrem Rhythmus die Klit, um kommen zu können? Will sie schon kommen? Wie lange hält sie durch und wie lange kann ich zurückhalten, was bereits an der Oberfläche kratzt?

»Kane«, flüstert sie beschwörend. »Sieh mich an.«

Unmittelbar öffne ich die Lider. Ihr Gesicht ist nah vor mir, da sie sich vorbeugt, aber nicht nah genug, dass ich nicht alles von ihr scharf sehen könnte. Ihre Lippen sind rot, als hätte sie darauf herumgekaut, und ihre Augen haben einen entrückten

Ausdruck. Ihre Wangen sind rosig, ihre Brauen zusammengezogen und ihre Nase zuckt.

»Gott, du bist so schön«, rutscht mir raus, obwohl ich der weltgrößte Agnostiker bin. Zur Sicherheit sollte ich es ihm trotzdem sagen, denn das wird selbst einen Gott interessieren.

Sie stöhnt und krampft sich um meinen Schwanz zusammen. Mit einem Arm bleibe ich aufgestützt, doch den anderen hebe ich an, damit ich die Hand in ihr Haar schieben kann und sie an meinen Mund ziehen. Ich will diesen Schrei schmecken.

Mir wird bewusst, dass ich gegen die Abmachung verstoßen habe, denn ihr Höhepunkt ist noch nicht vorbei, aber ich habe trotzdem etwas ohne Anweisung getan. Aus diesem Grund nehme ich den Kopf zurück, um zu erkennen, ob sie das ärgert.

Was ich in ihrem Gesicht sehe, ist jedoch etwas anderes. Sie will, dass ich wieder übernehme.

In dem Moment werde ich zum Tier und befördere sie auf den Rücken. Nun ist keine Leinwand mehr unter uns, sondern der blanke Boden. Sie keucht und lächelt gleichzeitig, dann nehme ich sie vollkommen unbeherrscht. Nun höre ich nicht länger auf sie, jetzt übernimmt alles Ursprüngliche, Triebhafte in mir.

Sie windet sich unter mir, soweit es möglich ist, und reckt mir gierig das Becken entgegen, als wäre sie nicht gerade gekommen. Tiefer und härter dränge ich mich in sie, als müsste ich ein Stück von mir dortlassen.

»Das ist sooo gut.«

Dieser gehauchte Satz, vollkommen verloren in Ekstase, ist mein Zündstoff für einen Höhepunkt, der mich in den Keller der Tiefe schickt, in dem ich vorhin war, als ich mich darauf eingelassen habe, ganz auf sie einzugehen. Dort ist nichts als Helligkeit und Leere, Prickeln und Genuss, sodass ich echtes Bedauern empfinde, als es vorbei ist.

»Himmel, Kane«, keucht sie und streichelt mir über die

Schläfe. »So schnell bin ich noch nie hintereinander gekommen.«

Schmunzelnd beuge ich den Kopf und küsse sie auf die Nasenspitze. »Den zweiten habe ich verpasst, weil ich von meinem eigenen abgelenkt war. Aber ich freue mich einfach mal mit, dass du zweimal kommst und ich nur einmal. Gerechtigkeit wird vollkommen überbewertet.«

»Du bist schrecklich«, behauptet sie und kneift die Lippen zusammen, damit ich nicht sehe, dass sie grinst.

Deshalb drücke ich ihr links und rechts einen Kuss auf die Mundwinkel. »Du darfst über meine Scherze amüsiert sein.«

»Dürfen bedeutet nicht müssen.«

Ich lache und sie lacht mit. Das nehme ich zum Anlass, um mich zu erheben und ihr die Hand zu reichen.

Jetzt kenne ich wenigstens die Farbe. Gold. Ein dunkles Gold, und als ich zum Farbeimer sehe, erkenne ich, dass es die Farbe ist, die ich für die Elin-Farbpalette ausgesucht hatte, damals, als sie das Interview sabotiert hat. Wie passend.

Es steht ihr. Es sieht wild aus, wie sie mit der Farbe beschmiert ist. Anders als vorhin mit dem Royalblau.

»Du siehst aus, als wärst du eine noch nicht fertig bemalte Kriegerstatue«, behauptet sie.

Ja, das kann man so sagen. Sie hat zwar meine Geschlechtsteile nicht bemalt, aber Bauch und Oberschenkel. Jetzt ist alles in der Gegend weggerubbelt.

Kommentarlos sammle ich sie ein, indem ich den Arm um sie lege, und trete an das Bild.

Chaos. Mein Arsch. Ihre Knie. Handabdrücke. Tropfen und Verwischtes.

Arglos betrachtet sieht es nach Malen aus oder besser nach Austoben. Weiß man allerdings, dass es beim Sex entstand, bekommt es einen ordinären Touch.

Hat was.

Ich sehe zu ihr rüber, weil sie die Beine komisch zusammenkneift. »Alles klar?«

»Ich laufe aus«, flüstert sie.

Echt? Warum klopft mir keiner auf die Schulter? Dreimal in der recht kurzen Zeit, man könnte denken, ich bin eine Hochleistungsspermafabrik.

»Kein Grund für Scham«, versichere ich, gehe in die Hocke und streife die Innenseite ihrer Oberschenkel entlang und durch ihre Mitte. Sie ist noch geschwollen und warm und deshalb verlockend, die Finger reinzustecken. Aber das ist jetzt keine gute Idee. Erstens brauche ich eine Pause und zweitens sollten wir die Farbe loswerden.

Aus diesem Grund stehe ich auf und betrachte die Flüssigkeit auf meiner Handfläche. Sperma, ihre Nässe, beides mit Gold eingefärbt, weil ich ihr über den farbverschmierten Oberschenkel gestrichen habe.

Ihr verwirrter Gesichtsausdruck bringt mich zum Schmunzeln und ich schüttle die Hand über dem Bild aus. »So, wer immer das auch kauft, hat ein echtes Stück Kane Reid zu Hause.«

»Nein! Du Ferkel! Und überhaupt … Willst du das wirklich verkaufen?«

»Ja, natürlich. Irgendwann verkaufe ich alles, das weißt du doch.«

»Nein, ich dachte nur, weil …«

»Oh, weil es ja auch dein Bild ist? Ja, du hast recht. Ich sollte dich als Co-Maler angeben, sonst wäre das nicht gerecht. Allerdings …«

»Nein! Bitte nicht.«

»Hängst du daran? Dann verkaufe ich es nicht und wir behalten es.«

»Was? Du würdest es meinetwegen behalten?«

Würde ich das? Selbst meine Lieblingsbilder werden irgendwann verkauft.

Bevor ich mir richtig Gedanken darüber machen kann, redet sie weiter: »Verkaufen ist okay, aber unter deinem Namen. Ich dachte nur nicht, dass du es für verkaufenswert hältst.«

»Doch, mir gefällt es, dann gefällt es auch einem Kunden.

Gut, ich nenne dich nicht. Nicht, dass noch mehr Leute denken, sie könnten zusammen mit mir malen. Ich finde, das ist kein Gemeinschaftsding. Aber …«

Eine Sache muss auf jeden Fall darauf, weshalb ich an den Farbeimer gehe und mit dem Finger ein bisschen Farbe auf meine Handinnenfläche streiche. Nach einem prüfenden Blick habe ich eine passende Stelle und ergänze eine Form, die dazu einlädt, sodass man ein E und ein D erkennen kann. Elin Deschain. Oder ein Fleck. Aber wir wissen, dass es da ist.

»Komm her«, fordere ich.

Sie geht links von mir in die Hocke, ich greife ihre Hand und presse ihren Daumen zuerst in die restliche Farbe, dann neben die Flecken, die das E und D bilden.

»Ich will doch gar nicht, dass jemand meine Beteiligung erkennt.«

»Elin, das wissen nur du und ich.«

»Nur du und ich«, wiederholt sie und richtet sich auf, woraufhin ich ihr folge.

Wir bleiben stehen und betrachten es, wobei mir etwas auffällt. Wieso fällt mir das eigentlich jetzt erst auf?

»Elin! Hast du dafür ein Bild von mir genommen? *Weiches Schwarz?*«

»Ähm, ja.«

»Bist du irre? Weshalb keine leere Leinwand?«

»Das war das Einzige, das nicht auf einen Rahmen gespannt ist, sondern auf eine massive Platte. Zumindest das einzige, das ich gefunden habe.«

»Ja, das ist, weil … Nein, warte, du hast einfach und tatsächlich ein Bild von mir genommen, damit wir darauf farbverschmiert Sex haben? Was wäre gewesen, wenn es ein anderes wäre, das auf einer Platte ist?«

»War es nicht, und ich habe mich gefreut, dass es ausgerechnet das war. Es war doch bloß schwarz, so als hättest du es nur vorgrundiert. Das hast du schon lange, habe ich gesehen. Und verkauft ist es auch noch nicht. Jetzt ist es fertig.

Gerade hast du gesagt, man kann dafür sogar Geld verlangen.«

»Elin! Glaub es oder nicht, aber an dem Bild habe ich monatelang gearbeitet, bis das Schwarz genau so aussah! Und ich habe es bisher nicht zum Kauf angeboten, weil ich manche Bilder ein bisschen länger behalte, damit die Leute sich fragen, weshalb. So kann ich sie später zu einem höheren Preis verkaufen, da die Käufer denken, ich hänge daran!«

»Oh. Entschuldige. Das wusste ich nicht.«

»Entschuldige? Du hast ein Bild von mir zerstört!«

»Können wir duschen und uns anziehen, bevor du mich deshalb fertigmachst? Es tut mir leid. Ich bezahle es dir, sobald ich es mir leisten kann. Es war nur ...«

»Was?«

»Ich dachte ...«

»Was dachtest du, du Bildkillerin?«

»Ich sah es und habe mich erinnert, wie ich an meinem ersten Tag mit dem Blick daran hängen geblieben bin. Und obwohl das Bild natürlich hart ist, sieht es weich aus, so, als wäre es eine ideale Unterlage für Sex. Ein bisschen federnd, die Oberfläche seidig und warm, als wäre die Sonne darauf gefallen. Und dann sah ich, dass es nicht auf einen Rahmen, sondern eine Platte gespannt ist, wodurch die Leinwand nicht reißen kann. Ich dachte, das ist so perfekt, dass es fast kein Zufall sein kann. Ich habe noch nie etwas erschaffen, und ich werde vermutlich nie etwas erschaffen, aber ich war mir sicher, es ist ideal, um mal ein bisschen kreativ zu sein. Nur ein Mal.« Sie schnieft. »Ich bezahle es dir. Es kann bloß dauern oder vielleicht per Ratenzahlung oder du ziehst gleich einen Teil meines Gehalts ab.«

»Es geht nicht um das Geld, Elin. Es geht auch nicht darum, dass ein Bild von mir übermalt wurde. Ich habe selbst einige Bilder von mir mehrmals übermalt. Gerade am Anfang habe ich das ständig getan, wenn es mir nicht gut genug war. Aber das war ein Werk, mit dem ich durch und durch zufrieden war. Es hat mich glücklich gemacht, so perfekt war es. Es war monatelang mein Begleiter und hat mir viel beigebracht. Es ist ein Teil meiner Geschichte.«

»Und jetzt nicht mehr?«, haucht sie.

Jetzt nicht mehr? Das ist eine gute Frage. Elin hat mir heute eine Seite an mir gezeigt, die ich nicht kannte.

Eine devote, da muss ich mir nichts vormachen. Ich wollte ihr die Füße küssen, mich ihrem Willen beugen und mich von ihr benutzen lassen. Das tat gut und diese Ruhe im Verstand, bloß darauf konzentriert, was sie verlangt, die war befreiend.

Der nächste Schritt wäre vermutlich Erniedrigung. Da bin ich dann raus, aber vielleicht war es auch nur in meinem Kopf devot und eigentlich war es bloß ein absolutes Fallenlassen. Sie hemmungslos anbeten zu können und ihr alles zu überlassen, das war eine außergewöhnliche Erfahrung. Und das, weil sie so mutig war, das ausgerechnet von mir zu fordern.

Das Bild hat mich durch seine Perfektion glücklich gemacht, aber das Erlebnis mit Elin war nicht weniger perfekt. Vielleicht ist es jetzt noch mehr Teil meiner Geschichte.

Okay. Wie verpacke ich das in Worte?

Ich sehe zu ihr, und da sie den Kopf weggedreht hat, drehe ich ihn zu mir. Zwei nasse Spuren zieren ihre Wangen. Nun ja, ein zweites Mal direkt nach Sex angepampt zu werden, da verliert man ein paar Tränchen.

Vorsichtig streiche ich sie weg und fordere: »Du wirst nie wieder meinetwegen weinen. Das ist eine Dienstanweisung von deinem Boss. Ich mag das Bild und komme über den Verlust des alten hinweg. Es war nur ein Schock, dass es auf die ursprüngliche Weise nicht mehr existiert. Jetzt ist es allerdings allein dadurch etwas Besonderes, da ich vorher noch nie mit jemandem zusammen ein Werk erschaffen habe. Wir brauchen einen Namen dafür. Was hältst du von *Pinsel der Liebe?*«

Sie sieht mich mit großen Augen an, als wäre ich nicht ganz dicht, dann kichert sie. »Ist das dein Ernst?«

»Ja.« Ich lache, viel zu früh und bemühe mich, wieder ernst zu werden. »Findest du das etwa lustig?«

Ihr Kichern wird ebenfalls zu einem Lachen. »O Kane,

aber …« Sie grunzt und hickst und ich nehme sie spontan in den Arm. Dort flüstert sie, mit deutlichem Lachen auf den Stimmbändern: »Das ist ein bisschen übertrieben albern, oder? Pinsel der Liebe? Soll Pinsel für Penis stehen, weil … Aber du hast es ja nicht damit gemalt, der hat nämlich in mir gesteckt.« Sie hickst nach jedem Satz, als hätte sie gerade ein High. Vielleicht hat sie das. Ich habe ebenfalls eins. Ich spüre es im ganzen Körper bis in die letzte Zelle und die tiefsten Winkel meines Verstandes. »Ach Kane.« Hicks. »Überhaupt … Der Titel ist überzogen kitschig. Richtig schlimm.«

Ich drücke ihr einen Kuss auf den Kopf und flüstere: »Ja, ich weiß. Wer auch immer es kaufen wird, falls derjenige lacht, teilt er unseren Humor. Jetzt bleibt nur eine Frage.«

»Welche?«

»Was machen wir mit dem restlichen Kuchen?«

Sie schmiegt ihr Gesicht an meinen Hals und haucht: »Danke. Es war ein aufwühlender Geburtstag, aber überwiegend war er toll, und das deinetwegen. Danke.«

Es hängen unausgesprochene Gedanken in ihr fest, das spüre ich und frage: »Noch was?«

»Es ist … Nun, heute war so ein Tag, an dem es Punkte gab, also so bestimmte Momente, bei denen ich mich frage … Ich weiß nicht, ob du verstehst, wie …«

»Komm auf den Punkt, Elin.«

»Okay. Es gab ein paar Momente, da warst du echt verliebenswert. Aber das ist nicht gut, oder? Ich meine, es ist grundsätzlich nicht gut, sich in Kane Reid zu verlieben, weil er …«

»Weil er ist, wie er ist«, ergänze ich.

Was sie andeutet, bringt mich aus dem Gleichgewicht. Natürlich will ich keine feste Frau. Jedoch heute mit ihr … Mir ist schon bewusst, dass es etwas Besonderes ist, wie ich mich mit ihr gefühlt habe. Nicht nur jetzt, bereits öfter. Ihre bloße Gegenwart hat etwas, was mich anzieht.

Aber eine Beziehung? Das deutet sie an, oder? Auf typische Elin-Art. Vollkommen rational. Sie fragt mich, ob es sich lohnt, sich in mich zu verlieben, und falls ich Nein antworte, lässt sie es. Das ist schräg.

»Elin, ich …«, erwidere ich zögerlich und stocke, da ich nicht die richtigen Worte finde. Vor den Kopf stoßen möchte ich sie nicht, aber ich kann ihr schlecht sagen, dass sie sich nicht in mich verlieben soll. Ich weiß doch selbst nicht, was ich von ihr will, allerdings sicher keine Beziehung.

»Rede nicht weiter! Ich verstehe schon.«

»Wirklich? Okay, dann … Was jetzt? Wir ignorieren das oder wie hast du dir das vorgestellt?«

»Ja, genau. Ignorieren ist gut. Vielleicht ist da ein netter Mann, der mich richtig daten möchte, und ich dachte, ich kläre das hier vorher mit dir.«

»Vielleicht? Es gibt vielleicht einen Kerl, der dich daten will? Warum sagst du mir das? Soll mich das eifersüchtig machen oder war das die Aufklärung, dass du sowieso einen anderen besser findest?«

»Es war der Versuch, irgendwie zu klären, wie wir in Zukunft weitermachen. Aber ignorieren ist gut.« Sie nickt eifrig und so blöd kam ich mir wahrscheinlich noch nie vor. Eigentlich steht sie auf einen anderen? Will sie ihn etwa mit mir eifersüchtig machen?

Das Gespräch wird mir zu anstrengend, es vibriert hinter meiner Stirn, und schwarzer Nebel macht sich in meinem Kopf breit, der mich daran hindert, Entscheidungen zu treffen. Wie schon zu oft. Deshalb will ich vor allem eins: dass alles wie immer bleibt.

Der Gedanke ist erleichternd. Keine Veränderungen, nichts zum Nachdenken und Elin läuft mir nicht weg.

Aus diesem Grund nehme ich das in die Hand und bestimme: »Wir machen Folgendes: Ich möchte, dass du über Nacht bleibst, falls die Tablette doch irgendwelche Nebenwirkungen hat. Da wir gewissermaßen damit, ähm, verhüten, treiben wir es einfach so oft, wie wir Lust haben. Oder treiben es auch nicht. Wir essen den restlichen Kuchen, aber bitte besorg uns noch etwas Anständiges. Beispielsweise dein Lieblingsessen, schließlich hast du Geburtstag. Wir können uns einen Film ansehen, uns unterhalten oder das Video von den Kindern in Dauerschleife laufen lassen. Worauf immer du Lust hast. Doch zuerst gehen wir duschen. Und wir duschen sogar warm in meinem Badezimmer, solltest du jetzt brav sagen: *Ja, Kane, das ist ein super Plan, Kane.* Morgen nicken wir uns zu und sehen das als sexuelle Erlebnisreise, die beendet ist. Du bleibst meine Assistentin und datest, wen du nett findest. Und ich mache weiter wie bisher.«

»Ja, Kane, das ist ein super Plan, Kane.«

Ich schmunzle und ziehe sie näher an mich.

Vielleicht denkt sie, ich will, dass sie über Nacht bleibt, damit ich sie noch öfter vögeln kann. Oder sie glaubt, das ist eine Art Geburtstagsgeschenk für sie. Aber die Wahrheit ist, dass der Druck mich schon lange nicht mehr so wenig geplagt hat wie in der Zeit mit ihr. Wir dürfen bloß nicht zu viel nachdenken.

Und so wie sie mich zurückumarmt, möchte sie heute auch nicht allein sein.

27

REISS DICH ZUSAMMEN, ELIN.

Elin

Ich komme klar, ich komme klar, ich komme klar.

Shit, Tasche vergessen.

Zurück will ich nicht, aber in der Tasche ist mein Autoschlüssel.

Laufen? Obwohl ich es ahnen kann, sehe ich trotzdem in der Maps-App nach. Fast zwei Stunden zu Fuß.

Verflucht, ich komme doch nicht klar, sonst würde ich nicht ernsthaft darüber nachdenken, ob ich laufen soll, nur um zu vermeiden, Kane noch einmal zu begegnen.

Ich starre auf die Eingangstür der Kirche und reibe mit beiden Händen über den Stoff der Hose. Seine Hose. Er war vor mir wach und hat auf der anderen Bettseite, Shirts, meinen BH, eine Anzughose, eine Jeans und eine Sporthose bereitgelegt. Die Sporthose war nicht meine erste Wahl – eigentlich sogar meine letzte –, aber sie hat gepasst. Bei den Shirts war es einfacher, da hat er mir nur Oversize hingelegt, und ich hoffe, das ist, weil er vermutet, ich will es gemütlich und nicht, dass ich zu kräftig für etwas anderes bin. Und falls doch, denkt er hoffentlich, es liegt an meinen Brüsten und deren Platzbedarf.

Was ich nicht genommen habe, war seine Unterwäsche.

Das war mir zu seltsam. Wir wollen Distanz, und ich fand es bereits merkwürdig genug, seine Kleidung zum Arbeiten zu tragen. Allerdings waren auf meinem Rock Spuren unserer Vereinigung und meine Bluse war zerknittert.

Eigentlich wollte ich direkt nach Hause, um mich umzuziehen, aber er kam mir entgegen, drückte mir einen Kaffee in die Hand und sagte: »Hab ihn schon leer gerochen, bitte schön.«

Irgendwie fing ich dann automatisch mit der Arbeit an und blieb bis zum Feierabend. Allerdings habe ich mich davor gedrückt, ihn zu sehen. Auch vor Beth. Ich war heute nicht in der Stimmung, mit der Kanefreie-Zone-Slip-Beth zu reden, weil ich Angst hatte, man sieht es mir direkt an, dass meiner keine Kane-freie-Zone mehr ist. Ach, was denke ich, ich trage ja gar keinen.

O mein Gott. Lag der noch im Badezimmer, als sie geputzt hat? Wird sie mich morgen darauf ansprechen? Heute konnte sie es nicht, da ich ihr aus dem Weg gegangen bin und in der Abstellkammer gearbeitet habe, solange sie da war. Ich kann sie nie wieder ansehen. Nie wieder. Sieht man meinem Slip an, dass er von mir ist? Wird sie ihn waschen oder wegwerfen?

Elin!

Reiß dich zusammen.

Sie ist eine junge Studentin, die hier reinigt, und selbst wenn sie dich verachtet, ist das kein Todesurteil.

Puh.

Es ist doch nicht schlimm, Kane noch einmal zu begegnen. Wir haben sogar in einem Bett geschlafen. Wir haben uns darin ganz normal unterhalten, als wäre nichts gewesen und ohne uns zu berühren. Jeder lag so weit wie möglich auf einer Seite, als würden wir uns fürchten, was sonst geschieht. Dass der Safe Space möglicherweise nicht ausreicht, um alles, was zwischen uns ist, darin zu verbergen.

Trotzdem ist es wieder passiert. Er musste noch einmal auf die Toilette, vielleicht ging er etwas langsamer an meiner Seite vorbei, gegebenenfalls habe ich die Decke leicht gerafft, und womöglich war es kein Traum, dass wir es gemächlich, hingebungsvoll und sehr lange getan haben, bevor wir verknotet und mit Farbresten von unserem Abenteuer auf der Haut eingeschlafen sind.

Ich kann ihm heute nicht mehr begegnen, weil ich Angst habe, sofort zu erröten, wenn ich sein Gesicht sehe, da mir nicht aus dem Kopf geht, wie es war und was ich empfunden habe. So begehrenswert, schön und majestätisch habe ich mich noch nie vor ihm gefühlt. Statt mich für klein und schwach zu halten, weil ich mit ihm Sex hatte, hatte ich das Gefühl, von innen zu leuchten.

Jetzt habe ich Angst, dass ich ihn ansehe und das sofort wieder will.

Aber wir ignorieren das.

Das ist das Beste.

Entschlossen trete ich durch die Tür, gehe zielstrebig an meinen Schreibtisch, schnappe mir die Tasche und mache mich auf den Heimweg, ohne ihn gesehen zu haben.

Leider erreiche ich Sophia nicht, obwohl ich das Gefühl habe, ich platze, wenn ich nicht mit jemandem darüber rede. Beim dritten Versuch sehe ich ein, dass ich schon wieder kopflos bin, und quatsche ihr auf die Mailbox: »Sophia, entschuldige meine penetrante Art, aber ich hätte das Lineal gebraucht. Ruf mich an, damit du mich schimpfen kannst. Bitte. Hab dich lieb.«

Auf dem Hausflur begegne ich Phil mit zwei Mülltüten.

»Hey, Elin. Lust auf einen Kaffee?«

»Gott, ja, komm mit.«

»Oh, so überschwänglich? Gefällt mir. Ich bringe den Müll raus, dann bin ich da.«

Grinsend klimpere ich mit meinem Schlüssel. »Alles klar, ich lasse die Tür angelehnt.«

Gut, dass ich ihn getroffen habe. Zwar kann ich mit ihm nicht darüber reden, aber wenigstens ist er Ablenkung.

Bevor ich irgendetwas anderes tue, schalte ich die Kaffeemaschine ein. Umziehen? Nein, Phil hat mich ja jetzt schon so gesehen.

Als ich die Tasche verstaue, klingelt mein Telefon.

»Elin! Was hast du getan? Du hast doch nicht …?«

»Doch, genau das.«

»Details. Sofort. Alle schmutzigen. Wie kam es dazu? Wie geht es nun weiter? Hast du gekündigt? War das einmal? Oder ist das jetzt eine Affäre? Liebt er dich vielleicht? Du bist sehr liebenswert, das würde mich nicht wundern. Oh, oder … Du ihn? Sag mal was, Elin. Lass dir doch nicht alles aus der Nase ziehen. Ich wohne in einem stinklangweiligen Vorort. Die spannendsten Sexgeschichten sind die, wenn Bienen meinen Apfelbaum bestäuben.«

»Hallo? Hilfe. Hol mal Luft. Ich bin verwirrt. Es war einerseits schrecklich, a…«

»Schrecklich? Kane Reid ist schlecht im Bett?«

»Was ist jetzt mit dieser Ausredenlassensache? Ich habe Gerüchte gehört, dass man dann schneller an Infos kommt.«

»Bin schon still.«

»Es war schrecklich, da wir so was wie Streit hatten. Und ich bin verwirrt, weil es zwischendurch einfach perfekt war. Ganz gewaltig sogar. Und er war dazwischen auch so … furchtbar lieb, war er nicht gerade ein Arsch.«

»Dazwischen? Mehrmals? O Elin. Wenn, dann richtig, hm?«

»Es war eh zu spät, oder? Sag mir, dass das ein gutes Argument ist und ich mich nicht schlecht fühlen muss.«

»Ja, das Argument wird von mir gebilligt. Außerdem soll man sich zum Geburtstag auch was gönnen.«

»Er hat mir einen Kuchen gekauft. Wir haben ihn zusammen gegessen. Und dabei geredet.«

»Sorry, ich muss dich schon wieder unterbrechen, denn du erzählst mir von Kuchen und Reden, wenn es die Boss-Assistentin-Variante der Bestäubungsstory zu berichten gibt, die in meinem Garten abgeht?«

»Keine Details, aber es war aufregend. Richtig aufregend.

Und dass er mir einen Kuchen gekauft hat … Er! Mein Chef! Er war extra für mich einen Kuchen kaufen. Den hat niemand anders besorgt, nein, er ist los und hat einen ausgesucht, sogar mit Kerze. Und er hat ihn mit mir gegessen und das war so schön. Die Zeit heute mit ihm war eine fantastische Mischung aus allem, und er hat sich bei mir entschuldigt, weil wir Streit hatten, da wir die Pille danach gebraucht haben. Ja, zu verhüten vergaßen wir auch.«

»Verhüten vergessen? Das erzählst du nebenher? Ach Scheiße, Elin, das Kuchenkaufen hat dich voll mitgenommen, oder?«

»Ja und da war noch etwas. Er hat mir, also er hat … Das glaubst du nicht, aber …«

»Was hat er?«

»Beim Bezahlen hat er alles Mögliche mitgekauft, und als ich die Tüte ausgeräumt habe, um die Tablette zu nehmen, waren da auch Binden und Slipeinlagen drin. Er muss der Apothekerin zugehört haben, als sie sagte, Nebenwirkungen können Zwischenblutungen oder Schmierblutungen sein. Das ist … ich weiß nicht. Total lieb und aufmerksam?«

Sie seufzt. »Von Georg gab es keine echte Liebe, keinen Kuchen und keine Aufmerksamkeiten. Jetzt hat Kane dich damit bezirzt.«

»Davor habe ich auch etwas Angst, wenn ich ehrlich bin. Was, falls das gar nicht nett gemeint war? Ich habe mich so gefreut, dass ich am liebsten geweint hätte. Aber mein Bauchgefühl ist doch so unglaublich beschissen, sobald es um Männer geht.« Ich lache humorlos auf. »Sieh mich an: Ich habe mit meinem Boss geschlafen. Warum kann ich nichts richtig machen?«

»Jetzt hör mir mal zu: Dein Bauchgefühl ist einwandfrei, wenn du nur mal darauf hören würdest. Du hast mir damals, als wir uns kennenlernten, stolz erzählt, dass du Georg ganz praktisch und objektiv als optimalen Partner eingeschätzt hast, gerade weil er bereits eine Familie hatte und er ein guter Vater ist. Du hast nie über ihn geredet und Leidenschaft oder

Liebe erwähnt. Nie! Dein Bauchgefühl hatte wahrscheinlich entweder keine Stimme, als es um Georg ging, da dir dein Kopf viel wichtiger war, oder du hast es ignoriert. Wenn dein Bauchgefühl dir also jetzt sagt, das war eine schöne Erfahrung und Kane war lieb zu dir, dann war das sicher auch so.«

»Sophia«, flüstere ich. »Er hat mich zu einem …« Mir fällt kein guter Vergleich ein, und ich fuchtle mit der freien Hand, als könnte ich passende Worte aus der Luft greifen.

»Einem?«, hakt sie nach.

»Einem … einem willenlosen, triebgesteuerten … willenlosen … Höhlenmenschen! Genau, zu einem willenlosen, triebgesteuerten Höhlenmenschen hat er mich gemacht.«

»Ich könnte ja direkt mit einem zweiten Kuchen losfahren, damit wir das feiern.«

»Hä, was? Bestimmt hat er mir was ins Essen getan, das war nicht normal.«

Sie lacht. Klar lacht sie. Ich lache mit, da ich selbst bemerke, wie lächerlich ich klinge. Aber meiner Meinung nach ist das wirklich nicht normal, wie wenig ich mich ihm entziehen kann.

»Elin, es ist doch schön, dass du dich so zu ihm hingezogen fühlst und nicht nur auf dein Bauchgefühl, sondern auch noch auf dein Muschigefühl hörst.«

»Muschigefühl … Jetzt hören wir aber auf. Hilfe.« Das ist so typisch sie. Sie ist Single aus Überzeugung und hat Sex mit ausgewählten Fremden als Gönnung wie ein Diättreibender am Cheatday. So sagte sie es mal zu mir.

»Meinst du, ihr wiederholt das? Oder was ist der Plan?«

»Wir haben uns darauf geeinigt, dass wir den Vorfall ignorieren.«

»Vorfall. Pf.« Sie schnaubt abfällig. »Bist du dir arg böse? Oder geht es? Ja, es war ein bisschen blöd von dir, dich auf deinen Boss einzulassen, aber wie gesagt, wenn es eine schöne Erfahrung war und du deinen Job deshalb nicht verlierst: Hey, gönn es dir.«

Ich würde ihr gern genauestens ausführen, was in mir

vorging, bevorzugt in einem Minutenprotokoll. Und falls es nur ist, um mich vielleicht selbst besser zu verstehen. Am liebsten, welche Gefühle er mir vermittelt hat. Unter anderem dieses Gefühl, über mir zu stehen. Aber dann wollte sie eine Erklärung, wie er das angestellt hat, und ich will keine Details erzählen. Nicht wie er mich angesehen hat, wie er mich berührt hat, wie wir uns komplett aufeinander eingelassen haben. Ich würde es gern, allerdings hängt der Ausdruck sexueller Safe Space in mir fest, weil es genau das für mich ist. Das war der sichere Platz für Kane und mich und geht niemanden etwas an. Noch nicht einmal meine beste Freundin.

Erschrocken drehe ich mich um, da die Kaffeemaschine Geräusche von sich gibt, und entdecke Phil, der mir von der Küche aus zuwinkt und eine Geste vollführt, die bedeutet, er ist still.

Wie viel hat er gehört? Das war nicht für seine Ohren bestimmt.

»Sophia, ich muss auflegen, ich habe Besuch. Ich rufe dich später oder morgen an, okay?«

»Ist er es? Ist er dir hinterher? O Gott, ist das romantisch. Hat er Blumen dabei? Sag mir welche, daran kann man schon viel deuten.«

»Es ist mein Nachbar.«

»Phil mit den geilen Locken?«

»Ja, genau er. Irgendwie begegnen wir uns ständig im Haus und ich habe ihn auf einen Kaffee eingeladen.«

»Höhö, Elin, du …«

Sofort unterbreche ich sie: »Untersteh dich, Spekulationen anzustellen!«

Sie lacht und erwidert: »Schon gut, ich sage nichts dazu. Hab dich lieb und wehe, ich erfahre nicht noch den Rest der Geschichte. Mir fehlen ein paar Puzzleteile.«

»Ja, natürlich. Bis später, Sophia. Und danke fürs Zuhören.«

»Bis später.«

Mit dem Telefon in der Hand betrete ich die Küche. Phil streckt mir eine Tasse entgegen, zieht die andere unter der Maschine hervor und nimmt einen Schluck.

»Fuck, Elin, ich vergesse immer, wie scheiße dein Kaffee schmeckt.«

»Hey!«, beschwere ich mich und lache, weil er verschmitzt grinst. Außerdem ist das gut. Er fragt nicht nach, er tut so, als hätte er nichts mitbekommen, wie es sich für höfliche Menschen gehört. Oder er hat tatsächlich nicht zugehört.

Schweigend mustert er mich, verzieht allerdings zu jedem Schluck das Gesicht, weshalb ich ununterbrochen lächeln muss, sogar, wenn ich selbst trinke.

Trotzdem wird mir das Schweigen und Gucken nach ein paar Schlucken zu seltsam und ich frage: »Wie war dein Tag?«

»Hm. Ich frage mich eher, wie deiner war. Geht es dir gut?«

Im Moment ist das keine Frage, die ich hören will, weil ich dann darüber nachdenken muss. Und ich könnte zu dem Schluss kommen, dass es mir eben nicht gut geht.

Ich habe Kane gefragt, ob es sich lohnt, sich in ihn zu verlieben, doch da war es längst zu spät. Wer weiß wie lange schon, aber jetzt ist es das auf jeden Fall. Da ist viel mehr, als es sein sollte. Viel mehr Gefühl und die Sehnsucht, sofort zu ihm zurückzufahren, mich in seine Arme zu werfen und von ihm zu verlangen, sein Leben für mich zu ändern.

Aber das gibt es nicht. Männer ändern ihr Leben nicht für Frauen wie mich und eigentlich sollte niemand für einen anderen etwas von sich aufgeben. Man muss man selbst bleiben und sich so akzeptieren.

Das vollkommen nüchterne Lachen, das mir deshalb im Hals steckt, verkneife ich mir. Auf den Ratschlag hätte ich besser gehört, dann wäre mir das mit Georg nicht passiert. Obwohl ich ihn nie richtig romantisch geliebt habe, gab ich mich ein Stück auf. Ich bin so erbärmlich.

Was ist nur mit mir los? Warum muss ich jedes Mal an die Männer geraten, die mir nicht guttun? Das mit Kane war toll und ich fühle immer noch diese Selbstsicherheit, absolut okay und sogar begehrenswert zu sein, so als hätte Kane mir ein Bild davon direkt in mich gemalt, damit ich es nicht vergesse.

Aber er hat auch an Stellen gekratzt, an denen ein Kane nicht kratzen sollte. Mir ist bewusst, dass der Kane, dem ich gerade hinterhersehnsuchte, vermutlich nicht real ist, weil ich nur all das Gute sehe. Das tut weh. Es ist, wie eine Lieblingsfarbe zu haben, die nicht existiert. Einen Geschmack auf der Zunge zu schmecken, den man niemals in echt kosten kann. Eine Illusion.

»Herrje, Elin, komm sofort her.«

Phil nimmt mir die Tasse aus den Fingern und stellt sie mit seiner auf dem Tisch neben seinem Smartphone ab. Manchmal frage ich mich, ob er den ganzen Tag auf wichtige Anrufe wartet, weil er es immer gleich aus der Hosentasche hervorzieht und irgendwo ablegt, wo er es jederzeit im Blick hat.

Die Umarmung, in die er mich zieht, ist fest und energisch. So nah waren wir uns noch nie, aber es ist irgendwie besänftigend, und als er mir übers Haar streichelt, lasse ich locker und atme tief ein und lange wieder aus.

Warum hat mich das mit Kane so aufgewühlt?

Ich bin wirklich kein Mensch für One-Night-Stands oder sexuelle Erlebnisse, die danach ignoriert werden.

»Es tut mir leid, dass dein Chef dich verführt hat. Was für ein gewissenloses Arschloch.«

»Verführt … Das passt nicht. Es war nicht ganz freiwillig, ja, aber …« O Gott, jetzt passiert wieder das Gleiche wie in der Apotheke. Das will ich nicht, deshalb kläre ich sofort auf: »Es war so: Ich wollte nicht und er wollte auch nicht, quasi wir beide wollten nicht, und dann haben wir doch, weil …«

»Sag bloß, du fühlst dich zu ihm hingezogen?«

Phil klingt schockiert und ich löse mich aus seiner Umarmung. »Ja, das war es. Körperliche Anziehung. Aber es wird keine Wiederholung geben, das haben wir uns versichert. Es war nur ein Ausrutscher. Wir wollen das nicht mehr. Es ist nicht richtig, oder? Man kann doch nicht mit seinem Chef schlafen. Phil, ich habe wirklich einen Fehler gemacht. Ich wollte das echt nicht.«

»O Elin.« Er streichelt mir über die Wange und lächelt aufmunternd. »Das war nicht dein Fehler. Er ist dein Chef, er hätte es nicht zulassen dürfen.«

Obwohl ich es als gemeinsamen Fehler sehe, nicke ich.

»Was wirst du tun?«

»Wie meinst du das?«

»Er hat dich benutzt. Du darfst ruhig sauer sein.«

»Im Moment bin ich eher … verwirrt. Ja, verwirrt. Ich mache so etwas normalerweise nicht, Phil. Ich bin nicht *so eine*, weißt du.«

»Das macht ihn zu einem noch viel schlimmeren Mann. Elin, also … eigentlich …«

»Was?«

»Ich wollte dich fragen, ob du … also würdest du mit mir ausgehen? Ich weiß, das ist kein guter Moment, aber ich muss auf eine zweiwöchige Weiterbildung, und ich würde gern vorher wissen, ob es sich …«

»Lohnt?«, ergänze ich fragend.

»Ja, genau. Wenn du jetzt in ihn verliebt bist oder so, dann kann ich ja direkt aufgeben.«

»Ich bin nicht in ihn verliebt!«, kreische ich fast, woraufhin er schräg lächelt.

»Das bedeutet, du gehst mit mir aus? Sobald ich zurück bin?«

»Ja! Ich will mit dir ausgehen«, antworte ich sofort. Ich sagte doch sowieso zu Kane, da wäre ein Kandidat zum Daten, um die Kurve zu kriegen, weil ich zugegeben habe, dass ich ihn zu gernhabe. So, jetzt ist es wahr. Und ich mag Phil. Ausgehen ist kein Risiko, denn im schlimmsten Fall stellen wir fest, wir mögen uns nicht genug, um ein zweites Mal auszugehen, und sind weiter Nachbarn.

»Dann … ich freue mich. Gut, dass ich gefragt habe. Aber, Elin … sollte er wieder – wie sag ich das? Wird er übergriffig oder sonst irgendetwas … Würdest du es mir anvertrauen?

Und falls ich dir irgendwie helfen kann, musst du es mir nur sagen, ich bin für dich da.«

»Nein, ich brauche keine Hilfe. Und ich werde es dir anvertrauen, sollte es so sein«, erwidere ich. Kane ist nicht übergriffig und wiederholen wollten wir das auch nicht. Ich kann dahingehend demnach alles versprechen.

»Benötigst du etwas? Eine Dusche? Medikamente? Noch eine Umarmung? Ich bleibe gern hier, wenn du jemanden zum Reden brauchst.«

»Du hörst dich an, als hätte er mich vergewaltigt.« Sein Blick wird ernst und eindringlich, woraufhin ich versichere: »Er hat mich nicht vergewaltigt. Es war freiwillig. Es war sogar gut. Ähm, aber das sollte ich wohl nicht dem Mann sagen, mit dem ich ausgehen werde.«

Er zieht die Brauen zusammen und setzt ein künstliches Lächeln auf, was ich wirklich verstehe. Das war nicht feinfühlig von mir. Allerdings will ich nicht, dass er denkt, Kane hat mir irgendetwas angetan. Alles, was Kane getan hat, ist, dass sich mein Magen verknotet, wenn ich an gestern denke.

»Wirst du weiter für ihn arbeiten?«

»Ja, schon … Ist das ein Problem?«

»Um ehrlich zu sein, fühle ich mich unwohl bei dem Gedanken, dass er dich jederzeit … nötigen könnte. Das hat er doch, oder? Sprich es ruhig aus.«

»Phil! Er hat mich nicht genötigt. Kane tut so etwas nicht.«

»Sorry, Elin, er ist dein Boss. Das nennt man ausnutzen. Er ist dein Arbeitgeber und dadurch in einer Machtposition. Erzähl mir nicht, dass er das nicht ausgenutzt hat, so wie du eben gewirkt hast. Rede es dir bitte nicht schön. Du darfst dir so etwas nicht gefallen lassen.«

»So. Erstens habe ich dich nicht um deine Meinung gebeten. Zweitens ist das meine Sache. Drittens sage ich es jetzt zum wiederholten und letzten Mal: Er hat mich nicht genötigt. Ich habe ihn zuerst berührt. Er ist darauf angesprungen. Wir haben uns geküsst. Und wieder habe ich den nächsten Schritt gemacht. Kane war korrekt, und wenn ich ehrlich bin, hat er mir danach unterstellt, ich hätte hinterhältige Absichten gehabt.«

»Elin …«

»Ja, Phil?«

»Ich glaube dir das. Ich glaube dir alles, was du sagst und dass du es so empfunden hast, aber er ist trotzdem ein … Verführer.«

»Du kennst ihn gar nicht.«

»Doch. Ja, gut, nur aus den Medien.«

»Hast du nicht gesagt, du hast noch nie was von ihm gehört?«

»Ja, aber ich … Ach Mensch, Elin, verstehst du es nicht? Ich habe ihn gegoogelt, weil du mich interessierst und ich wissen wollte, für wen du arbeitest. Ich meine das ernst mit dem Ausgehen. Ich finde dich toll und jetzt bin ich …«

»Traurig, da ich etwas mit ihm hatte?«, ergänze ich.

»Ja, so ungefähr.«

»O Phil. Es tut mir leid.« Dieses Mal nehme ich ihn in den Arm, weil ich es jetzt verstehe. Das waren keine Vorwürfe an Kane oder mich. Er will es nur nicht wahrhaben, dass ich mich auf Kane eingelassen habe.

»Was sollte dir denn leidtun?«

»Dass du das gehört hast. Kannst du es bis nach deiner Weiterbildung vergessen? Und dann gehen wir aus? Ich freue mich darauf, dich besser kennenzulernen.«

»Ich finde, wir kennen uns schon ganz gut, aber ich habe die Hoffnung, dass ich dich vielleicht nach einem Date komplett für mich reservieren darf. Es sieht aus, als wäre ich zu langsam.«

»Jetzt gehen wir erst einmal aus, bevor du ein Handtuch auf mir ablegst.«

»Wie bei *Per Anhalter durch die Galaxis*?«

»Nein, wie All-inclusive-Urlauber am Hotelpool.«

Er lacht, ich lache mit.

Das tut gut. Ein Mann, mit dem ich lachen kann, der sich

um mich sorgt, der mich fragt, ob ich mit ihm ausgehe, und sogar ernsthafte Absichten zu haben scheint.

Eigentlich wollte ich niemanden daten, nicht in nächster Zeit, nicht, wenn nicht sofort alles perfekt ist. Nun bin ich da hineingerutscht, und ich habe vor, wirklich herauszufinden, ob hinter Phil mehr als ein lieber Nachbar steckt. Vielleicht ein Mann, bei dem Muschi-, Bauch- und Herzgefühl auf Verstand trifft.

Kein Boss, der mich den Verstand kostet.

So etwas wollte ich nie.

28

VORHER WAR GUT.

Kane

»Hast du heute schon etwas getrunken?«

Manchmal komme ich mir vor wie ein Baby. Beth kümmert sich darum, dass mein Zuhause nicht verwahrlost, und kocht für mich vernünftiges Essen. Elin bringt mir Getränke, damit ich nicht vergesse zu trinken, und gelegentlich fürchte ich mich, dass sie demnächst fragt, ob ich schon auf der Toilette war.

Beth wird mir fehlen. Irgendwann wird ihr Studium abgeschlossen sein und naturgemäß wird sie einen anderen Job annehmen. Ich werde vermissen, dass sie mir die Fingernägel lackiert, sich dabei über alles und jeden aufregt und einfach fast jeden Tag da ist.

Elin wird jemanden finden, der die Reinigungsarbeit übernehmen kann, und vermutlich bekomme ich dann von irgendeinem Restaurant ein Essensabo oder was Ähnliches. Trotzdem fällt es mir schwer, den Gedanken zuzulassen, dass Beth, das Murmeltierchen – weil sie so viel murmelt, nicht wegen des Plüschtiers – aus meinem Leben verschwindet. Für mich hatte sie etwas von einer Schwester, vielleicht da sie mich damals ausgeschimpft hat, als wäre sie meine Erziehungsberechtigte, als sie feststellte, dass in meinen Küchenschränken fast nur Yum-Yum-Suppen und Eiweißshakes standen. Dann vereinbarten wir den Deal, dass ich ihr zusätzlich zu ihrem Gehalt alle Lebensmitteleinkäufe finanziere und sie dafür für mich mitkocht.

»War Beth schon da?«, frage ich impulsiv.

»Ja. Hast du Hunger?«

»Nein. Ich musste gerade an sie denken.«

»Du starrst auf die Leinwand und denkst an Beth?«

»Ja.« Und davor dachte ich an dich. An *Vorfälle*, die ignoriert werden, an die Schwierigkeit, sich daran zu halten, und an Männer, die dich daten dürfen.

Es ist drei Tage her. Alles ist normal. Wieder. Zuerst war sie nervös, das habe ich bemerkt. Deshalb gab ich keinen Kommentar ab, war weder nett noch unhöflich, sondern möglichst neutral. Wahrscheinlich habe ich mich komplett komisch verhalten. Vielleicht hätte ich sie ordentlich anschnauzen sollen, damit sie denkt, das ist in meinem Kopf abgeschlossen.

Mittlerweile ist ihre Befangenheit verschwunden, zumindest habe ich das Gefühl. Aber da ist etwas, das ich vermisse, weil es seitdem fehlt.

Elin spricht nicht mehr mit mir. Oder nur Berufliches, kein Small Talk. Mir war nicht bewusst, wie viel Bedeutung es für mich gewonnen hatte, mit ihr dazusitzen und zu reden, bis es das nicht mehr gab. Wir kennen uns doch noch nicht so lange, wie kann es sich jetzt anfühlen, als hätte man mir etwas aus dem Fleisch geschnitten?

»Wusstest du, dass sie Schlüpfer trägt, auf denen *Kanefreie Zone* steht?«

Das bringt mich zum Schmunzeln. »Ja, das wusste ich. Darauf ist sie sehr stolz und zeigt sie jedem. Mir übrigens auch.«

»Sie behauptet, du beachtest sie nicht viel.«

»Ganz richtig ist das nicht. Beim Putzen störe ich sie natürlich nicht, und wenn sie mir die Nägel lackiert, redet immer sie. Sie beschwert sich gern über die Musen. Sie findet alle *schrecklich.*«

»Ja, das konnte ich bemerken. Sie sagt über alle, sie würden dich ausnutzen. Und dass sie Schlampen wären.«

»Findest du das auch?«

»Na ja, dann müsste ich mich ja selbst schlampig finden, oder?«

»Dir ist hoffentlich klar, dass …« … das nicht vergleichbar ist. Zum Glück kann ich einen Teil des Satzes verschlucken, denn mir verrät mein Bauchgefühl, sie würde es falsch verstehen. Negativ. Weil sie negativ von mir denken will.

»Ja, sag nichts. Ich möchte eigentlich auch gar nicht darüber reden. Ignorieren und so.«

»Richtig, das sagten wir. Wie läuft das Daten?«

»Gut, danke. Und wann kommt die nächste Muse?«

»Ich halte Ausschau.«

»Das dachte ich mir.«

Wir schweigen und starren nun zu zweit auf die Leinwand. Das ist noch keine Unterhaltung, aber immerhin leistet sie mir Gesellschaft.

Genug, ich spreche es einfach an: »Wir ignorieren das, richtig? Dann rede wieder mit mir. So wie vorher. Vorher war gut.«

Sie schweigt.

Zum ersten Mal habe ich das Gefühl, durch Sex etwas ruiniert zu haben, und habe keine Ahnung, was jetzt richtig wäre, um das zu korrigieren.

Bei Elin endet bei mir jede Weisheit, jede Selbstsicherheit und jede Erfahrung. Das ist neu für mich.

Ich weiß nicht, wie sie mir die Hirnwindungen so verdreht hat, aber sie hat es. Wäre ich nicht so müde, würde mir sicher etwas einfallen. Irgendetwas, um das zu klären, damit ich das bekomme, was ich will. Heute fühlt es sich jedoch schon wieder an, als hätte mir jemand einen Teil des Verstandes ausgeknipst.

Sie streicht sich Haare hinters Ohr, und ich muss mich

beherrschen, nicht hinter sie zu treten, die Arme von dort locker über ihre Schultern zu legen und sie auf das freigelegte Ohrläppchen zu küssen. Und auf die Schläfe. Und die Wange. Und dann könnte sie sich umdrehen und mich anstrahlen.

Ich will sie ficken. Überall und auf jede Art. Dringend. Richtig dringend. Und obwohl der Gedanke sofort im Schritt zieht, ist da viel mehr Zuneigung als Erregung, wenn ich sie ansehe. Etwas ganz Sanftes, das das Triebhafte, Wilde in mir lückenlos ergänzt, als würde es gemeinsam ein perfektes Bild ergeben.

Kann sie nicht, wie schon einmal, die Initiative ergreifen, damit ich nicht der böse Chef bin, der sich nicht an Vereinbarungen hält?

Sie lächelt und sieht mich an, woraufhin sie mir eine Wasserflasche reicht. »Trink, mein Boss. Isst du mit mir, sobald du hier fertig bist? Wenn ich ehrlich bin, habe ich unsere Unterhaltungen vermisst. Es war nur alles komisch für mich. Reden wir so, vergesse ich immer alles, die Zeit, mich … und dass du mein Boss bist. Deshalb war es seltsam, nachdem … Du verstehst schon.«

»Nein, tue ich nicht. Ignorieren bedeutet ignorieren, demnach muss alles wie vorher sein. Logisch, oder?«

»Du bist der Boss, deshalb folgen wir deiner Logik.«

»Assistant of the Year«, murmle ich, nehme ihr die Flasche ab und schraube sie auf. Sie nimmt mir den Deckel aus der Hand, und ich trinke, denn sie hat es genau erfasst und ich muss nichts mehr sagen. Mit ihr vergisst man alles.

»Sag mir, sobald du Hunger hast, dann mach ich es dir warm.«

»Okay.«

Echt wie ein Baby. Ist das normal, dass man sich von seiner Assistentin Essen aufwärmen lässt? Vor ihr habe ich das auch hinbekommen oder kalt gegessen. Schmeckt ja trotzdem.

Sie geht, und ich starre allein weiter, weil ich vergessen habe, was der Plan war. Ich hatte doch einen Plan? So war das mit dem Vergessen nicht gemeint.

Blinzelnd bemerke ich, dass ich einfach mit der aufgeschraubten und trinkbereiten Wasserflasche in der Hand dastehe. Ich weiß nicht, ob ich schon getrunken habe oder trinken wollte.

Sie ist halb voll. Getrunken oder nicht?

Wie lange stehe ich hier?

Ehrlich, wie lange?

Meine Augen sind vollkommen trocken und mein Rücken verspannt.

Was hat mich so abgelenkt, dass ich das nicht weiß?

Schwarzes Rauschen hindert mich am Nachdenken.

Es könnte Müdigkeit sein oder etwas anderes. Werde ich krank?

So schlimm war es nie.

Mein Vater sagte mal zu mir, dass ich der sturste Mensch wäre, den er kennt. Stur fand ich noch nie eine gute Eigenschaft, deshalb erklärte ich ihm, er verwechselt das mit Stärke und Selbstbewusstsein.

Im Moment fühle ich mich nicht selbstbewusst und auch nicht stark, und ich spüre, dass mir selbst die Sturheit entgleitet. Die Sturheit, daran festzuhalten, dass mit mir alles in Ordnung ist.

Männer weinen nicht.

Männer sind kontrolliert.

Männer sind unempfindlich.

Männer verletzen sich und spüren trotzdem keine Schmerzen.

In mir lodert so viel Schmerz auf, ohne mich verletzt zu haben, so viel Schmerz, obwohl da kein Schmerz sein kann, in einer Intensität, dass es mich fast zerreißt. Wo kommt das her? Es kann nicht aus mir sein. Für so etwas habe ich weder Platz noch Zeit.

Dieser Druck, er lässt mich nicht denken, hüllt mich in Schatten aus eingebildeter Qual und ich taumle.

Wasser.

Kaltes Wasser.

Das muss mich retten.

Es sind bloß wenige Schritte, dann prasselt es auf meinen Kopf, und alles an mir wird mit eisiger Kälte geflutet, die mich ausschaltet. Kein Schmerz, kein Gedanke, ein kurzer Schock. Ich kann atmen, obwohl mein Brustkorb komisch blockiert, und die Hose trage ich auch noch.

Nur Rauschen.

Mehr existiert nicht länger.

Und es ist mir gleichgültig.

»Kane?«

Das Wasser hört auf, mich in einen Vorhang zu hüllen, und ich bemerke, dass ich auf dem Boden sitze, den Kopf zwischen den Knien. Eben stand ich. Wie lange sitze ich hier? Lang genug, dass ich meinen Körper vor Kälte nicht mehr spüre.

Blinzelnd versuche ich scharf zu sehen und hebe den Kopf, um zu überprüfen, ob ich wirklich Elins Stimme gehört habe. Aber wer soll auch sonst das Wasser ausgeschaltet haben?

Sie steht tatsächlich da und schlägt die Hände vor den Mund, als sich unsere Blicke treffen.

Wie ein Schatten verlassen Worte meine Lippen: »Ich glaube, ich kann nicht mehr.«

Eins, zwei, drei, vier, fünf, sechs Stück.

Die größte und schwerste Beichte meines Lebens. Wenn sie etwas Falsches sagt, dann sterbe ich, zumindest fühlt es sich so an.

Sie sinkt neben mir auf die Knie und umschlingt mich mit den Armen. »Ich weiß. Danke, dass du es mir sagst. Das ist okay und jetzt wird alles wieder gut.«

Wieder gut? Ich habe keine Ahnung, was nicht gut ist, und das ist das Paradoxe. In mir ist diese Leere, die sagt, es kann niemals in meinem fucking Leben gut werden, und gleichzeitig weiß ich, es ist alles in Ordnung und ich stelle mich nur an. Ich habe alles. Sogar Elin. Elin ist doch auch da und macht mir den Alltag leichter.

Ihr Körper ist wie eine Heizung, eine Energiequelle, und ich lehne mich ihr entgegen, woraufhin sie ebenfalls mehr

Gewicht an mich abgibt. Es schockiert mich ein bisschen, wie angenehm es ist, von ihr aufgeheizt zu werden.

»Möchtest du mir erzählen, was dich am meisten belastet?«

Sie streichelt mir übers Haar und das lässt mich das Gefühl von Widerstand fast auskotzen. Ich bin doch kein Kind, kein Weichei, nichts, das man trösten und dem man gut zureden muss und das gestreichelt werden will.

Ihre Hand abzuschütteln geht dann ganz automatisch und schon stehe ich und sehe auf sie runter.

Ich brauche keinen Retter. Keine Retterin. Ich bin verdammt noch mal der glücklichste Fucker auf diesem Planeten, auf den am laufenden Band Glück geschissen wird.

Genau das will ich loswerden. Es liegt mir schon auf der Zunge, schwer wie Blei, bereit, ihr ins Gesicht gespuckt zu werden.

So sieht sie aus. Bereit. Bereit für alles, was ich ausspucken könnte. Gleichgültig was, selbst fieseste Gemeinheiten.

Vielleicht deshalb kommt etwas anderes über meine Stimmbänder, denn ich gebe einfach zu: »Meine Bilder. Sie verhöhnen mich, dass ich sie nicht fertigbekomme. Vierzehn offene Aufträge, so viele hatte ich noch nie. Vierzehn, Elin, hörst du? Manchmal schaffe ich eins in drei Tagen, aber oft brauche ich Monate, bis ich zufrieden bin, und es sind doch vierzehn. Warum habe ich das getan? Früher habe ich nur selten Aufträge angenommen, sondern meist gemalt, was ich wollte, und ein paar wenige auf eine Warteliste gepackt. Mich fuckt alles an. In einem Moment lache ich und bin glücklich. Auf einmal ist alles düster, leer und rauschig. Und dann mag ich nicht mehr.«

Ihre Wange ist feucht, weil sie sie an mich gelegt hatte, bevor ich sie weggedrückt habe. Die Ärmel ihrer Bluse ebenfalls sowie die Vorderseite. Da sie kniet, ist sicher auch ihre Hose durchnässt. Ihr Blick ist nach oben zu mir gerichtet, so konzentriert, dass sie noch nicht einmal bemerkt, dass ihre Brille ein wenig schräg sitzt, da sie mich umarmt hat. Meine

Hände entwickeln ein Eigenleben und korrigieren das, woraufhin sie kurz ein Lächeln andeutet.

Was jetzt?

Was jetzt, was jetzt, was jetzt?

Was tut man, wenn man so etwas gesagt hat?

Das folgende Nicken von ihr ist erst nachdenklich, dann fest entschlossen. »Du musst hier raus. Komm, Kane, wir gehen.«

»Wohin denn?«

»Zu mir.«

Sie springt auf die Füße und greift meine Hand. Das bringt mein Herz zum Rasen. Nicht weil sie meine Hand nimmt, sondern weil ich mich entscheiden muss. Ihr sagen, dass sie eine Vollmeise hat und mich einfach in Ruhe lassen soll, oder wirklich hier raus?

Ich nicke.

Schlagartig ploppen beide Ohren, als hätte ich einen Druckausgleich durchgeführt, und ich atme laut aus, ohne es steuern zu können.

Sie lächelt zaghaft, ich lächle zurück.

Vielleicht darf man es sich erlauben, dass man manchmal an die Hand genommen wird. Es muss nur die richtige Person zum richtigen Zeitpunkt sein.

29

GIBT ES EINEN GUTE-NACHT-KUSS?

Elin

Er lächelt zurück und mein Herzschlag beruhigt sich langsam. Ich könnte heulen, einfach auf den Boden sinken, mich zusammenrollen und weinen, bis nichts mehr in mir ist.

Das war grausam. Wie Kane mich ansah, das war, als würde mir jemand durchs Herz schneiden. Verzweifelt, hilflos, flehend. In meinem ganzen Leben war noch nie etwas so anstrengend, wie nicht in Tränen auszubrechen, als ich ihn umarmt habe.

Das ist nicht gut. Dass ich das so schlimm finde, wenn es ihm schlecht geht, das ist gar nicht gut. Er bedeutet mir zu viel. Viel zu viel. Jetzt brauche ich all meine Kraft, um eine perfekte Assistentin zu sein … und eine perfekte Freundin. Er braucht vielleicht beides und noch viel mehr will ich beides sein.

Meine Stimme schwankt, als ich behaupte: »So nass nehme ich dich aber nicht im Auto mit.« Ich drücke seine Finger zusammen. »Mach uns einen Kaffee, ich bringe dir etwas Trockenes zum Anziehen.«

»Ich soll uns Kaffee machen?«

»Es gibt total liebe Chefs, die machen das manchmal für ihre Assistentin.«

Er entzieht mir die Hand und sofort schlägt mein Herz wieder schneller. Ich wollte nur etwas Lockerheit ausstrahlen, das muss er doch verstehen.

»Elin. So ein Boss bin ich nicht, das solltest du eigentlich wissen. Für meine Assistentin mache ich keinen Kaffee … aber für dich ist das wohl drin.«

»Dann los, riech schon mal dran. Wir nehmen mein Auto.«

»Du hast doch eine Hose an, und das wäre eine fantastische Möglichkeit, das Aussteigen aus meinem zu üben.«

»Du wirst mein Gemecker auf keinen Fall ein zweites Mal ertragen.«

»Ich habe das erste Mal noch gut im Ohr.«

Dieses Lächeln gelingt uns beiden nicht so richtig, und wir nicken uns zu, woraufhin er Richtung Küche geht und ich nach oben rase. Wir müssen schnell hier weg, das ist mir klar. Sonst wird er es sich anders überlegen. Ihm etwas einpacken darf ich auch nicht. Wenn er einen Koffer oder eine Tasche sieht, wird er anfangen zu denken, und dann fällt ihm ein, dass er noch viel zu tun hat, und er wird nicht mit zu mir kommen.

Ich brauche einen Plan.

Punkt eins.

Etwas Schnelles zum Überwerfen für ihn. Und auch für mich, weil ich nass wurde, als ich ihn umarmt habe. Seine Zahnbürste. Den Rest habe ich zu Hause.

Punkt zwei.

Ihn zu mir bringen und dort irgendwie beschäftigen.

Punkt drei.

Wieder hierherkommen und ihm Sachen packen, währenddessen Marcello benachrichtigen. Wir müssen alles in nächster Zeit absagen, jeden Termin canceln oder weit nach hinten verschieben.

Punkt vier.

Ja, was ist Punkt vier?

Ich reiße Kleidung aus seinem Schrank und werfe mir eine

Sweatjacke von ihm über. Mit dem Rest düse ich zurück nach unten.

Punkt vier ist, Kane dorthin bringen, dass er wirklich wieder glaubt, nein, weiß, dass er der glücklichste Mensch des Planeten ist.

Auf dem Weg nach unten verfehle ich die letzte Stufe und mache einen riesigen Satz, um nicht hinzufallen. Vor Erleichterung lache ich, als ich mich gefangen habe. Das wird. Kane wird wieder. Er hat den ersten Schritt getan, indem er es zugegeben hat, jetzt wird alles gut.

»Alles klar?«

Kane steht auf einmal vor mir und hält mir eine Dose entgegen. Ich tausche gegen Kleidung und frage, weil die Dose warm ist: »Ähm, was ist das?«

Dass er die Stirn runzelt, erkenne ich, obwohl er sich die nasse Hose von den Beinen schält, um die Sporthose überzuziehen, die ich ihm gebracht habe. »Das ist Kaffee. Du wolltest doch Kaffee, oder?«

»In der Dose?«, hake ich nach und rieche an der Öffnung. Duftet tatsächlich wie Kaffee.

»Ja. Ich habe den Inhalt der Dose weggekippt. Ich dachte, eine Tasse im Auto mitzunehmen wäre unpraktisch.«

»Du hast ein Getränk weggeschüttet, um Kaffee einzufüllen, damit man ihn besser unterwegs trinken kann?«

Er streift sich den Kapuzenpullover über, und als er seinen Kopf durch die Halsöffnung geschoben hat und ihn zurechtzieht, sagt er: »Ja, das hast du korrekt verstanden, du Cleverchen. Wir wollten doch sofort gehen, oder?«

»Ja, natürlich. Okay. Danke.«

Vorsichtig nehme ich einen Schluck. Na ja. Schmeckt komisch. Ob das tatsächlich so ist oder mir nur so vorkommt, da man Kaffee nicht aus der Dose trinkt, weiß ich nicht, aber ich reiche ihn an Kane weiter, um meine Aktentasche zu holen.

Schnell bin ich wieder bei ihm und verkneife mir den

Impuls, sein Haar zu ordnen, das wild in alle Richtungen steht, weil er den Pullover angezogen hat.

Er riecht noch einmal an der Dose, dann reicht er sie mir und nickt mir zu. Nun klopft mein Herz erneut aufgeregt. Ich nehme ihn mit. Ich nehme Kane mit zu mir.

Auf dem Weg zum Auto und während der Fahrt reichen wir uns abwechselnd die Dose. Er riecht daran, ich trinke einen Schluck, sonst schweigen wir. Ich würde gern etwas sagen, mit ihm darüber reden oder ihm versichern, dass alles gut wird. Aber jedes Wort, jeder Satz, einfach alles, was mir in den Sinn kommt, erscheint mir falsch. Vielleicht ist es auch nicht wichtig zu reden, sondern nur wichtig, ihn mitzunehmen.

Als wir da sind und er mir mit tief in den Taschen vergrabenen Händen folgt, wird mir bewusst, wie absurd das ist. Kane Reid, mein Boss, ein berühmter Künstler, folgt mir gerade in meine Wohnung.

Auf einmal ist sie mir peinlich. Sie ist nicht groß, aufgeräumt habe ich auch nicht und überhaupt bin ich nicht auf Übernachtungsbesuch eingestellt. Aber jetzt ziehe ich das durch.

»Willkommen in meiner … in der Casa Deschain«, sage ich, als ich die Tür öffne.

Er schmunzelt, was mir verrät, er erinnert sich, dass er dieses Casa-Willkommen zu mir gesagt hat.

»Hast du Durst, Hunger, irgendetwas?«

»Eigentlich bin ich nur müde«, sagt er und kratzt sich unter dem Pullover am Bauch, wobei er sich umsieht.

»Ja, okay. Ich zeige dir kurz die Wohnung, dann kannst du schlafen. Du bekommst mein Bett.«

»Und du?«

»Ich schlafe auf der Couch.«

»Nein, ich bin dein Gast.«

»Das ist schon okay.«

»Nein und jetzt zeig mir einfach alles.«

Viel zu zeigen gibt es nicht. Zuerst führe ich ihn in die

Küche und versichere ihm, dass er sich nehmen kann, worauf er Lust hat. Danach ins Badezimmer, wobei ich ihm sage, dass ich ihm ein Handtuch hinlegen werde, falls er duschen will.

Bevor ich ihm die Couch präsentieren kann, deutet er auf die letzten zwei Türen. »Was ist da dahinter? Dein Schlafzimmer und ein Büro?«

»Schlafzimmer, ja.«

»Und?«

»Nichts und.«

»Wie nichts?« Er öffnet die Tür, ehe ich ihn davon abhalten kann, und betritt den leeren Raum. »Warum hast du ein leeres Zimmer, Elin?« Obwohl der Raum nicht groß ist, hallen seine Worte, was sie in meinem Kopf zu einem Vorwurf werden lassen.

»Ich kam noch nicht dazu, es einzurichten«, lüge ich.

Er dreht sich um und mustert mich. »Sollte das ein Kinderzimmer werden?«

»Vielleicht?«, antworte ich piepsig.

Es ist wahr. Die Wohnung hat ein Zimmer zu viel für mich. Es könnte ein Gästezimmer sein oder ein Büro, es ist jedoch leer, weil ich immer noch die Hoffnung in mir trage, dass die beiden mich doch besuchen dürfen. Ein Teil von mir weiß genau, dass sie diese Wohnung niemals betreten werden. Damit es nicht vergeblich ausgestattet wird, habe ich es nie fertig gemacht, aber ein anderer Teil von mir weigert sich, das anzuerkennen, und deshalb ist der Raum leer und funktionslos. Es erschien mir richtig, dass ich Platz für sie habe. Sie haben einen Teil meines Herzens bekommen, dann muss auch irgendwo ein Zimmer für sie frei sein.

Nur falls.

Man weiß ja nie.

Und man sagt doch, die Hoffnung stirbt zuletzt.

»Elin, du bist …« Er spricht den Satz nicht zu Ende, aber dass er seine Arme wie schützende Barrieren vor der Welt um mich wickelt, das ist sowieso viel besser.

Ich flüstere: »Ich weiß, dass es dumm ist. Vielleicht … Hilfst du mir, ein Gästezimmer daraus zu machen?«

»Du willst mit ihnen abschließen?«

»Ja. Das versuche ich schon eine ganze Weile, allerdings ist das nicht so einfach.«

Es kann nicht richtig sein, dass ich ihn mit hierhergenommen habe, damit er den ersten Schritt zur Heilung machen kann, und er jetzt mich tröstend im Arm hält, aber es tut zu gut, als dass ich es ablehnen könnte.

»Du bist eine sehr besondere Frau, Elin.« Die Worte legt er leise, sanft und warm in mein Haar, und obwohl es ehrlich gemeint klingt, kommt es mir höhnisch vor. Ganz aus mir heraus, da ich eben nichts Besonderes bin. Für niemanden.

Aus diesem Grund antworte ich bemüht spöttisch: »Weil ich ein leeres Zimmer für Kinder habe, die nicht von mir sind?«

»Weil du liebst. Menschen. Richtig. Bedingungslos. Tief. Das ist besonders. Vermutlich wünscht sich jeder Mensch, mal so geliebt zu werden, wie du es kannst.«

»Alles, was ich tue, ist, sie vermissen und heulen. So besonders ist das nicht.« Darauf will ich keine Antwort und keine Erklärung, wie er es gemeint hat, da ich es eben nichts Besonderes finde, jemanden zu lieben. Man sucht sich das ja nicht aus. Die Welt wäre so viel einfacher, aber es ist nun einmal nie einfach.

Mir fällt allerdings eine Gegenfrage ein: »Oder hast du dich noch nie geliebt gefühlt?«

Seine Hand rutscht in meinen Nacken und übt leichten Druck aus, was mir die Erlaubnis gibt, den Kopf komplett an ihn zu lehnen.

»Bedeutet das Nein?«, hake ich nach.

Er brummt. »Natürlich habe ich mich schon geliebt gefühlt. Meine Eltern haben mich geliebt, so sehr, dass sie aus ihrer Sicht immer das Beste für mich wollten, und wenn es fast mit Gewalt war. Diese Art von Gewalt, dass ich tun sollte, was sie für gut für mich hielten, und alles, was sie nicht als passend empfanden, verboten wurde. Sie haben nie verstanden, was in mir vorgeht. Sie dachten, ich bin wie sie, muss so handeln, so denken und so fühlen. Bin ich aber nicht. Und ich glaube, das macht es mühsam, mich ganz und gar zu lieben. Ich bin zu eigenartig, ob ich es möchte oder nicht. Wie ein Puzzleteil, das falsch gestanzt wurde und nirgendwo ins Bild passt. Früher war es schwierig, Anschluss zu finden, weil ich nun einmal der Kerl war, der immer nur malen wollte. Heute feiern mich die gleiche Art Menschen. Komisch, oder? Kann ich jetzt schlafen, Elin?«

Er umfasst mich fester, als wäre das eine Frage, auf die er ein Nein erwartet, damit wir weiter so stehen bleiben.

»Klar kannst du das. Sicher, dass du nicht mein Bett willst?«

»Liegst du mit drin?«

»Nein, ich nehme die Couch.«

»Dann nicht. Lass mich schlafen und danach probiere ich mich als Raumausstatter.«

»Was?«

»Na, du hast doch gesagt, das soll ein Gästezimmer werden. Ich übernehme das. Irgendetwas muss ich ja tun.«

Ich streichle seinen Rücken und kann nicht anders, als meine Hand unter den Stoff des Hoodies zu schieben. Seine Haut ist so wunderbar weich, und die Wärme unter den Fingerspitzen zähmt die bockigen Gedanken, dass es eine Schwachsinnsidee ist, weil das Zimmer so bleiben muss. Außerdem habe ich ihn gerade tatsächlich darum gebeten, und es wäre wirklich vorteilhaft, wenn er etwas hätte, mit dem er sich beschäftigen kann.

»Falls du weiter meinen Rücken streichelst, passieren hier unsittliche Dinge.«

»Hey, du hast behauptet, du bist müde.«

»Ich schlafe gleich im Stehen ein. Keine Ahnung, wie man so müde sein kann. Es kommt mir vor, als hätte ich … ich weiß nicht … einen mehrtägigen Marathon gelaufen? Einen Berg bestiegen? Ha, besser: eine Elin mehrmals bestiegen?«

»Du!« Ich kneife ihn, und er lacht leise, ohne mich freizugeben.

»Ich weiß. Ignorieren. Ich versuche es. Aber …« Er beugt sich an mein Ohr. »Aber, Elin, das ist gar nicht so einfach.«

»Ja, das ist es nicht«, flüstere ich zurück. Ich denke, es wird Zeit, dass ich die Initiative ergreife, weshalb ich ihn loslasse und zurücktrete.

Seine Arme rutschen von mir und er nickt. Er sieht absolut zerstört aus. Unter seinen Augen sind tiefe Schatten, und er hat viele kleine Fältchen drumherum, als würde er sie wegen zu viel Sonne zusammenkneifen. Die Fältchen finden sich auch um seine Mundwinkel wieder, die einen angestrengten Zug aufweisen, als wäre es wirklich, wirklich schwierig, zumindest ein Lächeln anzudeuten.

»Mach es dir auf der Couch bequem, ich bringe dir eine Decke.«

Ich muss erst eine Bettdecke und ein Kopfkissen beziehen und bin froh, dass ich überhaupt zwei davon habe. Als ich vollgepackt damit zu ihm gehe und es auf das Sofa werfe, sitzt er da, die Beine arrogant gespreizt, die Arme auf der Rückenlehne und sieht mich an.

»Was ist?«, frage ich unter seinem nachdenklichen Blick.

»Warum eigentlich kein Hotel?«

»Was meinst du?«

»Weshalb bin ich bei dir, statt dass du mich in ein Luxushotel mit Spa-Bereich einquartiert und für so viele Entspannungsanwendungen angemeldet hast, dass ich in Freizeitstress gerate?«

»Oh.« Die Frage ist gar nicht so schlecht.

Er reibt sich über die Stirn. »Danke auf jeden Fall. Ja, danke, dass du mich nicht in ein Hotel gesteckt hast.«

»Auf die Idee kam ich noch nicht einmal, wenn ich ehrlich bin.«

»Weil du mich so gern bei dir hast, wie ich bei dir bin?«

Was?

Was sagt er da?

Er ist gern bei mir? Ich habe das Bedürfnis, mir auf die Brust zu klopfen, damit das Teil darin wieder in einem normalen Rhythmus schlägt.

»Komm schon, Elin.« Er zwinkert. »Boss und Assistentin, das gehört doch zusammen.«

»Kane, ich glaube, du redest wirr. Schlaf jetzt, bevor es dir später peinlich ist.«

»Gibt es einen Gute-Nacht-Kuss?«

»Du bist weder mein Kind noch mein Mann und deshalb … Ach, scheiß drauf.« Ich beuge mich vor, lege ihm die Hände auf die Schultern und küsse seine Wange. »Schlaf gut, mein Lieblingsboss. Wenn du etwas brauchst, lass es mich wissen.«

»Ich denke darüber nach«, behauptet er und schlingt einen Arm um meine Taille.

»Worüber?«

»Na, was ich brauche.«

Da ich immer noch mit den Lippen an seiner Wange verharre und vielleicht, nur vielleicht seinen Duft einatme, der mir zwar im Moment nicht in die Wäsche kriecht, aber durch und durch angenehm ist, küsse ich ihn ein zweites Mal dorthin, als wäre das sowieso meine Absicht gewesen. Dieses Mal schaffe ich es, sofort daran zu denken, dass ich mich wieder aufrichten sollte. Kurz befürchte ich, er hält mich fest, doch er lenkt ein und nimmt seinen Arm von mir.

»Schlaf gut, Kane.«

»Verschwinde jetzt. Du weißt, dass ich nicht schlafen kann, wenn du vor dem Bett stehst und Wachhund spielst.«

»Bin schon fast weg.«

Jedoch nie zu weit. Aber das weiß er ja.

30

SOLL ICH AUF IRGENDETWAS SCHWÖREN?

Elin

Kane macht mich wahnsinnig.

Erst hat er über 36 Stunden geschlafen. Die einzigen Lebenszeichen waren, dass er zwischendurch kurz im Badezimmer war und das Wasser austrank, das ich ihm hingestellt hatte.

Obwohl ich es für bedenklich halte, dass er so lange schläft, gab mir das Zeit, alles zu organisieren. Marcello ist informiert, wir haben gemeinsam einen Plan geschmiedet und deshalb fühle ich mich dahingehend gut vorbereitet. Außerdem habe ich Koffer für Kane gepackt. Zwei sind noch in meinem Wagen. Eine Reisetasche habe ich ihm mit reingebracht, damit er seine Pflegeprodukte und Wechselkleidung hier hat.

Weil ich vor Aufregung nicht richtig schlafen konnte, habe ich nur kurze Schläfchen gehalten und immer wieder nach ihm gesehen. Und beim letzten Nickerchen ist er mir entwischt.

Er ist einfach weg.

Ich töte ihn, wenn ich ihn finde.

Nein, das wäre kontraproduktiv. Foltern. Foltern ist das, was ich will.

Das kann er mir nicht antun!

In der Kirche war ich schon, an sein Telefon geht er selbstverständlich nicht, da er es hiergelassen hat, und jetzt bin ich wieder zu Hause, weil ich nicht weiß, wo ich ihn noch suchen könnte. Deshalb warte ich hier und google, wie man am effektivsten Fingernägel ausreißt, dann kann er sich Stumpen lackieren. Ich bin mir nicht sicher, ob ich vor Wut schäumen oder vor Sorgen gegen Wände schlagen möchte.

Von der Küche, in der Abendessen im Backofen wartet, schlendere ich zum Sofa, auf dem das Bettzeug liegt. Ich hätte ihn in ein Hotel stecken und Bodyguards vor die Tür stellen sollen. Zwei oder drei massive Schränke, an denen er nicht vorbeikommt und die mich über jeden Schritt informieren.

Mein Kopf schmerzt. Eine Mischung aus unterdrücktem Hunger, weil ich keinen Bissen runterbekomme, solange er weg ist, und Müdigkeit, da ich so natürlich auch nicht schlafen kann, und Sorgen.

Er hat einen Schlüssel mitgenommen, und ich hoffe einfach, das bedeutet, er kommt wieder. Was tut ein Mann wie er, der eine Art Zusammenbruch hatte?

Ein Geräusch an der Wohnungstür lässt mich auf sie zueilen, und als es tatsächlich Kane ist, würde ich ihm am liebsten vor Erleichterung um den Hals fallen. Das tue ich natürlich nicht. Das mit der Folter verschiebe ich auch auf später.

»Alles klar, Elin?« Er legt den Schlüsselbund auf dem Sideboard neben der Tür ab, stellt den Kragen seines Hemdes auf und zupft ihn danach in die richtige Position. Dazu trägt er eine tiefsitzende Jeans und hochwertige Lederschuhe.

Moment.

Vorhin trug er etwas anderes.

»Wo warst du? Zu Hause? Ich habe dich gesucht.«

»Gesucht? Ach herrje. Nein, ich war nicht zu Hause. Ich war shoppen, damit ich für ein Date gut genug angezogen bin.«

»Ein Date? Du gehst auf ein Date? Ehrlich, Kane?« Ich reiße empört die Arme nach oben. Ich sorge mich und er putzt sich für ein Date heraus? Wo hat er denn schon wieder eine Frau aufgegabelt und was soll das überhaupt, wenn es ihm eigentlich schlecht geht?

Ist das eine Übersprunghandlung?

Muss ich ihn dabei irgendwie unterstützen oder hole ich den Akkuschrauber und befestige ihn irgendwo hier in der Wohnung?

Seine Hände legen sich an meine Taille, und gleichzeitig, wie er noch einen kleinen Schritt auf mich zu macht, zieht er mich näher.

»Ich dachte, ich gehe mit meiner Assistentin aus, wenn sie mich schon bei sich zu Hause einquartiert. Essen musst du sowieso, oder? Dann können wir das doch in einem Restaurant erledigen.«

Mit MIR möchte er ausgehen? Kopfschüttelnd widerspreche ich: »Nein, wir gehen nicht aus. Wir sind superprofessionell.« Oder meint er das gar nicht so? Braucht er das vielleicht? Rauszugehen und so zu tun, als wäre nichts, und er wünscht mich nur als Begleitung, weil er nicht allein gehen will? Schnell ergänze ich: »Oder wenn dir das wichtig ist, können wir wohin ausgehen. Ich habe Essen im Backofen, aber wir können ja danach ins Kino oder noch ein Eis essen oder einen Spaziergang machen oder … Also falls du Spaziergänge überhaupt magst und …«

Er unterbricht mein konfuses Gestammel: »Hey, bleib ruhig. Mach mal die Augen zu und entspann dich kurz. Du bist so hektisch.«

Seine Hände verlassen die Taille, die Daumen finden meine Schläfen und massieren sie, während der Rest seiner Finger den Hinterkopf umfassen, woraufhin ich seiner Aufforderung nachkomme, die Augen zu schließen.

Entspannen. Wie soll ich mich entspannen, wenn er mich berührt?

Seine Hände an meinem Kopf bringen die Lippen zum Kribbeln. Unmerklich recke ich mich ihm entgegen, da ich instinktiv einen Kuss erwarte. Trotz der Erwartung beschleunigt sich mein Puls und meine Atmung wird schwer.

Wir gehen aus? Ihm geht es nicht gut und er will mit mir auf ein Date? Oder hat er es nur so genannt? Ist das noch Ignorieren?

Wo bleibt mein Kuss? Seine Finger spüre ich und frage mich, was er tut. Mich ansehen? Ist er abgelenkt? Warum küsst er mich nicht? Mit einem kleinen Wippen möchte ich ihn auf mich aufmerksam machen und schlucke, da mein Hals eng ist.

Weshalb wünsche ich mir jetzt so dringend einen Kuss? Ich habe das Gefühl, zu verhungern, wenn ich nicht gleich einen bekomme. Ob es richtig wäre, in seiner Situation einen anzunehmen, weiß ich nicht, aber ich brauche nun unbedingt einen. Später kann ich behaupten, dieses Bedürfnis war auch eine Übersprunghandlung und keine tief sitzende Sehnsucht.

Warten ist schwierig, und ich muss mich beherrschen, nicht die Lippen aneinanderzureiben, falls er genau jetzt den Kopf senkt.

Ich halte es nicht mehr aus und öffne die Lider einen kleinen Spalt, um zu sehen, was los ist.

Mit einem ernsten Gesichtsausdruck und einem gedankenverlorenen Blick sieht er mir direkt in die Augen, und in dem Moment, in dem ich das wahrgenommen habe, lächelt er flüchtig und legt die Lippen auf meinen Mund. Ganz zärtlich und auf einmal ist alles furchtbar leicht: mein Herzschlag, meine Atmung, ich.

Es ist ein so traumhafter Kuss, dass mir Tränen in die Augen steigen, weil ich so einen bekomme und ihn so empfinden kann.

»Du bist wundervoll«, flüstert er und schluckt. »Danke, dass du so einen perfekten Job machst. Lass uns ausgehen und dann kumpeln wir hier ab. Hast du mit Marcello gere…«

Dieses Mal unterbreche ich ihn: »Ja, ich habe mit Marcello gesprochen. Du musst an nichts denken und dich um nichts kümmern.«

»Danke. Gehen wir jetzt?«

In meinem Magen rebellieren kleine Funken, die dieser Kuss entzündet hat, von denen einer nach dem anderen erlischt, als das Wort abkumpeln richtig in mir ankommt.

Das ist gut. Was ist denn schon wieder über mich gekommen, dass ich mich danach sehne, von ihm geküsst zu werden? Warum ist es ein so selbstverständliches Gefühl, dass er es tut? Und weswegen küsst er mich überhaupt auf den Mund, wenn er doch sagt, wir *kumpeln* ab?

Zeit, wieder die Kontrolle über mich zu übernehmen. Und das bedeutet, dass ich auf nichts gehen werde, was einem Date nahe kommt. »Nein, Kane. Wir bleiben hier. Essen ist im Ofen. Es ist von Beth. Ich habe sie informiert, dass du ein paar Tage Urlaub machst, keine Sorge.«

»Falsch, Elin. Ich bezahle dich und ich will jetzt ausgehen.«

»Nein, wir gehen nicht aus. Ich bin müde. Sehr müde. Ich habe mir Sorgen gemacht und deshalb kaum geschlafen.«

»Du möchtest ins Bett?«

»Ja, schon, aber …«

»Aber?«

»Ich habe ein bisschen Angst, dass du heimlich verschwindest, sobald ich schlafe, um doch noch auszugehen. Und ich weiß nicht, ob es gut wäre, wenn du allein ausgehst.«

»Ich bin kein …«

»Nein, mit dir ist alles in Ordnung, aber ich mache mir Sorgen, dass …«

»Rede nicht weiter. Du bist müde, okay. Wir bleiben hier. Wir essen zusammen, dann gehst du ins Bett. Ich werde die Wohnung nicht verlassen, ich verspreche es.«

»Ehrlich?«

»Soll ich auf irgendetwas schwören?«

»Was ist dir heilig?«

»Im Moment du.«

»O Kane.« Ich schlage ihm gegen die Brust und schnaube. Er darf nicht so schrecklich süße Sachen sagen, die ich viel zu ernst nehme und die nicht so gemeint sind. Oder vermutlich ganz anders, als es sich ein Teil von mir wünscht.

31

WAS SOLL ICH DAZU SAGEN?

Kane

Tick-Tack. Hier ist keine Uhr. Vielleicht liegt es daran, dass die Zeit nicht vergeht.

Mir war nicht klar, dass Elin sich Sorgen um mich macht. Weshalb auch? Eigentlich bin ich okay. Vollkommen okay. Ich kann nur nicht nach Hause, denn in mir sträubt sich alles dagegen. Ich liebe mein Zuhause, da es wie ich ist. Irgendwie zweckentfremdet und doch richtig so. Chaotisch und trotzdem alles an seinem Platz. Aber wenn ich jetzt bloß daran denke, es zu betreten, drückt es im Magen.

Tick-Tack.

Ich rolle mich von der Seite auf den Rücken.

Elin hat sich geweigert, mit mir auszugehen, dabei wollte ich ihr doch nur einen schönen Abend schenken … und mir gleich mit. Ablenkung, kurz vergessen, all das. Aber es war nicht nötig, dafür rauszugehen. Obwohl sie nach dem Essen ins Bett wollte, saßen wir noch drei Stunden am Küchentisch und haben uns unterhalten. Über nichts und doch alles. Und sosehr ich das genossen habe, musste ich mich zwischendurch gedanklich auf die Hände setzen, um sie nicht anzufassen.

Tick-Tack.

Mit viel Schwung drehe ich mich um 180 Grad und

verschränke die Hände unter dem Kinn, da ich nun auf dem Bauch liege.

Sie nicht zu berühren ist Folter. Sie foltert mich und weiß es vermutlich nicht. Habe ich mich schon jemals so zurückgehalten? Oder habe ich schon jemals jemanden so sehr begehrt?

Ignorieren ist ihre Wahl, und trotzdem sehe ich ihr an, dass ich sie umstimmen könnte. Ein Kinderspiel, eigentlich verboten einfach, aber ich möchte, dass sie sich bei mir sicher fühlt.

Sie datet einen anderen, mit dem es etwas Ernstes sein könnte. Elin datet nämlich bestimmt nicht zum Spaß.

Aber sie will mich. Das habe ich doch gesehen. Ihre geschlossenen Augen, wie sie mir das Kinn entgegengereckt hat … Eine echte Einladung.

Tick-Tack.

Mein Schwanz verhärtet sich, weil mein Körper nachfühlen kann, wie es gewesen wäre, wenn ich aus dem unangebrachten, aber nicht verhinderbaren Kuss mehr gemacht hätte. Die Zungenspitze vor, woraufhin sie sofort den Mund geöffnet hätte. Ich kann das Kleiderrascheln hören und den über die Haut gleitenden Stoff fühlen, hätten wir uns ausgezogen. Unsere Hitze. Die Dringlichkeit. Ihren Duft. Gier. Verlangen.

Tick-Tack.

Ich drehe mich auf die Seite, damit mein Schwanz atmen kann.

Mann!

Tick-Tack.

Tick-Tack.

Tick-Tack.

Das Uhrenticken, das nur in meinem Kopf existiert, treibt mich noch in den Wahnsinn.

Erneut drehe ich mich auf den Rücken und wieder die Seite und den Bauch und zurück.

Nichts ist bequem.

Tick-Tack.

Ich strample mit den Beinen, aber die Decke bewegt sich kein Stück, denn ich habe mich darin eingewickelt, als wäre ich Profi-Burrito-Roller.

Tick-Tack.

Genug.

Energisch befreie ich mich von der Bettdecke und stehe auf. Ich halte es nicht mehr aus.

Vorsichtig schleiche ich mich zu ihrem Schlafzimmer und öffne die Tür. Ein eingestecktes Nachtlicht neben der Tür spendet einen Hauch Licht, und ich erkenne, dass Elin ebenfalls Burrito gespielt hat.

Langsam gehe ich auf sie zu. Ein großes Doppelbett, aber bloß eine Decke und ein Kopfkissen. Das Set, das ich bekommen habe, ist mit einem anderen Muster bezogen. Bedeutet das, es liegt normalerweise nicht mit im Bett? Detektivmäßig kombiniere ich daraus, es gibt niemanden, der regelmäßig bei ihr schläft.

Sie und ihr potenzieller Kandidat sind also noch nicht auf dieser Base angekommen. Logischerweise nicht. Er muss sich sicher erst als würdig erweisen. Nur bei mir wird sie richtig schwach. Der Gedanke gefällt mir so gut, dass ich spüre, wie ich in die Dunkelheit grinse. Falls das jemand sehen könnte, wäre ich vermutlich ziemlich gruselig.

»Kane?«, murmelt sie und ihre Nase zuckt.

Weiß sie, dass ich hier bin, oder sagt sie meinen Namen im Schlaf?

»Darf ich mit unter die Decke, mein Äffchen?«

Sie grunzt und rollt sich auf die Seite. Das ist doch eine Einladung, obwohl ich mir sicher bin, dass sie schläft, denn sie würde mich bestimmt nicht angrunzen.

Ich schummle mich als Extrazutat mit in den Burrito, und nachdem ich den Arm um sie gelegt habe, überfällt mich eine Schwere, die mich die Augen schließen lässt.

. . .

Ihr Duft in meiner Nase. Das ist das Letzte, woran ich mich erinnere, bevor ich eingeschlafen bin. Das ist auch das Erste, was ich beim Aufwachen bemerke. Und dazu, dass hier ein Burrito-Rodeo stattfindet.

»Elin, hör auf zu zappeln.«

»Kane! Wo zur Hölle kommst du her?«

»Reg dich ab. Ich komme selbstverständlich von der Couch und in Frieden. Ich dachte, wenn ich direkt bei dir übernachte, kannst du besser schlafen, weil du dich nicht sorgen musst, dass ich mich davonschleiche.«

»Du hast doch gesagt, dass ich dir vertrauen kann.«

»Kannst du natürlich. Aber so ist es sicherer für dich.«

»Ja, ähm, danke. Und jetzt?«

»Weiterschlafen«, bestimme ich.

»Echt?« Sie dreht sich um und sieht mir ins Gesicht.

Gleich morgens zu diskutieren kann nicht gesund sein, weshalb ich den Arm an ihrem Rücken platziere und sie an mich ziehe, bis ihr Kopf an meiner Brust liegt. »Keine Sorge, ich stecke nicht irgendwo etwas rein.«

»Du! Das will ich dir aber auch geraten haben, denn ich nehme nicht noch einmal so eine Tablette.«

»Ich sagte ja, ich nutze normalerweise Kondome.«

»Du hast keine hier und fremde nimmst du nicht, das hast du gesagt. Davon abgesehen, dass ich sowieso keine besitze.«

»Hast du nicht? Wie verhütest du?«

»Ähm …«

Sie will von mir wegrucken, aber ich halte sie fest. Nach einem harten Schnauben legt sie ebenfalls einen Arm um mich und ich grinse in ihr Haar.

»Um genau zu sein, brauche ich aktuell keine Verhütungsmittel. Deshalb habe ich keine da.«

»Ha. Ich hatte recht damit, dass du mit dem Kerl noch nicht auf dieser Base gelandet bist. Wo steckt der eigentlich? Ich hoffe, er hat keinen Schlüssel. Oder was würde er tun, wenn er bemerkt, dass du deinen Boss mit ins Bett nimmst?«

Sie seufzt so süß, dass ich sie aufs Haar küsse. »Kane … Er

hat keinen Schlüssel und ja, wir sind noch nicht auf dieser *Base,* und im Moment ist er auf einer Weiterbildung. Außerdem möchte ich klarstellen, dass ich dich nicht mit ins Bett genommen habe. Du warst einfach da.«

»Ja, stimmt. Das Burrito-Rodeo hat deine Überraschung glaubhaft versichert.«

»Was?«

»Nur so. Magst du es denn ein bisschen?«

»Mit dir zu kuscheln? Fragst du mich ernsthaft, ob ich es mag, mit dir zu kuscheln?« Sie seufzt erneut und wieder drücke ich ihr ganz automatisch einen Kuss aufs Haar. »Es kommt mir absolut falsch vor, aber ich mag es.«

»Ich auch«, gebe ich zu. Vielleicht darf ich dann noch ein paar Minuten.

»Kane? Also …« Sie reibt ihre Wange an mir und presst ihren Oberkörper fester gegen mich. Sie weiß, dass mein Schwanz hart ist, oder? Und das ist keine Morgenlatte, das ist eine Elin-presst-sich-unter-der-Decke-an-mich-Latte.

»Sag schon.«

»Wir sollten darüber reden. Es hat einen Grund, dass wir nach unserem … nach diesem Vorfall sagten, wir lassen es und ignorieren das Ganze. Es ist nicht richtig, dass du, mein Boss, in meinem Bett liegst und mit mir kuschelst. Und es ist noch weniger richtig, dass ich es genieße und dich überall befummeln möchte. Ich würde dich rauswerfen, aber ich rechtfertige es gerade vor mir selbst, es nicht zu tun, indem ich mir einrede, du könntest das brauchen.«

»Weil ich es brauchen könnte?«

Das fühlt sich nicht gut an. Gar nicht gut. Mitleidskuscheln. Das ist das Erbärmlichste, was ich je gehört habe.

»Und, Kane … vielleicht brauche ich es auch. Und ich komme mir schlecht vor, da ich es mir von dir nehme, obwohl du nicht die richtige Adresse dafür bist.«

Was soll ich dazu sagen?

Mir wird erst jetzt klar, dass ich hier bin, weil ich wie ein bedürftiger Hund ihre körperliche Nähe suche.

Sie hat recht. Ich bin nicht die richtige Adresse für sie. Hat sie überhaupt eine Adresse dafür? Kann ich nicht im Moment die Adresse sein, ohne dass sie sich deshalb schlecht fühlt?

»Kane … Mir bedeutet der Job bei dir unglaublich viel. Ich habe mich damit abgefunden, dass ich in nichts richtig gut bin, außer darin, andere zu unterstützen. Aus diesem Grund wollte ich Assistentin sein. So kann ich mich wenigstens ein bisschen wichtig fühlen, wenn jemand etwas Tolles erreicht. *Schaut euch Kane Reids neues Bild an. Ich ging für ihn ans Telefon, damit er den Kopf dafür frei hatte.* Du verstehst? Der Job ist im Moment alles, was ich habe, und ich kann ihn nicht verlieren. Ich will auch keinen anderen, ich will genau den bei dir. Weil ich bei dir gut bin und … weil ich dich vielleicht zu gernhabe.« Sie holt hektisch Luft. »Das ist nicht so wichtig, nur der Job ist wichtig.«

»Nur der Job ist wichtig …«, wiederhole ich. Aber ich bin doch der Job. Langsam streichle ich durch ihr Haar und spreche aus, was ich verstanden habe: »Elin Deschain, bist du heimlich in mich verliebt, willst deinen Job allerdings nicht verlieren und bringst es eiskalt fertig, einen anderen Mann zu daten, der eher deinem Weltbild entspricht?«

»Ja«, haucht sie. »Irgendwie so ist es.«

Ich höre, wie peinlich es ihr ist, und spüre, wie sie ihr Gesicht an mir versteckt. Ein Versteck kann ich ihr bieten und umgreife ihren Kopf mit gespreizten Fingern. Leider fehlt mir das Feingefühl, wie man verbal richtig reagiert.

Aus diesem Grund greife ich etwas anderes auf, das sie gesagt hat: »Andere unterstützen zu können ist vielleicht eine größere Gabe, als du es glaubst. Es muss nicht immer der Bau der Pyramiden sein, um seinen Fußabdruck zu hinterlassen. Bilder zu malen ist auch nichts Weltbewegendes, oder? Irgendwann dachte ich darüber nach, und mir kam der Gedanke, dass ich nie Krebs heilen werde, und ich musste daran denken, dass mein Vater zu mir sagte, da war ich noch recht klein und hatte einen Crush auf eine Schauspielerin: *Leute wie wir werden niemals die Titten einer Berühmtheit strei-*

cheln. Haha, wenigstens das habe ich geschafft. Nimm das, Paps. Und worauf ich hinauswill: Ich würde unglaublich gern deine *Titten* streicheln, lieber als die irgendeiner Schauspielerin oder überhaupt gerade von jemandem. Aber wenn du Unterstützung brauchst, um mich zu unterstützen, dann bekommst du sie. Ich verlange nämlich ebenfalls, dass genau du weiter für mich arbeitest. Deshalb kannst du heute bedenkenlos mit mir essen gehen.«

»Danke«, murmelt sie und streichelt mir den Rücken. »Ich dachte, du bist oberflächlich, selbstsüchtig, eine Prise fies und unglaublich arrogant, aber eigentlich bist du ein feiner Kerl. Ich bin mir nur ein bisschen böse, dass ich heimlich in dich verliebt bin. Und ja, wir unternehmen heute etwas zusammen.«

»Ah, das mit dem arrogant stimmt schon. Ich weiß, dass ich der Hammer bin, da müssen wir uns nichts vormachen.« Ich würde gern noch anhängen, dass ich mir nicht böse bin, in meine Assistentin vernarrt zu sein. Aber das wäre eine Lüge. Ich hasse mich dafür, wie sehr sie mich anzieht und wie süchtig ich mich nach ihren Berührungen und nach ihrer Aufmerksamkeit fühle. Vor allem, weil sie es dermaßen ablehnt.

Sie lacht und wir verharren beide. Sie streichelt mir weiter den Rücken, ich ihren Hinterkopf, während ich mein Gesicht in ihr Haar drücke.

Leider ist es so, dass ich das wirklich schön finde, aber eben auch erregend. Da sind ihre Brüste und verdammt viel Fantasie, was wir bereits miteinander getan haben und was wir noch tun könnten.

Was ich für diese Frau ertrage, darüber sollte jemand ein Epos schreiben. Ähnlich wie Odysseus. Entbehrungen, Prüfungen und so weiter … nur dramatischer.

Ich kann mich nicht mehr richtig fallen lassen, werde ungeduldig, weil mein Körper mittlerweile vor Erregung glüht, und deshalb schiebe ich sie sanft von mir und erhebe mich.

»Kane!«, motzt sie und deutet auf mich.

»Was?«

»Das da!« Ihre Hand fuchtelt unkontrolliert Richtung meines Schritts.

»Aaah«, erwidere ich. »Entschuldige. Darf ich vorstellen: Elin – Schwanz. Schwanz – Elin. Ihr kennt euch bereits, obwohl er zuletzt in dir gesteckt hat, teilweise war er aber auch von deiner Hand oder deinem Mund verborgen. Allerdings hast du gesagt, er wäre wirklich schön, und es macht mich ein bisschen traurig, dass du ihn nicht wiedererkennst.«

»Kane«, brüllt sie und unterbricht mich damit, noch mehr Blödsinn zu reden. »Du hast dich nackt zu mir gelegt? Ehrlich?!«

»Du kennst mich doch«, erwidere ich grinsend. Scheint, als würde es jetzt lustig werden und weniger ernst.

»Pack ihn weg!«, fordert sie. »Du kannst ihn mir nicht vor die Nase halten!«

»Weil du dann nicht länger widerstehen kannst? Immer diese schwanzgeilen Frauen.«

»Kane.« Inzwischen sitzt sie aufrecht, hat die Decke bis unters Kinn gezogen, als wäre es der Bleiumhang, der vor Röntgenstrahlen schützen soll, nur dass sie hier Schutz vor der megatastischen Ausstrahlung meines wundervollen Geschlechtsteils sucht.

»Elin.«

»Du bist schlimm.« Auf einmal lacht sie, während sie den Kopf schüttelt. Das werte ich als Zeichen, dass alles in Ordnung ist, wir uns einig sind und ich eine Dusche nehmen kann. Ich wüsste auch nicht, wo ich mir sonst einen runterholen könnte, ohne dass sie meckernd zusieht.

»Ich bin duschen. Und ich bin überaus glücklich, dass meine Assistentin kein Morgensextyp ist, denn so kommt sie nie zu später zur Arbeit.«

Ein Kissen landet an meinem Hinterkopf, was ich grinsend ignoriere.

Ich mag sie wirklich, wirklich sehr.

32

DANN PASS AUF, DASS DU NICHT AUSRUTSCHST.

Elin

Er ist unmöglich.

Und ich mag ihn wirklich, wirklich sehr.

Seufzend sehe ich ihm hinterher, als er das Schlafzimmer verlässt. Ich bekam nicht mit, dass er sich heute Nacht zu mir geschlichen hat. Es ist doch nicht richtig, dass sich etwas so Falsches so gut anfühlt.

Ein weiterer Seufzer entkommt mir, den ich in der Decke ersticke. Wie blöd kann man eigentlich sein, sich in einen Player wie Kane zu verlieben und das auch noch vor ihm zuzugeben?

Wenigstens habe ich gut geschlafen und fühle mich ausgeruht. Das ist doch ein einwandfreier Tageseinstieg und ich verlasse das Bett. Stellt sich die schwierige Frage: Bleibe ich im Schlafanzug, bis Kane im Bad fertig ist, oder werfe ich mir etwas über?

Entschlossen begebe ich mich aus dem Schlafzimmer, wie ich bin. Es ist mein Zuhause und er war gerade nackt. Außerdem ist es ein altes Flanellteil, das nicht bloß ausgewaschen, sondern darüber hinaus auch noch mit ein paar Löchern verziert ist. Das sollte mich davon abhalten, dass ich … Ja, was? Ihn anspringe? Er nannte mich mal Cockblocker. So bin ich auf jeden Fall einer.

Vielleicht hat mich das Bewusstsein, dass ich das trage, abgehalten, mich an seinem harten Schwanz zu reiben. Das ist gut so, denn sonst wären wir vermutlich wieder in der Situation gelandet, in der wir mal waren.

Nein, nein. Ich bin ab sofort vernünftig. So wie wir es gesagt haben. Boss und Assistentin und wir beide ganz professionell. Außerdem braucht er meine Hilfe, und ich wäre wirklich ein schlechter Mensch, wenn ich mich jetzt auf seinen Schwanz stürze, als wäre er Freeware.

Genau genommen ist er das ja.

Elin! Mach Frühstück.

Dieses Seufzen wird zu einem genervten Stöhnen, und ich drehe wieder um, um die Brille vom Nachttisch zu holen. Bevor ich sie aufsetze, ordne ich mein Haar mit den Fingern, schließlich reicht ein Cockblocker-Schlafanzug, da braucht man nicht unbedingt die passende Frisur dazu.

Kaum ist die Kaffeemaschine fertig aufgeheizt, ist Kane schon wieder da. Geduscht, in einer Jeans und oben ohne. Genervt drehe ich mich weg. Vielleicht sollte ich Regeln aufstellen. Bei mir wird sich verhüllt. In Säcke und Flanell.

Ihn hier zu haben war nicht durchdacht, weil das viel zu … intim ist. Ja, intim.

»Willst du auch duschen?«, fragt er.

»Ja, gleich nach dem Frühstück.«

»Dann pass auf, dass du nicht ausrutschst.«

»Weshalb?«

Nun drehe ich mich doch um und schaue in seine grinsende Miene. Sofort habe ich den Wunsch, sein Gesicht in die Hände zu nehmen und ihm einen Kuss darauf zu drücken. Wann grinst er schon mal so? Fast nie. Ich weiß, dass er irgendetwas im Kopf hat, was vermutlich albern ist, aber es gefällt mir, ihn so zu sehen.

Durch seine dunkelbraunen Haare und Augen, unterstrichen von den dunklen Stoppeln, die seinen Kiefer überziehen, erscheint er oft düster. Sein vom Kajal betonter finsterer Blick verstärkt das dann noch.

Aber jetzt nicht. Seine Augen leuchten hellwach und er wirkt entspannt und fröhlich, so als gab es den gequälten Kane nie. Ich weiß, dass das trügen kann. Burnout. Eine Art von Depression. Sie versteckt sich hinter normalen Tagen und ist trotzdem da. Dennoch bin ich heimlich stolz, dass er hier bei mir gut drauf ist und es ihm besser geht.

»Spuck es aus. Ich sehe, dass du es loswerden willst«, fordere ich.

»Ich wollte dich nur warnen, dass es rutschig sein könnte.«

»Was hast du denn getan?«

»Du hast meinen Schwanz so andachtsvoll bewundert, dass er eine große Menge Sperma loswurde.«

Fast lasse ich die Tassen fallen, die ich aus dem Schrank nehme. Das hat er nicht gesagt! »Putz das sofort weg!«

»Willst du es nicht wenigstens vorher sehen?«

»Das ist doch nicht dein Ernst. Kane!«

Lachend nimmt er mir die Tassen ab. »Ich dachte, es belustigt dich und heizt vielleicht heimlich deine Libido an. Ich habe mich schon gefragt, in welcher Beziehung du zu dem Duschkopf stehst. Er hat zwischendurch die Wassertemperatur gewechselt, als wollte er Konkurrenz verjagen.«

»In welcher Beziehung ich zu meinem Duschkopf stehe?«, wiederhole ich und blinzle, als ich es verstehe. »Ich bin eine Handfrau, und wenn der Nachbar die Toilette spült, wird bei mir das Wasser heiß. Die Wohnung ist nett, aber sie hat ihre kleinen Tücken. Können wir es lassen, über Libido und so Zeug zu reden?«

»Handfrau? Süße Bezeichnung. In mir regt sich übrigens ein Hauch von Eifersucht, weil du nach der Erwähnung des Duschkopfs begonnen hast, dir die Brüste zu massieren.«

»Tue ich das?«, jammere ich und stecke die Hände hinten in die Schlafanzughose. Falls mich das nicht abhält, kommen sie in den Toaster. Er hat recht damit, dass ich die Hände auf meinen Busen gelegt hatte. Aber zum Schutz – wovor auch immer – und nicht, um mich anzuheizen.

»Kane«, kommt mir flüsternd über die Lippen, weil er auf einmal viel zu dicht vor mir steht.

»Elin«, flüstert er zurück. »Wie bedankt man sich für Gastfreundschaft?«

»Du könntest etwas für mich kochen vielleicht?«

»Dich beispielsweise? Langsam hochkochen. Glut. Feuer. Hitze. Schmelzen.« Er betont jede Silbe, zieht sie immer länger und wird leiser dabei.

»Machst du dich über mich lustig, weil ich zugegeben habe, dass ich dich ein bisschen mehr mag, als ich es mir erlaube? Das wäre richtig scheiße von dir.« Die Worte wirken gehetzt, da ich mal wieder nicht die mentale Reißleine finde, um meine überkochende Sehnsucht abzustellen.

»Nein. Niemals. Ich will so sein, wie du mich gern hättest. Und das sah aus, als wolltest du, dass ich etwas unternehme. Sollen wir das Ignorieren vielleicht aussetzen? Solange ich dein Gast bin? Du triffst diesen Typen eh erst, wenn er wieder da ist, oder? Jetzt bist du noch freier Single.«

»Ich sah so aus? Aber ich trage doch extra meinen Cockblocker-Schlafanzug.«

»Deinen was? Cockblocker-Schlafanzug?« Er schmunzelt und zieht mir die Brille von der Nase, um sie neben mir auf der Ablage abzulegen. »Elin, mir fällt spontan nichts ein, was du anziehen könntest, in dem ich dich nicht scharf finde. Sag mir, ich soll nicht professionell sein. Nur einmal noch. Dann bin ich es nicht. Sag es und ich reiße dir das Teil vom Körper und zeige dir meinen tiefen Dank für deine Gastfreundschaft. Ich kann trotzdem dein Boss sein. Ich will es sogar ganz dringend.«

»Einmal noch?«, überlege ich laut, da es so verlockend wie eine kostenlose Luxus-all-inclusive-Reise auf eine Südseeinsel ist. Das ist einer der Momente, in denen man denkt, dass Besonnenheit maßlos überbewertet ist.

Die Verlockung zieht im Schritt und brennt im Herz,

einfach Ja zu sagen, weil er mich sowieso schon in seinen Bann gezogen hat. Rettungslos verloren suche ich nach Ausflüchten, aber jeder Gedankenfetzen scheint mir nicht stark genug, um als Einwand zu zählen.

»Das genügt mir.«

Er senkt den Kopf und gibt mir sofort seine nach Minze schmeckende Zunge, woraufhin mir ein Argument einfällt, ich die Hände aus der Hose ziehe und ihn ein Stück zurückdrücke: »Ich habe mir die Zähne noch nicht geputzt!«

»Ich schmecke es, aber es stört mich nicht und ist gleich vergessen.«

Es stört ihn nicht. Okay. Ich kann eh nichts mehr tun, als den Kuss zu erwidern, weil ich mittlerweile auch finde, dass das eine angemessene Form der gastlichen Dankbarkeit ist. Sexueller Safe Space. Die Ausrede zieht halt nicht für die Ewigkeit.

Aber für heute!

Unbedingt für heute!

Seine Finger verschwinden hinter dem Bund meiner Schlafanzughose, und ich kann nicht anders, als das Becken vorzuschieben, als er zwei Finger auf meine Klit legt.

»Genau da«, flüstere ich und strecke mich, da er mir seine Lippen entzieht.

»Spürst du das?« Er drückt mir seinen harten Schwanz an die Hüfte. »Eben dachte ich noch, ich habe mich unter der Dusche gerüstet, um dir widerstehen zu können. Aber du willst gar nicht, dass ich dir widerstehe, oder? Nicht, solange ich hier in deinem privaten Bereich bin. Du machst mich so geil, und nichts ist besser, als zu erkennen, dass ich die gleiche Wirkung auf dich habe.«

»Mhm«, vibriert zwischen meinen Lippen, denn er bewegt die Finger. Mehr benötige ich gerade nicht. Diese Worte, die er mir auf den Mund haucht, das deutliche Zeichen, wie sehr er mich begehrt, das zusammen stimuliert meinen Kopf so unglaublich gut. Seine Handarbeit ist nur der letzte Funke, den ich zum Abheben brauche.

Er penetriert mich nicht mit den Fingern, er reibt nur und küsst mich immer wieder zart auf den Mund, um mir sofort danach seine Lippen zu rauben, und von Sekunde zu Sekunde werde ich bedürftiger nach mehr von ihm.

Wo sind meine Hände? Da. Ich platziere sie an seinem heißen, harten Körper und lasse sie nach unten gleiten. Er drückt sich weiter gegen mich, sodass ich ihn nicht dort berühren kann, wo es ihm so guttut wie mir gerade.

»Fass mich später an. Erst du. Halt dich an mir fest und flüster mir ins Ohr, wie du es brauchst.«

Erst ich. Was ich brauche? Genau das. Genau so. Seine Finger bewegen sich langsam und intensiv, so wie ich ihm sagte, dass er mich lecken soll.

Mit aller Kraft steige ich auf die Zehenspitzen, damit ich seine Zunge finden kann, statt nur diese kleinen teuflisch fiesen Küsse zu bekommen. Als er seinen Mund fest auf meinen drückt und unsere Zungen sich verschlingen, kreist er ein letztes Mal, und ich hüpfe ihm fast entgegen, so göttlich ist das, was durch meinen Körper braust.

Das schöne Gefühl, das ich mir zu jedem Morgenkaffee wünsche, versickert langsam. Kane zieht die Hand aus meiner Hose, streichelt mir den Rücken und das Haar, ich bin an ihn gelehnt und halte ihn fest umschlungen.

»Und jetzt?«, frage ich und seufze sofort.

Was für eine dumme Frage. Jetzt fasse ich natürlich in seine Hose. So macht man das normalerweise. Die Frage war auch nicht wirklich an ihn gerichtet, sondern eher an mich und darauf bezogen, wie ich reagieren müsste, weil ich offensichtlich untauglich bin, diesem Mann zu widerstehen.

Ruhe überkommt mich und versöhnt mich mit mir selbst. Es ist halt so. Und vielleicht sollte ich dankbar sein, dass ich so etwas wie mit ihm erleben durfte. Sexuelles Vertrauen gefunden zu haben, sich gehen zu lassen, sich zu nehmen und damit klarzukommen, dass man von Lust beherrscht wird … das ist für mich besonders und irgendwie wertvoll.

Er streichelt mich weiter, und ich fühle mich nicht nur sexuell geborgen, sondern komplett aufgefangen.

Seine Stimme ist leise und ein bisschen zögerlich, als er antwortet: »Du hast gesagt, es wird alles wieder gut. Und im Moment, hier bei dir, kann ich das fast glauben.«

Ich drücke ihn fester.

Wir sind Boss und PA. Aber da ist noch viel mehr und langsam gewöhne ich mich daran.

33

IST DAS EIN ARBEITSVERHÄLTNIS PLUS?

Kane

»Kastriert.«

»Kane, hör jetzt auf, das zu sagen!«

»Was denn? Es ist doch so.« Grinsend sehe ich zu Elin rüber und rutsche tiefer in den Sitz.

Sie knurrt ein bisschen und beschleunigt den Wagen. Es ist ein schöner Tag. Die Sonne scheint so hell wie meine Laune und ich könnte Elin den ganzen restlichen Tag abwechselnd ärgern und zum Lachen bringen. Wahlweise auch zum Höhepunkt, denn einer kann unmöglich genug sein.

»Sag mir, was wir unternehmen, und ich behaupte das nicht mehr«, verlange ich.

»Was? Von mir kastriert worden zu sein, weil ich fahre und nicht du?«

»Genau. Elin Deschain, Möchtegern-Cockblockerin und Kastratorin.«

»Ich hätte Geld auf meinen Cockblocker-Anzug gewettet.«

»Ich bin dahingehend wie Superman. Nichts kann mich aufhalten.«

»Ich finde dein Kryptonit noch«, behauptet sie schmunzelnd. Da ich mich verschwommen an einen Supermannfilm aus meiner Kindheit erinnere, weiß ich, damit kann man

Superman besiegen. Geht sie jetzt in Gedanken ihre komplette Wäsche durch, was mich davon abschrecken könnte? Das ist vergeblich.

Plötzlich lacht sie, sieht zu mir rüber und streckt mir die Zunge raus. »Popkulturvergleiche. So weit ist es zwischen uns schon gekommen.«

Wieder streift mich eine Ahnung, dass ihre Fröhlichkeit nur aufgesetzt ist. Seit wir hier im Auto sitzen genau genommen. Ist sie nervös, ob mir ihr geplanter Ausflug gefällt, oder war es ein Fehler, ihr die Hand in die Hose zu schieben?

Ihr Blick hat mich angebettelt, etwas zu unternehmen, so als würde sie es – mich – jetzt brauchen. So viel Selbstbeherrschung, mich dann zurückzuhalten, habe ich auch nicht.

Natürlich hätte ich mich an meine Zusicherung gehalten und respektiert, wenn sie nicht mit mir schlafen will. Für mich ist sie meine Elin, und so gern ich meinen Schwanz ununterbrochen an ihr andocken würde, habe ich das Gefühl, sie ist es wert, darauf zu verzichten, sollte das der Preis sein, sie bei mir zu behalten. So etwas hatte ich echt noch nie. So ein Bedürfnis, jemanden unbedingt im Leben behalten zu wollen.

Aber wenn es die Möglichkeit gibt, sie zu behalten UND dass wir uns gegenseitig vor dem Frühstück die Hand in die Hose schieben … tja, so gar nicht schade. Natürlich hoffe ich auch, dass ich dadurch vom Sofa ins Bett aufgestiegen bin und wir nach diesem Ausflug gemeinsam darin landen.

Unauffällig greife ich mir in den Schritt, um kurz aufzuräumen, nur damit nichts zwickt, sollte das Teil eine Generalprobe durchführen.

Ah, Kondome. Wir müssen unbedingt einkaufen. Von ihr lasse ich mich zwar auch ohne Latex dazwischen anfassen und man kann ganz schön viel mit Geschlechtsteilen anfangen, von dem man nicht schwanger werden kann, aber bevor es uns wieder überkommt, wäre es besser, es sind welche da.

»Woran denkst du?«, fragt sie und unterbricht meine Gedanken. »Du wirkst so nachdenklich.«

»Natürlich. Ich überlege, was wir unternehmen. Du

machst mir mein Essen warm, du erinnerst mich ans Trinken … ich habe Angst, dass du mich als Kind siehst und wir deshalb möglicherweise auf dem landesgrößten Indoorspielplatz landen.«

»Ich sehe dich als Mann, und aus dem Grund vermute ich, ein Indoorspielplatz wäre für dich … Nein, das sage ich nicht.«

»Olle Sexistin, die denkt, ein Puff wäre ein Männerspielplatz.«

»Das dachte ich nicht!«

»Sag schon, wo es hingeht. Warum fahren wir so weit?« Sie wollte mir nicht verraten, was sie organisiert hat, als wir mittags losfuhren, aber langsam werde ich ungeduldig.

Ihr Lächeln ist etwas verkrampft. »Du wolltest ausgehen, du bekommst ausgehen.«

»Ja, das hast du gesagt. Und jetzt ist es dir peinlich, weil du denkst, es könnte mir nicht gefallen?«

»Ja. Um ehrlich zu sein: ja.«

»Falls es so unterhaltsam wird wie mein Morgen, kann es nur gut sein.«

Das war er nämlich. Ich kann mich nicht erinnern, wann ich zuletzt an einem Tag so viel gelacht habe. Ich habe an nichts gedacht, bloß daran, wie ich Elin und mich belustigen könnte. Das ist ganz einfach, wenn man an sonst nichts denkt außer an den Moment. Ich klammere mich an das Jetzt, weil das Morgen sofort dunkles Rauschen aufziehen lässt, und das Jetzt ist Elin.

Wir haben nach dem Frühstück zusammen ihren leeren Raum geplant. Sie hing mit beiden Händen an einem Arm von mir, während ich ihr erklärt habe, wie ich mir das Farbkonzept vorstelle, und passende Bilder aus dem Netz gezeigt habe. Es wird eine Mischung aus Gästezimmer und Büro und ist geeignet, um Kinder darin spielen zu lassen, ohne dass sie sich verletzen.

Die Möbel sind bestellt, die Farbe auch, und vielleicht vergesse ich nie, wie gerührt sie mich ansah, als ich sagte, dass ich streichen werde. Mit einem Pinsel kann ich schließlich umgehen, und es dauert ein paar Tage, bis die Farbe geliefert wird. So lange niste ich mich einfach weiter bei ihr ein.

Es ist, als wäre ich bei einer wirklich guten Freundin zu Besuch. Eine, die man schon immer kennt, bei der man weiß, wie man sie zum Lachen bringt, der man etwas anvertrauen kann und ganz man selbst ist. Am liebsten wäre es mir natürlich, wenn sie die Art gute Freundin wäre, die einem ab und zu einen bläst, weil das ihr Lieblingshobby ist, aber man will ja nicht wählerisch sein.

Ist das ein Arbeitsverhältnis Plus?

Warum bin ich so kindisch? Ich sollte doch ernst sein und mir überlegen, wie ich weitermache. Im Moment ist allerdings alles, was ich möchte, dass Elin lacht, sie vögeln und mich darum kümmern, dass dieser leere, traurige Raum ein echtes nutzbares Zimmer wird.

»Ist es denn noch weit?«, hake ich nach. »Meinetwegen müssen wir nicht an eine special Location oder irgendwelchen Events besuchen. Ich wollte doch nur ausgehen. Irgendwohin. Nichts Besonderes. Hättest du nichts in der Nähe organisieren können? Wir müssen das alles wieder zurück.«

»Nein, Kane, wenn ich ehrlich bin, muss nur ich zurück.«

»Wie meinst du das?«

Sie biegt in eine Einfahrt ein und hält an der Sprechanlage vor einem gigantischen gusseisernen Tor, auf dem *Càirdeas Center* steht.

»Kane Reid.« – »Danke.«

Das Tor öffnet sich, und ich ahne es, als wir hindurchfahren.

»Elin?«

»Es tut mir leid, aber du brauchst eine Therapie. Das ist eine fantastische Klinik, die auf Burnout spezialisiert ist. Oder wie ich mittlerweile weiß, ist die richtige Bezeichnung hochfunktionale Depression oder Erschöpfungsdepression. Hör doch, wie ernst das klingt. Marcello kennt jemanden und konnte so schnell einen Platz für dich bekommen. Hier kannst du einen Neustart initiieren.«

»Nein. Fahr mich sofort zurück.«

Mein Magen knüllt sich zu einem Feuerball zusammen und mir bricht Schweiß aus. Depressionen? Ich bin nicht depressiv, ich bin lediglich manchmal … keine Ahnung, aber nicht depressiv. Never. Ich nicht. Mir ist nur nicht gut im Moment. Ein bisschen Stress. Da macht man Urlaub, keine Therapie. Ich brauche keine Therapie. Bloß ein paar Tage Elin. Ich hatte wirklich seit Jahren keinen Urlaub mehr. Das ist alles.

»Kane?« Sie legt mir eine Hand auf den Oberschenkel, und ich nehme sie, um sie auf ihren zu legen, wobei ich bemerke, dass wir bereits parken.

»Du bringst mich sofort zurück oder du bist gefeuert.«

Tränen funkeln in ihren Augen. »Ich kann nicht, Kane. Du brauchst das. Ich dachte mir schon, dass du es nicht einsehen wirst, aber bitte geh da rein. Sie nehmen nur Freiwillige, und ich hatte Angst, dass du einen Rückzieher machst, falls du zu lange darüber nachdenkst. Jetzt sind wir hier. Es sind nur wenige Schritte. Du spürst es, oder? Du spürst, dass du Hilfe benötigst. Ich kann dir nicht angemessen helfen, das ist mir leider klar. Ich hab dich sehr gern, und ich will, dass du wieder gesund wirst. Bitte, geh da rein. Bitte.«

Ihre Stimme wird immer weinerlicher, aber das berührt gar nichts in mir. Ich bin nicht richtig wütend, ich bin nicht richtig enttäuscht, ich bin auf einmal abgrundtief erschöpft und kann sie nur anstarren. Sie hat mich hintergangen. Einfach so. Hinter meinem Rücken hat sie mich hier angemeldet. Mit Marcello. Als wäre ich unmündig.

Sie hat mich bloß beschäftigt, bis hier ein Platz für mich organisiert war. Ich sollte nie das Zimmer streichen, sie hat mich wirklich aus Mitleid in ihr Bett gelassen, vermutlich sogar in ihr Höschen.

Heulen könnte ich. Und brüllen. Sterben. Mich auflösen.

So hat sie doch noch mein Kryptonit gefunden.

»Kane? Sag was. Und schau mich nicht so an, als …«

Bevor sie mir erklärt, wie ich sie ansehe, sage ich bemüht ruhig: »Alles ist in Ordnung. Ich gehe da rein, wenn du mir einen bläst.«

»Was?«

»Du tust doch alles, was nötig ist, damit ich das tue, oder?«

»Sei bitte nicht fies.«

»Ja, gut, besorg es mir zum Abschied mit der Hand. Das geht auch, denke ich.«

»Mach es mir nicht so schwer.«

»ICH mache es DIR schwer? Du hast …« Ich breche den Satz ab und streiche mir mit der Hand durchs Gesicht.

Ein kleines Stimmchen sagt mir, sie könnte es gut meinen, dass sie mich vielleicht sogar ausgezeichnet kennt und alles richtig gemacht hat, aber eine viel lautere Stimme brüllt: Verrat.

Unüberhörbar.

Durchdringend.

So schrill, dass ich sonst nichts mehr höre.

»Gut, Elin. Ich gehe da rein, aber nur, damit ich von dir wegkomme.«

»Okay, Kane. Danke.«

»Du bist wirklich eine gute PA, da du deinen Job erledigst, auch wenn man dich fickt, weil sonst niemand dafür da ist.« Mehr, ich brauche mehr. Ich will den Verrat zurückgeben. Mir fällt etwas ein. »Echt nützlich, dieses Arbeitsverhältnis Plus. Warum hat das vorher noch keiner erfunden? Assistentin und Prostituierte in einem. Ist Ficken eigentlich im Gehalt mit drin oder zahle ich das extra? Ach, du wirst den Deal ja mit Marcello besprochen haben. Sag ihm, wenn ich zurück bin, will ich zwei von eurer Sorte. Vielleicht auch drei, mir wird schnell langweilig.«

Eine Erinnerung weht mir in den Verstand. Wie sie kurz verunsichert war, als ich sie nackt sehen wollte. Da könnte ich reinschlagen. Möglicherweise vernichtend und richtig blutig schmerzhaft. Mein Mund öffnet sich ein weiteres Mal, aber es kommt nichts raus.

Ich kann es nicht.

Ich kann ihr nicht vorlügen, dass ich sie unattraktiv finde, wenn ich weiß, das tut ihr weh.

Während meines Monologs der Gemeinheiten hat sie sich immer weiter aufgerichtet und jetzt, da ich nichts mehr rausbekomme, sagt sie ruhig: »Ich verstehe, dass du gerade um dich schlägst. Damit komme ich klar. Es wäre nett, wenn du es zurücknimmst, sobald wir telefonieren, denn vermutlich geht mir das nicht aus dem Kopf. Aber falls es hilft, dass du wirklich reingehst, höre ich mir auch noch mehr an.«

Ihre Stimme zittert wie meine Fingerspitzen, und ich frage im spöttischsten Tonfall, den ich hinbekomme: »Warum sollte ich mit dir telefonieren?«

»Weil ich deine Assistentin bin und keine Kündigung annehme, bevor du die Therapie abgeschlossen hast.«

»Ruf mich nur an, wenn es wichtig ist. Ansonsten will ich einfach nichts von dir hören.«

»Verstanden.«

Beim Griff an den Türöffner fühle ich mich, als könnte ich es keine Sekunde mehr mit ihr in einem Wagen aushalten, und ich muss mich beherrschen, nicht wie ein Tier auf der Flucht davonzustürmen.

Deshalb öffne ich sie noch nicht, sondern befehle, so als wäre ich vollkommen besonnen: »Du bekommst eine Liste, was du mir zu schicken hast. Kleidung …«

Sie unterbricht mich: »Ich habe zwei Koffer für dich gepackt. Sie sind im Kofferraum. Schau nach, was dir fehlt, und sende mir eine Nachricht. Du erhältst es dann per Express.«

Eigentlich wollte ich nicht mehr mit ihr reden, aber mir brechen doch Worte aus dem Hals, weil ich es einfach nicht fassen kann. »Du hast das alles vorbereitet. Du hast mir ins Gesicht gelächelt, es dir von mir besorgen lassen und hinter meinem Rücken meine Abschiebung geplant.«

»Abschiebung? Es ist etwas, was dir guttun wird. Du

brauchst das. Sieh es als Erholungsaufenthalt, um wieder Kraft zu tanken.«

»Alles, was ich gebraucht hätte, wäre … Ich weiß es nicht, aber nicht das. Vergiss es. Ich bleibe. Kümmer dich um meine Koffer, ich checke ein.«

»Klar. Die Rezeption ist …«

»Ich bin kein Kind, ich kann den Eingang von hier aus sehen. Und es Rezeption zu nennen, als wäre das ein Hotel, ist absolut heuchlerisch.«

»Das Càirdeas Center ist eine private Klinik, die Komfort und Annehmlichkeiten wie ein Hotel bietet. Du kannst dich hier wohlfühlen.«

Sie hört sich an wie ein Werbeprospekt. Warum rede ich überhaupt noch mit ihr? Ich steige endlich aus und sofort kommen zwei Männer in weißen Hosen und Poloshirts mit Logo der Klinik auf uns zu. Sie sehen aus wie Angestellte eines Krankenhauses. Große Klasse.

»Willkommen im Càirdeas Center.«

Ich ignoriere die Begrüßung und betrachte, wie der zweite Mann die Koffer aus Elins Wagen nimmt. Sie wirft mir einen traurigen Blick zu und lächelt verhalten.

Es ist sicher weder eine erwachsene noch die richtige Reaktion, aber ich zeige ihr den Mittelfinger und dann mache ich mich auf den Weg nach drinnen.

34

LASS UNS DOCH EINFACH BESTE FREMDE SEIN.

Kane

Ein paar Stunden später starre ich nackt und frisch geduscht aus dem Fenster meines Zimmers. Oder eher der Suite mit Gartenblick, die ich zugewiesen bekam.

Ich hatte ein Begrüßungsgespräch, ein Einweisungsgespräch, ein ärztliches Gespräch und ein Was-brauchen-Sie-noch-Gespräch. Ein weiteres Gespräch und ich laufe Amok.

Einerseits bin ich jetzt so müde wie vorher nie, aber gleichzeitig absolut unruhig, weshalb ich von einem Bein auf das andere trete. Zu Hause warten Bilder darauf, fertig zu werden, und ich starre hier aus dem Fenster, als würde auf der anderen Seite der Scheibe gleich eine Show für mich aufgeführt werden.

Mindestens drei Wochen bleibt man üblicherweise. Drei Wochen. Eine Ewigkeit. Was mit meinen Terminen und Vereinbarungen passiert, ist nun das Problem von Marcello und Elin. Sie wollten, dass ich mich hier einsperren lasse, sie haben das zu lösen.

Als ich auf das Zimmer durfte, waren meine Koffer bereits ausgepackt und alles verstaut. Das Erste, was ich tat, war, diese Einrichtung zu googeln. Càirdeas Center. Was klingt wie etwas, in dem man einkauft, Kunst betrachtet oder sonst was erlebt, ist ein beschönigender Name für eine Art Rehaklinik für reiche Arschlöcher, die mit ihrem Leben nicht mehr klarkommen.

So wie ich.

Wenigstens hatte Elin recht damit, dass die Klinik einem Hotel ähnelt, was einem ein bisschen das Gefühl gibt, im Urlaub zu sein und nicht in einer medizinischen Institution für heißgelaufene Köpfe. Die Weise, wie sie mich hierherverfrachtet hat, nehme ich ihr allerdings weiter übel. Von ihr angelogen zu werden und nicht zu wissen, was sie nur getan und gesagt hat, um mich zu beschäftigen, bis sie mich hier abliefern konnte, das ist so unangenehm wie Hautausschlag. Man will es vergessen, aber man kann es nicht, weil es ständig juckt.

Da das Grundprinzip der Klinik Freiwilligkeit ist, werde ich meinen Aufenthalt hier wirklich als eine Art Urlaub nutzen. Man kann alles, von ärztlichen Gesprächen bis zu Gruppentherapien, über entspannende Freizeitbeschäftigungsmöglichkeiten in Anspruch nehmen, muss aber nicht. Es gibt sogar Malkurse. Möglicherweise gehe ich zu einer Stunde und finde das heimlich für mich lustig.

Doch zuerst habe ich Hunger. Die Essenszeiten sind festgelegt und die Teilnahme daran ist verpflichtend. Bestimmt, um sicherzustellen, dass man wenigstens dreimal am Tag sein Zimmer verlässt.

Da mir ein Dresscode dezent am Popöchen vorbeigeht, werfe ich mir den Bademantel über und mache mich auf den Weg.

Tisch elf.

Da soll ich sitzen, denn jeder bekommt einen festen Tisch zugewiesen.

Die Tür zum Speiseraum ist noch verschlossen, weshalb ich dem Schild folge, das behauptet, dort geht es in den Garten.

Die Sonne fängt mich ein, sobald ich draußen bin, und

nervt mich. Mir ist nicht nach hell. Meiner Meinung nach sollte sich die Welt meinem Gemüt anpassen.

Das Gebäude und der Garten erinnern mich wie die Suite auch an ein modernes Luxushotel statt an eine Klinik. Irgendwie trügerisch. Oder hilft genau das?

Ehe ich mir mit mir selbst einig werde, erkenne ich eine Möglichkeit, doch schon in den Speisesaal zu kommen, und steige über die steinerne Abgrenzung auf die überdachte Terrasse, auf der er angelegt ist. Glaswände sind komplett zur Seite geschoben und vermitteln das Gefühl, man würde zum Essen direkt im Garten sitzen.

Tisch elf ist natürlich noch unbesetzt, und ich lasse mich so nieder, dass ich in den parkähnlichen Garten und gleichzeitig in den Raum sehen kann, um zu beobachten, was um mich herum geschieht.

»Die Essenszeit beginnt erst in zehn Minuten. Darf ich Ihnen trotzdem bereits etwas zu trinken bringen?«

Ich sehe zu dem Mitarbeiter hoch, der mich freundlich anlächelt, als hätte ich nicht gerade beim Eindecken gestört. Aber falls ich die Homepage korrekt interpretiert habe, sind sie mit schlimmeren Gestalten als meine Wenigkeit gestraft. Zumindest kann ich mir nicht vorstellen, dass ich das schlimmste Arschloch bin. Ich war zwar in vielem richtig, richtig gut, allerdings wäre es ja ein Unding, wenn ich ausgerechnet fürs Arschlochsein einen Preis erhalte.

»Einen Tequila Sunrise, bitte.«

»Sehr gern, einen Virgin Tequila Sunrise.«

Okay, dass sie keinen Alkohol ausschenken, ist schon einmal wahr. Einer der Regeln neben der einzuhaltenden Essenszeiten. Kein Alkohol und keine Drogen, keine Übernachtungsgäste, Gäste überhaupt lediglich im Gästebereich empfangen, das Grundstück nur mit Erlaubnis verlassen und Smartphones maximal eine Stunde am Tag nutzen. Fast wie Knast, bloß ohne Gemeinschaftsdusche.

Mein Getränk ist schneller da, als ich mich komplett hier drinnen umgesehen habe, und schon wird die Tür zum Speisesaal-Terrassen-Ding geöffnet. Ein paar Menschen strömen herein und verteilen sich an Tischen.

So sehen also Versager aus.

Versager wie ich.

Männer sind eindeutig in der Überzahl, und ich frage mich, ob das daran liegt, dass Männer anfälliger sind oder Männer eher eine Elin haben, die sich darum kümmert, dass man hier landet.

Ein Mann in kariertem Rock, derben Boots und mit einem dunklen Dreitagebart, der mich an meinen eigenen erinnert, schlendert auf mich zu, und als er vor meinem Tisch stehen bleibt und mich ansieht, hebe ich eine Braue. »Falls du Tisch elf suchst, bist du hier richtig.«

»Heute Morgen saß ich noch auf dem Stuhl, den du mir gerade anwärmst.«

»Ja, der ist erstklassig, gute Wahl«, erwidere ich, als würde ich seine Aufforderung, den Platz freizugeben, nicht verstehen.

Meine Tischgesellschaft lässt sich neben mir nieder und legt seine verschränkten Hände auf der Tischdecke ab.

»Du gibst schnell auf«, stelle ich fest.

»Ein bestimmter Sitzplatz ist es mir nicht wert, dich zu töten.«

Ich lache, und er reibt sich die Schläfe, als wäre es nicht seine Absicht gewesen, mich zu belustigen.

Vielleicht sollte ich das alles hier mit Humor nehmen. Was soll passieren? Im schlimmsten Fall ändert sich nichts, im besten Fall alles und ich bin wieder voll funktionsfähig.

Um diese juckende Elin-Wunde gedanklich ganz nach hinten zu schieben, halte ich das Gespräch am Laufen: »Ich bin Kane Reid, und ich finde dich interessant, weil du einen Rock trägst.«

»Kilt.«

»Oh, schön, unsere Unterhaltung nimmt Fahrt auf und wir lernen etwas übereinander. Dein Akzent ist vermutlich schottisch, obwohl du eher etwas Südländisches hast, aber am hervorstechendsten ist: Du bist ein Egozentriker mit Richtigstellungsdrang.«

»Sagt der Egozentriker mit lackierten Nägeln und einer Altmetallsammlung an der Hand.«

»Gefällt dir einer? Vielleicht schenke ich ihn dir, wenn du mir erklärst, wie man einen Kilt richtig trägt.«

Er seufzt. »Ich trage ihn nicht traditionell. Google, falls du etwas übers Kilttragen wissen willst.« Noch ein Seufzen. Langsam belustigt es mich, dass er so abgeneigt ist, mit mir ein Gespräch zu führen.

»Du gibst sofort auf und denkst, Google kann besser erklären als du. Was hat dich hierhergebracht? Mangelndes Selbstbewusstsein in der Geschäftswelt?«

Der Blick, den er mir zuwirft, ist halb genervt, halb resigniert. Stahlblaue Augen, dunkelbraunes Haar. Mir schiebt sich ein Bild in den Verstand, ein Stahlträger, der unter einer Decke aus vom Alter dunklem Holz mit deutlicher Maserung verläuft. Eine uralte Industriehalle. Das hatte ich noch nie als Hintergrund und ich könnte damit spannende Kontraste erzeugen. Gute Idee.

Schmunzelnd unterbreche ich den Gedanken. Ob ihm gefallen würde, dass mir bei seinem Anblick ein Hintergrund für zukünftige Bilder in den Sinn kommt?

Er mustert mich, fährt mit der Zunge die Innenseite seiner Unterlippe entlang und sagt: »Kane Reid, lass uns doch einfach beste Fremde sein.«

»Fremde?«

Er verzieht die Mundwinkel, was ein kleines Lächeln sein könnte, und zwinkert mir zu, als würden wir uns schon verstehen.

Der Kellner von eben fragt ihn nach seinen Getränkewünschen und ich rede dazwischen: »Wissen Sie, wie meine Gesellschaft heißt? Er will es mir nicht verraten.«

»Das ist Lennox Graham«, erklärt nicht der Kellner, sondern ein Kerl, der sich vermutlich jedes Mal bücken muss, wenn er durch eine Tür geht. Und möglicherweise braucht er auch noch die gesamte Breite des Türrahmens. Ich sollte unbedingt den Kraftraum hier fest in meinen Tagesplan aufnehmen.

»Freut mich, Lennox«, sage ich betont fröhlich, als wäre er nicht der abgeneigteste Gesprächspartner, den ich je hatte.

Lennox beachtet mich nicht, sondern sieht mit in Falten gelegter Stirn dem braunhaarigen Riesen zu, der sich ebenfalls einen Stuhl zurückzieht, wonach er mir die Hand reicht. »Alec Nolan.«

»Kane Reid. Frischfleisch.«

»Frischfleisch? Ich auch. Heute angekommen.«

»Und trotzdem hat dir Lennox schon seinen Namen verraten? Offensichtlich bist du sympathischer als ich.«

»Nein, er und ich haben noch kein Wort gewechselt. Ich wusste nicht einmal, dass er hier ist.«

»Das ist ein Zufall?«, fragt Lennox spöttisch.

»Was sonst?« Alec legt ebenfalls die Stirn in Falten. »Denkst du, irgendjemand ist aus Spaß hier?«

Ich spüre gewaltig unangenehme Vibes zwischen den beiden und fasse zusammen: »Ihr kennt euch und könnt euch nicht leiden. Wie kommt es?«

»Wir sind Konkurrenten, haben aber schon Ewigkeiten kein persönliches Wort gewechselt«, erklärt Alec und legt sich den Kragen seines gestärkt wirkenden Hemdes neu zurecht.

»Konkurrenten finde ich ja spannend.«

Lennox stöhnt, als sich ein braun gebrannter Kerl mit von der Sonne aufgehellter Surferfrisur und passenden Badeshorts mit zwei Krücken unter dem Arm nähert. Mein Blick bleibt an den für einen Speisesaal unpassenden Shorts hängen, bis mir einfällt, dass ich selbst nur einen Bademantel trage. Allerdings habe ich keine Ausrede, er bekommt aber wahrscheinlich sein Bein in keine andere Hose und trägt wenigstens ein Hemd. Ein lockeres weißes Leinenhemd, das nicht weniger nach Strand und Surfen aussieht wie die bunten Shorts, jedoch immerhin ein Hemd.

Er lässt sich neben Lennox nieder, und gleich zwei Kellner

stellen Teller vor ihm ab, die sie ihm hinterhergetragen haben. Vier Stück, die mit verschiedenen Sachen gefüllt sind. Auf einem liegt Fleisch, auf einem zwei Nudelgerichte, auf dem nächsten ist ein Berg Salat und auf dem letzten Pommes mit Ketchup.

»Danke«, sagt er, und sie verschwinden, wonach er sich in der Runde umsieht. »Hi. Cool, Lenny und ich bekommen Gesellschaft.«

»Ich stelle mit deinem Gips dein nervig fröhliches Grinsen ab, wenn du mich noch einmal Lenny nennst«, grollt Lennox, und ich möchte ihm über den Kopf streicheln, um ihm zu sagen, dass er nicht der böse Junge sein muss. Wir sind doch jetzt im Càirdeas Center.

»Probier es ruhig, aber erst will ich die Geschichte hören.« Er steckt sich eine Fritte in den Mund und hebt dabei die Hand mit gestrecktem Zeigefinger, als wollte er noch etwas sagen. »Ich bin übrigens Nate. Und ihr?«

»Alec.«

»Kane.«

Jetzt erst fällt mir auf, dass ich Lennox auch sofort geduzt habe. Macht man das so? Uns ist allen eine Sicherung durchgebrannt, das schweißt vermutlich zusammen.

»Dann mal los«, fordert Nate. »Konkurrenten bei was? Bei einer Frau? Geschäftlich?«

»Geschäftlich«, erklärt Alec, streift sich arrogant durch seine hellbraune Föhnfrisur und wirft einen Blick auf Lennox. »Meine Familie ist in der dritten Generation im Gin-Geschäft und …«

Lennox unterbricht ihn: »Und jetzt machen sie sich ins Höschen, weil ich noch nicht einmal eine ganze Generation brauche, um sie nass zu machen.«

»Deine Familie ist bekannt für ihren Whiskey. Du bist ein lausiger Trittbrettfahrer, der auf den Trend aufspringen will.«

»Vielleicht hat der Trend ja etwas mit meinem Gin und meinem Marketing zu tun? Möglicherweise profitiert ihr mit eurem *Traditionsunternehmen* auch davon?«

»Ich höre nur Mimimi«, behauptet Nate, der sich über die glatt rasierten Wangen reibt, wonach er sich den Teller mit dem Salat näher zieht. »Seid ihr deshalb hier? Burnout wegen der Konkurrenz?«

»Ein so erfolgreiches Unternehmen wie meines in der kurzen Zeit aufzubauen fordert seinen Tribut«, erwidert Lennox und nimmt sich eine Fritte von Nates Teller.

Nate schlägt ihm mit der flachen Seite des Messers auf die Finger und fuchtelt damit in seine Richtung. »Hey, Amigo. Gestern hast du mich dreimal angeknurrt, als wärst du ein schottischer Köter, weil ich mit dir reden wollte, und jetzt isst du von meinem Teller? Lenny, aus.«

Blitzschnell entwendet Lennox ihm das Messer und schlägt ihm mit ordentlich Schwung aus dem Handgelenk auf den Handrücken, wonach er es zwischen den Fingern wirbelt und auf Nates Serviette ablegt.

Nate reibt sich die Hand und schmunzelt. »Hab es verstanden, Lenny magst du wirklich nicht.«

Erst jetzt fällt mir auf, dass er zwar durch seine Art, sein sportliches Outfit und die Bräune sehr jung wirkt, aber sicher schon Mitte dreißig ist. Ein ewiges Kind, wie es scheint.

Seine Zähne blitzen hell auf, als er grinst und auf mich deutet. »Dude, dich hat es vermutlich am schlimmsten erwischt, wenn du nur noch die Kraft hast, dir einen Bademantel überzuwerfen. Oder ist das dein Style? Einen Virgin White Russian servieren sie dir sicher auch.«

»Was?«, frage ich verwirrt.

»Er spielt auf *The Big Lebowski* an. Ein Film.« Das kam recht abgelenkt von Alec, und ich bemerke, dass er Lennox ansieht und seine Stirn genau so in Falten liegt, wie seine es eben war. Stärke für seinen Hemdkragen, Botox für seine Stirn, dann wäre alles gleich glatt.

»Weshalb kam ich ausgerechnet an diesen Tisch?«, fragt Lennox gelangweilt und sieht sich seufzend im Raum um. Ich folge seinem Blick. An den meisten Tischen wird bereits gegessen und das Gemurmel von Unterhaltungen erzeugt ein

Hintergrundgeräusch, dessen ich mir jetzt erst bewusst werde.

Niemand trägt nur einen Bademantel. Vielleicht wäre Lennox an jedem anderen Tisch an seriösere Gesellschaft geraten. Sein Pech.

Nate schluckt und deutet mit dem Messer auf Lennox. »Das ist die Zwangsverkuppelung.« Er lässt das Messer von einem zum anderen wandern und grinst. »Wer weiß? Eventuell steckt unter euch mein neuer bester Freund. Spannende Sache.«

»Zwangsverkuppelung?«, hake ich nach.

»Ja, wusstest du das nicht? Sie denken, wer hierherkommt, könnte Freunde gebrauchen, deshalb platzieren sie uns so, dass es örtlich ungefähr passt, falls man danach den Kontakt halten möchte.«

»Gäbe es nicht bessere Gesichtspunkte, unter denen man Leute *verkuppelt*?«

»Hier sind nur erfolgreiche Menschen. Sie denken vermutlich, wir sind eine große Gemeinschaft. Idioten.«

Ah, Lennox kann sich doch an einem Gespräch beteiligen. Sein Burnout kann auf jeden Fall nicht davon sein, dass er zu freundlich war.

»Was ist mit dir, Alec?«, fragt Nate, der sich das Fleisch klein schneidet und auf dem Salatberg verteilt.

»Was meinst du?«

»Weshalb bist du hier, Amigo?«

»Das würde mich auch interessieren«, behauptet Lennox. »Läuft es etwa schlecht in deinem Unternehmen? Was macht dem großen Alec Nolan Druck?« Er stützt die Ellenbogen auf dem Tisch auf, das Kinn auf den verschränkten Händen, als würde es nun furchtbar spannend werden.

»Mein Unternehmen läuft einwandfrei. Es ist eine private Sache.«

»Haha«, erwidert Nate. »Jetzt sind wir noch neugieriger.«

Alec fasst sich an den Hals und zieht ein Medaillon unter dem Kragen seines Hemdes hervor. Gedankenverloren drückt er es sich an die Wange und seufzt, wobei sein Gesicht melancholische Züge annimmt. »Ich habe meine Frau verloren.«

Oh. Ja … Das ist ein krasser Grund, hier zu sein. Viel krasser als meiner.

Es ist kein Wettbewerb, das weiß ich, und trotzdem kommt es mir schon wieder vor, als wäre ich die größte Weichflöte, die je existiert hat, weil ich keinen konkreten Grund nennen kann, was mich hierhergetrieben hat. Sollte mich jemand fragen, kann ich bloß sagen: *Mein Leben war perfekt und ich habe keine Ahnung, wie Druck und dunkle Wolken in meinen Verstand kommen.*

Alecs trauernde Ausstrahlung ist so intensiv, dass ich sofort eine Farbpalette davon im Kopf habe. Den Gedanken schüttle ich ab und lege ihm eine Hand auf den Unterarm, um mein Beileid auszudrücken.

Ich habe keine Ahnung, wie es sich anfühlt, wenn man einen Menschen verliert, den man wirklich und wahrhaftig liebt. Aber da ist auf einmal der Wunsch in mir, dass mir auch jemand sein Beileid ausdrückt, denn für mich fühlt es sich so an, als hätte ich etwas verloren.

Elin und das, was zwischen uns war.

Dass sie mir die ganze Zeit etwas vorgespielt hat, um mich hierherzubekommen, kränkt mich dermaßen, dass allein der Gedanke in meinem Bauch rumort, als hätte ich zu viel Bitteres oder Saures verschluckt.

Es ist sicher fies, das mit Alecs Situation zu vergleichen, aber ich kann nichts gegen die Empfindung tun.

Alec sieht auf meine Hand und hebt beide Brauen, um danach aufzuklären: »Sie ist nicht gestorben. Unsere Ehe war nicht stark genug, um diese *schlechten Zeiten* zu überstehen. Vergesst es einfach. Ich bin hier und das ist jetzt so.«

»Wer hat dich hergebracht?«, hake ich nach.

»Hergebracht? Wieso sollte mich jemand hierherbringen? Ich war so vernünftig, mich selbst herzubringen.«

»Guckt mal, den«, redet Nate dazwischen. »Hoffentlich will der nicht zu uns.«

»Weshalb?«, frage ich und drehe mich um.

Ein Kerl, mittelgroß und mittelbreit, kommt auf unseren Tisch zu. Den würde ich sofort gegen Alec tauschen, weil ich mir dann nicht mehr so schmal vorkomme.

Er schiebt eine Hand in die Tasche seiner Anzughose, in der ein Hemd so akkurat steckt, als wäre es an seinem Körper gebügelt worden. Sogar ein Sakko trägt er. Vielleicht wurde er wenigstens von jemandem hierhergebracht. Müsste ich wetten, würde ich sagen, er würde direkt aus einem Geschäftsmeeting entführt und hier wie ein Paket abgeliefert.

»Guck ihn dir doch an«, flüstert Nate verschwörerisch. »Der wird uns alle anrammeln, um uns zu dominieren, weil er sich für ein Alpha-Männchen hält.«

»Fuck«, murmelt Lennox. »Fast hätte ich gelacht. Du hast recht, Surfer-Boy.«

Der von Nate als Alpha nominierte Mann bleibt tatsächlich bei uns am Tisch stehen und wirft einen flüchtigen Blick auf jeden von uns, ehe er sich selbst zunickt und Platz nimmt. »Pascal Adams.«

Keiner von uns stellt sich zurück vor, doch das scheint ihn nicht zu stören, denn er ordert bei dem herbeieilenden Kellner ein Getränk, hält die Hand erhoben und sieht jedem von uns fragend ins Gesicht.

Niemand von uns bestellt etwas, und Alpha-Pascal nickt dem Kellner zu, dass er entlassen ist.

Ich unterbreche das Schweigen. »So. Ich verhungere. Wie läuft das jetzt hier ab?«

Bemühen. Ich werde mich bemühen, alles hier anzunehmen. Selbst die Menschen, die zum Zwangsverkuppeln mit mir an einen Tisch gesetzt werden.

Tisch elf.

Vorübergehend mein neuer Stammplatz.

35

BESSER ALS ERWARTET.

Kane

Eigentlich war mein Plan, gleich morgens noch vor dem Frühstück in den Kraftraum zu gehen, und ich streiche mir über den Bauch, wozu ich anspanne. Das müsste ich definitiv mehr pflegen.

Wenigstens habe ich mir einen runtergeholt, was heute recht mühsam war. Aber da ich beschlossen habe, wie ein Naivling alles optimistisch zu sehen, betrachte ich das als gutes Armtraining. Sollte das jetzt allerdings jedes Mal so gehen, muss ich Handwechsel einplanen, um ein gleichmäßiges Training zu gewährleisten. Sonst fragt irgendwann jemand: *Wer ist dieser Mann mit dem einen beeindruckenden Oberarm?*

Es ist zu früh, die Frühstückszeit hat noch nicht begonnen, aber ich halte es nicht mehr im Zimmer aus. Schon gestern Abend hatte ich das Gefühl, ich ertrage es nicht, hier zu sein. Allerdings weiß ich auch nicht, wo ich gern wäre. Oder ich verbiete mir zumindest, zu denken, ich wäre gern bei Elin.

Seit Ewigkeiten habe ich mal wieder einen Film angesehen, da ich hier ja nicht malen kann und sonst nicht wusste, was ich tun will. *The Big Lebowski.* Darauf hat mich Nate mit seinem Vergleich gebracht. Er war unterhaltsam und hält mich davon ab, erneut im Bademantel zum Essen zu gehen.

Deshalb öffne ich den Kleiderschrank, um zu sehen, was Elin mir eingepackt hat. Die Angestellten haben meine Kleidung so ordentlich in den Schrank geräumt, dass ich nicht weiß, ob ich den Anblick genießen soll oder ihn zerstören will. Sie haben selbst die Unterwäsche in *süße* kleine Dreiecke gefaltet, die mich ein bisschen an eine Serviette erinnern.

Damit beginne ich. Mit Unterwäsche. Das ist einfach. Danach wähle ich eine Jeans, davon hat sie mir am meisten mitgegeben. Dazu noch Sporthosen, Jogginghosen und sogar einen Anzug. Was, denkt sie, tue ich hier? Meine weißen Leinenhosen, mit denen ich immer male, fehlen. Würde ich die tragen, hätten sie mich vielleicht für einen Klinikmitarbeiter gehalten und ich hätte mir … Keine Ahnung. Ich fühle mich zu müde, um mir was Lustiges einfallen zu lassen, denn mein Schlaf war beschissen.

Shirt? Welche Farbe? Ein Hemd? Nein, dann sehe ich ja aus wie Alec oder schlimmer: wie Pascal. Obwohl … den Hemdenhärtegrad, den macht ihm so schnell keiner nach. Oder einen Pullover? Es ist noch früh, es könnte kühl sein. Einen Hoodie? Shirt drunter, sollte es zu warm werden?

Was? Was von all dem, was da hängt und liegt? Resigniert lasse ich den Kopf zwischen die Schultern fallen. Es kann doch nicht sein, dass diese Entscheidung mich fertigmacht. Ein Oberteil! Irgendetwas, was meine Nippel warm hält und versteckt, dass mein Sixpack mehr gepflegt werden müsste.

Fuck.

Ruckartig drehe ich mich um und verlasse das Zimmer oben ohne. Scheiß drauf. Scheiß auf alles.

Wie gestern schon betrete ich den Garten, dieses Mal laufe ich jedoch ziellos darin herum. Komische Musik lässt mich nach links sehen. Menschen in Sportsachen. Das ist dann sicher das Morgenyoga mit Tagesbeginnmeditation. So habe ich es im Plan gelesen. Nichts für mich.

Entschlossen zu nichts lasse ich mich auf einer der vielen

Bänke nieder und kämpfe mit einem Versagergefühl. Es frisst sich hämisch durch mich hindurch, bis ich kaum noch atmen kann. Von allen Seiten belästigt es mich, und ich finde keinen Gedanken, den ich als Waffe benutzen kann, während mir mein eigener Atem in den Ohren dröhnt.

»Guten Morgen, Kane.«

Pascal. Der Alpha, wie Nate ihn genannt hat.

Es ist ein weiterer Kampf, seinen Morgengruß so zu erwidern, dass ich mich nicht anhöre, als könnte ich gleich vor Zorn über mich losbrüllen oder heulen.

»Guten Morgen, Pascal.«

Ha. Besser als erwartet. Anscheinend sogar einladend genug, dass er sich neben mir niederlässt.

»Ich war beim Yoga«, erklärt er und klingt, als wäre er jetzt im Nachhinein überrascht davon.

»War es gut?«, frage ich höflich.

»Ich bin mir noch nicht sicher. Ungewohnt. Vor allem, dass immer wieder das Gleiche gesagt wird. Ich habe so oft Achtsamkeit gehört, dass ich Angst hatte, sie wollten uns mit Triggerworten wie pawlowsche Hunde abrichten. Na ja.«

»Und hast du etwas für dich mitgenommen?«

»Ich kann mich nun achtsamer selbst hassen? Keine Ahnung. Das war dermaßen außerhalb meiner Komfortzone, dass ich es noch nicht einordnen kann.«

Das könnte witzig sein, und wenn ich ein guter Tischkumpel wäre, würde ich ihn dafür mit einem Schmunzeln belohnen, aber ich kann nicht. In mir sind gerade keine Muskeln mehr, die wissen, wie man lächelt.

Er wirft mir einen Blick zu und reibt sich über die Oberschenkel, die in langen Sporthosen stecken, die perfekt zu seinem Oberteil passen. »Es stand unter dem Motto: *Entspannung, Achtsamkeit und Selbstliebe.* Wir mussten im Kopf immer wieder wiederholen: *Ich habe genug. Ich tue genug. Ich bin genug.* Ich habe es nicht hinbekommen. Ich habe jedes Mal dazu gedacht: *Ich habe genug. – Wenigstens etwas. Ich tue genug. – Ist das so? Ich bin genug. – Wer sagt das und wofür überhaupt?«*

»Warum hasst du dich?«, hake ich nach, weil das hängen geblieben ist.

»Das ist die Frage …«, erwidert er lang gezogen. »Ich dachte, ich mache alles richtig. In dem Unternehmen, in dem ich zuletzt angestellt war, war ich CEO. Der jüngste, den es je dort gab. Darauf war ich stolz, denn eigentlich komme ich aus einer einfachen, mittelständigen Familie, aber ich bin zu meinem Ehrgeiz wohl talentiert. Bei keiner Beförderung stieß ich an die Grenzen meiner Leistungsfähigkeit, wurde immer wieder abgeworben, bis ich landete, wo ich zuletzt war. Ich kassierte Boni, sammelte Auszeichnungen für das Unternehmen, brachte ihnen satte Gewinne, und dann musste ich feststellen, dass ich meine Leistungsfähigkeit bereits überschritten hatte.«

»Wie?«, frage ich. Ich will jetzt wissen, ob er auch so einen Zusammenbruch hatte wie ich. Einen, bei dem er sich nicht mehr auf den Beinen halten konnte. Vielleicht macht es das besser, wenn man nicht allein damit ist.

Seine Unterarme hat er auf den Oberschenkeln aufgestützt und sieht die ganze Zeit zwischen seine Beine, als wäre der mit Natursteinen gepflasterte Weg sein Beichtvater und er würde die Geschichte ihm anvertrauen statt mir.

Nach einem Seufzen erzählt er: »Meine Leistungsfähigkeit war nur auf den Job ausgelegt. Meine gesamte Energie nutzte ich, um sie in meinen Posten zu stecken. Einer der Eigentümer der Firma kam vorbei, um mich zu beglückwünschen, dass ich die Umsätze wieder einmal über die Erwartungen hinaus steigern konnte. Er war braun gebrannt von einem Urlaub, strahlte und berichtete mir, dass seine Frau mit dem dritten Kind schwanger ist. Er ist jünger als ich und da fiel es mir zum ersten Mal auf. Ich gab dieser Firma einfach alles. Und sonst niemandem. Gar niemanden. Nicht einmal den Menschen, denen etwas zugestanden hätte wie meiner Familie. Ich habe keine Frau, keine Kinder, niemanden, dem ich wichtig bin oder der mir wichtig ist. Nur Arbeit. Ab dieser Erkenntnis konnte ich nicht mehr richtig. Das hat sich in meinen Kopf gefressen, bis ich nur noch auf Papier gestarrt habe, statt es zu bearbeiten. Ich habe gekündigt und kam hierher, um mir etwas Neues zu überlegen. Und alles, was ich fühle, ist Hass auf mich selbst, weil ich vielleicht mein halbes Leben verpasst habe.«

»So alt bist du doch noch gar nicht.«

»In meinem Alter haben viele bereits Kinder, und ich weiß nicht einmal, wie man eine Frau findet. Seit der Uni buckle ich, ohne zu leben. Die Zeit, in der Menschen sich orientieren, das Leben genießen, etwas erleben, Partner finden ... Das ist doch die Zeit, die in den Zwanzigern. Ich bin in den Dreißigern und habe nichts davon getan. War auf keinem Festival, habe kein Jugendsündentattoo, keine verschiedenen Hobbys probiert, hatte keine fragwürdigen Dates, keine unvergesslichen Erlebnisse, nichts. Ab und zu habe ich mir hinter dem Schreibtisch einen runtergeholt, das war vermutlich das Aufregendste.«

Er klingt zynisch und bitter und die Handbewegung, mit der er sich über die Haare fährt, unterstreicht das noch. Es geht ihm nicht gut, um das zu spüren, muss man kein Arzt sein.

Da hilft nur eins. »Das habe ich heute auch schon getan. Erkennt man, dass ich den rechten Arm mehr beanspruche als den linken?«

»Was?« Er sieht mich fassungslos an. Vermutlich hat er Mitleid erwartet, Trost oder die Versicherung, dass alles gut wird.

»Gewichst. Ich wichse immer mit rechts, und ich frage mich, ob man das erkennt.«

Er sitzt auf einmal aufrecht und mustert mich so, dass ich schon überlege, ob er das jetzt wirklich abcheckt. »Ganz ehrlich ... Wie sag ich das? Wo hast du diesen ... diesen geistigen Dünnpfiff her?«

»Hast du dir die Frage nie gestellt?«

»Nein! Selbst als Sechzehnjähriger nicht.«

»Ja, ja, ich verstehe. Früher, als man es sich zigmal am Tag besorgt hat. Allerdings musste man damals nur kurz dagegenklopfen und schon ging da was. Das war kein Armtraining, das war eher Reaktionstraining, dass nirgendwo etwas davon landet, wo es peinlich werden könnte. Die Zeit hast du nicht verpasst, oder?«

Er lacht. Ziel erreicht. Kane Reid bringt Leute mit Bildern zum Aufregen und Alphas mit Worten zum Lachen. »Du bist wirklich ein schrecklicher Gesprächspartner für sensible Themen.«

»Nein, ich bin perfekt dafür. Mich interessiert beispielsweise, ob du noch Jungfrau bist. Erzähl es Onkel Kane.«

Sein zweites Lachen ist verhaltener und er reibt sich kopfschüttelnd über die Oberschenkel. »Das habe ich hinbekommen. CEO zu sein macht vermutlich attraktiv. Wenigstens etwas. Aber erfüllend würde ich das auch nicht nennen.« Er sieht mich an. »Es ist nett von dir, dass du mir zugehört hast. Normalerweise jammere ich nicht so viel, sondern handle. Eigentlich weiß ich noch nicht einmal, warum ich dir das alles erzählt habe.«

Ja, das weiß ich auch nicht. Macht es einen offener, wenn man unter anderen ist, die ebenfalls Probleme haben? Oder ist das ein Vergleichsding? Will man sich selbst und andere auf einer Skala einordnen, um zu sehen, wo man steht? Leichter Versager, normaler Versager, extremer Versager?

Mit einem Schulterzucken antworte ich: »Wir sind doch zum Jammern hier, oder? Wir gehen jetzt sogar einen Schritt weiter: Ich teile eine Erkenntnis mit dir, die ich gerade hatte.«

Ich lehne mich zurück und strecke die Beine aus, weil ich die Erkenntnis, die eher ein Gefühl ist, erst einmal in Worte formen muss.

Er nickt mir zu und ich spüre Ungeduld hinter dem Nicken. So als wären die paar Sekunden Bedenkzeit verschwendet. »Also, Pascal, hier kommt meine Weisheit des Tages: Ich brauche niemanden, dem es genauso geht wie mir. Jeder hat sein eigenes Paket geschnürt und keiner wird mich richtig verstehen können. Aber das ist vielleicht gar nicht wichtig. Im gleichen Boot zu sitzen, bedeutet ja nicht, dass man aus denselben Gründen eingestiegen sein muss. Wir können trotzdem gemeinsam rudern, bis wir wissen, wo unsere persönliche Landestelle ist.«

»Das klingt pathetisch.«

»Aber ist es verkehrt?«

»Nein, ist es nicht.« Er seufzt. »Warum ist es dir jetzt nicht mehr wichtig, dass dich jemand verstehen kann?«

»Weil ich dich auch nicht verstehe, obwohl ich sehe, dass es an dir knabbert. Mir ist sofort eine Lösung für dein Problem eingefallen. Du würdest jedoch bestimmt verdammt viele Abers finden, im Gegenzug vermutlich allerdings eine Lösung für mein Problem, bei der ich wiederum mit den Augen rollen würde.«

»Du sagst, es geht uns gleich, obwohl es uns nicht gleich geht?«

»Ja, du hast es perfekt zusammengefasst.«

Ich kann mein eigenes Lächeln spüren. Es funktioniert wieder. Eine Welle Zuneigung schwemmt die letzten Reste des Versagergefühls davon. Ob es tatsächlich für ihn ist oder einfach eins, weil ich gerade etwas entdeckt habe, einen Gedanken, an dem ich mich festhalten kann, da bin ich mir nicht sicher. Es ist auf jeden Fall viel besser, mit ihm hier auf der Bank zu sitzen und zu reden, statt mit diesem Versagergefühl allein zu sein.

Sein Blick wird fordernd. »Ich würde deine Lösung gern hören. Ohne sie zu bewerten.«

»Okay.« Meine Gedanken sind schnell sortiert und ich zähle an den Fingern ab: »Schritt eins: Du erholst dich hier. Schritt zwei: Du holst alles nach, was du denkst, verpasst zu haben. Schritt drei: Du suchst dir eine Frau und machst mit ihr süße Babys. Schritt vier: Du findest einen Job, bei dem du noch ausreichend Kapazität für dein Privatleben hast. Schritt fünf: Du bist glücklich. Schritt sechs: Du hängst ein Schild an die Familiengarderobe: *Du hast genug. Du tust genug. Du bist genug.*«

Er lacht. Es ist nicht höflich, es ist ehrlich, und er nickt dabei, als würde er sich den Moment bei der Yoga-Meditation ins Gedächtnis rufen. Nach einem tiefen Atemzug beugt er sich vor, legt das Kinn auf die Hände, die Ellenbogen auf den Oberschenkeln abgestützt, und scheint zu überlegen.

Nicht einmal eine Minute später dreht er mir den Kopf zu: »Du hast recht. Ich habe verdammt viele Abers. Doch im Grunde, ja, im Grunde ist es das, was ich mir wünsche. Was wünschst du dir?«

»Frühstück.«

Er lacht erneut.

Jede andere Antwort kann ich allerdings noch nicht geben.

36

JETZT KÖNNTE ES DOCH PEINLICH WERDEN.

Kane

»Was macht man hier eigentlich den ganzen Tag?« Pascal lehnt sich auf der Bank zurück und schielt Richtung Futterterrasse, die bald eröffnet werden sollte.

»Ich kam gestern an, also so wie du. Was hast du denn getan?«

»Nach dem Abendessen bin ich umhergestreift und habe Zeitschriften gefunden. Man könnte ja denken, hier liegen welche über beispielsweise Investmentbanking oder Politik. Aber nein, Hobbys und News über Königshäuser und Prominente.«

»Und?«

»Ja, ich besitze nun die Kenntnis, wo man die besten Welse fängt und wie man einen Sattel an ein Pferd anpasst. Außerdem weiß ich jetzt mehr über Linette und Hugh, die sich bei einer Show, die irgendwas mit Pimpern am Strand heißt, getrennt haben, als ich es je wollte. Brauchst du noch News zu irgendeiner Königsfamilie?«

»Kenn ich nicht und nein, aber es gibt eine Bibliothek, habe ich auf dem Plan gesehen. Vielleicht findest du dort vernünftigen Lesestoff.«

»Ja, möglich.«

Wir schweigen und wissen beide, dass Lesen bestimmt eine gute Idee wäre, aber nicht das ist, was unseren Körpern fehlt wie Junkies Heroin. Die Arbeit. Der Druck.

»Gehen wir zum Frühstück?«, frage ich.

»Natürlich.«

Was immer sie mit der festen Tischeinteilung bezwecken, vielleicht funktioniert es. Wir haben uns gestern kennengelernt, und schon hat man das Gefühl, man hat jemanden, der zur eigenen Gruppe gehört. Keine Urlaubsbekanntschaft, nein, wir sind Mitglieder an Tisch elf.

Wir steigen dieses Mal gemeinsam über die Betonabgrenzung der Terrasse, und ich bin mir sicher, dass der Kellner, der es sieht, innerlich laut seufzt, bevor er in unsere Richtung kommt.

»Kaffee, schwarz«, bestellt Pascal.

»Zwei, bitte«, ergänze ich und wir schlendern weiter an das Buffet. Es gibt ungefähr, hm … alles. Ist das ihr Ernst? Ich konnte mich heute Morgen nicht entscheiden, was ich obenherum anziehe. Wie soll ich mir dann hier etwas aussuchen? Wann habe ich mir das letzte Mal überlegt, was ich essen möchte? Sonst bringt doch immer Beth was mit. Das Letzte war Torte, die Torte für Elin. Das war einfach. Die schönste, fertig.

Kuchen gibt es hier auch, aber das ist mir zu süß, weshalb ich die Entscheidung treffe, mich nicht zu entscheiden, und spontan einem der Mitarbeiter hinter der Showküche mitteile: »Ein Omelett, bitte. So wie Sie denken, dass es perfekt ist. Tisch elf. Danke.«

Auf dem Rückweg schnappe ich mir noch den Krug mit frisch gepresstem Orangensaft, mit dem ich mich auf den Platz von gestern niederlasse. Nate ist auch schon da und hat eine gigantische Schale Haferflocken mit vermutlich Jogurt vor sich stehen.

»Guten Morgen.«

»Ja, das ist er, Amigo. Ich habe gute Laune.«

Ich schenke mir ein Glas von dem Saft ein und nippe

daran. Besser als Kaffee. Der auch gerade gebracht wird, weshalb ich die Tasse in die Hände nehme, um an ihm zu riechen, solange er noch duftet.

Als ich mich bedankt habe, frage ich Nate: »Was machst du eigentlich hier? Ich dachte, das wäre hier das Heim für schwarze Seelen und traurige Schlümpfe. Du passt nicht ganz hier rein, denn wegen deines Beins wirst du nicht in diesem Schuppen gelandet sein.«

»Doch, im Grunde schon. Meine Familie hat mich nach meinem Unfall hierherverfrachtet, weil sie finden, ich übertreibe mit allem und sollte langsamer machen. Adrenalinjunkie. Das sollen sie mir hier austreiben. Und dich?«

Oh, endlich auch jemand, der es nicht von sich aus wollte.

»Meine persönliche Assistentin und mein Manager.« Ich muss nachhaken: »Und trotzdem bist du gut drauf?«

Er zuckt mit den Schultern, lässt den Löffel sinken und rührt das, was darauf war, wieder zurück in die Masse. »Sie haben ja recht, ich habe ein Problem. Sie waren sehr glücklich, dass ich es eingesehen habe. Ob ich mich allerdings von meinen Assistenten hätte hierherbringen lassen … das weiß ich nicht.«

»AssistentEN? Mehrere? Was arbeitest du denn?«

»Ja, fünf. Drei Frauen, zwei Männer. Mir gehört eine Hotelkette, da sind ein paar mehr nicht schlecht.«

Ich hätte ihm nicht mal eine räudige Strandbar zugetraut. Warum weiß ich nicht genau. Vielleicht weil er zu lebensfroh und kein Stück nach Verantwortung aussieht.

Mein Omelett wird gebracht und ich greife zu dem bereitliegenden Besteck. Wehe, das ist nicht so gut wie das Zeug von Beth.

Nate sieht auf die Orangensaftkaraffe und grinst, woraufhin ich sie ihm über den Tisch zuschiebe.

»Nein, schon gut, danke. Aber dir ist bewusst, dass die Karaffe für alle ist?«

»Für alle? Es ist doch alles für alle, oder?«

»Amigo, warst du vorher nie an einem Hotelfrühstücksbuffet? Man schenkt sich ein Glas ein. Und wenn man dann noch Durst hat, darf man sich ein zweites nehmen. Und ein drittes. Und mehr, falls der Brand so richtig die Kehle fickt. Aber man nimmt nicht die Karaffe mit.«

»Dass du mir *Hotelregeln* erklärst, ist ein Job-Schaden, oder? Ist doch scheißegal. Sie werden wohl irgendwo noch eine weitere Karaffe herumstehen haben, in die sie Saft kippen können, damit der Rest auch etwas bekommt.«

»Soll ich weitermachen mit üblichen *Hotelregeln*? Für gewöhnlich trägt man Oberbekleidung zum Essen.«

Ich bin egozentrisch.

Mir ist warm.

Sei froh, dass ich nicht ganz nackt bin.

All das verbreitet sich auf meiner Zunge und trotzdem spreche ich die Wahrheit aus: »Ich wusste nicht, was ich anziehen soll.«

Schnell schiebe ich mir den ersten Bissen in den Mund, weil das Thema für mich damit abgeschlossen ist.

Seine Mundwinkel verziehen sich zu etwas, was der Beginn eines Lachens ist. Er stockt, und vermutlich wird ihm irgendetwas an mir verraten haben, dass ich nicht eitel bin, sondern es wirklich nicht wusste. Seine Lippen formen ein schräges Lächeln und er kratzt sich an der Schläfe.

»Kann ich dir irgendwie … helfen?«

»Nein, schon gut. Oder bin ich dir zu unerträglich hässlich?«

»Deine Fickbarkeit lässt du lieber von dem da drüben bewerten«, sagt Nate und schiebt sich einen Löffel seiner Haferflocken in den Mund.

»Was muss ich bewerten?«, fragt Lennox und setzt sich nach kurzem Zögern auf dem Platz von gestern neben Nate. Dieses Immer-den-gleichen-Stuhl-wählen-Phänomen hat bestimmt einen Namen.

»Du warst nicht gemeint.« Nate sieht hoch, entdeckt die Karaffe mit Tomatensaft, die Lennox abstellt, und prustet.

Pascal, der gemeinsam mit Alec auch zurück an unseren

Tisch gefunden hat, reißt hektisch seinen Teller in die Höhe, den er gerade platziert hat, aber es ist zu spät: Sein Essen wird mit gesprühtem Haferflockenmatsch aus Nates Mund überzogen.

Lennox schenkt sich seelenruhig von dem Tomatensaft ein und übersieht die befleckte Tischdecke. »Jetzt wissen wir wenigstens, wie die Raufasertapete erfunden wurde.«

Das Seufzen von Pascal ist tief, und als er sich umsieht, bin ich mir fast sicher, dass er nicht nach einer Servicekraft Ausschau hält, sondern nach Fluchtoptionen. Oder einem freien Tisch. Möglicherweise überlegt er auch, sich in irgendeinem Eck auf den Boden zu setzen.

Nachdem ich auf Nates Kinn gedeutet habe und er sich den letzten Krümel weggewischt hat, sagt er: »Ehrlich, Amigos, ihr habt in meinen Hotels Hausverbot.«

»Schlimm«, erwidert Lennox. »Richtig, richtig schlimm. So schade.«

»Weshalb?« Pascal hebt einen Finger, woraufhin ein Kellner an den Tisch tritt und er ihm den Teller in die Hand drückt. »Das bitte in unbespuckt. Vielen Dank.«

Danach sieht er zu Nate und ich erkläre: »Nox und ich haben in Nates Augen etwas Unsittliches getan.«

Mit gerunzelter Stirn beugt er sich ein Stück seitlich in Lennox' Richtung. Beim Aufrichten atmet er erleichtert auf und deutet in einer Kreisbewegung auf mich. »Ich kann dir gern Kleidung leihen, wenn du sie vergessen hast.«

»Moment. Dachtest du, ich bin ohne Hose oder Kilt beim Frühstück? Oder was sollte der Kontrollblick?«, hakt Lennox nach.

»Sagte Kane nicht gerade, ihr habt etwas Unsittliches getan? Meine Vermutung war, es hat was mit fehlenden Kleidungsstücken zu tun.«

»In welcher Idiotenhölle bin ich gelandet?«

Auf Lennox' Gemurmel klärt Nate auf: »Man nimmt keine Karaffen mit an den Tisch. Man schenkt sich ein Glas ein. Morgen früh um die gleiche Uhrzeit ist wieder Benimmunterricht bei Professor Doktor Nate. Kane hole ich persönlich ab, dann vergisst er nicht, sich fertig anzuziehen. Man könnte denken, er ist ein verpeilter Künstler.«

»Das ist gar nicht so verkehrt.«

Alec sieht mich an. »Du bist Künstler? Tatsächlich?« Er klingt so, als könnte er nicht glauben, dass man dann hierher darf, und reibt sich ungläubig die Stirn. Vielleicht reibt er sie sich aber auch, weil er sich den Kopf an einem niedrigen Türrahmen angestoßen hat, da er vergaß, ihn beim Durchgehen einzuziehen. Ob ihm das gelegentlich passiert?

»Ja, richtig. Kunstmaler, um genau zu sein.«

»Ein Künstler also. Die Kunstszene ist auch eine dieser Subkulturen, die sich allen anderen überlegen fühlt, oder? Intellektueller, klüger, interessierter.«

Ich lache leise, da ich weiß, was er meint. Dieser Hochmut, den Kunstliebhaber, die sich zugleich immer für Experten halten, anderen entgegenbringen, ist manchmal ekelhaft. Ich behaupte sogar, dass viele, die sich für Kunst interessieren, deshalb nicht genug darauf hören, was ihnen ihr Bauchgefühl zu einem Objekt sagt, sondern lieber nachplappern, was andere von sich gegeben haben. Und das nur, um nicht aufzufallen, denn man wird mit einer anderen Meinung doch schnell ausgegrenzt, wenn man nicht bereits jemand ist.

»Das erklärt auch den Nagellack«, behauptet Nate. »Ich war mir nicht sicher, ob er eine Bedeutung hat. Quasi ein Statement oder ein Code für irgendwas. So oft sieht man das an Männern schließlich nicht. Ich habe mich nicht getraut zu fragen, da ich Angst hatte, dass du mich komisch anguckst, weil es dir einfach gefällt, ihn zu tragen, oder dass es für etwas so Perverses steht, dass ich neidisch werde.«

»Und jetzt bist du enttäuscht, dass ich *nur* Künstler bin? Oder befriedige ich deine Erwartungen?«

»Ich komme mit allem klar, was es bedeuten könnte, außer es steht für schlechten Musikgeschmack. Das verurteile ich sehr hart.« Er grinst. »Guter Musikgeschmack ist nämlich eine meiner besten Eigenschaften, gleich nach meinem Knackarsch und meinen Erfolgen.«

»Was für Erfolge?«, hakt Alec nach.

»Ich gewinne gern. Sportliche Wettkämpfe sind mein Hobby. Böse Zungen unterstellen mir, dass ich so wettbewerbsbesessen wäre, dass ich deshalb ständig jemand Neues suche, der mein Bett wärmt. Und – Vorsicht, Spoiler – sie könnten recht haben.« Sein Grinsen wird noch breiter, und er hebt nickend eine Braue.

»DER dein Bett wärmt?«

»Ups, falsch formuliert. Ich bin so hetero, dass ich nur auf Damentoiletten meine Geschäfte erledige, um niemals Schwänze zu sehen. Und ihr?«

Er sieht zu mir, und ich antworte, so ernst ich kann: »Ich bin so hetero, ich putze mir nie die Zähne, weil ich nichts Längliches in den Mund nehme. Salzstangen sind deshalb auch tabu.«

Sein anerkennendes Nicken wird von einem Lachen begleitet, ehe sein Blick weiter zu Pascal schweift, der mich ansieht und sagt: »Ich bin so wenig schwul, ich wichse nicht, weil ich keine Männer anfasse.«

Niemand lacht. Möglicherweise sind die anderen so überrumpelt wie ich. Pascal ist nett, aber dass er bei so etwas mitmacht, hätte ich nicht gedacht.

Pascal sieht zwischen uns hin und her. »Was? Nicht lustig? Guckt nicht so, ich kann auch lustig sein.«

»Ist das wirklich lustig?«, fragt Alec.

»Was meinst du?«, hake ich nach. »Fällt dir etwa nichts ein? Du hättest einfach sagen können, dass du dir aus dem Grund nie Pornos reinziehst, bei denen Männer dabei sind.«

Lennox trinkt von seinem Tomatensaft, was mich daran erinnert, Orangensaft einzuschenken. Ihn jetzt nicht ganz auszutrinken würde Nate recht geben, und das kann ich nicht zulassen.

Alec sieht auf die Tomatensaftkaraffe und antwortet langsam: »Nein, mir fällt schon etwas ein. Ich meinte, ob es lustig ist, über Homosexuelle herzuziehen.«

»Bleib mal auf dem Teppich«, verlangt Nate. »Niemand hat über Homosexuelle hergezogen. Das waren Scherze über verklemmte Heteros.«

Lennox reibt sich mit gespreizten Daumen und Zeigefinger die Stirn. »Wenn ihr mögt, erzählt ruhig ein bisschen was *Lustiges* über Homosexuelle. Dann kann ich mich später besser an euren Gesichtern belustigen, sobald es euch massiv unangenehm wird, weil ich nebenbei fallen lasse, dass ich ausschließlich auf Schwänze stehe und mir bestimmt rein deshalb mit großer Freude die Zähne putze.«

Sein Tonfall wurde immer höhnischer und sein Blick in die Runde verdammt uns zum peinlichen Schweigen. Tja. Da endet sie. Die Schlagfertigkeit. Ich sehe vorwurfsvoll zu Alec, der es vermutlich gewusst hat. Obwohl … genau genommen hat er sogar versucht, uns aufzuhalten, aber den subtilen Wink haben wir nicht verstanden. War es schlimm, was wir gesagt haben? Mittel? Gar nicht? Mir fällt nicht mehr alles ein, was ausgesprochen wurde, und vielleicht ist das am unangenehmsten.

Nate seufzt und wuschelt sich durchs Haar. »Shit. Sorry, Lenny. Falls das taktlos war, einfach sorry.«

»Lenny! Hau so viele Sprüche raus, wie du magst, aber nenn mich nie wieder Lenny! Wenn du meinen Namen zwanghaft abkürzen musst, dann nimm Nox. Das hat doch vorhin eh schon jemand getan. Für euch bin ich kein Lenny, verstanden?«

»Nennen dich so deine Freunde?«, fragt Pascal, dessen peinlich berührte Gesichtszüge langsam zurück in ihre Ursprungsform ploppen.

»Ich habe keine Freunde. Die Arbeit ist mein Freund.«

»Ja, das merkt man«, behauptet Nate und tätschelt ihm mitleidig den Arm.

»Hast du welche?«, hake ich nach.

Nate zuckt mit den Schultern. »Ich habe überall auf der

Welt Freunde. Egal, wo ich hinkomme, und falls nicht, finde ich schnell welche.«

»Das ist doch keine echte Freundschaft.« Alec sieht zweifelnd zu mir, als würde er erwarten, dass ich ihm recht gebe. Tue ich jedoch nicht. Ich habe mir selten Gedanken dazu gemacht, aber ich wollte nie mit jemandem befreundet sein, der mich nicht versteht. Und manchmal habe ich das Gefühl, auf der ganzen Welt gibt es niemanden, der das tut. Wie erklärt man auch, dass man gelegentlich mitten in einem Gespräch den Zwang hat, aufzustehen und zu malen?

Pascal sieht weiter Lennox an und räuspert sich. Das war eindeutig ein Ich-habe-etwas-Wichtiges-zu-sagen-Räuspern, denn nun schauen wir alle zu ihm. »Lennox, entschuldige. Das war sehr unangenehm. Ein durch und durch peinliches Fettnäpfchen. Es ist nur … Du siehst nicht schwul aus.«

Ich bin mir nicht sicher, ob ich es mir bloß einbilde, dass Lennox' Hand kurz zittert, als er sein Glas umfasst, aber auf jeden Fall werden seine Knöchel weiß. »Weißt du, Alpha, ja, das finde ich auch krass. Und noch viel krasser ist es, dass man dir überhaupt gar nicht ansieht, dass du ein Arschloch bist. Das ist der Gipfel der Krassigkeit. Oder was meinst du?«

Pascals Körperspannung ist so straff wie sein Hemd und er legt die Hände mit geöffneten Handflächen auf den Tisch. »Bitte entschuldige. Offensichtlich …«

»Nein, ich entschuldige nicht«, unterbricht ihn Lennox. »Du und Alec könnt euch um den Arschloch-Award streiten.«

Alec setzt sich aufrechter hin. »Ja, alle haben verstanden, dass wir uns nicht mögen. Es ist nicht nötig, es ständig zu wiederholen.«

Nach einem Schluck aus seinem Glas sagt Lennox eisig: »Deshalb habe ich das nicht gesagt. Du denkst, du musst dich wichtigmachen, indem du die anderen subtil darauf hinweist, was man in meiner Anwesenheit sagen darf und was nicht.«

»Nein, ich …«

Nate mischt sich ein: »Wenigstens wissen wir jetzt, dass es ein Gerücht ist, dass homosexuelle Männer sich besser kleiden. Noxi beweist es. Sein Kilt geht ja noch, aber habt ihr seine Boots gesehen? Kein Style, der Mann.«

Lennox schielt zu ihm und sein Gesichtsausdruck sagt: Bei dir habe ich es aufgegeben.

»Wie reagiere ich jetzt richtig?«, flüstert Pascal Nate zu.

»Dass du dich das fragst, ist immerhin ein Anfang«, erwidert Lennox und mustert Pascal, als müsste er abchecken, ob es sich lohnt, ihn weiter zu beachten.

Nate mischt sich wieder ein: »Und bei wem von uns könnte dein Höschen feucht werden? Oder trägst du keins unter deinem Kilt?«

Langsam habe ich das Gefühl, Nate möchte Lennox vor Pascal und Pascal vor Lennox beschützen und lenkt deshalb die Aufmerksamkeit um jeden Preis auf sich.

Lennox stöhnt. »Ehrlich? Die Frage auch noch? Warum fragen mich Heteros wie du das so oft, als könnten sie erst wieder ruhig schlafen, sobald ich ihnen versichere, dass ich ihnen nicht meinen Prügel in ihr hochheiliges Arschloch rammen will?«

»Du bist halt wie ein Bruder für mich Lenny…NOX!«

»Du lernst dazu. Bruder gefällt mir. Kennst du *Game of Thrones*?«

»Was ist *Game of Thrones*?«, frage ich Alec unauffällig.

»Eine Serie. Darin schläft eine mit ihrem Bruder und vermutlich spielt er darauf an. Wieso kennst du das nicht? Das kennt jeder.«

»Ich gucke selten Filme, Serien eigentlich nie. Wenn ich fernsehe, meist Musikvideos zum Einschlafen.«

Nate schlägt Lennox auf die Schultern. »Ganz ehrlich: Ich glaube, ich mag dich. Meine erste und letzte homoerotische Erfahrung war mit ungefähr zwanzig unter Alkoholeinfluss, und ich wünschte, er wäre so hübsch wie du gewesen. Nimm mich einfach nicht ernst. Pascal auch nicht. Und Alec hast du eh schon für dich abgeschrieben.«

»Tue ich sowieso nicht.«

»Hat der Kilt etwas mit deiner Sexualität zu tun?«

»Surfer-Boy, du musst doch irgendwann mal still sein.« Lennox stöhnt und klopft sich mit der Faust gegen die Stirn. »Nein, hat er nicht. Wie kommst du auf so einen Dreck? Es ist ein Kilt! Ich werde mich vor dir nicht rechtfertigen, weshalb ich ihn trage.«

Nate legt ihm eine Hand auf die Schulter. »Ich schleiche mich schon noch in dein Köterherz.«

Der Blick, den er dafür von ihm kassiert, ist pures Gift, dann schüttelt Lennox resigniert den Kopf und tätschelt zweimal Nates Hand, bevor er sie von seiner Schulter nimmt und zurück auf den Tisch legt.

Ich sehe zu Pascal, ob er es auch bemerkt hat. Nates penetrante Art kocht ihn weich. Und das in der kurzen Zeit. Wenn wir hier fertig sind, bietet Lennox auf öffentlichen Plätzen lächelnd Free Hugs an.

Während ich mich meinem mittlerweile kalten Omelett widme, betrachte ich Nate. Er sieht aus wie ein Abenteurer, führt eine Hotelkette wie ein Unternehmer, redet manchmal wie jemand, der nie erwachsen wurde, ist impulsiv wie ein Kind und kann es nicht haben, wenn andere zornig aufeinander sind.

Komische Mischung.

Aber er gehört jetzt zu Tisch elf, so wie ich auch.

Er schaut zu mir, dann in die Runde. »Geht jemand nach dem Frühstück mit zur Gruppentherapie, bei der man sein inneres Kind finden und heilen soll? Lennox? Pascal? Wie sieht es aus?«

»Falls es einen Gott gibt, bitte ich ihn inständig, dass er dich nicht noch mehr Kind in dir entdecken lässt. Ich komme mit«, nuschelt Lennox.

Pascal betrachtet Lennox und sagt gedehnt: »Das stand nicht auf meinem Plan, aber ich will ja sowieso flexibler werden. Bin dabei.«

Lennox sieht ihn an und nickt ihm zu. Das bedeutet wohl: Frieden.

Alec nickt ebenfalls und ich schließe mich dem Nicken an.

Vielleicht da Lennox sich gerade überwunden hat, zu einer Gruppentherapie zu gehen, obwohl er offensichtlich nicht der Typ dazu ist. Möglicherweise auch, weil das Prinzip von hier Freiwilligkeit ist, es aber wenig Sinn ergibt, in einer Burnout-Klinik zu sein und nirgendwo teilzunehmen. Oder gegebenenfalls, da ich mich besser fühlen will und irgendwo einen Anfang machen muss.

»Falls es zu schlimm ist, gehe ich danach zum Aderlass.«

Wir belohnen Pascals nichtlustigen Scherz mit einem Schmunzeln. Immerhin.

Tisch elf.

Tisch elf im Càirdeas Center.

Ich bin froh, an Tisch elf zu sitzen.

37

ICH DACHTE, DU FREUST DICH ÜBER BESUCH.

Elin

Für heute ist alles erledigt, was ich mir vorgenommen habe, und ich trommle mit den Fingern auf meinen Schreibtisch. Ohne Kane ist die Kirche leer und viel zu groß. So, als würde das fehlen, was ihr einen Sinn und Zweck gibt, und nun ist sie ein Lost Place. Sie wirkt kalt, obwohl die Temperatur wie immer eingestellt ist und Sonnenstrahlen durch die Fenster hereinfallen. Ich verwünsche diesen sommerlichen Lichtschein, weil ich mich nach schlechtem Wetter fühle, denn bei schlechtem Wetter erlaubt man es sich eher, zu heulen und sich mies gelaunt in Decken zu kuscheln. Genau danach ist mir.

Kane fehlt mir. Er fehlt mir den ganzen Tag, selbst beim Zähneputzen, obwohl er da noch nie dabei war. Ich wünschte, wir hätten einfach bei mir in der Wohnung bleiben können, für immer darin, als Paar, nur wir beide. Mir hat das gefallen. Richtig gut sogar. Es war perfekt. Bis auf die Sache, die ganze Zeit zu wissen, dass es ihm nicht gut geht. Er hat mit mir gelacht, mein Gästezimmer geplant und normal geredet, aber dahinter hat sein Burnout gelauert, dass die Blase platzt, in die wir uns befördert hatten.

Ich habe genau gesehen, wie erschüttert er war, dass ich

ihn in die Klinik gebracht habe. *Vertrauensbruch!* leuchtete in seinem Gesicht.

Marcello warnte mich bei unserem Gespräch nach Kanes Zusammenbruch. Obwohl Kane zugegeben hat, dass er Hilfe braucht, würde er, sobald er sich besser fühlt, abstreiten, dass es je so war. Das wird nicht böse gemeint sein, denn so wird er es empfinden. Marcello hatte recht.

Trotzdem tut es weh, dieses Gefühl, Kane hintergangen zu haben.

Es ist fünf Uhr. Zeit, ihn anzurufen. Ich habe mir vorgenommen, sollte ich Infos für ihn haben, mich immer zur gleichen Zeit zu melden, damit er es einplanen kann.

Heute beginne ich mit dieser neuen Gewohnheit während seines Aufenthalts dort.

Es läutet lang, und als er abnimmt, unterdrücke ich mir ein erleichtertes Aufatmen. »Hallo, Kane.«

»Elin.«

Das Schweigen, das folgt, ist höchst unangenehm, denn es hängen viele Sachen darin, die keiner ausspricht, deshalb bringe ich das Gespräch auf das berufliche Level. »Die Bilder, die auf der einjährigen Ausstellung waren, sind zurückgekommen. Soweit ich es erkennen konnte, sind sie unbeschädigt. Marcello meinte, sie werden jetzt verkauft. Ist das richtig?«

»Ja, sie sollen versteigert werden. Marcello hat doch die Details dazu.«

»Ich wollte nur sichergehen.«

»Okay.«

»Kane, ich plane, deine Familie zu benachrichtigen, dass du …«

»Was planst du?!«

»Ich dachte, du freust dich über Besuch.«

»Aber nicht über den meiner Familie! Wehe, du informierst meine Eltern. Marcello soll bloß niemandem weitertratschen, dass ich hier bin. Ich will nicht, dass es jemand erfährt. Elin!

Ich komme sofort zurück, wenn das irgendwo bekannt wird, und streite alles ab.«

»Verstanden. Aber warum denn nicht?«

»Meine Eltern schämen sich für mich. Sie wollten nie, dass ich male, weil das kein echter Beruf ist, und jetzt, wo ich erfolgreich bin, schämen sie sich für meine Bilder. Vielleicht kann ich das sogar verstehen, trotzdem dürfen sie nie erfahren, dass ich … nicht fit bin. Das würde ihnen recht geben, dass ich … Es würde ihnen halt recht geben, dass Malen nichts Gutes ist.«

»Deine Eltern sind doch irre, Kane. Ich wäre stolz darauf, hätte ich ein Kind, das so erfolgreich ist, und wollte sofort zu ihm fahren, wenn es ihm schlecht geht.«

»Ja, das bist du, Elin. Du. Nicht jeder ist wie du, das weißt du, oder?«

Seine Stimme, die bei meinem Vorschlag erbost klang, wird immer weicher, ganz melodisch sanft und melancholisch rau, sodass ich schlucke. Das ist gut, oder? Er redet mit mir und sagt sogar etwas Nettes.

Mir fällt einfach nichts ein, was ich erwidern könnte. Es war eine Frage. Aber Ja kann ich nicht sagen, Nein allerdings genauso wenig. Beides ist nicht ganz korrekt oder nicht das, was ich fühle. Wobei ich im Moment auch hauptsächlich Erleichterung empfinde, da er fast normal mit mir spricht.

Das Bedürfnis, mich bei ihm zu entschuldigen, brennt mir in der Brust, weil ich doch gesehen habe, wie furchtbar er es fand, von mir in die Klinik gebracht worden zu sein. Abgeschoben nannte er es. Vielleicht finde ich noch schlimmer, dass er das so empfindet, da ich mir auch schon abgeschoben vorkam.

Er kommt mir mit einer Frage zuvor: »Was ist mit deinen?«

»Was meinst du?«

»Mit deinen Eltern. Sind sie wie du? Sind sie stolz auf dich?«

»Hm, nein, ich denke nicht. Meine Eltern schämen sich auch für mich. Sie warnten mich davor, mich auf die Beziehung mit einem älteren Mann mit Kindern und der Vorgeschichte einzulassen. Ich war ihnen so peinlich, dass sie die Tür vor unseren Nasen geschlossen haben, als ich ihnen Georg und die Kinder vorstellen wollte. Der abgelegte und gebrauchte Mann einer anderen geht halt nicht, zumindest nicht in einer spießigen Kleinstadt. Es war schwierig, weil wir vorher ein gutes Verhältnis hatten, aber ich kann nicht vergessen, wie meine Mutter genickt hat, als mein Vater sagte: *Komm wieder, sobald du vernünftig bist.* Ich will doch auch reinkommen dürfen, wenn ich unvernünftig bin.«

»Deine Eltern sind noch verständnisloser als meine. Es tut mir leid, was ich zum Abschied zu dir gesagt habe, alles davon. Und der Mittelfinger. Ich wäre stolz, hätte ich ein Kind, das so ein liebevolles Herz wie du hat.«

Dieses Herz vollführt einen riesigen Sprung. Er hat ausgesprochen, dass es ihm leidtut. Es fällt ihm schwer, vermutlich, weil er sich im Recht fühlt, aber er hat es getan. »Danke, Kane. Es bedeutet mir viel, dass du das sagst. Ich wollte nie, dass du dir schlecht vorkommst, ich wollte nur helfen. Ich hoffe, du weißt das.«

»Was macht dein Typ?«

»Welcher Typ?«, frage ich irritiert.

»Dein Vielleicht-Zukünftiger.«

»Was? Oh, du meinst Phil? Ja, der ist noch auf seiner Weiterbildung. Aber …«

»Ich wünsche dir viel Glück mit ihm, Elin. Du hast Glück verdient, und ich bin froh, dass du trotz allem weiter für mich arbeiten möchtest. Es gibt sicher einfacherere Jobs und welche, in denen man weniger … emotional involviert ist.«

»Du findest das gut?«

»Natürlich finde ich es gut, dass du weiter für mich arbeiten willst.«

»Dass ich mich mit Phil treffe, meinte ich, weil … du … ich, also …«

Er unterbricht mich. »Elin, du hast gesagt, wir ignorieren das. Ich weite das Ignorieren einfach darauf aus, dass du mich hierherverfrachtet hast, ohne mit mir darüber zu reden. Niemand ist dem anderen böse, trägt etwas nach oder macht sich Gedanken. Ich bin hier und kümmere mich um mich und du bist dort und … kümmerst dich auch um mich. Und natürlich um dich selbst.«

»Ja, okay«, flüstere ich. Druck bläht meinen Brustkorb auf und nein, ich kann es nicht so stehen lassen. »Kane, soll ich dich nächstes Wochenende besuchen? Dann können wir darüber reden. Richtig, meine ich. Mit dabei ansehen.«

»Besser nicht. Nimm es mir nicht übel, ich bin wirklich gern bei dir, aber …« Er holt tief Luft. »Aber das bringt doch nichts. Wir kommen gut miteinander aus, aber es war nur Sex, Elin, mehr nicht. Verstehst du?«

»Ja, okay«, erwidere ich erneut und verliere ein Stück Stimme.

Ich weigere mich. Ich weigere mich, anzuerkennen, dass es bei dem Sex nie um uns ging, sondern nur um Beischlaf. Das Gefühl ist noch groß in mir und ich kann es gut fassen. Ich würde ihn gern besuchen, um ihm ins Gesicht zu sehen. Um zu prüfen, ob er das wiederholen kann, wenn ich vor ihm stehe. Um diese Gewissheit, dass zwischen uns etwas Besonderes ist, aufzufrischen, sie mit einem Kontakt aufzuladen, weil ich weiß, sie wird verblassen, je länger er weg ist.

Und da ploppen sie hoch. Zweifel.

Selbst wenn es für mich mit ihm besonders war, muss es das nicht für ihn sein, obwohl ich den Eindruck hatte. Und sollte mein Eindruck richtig gewesen sein, gibt es trotzdem keinen Zwang, etwas daraus zu machen. Er hat recht. So recht. Ignorieren, das haben wir gesagt, und er hält sich daran. Was habe ich auch erwartet? Er kriecht einmal nachts zu mir ins Bett und dann …

O Mann. Lebenstipp von mir: Verliebe dich nie. Einfach nie. Niemals und unter keinen Umständen. Das macht einen zu einem emotionalen Wrack, das nicht mehr richtig funktioniert, denkt und interpretiert. Ich bin so scheiße erwachsen, warum kann ich mich nicht so fühlen?

»Komm, erzähl mir etwas über den Kerl«, fordert er sanft.

»Er ist nicht wie du«, sage ich spontan, statt das Telefon am Schreibtisch zu zertrümmern, weil ich solche Fragen nicht von ihm hören will.

»Demnach ist er langweilig, hässlich und hat Mundgeruch?«

»Kane.« So war das nicht gemeint. Sie unterscheiden sich in anderen Dingen. Aber eigentlich meinte ich für mich. Für mich ist er nicht wie er. Ich fühle mich in Phils Gegenwart nicht wie bei Kane. Das macht mich so unglaublich sicher, dass zwischen Kane und mir etwas richtig Gutes ist, denn so wie mit ihm habe ich mich noch nie gefühlt.

»Ich wollte lustig sein. Aber ich glaube, das ist im Moment nicht meine Stärke.«

»Du musst nicht lustig für mich sein, wenn dir nicht danach ist. Darf ich dich etwas fragen?«

»Mhm.«

»War es echt? Was du gesagt hast, wie du warst, wie …«

»Natürlich war es das, Elin.« Seine Stimme wird zu gemahlenen Kieseln und reibt mir über die Haut. Es stimmt also. Es war nicht einseitig. Und er hat sofort verstanden, was ich meine.

»Anziehungskraft?«, flüstere ich.

»Und pure Leidenschaft«, ergänzt er leise und mein Puls beschleunigt sich.

»Zuneigung?«, hauche ich.

»Mehr, als es gut ist.«

Mir fällt nichts ein, dabei könnte ich ewig so weiterflüstern, mir von seiner Stimme Worte ins Herz legen lassen und mir wünschen, dass ich seins auch so berühre.

»Ich hoffe, dein Typ beendet bald seine Weiterbildung, damit du dich wieder an das Ignorieren hältst. Ich mache mich langsam fürs Essen fertig. Was soll ich anziehen?«

Die Frage holt mich in die Wirklichkeit zurück und ich schlage vor: »Das weinrote Shirt mit dem V-Ausschnitt und eine schwarze Jeans? Hoffentlich ist es in Ordnung, was ich dir eingepackt habe. Ich habe Sachen genommen, von denen ich dachte, du fühlst dich darin wohl.«

»Okay. Ich geh dann mal. Ruf mich an, wenn etwas Wichtiges ist.«

Ist es etwas Wichtiges, wenn ich dich vermisse?

»Ja, immer so um die Uhrzeit«, bestätige ich.

»Somit sind wir ja zurück in der Professionalität. Mach bald Feierabend, du musst nicht mehr für mich arbeiten, als in unserem Vertrag steht.«

»Guten Appetit, Kane.«

»Danke.«

Nach dem Auflegen belästigen mich die Stille und mein harter Herzschlag. Er hat es wieder getan. Er hat das zwischen uns geklärt. Es gab eine Entschuldigung, liebe Worte und die Klarstellung, dass wir Boss und Assistentin sind und nicht mehr sein sollten, egal, was wir fühlen.

38

HEUTE HAST DU ECHT EINEN LAUF.

Kane

Ich lehne mich auf dem bequemen Sessel zurück, der in meinem Zimmer steht, und betrachte die Skizze.

Elin auf der Toilette. Beziehungsweise ihre Beine, die Füße auf den Ballen aufgestellt, wobei sich ihr Slip um die Fußgelenke schmiegt. Außerdem sieht man eine nach unten hängende Hand, mit der sie ihre Brille locker festhält.

Mir gefällt es und deshalb bleibt es vorerst so. Ich löse das Bild ab und schiebe es in die Skizzenmappe, die nach der Woche Aufenthalt bereits ordentlich gefüllt ist. Ich hätte heulen können, als ich den nagelneuen Skizzenblock, die Mappe und eine Auswahl Stifte entdeckt habe, die mit in meinem Koffer gewesen sein müssen.

Vielleicht habe ich deshalb alle Bilder der Stifterin gewidmet und jedes davon mag ich. Da es guttut, die Zeichnungen anzusehen, nehme ich sie heraus und blättere sie durch. Es fällt nicht auf, dass in jedem Bild Elin steckt, außer man kennt sie und kann die ganzen Kleinigkeiten entdecken, die für mich typisch sie sind. Eine Frau beispielsweise mit Elins Lippen, zwischen denen eine Banane zum Deepthroating verschwindet, sodass man den Abdruck sogar am Hals sieht.

Grinsend blättere ich weiter durch die Skizzen. Jede davon

hat das Potenzial, ein echter Kane Reid zu werden. Bunt, ordinär und aussagekräftig. Aber alle sind für mich bloß Entwürfe, nichts, was später ein fertiges Bild zu sein hat, das ich verkaufen kann. Reines Freizeitmalen. Die Ärztin, bei der ich mittlerweile drei Gespräche hatte, behauptet, das könnte sogar heilsam sein, nur für mich selbst zu malen, vollkommen ohne Druck und Erwartungen, nichts, was ich zeigen muss, alles meins.

Zuerst war ich genervt von ihr, weil ich den ersten Termin lediglich wahrnahm, da ich auf die Idee kam, Tabletten können das wieder geraderücken, was in meinem Kopf schiefgeht. Das hat sie abgelehnt, solange sie mich nicht besser kennt, weshalb ich eigentlich kein weiteres Gespräch wollte. Doch bevor ich mich langweile, besuche ich diese Stunden halt, schließlich bezahle ich das mit.

Ein Bild betrachte ich etwas länger. Ein nackter Elin-Arsch, sie vorgebeugt und … tja. Ob Elin gefallen würde, dass ich ihre Zuckerpussy gemalt habe? Vermutlich nicht, aber vielleicht erkennt sie sie ja nicht wieder. Immerhin war mein Gesicht näher daran, als ihrs es jemals kommen kann.

Es klopft.

»Herein.«

Die Tür öffnet sich, und ein Lennox mit genervtem Gesichtsausdruck schiebt sich herein und verschränkt die Arme.

»Wärst du so freundlich?«, fragt er.

»Natürlich.« Schmunzelnd lege ich alles zur Seite und erhebe mich.

Abendessenszeit. Lennox hat beim Streichholzziehen *gewonnen* und *darf* mich abholen. Das hat sich Nate ausgedacht, nachdem Alec und Pascal mir gemeinsam einen Vortrag über Pünktlichkeit als Ausdruck von Höflichkeit und Respekt hielten.

Ich war eine Minute zu spät oder vielleicht auch zehn oder laut ihrer Aussage einundzwanzig, aber Essenszeit ist ja eine

Weile und wir wollten sowieso nirgendwohin, also ist es ja egal, finde ich.

Lennox mustert mich und stöhnt.

»Was denn?«, frage ich und wische mir über den Bauch, falls da Graphitreste hängen.

»Das kannst du mir doch nicht antun!« Er stöhnt noch einmal und deutet kreisförmig auf meinen nackten Oberkörper.

Irritiert kratze ich mir über die Brust. Ist das sein fucking Ernst?

Er lacht los. »Es ist immer wieder herrlich, Leute zu verunsichern.«

»Ich bin wirklich verunsichert, aber eher, weil du lachst. Das machst du am liebsten über deine eigenen Scherze, oder?«

»Gott, ja, schließlich bin ich der König der Witzigkeit und jetzt zieh dir was an. Sonst dürfen wir gemeinsam dem spannenden Vortrag lauschen, welch psychologische Mechanismen dahinterstecken, wenn man andere warten lässt, und das nur, weil Alpha-Pascal normalerweise der ist, der sein Auftauchen vermutlich so taktet, dass er damit dominiert.«

Schmunzelnd, da er recht hat, ziehe ich mir ein Shirt über den Kopf. Während ich mir durchs Haar wuschle, um wenigstens halbwegs frisiert auszusehen, deute ich auf ihn und frage: »Warum trägst du eigentlich eine Jogginghose?«

»Dort, wo ich herkomme, trägt man das.«

»Wo kommst du denn her?«

»Aus meinem Zimmer.«

»Heute hast du echt einen Lauf.«

»Ich weiß. Beeil dich lieber, die anderen sollen auch noch etwas davon abbekommen.«

Kopfschüttelnd greife ich nach meinem Smartphone. Ihm wird schon klar sein, dass ich frage, weil er keinen Kilt trägt.

Gemeinsam verlassen wir das Zimmer und betreten den Speisesaal. Ein Blick auf mein Telefon verrät mir, dass wir mit einer Minute zu spät genau pünktlich sind. Lennox ist gut.

Lennox wirft Alec beim Setzen einen Mittelfingerblick zu,

der von ihm erwidert wird. Nach wie vor sehen sie sich als Rivalen, aber trotzdem hat keiner darum gebeten, an einen anderen Tisch versetzt zu werden. Vermutlich, da keiner den Platz räumen will und so als feiger Hund wirken. Sie ignorieren sich meistens oder werfen sich ab und zu spitze Bemerkungen an den Kopf. Der Rest von uns lebt damit. Kann uns ja auch egal sein. Wir finden es einen Hauch lächerlich, wie sie sich benehmen, nur weil sie das gleiche Produkt verscherbeln.

Nate grüßt uns und humpelt auf seinen Krücken davon, eine der Servicekräfte an seiner Seite, die für ihn den Teller mit allem befüllen wird, was ihn anlacht. Mittlerweile weiß ich, dass das Abendessen nicht bloß in Buffetform angeboten wird, sondern man sich auch etwas bringen lassen kann. Deshalb bestelle ich immer *Was-der-Chefkoch-am-leckersten-findet.*

Eine Kellnerin tritt an den Tisch, um unsere Getränkewünsche aufzunehmen. Da wir fast jedes Mal das Gleiche trinken, trägt Alec sie wie inzwischen immer für uns vor. Vielleicht fühlt er sich dann als Papa oder großer Gönner. Wir haben es noch nicht herausgefunden.

»Bitte eine Wasserkaraffe für drei, ein alkoholfreies Bier und … Was wollte Nate heute Seltsames, Pascal?«

»Eine Vanille-Cola.«

»Igitt«, erwidert Lennox. »Wer das trinkt, frisst auch Autoduftbäume.«

Ich deute mit dem Zeigefinger auf ihn. »Das kann er ja machen, aber ist dir aufgefallen, dass Alec jedes Mal alkoholfrei dazusagt, obwohl es hier nur Alkoholfreies gibt? Sein Zeitmanagement ist nicht gut, dabei hat er doch erst gestern damit angegeben, als würde ihn jemand dafür bezahlen.«

Die Kellnerin räuspert sich dezent und wir werden auch noch unsere Essensbestellung los.

Danach nimmt Pascal sein Smartphone in die Hand und schlägt vor: »Wir rechnen aus, wie viel Geld Alec im Jahr dadurch verliert, das Wort alkoholfrei überflüssigerweise auszusprechen. Was meint ihr? Drei Sekunden jedes Mal?«

Wir haben hier eindeutig nicht genug zu tun, sonst würden

wir uns mit so etwas nicht beschäftigen, aber ich will es jetzt auch wissen.

Er lehnt sich zurück, leckt theatralisch seinen Zeigefinger ab und tippt, wozu er erzählt: »Drei Sekunden bei, sagen wir fünf Bier am Abend, mal 365 und … welcher Stundenlohn?«

»Von mir würde er einen Taui auf die Stunde bekommen«, behauptet Lennox und grinst.

Alec stöhnt. »Fragt ihn nach der Währung, ehe ihr denkt, er gönnt mir etwas.«

»Indische Rupie?«, rät Pascal und hebt vorwurfsvoll eine Augenbraue. Er, als Alpha, will natürlich, dass die Schäfchen sich vertragen. Vor ein paar Tagen sagte er, dass er zwischen ihnen vermitteln wird, um das zu klären. Lennox deutete auf den Baum hinter ihm und forderte, dass er sich bei ihm entschuldigt, da er den von dem Baum produzierten Sauerstoff vergeudet hat, während er über diese Schwachsinnsidee nachdachte.

Um das abzukürzen, verlange ich: »Ist doch egal. Rechne jetzt aus, was Alec in indischen Rupien verliert.«

»1.520.«

Fast gleichzeitig ziehen Lennox, Alec und ich unser Smartphone hervor, tippen und gucken uns danach an. Ich wusste den Wechselkurs nicht, aber es ist erstaunlich, was man tatsächlich verliert, wenn man nur ein Wort zu viel fünfmal am Tag ausspricht.

Spricht er es überhaupt fünfmal aus?

»Kann mal bitte jemand alkoholfrei sagen, während ich die Stoppuhr laufen lasse, um zu prüfen, ob das wirklich drei Sekunden dauert?«, bittet Alec und lacht.

Ich glaube, wir sind alle überrascht vom Ergebnis.

Pascal rechnet weiter und ich hake nach: »Was interessiert dich noch?«

»So ganz grob, was ich an Zeit gespart hätte, wenn ich während der Arbeit jede Höflichkeitsfloskel weggelassen hätte. Das ist ja irre.«

»Nein, das tust du nicht.« Ich nehme ihm das Gerät aus der

Hand und lege es mit dem Bildschirm nach unten auf den Tisch.

Er atmet durch, und ich glaube, er rechnet noch im Kopf weiter und überlegt, was er in der vermeintlich gewonnenen Freizeit hätte tun können.

Lennox bemerkt es auch, denn er sagt: »Schalte dein Gehirn ein. Ohne Höflichkeitsfloskeln funktioniert es nicht.«

Alec erwidert spöttisch: »Oh, das lässt sich ein- und ausschalten? Hätte mir das früher jemand verraten, hätte ich einen Reset probiert, statt hier einzuchecken.«

Ehe Lennox dazu kommt, zu antworten, und die zwei sich doch noch zu einem Duell herausfordern, sage ich zu ihm: »Ganz ehrlich: Dass der Ratschlag mit Höflichkeit von dir kommen könnte, würde bei einem Quiz auch niemand richtig raten.«

»Stimmt«, sagt Lennox, zwinkert mir zu und nimmt sein Bier entgegen, das ihm gebracht wird.

Nate kommt wieder angehüpft und lässt sich seine obligatorischen vier Teller hinstellen. »Habt ihr die gesehen?« Wir drehen unsere Köpfe und er stöhnt. »Unauffällig hat euch auch keiner beigebracht.«

»Was ist mit ihr?«, hake ich nach.

»Sie guckt fast so alphamäßig wie Pascal. Das macht mich echt heiß. Vielleicht spreche ich sie später an, denn ej, ehrlich, so wenig wie hier habe ich in meinem ganzen Leben noch nicht gefickt. Überhaupt dieser Gips. Frauen denken, sie könnten mir wehtun. Dabei können sie sich doch wunderbar auf mich schwingen und höchst entzückt reiten.«

Kopfschüttelnd schiebt er sich eine seiner Fritten in den Mund. Er wird hier seine Bräune und seinen Surferbody verlieren. Die Wette zwischen Pascal und mir steht, wann er es selbst bemerkt und Pommes gegen Salat tauscht.

»Du hast Probleme«, murmelt Alec.

»Ja. Ich bin so untervögelt, wenn ich meine Pommes ansehe, die sich so lasziv und durcheinander auf dem Teller tummeln, denke ich sofort an Gruppensex.«

»So viele, wie du davon isst, denkst du an nichts anderes, oder?«, fragt Lennox und rollt mit den Augen.

»So viele?«, wiederholt er und sieht auf seinen Teller, wozu sich seine Stirn runzelt.

Verdammt! Wehe, Lennox hat mir jetzt mit seiner Bemerkung die Wette mit Pascal verdorben. Ich habe darauf gesetzt, dass Nate irgendwann morgens zum Frühstück kommt und beteuert, hier wird falsch gewaschen, weil alles von ihm eingegangen ist.

»Na ja.« Er hebt wieder den Kopf. »Was ich ebenfalls nicht verstehe, ist, warum sie hier nicht Brüste befummeln als Therapie anbieten. Es ist sogar nachgewiesen, dass das Stress reduziert. Ah, apropos Brüste. Gestern habe ich mir Kanes Bilder angesehen. Habt ihr auch schon?«

»Was?«, frage ich und schlage mir die Hände vor den Mund. »Ihr kanntet mich vorher etwa alle nicht?«

»Ich kenne mich mit Kunst nicht aus. Entschuldige.«

»Pascal, ich habe euch verarscht. Es ist mir vollkommen egal, ob ihr mich kennt. Und mir ist klar, dass sich keiner von euch für Kunst interessiert. Ich interessiere mich auch nicht für eure langweiligen Schreibtischjobs.«

»Das nenne ich Kunst«, sagt Alec, als gleichzeitig unser Essen gebracht und vor uns abgestellt wird.

Lasagne. Lasagne gab es, als ich Elin kennengelernt habe. Halt, nein, gab es nicht, die landete auf dem Boden.

Wir essen, und nachdem Alec als Letzter sein Besteck niederlegt, stellt Pascal fest: »Alle fertig, dann gehen wir.«

»Ist das so?«, fragt Lennox spitzzüngig.

Nate grinst. »Ich glaube ja, Nox geht Pascals Alpha-Getue, als wäre er unser Rudelführer, noch mehr auf den Sack als uns anderen. Läuft bei euch im Kopf auch immer der *Imperial March*, wenn Pascal einen Raum betritt?«

»Ich bin nun einmal Führungsverantwortung gewohnt. Es wurde darauf gewartet, dass ich Gespräche beende und Runden auflöse.«

»Damit bist du ganz sicher der Einzige hier. Ganz, ganz sicher.« Lennox stöhnt genervt und erhebt sich.

»Was ist der *Imperial March*?«, frage ich beim Aufstehen Alec.

»Du kennst *Star Wars* nicht? Das ist das Lied, das läuft, wenn der Anführer der Bösen seinen Auftritt hinlegt. *Luke, ich bin dein Vater?* Nie gehört? Dö-dö-dö, dödö, död…«

Nate unterbricht ihn, indem er ihn mit einer Krücke anstupst. »Der Satz ›Luke, ich bin dein Vater.‹ kommt übrigens im Film nicht vor.«

Ich gehe weiter, während die beiden anfangen zu diskutieren. Da kann ich nicht mitreden und habe auch kein bisschen das Bedürfnis danach.

Wir lassen uns an der von uns mittlerweile jeden Abend in Beschlag genommenen Sitzgruppe nieder.

»Wo ist Pascal?«, frage ich, weil er fehlt.

Lennox erhebt sich. »Keine Ahnung. Ist er in einer Stunde nicht da, geben wir eine Vermisstenanzeige auf, solltest du dich dadurch besser fühlen.«

»Und wo gehst du hin?«, hake ich nach.

»Eigentlich lockt mich nur der ewige Kreislauf des Trinkens und Pissens, aber falls ihr mich dann vermisst …«

Er stellt sich an den Busch neben der Sitzgruppe, Nate lehnt sich ein Stück nach hinten und sieht zu ihm. Nickend schaut er zurück zu uns. »Jepp. Er pinkelt an den Busch. Ich weiß noch nicht, ob ich ihn dafür bewundern soll, weil er sich den Weg nach drinnen erspart, oder für absolut seltsam halten. Scheint, als wäre mein Vergleich mit einem schottischen Köter, da er mich an meinem ersten Tag hier mehrfach angeknurrt hat, gar nicht so verkehrt. Seine Häufchen mach ich aber nicht weg.«

»In die Verlegenheit werde ich uns beide nie bringen«, verspricht Lennox trocken.

Alec stöhnt. »Ihr seid unmöglich. Lennox, weil er an eine Hecke uriniert, und Nate, weil er hinsieht.«

»Das ist kein Problem für mich«, sagt Lennox und lässt den

Bund seiner Hose schnalzen, wonach er sich umdreht. »Ich bin ein Mann mit Blutpenis und habe ihn vorher gewohnheitsgemäß etwas angehärtet, um das Angebot angemessen zu präsentieren.«

Alec stöhnt noch einmal. »Manchmal ist Reden Silber und Schweigen …«

»Blowjob«, ergänzt Lennox. »Sprichwörter kann ich.«

»Worum geht es?«, fragt Pascal und lässt sich nieder, wobei er einen vollgeladenen Teller abstellt.

»Man nimmt nichts vom Abendessen mit in den Garten«, ermahnt Nate. Manchmal weckt er das Bedürfnis in mir, ihn zu erwürgen, wenn er Benimmregeln in Hotels auf hier anwendet und so tut, als würden wir ihn persönlich ausrauben, nur weil er eine Hotelkette besitzt.

»Man könnte denken, Nate bekommt eine Provision für jede Mahnung, die er loswird.«

Pascal wendet sich Alec zu und deutet eine Verbeugung an. »Danke, mein Gedanke.«

Nate zieht den Teller ein Stück in seine Richtung. »Außerdem ist das Deko.«

»Das sind Zuckerblätter. So etwas habe ich noch nie gegessen, aber es ist lecker. Ich dachte, ich bringe uns welche mit, damit wir etwas zum Snacken haben, während wir hier sitzen.«

Das Zungenschnalzen von Nate klingt schwer gefrustet. »Wir hätten uns Nüsse oder Chips servieren lassen können, aber nein … Die Zuckerblätter waren Deko und du hast sie überall abgepflückt.«

Lennox streckt die Hand mit geöffneten Daumen und Zeigefinger in Pascals Richtung aus. Zwischen Pascals Brauen bildet sich eine Falte, dann zuckt er mit den Schultern und ergänzt die Geste zu einem Herz.

Der verwirrte Blick von Lennox ist eine Milliarde indische Rupien wert. Er schlägt Pascal auf die Fingerspitzen und verlangt: »Blödle nicht rum, gib eins her. Ich will das probieren.«

Durch ein Räuspern versucht Pascal ein Lachen zu verbergen, aber es gurrt trotzdem in seiner Kehle. »Das habe ich irgendwo mal gesehen, und ich hatte nie die Gelegenheit, das nachzumachen. Herrlich. Danke. Damit hat sich der Aufenthalt hier endgültig gelohnt.«

Nate sieht mit gehobenen Augenbrauen auf den Teller mit der essbaren Deko. »Meine Oma würde im Grab rotieren, wäre sie schon tot.«

Aus mir bricht ein Lachen.

Was auch immer Therapeutengespräche, Gruppensitzungen und Therapiebeschäftigungen bringen sollen, ich glaube, ich bin bereits allein dadurch ausgeglichener, weil ich diese Männer nun kenne.

Gleichgesinnte, ohne gleich zu sein. Jeder von ihnen auf seine Art ein bisschen eigenwillig oder außerhalb dessen, was ich als Norm empfinde. Es ist fast, als hätte ich Tisch elf auf Rezept bekommen, genau mit der Dosis Menschen, die ich gebrauchen kann.

39

JETZT VERLANGST DU ABER GANZ SCHÖN VIEL.

Kane

Sie hat wieder nicht angerufen. Schon den zweiten Tag. Es nervt. Ich sehe in den Spiegel und werde noch genervter. Energisch streife ich mir durch die Haare und gehe Richtung Zimmertür.

Dann halt nicht. Das Telefon landet im hohen Bogen auf dem Bett.

Schon die Klinke in der Hand drehe ich mich um und nehme es doch mit. Vielleicht verspätet sie sich. Aber sie hat bis jetzt immer auf die Minute genau angerufen.

Scheiß drauf.

Ich gehe nach draußen, und weil es zu früh ist, sich an unserem Tisch niederzulassen, setze ich mich auf eine Bank und starre ins Grün der Parkanlage. Ich mag dieses Grün nicht. Es ist mir zu abgenutzt, zu hoffnungsvoll, zu gut gelaunt, und dann noch die Kombination mit der eklig fröhlich scheinenden Sonne. Bäh.

»Hey.«

»Hey, Pascal«, antworte ich mechanisch und weiß nicht, warum ich mich ausgerechnet heute so leer fühle. Sollten sie hier nicht etwas dagegen tun? Weshalb zahle ich so scheiße viel Geld, wenn sie mich nicht dazu bringen, den ganzen Tag singend und tanzend zu frohlocken und rundum erfüllt zu sein?

»Ist alles in Ordnung?«

Ich werfe ihm einen Blick zu. »Ja, natürlich. Und bei dir?«

»Sicher?«, fragt er und deutet auf mein Bein. Es wippt. Es wippt hektisch, und ich brauche ein paar Atemzüge, bis ich es unter Kontrolle habe. Innerlich wippe ich weiter. Vielleicht sogar schneller.

»Meine Assistentin hat noch nicht angerufen.«

»Warum machst du sie nicht zur Sau?«

»Hm, nein. Ich sagte ihr, sie soll mich nur anrufen, wenn es etwas Wissenswertes gibt.«

»Und was ist dann das Problem?«

Ja, was ist dann das Problem?

»Ich …« Ich kann nichts machen, mein Bein wippt wieder.

»Ja?«

»… vermisse es, mit ihr zu reden.«

»Weshalb rufst du sie nicht an?«

»Besser nicht.«

»Und warum?«

»Was ist los mit dir? Sie soll nicht bemerken, dass sie mir fehlt. Deshalb.«

»Ist das schlimm?«

»Natürlich.«

»Und wieso? Erklär es mir. Mir fehlt niemand. Und … vielleicht fehlt mir genau das. Deshalb sag es mir. Warum soll sie das nicht wissen?«

»Es ist schlimm, weil … niemand sollte sich in seine Assistentin verlieben.«

So. Ausgesprochen. Jetzt folgt ein Teenagergespräch. Ich habe gerade von mir gegeben, dass ich in ein Mädchen verliebt bin, und fühle mich wie ein kleiner Junge, wenn ich es ausspreche.

Er zuckt mit den Schultern. »Sorry, Kane, das passiert ständig. Man arbeitet zusammen und kommt sich so nahe. Viele

Menschen verlieben sich bei der Arbeit. So besonders ist das nicht. Wie findet sie denn dich?«

»Egozentrisch vermutlich.«

Sein Lachen bringt mich zum Grinsen. »Ja, das ist nicht verkehrt. Und sonst? Irgendwelche Anzeichen, dass sie es erwidert?«

»Weißt du, Pascal, das ist die Sache. Typen wie ich bekommen die geilen Ficks. Frauen, die sich Mühe geben, mich zu begeistern, um sich selbst dadurch besser zu fühlen. Aber das, was über die Hingabe für meinen Schwanz hinausgeht … dafür bin ich der Falsche. Guck mich an. Solche Frauen wie sie, so bezaubernd hingebungsvolle Wesen, die mehr haben, als man annehmen kann … Solche Frauen sind die für die guten, normalen Kerle. Bodenständige, unkomplizierte Männer, nicht irgendwelche Künstler-Freaks. Und um deine Frage zu beantworten: Sie datet jemanden, da sollte ich mich nicht einmischen. Und …«

»Und?«, hakt er nach.

»Ja, ich würde ihn gern kennen. Um zu sehen, ob er gut genug für sie ist. Klingt das irre?«

»Puh, Kane, ehrlich … Wie drücke ich es aus? Schau mal in der Liste, ob sie nicht einen Kurs anbieten, der das Selbstwertgefühl aufpoliert. Ich dachte, du bist jemand, der sich alles nimmt, wenn er es will. So wirkst du auf mich. Oder habe ich das nur auf dich projiziert, weil ich so bin und ich das Gefühl habe, wir sind uns in manchen Dingen ähnlich?«

»Ja, eigentlich schon«, gebe ich zu.

Wie erkläre ich das? Bei Elin ist es anders. Man nimmt sich keine Elin, man bekommt sie. Bestimmt könnte ich überheblich männlich losziehen und ihr herrisch befehlen, dass sie ab sofort meine Frau ist. Fertig. Wenn ich das richtig anstelle, sagt sie garantiert Ja. Aber das fühlt sich falsch an.

Und dazu kommt … ich schäme mich. Sie hat mich hierhergebracht und es geht mir wirklich schon besser. Sie wusste, dass ich ihr böse sein werde, und es war ihr egal. Nein, das ist falsch, es war ihr nicht egal, es war ihr nur wichtiger, dass ich

Hilfe bekomme. Und ich habe wie ein trotziges Kind reagiert und sie schlecht behandelt. Ausgerechnet sie, diese Frau, die so unglaublich loyal ist, selbst über ihre eigene Schmerzgrenze hinaus.

Vielleicht habe ich eine andere Idee und schicke eine kurze Nachricht an Marcello, dass er sie umsetzt.

»Schreibst du ihr?«, fragt Pascal.

»Nein, meinem Manager.« Ich kann Pascal unmöglich erzählen, was ich gerade beschlossen habe, sonst erklärt er mich für komplett daneben. Aber mir gefällt die Idee. Vielleicht ist es die beste, die ich je hatte.

Marcellos Antwort folgt prompt: *Das ist nicht möglich.*

Dann mache ich es selbst. Das wird schon funktionieren. Auf meine nächste Anweisung schickt er mir sofort, was ich verlangt habe. Das ging schnell. Der Mann muss echt optimal organisiert sein.

»Frauen wie sie … Gut genug …«, wiederholt Pascal nachdenklich. »Was macht sie besonders?«

»Wieso willst du das wissen?«

»Vielleicht damit ich es auch erkenne, falls ich so eine treffe. Ich habe vergessen, wie man richtig Ausschau hält. Oder ich wusste es nie.«

»Hm, keine Ahnung. Aber wenn ich sie sehe, habe ich furchtbar viele Dinge im Kopf und gleichzeitig gar nichts. Ich könnte mich in ihr Lächeln kuscheln und …« Ah! Was erzähle ich da? Geht es noch kitschiger? »Ja, und ich will sofort ungefähr alle Arten von Perversionen austesten, die mir einfallen.«

»Perversionen, alles klar.« Er lacht und ich lache mit.

Was für ein Gespräch. Ich sehe zu ihm rüber. Pascal. Wann hatte ich die letzte persönliche Unterhaltung mit einem anderen Mann?

Pascal sieht nachdenklich weiter nach vorn und scheint nicht mitzubekommen, dass ich ihn mustere. Unsere Probleme haben uns hierhergeführt, und wenn wir gehen, sind wir sie vielleicht nicht los, können aber besser damit umgehen. Dass

Verdrängung kein wirksames Mittel ist, habe ich mittlerweile eingesehen.

Hilft ein Freund beim Damit-Umgehen?

»Meinst du, wir sehen uns danach wieder?«

»Sie ist deine Angestellte. Sollte sie nicht kündigen, wirst du sie wiedersehen.«

»Nein, ich meine uns. Schweißt das hier zusammen? Treffen wir uns vielleicht irgendwann danach auf ein … Bierchen? Alkoholfrei, falls wir genügend Zeit erübrigen möchten.«

»Ja, das wäre schön. Ich habe beschlossen, wenn das hier vorbei ist, werde ich mein Leben normalisieren. Weißt du noch, unser Gespräch? Über Nachholen? Freundschaften muss ich auch nachholen und ich werde die Beziehungen zu meiner Schwester und meinen Eltern kitten. Irgendwie muss ich doch ein normales Sozialleben auf die Reihe bekommen und herausfinden, wofür ich lebe.«

»Wofür du lebst? Jetzt verlangst du aber ganz schön viel.«

Er lächelt. »Ich weiß. Ist das nicht die Frage, die sich alle stellen? Warum man lebt?«

»Du hast allerdings gefragt *wofür* und nicht *warum*.«

»Spitzfindigkeiten.« Sein Kopf fällt in den Nacken, dann sieht er zu mir. »Oder auch nicht. Du hast recht. Das ist ein Unterschied. Danke.«

Danke?

Wir sehen gemeinsam auf das widerlich fröhlich hoffnungsvolle Grün und die Sonne wärmt mich weiter auf.

»Meinst du, unsere Tischmitbewohner begleiten uns auf das Bierchen, von dem du geredet hast?«, fragt er.

»Alec und Lennox freiwillig bei einem Bier? Ich weiß nicht. Ach, was rede ich. Wir werden sie davon überzeugen, dass das eine fantastische Idee ist. Nate kommt so oder so mit.«

Wir seufzen zusammen und lachen gleichzeitig los. Ich mag den Kerl. Ich mag auch Lennox, Alec und Nate. Sie sind alle auf ihre eigene Art schwierig und egozentrisch, sodass ich mir normaler vorkomme. Gesellschaftsfähig. Nicht wie ein schwarzes Einhorn.

»Rufst du sie denn jetzt an?«

»Nein, ich denke nicht.«

»Falls doch, erzähl mir davon.«

»Okay.«

Er setzt an, sich zu erheben, und sinkt zurück, als mein Telefon vibriert.

»Ist sie das?« Er sieht mich an, und irgendetwas an mir muss es verraten, denn er bestätigt selbst: »Sie ist es. Geh ran.«

Es ist der geschäftliche Anruf. Nur später. Alles wie immer. Und trotzdem zerschmettert mein Herzschlag fast die Rippen.

»Elin?«

Ein lautes Schluchzen. »Kane.«

»Was ist?«, frage ich alarmiert und stehe.

»Nichts Wichtiges eigentlich. Entschuldige. Ich habe mich verwählt.«

Aufgelegt.

»Was ist los?«, fragt Pascal.

»Sie weint. Und dann hat sie aufgelegt«, erkläre ich, während ich zurückrufe.

»Ja?«, sagt sie, und ich kann ihre Mühe hören, nicht jämmerlich zu klingen, was mir einen sauren Geschmack im Mund beschert. Irgendjemand hat ihr wehgetan, das verstehe ich. Sie heult sicher nicht, weil ihre Frisur nicht sitzt oder ihr etwas kaputtgegangen ist. Ich war es nicht. Aber wer dann? Etwa der Typ, den sie datet?

Es sticht, dass ein anderer Mann sie zum Weinen bringen könnte, und ich fordere harsch: »Wage es nie wieder, aufzulegen, wenn du mit mir sprichst. Was ist los?«

»Es ist …«

»Sprich!«

Hektisch wie eine Lawine preschen die Worte aus ihr heraus. »Milo hat Geburtstag. Mein Ex hat versprochen, ich darf ihm am Telefon gratulieren. Jetzt weigert er sich doch. Wenn ich noch nicht einmal zum Geburtstag anrufe, wird

Milo denken, ich habe ihn komplett vergessen und ihn nie lieb gehabt.«

Sie schluchzt laut auf, und ich frage mich, wie ich sie jemals für kalt halten konnte. Sie ist ein Emotionspaket. Sie lebt alles. Empörung, Liebe, Verzweiflung, Wut. Sie ist ein wundervoll buntes Feuerwerk.

»Hörst du mir zu?«

»Natürlich. Was soll ich erledigen?« Sie hickst so niedlich, dass ich durchs Telefon fassen und ihr Haar streicheln möchte.

»Kannst du nicht auch so ein Video aufnehmen, wie die Kinder es deine Freundin schicken ließen? Sie kann rübergehen und es ihnen zeigen. Dann weiß Milo, dass du sie nicht vergessen hast.«

»Sie ist auf einem Städtetrip. Vielleicht macht es ihm nichts aus, weil ich ihn schon so lange nicht mehr gesehen habe, aber wenn doch … Er soll unbedingt einen perfekten Geburtstag haben.«

Was ist die richtige Antwort? Ihr versichern, dass es ihm bestimmt nichts ausmacht, und ihr so sagen, dass sie langsam an Stellenwert für den Kleinen verliert? Oder spekulieren, dass er sie vermissen wird, und sie damit traurig machen, dass er keinen perfekten Tag hat?

»Wir finden eine Lösung.« Geniale Behauptung. Direkt aus dem Handbuch für optimistische Sprüche ohne Inhalt.

»Ja?« Sie klingt so hoffnungsvoll, dass es meinen Magen bis hoch in den Kehlkopf zusammenzieht.

»Lenk dich mit irgendetwas ab. Morgen ist es nur noch halb so schlimm.«

»Okay. Dann mach's gut, Kane. Ich melde mich, wenn es etwas Wichtiges gibt. Heute habe ich sonst nichts.«

Man hört ihr die Enttäuschung an, dass mein bedeutungsloser Spruch genau das ist, was er ist, und nicht mehr.

Ich beende das Gespräch und sehe zu Pascal.

Er legt den Kopf schräg. »Warum hat sie dich und nicht ihren Lover angerufen?«

Ja, warum hat sie nicht ihren *Lover* angerufen?

40

BESSER ALS NICHTS.

Elin

Das Gespräch mit Kane ist mir noch peinlicher als damals, als ich in das Interview geplatzt bin oder als mir klar wurde, dass ich mit meinem Boss geschlafen habe.

Und daran ist eine Sache schuld: meine fehlende Selbstbeherrschung. Erst rufe ich Kane zu spät an, da ich mich mental darauf vorbereiten wollte, vollkommen normal zu klingen, wenn ich ihn auf Stand bringe, und stattdessen schluchzte ich unkontrolliert, nur weil er meinen Namen aussprach.

Was er gesagt hat, hat dann weiter mehr an meinem Schamgefühl gekitzelt. *Lenk dich mit irgendetwas ab. Morgen ist es nur noch halb so schlimm.*

Da steckt so viel drin.

Belästige mich nicht mit dem Scheiß.

Wie kommst du auf die Idee, deinen Boss auf der Reha dafür anzurufen?

Ich habe Mitleid mit dir und gebe dir nutzlose Tipps. Klammerst du jetzt? Denkst du, wir sind Freunde?

Unangenehm. Unglaublich unangenehm. Hoffentlich reden wir nie wieder darüber.

Wie es Milo wohl geht? Ich wünsche mir so sehr, dass er eine schöne Geburtstagsfeier hatte. Oder feiern sie erst heute richtig, weil Samstag ist? Ich habe ihm ein Geschenk geschickt mit einer Karte, die singt. Ob er es bekommen hat? Und falls ja: Wurde ihm gesagt, dass es von mir ist?

Letztes Jahr haben mir die beiden noch beim Kuchenbacken geholfen, ich habe die Geschenke besorgt und eingepackt, nachts heimlich dekoriert, damit er morgens überrascht wird, und ihm applaudiert, als er alle Kerzen gleichzeitig ausgepustet hat. Ich bastelte mit ihnen Einladungskarten für seine Freunde und richtete den Kindergeburtstag im Garten aus.

Dieses Jahr darf ich ihn nicht einmal anrufen.

Ich fühle mich abgeschnitten und allein. Deshalb habe ich gestern, nachdem ich diesen peinlichen Anruf bei Kane hinter mir hatte, Phil zum Frühstück für heute eingeladen. Er ist von seiner Weiterbildung zurück und denkt jetzt sicher, das ist, weil ich ihn so schnell wiedersehen will. Das kläre ich nicht auf, denn er kann sich gern freuen, und außerdem möchte ich mit ihm nicht über die Kinder reden. Er soll mich einfach mit seiner fröhlichen Art ablenken.

Punkt 9 Uhr sehe ich aus der Wohnungstür, da ich weiß, er ist immer pünktlich. Ich habe recht, denn er kommt gerade über den Flur und hält zwei Kaffeetassen in die Höhe. »Perfekt getimt.«

Lachend öffne ich sie komplett und schließe sie hinter ihm. »Warum bringst du Kaffee mit?«

»Weil meiner besser ist. Deshalb.«

Er streift mit den Lippen mein Ohrläppchen, ehe er mich auf die Wange küsst. So lange und andächtig, als würde er darauf warten, dass ich den Kopf drehe. Tue ich aber nicht. Mir ist nicht danach, irgendjemanden auf den Mund zu küssen.

»Ach Phil, ich schmecke da keinen Unterschied«, sage ich und weiche lachend aus, so als hätte ich das nicht bemerkt.

»Prima, dann habe ich gleich zwei gute für mich.«

Erneut lache ich und folge ihm in die Küche. Phils lockere Ausstrahlung ist wie Morgensonne.

Grinsend nimmt er Platz, nachdem er die Tassen abgestellt hat, und streicht sich seine Locken zurück. »Was unternehmen wir heute noch?«

Oh. Was unternehmen? Ich dachte nur an Frühstück, aber … Ja, warum nicht? Schließlich habe ich zugestimmt, ihn ernsthaft zu daten.

»Bei dem schönen Wetter könnten wir, hm …«

»Falls dir nichts einfällt, schlage ich Netflix und Chill vor«, nuschelt er verspielt, während er die Tasse bereits an den Lippen hat. Ein Zwinkern folgt, wonach er einen Schluck nimmt und mich dabei ansieht.

Er will Sex. Klar will er Sex. Sind wir schon so weit? Puh. Die Frage ist auch: Bei was so weit? Klettern wir eine Art Beziehungsleiter nach oben oder ist das eher ein Nachbar-mit-Benefits-Ding? Er möchte mit mir ausgehen. Bestimmt das Erste. Hilfe. Meine Finger zittern, und ich drücke zweimal neben den Knopf, der die Kaffeemaschine einen Kaffee für mich ausspucken lassen soll, bevor ich ihn erwische und die heiße Flüssigkeit in meine Tasse läuft.

Vielleicht sollten wir darüber reden. Ich mag ihn, keine Frage. Optisch wäre er auch mein Fall. Mit einem kurzen Augenschließen entscheide ich mich dafür, einfach abzuwarten, wie es sich entwickelt. Ich muss ja nicht.

»W…« Ich werde von der Türklingel unterbrochen und lächle ihn entschuldigend an, um an die Gegensprechanlage zu gehen.

»Ja?«

»Ein Paket!«, schallt es fröhlich zurück.

Der hat ja gute Laune. Ich betätige den Türöffner der Eingangstür und öffne die Wohnungstür schon einmal, um zu warten, wozu ich mich am Rahmen anlehne.

Schnell stehe ich wieder aufrecht, als ich drei Männer den Flur entlangkommen sehe. Kane voraus, zwei dahinter, als … ja, keine Ahnung. Als wären sie aus einem Marvelfilm und verwandeln sich gleich in Superhelden.

Kane hält direkt vor mir und sieht mich an. Ich erwidere

das und ein kleiner Schauer rieselt mir über die Wirbelsäule. Niemand kann einen so ansehen wie Kane. Es dauert nie lange, aber es kommt mir so vor, als würde eine kleine Zeitlupe einsetzen, die mir die Möglichkeit gibt, ihn selbst zu betrachten und seine Aufmerksamkeit zu genießen.

Es zieht mich so sehr in einen Bann, dass ich vergesse, ihn zu fragen, warum er hier ist.

»Zieh dir Schuhe an, wir müssen los«, befiehlt er.

»Wohin?«

»Zu Milo und Lucea.«

»Wie bitte?«

»Wir fahren jetzt dorthin und klären das ein für alle Mal.«

»Was willst du denn klären?«

Phil sagt meinen Namen, ich wende mich ihm zu und zucke hilflos mit den Schultern, weil ich nicht verstehe, was der Überfall soll.

»Du hast Besuch?« Kane tritt an mir vorbei, wobei mich sein Duft streift. Sehnsuchtsvoll atme ich ihn ein. Sehnsuchtsvoll? Ach du Scheiße. Eben dachte ich pragmatisch daran, dass ich für Phil langsam die Beine spreizen könnte, und jetzt inhaliere ich Kanes Duft, als wäre er ein Aphrodisiakum.

»Ich bin Kane Reid, Elins Boss.«

Phil verschränkt die Arme, als Kane ihm die Hand hinhält, und knurrt fast: »Jennings. Phil Jennings.«

Kane zieht die Hand zurück und hebt stattdessen eine Augenbraue. Beide mustern sich, und Phil legt den Kopf schräg, als würde er eine Reaktion von Kane erwarten.

»Schön, Phil. Entschuldigen Sie die Störung, wir nehmen Elin jetzt mit. Ihr könnt euer *Date* ein anderes Mal fortsetzen.«

»Etwas dagegen, dass ich sie date?«, fragt Phil scharf.

»Was sollte ich denn dagegen haben? Solange sie vor lauter Herzchen in den Augen noch vernünftig für mich arbeitet …«

»Hm.« Phil wirkt wütend, und das, bevor ich irgendetwas dazu gesagt habe, ob ich den Tag mit ihm verbringe oder Kane begleite.

Aufgrund Kanes Aussage würde ich am liebsten sagen, er

soll verschwinden. Es sollte mich nicht ärgern, dass ihm egal ist, dass ich Phil date, nein, das ist sogar richtig so, aber trotzdem versetzt es mir einen Stich. Zwischen uns ist alles klar. Boss und Assistentin. So kommen wir miteinander aus. Alles andere hat nichts bedeutet. Nichts. Es hat auch nichts bedeutet, dass ich ihn vermisst habe.

»Elin?« Kane legt eine Hand über ein Ohr von mir und streicht mit dem Daumen über meine Schläfe. »Hast du mir zugehört?«

»Gibt mir eine Minute, um nachzudenken«, verlange ich. Ich bin viel zu überrumpelt und weiß nicht, was gut und richtig ist. Ich kann doch nicht einfach zu Milo und Lucea fahren. Mein Ex hat deutlich klargemacht, dass ich nichts in ihrer Nähe zu suchen habe.

Vom Hausflur ruft jemand: »Jetzt zieh dir Schuhe an, Weib, wir wollen nicht den ganzen Tag hier herumstehen.«

»Ich habe doch Frühstück für Phil und mich gerichtet«, erkläre ich als Ausrede, um mir noch einen Augenblick zum Nachdenken rauszuschlagen.

Kane rollt mit den Augen. »Hol es nach. Er kann es mitnehmen und dir besorgen wir unterwegs etwas.«

»Und wir fahren zu Milo und Lucea?«

»Ja.«

»Denkst du, du kannst mehr erreichen als ich?«

»Ja.«

Woher seine Zuversicht kommt, weiß ich nicht, aber der Gedanke, die beiden wiedersehen zu können, zerrt an mir.

Mir fällt etwas ein. »Du bist deshalb hierhergefahren? Um mich abzuholen? Den ganzen Weg? Und wir fahren zu Lucea und Milo? Auch den ganzen Weg? Das ist weit.«

»Egal wie weit.« Erneut reibt er mit dem Daumen meine Schläfe. Fast, als würde er überlegen, mich zu küssen. Wird er aber nicht, oder?

»Elin?«

Oh, Phil ist noch da. Kanes Hand rutscht von mir, als ich

den Kopf drehe und ein Stück auf Phil zugehe. »Ja, Phil. Ich möchte das, wenn Kane doch extra hierhergefahren ist.«

»Ich kann dich auch hinfahren. Das ist kein Problem.«

»Können wir hier schiffen? Wir saßen Ewigkeiten im Auto«, schallt es vom Flur.

»Natürlich«, sage ich schnell und Phils Blick verfinstert sich noch weiter. Ich wusste nicht, dass er so böse gucken kann, deshalb flüstere ich: »Wir holen das nach. Ich komme mir doof vor, wenn sie so weit gefahren sind und ich sie dann wegschicke.«

»Okay. Aber ...«

»Aber?«, hake ich nach.

»Das vorher.« Er schlingt beide Arme um mich und drückt mir die Lippen auf den Mund. Seine Zunge schnellt vor und ich hadere. Ich bin kein Publikumsküsser und dieser Kuss war dazu nicht unbedingt jetzt erwünscht, aber ich möchte ihn auch nicht blamieren, indem ich ihn ablehne.

Gerettet werde ich von dem Ausruf: »Kannst du deine Zunge vom Mädchen meines Kumpels lassen?«

Phil zieht mich eng an sich. »Sie ist nicht sein Mädchen.«

»Bin ich nicht«, bestätige ich und schiebe ihn sanft von mir. »Ich bin Kanes Assistentin, mehr nicht. Wir holen das nach. Versprochen. Vielleicht schon morgen.«

»Ich will, dass du mein Mädchen bist, okay?«, flüstert er. »Er darf dich nicht anfassen. Er hat es aber getan. Was war noch zwischen euch, Elin? Hast du mir etwas verschwiegen? Du kannst mir alles sagen, egal was, das weißt du, oder?«

Mein Gerechtigkeitssinn spielt verrückt. Kane ist extra hierhergefahren. Allerdings will ich Phil nicht so stehen lassen, weil er so nett und lieb ist. Was ist jetzt richtig?

Einer von Kanes neuen Freunden – falls sie das sind – schlägt Phil kameradschaftlich auf die Schulter. »Lass sie los, wir machen uns auf den Weg.«

Phil küsst mich erneut – dieses Mal zum Glück ohne Zunge – und fragt laut: »Bist du sicher, dass du mit dem Boss, den du als Arschloch betitelt hast, irgendwohin fahren möchtest? Wer weiß, was er von dir erwartet, wenn er dich zu den Kindern begleitet.«

Noch ein Kuss, den ich im Moment vollkommen komisch finde. Einen ersten Kuss mit einem Mann stelle ich mir anders vor. Nicht hektisch, während man eine Entscheidung treffen muss, fast unangenehm und ein bisschen peinlich. Kane hat mich für belanglose erste Küsse verdorben. Vielleicht sogar für jeden Kuss, der nicht vor Leidenschaft glüht.

Sofort habe ich den Drang, Kane heftig zu verteidigen und richtigzustellen, dass er kein Arschloch ist. Ja, ich habe das gesagt, aber so klingt es viel härter, als es war, und jeder schimpft doch mal über seinen Boss, vor allem, wenn er ein bisschen schwierig ist. Und dazu kommt, dass es schon ewig her ist.

Hinter mir spüre ich Kanes Anspannung und erkenne, dass ich mit dem Gefühl richtigliege, als ich mich umdrehe. Sein ganzer Körper ist gestrafft, als wäre er wütend.

Herz und Verstand sind sich aus verschiedenen Gründen einig: Ich werde das Angebot von Kane annehmen. Mein Herz möchte es, weil ich beweisen will, dass ich ihn nicht für ein Arschloch halte. Mein Verstand, weil es sinnig sein könnte, sein Angebot anzunehmen, wenn er sowieso schon da ist und anscheinend einen Plan hat.

»Ich fahre mit Kane«, bestimme ich und befreie mich gänzlich von Phil, woraufhin Kane den Kopf bewegt, als wäre er ein Hund, der Wasser abschüttelt.

Phil hält mich mit einem Griff um mein Handgelenk auf, mich weiter von ihm zu entfernen. »Okay. Geh ruhig, ich verstehe das. Komm vorbei, sobald du zurück bist, und erzähl mir alles. Mach dir keine Gedanken um das Frühstück, ich räume alles auf. Falls du Hilfe brauchst, meldest du dich sofort.«

»Braucht sie nicht«, erwidert einer von Kanes Begleitern. »Dann können wir ja los, oder?«

Um noch einem Kuss von Phil zu entkommen, entziehe ich ihm sanft die Hand, und weil ich ihn nicht zu verletzen möchte, küsse ich ihn auf die Wange. »Vielen Dank. Du bist großartig. Wir holen das bald nach.«

Kane kommentiert das knurrend: »Nein, du bist großartig.« Er sieht Phil ernst an. »Sie ist eine außergewöhnliche Frau, seien Sie froh, dass sie überhaupt anbietet, das nachzuholen.«

»Außergewöhnlich?«, wiederholt Phil spöttisch. »Isst sie ein Chili mit Strohhalm? Brüht sie ihren Kaffee mit Orangensaft?«

Einer von Kanes Begleitern seufzt und mischt sich ein: »Kane, vielleicht solltest du ihr als Weihnachtsbonus einen Kurs schenken, wie man Sarkasmusfetischisten aussortiert.«

»Sie haben …«

»Ich mache mich fertig!«, rufe ich dazwischen und schiebe Kane Richtung Tür. Ist das unangenehm. Phil ist eifersüchtig, oder? Hätte er nur nie mitbekommen, dass ich mit Kane geschlafen habe.

Bevor ich alles zusammenpacke, werfe ich einen Blick an mir nach unten. Ja, das Sommerkleid geht. Bequem genug, um damit eine Weile im Auto zu sitzen, und früher war hellgrün Luceas Lieblingsfarbe. Pumps oder Sneakers? Sneakers. Meine Bewegungen werden immer hektischer, und als ich mein Smartphone in die Tasche geworfen habe, renne ich fast zur Wohnungstür hinaus.

Ich werde die Kinder wiedersehen!

»Na, so eilig?«, fragt mich der, der das mit dem Sarkasmusfetischisten gesagt hat. Er ist zwar größer als ich, aber ein Stück kleiner als Kane und hat einen arroganten Gesichtsausdruck. Nein, eher Gesichtszüge, die ihn arrogant wirken lassen, denn er lächelt.

Ein Blick über die Schulter bestätigt mir, dass Kane und der dritte Mann ein Stück hinter uns sind. Er trägt Kilt. Das ist mir eben schon aufgefallen.

»Entschuldige, eigentlich bin ich nicht so unhöflich, aber normalerweise werde ich auch nicht so überfallen. Ich bin Elin.«

»Pascal.«

»Woher kennst du Kane?«

»Von der Therapie.«

»Auch Burnout? Oder fragt man das nicht?«

»Quasi. Wir wurden an den gleichen Tisch gesetzt. Ich glaube, sie führen dort eine Zwangskumpelverkupplung durch. Das hat immerhin so gut funktioniert, dass ich mich heute mit ihm abgesetzt habe.«

»Oh, ihr habt euch weggeschlichen? Bekommt ihr Ärger? Meinetwegen?«

»Kaneswegen, wenn. Er wollte zu dir, weil du geweint hast.«

Ruckartig bleibe ich stehen. »Das hat er nicht erzählt!«

»Hat er. Hier ist er. Du bist ihm wichtig.«

»Das ist … schön.« Und hat nichts zu bedeuten. Er ist auch zu Beth lieb und nett. Vielleicht ist er einfach so, wenn man es in seinen inneren Kreis schafft. Sein innerer Kreis wäre allerdings wirklich klein. Seine Reinigungskraft und seine PA. Wie traurig.

Aber was habe ich mehr? Ich habe ihn und einen Nachbarn. Oh, und natürlich Sophia.

»Machen wir hier Picknick oder weshalb bleibt ihr stehen?«, fragt der Kiltträger und schiebt sich an uns vorbei.

Kane vollführt eine fordernde Geste mit der Hand, damit wir weitergehen, und ich greife an seinen Oberarm. Mir fehlen die richtigen Worte, deshalb sage ich nur: »Danke.«

»Ich konnte dein Geflenne nicht ertragen. Mach kein Theater.«

Er klapst mir auf den Hintern und folgt seinem Freund. Pascal lacht und geht kopfschüttelnd weiter.

Zwei Parkplätze neben meinem Wagen steht ein moderner Audi. Ein großer Audi, aber vor allem modern. Nicht wie Kanes Kiste. Pascal hält mir eine der hinteren Türen auf und ich steige ein.

Pascal rutscht hinter das Lenkrad, Kane nimmt den Beifahrersitz und neben mir sitzt der Mann, der seine behaarten Beine zur Schau stellt.

»Die Adresse?«, fragt Pascal. »Diktier sie einfach dem Navi.«

Ich beuge mich vor und sage sie laut und deutlich, weil man so mit elektronischen Geräten reden muss. Als wären sie fast taub und hätten nur eine Gehirnzelle. Solange das so ist, kann mir keiner erzählen, dass künstliche Intelligenzen die Weltherrschaft an sich reißen. So sollte mein Job noch ein paar Jahre sicher sein.

Kaum hat die sanfte Stimme die Adresse bestätigt, fährt Pascal los, und da beides bedeutet, ich habe mich computergehirntauglich ausgedrückt, lehne ich mich an.

Bequem der Sitz, so bequem wie die Kiste edel ist. Mit dem Kaufpreis könnte ich meine Schulden bezahlen, und es wäre vermutlich immer noch ein gutes Auto drin. Wieso fährt Kane einen Oldtimer, wenn er so etwas haben könnte?

Mein Blick huscht zu meinem Sitznachbarn. Ich dachte, Schotten tragen den Kilt nur zu feierlichen Anlässen. Und vor allem in Schottland. Nun ja. Jeder, wie er will.

Er bemerkt, wie ich ihn mustere, und knurrt: »Gib dir keine Mühe, dir ein Gesprächsthema zu überlegen. Du interessierst mich nicht. Ich bin mitgekommen, um mal einen Tag von dort wegzukommen.«

»Der brummige Schotte ist Lennox«, erklärt Pascal. »Kane muss bei mir sitzen, weil ich vermeiden möchte, dass es jemand während der Fahrt auf meinem Rücksitz treibt.«

»Pascal«, mahnt Kane und schnalzt mit der Zunge.

»Was? Du hast gesagt, wir setzen Nox neben sie, der bekommt wenigstens keinen Ständer in ihrer Nähe.«

»Das war nicht mein Wortlaut.«

»Man spricht nicht nur in Worten.«

»Schätzchen, das liegt nicht an dir«, erklärt Lennox gelangweilt, wobei er das Schätzchen albern betont, und schiebt sich eine Sonnenbrille ins Gesicht. »Ich bin schwul.«

»Was er ungefähr stündlich erwähnt«, behauptet Pascal.

»Und das sicher nur, um mich daran zu erinnern, dass ich dahingehend ein Fettnäpfchenbad nahm.«

»Ich bin nicht so nachtragend, wie du gesellschaftlich unbeholfen bist.«

»Bin ich nicht. Na gut, vielleicht ein bisschen. Bisher habe ich mir um das Privatleben meiner Mitmenschen wenig Gedanken gemacht. Meine Assistentin hat mir zu allen wichtigen Leuten Exposés erstellt, so wusste ich, ob ich mich nach Partner, Partnerin oder Singleleben, Kindern oder Hobbys erkundigen musste, um Interesse zu heucheln. Euch wollte ich allerdings wirklich kennenlernen, und ich bin froh, dass du mir meine Unbeholfenheit nicht nachträgst, schließlich wissen wir nicht, ob die Zwangskumpelverkupplung dich nicht als meinen neuen besten Freund auserkoren hat.«

Die Rechtfertigung war so lang und ausführlich, dass sich mir der Verdacht aufdrängt, Pascal hat sie schon länger mit sich herumgetragen. Lennox gibt ein knurrendes Geräusch von sich, bei dem ich mir nicht sicher bin, ob es zustimmend oder ablehnend gemeint ist.

Kane sieht zu mir nach hinten und irgendetwas an ihm ist anders. Ist das die Therapie? Seine neuen *Freunde*? Zwar spüre ich eine unangenehme Anspannung zwischen uns, aber mit den Männern wirkt er gelöst. Vollkommen egal, Hauptsache, es tut ihm gut. Ich will ihn nie wieder so sehen wie bei seinem Zusammenbruch.

Mittlerweile habe ich selbst eine Therapeutin aufgesucht, um mich zu informieren, wie ich ihm helfen kann, sobald er zurück ist. Leider sagte sie mir, dass sie mir lediglich allgemeine Tipps geben kann, es aber hilfreicher wäre, auf das individuelle Problem einzugehen. So wie es anscheinend bei der Therapie gemacht wird.

Damit er nicht wieder in den gleichen Strudel fällt wie vorher, werden wir einiges ändern müssen, und ich hoffe, er arbeitet mit mir zusammen. Nur wenn er will und mir anvertraut, wie es ihm geht, kann das funktionieren.

Kane legt den Kopf schräg. »Alles klar? Oder warum siehst du mich so seltsam an?«

»Vielleicht bin ich irritiert, dass du hier bist.«

»Irritiert?«, fragt es belustigt vom Fahrersitz. »Gibt es da kein schöneres Wort, wenn dein Boss sich von mir hierher kutschieren lässt, damit du zu einem Kindergeburtstag kannst?«

»Denkst du darüber nach, passt irritiert sehr gut, aber ich freue mich natürlich auch. Vielleicht habe ich meinen Boss sogar vermisst.«

Lennox schiebt seine Sonnenbrille nach unten und sieht zu mir rüber. »Dann war es doch vorteilhaft, dass Pascal dagegen war, euch gemeinsam auf den Rücksitz zu packen? Oder ist Schmalzlocke dein Freund? Ich komme gerade mit den Infos und Signalen nicht klar.«

»Ähm, du, Kane, hast du ihnen etwa erzählt, dass wir …?«

Lachend schiebt Lennox die Brille wieder hoch und sieht aus dem Fenster. Pascal lacht ebenfalls, nur Kane klapst sich gegen die Stirn.

»Was ist?«, frage ich.

Pascal erklärt: »Hat er nicht. Auf der Fahrt hierher haben Lennox und ich spekuliert, ob er bloß heimlich abartig in die verschossen ist oder tatsächlich etwas lief. Jetzt wissen wir mehr. Danke. War es gut?«

In mich verschossen? Haha. Nicht witzig. Dass ich in ihn *verschossen* bin, habe ich ja sogar schon vor ihm zugegeben. Und das, obwohl ich es am liebsten verleugnen würde, vor allem vor mir selbst. Kane ist niemand, in den man sich verlieben sollte. Wenn man ahnt, es wird im Chaos enden, und es besteht Potenzial, einem endgültig das Herz zu brechen, dann sollte man es mit allem abwehren, was man hat.

Aus diesem Grund sage ich mit so viel Spott, wie ich aufbringen kann: »Für erwachsene Männer seid ihr ganz schön kindisch.«

Pascal schnaubt und antwortet: »Nein, wir holen nach, und es interessiert uns einen Scheiß, ob uns jemand für kindisch hält. Okay? Ich habe übrigens auch behauptet, dass Männer mit ihren Sexgeschichten meist angeben. Was wiederum dazu führte, dass wir spekuliert haben, falls ihr Sex hattet, war er mies. Sonst würde Kane davon schwärmen.«

»Es war nicht mies«, stelle ich klar und bemerke selbst, dass ich in eine Art Falle getappt bin, was von Lachen von Lennox und Pascal bestätigt wird.

Wie rette ich das?

Ich beuge mich vor und lege Kane eine Hand auf die Schulter. »Danke, dass du keine Plaudertasche bist.«

»Vielleicht fandest du es ja nicht mies, ich aber schon?«

»Gott, ist das spannend hier«, spottet Lennox.

Unschlüssig, wie ich Kanes fiese Aussage interpretieren soll, lehne ich mich an und starre auf seine Haare. Sein Gesicht kann ich nicht erkennen, da er nach vorn sieht, als wäre damit das Gespräch beendet.

»Mach dir nichts draus«, flüstert Lennox. »Du hast gerade mit einem anderen Mann gefrühstückt, dafür muss er sich rächen.«

»Und warum sollte ihn das stören?«, flüstere ich zurück.

»Was?« Er dreht mir den Kopf zu, als hätte er das mit dem Frühstück und der Rache nicht gesagt und ich hätte ihn angesprochen. »Lass mich in Frieden, ich will dösen.«

Kane redet nicht mit mir, weil ich mit Phil gefrühstückt habe? Denkt er etwa …? Ja, wahrscheinlich. Ist er eifersüchtig? Er sagte doch … Er sagte so vieles, was ihm auf keinen Fall das Recht gibt, eifersüchtig auf irgendjemanden zu sein und mich deshalb zu ignorieren und blöde Kommentare abzugeben.

Wir schweigen, und ich habe das Gefühl, das ist, weil Kane so komisch in meiner Gegenwart ist, dass selbst die anderen aufgegeben haben, eine Unterhaltung führen zu wollen.

»Kannst du nicht still sitzen? Sieh aus dem Fenster. Ist wie Fernsehen. Nur langweiliger.«

Lennox ist mir suspekt. Ich soll nicht mit ihm reden, aber

er darf mit mir. Deshalb beschließe ich, nicht zu antworten, sondern sehe wirklich aus dem Fenster.

Wir fahren über eine Schnellstraße durch ein Waldgebiet. Die Bäume rauschen an mir vorbei, und ich stelle mir vor, wie ich zwischen den Bäumen hindurch neben dem Wagen herrenne. Um die Stämme herum, ein Sprung über das Gebüsch, ich, Elin, übermenschlich schnell, übermenschlich geschickt. Meine Augen und mein Verstand suchen den besten Weg, und ich rutsche tiefer in den Sitz, während ich alle Gefühle mit diesem Gedankenspiel betäube.

»Geht doch«, murmelt Lennox. Auch das ignoriere ich und schaue zu Kane. Manchmal würde ich gern seine Gedanken lesen können.

Er dreht den Kopf nach hinten, und bevor sein Blick in meinem einrasten kann, sehe ich weg. Er soll nicht wissen, dass ich ihn ansehe.

»Geschenk! Ich habe kein Geschenk!«, rufe ich, weil es mir siedend heiß einfällt. Falls mein Ex das Paket weggeworfen oder Milo gegeben hat, ohne ihm zu sagen, dass es von mir ist, habe ich nichts. Ich kann doch nicht ohne ein Geschenk auftauchen. Was ist ein Kindergeburtstag ohne Geschenke?

Kane beugt sich vor und öffnet das Handschuhfach, wonach er mir zwei Umschläge nach hinten reicht.

»Was ist das?«

»Das Geschenk.«

Was? Oh. Schnell öffne ich einen und nehme eine Karte heraus. Eine Glückwunschkarte mit einem kitschigen Teddybären darauf. Nichts, was ich auswählen würde. Darin ist eine Gutscheinkarte für einen Spielzeugonlineshop.

Ein Gutschein?

Besser als nichts.

Den zweiten öffne ich danach und finde noch einen. Aber fünfmal so hoch. »Ähm, warum zwei?«

»Wir wussten nicht, ob man dem anderen Kind auch etwas mitbringt«, antwortet Pascal. »Deshalb haben wir in der Tankstelle zwei gekauft. Die Karten sind ebenfalls von dort und leider gab es keine große Auswahl.«

»Wem gebe ich das Geld wieder?«, piepse ich gerührt und betrachte die zwei Gutscheinkarten. Mir ist nach Heulen, weil sie daran gedacht haben. Ich komme nicht mit leeren Händen, auch wenn ein Gutschein nicht meine bevorzugte Art von Geschenken ist. Mir wird schrecklich warm bei der Mühe, bloß keine nassen Augen zu bekommen, und ich habe das Gefühl, dass ich alle im Auto gernhabe, selbst Lennox, obwohl er sicher nichts damit zu tun hat. Das ist so lieb.

»Lass stecken«, sagt Kane. »Nimm es als Gehaltsbonus.«

»Den Rest auch?«, fragt Pascal lachend.

»Den Rest?«, hake ich nach.

»Gib es ihr«, verlangt Pascal, und Kane reicht mir eine prall gefüllte große Papiertüte nach hinten, die zwischen seinen Beinen stand.

Sie ist leicht und ich stelle sie im Fußraum ab. Zuoberst liegt ein kleines Dinosaurierplüschtier, etwas größer als meine Hand. Es trägt ein Shirt, auf dem *Milo* in schön geschwungenen Buchstaben steht. Diese sind allerdings nicht gedruckt, sondern mit einem feinen Filzstift geschrieben, der im Stoff leicht verlaufen ist. Darunter sind kleine Dinosaurier gemalt.

Als Nächstes greife ich das gleiche Plüschtier, aber hier steht Lucea und andere Dinosaurier sind darauf gezeichnet. Beim näheren Hinsehen erkenne ich, dass ursprünglich *Mila* auf das Shirt gedruckt war. Jemand hat die Buchstaben in Dinos umgezeichnet.

Nach und nach räume ich Plüschhunde und -katzen, Eulen, Eichhörnchen, Einhörner und ein paar weitere Plüschfiguren aus der Tüte. Es sind alles typische Namenssouvenirs, wie es sie oft an Tankstellen gibt. Aber bei jedem Einzelnen ist der falsche Name mit kleinen passenden Figuren überzeichnet und darüber der richtige in den schön geschwungenen Buchstaben hingeschrieben.

Mein Herz könnte ein ganzes Regiment vorwärts trommeln, so heftig schlägt es. Rührung schnürt mir den Hals zu, weshalb ich nicht nachfragen kann. Aber es ist klar, wer das war. Kane hat das gemacht. Oder? Ist Lennox vielleicht auch Künstler?

Ich sehe zu ihm rüber, obwohl ich weiß, das bringt nichts. Das steht schließlich nicht auf seiner Stirn oder seinen Beinen.

»Er wusste nicht, was die Kinder mögen, und den Namen Lucea gab es nicht«, sagt Lennox, ohne mich anzusehen, als hätte er meinen fragenden Blick gespürt. Seine gelangweilt klingende Stimme wird leiser. »Kane hat die ganze Fahrt damit verbracht, zu zeichnen. Unter dem Beifahrersitz hat er eins versteckt, auf dem *Elin* steht.«

»Weshalb sagst du mir das?«, flüstere ich.

Eine Antwort erhalte ich nicht, da Kane darauf reagiert, was Lennox laut gesagt hat. »Ja, das stimmt. Lucea … Warum konnte sie nicht Emily heißen? Damit gab es alles. Wir hatten keine Ahnung, was bei Kindern gerade modern ist, deshalb haben wir alle genommen. Nimm einfach eins für jeden und wirf den Rest weg.«

Bevor ich mich von den Kindern verabschieden musste, hätte ich gesagt, dass Milo den Dino will und Lucea das Einhorn. Aber jetzt? Mittlerweile könnten sie verrückt nach Hunden oder Eulen sein – oder irgendwelchen Trickfilmfiguren, die ich noch nicht kenne.

Ich drücke das Einhorn an meine Brust, das ich zuletzt aus der Tüte gezogen habe. »Kann ich ihnen auch alle geben?«

»Kannst du«, erwidert Kane, und ich wünschte, er würde mich ansehen. Warum sieht er so zwanghaft nach vorn? Ich würde ihn gern anlächeln, ihm vielleicht sogar zeigen, dass ich gerührt bin, weil ich nicht weiß, wie ich richtig Danke sagen soll.

Nickend packe ich eine Eule mit *Lucea* und einen Hund mit *Milo* in meine Tasche. Die behalte ich als Souvenir von heute.

»Darf ich den Stift kurz haben?«

Kane beugt sich nach vorn ans Handschuhfach und übergibt ihn mir wortlos. Es dauert nicht lang, dann fällt mir ein, was ich auf Milos Karte schreiben kann. *Ich hab dich lieb wie schwebende Zuckerwatte.* Für Lucea finde ich auch schnell was. *Ich hab dich lieb wie Erdbeershampoo, das im Dunkeln leuchtet.* Ich schreibe groß und deutlich, und mit etwas Glück kann Milo das schon entziffern, falls ich die Chance bekomme, es ihnen zu übergeben. Dass mein Ex es ihnen vorliest, daran zweifle ich nämlich.

»Hey, was macht der Roadtrip?«, klingt es aus Lautsprechern. Ein Anruf.

»Gut«, antwortet Pascal. »Können wir etwas für dich tun, Nate?«

»Ich wollte nur wissen, ob ihr die Tanke gefunden habt, bei denen ich die Plüschtiere gesehen habe. Gab es die Namen von den Kindern? Ich fand als Kind alles toll, auf dem mein Name stand, aber er war nie dabei. Deshalb bitte eine Schweigeminute für alle, deren Name nie auf Namenssouvenirs stehen.«

»Ja, haben wir.«

»Welche habt ihr genommen?«

»Alle.«

»Amigos, ich weiß, warum ich euch großartig finde. Erzählt mir, was sie dazu sagt, und wie die Kinder reagieren, will ich auch wissen.«

»Nate, wir sind schon ewig unterwegs, deshalb sitzt sie natürlich bereits bei uns im Auto, und ich glaube, sie hat sich gefreut.«

»Hallo, Elin!«

»Ähm, ja, hallo?«

»Oh, du bist schüchtern. Ich bin Nate und hätte dich auch gern kennengelernt, aber ich musste zum Arzt. Da saß ich den halben Tag. Ich wünschte echt, ich wäre diesen Gips wieder los, allerdings habe ich jetzt erst einmal einen neuen.«

»Ja, gute Besserung. Schöne Idee, das mit den Plüschtieren. Sie freuen sich sicher.«

»Danke. Und danke, das hoffe ich doch. Amigos, wir hören uns.«

»Das befürchte ich«, murmelt Lennox und bückt sich.

Kane und Pascal sagen fast gleichzeitig Tschüss zu ihm und dann kehrt die Stille zurück.

Lennox richtet sich wieder auf und legt mir ein Plüschtier auf den Schoß. Da er direkt danach aus dem Fenster sieht, bedeutet das wohl, er will nicht darüber reden, weshalb und warum. Hat er es unter dem Sitz hervorgezogen, um mir zu beweisen, dass er nicht gelogen hat? Auf diesem steht wirklich Elin auf dem Shirt.

Es ist ein Vogel mit großen Augen. Vielleicht ein Uhu? Eine Erinnerung an den Vogel auf der Vernissage? Wie bei den anderen Shirts kann man den ursprünglichen Namen noch erkennen, auch wenn er übermalt ist. Aus den Buchstaben von Yvonne wurde eine Kaffeetasse, Kuchen und, hm, ein Schreibtisch? Den Rest sehe ich mir zu Hause an und tausche die Plüschtiere, die ich als Souvenir von heute in meine Tasche gesteckt habe, schnell gegen den Vogel aus, so als könnte ihn mir sonst jemand wegnehmen. Das ist jetzt mein Glücksbringer, und ich hoffe, er bringt mir richtig viel Glück bei der Begegnung, die mir bevorsteht.

Der Rest der Fahrt verläuft schweigend, und je näher wir meinem alten Heimatort kommen, desto unruhiger werde ich. Das versuche ich vor Lennox zu verbergen, bevor er es wieder kommentiert.

Entweder ist er hinter seiner Sonnenbrille eingeschlafen oder er ist gnädig mit mir, denn ich bemerke selbst, dass ich Anspannung ausstrahle, egal wie sehr ich es unterdrücken möchte.

Kane streckt einen Arm nach hinten und tätschelt mein Knie, wonach er die Hand dort liegen lässt. Seine Finger sind warm, und obwohl er nicht zu mir sieht und vielleicht wirklich beleidigt ist, spüre ich ein Ich-bin-für-dich-da-Gefühl, das mir weich bis in den Brustkorb fließt.

Als wir vor dem Haus halten, ist mein Magen trotzdem vollkommen übersäuert. Mein altes Zuhause. Vorletzten Sommer habe ich den Holzzaun gestrichen, weil mein Ex vor lauter Arbeiten keine Zeit hatte. Die Kinder bekamen Pinsel mit Wasser und haben mitgestrichen. Trotz des Tricks war es eine Schweinerei. Er hätte es schon wieder nötig, aber es ist nicht mehr mein Zaun, war es eigentlich nie. Wie die Hecke, hinter der Sophias Garten liegt.

»Ich warte hier«, lässt uns Lennox wissen.

»Ich auch«, kommt von Pascal und er zückt sein Smartphone.

Falls Kane jetzt sagt, er ebenfalls, dann weiß ich nicht, ob ich aussteige. Ich habe es oft versucht. So oft. Ich habe argumentiert, gebettelt, gefleht, mich einfach komplett erniedrigt. Trotzdem hatte mein Ex keine Gnade, und ich ertrage es nicht noch einmal, abgewiesen zu werden.

Der ein oder andere würde sicher behaupten, es war gut so. Nur deshalb beschloss ich, ich werde meinem Leben einen neuen Sinn geben. Bloß aus diesem Grund bewarb ich mich um die Aufnahme auf der PA-Akademie. Einzig deswegen bin ich bei Kane gelandet. Sonst würde ich irgendwo in der Nähe arbeiten, egal als was, damit ich die Kinder ab und zu sehen kann.

Meine Tür öffnet sich und Kane streckt eine Hand hinein. Ich habe nicht bemerkt, dass er ausgestiegen ist, aber ich greife sofort zu. Die Ringe sind an der Außenseite kühl, doch seine Hand warm, und ich lächle bei dem Gedanken daran, dass er mit seinen Händen Kunstwerke erschafft, die mehr Geld einbringen, als mein Jahresgehalt hoch ist. Jetzt ist er mit mir hier und hat Geschenke für meine Kinder besorgt. Für heute ist er mein Held, egal, ob er mich ansieht oder nicht, gleichgültig, was er den restlichen Tag noch von sich gibt.

»Bereit?«, fragt er und sieht zur Haustür.

»Was, wenn sie nicht da sind?«

»Dann warten wir, bis sie wiederkommen.«

»Okay.«

Entschlossen greife ich mir die Tüte mit den Plüschtieren, in die ich die Gutscheine gesteckt habe. Niemand von uns lässt die Hand des anderen los, als wir zuerst den Gartenzaun öffnen und dann auf die Haustür zugehen. Mein Puls ist vermutlich durch die Handfläche spürbar und deshalb löse ich doch die Finger. Er greift sofort fester zu, damit ich das nicht kann.

Kane klingelt und ich schlucke schwer. Als ich trampelnde Kinderfüße höre, packe ich so hart zu, dass ich Angst habe, ihm die Finger zu brechen.

Er gibt keinen Laut von sich und da öffnet sich die Tür.

Schnell stelle ich die Tüte ab, lasse Kane los und gehe in die Hocke. Milo zieht die Tür auf und erstarrt. Gott, er ist so groß. Ein echtes Schulkind. Als ich ihn kennenlernte, war er im Kindergarten und Lucea trug noch Windeln.

»Hallo, Milo. Hallo, Lucea«, hauche ich und klinge schrecklich piepsig.

Lucea schielt hinter Milo hervor, der die Arme verschränkt. »Ich hatte Geburtstag. Papa hat gesagt, du hast keine Zeit. Du hast nie Zeit. Du besuchst uns nie. Gar nie. Sophia hat gesagt, du hast uns nicht vergessen, aber du hast doch!«

Was antworte ich darauf? Wie kann ich es ihnen erklären? Sie sind viel zu klein, um das Erwachsenenproblem zwischen ihren Eltern und mir zu begreifen. Für sie wirkt es, als hätte ich sie freiwillig verlassen. Wie auch sonst.

»Das ist eine Lüge«, erklärt Kane. »Euer räudiger Vater hat …«

Nein! Das nicht. Das will ich nicht. Ich schnelle nach oben, packe ihn am Kragen und stoppe seinen Satz, indem ich den Mund auf seinen drücke.

Völlig falsche Reaktion. Ich bemerke es selbst und erkenne auch die Überraschung, die ihm deutlich anzusehen ist, weshalb ich mich rasch wieder zurückziehe.

Im gleichen Moment wollte er seinen Arm um mich legen und hält so meinen hastigen Rückzug auf.

Schnell erkläre ich leise: »Ich will nicht, dass sie etwas Schlechtes über ihre Eltern hören. Sie dürfen nicht mit reingezogen werden. Sie brauchen ihren Vater als Vertrauensperson und sollen auf keinen Fall zwischen die Fronten geraten. Das ist wichtig, ja?«

»Du bist eine echte Königin, weißt du das?«

Was?

Unter seinem zärtlichen, vollkommen von seinen Worten überzeugten Blick zieht sich mein Hals hart zusammen, und ich schlucke, um gegen die Enge anzukämpfen. Ich kann nicht erklären, warum, aber das gibt mir einen Schub. Nicht, dass ich nicht schon gekämpft hätte, doch seine Worte schenken mir das Gefühl, Vehemenz in meine Forderungen legen zu können, der sich niemand widersetzen kann.

Als besäße er den Schlüssel zu meiner inneren Kraft.

Als wäre ich wirklich eine Herrscherin.

Als hätte er mich mit seiner Energie aufgeladen.

41

DANN DIE LETZTE OPTION.

Kane

Sie sieht mich mit großen Augen an.

Natürlich versteht sie nicht, was ich meine. Aber nur eine echte Königin hat nicht ihre eigene Gerechtigkeit im Sinn, sondern das Wohlergehen von anderen.

Ich tue so, als hätte ich das nicht gesagt, so wie ich den Kuss ignoriere, da er ihr offensichtlich unangenehm ist, und erwidere murmelnd: »Verstanden. Entschuldige. Ich werde darauf achten.«

Weil mich ihr unschuldiger, spontaner Kuss fast angezündet hat, drücke ich ihr die Lippen auf die Stirn.

Wie verwirrend wirke ich? Sie hierfür abholen, blöde Kommentare, sie ignorieren, sie in den Arm nehmen und auf die Stirn küssen … Kein Wunder trifft sie sich lieber mit Schmalzlocke. Seine Handlungen sind vermutlich logischer und schaffen einen Rahmen, in dem sie sich wohlfühlen kann. So etwas kann ich ihr nicht bieten. Ein wirrer Geist bleibt ein wirrer Geist.

Zugegebenermaßen hat es mich schockiert, dass jemand bei ihr ist. Ich wusste es. Ich wusste, dass es einen Mann gibt, für den sie sich interessiert. Aber dass sie mich heulend anruft und dann die Nacht mit ihm verbringt … und mit ihm frühstückt … und den Tag gemeinsam verbringen wollte … damit habe ich nicht gerechnet.

Sie dreht sich in Richtung der Kinder, und nun stehen zwei Erwachsene dahinter, die beide grimmig gucken.

Das ist also ihr Ex.

Vielleicht sollte ich mich bedanken, weil er mir mit seinem Verhalten meine Königin beschert hat.

»Milo, Lucea, geht rein«, befiehlt er.

»Moment«, bestimme ich und sehe die Kinder an. »Erst will Elin noch gratulieren.«

»Darf ich?«, fragt sie, und ich verkneife mir ein Stöhnen, bis ich bemerke, dass sie nicht ihren Ex meint, sondern den Jungen.

Er beißt sich auf die Unterlippe und nickt dann, wozu er vortritt. Sie geht wieder in die Hocke und flüstert: »Alles Gute, lieber Milo. Ich wünsche dir ein wundervolles neues Lebensjahr. Ich hab dich lieb wie nie leer gehende Pommes im Schwimmbad.«

»Finn hat mich gestern geschubst, weil er neidisch war. Er hat nämlich erst nächste Woche Geburtstag.«

»Aber nicht wieder auf der Treppe?«

»Nein, im Klassenzimmer. Ich hab ihn zurückgeschubst, und dann wurden wir beide ermahnt und mussten uns die Hand geben.«

Das Mädchen tritt auch vor und sagt: »Milo ist verliebt und sie ist trotzdem nicht zu seinem Geburtstag gekommen.«

»Es reicht«, bestimmt der Vater. »Geht rein. Ihr könnt ihr später Tschüss sagen, jetzt reden die Erwachsenen.«

»Du sagst uns aber Tschüss, oder?«, fragt das Mädchen und fasst sich an den Zopf.

Elins Blick huscht zu ihm und zurück zu der Kleinen. »Das werde ich.«

Durch Elins Körper läuft ein kurzes Zittern, als die Kinder sich ansehen, während sie reingehen. Selbst ich habe gesehen, dass sie daran zweifeln. Es liegt sicher nicht an ihr, falls sie sich nicht verabschieden kann, aber wer weiß, was die Eltern ihnen erzählen.

»Also, Elin, was willst du?«, fragt er, kaum sind die Kinder verschwunden, und verschränkt die Arme. »Waren wir nicht deutlich genug?«

»Hallo, Georg. Was ich will …« Sie strafft sich, wird spürbar größer und hebt das Kinn. Sofort juckt es in meinen Fingern, ihren Gesichtsausdruck zu fotografieren, damit ich ihn malen kann. »Ich verlange, Kontakt zu den Kindern haben zu dürfen, und ich möchte, dass sie wissen, ich habe sie nicht vergessen. Ich fordere, dass ihr beiden mich nicht als die Böse hinstellt. Ich habe nichts getan außer … außer dass ich Kinder liebgewonnen habe, die nicht meine eigenen sind. Ich habe nie gefordert, weiter hier wohnen zu dürfen oder sie wie eine echte Mutter jedes zweite Wochenende bei mir zu haben, aber …«

»Nichts aber«, unterbricht die Mutter und reißt die Arme hoch. »Das ist doch nicht gesund für die Kinder. Lucea war so verwirrt, dass sie nur noch bei Milo im Bett geschlafen hat. Sie sagte, du bist ihre Mama und nicht ich. Das muss man sich mal vorstellen!«

»Es ist sehr leicht, sich das vorzustellen. Sie ist sechs. Als du sie verlassen hast, war sie zwei. Ich war länger ihre Mama als du. Was erwartest du? Sie ist …«

»Elin!« Ihr Ex fährt mit ihrem Namen wie ein Peitschenhieb zwischen ihre Worte und schneidet sie ab. Instinktiv trete ich näher an sie heran, aber sie braucht das nicht. Sie sieht ihm forsch in die Augen, als hätte sie irgendwo eine Quelle von Kraft gefunden, um es mit jedem aufzunehmen, und vollführt eine einladende Bewegung mit der Hand, damit er weiterspricht. »Wir sind eine Familie! Da hast du nichts mehr zu suchen. Vater, Mutter, Kinder … welche Rolle solltest du einnehmen? Kinder brauchen keine zwei Mütter. Alles andere wäre so gestört, als würde man Babysittern Besuchsrechte einräumen.«

»Ich war mehr als ein Babysitter«, erwidert sie vollkommen ruhig. »Ich war ihre Mutter. Nicht weniger. Selbst Milo, der wusste, seine Mutter ist jemand anders, hat mich oft Mami genannt. Die Frau, die ging, war Mama und ich, die Frau, die sich um ihn gekümmert hat, die war irgendwann Mami. Ich habe ihn ins Bett gebracht, für ihn gekocht und ihm Kleidung ausgesucht. Ich habe seine Tränen getrocknet, ihm zugehört und mit ihm Hausaufgaben gemacht. Ich kenne seine Sorgen, weiß, was er liebt und wovor er Angst hat. Ich habe Luceas Windeln gewechselt und mit ihr gefeiert, als sie sie los war. Ich habe …«

»Genug«, unterbricht die Mutter sie. »Jedes Kindermädchen hätte an der Stelle sein können.«

»Nein, denn wäre ich ein Kindermädchen gewesen, wäre die Eifersucht nicht so groß, oder? Nicht ich bin verkehrt, sondern du. Du hast sie alleingelassen. Das verstehe ich bis heute nicht.«

»Mit ihrem Vater! Es ist normal, dass die Kinder nach einer Trennung bei einem Elternteil bleiben. Und jetzt sind wir wieder eine Familie.«

»Nein, normal ist, dass die Kinder noch Kontakt zu ihrer Mutter haben, auch nach der Trennung. Und nicht, dass sie sich gar nicht mehr meldet. Es ist ebenso nicht normal, dass der Vater sich sofort eine neue Frau sucht und ihr fast komplett die Kinder überlässt. Milo hatte Albträume vom Verlassenwerden. Ich war mit beiden bei einer Kindertherapeutin, weil ich überfordert war. Vorher war ich Single und auf einmal hatte ich zwei kleine Kinder und keine Ahnung von deren Bedürfnissen.«

»Zeug dir deine eigenen, dann kannst du dir um die Gedanken machen«, erwidert er ungerührt. Was für ein Arschloch.

Seine Frau deutet auf mich. »Ja, was soll das denn jetzt? Er kann dir doch eins machen.«

Ich schnappe mir ihre Hand, als hätte sie nicht auf mich gedeutet, sondern sie mir zum Schütteln angeboten. »Kane Reid, übermäßig erfreut.«

»Er ist mein Boss«, stellt Elin klar.

Ihr Ex lacht höhnisch auf. »Du hast was mit deinem neuen Boss? Was soll man von dir auch erwarten?«

Es gibt drei Optionen, wie ich reagieren kann. Ihm schlicht meine Faust in die Fresse ballern, fällt aus, obwohl die Hand beim Zurückziehen bereits zuckt.

Bleiben noch zwei.

So tun, als wären wir ein Paar … Nein, das würde ihr ein Stück vom Königlichen rauben, so als bräuchte sie einen Partner an der Seite, um Dinge zu regeln. Außerdem weiß ich nicht, ob sie das will.

Dann die letzte Option.

Die Entscheidung war so schnell getroffen, dass ich antworten kann, ehe sie es tut: »Elin hat nichts mit ihrem Boss.« Was wie eine Lüge klingt, ist eigentlich keine. Bei keinem Mal war ich ihr Boss, es waren wir beide, unabhängig von Status. So wie das hier. »Elin ist meine persönliche Assistentin und das verdammt Beste, was mir in Jahren passiert ist. Sie erledigt ihren Job so gut, und ich schätze sie so sehr, dass sie sich für mich mittlerweile wie eine Freundin anfühlt. Eine von der Sorte, der man alles anvertraut und überall mit hin nehmen möchte. Kennt ihr den Spruch mit dem Pferdestehlen? Vergesst es. Mit ihr stehle ich eine ganze Herde, raube mit ihr eine Bank aus oder lasse spontan alles hinter mir, um mit ihr ins Ausland zu flüchten und unter neuem Namen zu leben. So etwas wird schließlich notwendig, wenn man Kinder entführt.«

»Wie bitte?«, faucht er, tritt näher und baut sich vor mir auf. Unbeeindruckt sehe ich ihm ins Gesicht und spüre, wie Elin meinen Oberarm umgreift.

Es ist Elins Kampf, aber ich habe das Gefühl, ihr Ex und seine Frau sind so vermauert, dass Elin sagen und tun kann, was sie will, es dringt nicht zu ihnen durch. Vielleicht hören sie das.

Dieser Wurm kann mich nicht beeindrucken, da kann er mir noch so auf die Pelle rücken. Ungerührt antworte ich: »Ich meine ja nur. Das wäre das andere Extrem. Eine Möglichkeit wäre natürlich auch, prüfen zu lassen, ob ihr überhaupt als Eltern tauglich seid.«

»Wir sind eine ganz normale Familie«, sagt die Mutter und klingt etwas unsicher.

Perfekt. Das nutze ich und sehe zu ihr. »Ja, sicher. Eine Mutter, die einfach vier Jahre weg war und die Kinder traumatisiert zurückgelassen hat, was sich ja vermutlich durch die Unterlagen des Kindertherapeuten belegen lässt, bei dem Elin mit ihnen war. Und ein Vater, der seine Kinder verantwortungslos einer Fremden überlässt. Mit meinen Kindern könnte ich das nicht. Das ginge einfach nicht. Ja, Elin ist großartig, allerdings konnte er das nicht wissen. Wie kann man seine Kinder nur in Hände von jemandem geben, der sich nicht auskennt? Allein das ist doch schon ein Argument für die Untauglichkeit als Vater. Aber wir wollen ja nicht auf alten Geschichten herumreiten, reden wir über die Zukunft. Ich hätte einen Vorschlag.«

»Kane«, flüstert Elin, während ich warte, wie sie reagieren.

»Welchen Vorschlag?«, fragt der Vater und tritt zurück.

Ha. Etwas breitet sich fast übermächtig in mir aus. Es ist ein Gefühl, das ich kenne, aber nicht unbedingt in so einem Zusammenhang. Es ist Stolz, Stolz, dass ich für Elin ein Stück aus der Mauer herausbrechen konnte, wodurch sie vielleicht wieder gehört wird.

Elin ist zu lieb und zu nett, deshalb stelle ich die Forderungen. »Elin darf mit den Kindern telefonieren und die Kinder mit ihr. Was Elin ihnen schickt, bekommen sie. Was sie für Elin haben, sie ebenfalls. Sie wird zu den Kindergeburtstagen eingeladen. Über Elin wird nicht schlecht geredet, denn sie tut das auch nicht über euch. Ich bin sicher, die Kinder kommen damit klar, von noch jemandem geliebt zu werden.« Spontan fällt mir ein weiterer Punkt ein. »Und sie dürfen wieder zu so einer Therapie. Schließlich habt ihr ihnen vorgemacht, sie wurden von Elin verlassen. Das wäre das zweite Mal, dass sie von einer Bezugsperson verlassen wurden, und das ist bestimmt nicht gut für Kinderseelen.«

»Sind sie schon«, gibt die Mutter leise zu. »Wir machen eine Familientherapie, um das aufzuarbeiten. Deshalb wollen wir auch nicht, dass Elin stört. Wir müssen erst wieder zusammenfinden.«

»Was sagt der Therapeut oder Therapeutin zu mir?«, fragt Elin.

»Wir haben ihr nur gesagt, dass du weg bist.«

»Erzählt bitte die Wahrheit. So kann sie doch besser auf die Kinder eingehen. Ich bin sicher, sie wird euch bestätigen, dass ich nicht so störend bin, wie ihr denkt. Oder vielleicht bin ich für euch störend, aber für die Kinder ist es schöner, wenn sie nicht das Gefühl haben, ich hätte sie einfach aufgegeben. Sie sollten am wichtigsten sein, vor euren Wünschen.«

»Ja, gut, wir fragen mal nach und …«

»Und?«, hakt Elin nach und sieht die Mutter an.

Sie atmet laut aus. »Und melden uns danach bei dir.«

»Okay, das ist mehr als vorher. Danke. Kann ich ihnen dann noch Tschüss sagen? Ich will euch nicht länger stören, ich will überhaupt nicht stören. Du musst dir auch keine Sorgen machen, dass ich Georg zurückwill. Er gehört ganz dir. Es ist deine Familie, und du bist nicht weniger ihre Mutter, nur weil sie mich gernhaben.«

Sie ruft nach hinten: »Milo! Lucea! Sagt Tschüss zu Elin.«

Nichts rührt sich und mit einem Schulterzucken geht sie ins Haus. Ihr Ex kratzt sich an der Stirn und dann kommen die zwei Kinder angestürmt.

Elin sinkt in die Hocke und breitet die Arme aus. »Wer sagt mir Tschüss?«

Das kleine Mädchen springt ihr fast in die Arme. »Gehst du schon? Du hast noch gar nicht geguckt, was Milo zum Geburtstag bekommen hat.«

Sanft streichelt sie ihr übers Haar. »Vielleicht könnt ihr mich mit dem Handy anrufen und es mir zeigen?«

»Papa?«, fragt sie und dreht sich in ihren Armen.

»Ja, dürft ihr später oder morgen, okay?«

Elin drückt ihr von hinten einen Kuss aufs Haar und flüstert: »Ich hab dich lieb wie essbaren Sonnenschein.«

Die Kleine kichert und Elin sieht zu Milo: »Umarmst du mich auch zum Abschied?«

»Ich umarme keine Mädchen mehr.«

»Hm, verstehe.« Elin legt ihren Zeigefinger wie einen Bart über die Oberlippe und verstellt ihre Stimme. »Aber ich bin doch gar kein Mädchen.«

Er grinst, ohne sich zu rühren, und sie hält ihm die Hand hin, woraufhin er mit ordentlich Schwung einschlägt.

Sie erhebt sich. »Dann gehen wir. Es war schön, euch zu sehen. Oh, und, Milo, schau mal in die Tüte. Mein lieber Boss und ich haben euch etwas mitgebracht.«

Mit einem Nicken verabschiedet sie sich von ihrem Ex. Ich erspare mir jede Verabschiedung, weil er mir einfach egal ist. So egal, dass ich nicht einmal einen Vergleich finde, wie egal er mir ist.

Elin bleibt vor dem Auto stehen und sieht mich nahezu schüchtern an. »Das Beste, was dir in Jahren passiert ist?«

Ich hadere. Ich hadere wirklich. Jetzt könnte ich der Königin doch noch sagen, dass ich ihr König bin und sie jeden anderen Kerl zu vergessen hat. Aber ich bin kein König. Ich bin ein Rockstar, nein, DER Rockstar der Kunstszene. Ein gefallener Rockstar, und das quasi direkt in ihre Arme. So sollte das nicht sein. Wer will schon einen Mann, den man auffangen muss?

Außerdem hat sie einen, auch wenn er mir nicht passt.

An den Gedanken werde ich mich sicher gewöhnen, und mein alternativer Plan, sie behalten zu können, wird funktionieren.

Deshalb müssen meine nächsten Worte wohlüberlegt sein. Eine Balance zwischen Ablehnung und nicht zu hart sein.

Ich werde mein Bestes geben.

42

ICH RUFE DICH IN ZUKUNFT AN, WENN ICH IN FLAMMEN STEHE, OKAY?

Elin

Wie absolut perfekt kann ein Mann sein, ohne zu perfekt zu sein?

Ihm liegt etwas an mir, es muss einfach so sein. Und wenn ihm etwas an mir liegt, ehrlich liegt, dann riskiere ich alles. Für mich ist er das nämlich auch. Das Beste, was mir seit Jahren passiert ist. Bei ihm fühle ich mich wichtig, begehrt und beachtet. Bei ihm laufe ich zu einer Hochform auf, für ihn will ich da sein, und ich möchte, dass er für mich da ist, so wie er es jetzt gerade war.

Er hat sich meinetwegen von der Therapie weggeschlichen, weil er zum zweiten Mal mitbekam, wie mich das mit den Kindern mitnimmt. Er hat Geschenke besorgt, mich zu dem schweren Gang begleitet und im idealen Moment das Wort ergriffen. Nicht zu früh, nicht zu spät, sondern genau richtig, so als wäre er meine perfekte Ergänzung.

Kane ist kein einfacher Mensch, sein Kopf ist prall gefüllt, seine Gefühle bunt und wild, er ist voller Stärke und doch sensibel. Für mich eine immer anziehendere Mischung.

Wenn er es erwidert, riskiere ich es. Dann scheiß ich auf den Job und will mehr. Mich dem komplett hingeben, was ich für ihn empfinde und was jede Sekunde in seiner Gegenwart intensiver wird.

Er sieht mich weiter nachdenklich an, und mein Herz klopft immer schneller in Erwartung dessen, was er sagen könnte. Vielleicht etwas wie, dass er es nicht mehr leugnen kann. Oder dass ihm bei seinem Klinikaufenthalt richtig bewusst wurde, wie sehr ich ihm fehle, was ich sofort mit einem Nicken zurückgeben könnte.

Diese Sehnsucht, etwas von ihm zu hören, das bedeutet, wir könnten es miteinander versuchen, ist so tief, dass ich bloß schwer atmen kann. Einen Wimpernschlag lang denke ich an Phil. Phil, den ich mag, bei dem ich mich aber nie nach Bestätigung für irgendetwas gesehnt habe, was über eine lockere nachbarschaftliche Freundschaft hinausgeht. Bei Kane halte ich es kaum aus, auch nur eine Andeutung zu hören.

Sein Lächeln wirkt etwas künstlich, als er antwortet: »Ja, ich hätte mir viel früher eine Assistentin zulegen sollen. Es ist wirklich das Beste, was mir seit Langem passiert ist. Sorry, falls ich mit dem Vertrauensding dick aufgetragen habe, aber ich dachte, wenn ich ihm sage, dass du mit mir geschlafen hast, sinkt seine Achtung vor dir. Schlampenmodus und so.«

Moment.

Was sagt er da?

Fassungslos hake ich nach: »Du hältst mich für eine Schlampe?«

»Nein, aber er vielleicht. Für mich bist du einfach nicht besser als alle anderen, die vorher meinen Schwanz wollten. Das ist nichts Neues für mich, deshalb kann ich da auch so locker darüberstehen.«

»Ach so? Ja? Echt? Das denkst du?«, frage ich verwirrt, weil er mich richtig eiskalt erwischt hat. Schlampenmodus? Nicht besser als die anderen?

Da ich keine Antwort hören möchte, greife ich an die Autotür, hinter der ich saß, und steige ein. Der Gurt blockiert, als ich ihn ruckartig über mich ziehe, und ich fluche.

»War wohl nicht so erfolgreich«, stellt Lennox fest.

»Was willst du von mir?«, gifte ich ihn an.

»Nichts. Es ist nur offensichtlich, dass es sinnlos war, hierherzufahren.«

Pascal dreht den Kopf nach hinten. Das erkenne ich, beschäftige mich allerdings mit dem Gurt, um ihn nicht ansehen zu müssen. Ich kann niemandem ins Gesicht sehen.

»War es denn sinnlos?«, fragt er.

»Nein. Es war gut«, gebe ich zu.

»Was ist dann dafür verantwortlich, dass du das Gurtschloss fast zertrümmerst?«

In dem Moment steigt Kane ein, aber das ist mir egal, ich werde es los: »Kane hält mich für eine Schlampe. Ausgerechnet er, der jede Frau Muse nennt, damit sein stumpfes Rumgeficke nach Kunst klingt und nicht nach Arschloch.«

»Der Trick gefällt mir«, sagt Lennox und lacht.

Der Gurt rastet ein, und er darf einen bösen Blick kassieren, was ihn die Hände heben und über die Sonnenbrille schielen lässt. »Was denn? Du hättest nicht mit ihm in die Kiste steigen müssen. Du wirst das doch vorher gewusst haben, oder?«

»Wir bringen sie nach Hause«, weist Kane Pascal an.

»Ja, bitte«, murre ich.

»Was ist denn das Problem?«, fragt Kane und dreht den Kopf. »Ich sagte nicht, ich halte dich für eine Schlampe, sondern ich wollte vermeiden, dass er dich für eine hält. Das war alles. Ich schätze dich als Assistentin und wer auch immer das vorhin gesagt hat: Ja, du bist mir wichtig. Ich will, dass du weiter für mich arbeitest, und ich bin bereit, dafür einiges zu tun, wie hierherzukommen. Das ist kein normaler Boss-Move, das ist uns doch allen klar, aber im Moment ist alles aus den Fugen geraten, weil ich … nun, weil ich gerade nicht auf der Höhe bin. Jetzt bringen wir dich zu Schmalzlocke und du kannst ihn ficken. Oder dich ficken lassen. Du machst das schon.«

Darauf habe ich keine Erwiderung, und so cool ich tun

möchte, muss ich doch die Arme verschränken und sehe aus dem Fenster.

»Wir fahren sie heute nicht nach Hause«, sagt Pascal und fährt endlich los.

Kane und ich antworten gleichzeitig: »Was?«

Er erklärt: »Nox und ich haben nachgesehen und wir ersparen vier Stunden Fahrt, wenn wir sie mitnehmen. Wir haben für morgen schon eine Mitfahrgelegenheit für sie organisiert. Wir waren uns bloß nicht sicher, ob wir ihr ein Hotelzimmer buchen oder sie auf dein Zimmer schmuggeln.«

»Oder ...«, murmelt Lennox, und ich ahne, dass etwas Blödes kommt. »Oder wir machen, was Pascal noch vorgeschlagen hat.«

»Das war ein Scherz«, erwidert er schnell.

»Echt? Es war ein Scherz, dass du mit Nate und Alec eine Runde Poker darum spielst, wer sie mit aufs Zimmer nehmen darf, wenn Kane sie nicht will? Sagtest du nicht, dir wächst bald ein Kloster aus dem Arsch und du musst dringend mal wieder einen wegstecken?«

»Das war das Gerede eines Mannes, der wie ein Hund im Auto gewartet hat.«

»Hey, ich bin eine Schlampe, macht das nur. Wenn ich heute nicht mehr nach Hause komme, um *Schmalzlocke* zu haben, nehme ich dann natürlich jeden anderen. Außer Kane, den hatte ich schon und das ist mir zu langweilig.«

Unreif? Kann ich. Und es ist mir egal. Ich bin in die unmöglichste Person des Universums verliebt, und vielleicht stärkt es ja mein Selbstbewusstsein, sollten drei Männer um mich buhlen, auch wenn es nur um Sex ist. Ganz davon abgesehen, dass ich mir sicher bin, Pascal hat einfach bloß Machosprüche gerissen.

Niemand kommentiert meinen Spruch, was mir recht ist. Ich habe keine Lust auf pubertäre Gespräche mit erwachsenen Männern.

Soll ich mir von hier aus ein Taxi besorgen?

Das wäre gut, oder?

Ein Tropfen schlägt gegen die Scheibe, ein zweiter folgt, woraufhin schlagartig Regen auf das Auto einhämmert, als hätte jemand alle Schleusen geöffnet.

Das passt hervorragend zu meiner Stimmung.

Nun gut. Die Herren bringen mich nicht nach Hause, und ich bin mir nicht sicher, inwieweit ich mich auf drei Männer verlassen kann, die wegen Burnout in einer Klinik sitzen. Lennox interessiert sich sowieso nicht für mich, für Kane ist das wahrscheinlich abgeschlossen und Pascal kenne ich eine Autofahrt. Deshalb kümmere ich mich selbst um mich und buche mir per App ein Hotelzimmer in der Nähe der Klinik. Außerdem checke ich Verbindungen von Zügen, Bussen und Flüge. Das Geprassel des Regens macht mich jedoch müde, und ich lehne die Schläfe gegen die kühle Scheibe, hinter der das Unwetter tobt. Das erledige ich morgen. Irgendwie komme ich schon nach Hause.

Ich verfolge die Regentropfen, die über die Scheibe rinnen, als würden sie einen Wettlauf veranstalten, und beschließe, vorerst nicht nachzudenken.

»Das Wetter verfolgt uns«, stellt Pascal fest, und ich bemerke, dass ich wie in Trance nach draußen starre und keine Ahnung habe, wie lange schon. Ich fühle mich träge und schwer und klammere mich, so gut es möglich ist, an Gedanken über die Kinder, während mir immer wieder die Augen zufallen.

Dass alle gemeinsam eine Familientherapie besuchen, ist beruhigend wie Valium. Allein für dieses Wissen hat es sich gelohnt, dass Kane mich hierhergebracht hat, obwohl sein Verhalten heute so widersprüchlich ist, als wäre er … krank.

Er ist krank. Das darf ich nicht vergessen.

»Was ist denn passiert?«, vernehme ich irgendwann Pascals Stimme.

»Was soll schon passiert sein? Alles ist gut.«

»Sie schläft, du kannst es mir erzählen. Noxi auch, kann das sein? Man muss ihn wie ein Kleinkind mit dem Auto herumfahren, dann schlummert er selig ein.«

»Woher weißt du, dass man das mit Kindern macht?«

»Ich glaube, mich zu erinnern, dass meine Schwester mir davon erzählt hat. Aber damals habe ich nicht richtig zugehört. Das ändere ich in Zukunft. Was änderst du? Netter zu deiner Assistentin sein?«

»Bin ich nicht nett? Wir sind doch hier. Sie konnte sich mit ihrem Ex einig werden.«

»Ich hätte auch gern jemanden, für den ich losfahren kann, wenn was ist. Aber selbst meine Schwester und meine Eltern würden mich wahrscheinlich nicht einmal anrufen, sollten sie in Flammen stehen.«

»Ich rufe dich in Zukunft an, sollte ich in Flammen stehen, okay?«

»Weißt du was? Das wäre schön. Also das mit dem Bierchen … Ich freue mich über ein Lebenszeichen von dir, wenn die Zeit an Tisch elf vorbei ist. Und von den anderen auch. Es wäre nett, jemanden zu haben, den man einfach mal anrufen kann.«

Die Stimmen scheinen sich immer weiter zu entfernen, aber ich spüre, dass ich lächle. Es freut mich für Kane, dass er Freunde findet. Ich habe das Gefühl, sobald man aus der Schule raus ist, wird Freunde finden zum großen Akt, und je älter man wird, desto schwieriger ist es.

Bei gemeinsamen Hobbys vielleicht noch, so wie bei Sophia und mir. Unser beider Hobby war es, im Garten zu sein. Sie, weil sie gern pflanzt und gärtnert, ich, da die Kinder beim passenden Wetter am liebsten im Garten gespielt haben und ich alle Aktivitäten, die möglich waren, nach draußen verlegt hatte. Als der Herbst kam und damit die ersten nicht so schönen Tage, luden wir uns gegenseitig zu uns ein, statt über den Zaun zu quatschen. Irgendwann waren wir dann Freunde.

Freunde sind doch wichtig.

43

DAS IST EINFACH NICHT RICHTIG.

Elin

Mein Kopf sackt ab und ich schrecke hoch. Ich bin tatsächlich eingeschlafen.

Kane steht in der offenen Autotür und ich nuschle: »Könnt ihr mich bitte zum Hotel bringen?«

Er streckt den Kopf in den Wagen, und von seiner Nasenspitze tropft Wasser, was mir bewusst macht, dass es weiter wie verrückt regnet. »Du kommst erst einmal mit rein. Alec hat dir eine Unterkunft und die Heimfahrt für morgen organisiert. Vorher habe ich aber noch etwas für dich, insoweit es fertig ist.«

»Was denn?«

»Papierkram. Komm schon, steig aus. Oder wie nass soll ich werden? Pascal, der Drecksack, hat sich den Schirm geschnappt.«

Genervt, weil ich eigentlich den Rest des Tages meine Ruhe wollte, schnalle ich mich ab und verlasse das Auto, wobei ich mir meine Aktentasche über den Kopf halte.

Pascal verriegelt den Wagen und geht mit Lennox unter dem Schirm Richtung Eingang. Ich will ihnen folgen, aber Kane legt eine Hand auf meine Schulter und führt mich vor dem Gebäude nach links.

»Wohin gehen wir?«, rufe ich, weil der Regen so laut ist.

Ein Donnerkrachen unterbricht seine Antwort, bevor ich etwas verstehen konnte. »Wir müssen hintenrum.«

»Weshalb?«

»Besuchszeit ist nur sonntags, falls du das nicht gesehen hast. Niemand darf sonst rein. So steht es in der Hausordnung.«

»Also konntest du bloß sonntags Musen auf dein Zimmer einladen?«, frage ich gehässig.

»Eigentlich dachte ich, du als PA kümmerst dich um meine Befriedigung während meines Aufenthalts, aber ich wurde zutiefst enttäuscht. Ich hoffe, das lag nicht daran, dass du mich zu langweilig findest, nachdem du mich hattest.«

»Mit mir war es laut dir ja mies, deshalb konnte ich das nicht selbst übernehmen«, erwidere ich schnaubend und bleibe stehen. »So, genug von diesem Blödsinnsgerede. Was ist dein Plan? Wir halten den Plausch im Garten?«

»Nein, Lennox öffnet uns mein Fenster, damit wir auf mein Zimmer können.«

Entschlossen schüttle ich den Kopf. Ich bin eine erwachsene Frau und schleiche mich nicht wie in einer Jugendherberge auf ein Zimmer.

»Elin, da vorn ist es schon. Beeil dich. Oder auch nicht. Viel nasser können wir eh nicht mehr werden.«

»Danke, dass du extra zu mir gekommen bist, um das mit meinem Ex zu klären, aber ich gehe jetzt. Wir hören uns, wenn es etwas Wichtiges gibt.«

Er packt mich am Oberarm. »Du kommst mit mir.«

»Nein, ich will ins Hotel.«

»Nimm es als Arbeitszeit und in der gehörst du mir.«

Instinktiv schreie ich, weil ich für heute genug von allem habe: »Lass mich einfach in Ruhe, Kane!«

Energisch entwinde ich mich ihm und gehe davon.

»Elin!«, brüllt er. »Du bleibst sofort stehen!«

Pah, niemals, ich werde sogar schneller, und weil er mir mit wenigen Schritten den Weg abschneidet, schlage ich einen

Haken und renne tiefer in den parkähnlichen Garten der Einrichtung. Der Boden ist weich und das Gras vom harten Guss plattgedrückt. Zum Glück habe ich Sneakers an. Mit hohen Schuhen würde ich schon feststecken.

Beinahe lasse ich meine Tasche fallen, als ein Blitz über mir den Himmel zerreißt. Der Regen ist so dicht, fast wie ein Vorhang, durch den ich hetze, sodass ich kaum etwas sehe. Ich will mich irgendwo unterstellen und dann rufe ich mir ein Taxi.

Es passiert, was passieren muss, ich stolpere, stürze auf die Knie und fange den Sturz mit den Händen ab. Meine Tasche bleibt ein Stück von mir entfernt liegen. Regen prasselt mir auf den Rücken, das Gras und die Erde sind glitschig und ich atme hektisch. Ob es Regen oder Tränen sind, die über mein Gesicht laufen, kann ich nicht unterscheiden, aber ich unterdrücke mir ein Schluchzen. Das ist nicht mein Tag, und das, obwohl etwas wirklich Gutes passiert ist. Kane zerreißt meine Gefühle, so wie er zerrissen ist.

»Elin? Wo bist du, verdammt!?«

Seine Stimme ist fast auf meiner Höhe, und ich bleibe bewegungslos am Boden, weil ich nicht will, dass er mich sieht. Mir ist alles zu viel, und vielleicht brauche ich hier auch einen Therapieplatz, wenn ich mir einen leisten könnte.

»Elin? Elin!« Verflucht, er hat mich gesehen und fällt neben mir auf die Knie. »Bist du verletzt?«

»Nur emotional«, nuschle ich gegen den Regen, sodass er es wahrscheinlich gar nicht hört.

Seine Hände umschließen meinen Kopf, und er zieht mich daran so energisch in seine Richtung, dass mein Körper willenlos folgt.

»Du darfst nicht vor mir weglaufen. Das ist einfach nicht richtig.«

Nur noch ein kleines Stück. Seine Lippen sind bloß ein kleines Stück von meinen entfernt. Er übernimmt es, den Abstand zu vernichten, und Anspannung verpufft. Der Kuss ist nass vom Regen, verzweifelt und süchtig machend.

Instinktiv hebe ich die Arme, packe seine durchnässten Strähnen und halte ihn bei mir, damit er nicht aufhört.

Küssen ist so viel besser als Streiten, obwohl einige sicher sagen, man soll bevorzugt klärende Gespräche führen. Mir ist nicht nach Reden. Mir ist nach Kane. Nach dem Kane, von dessen Duft mir schwindelig wird, der mich küssen kann, dass sich davon mein Bauch verknotet, der mich in Rage bringt und der meine Hand hält, wenn ich einen Helden brauche, weil ich keiner sein kann.

»Elin«, meine ich, ihn seufzen zu hören, aber das könnte ich mir bei dem lauten Regen auch einbilden.

Mein Haar ist nass, alles ist nass, so wie Kane, der sich über mich schiebt und noch drängender küsst, bis ich mit dem Rücken auf der Erde liege. Unter einem weiteren Blitzschlag zucke ich zusammen, und als der passende Donner direkt über uns laut kracht, lasse ich ein Stöhnen frei. Sein Gewicht, die Art, wie er seine Lippen bewegt und seine Zunge mit meiner spielen lässt, all das macht mich zu einem bedürftigen Tier. Er nimmt mir die Brille ab und legt sie zur Seite, damit wir uns noch inniger küssen können.

Alles ist vergessen, sei es gut oder schlecht, es ist weg, nur das Verlangen, ihn zu haben, beherrscht mich. So als wären wir ein vertrautes Paar, das Händchen haltend und lächelnd den ganzen Tag sehnsuchtsvoll gewartet hat, dass es endlich allein ist.

Meine Hände zerren an seinem Shirt, damit ich die Haut seines Rückens berühren kann. Sie ist kühl von der Nässe, doch darunter fühle ich Hitze brodeln. Er stützt sich mit den Unterarmen neben meinem Kopf ab, küsst mich mit geschlossenen Augen weiter, und trotzdem verstehe ich, was er will, als er Platz zwischen uns schafft, indem er sich ein Stück in die Höhe stemmt.

Seine Hose öffne ich zuerst, und es dauert etwas, bis ich sie tiefer gezogen habe und seinen Schaft umgreifen kann. Allein ihn zu berühren lässt mich gieriger werden, doch da stützt sich Kane nur noch auf einem Arm ab und greift nacheinander beide Hände von mir, um sie über meinem Kopf zusammenzuhalten.

In der gleichen Hektik, in der ich seine Hose tiefer gezerrt habe, rafft er das an mir klebende Kleid nach oben und schiebt das Höschen zur Seite.

Mir fließt Regenwasser in den geöffneten Mund, als er nach unten sieht, ansetzt und sich zur Hälfte in mich drängt. Ich schreie gegen das Geprassel des Regens, weil es sich so scheißegut anfühlt, und rucke ihm gierig entgegen.

Seine Hüfte vollführt die Bewegung einer Welle, und er schiebt sich komplett in mich, woraufhin ich erneut laute Töne von mir gebe. Sein Schwanz dehnt mich auf die perfekteste Art, die man sich vorstellen kann, und ich spüre Kontraktionen meiner inneren Muskeln, als wäre ich schon fast so weit.

Er lässt meine Hände los und befiehlt mir mit einem Blick, sie dort zu lassen. Seine Handinnenfläche bedeckt meine Lippen und dann fickt er mich animalisch rau. Ich stöhne gegen seine Haut und sehe ihn keuchen, doch ich höre bloß Krachen und Donnern, als würde direkt über uns der Himmel abgerissen werden.

Wasser tropft aus seinen Haaren, von seiner Nasenspitze, von seinen Brauen, und ich blinzle hektisch, weil ich keinen Regen in den Augen haben möchte, damit ich jede Regung seines Gesichts aufnehmen kann. Seine Ekstase ist auch meine, und trotzdem rühre ich mich nicht, halte nur hin und lasse mich mitten in einem Garten ficken, als wäre ich ein von Trieben beherrschtes Tier während der Paarungszeit.

Und anders will ich es nicht. Ich liebe es. Ich liebe es, wie der prasselnde Regen eine Welt ganz für uns bildet. Ich liebe es, wie er mich ansieht. Ich liebe es, wie hart und grob er immer wieder in mich eindringt, weil das bedeutet, für ihn ist es so dringend wie für mich.

Ich könnte dermaßen schreien vor Lust, würde er mir nicht unerbittlich den Mund zuhalten. Sein Blick ist so intensiv, selbst in der Dunkelheit des schlechten Wetters, dass er damit irgendeinen Auslöser meines Verstandes betätigt, denn ich komme, ohne dass es aufzuhalten wäre.

Zu Regen werde ich, zu Erde, zum Universum und zu Nichts. Meine Nervenenden vibrieren so hart, dass ich mich unter ihm aufbäumen muss, um es auszuhalten.

Er nimmt die Hand weg, stützt sich wieder mit beiden Unterarmen ab und küsst meinen Mund, streift mit der Nasenspitze über meine bis zur Stirn und von dort an die Schläfe.

»Warum ist es so abartig geil mit dir?«, flüstert er stöhnend und lehnt seine Stirn an meine, als wollte er mein Gesicht vor Regen schützen.

Es ist nur Sex, es ist nur Sex, es ist nur Sex.

Ich kann es mir einreden, wie ich will, es fühlt sich nach so viel mehr an. Wie eine Klarstellung, wie etwas Echtes, nicht bloß nach einer körperlichen Vereinigung, sondern nach dem Verknüpfen von Fäden.

Er passt sein Tempo an, es wird langsamer, druckintensiver und baut erneut dieses drängende Gefühl auf, mich gehen zu lassen. Ich spüre, dass er fast so weit ist, und bewege eine Hand, damit ich mir den letzten Schubs für einen zweiten Höhepunkt geben kann.

Blitzschnell packt er meine Hand, presst sie sich selbst auf den Mund, und ich spüre ihn in meiner Handfläche heiß keuchen, während er den Kopf in den Nacken legt und sich in mir ergießt.

»Beweg dich weiter«, befehle ich gegen den Lärm des Regens.

»Nein«, sagt er, küsst meine Handinnenfläche und drängt das Becken an mich.

»Was? Warum?«

»Kannst du noch mal?«, fragt er und liebkost mein Gesicht mit dem Mund. Nasse Lippen, nasse Haut, das Gefühl ist so ungewöhnlich wie auch gut.

Ich stöhne leise, als er das Becken kreist und ich seinen

noch harten Schwanz spüre, der so gegen verschiedene Stellen in mir drückt.

»Gut«, haucht er, als hätte ich es ihm bestätigt. »Dann folgst du mir willenlos, wenn ich dich mit auf mein Zimmer nehme. Dort bekommst du deinen Höhepunkt. Aber wir gehen jetzt rein.«

»Okay«, erwidere ich, kreise ebenfalls das Becken und schließe die Lider. Alles, kriege ich nur wirklich mehr von ihm.

Ich komme mir vor wie eine lüsterne Nymphomanin. Ist das doppelt gemoppelt? Falls ja, passt es perfekt. Ein Teil von mir will mich dafür schimpfen, ein anderer lobend den Kopf tätscheln, weil ich das ganz, ganz toll mache. Gott, ja, das ist toll. Ich liebe ihn in mir.

Hektisch reiße ich die Augen auf. »Kane … Ähm, also … Du hast schon wieder …«

Man erkennt, dass es einen Moment dauert, bis er versteht, was ich meine, dann zieht er sich ruckartig ein Stück zurück und stößt erneut zu. »Jetzt ist es eh zu spät. Aber ich habe noch nicht einmal daran gedacht, ihn rauszuziehen, du Succubus.«

»Was soll das sein?«

»Eine wunderschöne Dämonin, die Männer verführt.«

»Du bist einfach ein triebgesteuerter Teufel.«

»Du nicht?«

»Erwischt.« Ich lache, was ein bisschen gruselig klingt, da es von einem Donnergrollen unterstrichen wird. Es ist allerdings nicht mehr direkt über uns, sondern ein Stück weiter weg. »Aber du, Kane, Rausziehen ist auch keine gute Verhütungsmethode. Ich sollte zwar außerhalb der fruchtbaren Tage sein, trotzdem war das leichtsinnig.«

»Du zerstörst die Stimmung«, behauptet er und zieht sich aus mir, um sich auf die Knie aufzurichten und alles in der Hose zu verstauen.

Ich bleibe einfach liegen, so wie wir gerade noch eins

waren, egal wie entblößend das ist. Falls ich nicht komplett falschliege, bekomme ich eh meine Periode und damit sind die fruchtbaren Tage vorbei. Hoffentlich, denn mein Eisprung war schon, deshalb würde die Pille danach sowieso nicht wirken.

Wenn wir öfter dieses *Problem* haben, sollten wir uns eine Verhütungsmethode ausdenken, an die man keinen Gedanken verschwenden muss. Im Denken sind wir vorher nicht so gut.

Er sieht auf mich, und obwohl der Regen nicht mehr so heftig fällt, habe ich das Gefühl, er müsste zischen, sobald er zwischen meine Beine trifft, weil wir es so heiß getrieben haben. Allerdings hat er recht: Die Stimmung ist zerstört, zumindest die erotische. Oder wollte er mit dem Kommentar nur verbergen, dass es ihm unangenehm ist, ein Kondom vergessen zu haben, wenn er sonst immer welche nutzt? Darüber hat die eine Muse doch sogar gemeckert.

Ich strecke dem Regen das Gesicht entgegen, und in mir ist vollkommene Ruhe, so als wären die wichtigsten Dinge geklärt und nun ist Zeit für Feierabend.

»Elin.«

»Sei still, Kane. Ich komme bloß mit rein, wenn du dich jetzt zu mir legst, bis mir kalt wird oder der Regen nachlässt. Und sobald wir drin sind, wirst du es mir noch einmal besorgen, damit es sich lohnt, so etwas Albernes zu tun, wie durch ein Fenster zu klettern.«

»Okay.«

Da er zwischen meinen Beinen kniet, korrigiert er den Sitz meines Slips und zieht das Kleid über die Schenkel. Obwohl sie weiter aufgestellt sind, hält der Stoff durch die Nässe. Ich schmunzle über seine *Aufräumarbeit*, nach der er sich neben mir auf den Rücken legt.

Der Regen hat etwas nachgelassen, und weil ich es bequemer finde, lege ich den Kopf auf seinen Bauch.

»Weshalb hast du mir eigentlich den Mund zugehalten?«

»Falls jemand in der Nähe ist. Mich stört es nicht, wenn jeder weiß, wie gut ich es dir besorge, aber ich wollte nicht gestört werden.«

»Hach ja.« Ich seufze, woraufhin er lacht.

»Wieso hatten wir Sex, Kane?«

»Weil wir die Finger nicht voneinander lassen können.«

»Und warum soll ich unbedingt mit auf dein Zimmer?«

»Weil ich dort etwas habe, was dir hoffentlich gefällt.«

Ein Geschenk? Was sollte mir sonst gefallen?

Obwohl ich mich nicht darüber ärgere, dass ich gerade mit ihm Sex hatte, möchte ich etwas klarstellen. »Egal, aus welchem Grund du es getan hast, aber ich nehme es dir übel, wie du vor den anderen mit mir geredet hast. Und dass du mich ignoriert hast. Ich hasse es, wenn du mich nicht ansiehst. Entschuldige dich bloß nicht, ich will einfach nur, dass du es nicht wieder tust.«

»Das war ein Fehler, aber es war keiner, dich heute abzuholen. Vielleicht sollte ich dich ein paarmal begleiten, wenn du die Kinder siehst, damit der Wichser weiß, dass du nicht allein dastehst.«

»Das wäre schön.«

Ich drehe den Kopf und sehe zu ihm hoch. Ich will ihm nahe sein, richte mich auf und schiebe sein nasses Shirt höher, um seinen Bauch zu küssen. Er ist klamm und kühl, und ich lege die Wange darauf, um herauszufinden, wie lange es dauert, bis beides gleich warm ist, so, dass wir eins sind und nicht mehr zu unterscheiden.

44

ABER ICH LIEBE ETWAS MEHR.

Kane

Ich fühle mich jung und frei und zugegebenermaßen nass und so zufrieden, wie man wohl nicht sein sollte, wenn man im Garten einer Klinik für Versager liegt.

Damit muss ich aufhören. Bei der Gesprächstherapie bekomme ich immer wieder gesagt, dass man keine negativen Glaubenssätze anwenden soll. Es wäre hilfreich, positiv über sich zu denken. Allerdings ist es kaum möglich, noch positiver über mich zu denken, wie ich es tat, bevor ich hierherkam. Als Versager sehe ich mich ja erst seit hier, erst seit ich eingesehen habe, dass ich Hilfe brauche.

Angeblich gibt es sogar Menschen, die ein Burnout als Auszeichnung dafür wahrnehmen, dass sie alles gegeben haben. Das halte ich für echten Schwachsinn und werde ich sicher niemals freiwillig jemandem erzählen, dass es mir so ging.

Elins Atem streicht warm über meine Haut am Bauch, als sie wohlig seufzt. Meine Hand ruht auf ihrem Kopf, und ich streichle mit dem Daumen ihre Stirn, unwillig, irgendetwas zu unternehmen. Ich will genau so bleiben und diese Verbundenheit spüren, die bestimmt mal reine Anziehung oder Faszination war, zu einer Verbindung wurde, erst zaghaft und kaum fühlbar, dann immer kräftiger und sichtbarer. Es fühlt sich gleich an, egal ob nach dem Sex oder beim Reden, aber es ist da, und wenn sie bei mir ist, wächst es jedes Mal.

Ein großer Tropfen schlägt mir hart gegen die Stirn, ein zweiter folgt und daraufhin weitere. Keiner von uns rührt sich, obwohl es gleich wieder richtig losgehen könnte.

Ob sie gerade auch so glücklich ist wie ich?

Ja, das ist echtes, reines und vollkommenes Glück, weil sie bei mir ist, und das hier in der Klinik, in der ich nicht sein möchte, da ich zwar irgendwie akzeptiert habe, dass ich das brauche, es aber nicht brauchen will.

Und mit jedem Herzschlag wird meine Brust enger, als würde jemand darin eine Faust immer fester um meine Lungen schließen, weil ich Angst habe, dieses Gefühl wieder zu verlieren.

»Komm, wir gehen rein«, fordere ich leise und hoffe, sie spürt nicht, dass mein Körper nicht mehr ganz so entspannt ist.

»Ja, ich bekomme ja noch eine Überraschung.«

Sie setzt sich auf und sieht sich um, bis sie ihre Brille entdeckt. Gleich nachdem sie sie aufgesetzt hat, zieht sie sie mit einem Stirnrunzeln wieder ab.

»Ich hoffe, ich kann vorher die Brille putzen. Sonst muss ich so tun, als würde ich mich freuen, weil ich eigentlich nichts sehe. Ich glaube, der eine Fleck ist ein Fingerabdruck deiner Nase.«

»Ein Fingerabdruck meiner Nase?«, wiederhole ich schmunzelnd, während ich mich erhebe und ihr die Hand reiche.

Als sie mir die Brille gibt, statt sich aufhelfen zu lassen, und mich dazu erwartungsvoll ansieht, muss ich lächeln. Ich halte sie nach oben, um, wie sie es erwartet, durchzusehen. Abdrücke und Regen verhindern eine freie Sicht durch die Gläser, und ich klappe die Bügel an, damit ich sie mir ans Shirt hängen kann. »Du hast recht.«

»Weiß ich doch.« Dieses Mal nimmt sie meine Hand und

lässt sich hochhelfen. Mit einem Satz ist sie auf den Beinen und zieht ihr Kleid zurecht, das an ihr klebt.

Ihr Blick schnellt hoch, sie grinst und dann habe ich ihre Arme um mich.

»Vorsicht, deine Brille«, mahne ich.

»Die ist mir egal. Ich bin gerade so glücklich, dass mir alles egal ist.«

Ein hartes Schlucken kämpft sich durch meinen Körper. Es ist gut, gemeinsam glücklich zu sein, und ich bin froh und dankbar, dass sie mich angerufen hat, damit ich zu ihr kommen konnte, weil uns das zu genau diesem Moment geführt hat.

Das bestätige ich mit einem sanften Kuss, der kaum unsere Lippen eindrückt und ihre Augen funkeln lässt. Wir nehmen uns die Zeit, die dieser Kuss braucht, danach greife ich mir ihre Hand, sammle ihre Tasche ein und führe sie an mein Fenster.

Lennox ist schon verschwunden und es hat in den Raum geregnet. Mir könnte nichts gleichgültiger sein, ich stelle Elins Tasche ab, fasse an ihre Taille und hebe sie auf die Fensterbank. Sofort schlingt sie ihre Beine um mich.

»Wäre ich nicht nervös, würde es mich ganz wuschig machen, dass du mich hochhebst, als wäre das kein Problem.«

»Sollte es denn eins sein?«, hake ich nach.

»Hm, nein, keine Ahnung.«

»Und weshalb bist du nervös?«

Sie drückt mich ein Stück zurück und schwingt ihre Beine über den Rahmen, um in mein Zimmer zu springen. Daraufhin stemme ich mich hoch und steige ebenfalls hinein.

Ihre Arme sind verschränkt, während sie sich umsieht. »Ich bin definitiv zu alt, um es abenteuerlich zu finden, mich auf das Zimmer eines Mannes zu schleichen, als wären wir im Landschulheim.«

»Das liegt daran, dass du es eben noch im öffentlichen Teil eines Gartens getrieben hast. Klar, dass danach nichts mehr abenteuerlich ist.«

»Haha«, ruft sie mir hinterher, als ich ins Badezimmer gehe. »Du weißt, dass ich das so nicht meine.«

»Natürlich.« Ich hänge ihr das große Handtuch um die Schultern, das ich geholt habe. »Möchtest du duschen?«

»Ähm, nein. Kane, mir ist es wirklich unangenehm, hier zu sein, wenn es verboten ist. Darf ich etwas Trockenes zum Anziehen haben und dann die Überraschung? Ich glaube, ich fühle mich erst wieder wohl, sobald ich hier raus bin. Ich komme dich auch gern zur offiziellen Besuchszeit besuchen.«

In langsamen Bewegungen tupfe ich ihr Gesicht trocken, und sie reckt es mir entgegen, wobei sie die Augen schließt. Es ist unmöglich, es danach nicht abzuküssen und zu genießen, wie sich ihre Brust immer schneller hebt und senkt und ihre Gesichtshaut wärmer wird. Um ihren Puls zu fühlen, wandere ich mit den Lippen zu ihrem Hals und ertaste das hektische Tempo. Wie sie auf mich reagiert, ist unglaublich. Wie ich auf sie reagiere, noch mehr.

»Kane«, murmelt sie verzweifelt.

»Was? Du wolltest doch einen zweiten Höhepunkt«, erinnere ich und kitzle ihr Ohr mit den Lippen.

Ihre Hände stemmen sich gegen meine Schultern. »Den hast du mir entzogen, und jetzt kann ich nicht mehr, weil ich Angst habe, dass hier drei riesige, brutale Pfleger reinkommen und mich vor die Tür setzen.«

»Oder das gibt eine Orgie«, behaupte ich und streiche mit der Nase grinsend über ihre.

»Das Leben ist kein Porno.«

»Aber es wäre einfacher, wenn es so wäre. In Pornos gibt es keinen bösen Ex, kein Burnout, keinen Hunger, keine Kriege, kein Leid und am Ende ist jeder superglücklich. Happy End. Ganz doppeldeutig.«

Sie öffnet die Augen und lacht. »So kann man es auch sehen.«

»Kann man.«

»Als du damals mein Gesicht geküsst hast … Das war so schön für mich, dass ich dachte, ich sterbe. Das hat noch nie jemand vorher getan. Mit dir habe ich ein paar Dinge erlebt, die habe ich vor dir nie gehabt oder empfunden.« Dann kann ich ja so weitermachen und hauche einen Kuss auf ihre zarte Haut. »ABER!« Nun drückt sie mir einen festen, entschlossenen Kuss auf den Mundwinkel. »Aber eine Orgie wird nie dazugehören und jetzt ziehe ich mir etwas Trockenes an.«

Ruckartig dreht sie sich weg und lässt mich stehen. Sie greift an ihr Kleid und zieht es nach oben, während sie auf den Kleiderschrank zugeht.

Ihr Slip ist dunkelblau mit Spitzenrand und hat hinten eine Schleife. Eine Schleife. Warum fasziniert mich das so sehr? Ich will ihn von ihr reißen und gleichzeitig betrachten, wie die Schleife frech unter ihrem Steißbein sitzt, als wollte sie mich locken, Elin auszupacken.

»Ich nehme mir auch eine Unterhose von dir«, erklärt sie. »Meine ist voll, ähm, nass, du weißt schon. Nass und voll von Leidenschaft. So kann ich nicht bleiben, das ist ungemütlich.«

Sie fasst links und rechts an den Stoff des Schleifenslips und bewegt ihren Hintern hin und her, während sie ihn tiefer zieht, weshalb gleichzeitig meine Augenbrauen höher wandern.

Falls sie sich jetzt zum Ausziehen bückt, sollte sie sich nicht wundern, wenn ich von hinten andocke.

Kaum hat sie ihn halb über die Hüfte, hält sie inne und dreht sich um. »Du guckst doch nicht etwa?!«

»Natürlich gucke ich.«

»Du bist kein Gentleman.«

»Die Eigenschaft war eben auch noch nicht gefragt.«

Kopfschüttelnd wählt sie Sachen aus dem Schrank, mit dem Slip halb über dem Hintern. Das mit dem Andocken ist nicht ganz aus der Welt, aber zuerst bekommt sie ihre Überraschung.

Schmunzelnd sehe ich zu, wie sie mit an die Brust gedrückter Kleidung und einem empörten Blick im Badezimmer verschwindet. Was denn? Zeigt sie mir ihren Arsch, schaue ich natürlich hin. Es ist nicht so, als hätte ich nicht schon jede Stelle ihres Körpers auf irgendeine Art angefasst. Mit den Augen geht dann nicht, oder was?

Sie streckt ihren Kopf aus der Tür. »Was denkst du, wenn du mir auf den Hintern siehst?«

Oh, welch schwierige Frage … nicht. Dazu habe ich schon einen Film im Verstand und den kann sie gern hören. »Dass ich dir den durchnässten Slip mit der vorwitzigen Schleife in den Mund stopfen werde. Natürlich nur, damit du keine Angst haben musst, dass dich jemand hört, während ich dich von hinten nehme, weil dein Arsch meinem Schwanz quasi befiehlt, deine Pussy zu beehren.«

Sie nickt, grinst und schlägt die Tür wieder zu. Da stehe ich mit einer herrlichen Erektion und verstehe ihr Grinsen nicht. Kopfschüttelnd gehe ich an den Schreibtisch, auf dem ich mein Sonnenbrillenetui abgelegt habe. Elin hat sogar daran gedacht, mir Brillenputztücher mit einzupacken, und die nutze ich nun für ihre Brille.

Beim Kontrollblick, ob es ordentlich genug ist, fällt mir auf, dass jemand einen großen Umschlag unter der Tür durchgeschoben hat. Gut, das hat funktioniert, so kann sie die Überraschung ja direkt in die Hände nehmen.

Ich lege mich mit dem Umschlag in der einen und der sauberen Brille in der anderen Hand mit dem Rücken aufs Bett und warte, bis sie das Badezimmer verlässt.

Es dauert nicht lang, dann setzt sie sich neben mich und nimmt mit einem Lächeln die Brille entgegen. »Geputzt? O mein Gott, du hast meine Brille geputzt. Danke. Jetzt zieh dir auch etwas Trockenes an, du machst dein Bett nass und schmutzig.«

Da sie recht hat, drücke ich ihr den Umschlag in die Hand und folge der Anweisung. Nachdem ich die durchnässte Kleidung los bin, nehme ich mir eine Jeans und ein schwarzes Shirt aus dem Schrank und drehe mich damit zu ihr um.

Sie hält den Umschlag mit beiden Händen fest und sitzt sonst stocksteif auf dem Bett.

»Was ist los?«, hake ich nach.

»Ach, nur so. Machen die irgendwelche Kontrollgänge, ob man etwas Illegales auf seinem Zimmer tut?«

Ob Augenrollen oder Lachen passender wäre, weiß ich nicht, deshalb tu ich beides. »Keiner kontrolliert die Zimmer. Hier sind Erwachsene. Entspann dich. Und mach den Umschlag auf, das ist die Überraschung.«

»Oh.« Sie hebt ihn an, dreht ihn, und bevor ich ihr sagen kann, dass die Überraschung natürlich drinnen steckt, öffnet sie ihn endlich. »Was ist das, Kane?«

Hat sie lesen verlernt? Ich streife das Shirt über den Kopf und knüpfe die Jeans auf dem Weg zu ihr zu.

Ihr Japsen verrät mir, sie hat es doch geschafft, es selbst zu lesen. »Ein neuer Arbeitsvertrag? Doppelt so hohes Gehalt? Das ist ja irre!«

Ich gehe vor ihr in die Hocke, drücke die Blätter nach unten und lege die Unterarme auf ihre Oberschenkel. »Nein, ist es nicht. Du musst nur unterschreiben.«

Es raschelt, als sie sie wieder hochnimmt und weiter darin blättert. »Hä? Ich kann nicht kündigen? Steht das dort wirklich?«

»Ja. Ich will, dass du bei mir bleibst«, spreche ich gegen das Papier, das sie mir vor die Nase hält.

Sie nimmt es zur Seite und sagt ernst: »Kane, ich glaube nicht, dass das legal ist.«

»Verklag mich doch, falls du kündigen möchtest. So lange hast du ein höheres Gehalt.«

Ihr Blick ist fassungslos, dann übernehmen Verständnis und Weichheit ihre Miene, wonach sie den Vertrag achtlos auf das Bett wirft. »Du warst eifersüchtig, so schlimm, dass du mich nicht ansehen konntest und gemein sein musst. Du möchtest absichern, dass wir zusammenbleiben. Du bist an meiner Seite, sobald es schwierig wird, und kannst dich nicht von mir fernhalten. Du erträgst es nicht, wenn ich vor dir weglaufe. Kane … Du liebst mich. Wir brauchen keinen rechtswidrigen Arbeitsvertrag. Du willst mich nicht verlieren? Dann sei mit mir zusammen.«

Sie hat recht. Vielleicht bin ich leicht durchschaubar, möglicherweise nur von ihr, aber sie hat recht. Die Eifersucht kann ich nicht verleugnen, dass wirklich ein Mann existiert, den sie datet und der es bereits so weit geschafft hat, dass er zum Frühstück noch da ist. Dort in der Küche, in der ich auch schon saß. Ein vollkommen normaler Mann, der das Wochenende freihat, gesund ist und gegebenenfalls verdammt gut zu ihr passt. Einer, mit dem es ihr erspart bleibt, als meine Muse abgestempelt zu werden, wenn man sie mit mir sieht. Einer, mit dem sie nicht ihren Wert auf dem Arbeitsmarkt senkt, weil so jeder erfährt, dass sie sich auf ihren Chef eingelassen hat.

Natürlich will ich, dass wir irgendwie zusammenbleiben können, aber als Partner bin ich keine gute Wahl für sie.

Das wird sie auch irgendwann erkennen, wenn sie die rosarote Brille abnimmt. Und dann nimmt sie mir jemand weg. Das wird passieren, ist unausweichlich. Es mögen nicht viele an meinen Status heranreichen, aber sie sieht da außenrum und was habe ich da zu bieten? Nicht viel. Sie wird einem Kerl begegnen, feststellen, dass in ihm ein besserer Mann steckt, und sie wird weg sein. So einfach ist das. Einer, der nicht ganz so in seine Arbeit vernarrt ist und in eine Klinik muss.

»Unterschreibe«, fordere ich knurrig, weil ich den Gedanken hasse. »Jetzt.«

Direkt ausgesprochen hat sie es nicht, aber sie liebt mich auch, oder? Elin würde mir nicht aus Mitleid anbieten, mit ihr zusammen zu sein. So weit kann selbst sie nicht gehen.

Und wenn sie mich liebt, breche ich besser ihr Herz, und das bricht es mir, als dass sie meines brechen muss und sie daran zerbricht, weil sie keine Herzen brechen kann. Kompliziert gedacht, aber wenigstens denke ich überhaupt.

»Bedeutet das, du willst nicht mit mir zusammen sein?« Sie grapscht nach den Papieren und wedelt damit vor meiner Nase. »Du glaubst, ich unterschreibe so einen Vertrag und bleibe für immer deine PA? Für immer Kane? Du möchtest nicht mit mir eine Beziehung eingehen, aber das verlangst du? Ich soll deine PA sein und Sex haben wir auch, oder?«

Ist das der Moment, in dem ich das Arschloch sein muss, damit sie es versteht? Dann werde ich es sein und setze ein ordinäres Grinsen auf. »Das wäre cool, ja.«

»Nein.« Sie schüttelt heftig den Kopf, und ihre Hände verkrampfen sich um die Papiere, bevor sie sie weglegt. »Ich werde diesen Vertrag nicht unterschreiben. Steh dazu, dass du mich liebst. Kane, ich weigere mich, zu glauben, dass du es nicht tust. Bitte, ich will mich nicht täuschen. Ich werde sonst nie wieder darauf hören können, was mein Herz mir sagt. Nicht der Kopf. Mein Herz. Bitte.«

Ihre Hände streifen hektisch durch mein Haar und ihr Blick ist flehend. Eins weiß ich: Wenn Elins Herz zu Wort kommt, ist es laut, enthusiastisch und unwiderstehlich.

Und ich kann ihr nicht vormachen, dass es sie belogen hat.

»Du verstehst es nicht, Elin. Ich bin ein Freak. Ehrlich. Vielleicht ein kluger, einfallsreicher Freak, aber ich bin einer. Ich habe dir erzählt, dass meine Eltern mir Stifte und Papier wegnahmen. Weißt du, womit ich gemalt habe? Mit einem Zahnstocher und meinem Blut. Hinter den Postern in meinem Zimmer.«

»Besser als mit Kot, oder?«, erwidert sie und lächelt verlegen.

Ich verstehe, was sie versucht. Ablenken, gemeinsam lachen, verdrängen und einfach beisammen sein.

Was ich eben schon wusste, eine ganze Zeit lang weiß, rastet unwiderruflich in mir ein. Ich liebe sie.

Für mich ist sie die beste Person auf dem Planeten. Nicht weniger.

Aber ich liebe etwas mehr.

Das muss ich ihr verständlich machen.

»Du kannst so jemanden nicht lieben.«

»Das ist …«

»Lass mich ausreden! Du bist doch zu schade für einen, der von Kunst besessen ist. Ein Mann sollte von dir besessen sein. Alles andere ist nicht richtig. Du darfst dich nicht mit zu wenig zufriedengeben.«

»Ich … ich dachte, ich hoffte, du bist auch ein bisschen von mir besessen. So wie ich es von dir bin, noch mehr, seit du heute aufgetaucht bist, und ich war mir sicher …« Sie bricht ab, und ein so trauriger Zug legt sich um ihre Augen, dass ich den Zwang, sie in den Arm zu nehmen, mit aller Gewalt in mir einsperre und nur sanft über ihre Beine reibe. Den Rest flüstert sie: »Ich habe recht, dir liegt etwas an mir. Aber nicht genug. Ich soll weiter für dich arbeiten, weil du mich nicht gehen lassen kannst, da du es auch spürst. Du sagtest mal, ich muss keine Angst haben, dass du mir zu nahetrittst, wenn du mir nahekommst. Jetzt hast du Angst, dass du mir zu nahegekommen bist. So ist es, richtig? Hast du darüber gut nachgedacht? Ist es für dich einfach in Ordnung, würde ich mit einem anderen eine Beziehung eingehen, heiraten und Kinder bekommen?«

»Falls er dich so vergöttert wie …« … ich.

»Ha! *Wie ich* wolltest du sagen. Falls mich jemand vergöttert wie du.«

»Ich will vor allem sagen, dass …«

»Nein.« Sie rutscht weiter nach hinten, schwingt ein Bein über meinen Kopf und steht auf. »Nein, Kane, nein. Wir reden jetzt nicht Ewigkeiten, und jeder wiederholt immer wieder das Gleiche in anderen Worten, als würde es der andere nicht verstehen. Willst du mit mir zusammen sein oder nicht?«

Ja. »Nein.«

»Alles klar, dann gehe ich jetzt. Liebe deinen Job und heimlich mich, erwarte jedoch nicht, dass ich … dass ich … keine Ahnung. Ich werde weiter für dich arbeiten, weil du mir so viel bedeutest und ich genauso eingebildet wie du sein kann und niemandem zutraue, sich richtig um dich zu kümmern, gerade jetzt, wenn es dir nicht gut geht. Aber ab sofort beschränkt sich unser Miteinander auf die berufliche Ebene. Ich bin mir zu schade, um dafür herzuhalten, dass du deine Lust mit mir auslebst und mir nicht mehr geben willst. Und falls du ein bisschen Respekt vor mir hast, wirst du es nie wieder versuchen.«

Sie versteht mich nicht, aber mein Kopf wird auch zu schwer und zu müde, um es ihr richtig erklären zu können. Es sind so viele Dinge, die dagegensprechen, dass sie mit mir glücklich wird. Oder ich mit ihr. Von ihrer Sicht aus ist es einfach, von meiner viel komplizierter und sie kann sich nicht in mich hineinversetzen. Im Moment geht es mir nicht gut, das habe ich eingesehen. Das ist viel Arbeit, viel aufzuräumen in mir, emotionalen Mist loszuwerden, Lasten neu verteilen, herausfinden, wie ich mit mir überleben kann, ohne wirklich irgendwann in tiefen, schweren Depressionen hängen zu bleiben.

Mir fehlt die Kapazität im Verstand, jetzt vernünftig abzuwägen. Meinen Emotionen kann ich möglicherweise nicht trauen, doch in mir sperrt sich alles, Elin noch mehr von mir aufzubürden, nicht, sollte ich ihr vielleicht nie das geben können, was sie verdient. Sie braucht Stabilität und ich bin nicht stabil.

Malen war immer meine große Liebe, und das zu wissen, tat so gut. Die Gewissheit hat mich davor beschützt, darüber nachdenken zu müssen, wenn Menschen mich – egal aus welchen Gründen – abgelehnt haben. Beim Malen gibt es keine Enttäuschung, keine Ablehnung, keine irreparablen Fehler. Es ist, Punkt.

»Ich bin mir zu schade, ist eine Aussage, die mir gefällt. Halte dich daran. Denkst du, Schmalzlocke ist gut genug für dich?«

»Das geht dich nichts mehr an.« Sie ist immer weiter vor mir zurückgewichen, und ich lehne mich in der Hocke gegen das Bett, um ihr nicht hinterherzugehen. Jetzt kommt sie wieder ein paar Schritte auf mich zu und lächelt verschämt. »Aber … ich danke dir trotzdem. Dafür, dass ich mich von dir begehrt gefühlt habe und dass du mich auf diese Art angesehen hast. So als wäre ich jemand Besonderes. Das tat unglaublich gut und vergesse ich dir nie.«

»Ja, bitte«, sage ich mechanisch, da ich das Gefühl habe, meine innere Batterie hat das System in den Energiesparmodus versetzt, weil sie fast leer ist.

Das war wohl keine gute Antwort, denn sie schnaubt und wirft die Arme nach oben. »Kane, ehrlich, fick dich.« Meine Schultern ziehen sich hoch. Nicht wegen der Wortwahl, sondern der Art, wie sie es betont. »Du bist ein Gefühlstrampel und auf mir hast du die längste Zeit herumgetrampelt.«

Sie geht zum Schreibtisch, um von dort ihre Tasche zu nehmen, öffnet das Fenster wieder und klettert auf die Fensterbank, um hinauszuspringen, als wäre sie auf der Flucht vor einem schnell ausbreitenden Feuer.

Das ist mir auch nicht recht.

Mein Verstand, meine Gefühle und meine Seele sind ein verknotetes Chaos, in dem als Herzstück Elin pulsiert.

Ein Instinkt wie eine düstere Ahnung flüstert mir zu, dass ich einen großen Fehler begangen habe. Einen, der einem echten Mann, einem, der weiß, was er will, und darum kämpft, einem, der nicht in einer Klinik sitzt, weil er einen Knacks hat, nicht passiert wäre.

Und vielleicht bestätigt genau das den Gedanken, dass es das Beste für alle ist. Ich muss mit mir selbst klarkommen, bevor jemand anders mit mir klarkommen kann.

Der Tag spult sich in meinem Kopf vorwärts und rückwärts ab, bis ich das Gefühl bekomme, das war ihre Abschiedsrede.

Hat sie sich gerade aus meinem Leben verabschiedet?

Sie sagte doch, sie wird weiter für mich arbeiten.

Das gilt noch, oder?

45

ÜBERRASCHUNG, ICH KANN AUCH ANDERS.

Elin

Wieder zu Hause. Endlich kann ich die Wohnungstür hinter mir schließen und werfe einen Blick auf mein Telefon.

Kane: Bedeutet das, ich kann davon ausgehen, dir geht es gut?

Fick dich, Kane, fick dich, fick dich, fick dich!

Wut flackert in mir wie heiße Blitze. Dachte er ernsthaft, ich gehe in das Hotel, das sein Freund für mich organisiert hat? Er kann mich mal. Natürlich habe ich mich gleich auf den Heimweg gemacht und angeblich hat er sich gesorgt.

Das hat er doch geschrieben, oder? Ich scrolle in unserem Chat hoch.

Kane: Warte, Pascal fährt dich ins Hotel.
Ich: Das ist nicht nötig.
Kane: Wo bist du?
Ich: Es ist meine Freizeit und deshalb geht dich das nichts an. Frag während meiner Arbeitszeit, dann erhältst du eine Antwort.
Kane: Du arbeitest weiter für mich?

Ich: Ich brauche Geld, natürlich arbeite ich weiter für dich. Schließlich hast du mir einen lebenslangen Posten angeboten.
Kane: Wie kommst du nach Hause?
Ich: Nicht zu Fuß.
Kane: Sag schon. Du willst doch sicher nicht, dass ich mich die ganze Nacht sorgen muss.
Ich: Du musst dir keine Sorgen machen. Nach Hause zu kommen ist kein Kunststück.
Kane: Bedeutet das, ich kann davon ausgehen, es geht dir gut?

Nein, mir geht es nicht gut! Deshalb hat er auch keine Antwort darauf erhalten, und ein ganz fieser, bösartiger Teil in mir will, dass er sich Sorgen macht. Der wünscht sich, dass er wach liegt und sich fragt, ob ich gut angekommen bin. Der verlangt, dass er meinetwegen besorgt ist.

Ein anderer Teil von mir kratzt hinter der Stirn, weil ich ihm sagen möchte, dass ich längst zu Hause bin. Der will sich sogar entschuldigen, falls er wirklich schlecht geschlafen hat.

Ich weiß nicht, auf welchen Teil ich wütender sein muss. Auf den, der ihm ein gutes Gefühl geben möchte, das er meiner Meinung nach nicht verdient hat, oder auf den fiesen, verzweifelten, der nach Rache brüllt und überhaupt nicht zu mir passt.

Noch bevor ich die Schuhe ausgezogen habe, rufe ich Sophia an. Ich brauche jemanden zum Reden, sonst platze ich. Phil hat mir zwar auch ein paar Nachrichten geschickt und sich gewünscht, dass ich mich melde, sobald ich wieder da bin, aber er ist definitiv nicht der richtige Ansprechpartner dafür.

Eigentlich graut es mich sogar davor, mit ihm zu sprechen. Denn eins ist mir bewusst geworden: Ich kann ihn nicht daten. Es geht nicht. Mein Herz hat Kane bekommen, und ich kann nicht so tun, als wäre es nicht so, und mit einem anderen

Mann ausgehen. Das wäre Selbstverleugnung und dazu Phil gegenüber einfach unfair.

»Elin?« Sophias Stimme ist eine Mischung aus kratzig und piepsig und ich sehe ihre vom Schlaf verwuschelten Haare vor mir und wie sie sich die Stirn reibt. »Es ist mitten in der Nacht. Was ist los? Was Schlimmes? Muss ich dich irgendwo abholen?«

Mir entkommt ein Wimmern, woraufhin ich die Lippen zusammenkneife. Wie gut tut es, jemanden zu haben, der so weit weg wohnt und selbst im Halbschlaf sofort diese Frage stellt?

»Elin?«

»Ich bin ganz schrecklich wütend und traurig und noch mehr Zeug gleichzeitig«, gestehe ich. »Ich wusste nicht, was ich machen soll, und dann habe ich dich angerufen. Es tut mir leid, dass ich dich geweckt habe, das war egoistisch.«

»Schon okay. Besser, du rufst mich an, als dass du straffällig wirst, weil du ohne meine guten Ratschläge in Schwierigkeiten gerätst.«

»Deine Schlagfertigkeit ist nicht schlecht für jemanden, der gerade geweckt wurde.«

»Erzähl schon.« Sie gähnt und ich höre Bettdeckenrascheln.

Nach einem tiefen Einatmen lege ich los. Meine Stimme schwankt beim Reden, egal wie ich mich bemühe, es sachlich vorzutragen. Ich kämpfe mit nassen Augen, an der Stelle, an der Kane mich abgeholt hat, noch mal wegen der Plüschtiere und wie er mit mir vor meinem Ex stand. Dann komme ich zu dem Moment, an dem er mich abserviert, weil ich angeblich zu gut für ihn bin. Die dümmste Aussage der Welt. Und vielleicht brennt meine Kehle deshalb vor unterdrücktem Zorn.

»Elin, wenn ich ehrlich bin … Ich verstehe seine Argumente.«

»Was? Du ergreifst Partei für ihn? Echt jetzt?«

Sie lacht leise. »Ich weiß, als Freundin darf man das nicht, aber denk mal nach.«

»Worüber? Hä? Sag mir mal bitte, worüber. Er soll doch

einfach dazu stehen, dass er etwas für mich empfindet. Aber nein, dazu ist er zu cool oder zu stur, will mich trotzdem behalten, jedoch wahrscheinlich nebenher weiter seine Musen ficken und vollkommen verpflichtungsfrei sein. Nicht mit mir.«

»Das hat er nicht gesagt, oder? Ach Elin.«

»Was denn? Ich lasse mich nicht mehr von Männern ausnutzen und verarschen. Das musste ich dir sogar bei einem Apfelkompott aus deinem Garten schwören!«

»Bist du sicher, dass er dich verarscht? Er ist krank, nicht böse, Elin.«

»Ja, nimm ihn in Schutz. Du kennst ihn doch gar nicht! Ich bin so sauer.«

»Nein, du bist verletzt und überfordert mit so vielen Gefühlen. Du sorgst dich um ihn und kannst es nicht haben, dass er dich nicht ganz an sich ranlässt, weil er sich vermutlich nicht aufdrängen will. Versetz dich mal in ihn rein! Er ist krank und fühlt sich vielleicht schwach und unfähig, wie soll er sich da auf eine Beziehung mit einer starken Frau einlassen? Elin.« Ihre Stimme wird beschwörend. »Ihr kennt euch noch nicht lange. Sei geduldig mit euch. So bist du doch gar nicht. Wie sehr liebst du diesen Mann in dieser kurzen Zeit? Wenn du den Kopf ausschaltest und das Herz ein, dann explodiert alles, oder?«

Kurze Zeit? Sie hat recht. Wir kennen uns nicht allzu lange und die Momente, in denen wir uns richtig nahe waren, sind wenige. Mit Georg war ich Jahre zusammen. Bedeutet die Quantität etwas oder nur die Qualität? Ich glaube, wenn ich die Stunden zusammenrechne, in denen ich mit beiden Männern jeweils allein und frei von der Leber weg über das redete, was mich im Augenblick beschäftigt hat, siegt Kane deutlich. Bei keinem Mann hatte ich je das Gefühl, ihm richtig, richtig nahezustehen, und dachte, das wäre halt so. Aber bei Kane könnte ich unter die Rippen kriechen und mich direkt an sein Herz kuscheln.

Vielleicht überfordert mich das tatsächlich.

Wieso muss das mit ihm sein? Warum ist er es, bei dem ich ein dickes, fettes Band spüre? Ausgerechnet bei ihm, der so anders ist als ich? Wir wissen nicht einmal, ob es im Alltag mit uns funktionieren könnte. Ach, ich vergaß. Er will keinen Alltag mit irgendeiner Frau. Das hat er deutlich gesagt.

»Bist du noch dran, Elin?«

»Ja«, presse ich zwischen zusammengebissenen Zähnen hervor. »Ich bin so sauer auf seine Abfuhr und dazu viel böser auf mich, dass ich irrational denke.«

»Nicht irrational. Du liebst ihn. So ist das, wenn man liebt. Alles ist mehr. Leid, Wärme, Freude, Verzweiflung …«

»Bitte hör auf damit«, unterbreche ich.

Ich will nicht, dass sie recht hat. Ich möchte zornig sein, mich an ihm rächen und ihn spüren lassen, wie ungerecht behandelt ich mich fühle.

Es mag lang aufgestauter Frust sein und tiefe Enttäuschung, dass mir schon wieder ein Mann wehtut und ich das auch noch zugelassen habe, aber diese Wut muss raus. Jetzt ist sie entfesselt, und vermutlich bin ich zu Dingen in der Lage, für die ich unter normalen Umständen nie bereit wäre.

Was mir durch den Kopf spukt, würde keiner von mir glauben. Mein Ex nicht, Sophia nicht und Kane schon gar nicht.

Überraschung, ich kann auch anders.

46

DANKE, DASS IHR DA SEID, UND ICH FREUE MICH, DASS ES EUREN HODEN GUT GEHT.

Kane

Wie zur Hölle kam ich in diese Situation?

»Bin ich jetzt verhaftet oder nicht?«

»Nein, noch nicht. Haben Sie nicht zugehört? Wir führen eine Befragung durch, bevor wir einen Haftrichter bemühen. Abgewiesene Frauen werden schnell hysterisch, deshalb wollten wir erst mit Ihnen reden, um herauszufinden, ob da was dran ist. Das sagten wir ja bereits.«

Der Stuhl unter mir ist unbequem und der mir gegenübersitzende kaugummikauende Polizist in Zivil ein Arschloch. Sein Kollege in Uniform ebenfalls, denn der zwinkert mir anzüglich zu. Ich sollte vermutlich froh sein, dass sie mich nicht gleich einkerkern wollen, aber vielleicht wäre das aufgrund fehlender Indizien sowieso nicht möglich.

Ich lege die Hände auf den massiven Tisch zwischen uns, der wirkt, als hätte er schon Jahrzehnte hinter sich. Von dem Geruch des billigen Reinigungsmittels, das hier drinnen genutzt wurde, bekomme ich Kopfschmerzen, und es schafft es trotz der penetranten Ausdünstung nicht, den Schmuddeleindruck des Verhörraums zu vertreiben.

Zugegebenermaßen haben sie mich überrascht, als sie in

der Klinik aufgetaucht sind und verlangt haben, mit mir sprechen zu dürfen. Kein Verhör, nur ein Gespräch über eine eventuelle Strafsache, die gegen mich vorliegen könnte. Meine Aussage solle quasi helfen, dass daraus nichts Ernstes wird. Mehr aus Neugier ging ich mit, denn mein Gewissen ist absolut rein. Und wegen Verbrechen gegen die Sittlichkeit, wie sie mir manche bei meinen Bildern vorwerfen, wurde noch keiner eingesperrt.

Marcello bemüht sich bereits trotzdem um einen Anwalt, der sich im Strafrecht auskennt. Meiner ist auf Vertrags- und Urheberrecht spezialisiert, mit dem können wir im Moment nichts anfangen.

»Also.« Ich falte die Hände mit abgespreizten Zeigefingern und lehne mich zurück, wobei ich nacheinander auf beide deute. »Eine Frau, deren Namen sie mir noch nicht nennen wollen, hat mich angezeigt, weil ich sie vergewaltigt hätte. Und Sie möchten jetzt wissen, was da dran ist.«

»Korrekt.«

»Nichts.«

»Kommen Sie, Reid. Nichts, bei dem es vielleicht etwas grenzwertig war? Ein leises ignoriertes Nein? Manchmal versteht man das auch falsch. Oft ist ein Nein ein Ja, weil sie ein bisschen die Tugendhafte spielen will.«

»Nein, niemals. Mit Frauen, die spielen, kann ich nichts anfangen. Ich bevorzuge es glasklar und eindeutig.«

Sie schauen sich an und der Kaugummi-fast-Glatze-Typ sagt mit einem Schulterzucken: »Sehen Sie, das Mädchen hat …«

»Mädchen?«, hake ich nach. »Wie alt soll die sein?«

»Ähm, Moment, 27, ja.«

»Für mich ist das kein Mädchen.«

»Spitzfindigkeiten. Die Kleine hat ausgesagt, dass sie Ihre Muse war. Sie dachte, das bedeutet …«

»Darf ich raten? Sie dachte, das hätte nichts mit Sex zu tun.«

»Richtig. Und dass Sie so lange auf sie eingeredet hätten, bis sie keine Wahl mehr sah.«

Ich bemühe mich, mir keine Unruhe anmerken zu lassen. Habe ich es jemals so weit getrieben? Habe ich je einer Frau eingeredet, sie müsste? Überzeugt habe ich sicher die eine oder andere, aber habe ich es übertrieben? Strafrechtlich bedenklich und willenbrechend? Bin ich so einer? Das passt nicht in das Bild, das ich von mir selbst habe, in dem die Frauen freiwillig zu mir kommen. Wenn man jedoch wirklich alles auf den Prüfstand stellt … wäre da etwas in einer moralischen Grauzone, das man mir vorwerfen könnte?

»Sie wirken nervös«, bemerkt der in Uniform.

»Ja, tatsächlich. In einer halben Stunde ist in der Klinik Yoga, und den Kurs will ich um keinen Preis verpassen, sonst fürchte ich mich um mein Seelenheil.«

Möglicherweise erkennen sie keine Ironie, denn beide sehen sich an und runzeln die Stirn. Statt zum Yoga zu gehen, sobald ich hier raus bin, habe ich etwas anderes vor. Ich werde Elin Blumen nach Hause schicken mit der Bitte, sich bei mir zu melden. Sie fehlt mir. Sie hat mir die ganze Zeit gefehlt, aber jetzt, nun da ich weiß, sie ist böse auf mich, fehlt sie mir noch mehr.

Nach einem Räuspern schenke ich den Polizisten wieder meine Aufmerksamkeit und der eine erzählt weiter: »Nach dem ersten Mal weigerte sie sich, weiterzumachen, und sie behauptet, Sie hätten gesagt, ich zitiere: *Jetzt ist es eh zu spät, lass dich ficken.* Danach haben Sie mit Gewalt ihre Schenkel auseinandergedrückt und ihre Kleidung zerstört, um mit Ihrem Penis in ihre Vagina einzudringen und sich so lange zu bewegen, bis Sie ejakulierten.«

Links stößt rechts den Ellenbogen in die Seite. »Das hab ich mit meiner Frau auch schon gemacht, als sie kurz vorher sagte, sie hat doch Kopfschmerzen. War eine heiße Nummer.«

»Warum tauschen wir dann nicht die Plätze? Sie haben gerade zugegeben, dass Sie Ihre Frau vergewaltigt haben. Ich habe das, was beschrieben wurde, nie getan.«

Der Rest der Story hat mich beruhigt. Sehr. Dieses Szenario hat so nie stattgefunden. Nicht einmal früher, als ich am Anfang meiner Karriere auf Partys eskaliert bin.

Vermutlich sollte mich die Meine-Frau-Geschichte dazu bekommen, dass ich lustig zugebe, es getan zu haben, weil es ja nicht schlimm sein kann, wenn ein Polizist so etwas erzählt. Aber davon abgesehen, dass ich auf den Dreck nicht reinfalle, stimmt die Aussage auch einfach nicht. Ich wüsste zu gern, wer das ausgesagt hat.

Der in Zivil klopft mit einem digitalen Tonband-Gerät auf den Tisch. »Wir haben noch etwas.«

»Eine weitere Frau?«, hake ich nach. Das kann doch nicht sein.

»Ja. Wir versuchen herauszufinden, wer es ist. Finden wir sie … Nun, bei zwei bestätigten Aussagen marschieren Sie heute nicht mehr hier raus. Die Anzeige war anonym, deshalb können wir sie noch nicht verwerten.«

Er drückt den Knopf, und während mein Herz einfach aufhört zu schlagen, verflüssigt sich mein Körper und das alles schon beim ersten Wort. »Ja, mein neuer Boss … Eigentlich ist er ein echtes Arschloch. Verführt … Das passt nicht ganz. Es war nicht freiwillig … Es war so: Ich wollte nicht. Ich brauche keine Hilfe.«

Schwarze Punkte führen einen irren Tanz vor meinen Augen auf, und ich versuche trotzdem, in Richtung der Stimme zu sehen, die feststellt: »Sie wissen, wer das ist. Was haben Sie der Frau angetan?«

Meine Hände zittern und mir ist schwindelig. Nein. Nicht Elin.

»Kippen Sie uns gleich um? Sie sind so blass.«

»Elin Deschain«, krächze ich. »Sie ist meine persönliche Assistentin. Und was ich ihr angetan habe? Ich habe ihr das Herz gebrochen.«

»Das bringt Männer nicht ins Gefängnis. Eine Vergewaltigung schon.«

Ich schüttle den Kopf, damit ich das abschütteln kann. Mir

ist es gerade scheißegal, ob ich einwandere, aber ich will es nicht wahrhaben, dass Elin so eine Aufnahme anonym an die Polizei schickt, um mich in den Knast zu bringen. Das ist nicht Elin. Ich habe ihre Stimme gehört, doch das ist nicht Elin. Ich weigere mich, anzuerkennen, dass sie zu so etwas in der Lage ist.

Meine Arme verschränken sich, denn ich werde nichts weiter dazu sagen. Ab jetzt muss der Anwalt übernehmen.

Viele, viele Stunden später verabschiede ich mich vor dem Gebäude mit einem Handschlag von meinem neuen Anwalt. Ihm mussten sie sagen, wer die Frau ist, die mich angezeigt hat, und obwohl ich mir vorher sicher war, nie jemandem etwas getan zu haben, war ich es danach noch mehr.

Mit ihr ging ich tatsächlich im Streit auseinander, allerdings nur, weil sie gern länger geblieben wäre, ich sie aber langweilig fand.

Auf dem Weg über den Parkplatz ziehe ich mein Telefon aus der Tasche, um mir ein Taxi zu rufen, als ich blinzelnd stehen bleibe.

»Wie lange steht ihr da schon?«

Pascal zuckt mit den Schultern und wirft in einem hohen Bogen einen leeren Kaffeebecher in eine der Mülltonnen des Polizeiparkplatzes.

Nate klemmt sich eine Krücke unter den Arm und tätschelt mir den Oberarm. »Amigo, deine Augenringe erinnern mich an meinen Sack im Hochsommer. Weich, groß und tief hängend.«

Alec räuspert sich. »Denkst du wirklich, das ist im Moment eine passende Bemerkung?«

»Hätte ich sie lieber mit deinem Sack vergleichen sollen, weil alles an dir größer ist, mein Lieblingsriese? Oder besser: mit Pascals? Alpha-Säcke sind garantiert deutlich massiger als unsere.«

Er sieht abwartend zu Pascal, der seufzt und danach mit

den Schultern zuckt, ehe er sich gegen seinen Audi lehnt. »Vermutlich entspricht die Größe meiner Hoden absolut der Norm, aber ich liebe es, dass du dir so viele Gedanken darüber machst. Fehlt noch Lennox, der etwas dazu sagt wie: *Meine Hoden sind frei und wild unter meinem Kilt, und wild lebende Hoden sind die größten, geht euch alle trösten.*«

Entweder war das die schlimmste Übersprunghandlung, die ich je erlebt habe, oder der grausamste Versuch, lustig zu sein, dem ich je beiwohnen durfte. Aber er ist hier. Ein Freund, der mich von der Polizei abholt.

Als ich die Polizisten begleitet habe, bin ich Nate begegnet, und er fragte noch, wie ich zurückkomme, woraufhin ich ihn wissen ließ, dass ich sehr wohl in der Lage bin, mir ein Taxi zu rufen. Irgendwie wird er herausgefunden haben, auf welchem Revier das Gespräch stattfindet, und hat alle mobilisiert, hierherzukommen und zu warten. Wer weiß, wie lange schon.

Lennox öffnet eine Tür von Pascals Wagen und schüttelt dabei den Kopf. »Deine Reimfertigkeiten sind bedenklich schlecht, genauso wie der Gedanke, dass Riesenhoden erstrebenswert wären. Ehrlich, was ihr da redet, ist so daneben, dass ich mir dagegen wie der liebenswerte Kumpeltyp vorkomme. Steigt ein, und dann soll Kane erzählen, was da los war. Dass er gehen durfte, ist ja schon mal ein gutes Zeichen. Vermutlich hättet ihr mich sonst noch überredet, hier zu übernachten.«

»Danke, dass ihr da seid, und ich freue mich, dass es euren Hoden gut geht.«

Ich atme tief ein. Es ist beruhigend, dass sie hier sind. Vielleicht schlägt mein Herz deshalb auch wieder ein bisschen. Ein kleines bisschen bloß, aber ich fühle mich nicht mehr ganz so gelähmt, wie seit ich Elins Stimme gehört habe.

Ihr sinnloses Gelaber, das möglicherweise gerade einen Tiefpunkt erreicht hat, ist, wie etwas Kaltes zu trinken auf rauer Kehle. Wahrscheinlich wissen sie es nicht besser. Wenn ich es richtig verstanden habe, sind wir alle keine Koryphäen darin, gute Freunde zu sein, und mir würde ebenso nichts einfallen, außer Blödsinn zu reden, um abzulenken. Vor allem, falls ich wirklich solche Augenringe habe, wie Nate es angedeutet hat.

»Geht es deinen Hoden auch gut?«, fragt Nate und jetzt, da er nicht mehr bemüht lustig klingt, höre ich Sorgen.

»Sie sind winzig klein und sehr müde. Fahrt zurück. Ich nehme mir ein Taxi, da ich nach Hause muss. Der Anwalt hat rausgeschlagen, dass ich gehen darf. Allerdings muss ich erreichbar sein und ich habe meine Privatadresse angegeben. Dort soll ich mich aufhalten und mich jeden Tag auf dem Polizeirevier melden. Zumindest ein paar Tage, bis mehr geklärt ist.«

»Wir kommen mit«, beschließt Pascal und steigt auf dem Fahrersitz ein.

»Ich habe keine Gästezimmer«, widerspreche ich.

»Wir finden ein Hotel«, erwidert Alec, bevor er die Beifahrertür schließt.

Lennox stöhnt. »Die ganze Strecke, und das mit dem Tetris?«

»Tetris?«, frage ich.

»Tetris«, wiederholt Nate grinsend. »Mein Gips muss über die Mittelkonsole nach vorn. Zum Glück ist das Auto recht groß, aber wir mussten trotzdem ausloten, wie wir reinpassen. Riesenalec ist ja auch dabei.«

»Und jetzt sind wir zu fünft«, stellt Lennox fest, wirft einen Blick auf die Uhr und neigt den Kopf hin und her. »Ja, ich komme mit. Scheißegal. Ich sitze am Fenster.«

»Genau, Noxi, du gehörst zu uns«, erwidert Nate, als er ihm die Krücken zum Einsteigen abnimmt. Man sieht Lennox an, dass er sie für das Noxi gern auf seinem Kopf zerbrechen würde, er packt sie aber gesittet in den Kofferraum. Kaum ist der zu, spricht Nate weiter: »Tisch elf ist die Tafelrunde. Einer für alle, alle für einen.«

Lennox schaut ihn zweifelnd an. »Du bringst da was ganz gewaltig durcheinander, und jetzt steigt endlich ein.«

Überrumpelt steige ich ein, obwohl ich es für absoluten

Schwachsinn halte, dass wir zu fünft zu mir fahren. Sie werden alle Ärger mit der Klinik bekommen.

Es ist tatsächlich eng. Das Auto ist großzügig bemessen, aber fünf Männer und ein Gips, das ist kuschlig. Und ich sitze wie ein Kind hinten in der Mitte.

Pascal steuert den Wagen vom Parkplatz und Alec reicht mir über den Gips hinweg eine Tüte mit Burgern. Hunger habe ich nicht, deshalb stelle ich sie nach einem Danke in den Fußraum.

Nachdem ich meine Adresse weitergegeben habe, fordert Pascal: »Erzähl jetzt.«

»Eine meiner ehemaligen Musen hat mich angezeigt. Ich hätte sie vergewaltigt.«

»Hast du?«, fragt Nate.

Alec dreht den Kopf nach hinten und tadelt: »Das fragt man nicht. Natürlich hat er nicht.«

Nate zuckt mit den Schultern. »Stimmt. Und falls doch, würde er es auch nicht zugeben. Wäre schließlich ungünstig für ihn.«

»Weiter«, befiehlt Pascal. »Oder war es das?«

»Nein. Da ist noch eine Aufnahme von einer Aussage, die anonym abgegeben wurde, mit einer ähnlichen Unterstellung.« Ich verschweige, dass sie von Elin ist, und damit behalte ich ebenfalls für mich, dass Elin verschwunden ist. Keiner kann sie erreichen. Dass sie bei mir nicht abnimmt, sollte mich nicht wundern, aber sie geht auch bei sonst niemandem ran.

Das ist dann wohl eine Art Ghosting-Kündigung mit einem wundervollen Abschiedsgeschenk.

»Und jetzt?«

»Ich warte auf Nachricht von dem Anwalt, meinem Manager oder der Polizei.«

»Mhm«, brummt es von allen Seiten.

Ja, so sehe ich das auch. *Mhm.* Da kann man nichts machen, nur warten.

Meine Laune ist auf keinem Tiefpunkt, die ist nicht

vorhanden, und weil niemand mehr etwas sagt, schweige ich ebenfalls. Je länger wir fahren, desto müder werde ich und bemerke, wie mir die Augen immer wieder zufallen.

Jemand fasst mir an den Kopf und zieht ihn zur Seite. Lennox. »Lehn dich schon an. Da kann man ja nicht zugucken.«

Ich frage nicht, bei was, sondern lehne mich in seine Richtung.

»Das ist scheiße unbequem, Mann«, stöhne ich, weil ich mir so den Hals verrenkte.

»Du bist absolut unfähig in allem«, motzt er. »Anlehnen, dir nicht unterstellen lassen, du würdest Frauen vergewaltigen, Tischmanieren.«

»Danke, Nox«, sagt Nate. »Ich verstehe auch nicht, weshalb er weiter jeden Morgen den ganzen Saftkrug anschleppt. Das ist doch nur, um mich zu provozieren.«

»Stimmt, du kluges Surferbürschchen. Vergiss nicht, dass Nox das ebenfalls mit dem Tomatensaft tut. No hate. Wir lieben dich.«

Eigentlich wollte ich lustig sein, so komisch es bei meinem Müdigkeitslevel und der aktuellen Situation ist, aber er erwidert ganz ernst: »Ich weiß. Ich euch auch.«

Er tätschelt meine Hand, die irgendwo sinnlos liegt, dann nimmt er sie und hält sie umgriffen. Wie lange kennen wir uns? Kurz. Sehr kurz. Denkt man allerdings darüber nach, stellt man fest, dass wir täglich mindestens drei Mahlzeiten zusammen verbringen, was vermutlich mehr Zeit ist, als wir mit anderen Menschen in Jahren verbracht haben.

Außerdem hat Alec Pascal Krafttraining schmackhaft gemacht und Nate ihm Ausdauertraining, da man dabei am besten Musik hören könnte. Dafür helfen sie ihm, dass er die Geräte nutzen kann, mit denen es mit seinem Gips geht. Mit Lennox trainiere ich frühmorgens, weil wir beide immer zu früh wach sind, und ich habe ihn auf den Malkurs begleitet, da ich ihm sagen sollte, ob sie da nur Schwachsinn verzapfen. Ab und zu sitzen wir in derselben Gruppentherapie und lästern danach darüber, obwohl wir wissen, dass viele Dinge wahr sind, die wir dort lernen. Wir tauschen uns über unsere Einzelsitzungen und vorgeschlagene Behandlungsmethoden aus, oft überzogen mit Spot, weil wir es doch alle irgendwie nicht wahrhaben wollen, dass wir Hilfe brauchen.

Tisch elf ist für mich nicht mehr ein zugewiesener Tisch, sondern ein Synonym für die Gruppe aus uns fünf, die hier eingequetscht im Auto sitzt.

Manchmal läuft alles richtig scheiße und es kommt doch noch etwas Gutes heraus. Ohne diesen Zusammenbruch hätte ich die vier nie kennengelernt und beim Gedanken, dass sich Tisch elf ohne mich gebildet hätte, zupft ein Funken Wehmut an mir.

Ich bin gespannt, ob wir den Kontakt halten werden, wenn unsere Zeit dort vorbei ist. Drei Wochen mit Option auf Verlängerung, so ist es üblich. Danach gehen wir in unsere normalen Leben zurück und werden wieder das, was wir vorher waren, nur hoffentlich auf eine gesündere Art.

Das ist im Moment nicht wichtig, deshalb rutsche ich, so tief ich kann, ohne mir die Beine zu brechen, und lehne irgendwie den Kopf zwischen Lennox und dem Rücksitz an. So geht es vielleicht.

»Sollen wir ihn überhaupt schlafen lassen? Hat Knackarsch-Justus nicht gestern erzählt, dass zu lange schlafen Depressionen fördern kann?«

Alec antwortet auf Nates Frage: »Lasst den Mann schlafen. Er war stundenlang auf dem Polizeirevier und muss alles, was er dort erfahren hat, jetzt verarbeiten. Manchmal ist Schlafen auch heilsam.«

Ich verkneife es mir zu grinsen, denn noch schlafe ich nicht.

»Ja, Doktor Alec, wenn du es sagst. Meint ihr, er hat es getan?«

»Hm«, brummt Pascal von vorn. »Keine Ahnung. So gut kennen wir ihn nicht. Aber im Moment ist es mir auch egal.

Falls sie es ihm zu hundert Prozent nachweisen, können wir ihn ja immer noch verachten. So lange helfen wir ihm.«

»Unser Anführer hat gesprochen«, murmelt Lennox spöttisch.

Elin hasst mich so sehr, dass sie mich hinter Gittern sehen will, doch wenigstens habe ich zumindest vorübergehend ein paar Freunde. Freunde, wie ich sie nicht einmal als Kind oder Jugendlicher hatte. Und es fällt mir erstaunlich leicht, all das anzunehmen, was sie mir in kleinen und großen Gesten anbieten.

47

SICHER, DASS DU DIR DAS NICHT EINREDEST?

Kane

Komplett nach Hause wollte ich gestern nicht mehr und hatte wie die anderen vier im Hotel eingecheckt, was zur Folge hat, dass wir schon wieder zu fünft im Auto sitzen, um zur ehemaligen Kirche zu fahren.

»Ehrlich, schäm dich, Alec. Das hast du nur gemacht, um so *verwegen* zu wirken wie Kane und Lennox.«

Alec klopft auf Nates Gips. »Was denn? Ob ich es dort esse oder unterwegs, ist doch egal.«

»Man nimmt nichts aus dem Frühstückssaal mit, sondern bestellt sich ein Care-Paket. Gegen Aufpreis. Wie du es gemacht hast, ist es Diebstahl. Wie kann man seriös im Hemd rumlaufen und gleichzeitig ein dreckiger Dieb sein? So bist du zu deinem Vermögen gekommen, oder? Betrügen, lügen und stehlen. So wird es gewesen sein.«

»Könntest du dich wieder beruhigen? Ich brauche mehr als ihr, ihr kleinen, süßen Witzfiguren. Und was war das schon? Drei hartgekochte Eier, zwei Äpfel und eine Banane.« Bei der Erwähnung der Banane zucke ich zusammen. Bananen sind für mich vermutlich für immer Elin.

»Das ist kein gutes Argument gegen meine Anschuldigung.«

»Ah, Lennox, schalte ihn aus.«

»Glaub mir, hätte ich seinen Ausschalter gefunden, wäre das schon längst erledigt.«

»Ich habe auch gestohlen«, redet Pascal dazwischen.

»Was?«, hake ich nach.

»Fünf Einmalzahnbürsten vom Putzwagen. Nur falls wir heute doch bei dir übernachten und du ja vermutlich keine Gästezahnbürsten hast.«

Nate stöhnt. »Amigo, erstens sagte er, er hat keine Gästezimmer, und zweitens musst du dir nicht wie ein überkluger Held vorkommen, denn wenn wir länger bleiben, müssen wir sowieso einkaufen. Oder hast du vom Reinigungswagen auch frische Unterwäsche mitgenommen?«

»Gibt es da welche?«

»Nein!«

Er bekommt von mir das Bein getätschelt. »Jetzt reg dich ab, Nate. Das ist doch bei Hotelketten sicher alles einkalkuliert und eingepreist.«

Er schmunzelt und will es sofort verstecken. »Niemals. Wie könnten wir ehrliche Kunden für Böcke wie euch mitbezahlen lassen?«

Ein Verdacht, den ich schon eine Weile habe, wird durch sein Schmunzeln bestätigt. Für ihn sind seine Belehrungen sein Running Gag geworden. Na, wenn er sich lustig findet … Oder sind wir die Witzfiguren, da wir immer darauf einsteigen?

»Da sind wir.«

Das Tor öffnet sich auf die Annäherung meines Smartphones und mir wird etwas melancholisch. Mein Zuhause.

Nachdem ich diesen Zusammenbruch hatte, kommt es mir fremd vor. Und noch fremder, weil ich weiß, dass dort ein Hauch Elin drinsteckt. Eine Elin, die es so nicht gibt, wie sie sich in meinem Kopf breitgemacht hat. Die Elin, die in meinem Herz und meinen Erinnerungen wohnt, die ist kein dreckiges Miststück.

Es dauert ein bisschen, bis wir vor dem Eingang stehen, da

sich Nate erst aus dem Auto bastelt und wir ihm seine Krücken verpassen müssen.

»Ungewöhnlich«, stellt Pascal fest.

»Geniale Idee«, kommentiert Nate.

»Wie ist das mit den Heizkosten?«, fragt Alec und wir wenden ihm alle den Kopf zu. »Was denn? Das ist eine berechtigte Frage. Heutzutage, wo alle von Klimakrise reden und es Niedrigenergiehäuser gibt. Ich will auch nicht wissen, was die Klimaanlage in so einem Gebäude frisst.«

»Es ist doch massiver Stein. Dort sollte sich die Frische lange halten, oder?«

Bevor ich diesem langweiligen Gespräch lauschen muss, trete ich ein. Kühle fängt mich kurz ein und die Vertrautheit des Lichteinfalls vermittelt mir ein Zuhausegefühl.

Ich verschränke die Arme und sehe zu, wie die vier ausschwärmen und an meinen Bildern vorbeilaufen.

»Haben die Namen?«, fragt Pascal.

»Ja, das, vor dem du stehst, heißt Beautybeast.«

»Sieht ein bisschen aus wie deine Elin, deshalb frage ich.«

»Nein, das kann nicht sein. Meine Inspiration waren die Frauen, die als die Schönsten der letzten Jahrhunderte gelten.«

»Elin hat eine Brille, richtig?«, hakt Nate nach und kommt angehumpelt.

»Ist das schlimm?«, fragt Pascal zurück.

»Nein, nein. Sie muss Kane echt große klasse finden, wenn sie sogar dafür bezahlt, ihn zu sehen. Aber dahinten ist noch eine.«

Was für ein dummer Spruch. Meine Großzügigkeit kennt allerdings keine Grenzen und so stelle ich ihm kein Bein.

Beide betrachten Beautybeast. Es ist eine schöne Frau, nein, die schönste Frau, die ich mir aus allen Vorlagen zusammengesetzt habe, und die enthaart sich gerade den buschigen Intimbereich. Überall stehen Pflegeprodukte mit irgendwelchen angeblich fast magischen Wirkungen herum, Spandexkleidung liegt bereit und es ist ein absolutes Chaos. Eine Hommage an den Schönheitswahn.

Ist das Elin?

Je länger ich es betrachte, desto unsicherer werde ich. Habe ich sie untergemischt? Die schönsten Frauen der letzten Jahrhunderte und darunter Elin? Da ist tatsächlich ihre Brille und die typische Hemdbluse, die sie gern trägt, liegt auch im Hintergrund. Es war mir nicht bewusst. Brille und Hemdbluse ja, weil ich es passend fand, aber nicht, dass ich ihr Gesicht mit hineingebracht habe.

Ich schiebe beide von dem Bild weg, löse es von der Befestigung und schleudere es auf den Boden. Bevor ich mit dem Fuß darauf treten kann, halten mich Pascal und Lennox an den Armen zurück.

»Was ist denn los?«, fragt Pascal.

»Mir wurde gerade klar, dass Elin meine Karriere zerstört hat.« Mit einem Ruck befreie ich mich und marschiere durch die Kirche.

Alec ruft hinterher: »Deine Assistentin? Elin? Die Frau, von der alle reden?«

»Ja«, brülle ich zurück. »Sie war das mit der anonymen Aufnahme. Sie ist sauer auf mich, weil ich Nein zu einer Beziehung mit ihr gesagt habe. Sollte sie es nicht schaffen, mich in den Knast zu bringen, wird sie trotzdem meine Karriere zerstört haben. Mit zwei Aussagen kommt es auf jeden Fall zu einem Gerichtsverfahren. Selbst wenn ich als Unschuldiger freigesprochen werde, wissen wir doch, wie das mit Männern abläuft, die der Vergewaltigung bezichtigt wurden. Die werden gemieden wie Hunde, die sich in Kadavern gewälzt haben. Kaum noch jemand wird meine Bilder kaufen, keiner wird mich mehr auf seiner Ausstellung haben wollen und ich werde von Versteigerungen ausgeschlossen.«

Da ist sie. Die Axt.

Gott fühlt sie sich gut an. Der Holzgriff ist noch kühl, ich wiege sie in der Hand und genieße das Gewicht. Geil. Absolut geil. Jetzt ist alles egal.

Ich schlendere mit der Axt um den Nacken zurück, je die Fäuste darum geschlossen. Dazu pfeife ich. Was hat sich Elin dabei gedacht? Ich sagte ihr, meine große Liebe ist die Kunst, und sie denkt sich, wenn sie mich nicht haben kann, dann nimmt sie mir meine Liebe weg?

»Okay, jetzt sieht er ein bisschen irre aus.«

»Vollkommen richtig. Endlich bin ich so wahnsinnig, wie es einige von mir denken.«

Als ich vor dem Bild stehe, kann ich es nicht. Nicht, wenn ein Stück Elin darin steckt.

Entschlossen marschiere ich zum Musenbett und werfe mit einer Hand das Bettzeug herunter. Um die Matratze vom Bett zu zerren, muss ich die Axt zwischen die Schenkel klemmen, aber dann hole ich aus. Eine Hand weit oben am Stiel, die andere unten. Der Schlag zieht in meinen Armen und an den Schultern.

»Ist das ihr Bett?«

Ah, mein Publikum hat sich versammelt, um zuzusehen.

»Nein, das war für die Musen. Ich brauche es nicht mehr. Nie wieder Musen. Mein altes Leben ist vorbei.«

»Soll das Holz raus?«, fragt Lennox.

»Ja, bitte.«

»Machen wir ein Feuer?«

Ich sehe zu Nate. »Ausgezeichnete Idee.«

Mir kriecht eine Gänsehaut über die Arme, die meine Hände kurz zum Zittern bringt. So verstanden habe ich mich selten gefühlt, und ich lächle ihnen dankbar zu, wonach ich dieses Bett gewaltsam in seine Einzelteile zerlege. Jeder Schlag ist wie eine Erlösung.

Es geht fast zu schnell, ich zertrümmere noch die restlichen Möbel für die Musen, und bald flackert auf meinem Grundstück ein ordentliches Feuer, das Pascal und Lennox angelegt haben. Es qualmt und stinkt, und vermutlich sollte man nichts vom Rauch einatmen, aber es brennt und das ist perfekt.

Wir setzen uns davor und starren auf die Flammen. Es tut gut, einfach hier zu sein, ab und zu etwas nachzulegen und sonst den Mund zu halten. Über Ewigkeiten ist das Prasseln und Knacken das einzige Geräusch, das die Stille füllt. Je länger wir sitzen, desto mehr fühle ich eine Einigkeit mit meinen Freunden, die aus dem gemeinsamen Schweigen vertieft wird.

Weil ich beim Starren wenig blinzle, stechen mir die Flammen in die Augen und mir wird immer seltsamer. Alles Wichtige verloren.

Die Musen benötige ich nicht.

Den Fame auch nicht.

Was brauche ich überhaupt?

Denke ich darüber nach, habe ich genug auf dem Konto, um nie wieder arbeiten zu müssen. Selbst wenn dieses Polster nicht vorhanden wäre und ich meine Bilder nur noch für ein Zehntel der aktuellen Preise verkaufen könnte, kann ich davon locker leben.

Das bedeutet, ich könnte ganz für mich malen, falls ich das wollte. Angeblich führt ein gebrochenes Herz einen in die eigene Tiefe und Kunst profitiert von Schmerz. Oder alle Bilder werden unerträglich melancholischer Mist.

Kein Druck, etwas fertig zu bekommen, nie wieder. Keine Auftragsarbeiten, keine Terminarbeiten, nichts. Keine Lives, kein Manager, kein Was-weiß-ich.

Was ist dann übrig?

Was ich am meisten liebe, bleibt mir, und das ohne Sorgen. Niemand kann es mir wegnehmen. Nicht mehr. Dazu müsste man mir die Hände abhacken.

Was für eine Erkenntnis. Warum hatte ich sie nicht früher?

Trotzdem fühle ich mich leer, und als ich ein komisches Geräusch höre, raffe ich erst, dass es von mir kommt, als mir Nate eine zerdrückte Taschentuchpackung reicht. »Willst du darüber reden?«

»Nein!«

Er nickt und fährt sich in einer verlegenen Geste durch sein Haar, das immer noch nach Strand aussieht, selbst hier, hinter der Kirche am Feuer. Er verwischt vor mir, und als ich zurück zu den Flammen sehe, ist es bloß verwaschenes Rot, und fahre mir grob mit dem Handrücken durchs Gesicht.

»Wegen deiner Assistentin? Elin?«, fragt Alec vorsichtig.

Lennox reibt sich eine Augenbraue. »Was für ein Gejammer, dafür, dass ihr nie richtig zusammen wart.«

»Ja, Kane, jetzt heul nicht rum. Nicht wegen einer Frau. Es gibt so viele. Komm schon, du bist doch ein Mann, Amigo.« Nate sieht peinlich berührt aus, vielleicht weil ihm nichts Besseres einfällt, als so einen Müll von sich zu geben.

Können sie nicht alle still sein und mich in Ruhe lassen? Ehrlich, was soll die Scheiße, jetzt mit mir zu reden?

Pascal sagt leise: »Jeder hier von uns hat einiges geleistet. Aber niemand kann einem verbieten, nur da man ein Mann, erwachsen und erfolgreich ist, sein Leben infrage zu stellen, traurig oder albern zu sein und unter Freunden die Contenance zu verlieren. Zugegebenermaßen ist es für mich … nett, dass jemand mit mir so einen Moment teilt. So etwas hatte ich noch nie oder zumindest sehr lange nicht.«

Ich richte mich auf und atme durch, ehe ich antworte. »Zwei Dinge. Ich habe so lange nicht geweint, und wenn ich das Gefühl habe, das ist der passende Anlass, dann tue ich es. Jeder Kommentar dazu ist absolut überflüssig, auch die gut gemeinten. Und nur damit ihr es wisst: Elin ist eine Frau, der man den Rest seines Lebens hinterherweint. Nicht weniger.«

Ja, fuck, das ist einfach wahr. Es hilft nicht, mir laufen noch mehr Tränen übers Gesicht, und ich drücke mir die Handballen auf die Augen, weil es mich nervt.

Eine Hand auf meiner Schulter lässt mich aufsehen. Alec. »Es gab eine Zeit, da habe ich auch viel geweint.«

»Alec, der Mann der Worte. Wahnsinn. Jeder hat schon mal geweint.« Lennox nimmt seine Hand weg, geht neben mir in die Hocke und umarmt mich. »Wenn ich mich richtig erinnere, macht man das so.« Nach einmal ziemlich fest drücken erhebt er sich und tätschelt mir den Kopf. »Wird wieder, Kumpel.«

Etwas, was sich nach heiserem Bellen anhört, hüpft mir aus der Kehle, und es schüttelt mich unter einem Lachanfall. Das ist absurd und komisch gleichzeitig.

»Ja, Noxi, du hast es drauf, jetzt lacht er irre.«

Pascal lacht ebenfalls und sagt: »Ich merke mir das alles. Und mache es dann ganz anders. Entschuldige, Kane. Obwohl ich dich wirklich mag, finde ich wohl nicht die richtigen Trostworte.«

Nate schnaubt abfällig. »Trost? Er erzählt uns gerade, sie wäre eine Frau, der man den Rest seines Lebens hinterherweint. Habt ihr vergessen, dass sie ihn angezeigt hat?«

Ich deute auf ihn. »Ja, und das ergibt überhaupt keinen Sinn. Keinen. Das passt so wenig zu ihr, wie dass Cinderella Crocs zum Ball tragen würde.«

»Sicher, dass du dir das nicht einredest? Sie braucht einen Kerl, du willst es nicht sein und jetzt ist sie zornig und rächt sich.«

»Ihr kennt sie nicht richtig.«

Bei einem Blick durch die Runde bleibt Nate bei Lennox hängen. »Nox, wir brauchen deinen sprühenden Sarkasmus.«

Alec wirft kopfschüttelnd ein Stück Holz nach Nate, der lachend ausweicht. »Was denn? Eben hieß es, wir sind … Moment.« Er verstellt die Stimme. »Wir sind so erwachsen und erfolgreich und dürfen trotzdem albern sein. Es wird Zeit, dass wir Kane die Mundwinkel hochziehen, und deshalb will ich, dass Nox einen Tipp raushaut.«

»Ich habe jede Menge Tipps«, erklärt Lennox. »Beispielsweise, dass wir dir einen Ballknebel besorgen. Oder dass Pascal seinen Kleidungsstil überdenkt. Außerdem …«

»Hey, was gibt es an meinem Kleidungsstil auszusetzen? Und wieso darfst du ihn kritisieren, obwohl du mit deinem Kilt am seltsamsten angezogen bist?«

Nate lacht und zuckt mit den Schultern. »Manchmal siehst du wirklich aus, als wolltest du dich als alter Sack für eine elitäre Studentenverbindung bewerben.«

»Das nennt sich Businessfreizeitlook!«

»Solange er keine Kurzarmhemden trägt, geht es für mich«, sagt Alec und sein Grinsen dazu wirkt durch die Flammen diabolisch.

Schmunzelnd stellt Nate fest: »Du im Dauerhemd bist auch

kein Vorbild in Modefragen und siehst einfach jeden Tag gleich aus.«

»Das ist ein klassischer Stil und besser als Kane, den ich im Bademantel kennengelernt habe, und du, der immer aussieht, als wärst du im Strandurlaub. Besitzt du überhaupt einen Anzug?«

»Ja, natürlich. Ihr habt keine Ahnung, wie scharf ich darin aussehe. Anzughose, Hemd, gute Schuhe, bisschen Bräune und mein umwerfendes Lächeln ... Wenn ich beruflich unterwegs bin, ist mein Weg von in Ohnmacht gefallenen Ladys gepflastert. Aber zurück zu Kane. Ihr habt Nox nicht ausreden lassen.«

Lennox seufzt und nickt. »Bei mir seid ihr für Beziehungsfragen genau an der richtigen Adresse, deshalb hört ihr jetzt meinen besten Tipp. Ich finde, grundsätzlich sollten sich alle trennen. Fertig. Keiner heult rum, keiner beschwert sich über jemanden ... Bitte, danke, gern geschehen.«

»Alles klar, dann muss ich die Rolle des klugen Ratgebers übernehmen«, behauptet Nate.

»Was befähigt dich dazu? Der von in Ohnmacht gefallenen Ladys gepflasterte Weg?«

Nate tippt sich an die Schläfe. »Gesunder Menschenverstand. Jetzt verrate uns, warum ihr kein Paar seid, obwohl du offensichtlich an ihr hängst und sie so vernarrt in dich ist, dass du sie dazu bringst, kriminell zu werden, wenn du ihr eine Abfuhr reinknallst.«

»Weil sie mich sowieso irgendwann wieder verlassen wird?« Er wird doch wohl ahnen können, dass ein Typ, der einen Platz im Càirdeas Center benötigt, nicht gerade das ist, was eine Frau gebrauchen kann.

Er lehnt sich in meine Richtung und schüttelt den Kopf. »Bist du dumm? Du hast abgelehnt, mit ihr zusammen zu sein, da du denkst, sie verlässt dich wieder? Nichts ist für die Ewigkeit. Nimm sie dir, sei mit ihr zusammen, fühl dich gut, ficke sie, sooft du kannst, und falls es endet, guckst du zurück und sagst dir: *War das geil.*«

Lennox schnaubt und erwidert: »Nimmt man es genau, war es gut, dass er das eben nicht getan hat. Sie ist bösartig. Wie groß sind die Löcher in eurem Kopf? Sie hat ihn feige anonym angezeigt.«

Alle haben recht und ein Plan formt sich in meinen Gedanken. Eine Ahnung, wie ich weitermachen möchte und wie mein Leben aussehen könnte, sollte ich nicht tatsächlich für etwas, was ich nicht getan habe, in den Bau müssen.

Sobald dieses Feuer niedergebrannt ist, werde ich damit beginnen, alles umzusetzen, was mir dazu einfällt.

Elin wird noch von mir hören.

Ob es ihr gefällt oder nicht.

Ich werde dafür sorgen, dass sie den Rest ihres Lebens jeden Tag an mich denkt.

48

NIMMST DU IHN ETWA IMMER NOCH IN SCHUTZ?

Elin

Mein schlechtes Gewissen ist unendlich groß, und als ich das Telefon auf dem Küchentisch ablege, rutscht es mir fast aus den Fingern, weil meine Hand nassgeschwitzt ist.

Hätte ich das bloß nie getan! Einmal war ich nicht ich. Einmal nicht typisch Elin. Einmal habe ich mir eine Auszeit nur für mich genommen, in der ich für niemanden verfügbar und nicht erreichbar war, um in Ruhe nachzudenken. Und das, ohne offiziell Urlaub zu nehmen und ohne jemanden zu informieren. Rebellisch kam ich mir vor und dachte mir gleichzeitig, es fällt eh keinem auf. Dass in der Zeit Chaos ausbricht … das kam unerwartet.

Marcellos Worte hängen mir noch als mahlende Steine im Magen. Was er mir erzählt hat, ist einfach unglaublich. Eine Aufnahme mit meiner Stimme … Ich bin mir nicht sicher, ob er mir geglaubt hat, dass ich das nicht war.

Leider hat er sie nicht, sondern gab mir nur den Wortlaut durch. Kane soll mich jedoch erkannt haben, und deshalb bin ich überzeugt, dass es sie gibt. Nur woher? Gefälscht? Existieren solche Stimmwandler? Andererseits … aus dem Zusammenhang gerissen könnten das Dinge sein, die ich Sophia erzählt habe. Allerdings ergibt das keinen Sinn. Sie hat garantiert nicht aufgenommen, was wir geredet haben.

Soll ich zur Polizei gehen, mir sie anhören und eine Aussage machen, dass es meine Stimme ist, ich es aber nicht war? Dann fragen sie bestimmt, wer das gewesen sein könnte, und ich habe keine Antwort.

Ich schiebe mir die Hände unter die Achseln und laufe in der Küche die wenigen Schritte auf und ab. Was als Nächstes? Kane anrufen? Glaubt er mir, dass ich es nicht war? Erst zur Polizei? Die Muse, die ihn angezeigt hat, kenne ich nicht persönlich, ich kann es mir jedoch nicht vorstellen, dass er eine Frau gezwungen hat. Es gibt genügend, die mit ihm wollen, da muss ich mir nichts vormachen. Weshalb sollte er dann eine nötigen? Das wäre nicht der Kane, den ich kennengelernt habe.

So. Etwas tun. Ich stelle eine Tasse unter die Kaffeemaschine, die ich eingeschaltet hatte, während ich mein Telefon wieder in Betrieb nahm und all die verpassten Anrufe sah. Weil er ganz oben war, rief ich zuerst Marcello zurück, und ich bin froh, dass es nicht Kane war. Marcello blieb sachlich, bei Kane weiß ich nicht, wie er auf meinen Anruf reagiert hätte. Mit ihm klären muss ich das, aber am liebsten erst, wenn ich herausgefunden habe, woher die Aufnahme stammt.

Während der Kaffee in die Tasse läuft und mir der angenehme Duft in die Nase steigt, treibt mir die Sehnsucht nach Kane einen Schleier in die Augen. Ich vermisse es, mir mit ihm einen Kaffee zu teilen.

Wie war das für ihn, meine Stimme mit solchen Anschuldigungen zu hören? Hat er geglaubt, dass es von mir an die Polizei gegeben wurde? Er hat mir unterstellt, ich hintergehe ihn, als ich ihn zur Klinik brachte. Was denkt er dann jetzt erst? Wie zornig wird er sein? Wird er mir zuhören, wenn ich ihm versichere, dass ich es nicht war?

Das finde ich nach diesem Kaffee heraus und greife mir die Tasse, um sie mit ins Badezimmer zu nehmen. Mein Zustand ist zugegebenermaßen etwas desolat. Aber in meiner Grübelphase waren meine einzige Hygienemaßnahme Gesichtwaschen und Zähneputzen.

Zischend stelle ich die Tasse ab, weil der erste Schluck noch zu heiß war, und werde meinen Schlafanzug los, um unter die Dusche zu steigen. Bis ich mich in einen vorzeigbaren Zustand gebracht habe, weiß ich, ob ich mich zuerst Kane oder der Polizei widme.

Es dauert nicht lange, dann sieht mir eine Büro-Elin aus dem Spiegel entgegen. So kann ich mit Kane reden oder zur Polizei gehen. Tja. Mein Outfit ist keine gute Entscheidungshilfe. Ich schiebe eine Hand in die Hosentasche, mit der anderen nehme ich die Tasse, um den letzten kalten Schluck Kaffee zu trinken. Den würde Phil hassen. Padkaffee und den auch noch kalt.

Phil hassen …

Phil mag Kane nicht. Zu ihm sagte ich, dass Kane ein Arschloch wäre. Ja, ganz sicher, das hat Phil erwähnt, als Kane mich abgeholt hat, um zu den Kindern zu fahren. Auf der Aufnahme sage ich das angeblich auch. Phil bekam außerdem das Gespräch mit, das ich mit Sophia führte, nachdem ich mit Kane geschlafen habe. Was Marcello mir von der Aufzeichnung erzählt hat, könnte aus dieser Unterhaltung sein.

Hm.

Aber selbst wenn Phil so eine Aufnahme hätte, warum sollte er sie bei der Polizei abgeben? Als Racheaktion, weil ich lieber mit Kane gefahren bin, statt den Tag mit ihm zu verbringen? Danach habe ich mich, obwohl ich es ihm zusicherte, nicht mehr bei ihm gemeldet. Ich wollte ihn nicht sehen, ich wollte gar niemanden sehen oder sprechen, sondern für mich sein, um nachzudenken.

Allerdings ergibt das keinen Sinn. Wenn, müsste Phil böse auf mich sein und nicht auf Kane. Oder ist er so eifersüchtig?

Mechanisch bringe ich die Tasse in die Küche, um sie in die Spülmaschine zu räumen, wobei mich dieser Verdachts unruhig werden lässt. Hat Phil etwas damit zu tun? Das kann nicht sein, aber warum wird mir bei dem Gedanken so komisch? Weil es sonst niemand gewesen sein kann?

Da ich mir sowieso noch nicht sicher war, ob ich zuerst die Polizei oder Kane kontaktiere, schnappe ich mir Schlüssel und Smartphone und mache mich auf den Weg zu Phils Wohnung.

Die Stufen rasen nur so unter mir hinweg, weil ich immer schneller werde, sodass ich sogar vom Treppe-nach-unten-Gehen außer Atem bin, als ich vor Phils Tür stehe. Falls er schon auf dem Weg zur Arbeit ist, rufe ich ihn an. Er muss mir versichern, dass er nichts davon weiß, und vielleicht hat er eine Idee, wie ich herausfinde, woher so eine Aufnahme kommen kann.

Ja, genau. Meine Knöchel tun weh, weil ich so fest klopfe, und ich atme bewusst langsam, um nicht zu gehetzt zu wirken.

Er öffnet die Tür, stutzt und zieht mich in seine Arme. »Gott, Elin, wo warst du? Ich habe mir solche Sorgen um dich gemacht. Du gingst nicht ans Telefon, und du hast nicht aufgemacht, obwohl ich gesehen habe, dass du nach Hause gekommen bist.«

Seine Umarmung überrumpelt mich, deshalb dauert es einen Moment, bis ich mich von ihm wegdrücke. »Darf ich reinkommen?«

»Klar. Möchtest du einen Kaffee?«

»Ja, gern.«

Ich folge ihm in die Küche, unsicher, wie ich ihn danach frage, ob er irgendeine Idee hat, woher diese Aufnahme kommen könnte. Jetzt, nun da ich in seiner Wohnung bin, kommt mir der Gedanke paranoid vor, dass er es gewesen sein könnte.

»Was ist passiert, Elin? Du bist mit deinem Arschlochboss mitgegangen und danach warst du nicht mehr erreichbar. Was hat er dir angetan?«

»Wir hatten Streit und ich habe eine Auszeit gebraucht.«

»Elin … weshalb hattet ihr Streit? Es muss schlimm gewesen sein, wenn du noch nicht einmal mir die Tür aufgemacht hast. Ich nehme mir heute frei, dann unterstütze ich dich. Du wirst ihn doch anzeigen, oder?«

»Nein! Er …«

»Elin!«, unterbricht er mich scharf und donnert eine leere Tasse auf den Tresen. »Du musst es endlich einsehen: Er ist ein widerlicher Mistkerl. Sei nicht so feige. Es ist ganz einfach, denn ich habe für dich vorgearbeitet.«

»Was meinst du?«, hake ich nach und knülle beide Hände in den Hosentaschen der Stoffhose zusammen.

Er kommt auf mich zu und streicht mein Haar zurück. Weil ich das nicht möchte, weiche ich ihm aus und er seufzt. »Siehst du? Jetzt hast du Angst vor Berührungen. Er hat dich angefasst, oder? Ich ahnte es, nein, es war offensichtlich. Deshalb habe ich dir geholfen und eine Aussage von dir an die Polizei weitergegeben, damit du den Mut findest, gegen das Arschloch vorzugehen.«

»Als Aufnahme?«

»Ja, richtig, gern geschehen. Möchtest du Gebäck zum Kaffee? Danach fahre ich dich zur Polizei, dann kannst du das bestätigen. Ich bin bei dir. Den machen wir fertig.«

Es klingt so, als wäre ich ihm wirklich wichtig, und sein Lächeln ist warm und offen, so wie immer. Aber … »Phil, wenn die Aufnahme von dir war, warum …«

»Das war sie. Um dich zu schützen.«

Lava wütet in meinen Eingeweiden. »Wie hast du mich überhaupt aufgenommen?«

Das Mahlwerk der Kaffeemaschine übertönt fast seine Antwort. »Mit dem Handy natürlich. Das ist ein Knopfdruck. Nichts Verwerfliches.«

Ich ziehe mein Telefon aus der hinteren Hosentasche, um zu fordern: »Wie?«

Er nimmt es mir aus den Händen, öffnet eine vorinstallierte App und reicht es mir zurück. »Siehst du? Es ist gewissermaßen so gewollt, dass man mitschneidet, was wichtig ist.«

Der Geschmack von Erbrochenem breitet sich in meinem Mund aus, weil mir die Lava aus dem Magen nach oben kocht. »Okay, Phil, aber du hast am Tag unseres Kennenlernens damit angefangen. Da habe ich gesagt, Kane wäre ein Arschloch. Danach nie wieder. Wieso damals schon? Angeblich hattest du noch nie etwas von ihm gehört. Weshalb solltest du dann Gespräche über ihn aufzeichnen?«

»Mach dir keine Gedanken. Wichtig ist, dass sie das Schwein wegsperren.«

Meine Arme verschränken sich von allein und meine Finger verkrampfen sich um das Telefon. »Doch, ich mache mir Gedanken. Phil, was soll das? Sag es mir, oder ich zeige dich an, weil du mich heimlich aufgenommen hast.«

Sein Lächeln ist etwas steif, als er auf mich zukommt. »Rede keinen Blödsinn. Ich bin auf deiner Seite.«

»Was hat Kane dir getan?« Irgendetwas muss da sein.

»Nimmst du ihn etwa immer noch in Schutz?«

Sein Näherkommen fühlt sich bedrohlich an, und ich tue so, als würde ich einlenken: »Nein, natürlich nicht. Er hat mir nur nichts getan, was man anzeigen müsste. Ich frage mich, was dein Grund ist, ihn nicht zu mögen. An mir lag es nicht, oder?«

»Ach Elin.« Er seufzt und reibt sich die Schläfe. »Ja, du hast mich erwischt. Ich kannte ihn schon. Dass seine Assistentin bei mir ins Haus zog, kam mir wie eine Fügung des Schicksals vor. Lass uns Verbündete sein, um dieses Arschloch zur Strecke zu bringen.«

»Was hast du gegen Kane?«

Er seufzt erneut und tritt noch näher. Um wieder mehr Abstand zwischen uns zu schaffen, mache ich einen Schritt rückwärts. Nun stehe ich mit dem Rücken zum Tisch, weshalb ich nicht weiter zurückweichen kann, was meinen Puls zum Rasen bringt. Da ich jedoch hören will, was er zu sagen hat, rege ich mich nicht und versuche durch einen festen Blick zu vertuschen, dass ich mich unwohl fühle.

»Meine Beziehung, die, von der ich dir erzählt habe? Wir sind nicht vor der Hochzeit abgesprungen. Ihr wurde erst bewusst, dass wir anscheinend andere Vorstellungen vom

Leben haben, als wir bereits ein Jahr verheiratet waren. Alma war Galeristin. Und sie hat sich von mir getrennt, weil sie …«

»Kanes Muse sein wollte?«, ergänze ich fragend, als er stockt.

»Um eine Affäre mit ihm zu haben«, murmelt er.

»Wie lange?«

»So wie ich es mitbekam zwei Monate. Das war die grausamste Zeit meines Lebens. Hätte ich ein bisschen kriminelle Energie, hätte ich ihn umgebracht. Er hat mir meine Frau weggenommen und es noch nicht einmal ernst mit ihr gemeint.«

An seiner Stelle würde ich mich auch schrecklich unliebenswert fühlen, und trotzdem wehre ich mich dagegen, Mitleid mit ihm zu empfinden. Er hat keins verdient, weil er mich benutzt hat, um sich an Kane zu rächen, dabei war es die Entscheidung seiner Frau, nicht Kanes. Frauen, die im Herz fest an einen Partner vergeben sind, sind nicht empfänglich dafür, eine Ehe gegen eine Affäre zu tauschen. Er kann Kane nicht die Schuld daran geben.

Darüber hinaus spricht er zwar davon, dass er keine kriminelle Energie hätte, aber ich finde es kriminell, heimlich Gespräche aufzuzeichnen, um jemandem daraus einen Strick zu drehen.

»Elin, wir sind auch nicht allein. Ich habe noch eine ehemalige Affäre gefunden, die ihn angezeigt hat.«

Von der Muse wusste ich schon von Marcello und tue trotzdem so, als würde ich das zum ersten Mal hören: »Ehrlich? Hat er ihr denn was getan?«

»Nein, aber gegen ein Taschengeld war sie bereit, das auszusagen, weil er sich ihr gegenüber wie ein Arsch benommen hat. Wir finden bestimmt noch mehr und zahlen ihm alles heim, was er uns angetan hat. Wir als Team. Was sagst du?«

Ein bitterer Geschmack liegt auf meiner Zunge. Es ist der Gleiche, den ich wochenlang im Mund hatte, als mein Ex mir verkündete, ich war nur Ersatz, bis seine Frau zu ihm zurückkommt. Ich weiß, dass ich entsetzt und wütend sein müsste, aber alles, was mich auffrisst, ist Enttäuschung, weil ich dachte, Phil mag mich wirklich.

Wieder wurde ich bloß benutzt. Erst als Ersatzfrau, jetzt für Rache. Es ist nicht so, als hätte ich tiefe Gefühle für Phil gehabt, doch ich mochte ihn und das freundschaftlich-nachbarliche Verhältnis. Ich fand es schön, dass er ab und zu Essen für mich hatte, weil er zu viel gekocht hat, unsere gegenseitigen Kaffeeeinladungen und die zufälligen Begegnungen im Haus, die gar nicht so zufällig waren, wie ich nun vermute. Mittel zum Zweck, wie ein Gegenstand oder eine Maschine, die etwas liefert. Er war nie meinetwegen nett zu mir.

»Dir ist hoffentlich klar, dass du das Arschloch bist, Phil.«

»Ich? Weshalb? Zusammen zahlen wir ihm alles heim. Vertrau mir, Elin, wenn du alles so machst, wie ich es dir sage, wird er ein paar Jahre einwandern.«

»Du wanderst vielleicht ein. Danke, dass du mir gezeigt hast, wie man mit dem Handy aufnimmt. Nicht, dass ich nicht wusste, dass es überhaupt geht, aber mit Boardmitteln war es mir nicht klar. Es ist wirklich ganz einfach. Wir hören uns, Phil.«

»Nein.« Er bleibt weiter vor mir stehen und lächelt einnehmend. »Du gehst jetzt nicht. Du bleibst hier, trinkst deinen Kaffee und wir reden in Ruhe darüber. Ich glaube, du verstehst das alles nicht richtig.«

»Lass mich bitte vorbei.«

»Nein, wir reden erst.«

Er drängt mich mit seinem Körper rückwärts, weshalb ich nun wirklich an den Tisch stoße, und greift nach meinem Telefon. Schnell verberge ich es hinter dem Rücken und stemme die andere Hand gegen seine Brust. »Phil, du machst mir Angst.«

»Nein, tue ich nicht. Ich bin es, Phil, der Good Guy. Du bist nur aufgeregt, aber ich bin bei dir und unterstütze dich.«

»Okay. Darf ich auf die Toilette, bevor ich Kaffee trinke?«

»Lass das Telefon und deinen Schlüssel hier, dann ja.«

Es ist ein komischer Gedanke, Schlüssel und Smartphone zurückzulassen, weshalb ich zögere. Das Badezimmer ist allerdings näher an der Wohnungstür und ich will jetzt hier raus. Meine Knie sind weich, und ich wünschte, Phil würde böse gucken oder kriminell aussehen, aber er lächelt immer noch und wirkt freundlich-fröhlich. Das ist so gruselig, dass es mir eine Gänsehaut über die Wirbelsäule jagt, wonach ich das Telefon in meine hintere Hosentasche gleiten lasse.

»Elin? Wir sind Freunde. Du kannst mir vertrauen. Du fürchtest dich, deinen Job zu verlieren, aber ich besorge dir einen neuen. Versprochen. Gib mir dein Handy.«

»Nein.«

»Dann muss ich es mir nehmen. Sei vernünftig.«

»Bin ich. Sobald du ein paar Schritte zurücktrittst. Du bedrängst mich.«

»Nein, ich versuche, dir zu erklären, was richtig ist. Du musst das doch verstehen. Elin! Zeig ihn an. Wenn ihr beide ihn anzeigt, wird er eingesperrt, und genau das hat er verdient. Überleg mal, wie er zu dir war. Solche Männer dürfen nicht frei herumlaufen. Weißt du, wie viele Affären er hatte? Wie viele Ehen er vielleicht zerstört hat? Was glaubst du, wie vielen Frauen es wie dir ging? Ausgenutzt, bis er genug hatte, und fallen gelassen wie Dreck. Und wir guten Kerle müssen dann die Scherben aufkehren. Schau dich doch an. Du bist ganz durcheinander. Ich bin für dich da. Du musst mir nur vertrauen.«

»Geh weg von mir! Sofort!«

Er legt lediglich den Kopf schräg. »Du wirst ihn nicht anzeigen, oder? Du bist in diesen Idioten vernarrt. Raffst du echt nicht, dass er Frauen nur ausnutzt? Wie dumm bist du denn?«

Seine Hände finden meine Taille, und ich halte die Luft an, da mich sein Atem ins Gesicht trifft. Sofort lege ich die Hände an seine Hüfte, um ihn wegzustemmen, aber er rührt sich keinen Millimeter, sondern vertieft lediglich sein Lächeln.

»Hast du brav die Beine für ihn gespreizt? So wie meine

Frau? Seinen Namen gestöhnt? Wie sie sicher auch? Hat er dich zum Höhepunkt gebracht? Bei mir kam sie immer. Jedes Mal. Weil ich es gut mit ihr gemeint habe. Ich bin keiner der Männer, die schnell kommen und bei denen es dann vorbei ist. Nein, ich nahm mir alle Zeit der Welt für sie. Ich bin ein guter Ehemann, ein richtig guter.«

Er sieht mir so tief in die Augen, als wollte er mir seine Ansichten und Gedanken in den Verstand kopieren. »Ich hätte dir schon längst gezeigt, wie aufmerksam ich sein kann, aber du bist lieber mit ihm gegangen. Was habt ihr getan? Eine Orgie mit seinen Freunden gefeiert? Warst du betrunken? Hat er dir Drogen gegeben? Wie viele Schwänze hast du weggesteckt?«

»Phil! Hör jetzt auf und lass mich los.«

Sein Griff wird noch fester. »Erst dachte ich, das kommt mir gelegen. Soll er dich ganz zerstören, dann kann ich dir besser helfen, ihn fertigzumachen. Aber du siehst es einfach nicht ein. Ich gebe mir ununterbrochen Mühe mit dir und du bist so undankbar. Wie macht er das?«

Ein Zupfen an meiner Bluse und seine heißen Finger auf meiner Haut, die sich hineinkrallen, lassen die Übelkeit Achterbahn fahren und ich würge.

»Elin, Elin, Elin, ist das etwa wahr? Ihr Frauen wollt die Arschlöcher? Ist es das? Macht es dich richtig scharf, wenn er so zu dir ist? Eine von vielen, dreckig benutzt und mies behandelt? Ich kann das auch. Soll ich es dir zeigen?«

Auf meinem Brustkorb liegen zentnerweise Steine, die die Atmung blockieren, weshalb ich gepresst fordere: »Lass mich einfach nur los. Das bist doch nicht du.«

Er lacht höhnisch. »Ich war vieles nicht. Echt nicht. Aber gut zu sein, zahlt sich nicht aus. Guck dir dieses Schwein mal an. Er ist ein Loser mit peinlichen Bildern, hat trotzdem mehr Geld als ich, behandelt Frauen wie fickbares Vieh, und Männer wie ich, die guten, treuen, ehrlichen Männer, sind die Verlierer. Nicht mit mir. Nicht mehr. Schnauze voll. Ab sofort bin ich das Arschloch. Das gefällt dir doch, oder?«

Seine Finger rutschen höher, woraufhin ich instinktiv die Arme eng an meinen Körper presse und wieder versuche, ihn von mir zu schieben.

»Ja, so ist es gut«, wispert er. »Zapple ein bisschen. Sag mir, dass du es nicht willst. Wie bei ihm. Und dann gebe ich dir, was du offensichtlich brauchst. Aber ich möchte hinterher keine Beschwerden hören. Du beschwerst dich doch sowieso nie. Sonst würdest du diesen Wichser anzeigen.«

»Reiß dich zusammen, Phil«, verlange ich und sehe ihm entschlossen in die Augen. Das kann unmöglich sein Ernst sein, auch wenn meine zitternden Beine eindeutig etwas anderes glauben.

»Bist du schon feucht, Elin? Du musst ein bisschen genötigt werden, um in Fahrt zu kommen. So ist es doch, hm? Soll ich dich erniedrigen? Verbal? Oder magst du es eher körperlich?«

Wie verbittert und zornig ist er denn, dass er jetzt so reagiert, weil ich Kane nicht anzeigen möchte? Es gibt nichts anzuzeigen, aber ich glaube, das könnte ich ihm auch schriftlich geben und er würde es ignorieren.

Mit so viel Festigkeit in der Stimme, wie ich aufbringe, sage ich: »Hör mir zu. Das bist doch nicht du. Ich verstehe, dass du frustriert bist, jetzt gehst du allerdings zu weit. Lass mich los und wir vergessen das.«

Statt zu antworten, reibt er sich provokativ an mir, wozu er die Füße etwas auseinander stellt. Mir fällt ein, dass ich Kane getreten habe, als er mich ans Bild fesselte, wie er daraufhin lachte und sagte, ich muss auf die Mitte zielen, dorthin, wo seine Hoden sind. Das hätte allerdings nicht funktioniert, denn mein Verstand hätte blockiert, ihm ernsthaft wehzutun.

Wie ist das bei Phil?

Mein Herz explodiert gleich vor Aufregung, aber als er sein Becken zurücknimmt, um mit einer Hand an seine Hose zu fassen, geht alles ganz schnell. Ich stoße mit beiden Händen und aller Kraft gegen seine Schultern, sodass er einen Schritt rückwärts tritt. Mein Knie erreicht fast Lichtgeschwindigkeit, als ich es nach oben reiße, genau in die Mitte, perfekt in den Scheitelpunkt seiner Schenkel. Die Reaktion folgt sofort. Aus einem Keuchen wird ein schmerzverzerrtes Stöhnen und er krümmt sich zusammen.

Den Jubelschrei, das gewagt und durchgezogen zu haben, verkneife ich mir, und schlage einen Haken um ihn herum, um zur Wohnungstür zu hetzen.

Ha! Durchatmen wage ich nicht, ich renne sofort das Treppenhaus nach unten. In Horrorfilmen sterben alle, die die Treppe nach oben wählen, und ich habe Bilder im Kopf, wie ich den Schlüssel nicht in meine Tür bekomme, während Phil gruselig lächelnd direkt hinter mir ist.

Ohne zu stolpern, bewältige ich alle Stufen, was mir fast wie ein Wunder vorkommt, da meine hodenzertrümmernden Knie weiter weich sind. Nur noch wenige Schritte bis zur Haustür.

Gleich geschafft.

49

DANN IST DAS JETZT UNSER SHOWDOWN.

Elin

Ich stürze aus der Haustür direkt gegen einen harten Körper.

»Kane?« O mein Gott, es ist Kane. Das ist der beste Zufall aller Zeiten. Zu ihm wollte ich jetzt. Ganz dringend. Und er bestimmt zu mir. Was sollte er sonst hier wollen? Spontan schlinge ich die Arme um ihn und sofort ist alles weniger schlimm. Das Gespräch mit Phil, die Angst, die Hetze, alles.

Ihn an meinem Körper zu spüren, ist pure Erlösung. Er ist warm, duftet unglaublich vertraut und ist alles, was ich im Moment brauche. Es gibt keine Worte dafür, was ich für ihn empfinde. Er hat mein Herz schon zum Toben und Schmelzen gebracht, und jetzt genieße ich die beruhigende Wirkung, die allein seine Anwesenheit auf mich hat.

Diese Art der Liebe war für mich nur ein Gerücht, bis er kam und sie in mir wachsen ließ. Mir ist es egal, was andere von ihm halten oder über ihn denken. Er ist Kane, und Kane ist für mich pure Geborgenheit, selbst wenn es zwischen uns nicht rund läuft.

»Elin?«, fragt er zurück und schiebt mich viel zu schnell an den Schultern ein Stück von sich weg, um mich anzusehen, als könnte er nicht fassen, dass ich es bin. Hallo? Er wollte doch zu mir, oder?

Ah. Oh. Ich vergaß. Er denkt ja, ich habe ihn angezeigt. Dass wir im Streit auseinander sind, macht es auch nicht besser. Er wird nicht erwartet haben, dass ich ihn bei einem Wiedersehen direkt umarme.

Dann ist das jetzt unser Showdown. Meine Hände werden so schwitzig wie bei dem Telefonat mit Marcello.

Vermutlich sollte ich sofort sagen, dass ich das mit der Aufnahme nicht war, aber alles, was sich über meine Lippen haucht, ist: »Ich habe dich vermisst. Ganz schrecklich.«

Er stutzt sichtbar, öffnet und schließt ein paarmal den Mund, bevor er flüstert: »Du hast mir gefehlt. Wie noch nie etwas vorher.«

Seine Stimme ist so rau, als hätte er sie mit Schmirgelpapier bearbeitet, und er kommt mir mit dem Gesicht näher. Der Anblick seiner vertrauten Gesichtszüge bringt mich zum Schlucken. Der dunkle Bartschatten und die Schatten unter seinen Augen verleihen seinem Aussehen das Düstere, das ihn noch attraktiver wirken lässt, weshalb ich kaum glauben kann, dass dieser Mann ausgerechnet zu mir so etwas sagt.

Seine Körperwärme fängt mich wieder ein, ich unterdrücke es, wohlig zu seufzen, und strecke mich ihm entgegen, bis ich kurz an seine Nase stoße. »Es tut mir so unglaublich leid.«

»Mir auch«, haucht er an meine Schläfe und lässt einen sanften Kuss dort.

Mein Sprachzentrum entgleitet mir und ich schlinge erneut die Arme um ihn. Weil das nicht genug ist, presse ich mich, so fest ich kann, an ihn und schließe die Lider, um seinen Herzschlag besser spüren zu können. Er umfasst mich ebenfalls, und ich lächle, da sich das wie eine Unterschrift unter einem Gefühlsvertrag anfühlt.

Mir fällt Phil ein und sofort ziehe ich mich wieder zurück. »Ich wollte gerade zu dir. Können wir gehen? Ich erzähle dir unterwegs alles.«

»Ich bin gespannt, was alles ist.«

»Ich war es nicht. Das solltest du wissen.«

»Es war deine Stimme, Elin.«

»Ja, nein, egal. Lass uns gehen.« Ich werde immer unruhiger und habe das Gefühl, dass meine Fußsohlen kribbeln, weil ich einen so heftigen Drang spüre, zu verschwinden. Was passiert, wenn Phil jetzt rauskommt? Wird er handgreiflich werden? Ich muss Kane hier wegbringen. Wer weiß, wie Phil reagiert, sollte er in der Stimmung auf Kane treffen.

»Na dann, komm.«

Er geht voraus und ich deute in Richtung meines Wagens. »Lass uns mein Auto nehmen.«

»Nein. Du fährst bei mir mit. Keine Widerrede.«

Hauptsache, wir verschwinden, deshalb folge ich ihm. Er hält mir die Tür eines dunkelgrauen Wagens auf, als wollte er sicherstellen, dass ich nicht flüchte. Erst als ich sitze und den Gurt über mich ziehe, fällt mir auf, dass dieses Fahrzeug nicht sein Oldtimer ist.

»Wem gehört das Auto?«, frage ich, als er eingestiegen ist.

»Mir.«

»Echt?«

»Ja, gestern spontan gekauft.«

Auf die Marke des Autos habe ich nicht geachtet, aber es ist modern und hat einen weiteren riesigen Vorteil. »Aus dem Wagen kann man auf jeden Fall auch gut aussteigen, wenn man einen Rock trägt.«

»Ich weiß.«

»Ja, schönes Auto«, stelle ich fest und sehe mich um. Die ganze Rückbank ist voller Blumen, weshalb ich frage: »Für wen sind die?«

»Für meine Muse.«

Langsam drehe ich mich wieder nach vorn und erstarre mit dem Blick aus der Windschutzscheibe. Er hat eine neue Muse? So schnell? Ist das seine Reaktion darauf, dass ich verlangt habe, dass alles Sexuelle zwischen uns endet? Oder eine auf die Anzeige? Gerade hat er mich in den Arm genommen und mir gesagt, ich hätte ihm gefehlt.

Das kann auch sein, er sagte ja, er will mich in seinem Leben behalten, aber eben nicht als seine Frau.

Jede Umdrehung der Reifen lässt mich kraftloser werden. Ich habe zu lange gewartet. Ich habe so viel über uns nachgedacht und Pläne geschmiedet, und jetzt hat er sich eine andere Frau gesucht, mit der er Sex haben kann. Und nach Hause kann ich auch nicht mehr, weil dort Phil lauert. Wie gehe ich mit dem um? Ich kann ja nicht so tun, als wäre nichts gewesen.

»Wo fahren wir hin?«, frage ich tonlos.

»Zu mir.«

Wo die Muse ist. Ich will seine neue Muse nicht kennenlernen. Vielleicht hätte ich ahnen müssen, dass Kane nicht lange wartet, aber trotzdem bin ich vollkommen erschlagen von der Information, dass es eine neue Frau in seinem Leben gibt, auch wenn es nur vorübergehend ist.

»Kane …« … lass mich raus, ich will mich in den Graben legen und mich bemitleiden.

»Elin?«

Um etwas zu sagen, rattere ich runter, was ich gerade von Phil erfahren habe, und als ich Alma Jennings, die Galeristin, erwähne, verrät mir Kanes Gesichtsausdruck, dass er sich an sie erinnert. Was zum Schluss zwischen Phil und mir passiert ist, verschweige ich, da ich noch nicht weiß, wie ich damit umgehen möchte.

»Sein Interesse an dir war also nur gespielt, um an Infos und Druckmittel heranzukommen, mit denen er sich an mir rächen kann, weil eine Frau, die nicht einmal erwähnt hat, dass sie verheiratet ist, ihn verlassen hat.«

»Ja, du warst umsonst eifersüchtig«, scherze ich, um zu vertuschen, dass mich das Zusammentreffen mit Phil mehr aufgewühlt hat, als er vielleicht denkt.

»Und jetzt fühlst du dich schlecht, da dir schon wieder ein

Mann etwas vorgespielt hat. Eine alte Wunde, vernarbt und empfindlich.«

Meine Augen fallen zum Nicken zu, um zu verbergen, dass sich Wasser darin sammelt. Er versteht es. Kane versteht mich. Das tut so gut. Auf meinem Telefon ist ein Geständnis von Phil, das Kane entlastet, aber ihm geht zuerst durch den Kopf, wie ich mich fühle.

»Ich habe dir nie etwas vorgespielt.«

»Ich weiß«, flüstere ich und greife mit beiden Händen an den Sitz. »Kane, du …«

»Was?«

Alles klar, ich traue mich. »Kannst du die Muse wegschicken?«

»Nein, Elin, auf keinen Fall. Ich habe sie gerade erst gefunden.«

Der Kloß im Hals wird so dick, dass ich kaum noch Luft bekomme. Erkläre ich es ihm allerdings nicht jetzt, wage ich es nie. Mein Blick bleibt stur geradeaus und meine Stimme ist leise, doch ich spreche.

»Mir ging es schlecht und sofort warst du für mich da. Dann ging es mir wieder gut und du warst nicht mehr für mich da. Ich habe nicht verstanden, weshalb das so ist. In den schlechten Zeiten stehst du mir bei, die guten willst du aber nicht haben? Normalerweise ist es doch umgekehrt, wenn es jemand nicht ernst meint. Statt dass ich versucht habe, dich zu verstehen, war ich beleidigt. Das war nicht fair. Das wurde mir klar, als ich nachgedacht habe. Deshalb hat mich niemand erreicht. Ich habe eine Auszeit gebraucht, um alles sacken zu lassen und über uns nachzudenken.«

Er wirft mir einen Blick zu, als ich eine Pause mache, weil ich erst zusammensammeln muss, was ich noch sagen wollte.

»Mein Herz tut weh, Kane. Du tust ihm weh. Zwing mich nicht, dir beweisen zu wollen, dass wir zueinandergehören, denn ich weiß nicht, wie ich das tun soll. Vielleicht ist das bloß im Moment so. Möglicherweise geben wir uns nur eine Zeit lang das, was wir brauchen. Das können wir nicht wissen.

Aber können wir nicht herausfinden, ob es mehr ist als etwas Vorübergehendes? Du musst niemandem etwas beweisen, nichts Bestimmtes tun oder Angst vor Erwartungen haben. Sei du. Ich finde dich toll, wie du bist.«

War das genug? Zu wenig? Da er mich nicht unterbricht, erzähle ich weiter.

»Nach Georg hatte ich für mich beschlossen, nur noch einen Mann zu wollen, zu dem ich einhundert Prozent passe und er zu mir. Darüber habe ich nachgedacht, und ich weiß nicht, ob du perfekt bist oder nicht, und es ist mir vollkommen egal. Auf den ersten Blick haben wir vielleicht wenig gemeinsam, aber ich fühle mich bei dir sogar wohl, wenn wir uns streiten. Ich habe so viele Punkte gesammelt, die für uns sprechen, viel mehr als die gegen uns. Du liebst mich, und ich finde es süß von dir, dass du zu meinem vermeintlich Besten darauf verzichten möchtest, dass wir zusammen sind. Darin erkenne ich Liebe, aber es ist auch ein bisschen …« … lächerlich.

Das sollte ich vielleicht nicht aussprechen. Er ist krank, und wer weiß, was er deshalb für Ängste hat. Ich habe doch ebenfalls welche. Puh. Wo war ich? »Also, Kane … wenn wir in den schwierigen Zeiten schon ein ausgezeichnetes Team sind, wie ist das dann erst in den guten? Bei dir habe ich das Gefühl, egal was wir falsch machen, wir haben uns trotzdem gern. Das ist doch echte Liebe, oder? Kane, oder? Bitte sag mir nicht, ich bin für dich nicht mehr, als es die Musen sind. Kannst du sie wegschicken? Bitte?«

Wir sind da, und als sich das Tor zum Grundstück öffnet, schlägt mein Herz immer schneller, als müsste Kane, noch bevor wir hindurchfahren, die magischen Worte aussprechen, dass er sie loswird.

»Du bettelst, Elin. Wie geil. Aber nein, ich schicke sie nicht weg.«

Es ist richtig: Ich bettle. Ich bettle bei dem Mann, der mir erst eine Abfuhr verpasst und sich gleich die nächste Frau gesucht hat, dass er trotzdem mit mir zusammen sein soll.

Eben dachte ich, ich muss loswerden, was ich für ihn empfinde, und dass ich ihn nicht kampflos aufgeben kann.

Jetzt fühle ich mich nach Sterben. Vor Scham, vor Kummer und vor Schmerz.

All die Worte waren vergebens.

50

O GOTT. OGOTTOGOTTOGOTT.

Elin

Kane parkt auf dem Besucherparkplatz und wendet sich mir zu. »Steig aus.«

Was für ein Arsch. Fieser, fieser Lumpenhund. Seine Augen blitzen zufrieden. Natürlich tun sie das. Für ihn ist alles gut. Wahrscheinlich lässt sich das Problem mit der Polizei dank mir morgen, spätestens übermorgen von seinem Anwalt klären.

Schnaubend löse ich den Gurt und verlasse den Wagen.

»Elin?«, ruft er mir hinterher, bevor ich die Tür zuschlagen kann.

»Was?« Ich stecke den Kopf ins Auto, und obwohl Schmerz an meiner Seele nagt, bin ich auch wütend auf ihn und sein Benehmen. Deshalb rufe ich mir als Nächstes ein Taxi. Wohin ich gehen will, weiß ich noch nicht, aber ich bleibe nicht hier und lerne die Muse kennen.

»Du hast deine Blumen vergessen.«

»Was?«

»Du wiederholst dich.«

»Ich dachte, die sind für deine Muse?«

»Und jetzt überlegst du kurz.«

»Was soll ich überlegen, hm? Ich bring ihr die nicht, das kannst du vergessen.«

Er greift nach hinten und reißt ein Büschel Grünzeug aus einem der Gestecke, um mir damit über die Nase zu streifen. Ich pruste und schenke ihm einen giftigen Blick, um zu verbergen, wie enttäuscht und traurig ich bin. Ich habe ihm gerade erzählt, was er mir bedeutet, und er hat nichts Besseres zu tun, als mich zu ärgern.

»Elin. Sie sind für dich.«

Was?

Durch meinen Körper fährt ein kribbeliger Stromstoß. »Ich? Ich bin deine Muse?«

»Endlich verstehst du es.«

»Für mich sind die? Es gibt keine andere Muse?«

»Ja.«

»Warum folterst du mich so?«, nuschle ich hilflos.

»Ich kam mir auch gefoltert vor. Ich kann schon nicht ertragen, wenn du vor mir wegläufst, was glaubst du, wie es mir geht, wenn ich dich nicht erreichen kann? Warte kurz.«

Er steigt aus und umrundet den Wagen, um sich neben mir an die Karosserie zu lehnen. Ich schließe die Tür und bleibe abwartend stehen, denn ich denke, ich habe genug geredet. Jetzt ist er dran.

»Weißt du, Elin, es war die Hölle, zu glauben, du bist so … boshaft, heimtückisch, nachtragend – was auch immer. Ich war richtig wütend und, okay, dazu echt enttäuscht. Dein Herz tut weh? Meins nicht mehr, da …«

Die Kirchentür öffnet sich, und Kane unterbricht, um dorthin zu sehen. Zwei der Männer, die auf uns zukommen, kenne ich persönlich, zwei davon von Kanes Erzählungen. Sie sind auch hier?

»Hi, Elin«, sagt Pascal und reicht mir einen Kaffee. Irritiert nehme ich ihn und stelle ihn aufs Autodach.

»Woher wusstet ihr, dass wir da sind?«, fragt Kane.

»Du hast Kameras«, erwidert der größte der fünf, Alec, und hält Kane ebenfalls eine Tasse entgegen.

»Siehst du, Elin. Ich brauche dich nicht mehr als Assistentin, ich habe Ersatz für dich gefunden.«

Mir entkommt ein genervtes Brummen, und Alec öffnet erbost den Mund, ehe er die Tasse fallen lässt.

Lennox schließt schnaubend für einen Moment die Augen. »Du kannst doch nicht einfach die Tasse fallen lassen, nur weil jemand sagt, du wirkst wie Kanes Assistent.«

»Das waren reine Instinkte.«

»Die Instinkte sind jetzt Flecken auf deiner Hose.«

»Dein neues Auto gefällt mir immer besser«, stellt der Kerl mit Krücken fest und klopft auf die Motorhaube, als könnte er so die Qualität abchecken.

»Danke, Nate. Ich bin auch froh, dass Elin in Zukunft anständig und vor allem selbstständig aussteigen kann.«

»Ich hätte das ja gern gesehen.« Nate lacht und zwinkert mir zu. Sie kennen die Geschichte? Ist es peinlich oder schön, dass Kane über mich spricht?

Was wird das hier überhaupt?

Überfordert sehe ich zu Kane, der zurücksieht und mit den Schultern zuckt. »Sorry, dass sie uns so überfallen. Eigentlich wollte ich allein mit dir sprechen, bevor ich dich dem Rest vorstelle. Und ja, falls du denkst, ich habe den Wagen deinetwegen gekauft, ist das richtig. Die Blumen sind, weil mir nichts Besseres eingefallen ist, es mir aber unangemessen vorkam, mit leeren Händen bei dir aufzutauchen.« Er wendet sich mir zu und greift meine Hand. »Es tut mir leid, dass ich dich abgewiesen habe. Nie wieder, okay? Du hast es nie direkt ausgesprochen, deshalb tue ich es als Erstes: Ich liebe dich, Elin Deschain. Niemand wird dich je so lieben wie ich, auf diese wahnsinnige Art, auf die ich auch meine Arbeit liebe. Keiner wird dich je so verehren und so sehen, wie ich es tue. Egal, wer deinen Wert noch erkennen wird, ich will der sein, der ihn pflegt und erhöht. Du gehörst zu mir und niemand anderem. Ich bemühe mich, der Mann zu sein, den du verdient hast.«

O Gott. Ogottogottogott. »Bist du«, piepse ich.

»Den Rest besprechen wir unter vier Augen«, verspricht er und wirft einen mahnenden Blick auf seine Freunde.

»Och nö«, stöhnt Nate. »Erst vergessen sie, vorher Popcorn zu verteilen, und jetzt wird die Vorstellung vorzeitig unterbrochen?«

»Dafür müsst ihr als Strafe wirklich zugucken.«

Kane tritt vor mich, weshalb ich mich mit dem Rücken am Auto anlehne. Er stellt seine Beine links und rechts von meinen auf, wodurch sein Körper meinen sanft berührt. Sofort schließe ich die Augen, weil mich sein Duft erreicht, der einfach nur nach Heimat riecht. Genauso wie die kleine Geste sich anfühlt, als er seinen Unterarm neben meinem Kopf ablegt und mit der Nase über die Schläfe streift.

»Bis ich richtig nachgedacht habe, dachte ich tatsächlich, du willst dich an mir rächen. Ich wollte keine Frau und erst recht keine, die so rachsüchtig und hinterhältig ist. Dann wurde mir klar, dass du eben nicht so bist und es deshalb nicht gewesen sein kannst. Ich bin so froh, dass ich recht hatte, wirklich, wirklich froh. Verzeih mir, dass ich es nicht sofort hinbekommen habe, mich richtig auf dich einzulassen. Ich kann dir nicht versprechen, dass es immer einfach mit mir ist, aber ich will alles. Unsere guten und schlechten Tage. Deine wie meine. Ich brauche sie alle. Und ich arbeite daran, wieder von mir sagen zu können – und ganz wichtig: es auch zu glauben –, dass ich der glücklichste Fucker des Planeten bin.«

Er atmet tief ein, als wollte er mich inhalieren, bei mir seinen Heimatgeruch suchen, und sein Atem ist warm und wundervoll, wie er sich in meinem Haar verfängt, als er weiterredet.

»Ohne dich kann ich mir das allerdings nicht mehr vorstellen. Ja, ich will malen und all das, ich muss jedoch dabei wissen, dass du da bist. Dass ich mich umdrehen kann, um dein Lächeln zu sehen. Dass ich dir mit der Nasenspitze die Brille hochschiebe, weil ich Farbe an den Händen habe. Ich fordere, dass du dann grinst, mich umarmst und ich sage: *Vorsicht, sonst bist du voller Farbe.* Und du musst antworten:

Das macht nichts, und es ist mir scheißegal, selbst wenn es Straßendreck, Blut oder Gift wäre: Nichts hält mich davon ab, dir nahe zu sein. Du bist für mich eine Muse, die einzige, die ich will, und noch viel mehr, denn ich wünsche mir, dass du mein Alltag bist.«

Er zieht den Kopf zurück und legt ihn schräg, als er mich betrachtet. Muss ich jetzt etwas sagen? Ja, oder? Dass ich ihn auch liebe beispielsweise. Jedoch verlässt nichts meine Lippen, ich starre ihn nur an.

Zu viele Gefühle toben gleichzeitig durch mich und richten lähmendes Chaos an. Meine Herzfrequenz befindet sich außerhalb jedes vernünftigen Bereichs, und meine Finger zittern, weshalb ich sie an seine Seite lege und im Stoff verkrampfe. Meine verhärteten Stimmbänder bekommen weiter keinen Ton raus außer ein leises Seufzen. Hoffentlich versteht er, was das bedeutet. Alles. Es bedeutet alles, und wenn er nur noch einen Ton sagt, platzt vermutlich mein Herz, das sich eben so leer und enttäuscht angefühlt hat und jetzt einfach von ihm überladen wurde.

»Kippt sie gleich um? Brauchen wir Riechsalz?«

»Ich will so etwas auch.«

»Meine Frau hat mich damals genauso angesehen.«

»Das ist widerlich, und ich wünschte, ich hätte einen Strick.«

Kane lächelt nach den Kommentaren seiner Freunde und umfasst meinen Kopf. »Weißt du, Elin, hätte ich gewusst, was du mir irgendwann bedeuten wirst, hätte ich dich an deinem ersten Tag mit Blumen und Geschenken empfangen. Dann wäre sicher keine Muse, deren Namen ich vergessen wollte, da gewesen, und ich hätte dir formvollendet gekleidet entgegengelächelt. Ja, ich wünschte, so wäre es gewesen. Ich hätte gesagt: *Hi, Licht meines Lebens, ich habe uns eine Geburtstagstorte besorgt, um zu feiern, dass du hier bist, weil das besser als jeder Geburtstag ist. Ab morgen bemühe ich mich, der Mann zu sein, den du lieben kannst.* Ja, so wäre das gewesen.«

»Das klingt gruselig«, sage ich und hickse.

»Was davon?«

»Alles. Stell dir das mal vor. Du trittst eine neue Stelle an und dein Chef empfängt dich so. Nein, nein, die Variante, dass ich zuerst deinen Penis gesehen habe, die war besser.« Ich lache verzweifelt, weil ich das alles nicht fassen kann, was er zu mir gesagt hat. Das ist genau das, was ich wollte, und doch zu viel, um es einfach wegzulächeln.

»Heulst du, wenn du keine Scherze machst?«, flüstert er.

Mit einem Nicken bejahe ich. Das Weinen steckt mir schon im Hals und drückt in den Tränendrüsen.

»Okay«, wispert er. »Ich küsse dich jetzt trotzdem.«

Ich nicke schneller, mit dem Gesicht immer noch in seinen wundervollen Händen.

Da ist er. Ein herrlich perfekter Kuss, der sich auf meine Lippen legt und von dort wohltuend direkt ins Herz wandert. Flüssiges Glück pulsiert in Wellen durch meine Adern und verlangt, dass ich in den Kuss lächle.

Jetzt wird alles gut.

Jetzt ist alles perfekt.

Jetzt bringt uns nichts mehr auseinander.

51

EPILOG

UND WEIL ICH DIR SO GEFALLE, MUSS ICH BALD BLUTDRUCKTABLETTEN NEHMEN, ODER WAS?

Elin

»Schläft er?«, fragt Kane.

Ich schiebe erst ihm eine schwarze Haarsträhne aus der Stirn, dann unserem Sohn.

»Ja, und er sabbert dir auf den Kopf. Soll ich versuchen, ihn runterzunehmen?«

»Du kennst die Antwort.«

Kenne ich. Sie ist Nein. Kane liebt diese Gewohnheit. Taran schläft öfter nicht gut ein. Seit er sitzen kann, nimmt Kane ihn in dem Fall auf die Schultern, malt oder geht spazieren. Früher oder später sackt er auf ihm zusammen, bis seine Wange auf Kanes Kopf liegt, und dann weckt ihn nichts mehr. Wie durch ein Wunder und gegen all meine Bedenken ist er noch nie runtergefallen. Gerutscht ja, was Kane schnell korrigiert, aber je größer er wird, desto stabiler sitzt er auch.

»Was ist?« Kane stupst mich mit einem Stift an, mit dem er auf der Leinwand etwas vorskizziert hat. Auf den zweiten Blick erkenne ich, dass es kein Bild ist, sondern er die Packliste für unsere nächste Reise darauf schreibt.

Das ist zwar kein Notizblock, aber trotzdem gut so. Dieses

Mal geht es nach Norwegen, da brauchen wir andere Sachen als in Marokko, wo wir zuletzt waren. Solange Taran noch nicht den Kindergarten besucht, wollen wir mit ihm so viel wie möglich reisen.

Wir haben beide nicht viel von der Welt gesehen, da Kane sein Leben fast nur hinter der Leinwand verbracht hat und ich nie dazu kam. Die Idee hatte er von Pascal, der alles nachholen wollte, was er seiner Meinung nach verpasst hat. Und uns gefällt es, mehr als die Hälfte des Jahres auf Reisen zu sein und den Rest hier in der Kirche unseren Alltag zu leben und ein festes Zuhause zu haben.

Ich sehe zurück zu ihm und zu Taran, der selig auf ihm schläft. »Ich denke, du wirst dich damit abfinden müssen, dass er das nicht tun kann, bis er auszieht.«

»Wieso?« Kane reißt die Augen auf und tut so, als wäre er überrascht. Zu einem Grinsen sagt er: »Buch mir einfach eine Massage, dann geht das schon. Oder massier mich selbst, aber du darfst nicht fummeln … du musst.«

Er greift nach einem von Tarans Füßen, um seinen nackten Fußrücken zu küssen.

»Ach du.« Ich seufze tief und fasse an den anderen Kinderfuß.

»Mach dir keine Sorgen, mein Rücken macht das noch eine Weile mit. Die Natur hat mich nicht umsonst wie einen perfekten Kindersitz geformt.«

Ja, die Natur. In der Natur wurde er auch gezeugt. Unter Regen und Donner und deshalb heißt unser Sohn Taran wie der Donnergott. Damals dachte ich, es war nicht klug, schon wieder vergessen zu haben, zu verhüten. Ich war mir allerdings sicher, dass nichts passiert sein kann. Weder, dass wir Geschlechtskrankheiten getauscht hätten, noch dass wir in dem Moment etwas schufen, das unser Leben verändert.

Es war ein kurzer Schock für mich, schwanger zu sein. Gerade wurden die Ermittlungen gegen Kane eingestellt, weil ich aussagte, dass diese Aufnahme aus dem Zusammenhang gerissen war und Kane mir niemals zu nahe kam, ohne dass ich es gewollt hätte. Die ehemalige Muse von Kane nahm ihre Aussage zurück, als herauskam, dass Phil ihr Geld überwiesen hat. Es gab ein buntes Durcheinander von Anzeigen, denn Kane zeigte die Muse wegen Verleugnung an, Phil wegen Anstiftung dazu, ich wiederum, da er heimlich unsere Gespräche aufnahm und mich bedrängt hat.

Alle Männer bekamen von der Klinikleitung Ärger, weil sie ohne Absprache das Gelände verlassen hatten. Sie wurden sich aber zum Glück einig, dass es ein Notfall war und sie die Therapie fortsetzen dürfen. Wenig später machte ich den Test.

Und einen zweiten. In dem kurzen Schockanfall bestellte ich mir einen Großpack von 150 Stück, um direkt nach der Bestellung durchzuatmen und danach seelenruhig einen Termin bei meinem Gynäkologen zu vereinbaren.

Frisch mit einem Mann zusammen, der sich gerade von einem Burnout erholt, und gleich schwanger, da könnte man denken, dass ich einen langen und heftigen Panikanfall bekam, weil ich Angst vor seiner Reaktion hatte. Jedoch fiel mir unser Gespräch nach unserem ersten Mal ein, und ich wurde immer sicherer, dass er nicht sagte, er *will* kein Vater sein, sondern er *kann* es nicht. Das ist ein großer Unterschied, finde ich, schließlich *konnte* er auch nicht mit mir zusammen sein und war dann glücklich mit der Entscheidung. Je länger ich über ihn und uns nachdachte, desto ruhiger wurde ich, bis ich das Vertrauen zurückhatte, dass nichts mehr zwischen uns schiefgehen kann.

»Was guckst du so melancholisch? Arbeite lieber weiter; sobald er aufwacht, bist du dran.«

»Ich musste daran denken, als du gesagt hast: ›Einen perfekteren Zeitpunkt kann es nicht geben‹, und es vollkommen ernst gemeint hast.«

Sein Lächeln verrät mir, dass er sofort weiß, was ich meine. Damals, als ich mit der Neuigkeit im Gepäck zur Besuchszeit in der Klinik aufgetaucht bin. Zuerst wollte ich bis nach seiner Therapie warten, damit ich ihn nicht belaste. Allerdings hatte er dort die richtigen Ansprechpartner, falls es ihn aus der

Bahn geworfen hätte, Vater zu werden. Außerdem war da diese Gewissheit, dass es ihn eher kränken würde, es nicht sofort zu erfahren.

»Wie sollte ich es denn sonst gemeint haben? Wenn man sowieso schon alles infrage stellt und sich neu erfinden will, da kann man gleich das Vatersein mit einplanen. Und dazu kommt, dass ich unglaubliches Glück hatte, weil meine Assistentin ziemlich gut ist. Die hätte mir im Zweifelsfall einen einwandfreien Babysitter besorgt.«

»Arsch«, murmle ich und grinse, als er sich vorwurfsvoll räuspert und nach oben schielt.

Ich liebe diesen Mann so sehr, dass ich manchmal froh bin, wenn er etwas tut, das mich nervt oder aufregt. Zu viel erträgt kein Mensch.

Seine Assistentin bin ich immer noch, das haben wir nicht geändert. Bis heute weiß ich nicht, ob Hanna mitbekam, dass ich mit Kane zusammen bin und wir sogar ein Kind haben. Bei einem Anruf der Agentur, eine Art Rückversicherung, ob ich weiter zufrieden mit meiner Anstellung bin, die sie vermittelt haben, konnte ich auf jeden Fall ohne zu lügen Ja sagen.

Ein Gehalt bekomme ich zwar nicht mehr, aber dafür die Hälfte des Gewinns an den Bildern, die er verkauft. Laut ihm wäre das gerecht, da er zwar der fucking Meistergott der anzüglichen Bildkultur wäre – eine Aussage, über die ich mit den Augen rolle –, aber wir ein Team sind und es anders nicht gerecht wäre. Ich stelle diese Gerechtigkeitsvorstellung nicht infrage, denn für mich spricht Liebe aus ihm, und von dieser Sprache bekomme ich nicht genug.

Sein Schaffen hat sich verändert. Er macht seltener Lives und nimmt nicht länger Auftragsarbeiten an. Außerdem malt er deutlich weniger, wodurch meine Aufgaben als Assistentin geringer wurden. Allerdings haben wir auch noch mehr wichtige Jobs, die unsere Aufmerksamkeit fordern. Elternsein beispielsweise. Und ein ganz wichtiger, der ebenfalls Zeit beansprucht, ist, auf uns selbst zu achten.

Darüber hinaus erstellen wir Kinderbücher. Ursprünglich

bat ich Kane nur um eine schnelle Skizze, passend zu dem Spruch: *Ich hab dich lieb wie einen Weihnachtsbaum aus Schokolade.* Das wollte ich Milo und Lucea als Karte zu ihren Weihnachtsgeschenken schicken.

Kane malte daraus eine kleine Geschichte über sechs Seiten. Auf jeder Seite sagt jemand zu den Geschwistern, die diesen Baum suchen, das, was die Kinder früher brüllten, wenn ich einen meiner Ich-hab-dich-lieb-wie-Sprüche rausgehauen habe: *Das gibt es doch gar nicht!* Und am Ende kommt die Lehre: Liebe muss sich nicht an Regeln halten. Sie kann machen, dass Bäume nach Schokolade schmecken, Regenbögen singen, Elefanten fliegen und die Sonne nach Erdbeeren riecht … alles, was man sich vorstellen kann. Die kleine Story fand ich so toll, dass ich sie auf festem Papier drucken ließ, obwohl sie für die Art Bücher eigentlich schon zu alt waren.

Mittlerweile haben wir sechs dieser Bücher zusammen auf den Markt gebracht. Sie sind einfach und haben wenig Text, aber jedes ist durch Kanes Zeichnungen wunderschön. Eltern lieben sie dafür, und die Kinder lieben sie, da sie Liebe magisch finden. Und natürlich da sie mitbrüllen können, sobald die Stellen kommen, an denen jemand sagt: *Das gibt es doch gar nicht!*

Ich glaube, Kane ist darauf sogar stolzer als auf seine richtigen Bilder, weil das etwas ist, das er seinem Sohn schon präsentieren kann, wenn er ganz klein ist. Irgendwann kommt sicher eine Zeit, da könnten Taran die ordinären Werke seines Vaters unangenehm sein. Dafür wird er von Kane unterstützt und gefördert werden, egal, was er sein will, und das ist das Wichtigste.

»Swein«, murmelt Taran im Schlaf.

»Was hat er gesagt?«, fragt Kane.

»Ich glaube, es war Schwein.«

»Ah, prima. Wird auch Zeit, dass er noch mehr Wörter beherrscht, die er als Schimpfworte nutzen kann.«

»Noch mehr? Hör endlich auf, das immer zu behaupten.«

»Stell dich nicht so an. Wir müssen dazu stehen, dass das dritte Wort unseres Sohns Fotze war.«

»Es war Voge. Das bedeutete Vogel. V-o-g-e-l. Das Tier. Weil er Vögel mag. Woher sollte er das andere Wort denn überhaupt kennen? Ich will diese Geschichte echt nie wieder hören. Die ist absolut peinlich für alle.«

»Doch, ich bin mir sicher. Vermutlich, da du es so oft sagst. Die kleinen Frischmenschen sprechen alles nach.«

»Ich habe noch nie in meinem Leben Fotze gesagt, Kane!«

Er legt einen Arm um mich und zieht mich näher, um mich zu küssen. Ich weigere mich. Er ist schrecklich. Der schrecklichste aller Männer und Väter.

»Hast du«, flüstert er an meine Stirn, weil ich den Kopf gesenkt halte. »Jetzt gerade, in Hörweite von ihm, während er langsam wach wird.«

Ich recke das Kinn nach oben und funkle ihn böse mit den Augen an. »Du hast mich dazu getrieben!«

Blitzschnell drückt er mir einen Kuss auf die Lippen. »Ich liebe dich. Vor allem, wenn du dich über mich aufregst.«

»Aha. Und weil ich dir so gefalle, muss ich bald Blutdrucktabletten nehmen, oder was?«

»Den in die Höhe zu treiben, ist mein Geheimnis für ewige Jugend.«

Wie er mich dabei ansieht, schickt mir ein sanftes Kribbeln in den Schoß und erhöht tatsächlich alles, was mein Körper erhöhen kann. Puls, Temperatur, Blutdruck … Die Anziehungskraft hat nicht nachgelassen. Ein falsches Wort von mir und mir fehlt die Kleidung, ein richtiges von ihm und ich springe ihn an. Durch ihn fühle ich mich stark, schön und voller Lust. Er verehrt jede Seite an mir, sei es Partnerin, Mutter, Assistentin oder Geliebte. Und er lässt mich spüren, dass er mich in allem perfekt findet, selbst wenn ich unübersehbare Fehler begehe.

Auf den ersten Blick war er ein Arsch. Auf den zweiten und dritten auch, da muss ich nichts beschönigen. Doch dahinter habe ich einen faszinierenden Mann gefunden, der sein Leben umplanen musste und mich in den Mittelpunkt geschoben hat.

Mich!

Elin Deschain, die für einige nichts Besonderes war, ist es als Einzige für den wundervollsten aller Männer. Und dieses Gefühl kann mir nie wieder jemand wegnehmen.

NACHWORT

Ich, die von Kitsch erfüllte Autorin, die gerade die Schlussworte geschrieben hat, starrt auf die Zeilen. Das war nicht ganz wie geplant. Ist es besser? Vermutlich. Mag ich die Geschichte? Sehr.

Es poltert vor meiner Bürotür, und bevor ich etwas sagen kann, öffnet sie sich und die fünf Männer schieben sich herein.

Mittlerweile ist das nichts Neues mehr. Seit über zwei Jahren besuchen mich meine Protagonisten im Büro oder sonst wo. Nur auf der Toilette habe ich mir das bisher erspart – und euch Lesern natürlich auch.

»Hi«, sage ich, als Kane sich an meinen Schreibtisch lehnt.

»Ich mag die Geschichte nicht.«

»Wie bitte? Weshalb?«

»Warum bin ich kein Held?«

»Held. Held, Held, Held«, murmle ich und sehe mich um, wonach ich ihn wieder ansehe. »Ja, nein, hier ist nirgendwo ein Schild, dass ich Helden schreibe.«

»Das Buch, das du davor geschrieben hast, hat im Klappentext stehen: Dark-Hero-Romance.«

Ein schmachtendes Seufzen entkommt mir. Xander. Ja, Xander, der war ganz xandertastisch.

»Haha«, sagt Nate. (Der übrigens Nathanael heißt und in

Gedanken seinen eigenen Namen näselnd ausspricht, weil er ihn überkandidelt findet.) »Unsere Autorin schwärmt von vergangenen Protas, und das direkt nach deiner Geschichte. Ich würde ja heute Abend in meinem Bett heulen.«

»Würdest du?«, hake ich nach.

»Nein, aber Kane haben wir alle schon flennen sehen, deshalb gehen wir davon aus, er tut das ständig.«

»Siehst du!«, sagt Kane vorwurfsvoll und hebt eine seiner dunklen Brauen.

»Was hättest du denn gern für eine Story gehabt?«

Alec mischt sich ein: »Wie wäre es damit: Kanes erste große Jugendliebe will seine Muse werden, weil sie ihn nie vergessen konnte. Beide denken, jeweils der andere erinnert sich nicht an einen.« Zweifelnd sehe ich zu meinem Bücherregal. Bis dahin habe ich das doch so ähnlich in *Truth about Ryan* geschrieben. Freche Protagonisten, die nicht all meine Bücher auswendig können. Schnell höre ich weiter zu. »An der Stelle könntest du eine Sexszene an die andere reihen, bis sie in Gefahr gerät und er sie unter Einsatz seines Lebens rettet. An der Stelle können die Leser gespannt die Luft anhalten.« In dem Fall ist die Szene hoffentlich nicht zu lang, denn erstickte Lesende sind irgendwie unpraktisch. »Sie gestehen sich endlich ihre Liebe und sind dann wieder glücklich vereint. Ende.«

Kane schnaubt. »So eine *Jugendliebe* habe ich nicht und meine Story sollte schon etwas mit Elin zu tun haben. Eine andere Frau möchte ich nicht.«

Mein Blick ruht weiter auf Alec, denn was ich rausgehört habe, ist sein Wunsch, von mir wieder mit seiner Frau vereint zu werden. Am liebsten mit einer Heldentat. Mal sehen. Meine Pläne sind in der Sache etwas verzwickt.

Allerdings waren die für Kanes und Elins Buch auch anders. Mehr Crime, ein böserer Phil … Doch dann war mir das zu viel für diese Geschichte. Diese Story hat ihren eher traurigen Bösewicht für einen kleinen Stolperstein zum

Schluss gebraucht, aber der wahre, große Bösewicht war der, dem viele Menschen begegnen: ein Burnout.

Mir gefallen die Bezeichnungen Erschöpfungsdepression oder hochfunktionale Depression besser, weil sie ernster klingen. Es ist ein grandioser, heimtückischer Bösewicht in vielen Formen. Er schleicht sich von hinten an, und einmal entführt, lässt er einen eventuell lange nicht mehr gehen. Man erkennt ihn oft von außen nicht, manchmal nicht mal von innen. Wer lacht und fröhlich ist, kann trotzdem morgens aus Überforderung nicht gewusst haben, was er anziehen soll.

Und leider gibt es nicht immer ein Happy End wie bei Elin und Kane.

Ich lege eine Hand auf Kanes Arm. »Für mich bist du ein Held, weil du zugegeben hast, dass du Hilfe brauchst, und weil du in die Klinik gegangen bist. Noch mehr, weil du irgendwann eingesehen hast, dass du dort die Hilfe annehmen solltest. Und am Ende, weil du begriffen hast, dass du nicht zu hundert Prozent gesund und fehlerfrei sein musst, um Elins Liebe anzunehmen. In schwachen Momenten nicht abweisend zu den Menschen zu sein, die man liebt, das ist richtig stark und schaffen viele nicht.«

Er zieht den Arm weg und schnaubt, wozu er sich erhebt. Pah. Doch nicht so heldenhaft, wenn er nicht einsieht, dass ich recht habe. Ihr findet das auch, oder?

»Gibt das jetzt lauter traurige Burnout-Storys, in denen wir uns in unserem Verstandmatsch wälzen müssen?«, fragt Nate, der an der Wand lehnt.

»Nein. Das wäre langweilig. Die anderen Bücher spielen nach eurem Aufenthalt in der Klinik. Pascal ist der Nächste und das soll eine zuckersüße Lovestory werden.« Und eine ziemlich heiße. Uiuiui. Da wellen sich die Buchseiten, als würde man es in die Dampfsauna werfen.

»Soll?«, hakt Pascal nach.

»Na ja, das sind die Pläne. Ein bisschen Haters-to-lovers, aber süß halt. Keine großen Dramen. Allerdings bin ich noch nicht besonders weit, weil ich an einer anderen Geschichte zuerst geschrieben habe. Ja, und man weiß nie, wo sich die Story hinbewegt.«

»Würde ich so planlos arbeiten, wäre ich nicht der König des Gins«, murmelt Lennox.

Alec schnaubt verächtlich. »Der König des Gins? Lächerlich.«

»Wäre es das, müsstest du es nicht aussprechen.«

Bevor sie sich in meinem Büro zoffen, frage ich laut: »Was macht Beth?«

»Welche Beth?«, fragt Kane und runzelt die Stirn.

O mein Gott.

Er lacht und klopft mir auf die Schulter. »Ein Scherz. Sie meldet sich nur, wenn sie etwas braucht, seit sie nicht mehr für uns arbeitet.«

»Und jetzt?«, fragt Nate. »Erzähl mal was. Wann werde ich den Gips los?«

»Nie. Eine ewige Geschichte. Sie nennen dich den Mann mit dem eisernen Gips. Man sieht ihn aber bald nicht mehr, weil deine Pommeswampe darüber hängt, keine Sorge.«

Lennox dreht sich von der Balkontür weg, aus der er gestarrt hat. »Können wir gehen?«

»Bekommt er auch ein Buch?«, fragt Pascal, der meine Pflanzen betrachtet, als würde er überlegen, welche gut in seine Wohnung passen. Sofort habe ich ein schlechtes Gewissen. Habe ich diese Woche schon gegossen? Wie konnte mein Hund eigentlich so alt werden? Ah, stimmt. Da war der Killerblick des Todes. Und im Notfall hat er den Wassernapf durch die Gegend geworfen. Davon hätten sich die Pflanzen was abgucken können.

»Natürlich bekommt Lennox ein Buch. Jeder von euch. Informiert euch mal über mich. Einmal bei mir erwähnt, zack in einem eigenen Roman gefangen.«

»Also ich auch«, stellt Nate folgerichtig fest. »Was für eine Story wird es bei mir?«

»Ja, du auch. Wie wäre es damit: Revers-Harem und du bist das Mädchen?«

»Klingt doch alles überaus fantastisch«, erwidert Lennox gelangweilt und steht mit aufforderndem Gesichtsausdruck quasi schon außerhalb der Tür. Warum lacht keiner über meinen Witz? Langweiler.

Gleich sind sie weg. Schnell noch mein Dankeschön loswerden. Danke an Armin, der sich bei jedem Buch beschwert, dass wieder kein Dreier mit zwei Frauen dabei war. Sorry.

Danke an Marga für das KAmA, das ein Fern-AoA war, und dafür, dass sie wirklich jeden mir bekannten Logikfehler entdeckt hat.

Danke an Yvonne, die auf Details achtet und immer noch etwas findet, bei dem ich das Ausbaupotenzial übersehen habe, und die, obwohl es für sie stressig wurde, kurz vor der Veröffentlichung noch einmal für mich gelesen hat.

Danke an Annette, die beim Lesen schon weiterspinnt, was passieren könnte, und erbost ist, wenn ich nicht ihre Gedanken lese. Zum Glück ließ sie sich aber damit beschwichtigen, dass ich ein Kapitel umgeschrieben und zwei ergänzt habe. Ja, okay, es war eine gute Idee!

Danke an Chris, die dieses Mal nur Lob geschickt hat.

Außerdem ein Danke an ein paar besondere Kolleginnen, die spontan wichtige Szenen für mich abchecken, Klappentexte brainstormen, Erkenntnisse und News mit mir teilen und halt einfach Kolleginnen sind.

Danke an alle, die einen Teil an diesem Buch beigetragen haben.

Und danke an dich.

Autoren, Testleser, Korrektoren, Coverdesigner … all das bräuchte niemand ohne die Menschen, die sich von Buchstaben Geschichten einflüstern lassen. Deshalb bin ich jedem Einzelnen von euch dankbar, dass ihr zu einem meiner Bücher greift, denn Geschichtenerzähler zu sein ist der schönste Beruf, den ich mir vorstellen kann.

Bis zum nächsten Nachwort!

Bis dahin wünsche ich dir eine tolle Zeit und wundervolle Lesestunden.

Liebe Grüße
Anna

Du willst nichts mehr von mir verpassen?
Choose your weapon:
Newsletter: annarush.de/Newsletter
Facebook: Anna Rush
Instagram: annarush_autorin

BÜCHER VON ANNA RUSH

Reihe Becoming Bad Guys

The Truth about Ryan - Babydeal mit dem Boss

The Truth about Preston - Officedeal mit dem Teufel

The Truth about Ryker - Verbotener Deal mit der Schwester meines Freundes

The Truth about Ethan - Verhängnisvoller Ehedeal

Being the Bad Girl - Ungewollt geliebt (Violets Story, Spin-off)

Reihe Bad Boys in love

The Story of David Stone - Küss mich, Boss

The Story of Tom Scott - Nur ein bisschen küssen, DJ

The Story of Francis Hunter - Kein Date für den Chef

The Story of Cole&Luke Archer - Küsst mich, Brüder

Einzeltitel

Ella& Elias - Endlich Liebe - Turteltäubchen umarmt Problemtyp

1. Auflage

Autor: Anna Rush
Korrektorat: SW Korrekturen
Coverbilder: PeopleImages.com Yuri Arcurs / Tomer Turjeman

Anna Rush
Malscher Straße 11/1
76448 Durmersheim

TRIGGERWARNUNG

- Sex
- Unerwiderte Liebe
- Bodyshaming
- Burnout
- Schimpfworte
- Androhung von Missbrauch
- Schlafstörungen
- Stalking
- Körperflüssigkeiten
- Trennung
- Entziehung von Kindern
- Verhaftung
- Fehlt für dich etwas in der Liste? Lass es mich wissen, damit ich sie ergänzen kann.

Printed in Germany
by Amazon Distribution
GmbH, Leipzig

27432769R00304